JN118136

消された九州倭国の復権

記紀の闇に光はあるか

佐々木慶三　著

丸源書店

Restoration of the erased Kyushu *Wakoku*

by Keizo SASAKI

© Copyright 2021, Keizo Sasaki

Published by

Marugen Shoten,Publishers, 2021

Tokyo, Japan

Designed by Nijakan Oakat

ISBN978-4-9904459-8-0

まえがき

2017 年の前作『背徳と反逆の系譜—記紀の闇に光はあるか』は記紀を飾る天皇について論じた〈小説〉である。ここで取り上げた初代神武天皇、後の垂仁天皇、景行天皇、仁徳天皇、履中天皇、反正天皇、雄略天皇、武烈天皇、継体天皇、天智天皇らの皇位は、いかにして継承されたか？そして、記紀が言うところの推古天皇、皇極天皇二人の女性天皇説は論理的に成り立つのか？を論じたものである。

後世の研究者が喧伝した〈皇位の万世一系説〉は、記紀では〈四十一世一系〉である。記紀は皇族と呼ばれた当時の支配階級による皇位の独占を主張した政治理論書でもあったために、史実の捏造・歪曲が行われ、結果的に、記紀は矛盾の書となった。

本著はこの続編である。

古代日本史を彩る〈卑弥呼問題〉は、多くの人たちの興味の的となったが、何故、一人しかいなかったはずの〈卑弥呼〉が住んだとされる〈邪馬台国〉が、日本各地に無数に誕生することになったのか？卑弥呼について書かれている〈魏志倭人伝〉は、それほど難解で、謎多き史書なのか？

倭国の朝貢記事があるのは魏志だけではない。後漢書・宋書・隋書にもある。

〈宋書倭国伝〉には〈倭の五王〉が登場する。ところが、通説が〈倭の五王〉に対比した歴代天皇の書紀の記事には、朝貢の記事はない。隋書に登場した阿毎多利北孤の朝貢記事については、日本書紀にも詳しく記載されているにもかかわらず、魏志・後漢書・宋書の朝貢記事に対応する記事は書紀にはない。何故か？説明不可のまま放置されたままである。

この『消された九州倭国の復権—記紀の闇に光はあるか—』は、中国史書・魏志・後漢書・宋書・隋書・新/旧唐書等の倭国(人)条、および朝鮮国史書・三国史記の倭国条と日本書紀との対比を試み、客観的な論理構成に基づき、記紀解読を試みたものである。勿論、記紀の矛盾を矛盾として断定して〈思考停止〉するのではなく、〈思考継続〉でその先を目指したことから、論理的飛躍があると、ご叱正を受ける箇所がないとは言い切れない。

前著で、「記紀に代表される〈国家による学問の独占〉は、高名な学者に任せただけでは打ち破れなかったことは、戦後 70 年の歴史が証明した。それは一般の素人にこそ求められるべきである」と書き記したが、その考えは今も変わらない。〈小説〉の形式を選んだのは、私自身が素人であり、歴史の素人である一般市民が目を通しやすいのではと考えたからだ。〈小説〉だから論理は不要と、手抜きをしたつもりは毛頭ない。

一体、古代日本の正史とは何か？これが、本著の問題提起である。

目　次

—〈付図〉—

プロローグ

「壹与って名の女性、知ってる？」

「知らない。」

「じゃ、卑弥呼は？」

「知ってるよ。魏志倭人伝に出てくる女王でしょ。」

「邪馬台国は？」

「聞いたことあるよ。」

「じゃ、邪馬壹国は？」

「何、それ？」

多くの中国人だけでなく、日本人をも熱狂させた史書に『三国志』がある。中国では三世紀に『三国志』が書かれて以来、三国志の世界は多くの詩人たちに詠われ、物語りに語られた後、十四世紀に『三国志演義』として結実した。日本でも、吉川栄治の『三国志』を始めとして、膨大な数の読み物が出版されている。その『三国志』の中に、倭国と呼ばれていた当時の日本の様子を書いた部分がある。三国志・魏志・東夷伝・倭人の条、通称〈魏志倭人伝〉である。倭国の女王の記事があることから、その解釈を巡って激しい論争に発展した。

しかし、〈魏志倭人伝〉を著した陳寿が、史書を書くにあたって、絶対に犯してはならない禁、史実を歪曲したことはあまり、知られていない。陳寿が曲げてまでして倭人伝に書き残したかった史実とは何か？

一方、眼を国内に転ずれば、日本最初の勅撰史書と称えられている古事記・日本書紀がある。

記紀は江戸時代、国学者と呼ばれた人たちによって研究され、称えられ、現代に引き継がれたが、記紀が綴った古代日本の歴史は、本当に光に満ち溢れていたのか？

当事者が書いた国内史書・記紀と、第三者が書いた国外史書・倭人伝を突き合わせてみると、歴史の闇に捨て去られていた古代日本のもう一つの歴史が浮かび上がる。一体、古代日本の正史とは何か？

これから、歴史の闇に埋もれた真実を探し当てる、謎解きを始めよう。

「記紀の闇って、なんのこと？」

「誰も、闇の深さを見た者はいない。」

「それを見るつもりなの？」

「そうだよ。」

「消された九州倭国の復権って、なんなの？」

「日本人としての真のプライドを取り戻すための道程だ。」

「なんで？」

「プライドは真の歴史に裏打ちされねばならない。」

「長い旅になるの？」

「多分。人の一生も国家の盛衰も、みな重いものだから。」

1．歴史修正主義をただす

1．マリア

　久しぶりに里帰りしたマリアが人気者になるのに時間はかからなかった。体調を崩した父に代わって、社長業を引き継いだのが一年前だ。明るい性格に物怖じしない性格が加わって、生まれながらに社長業をこなしているような錯覚を周りの人たちに与えていた。意欲は満々だったし、独創的なアイデアも出してきた。だが、物怖じしないことは、反面では無鉄砲であることと紙一重でもあった。そして、最初の勢いは失われていた。理由は単純だ、考え始めたからだ。とかく、商売というものは何が何でもアイデアとは言えないもので、信用や商売仲間との付き合いなども、本業に勝るとも劣らないくらい重要なものだと知ったからだ。だが、考えなければいずれ行き詰る。

　あれこれと重なって、マリアはこの一、二ヶ月ほど前からマンネリ状態に陥っていた。何も知らずに突っ走っていた頃のことが懐かしく思いだされる昨今だった。

　〈思い出に浸るなんて、マリアとしたことが…〉そう自省したものの、この訳の分からない空気を跳ね飛ばすには、何かが必要だった。

　〈なんだろうね、この気持ちは。そうだ、オカラはどうしているかな？忘れていたよ。ちょっと励ましてあげようか〉

2．オカラ

　思いがけない人からのメールが届いて、驚いたのはオカラだ。〈何の用事だ？今頃…〉いぶかしげに思いながら、オカラはそのメールを開いた。

　「オカラ、元気？マリアがいなくなったからって、しょげ返っていちゃだめだよ。」

　「なんだ、なんだ、やぶからぼうに。俺はいつでも元気だぁー。」

　「マリアも元気ですぅー。」

　マリア・オカラコンビは健在だった。

　「オカラ、一年前の続きになるけど、卑弥呼の話をしてよ。」

　「卑弥呼？歴史修正主義の話しをか。マリア、その心境は壁というものだ。」

　「そうか、見えない壁、か。」

3．オカラとマリア

　オカラとはあだ名だ。本名はトマルチカラ、末字の二文字にオを付けてオカラだ。そのオカラは奔放な性格が災いして、出世には縁遠いサラリーマンだったが、三年前、彼を厄介者扱いしていた会社は、その時入社二年目の阿部摩梨阿（あべまりあ）に、オカラの面倒を押しつけた。だから、マリアは、前の会社の時のオカラの上司だったことになる。

　摩梨阿という名は、親が阿部という姓をいいこと

に一人娘に付けた名前だ。普通は名前負けするが、名付けられた子供は意に介さず、これ以上は無いというほどの天真爛漫な女に育っていた。

4. 出会い

　二人は親子ほど年が離れていたが、結構いいコンビになった。

　上司が入社ホヤホヤの女性であることを意に介するオカラではなかったし、部下がうだつの上がらない年上の男性なのを気にするマリアでもなかった。

　何となくウマが合った。二人ともやることは少々型破りだったが、社内の評判は悪くなかった。

　そんな時に、オカラは夢を見た。若い美女が悲しそうなまなざしでオカラを見つめている夢だ。オカラにして見れば、美女が現れただけで、望外の喜びだった。その美女が悲しげな眼差しをオカラに送って消えたのだ。はい、そうですか、と諦めるオカラではなかった。夢の続きを見るためにオカラが始めたのは美女探しの旅だった。

　旅は、古事記解読という誌上の旅になったが、それにマリアは付き合う羽目になった。最初はコンビを組んだことを後悔したマリアだったが、途中からはオカラをリードするまでになっていた。しかし、二人のコンビは突然解消の憂き目にあった。マリアが実家の家業を継ぐために退社したからだ。

5. 歴史修正主義の総本山

　「ものには順序がある。いきなり卑弥呼じゃねえ。」
　古事記解読は中途で寄り道して、〈卑弥呼〉のと

ころで終わっていた。オカラの勿体ぶった言い方が、マリアには不満だったらしい。
　「いけない？」
　「だから邪馬台国から始めたい、いいだろうか？」
　「いいよ。オカラの好きなようにして。」

　何故、今頃〈邪馬台国の卑弥呼〉かと不思議に思われるだろうか？この問題は、学問研究とは何か、という根源的な問題を内包しているからだ。だが、マリアは、そのような深い疑問を抱いた上での話しではなかった。皮肉なことに、相談した方より相談された方が俄然、張り切り出したという次第だ。

　オカラによれば、〈邪馬台国の卑弥呼〉は欺瞞の論理で組み立てられた〈学説〉なるもので、その矛盾に目をつむり、その結果をベースに、次なる研究を積み重ねる方法が未だに通用しているという。いわば、屋上屋を重ねる砂上の楼閣を造り続けているのだ。古代史研究の壮大な無駄だと、オカラは考えていた。

　「いきなり、大上段に構えたね、オカラは。」
　マリアは気分転換を図りたいだけだった。ところが、オカラの意気込みを知ると、どうやら厄介な話になりそうな気配だ。歴史修正主義という言葉があることも初めて知った。やっぱり、オカラに相談したのはまずかったかなと軽い後悔の念が浮かんだが、そこがマリアのマリアたるゆえんのところだ。一気に迷いを払拭するように、マリアは問題の核心に迫る質問をオカラに返した。
　「〈邪馬台国の卑弥呼〉は歴史修正主義の総本山なの？」
　「そうだ。」
　オカラからマリアが望む答えが返って来るようにと、マリアは仕掛けた。誘い水というやつだ。マリア

は自ら退路を断った。自分から言い出したことなんだからと考えた上でのことだ。

6. 歴史修正主義の元祖

こうなれば前進あるのみだ。マリアは聞く。
「総本山があるなら、元祖は？」
「元祖は日本書紀だ。」
またもや、オカラは衝撃的な言葉を発していた。日本書紀は日本で最初の勅撰史書で、古代ヤマト政権を理解する上で貴重な史書と評価されている。それが歴史修正主義の元祖だと言う。
「え、日本書紀が…。」
「そうだ。」
かつて、大本営発表がそうであったように、勅撰だからこそ問題があると、オカラは考えていた。
〈南京虐殺はなかった。〉〈関東大震災での朝鮮人虐殺はなかった。〉このような主張を歴史修正主義と言うのは、誤解を招くことになる。これらの説は、単なる欺瞞・歪曲の主張だ。
歴史修正主義の成果は、膨大な史料を駆使して、学問的分析・検証を踏み、誰もが立派な学説だと思い込むような、緻密な学問体系を有している。ただ、それは、自己の説に都合の良い部分だけを、巧妙に抜き出して構成されているのだが、一般人だけでなく、その道の専門家さえ、その論理過程を追跡しても、すり替えの論理だと見極めることが出来ない程に巧妙に隠蔽化されている。
その結果、多くの歴史学者や報道・出版界までもが、無意識のうちに歴史修正主義の拡大・普及に加担している。
「人間というものは、急に正論を聞かされて、そ

れを頭の中では納得出来ても、胸の中では素直にそうだとうなずけるものではない。」
「でも、それって、オカラの先入観じゃないの。」

7. デボラ・E・リップシュタット氏へのインタビュー記事

歴史学者の彼女は 1947 年生まれの米エモリー大学教授だ。米・英映画（邦題「否定と肯定」、原題「Denial」）の日本公開を機に来日した。その際に、朝日新聞がインタビューをした。その 2017 年 11 月 28 日の記事からの引用だ。
「原題はどんな意味なの？」
「辞書で調べると、否認とか拒絶の意味だよ。」
リップシュタットは 1993 年『ホロコーストの真実 大量虐殺否定者たちの嘘ともくろみ』を出版した。1996 年、彼女はこの著書で批判した英国の歴史著述家デイビット・アービングに名誉毀損で訴えられる。英国の法廷では被告に立証責任があった。彼女は訴えられてから 3 年の年月をかけて準備をした。法廷は 2000 年 1 月 11 日から 32 日間開かれ、4 月にリップシュタットは全面勝利した。
判決はアービングがウソつきで人種差別主義者で、反ユダヤ主義者であることを認めた。偏向した歴史観をもち、意図的にウソを述べ、真実をゆがめた、と。
裁判費用は 200 万ドル（約 2 億 3 千万円）かかったが、多くの支援者と弁護団に恵まれたことで勝訴できた。
歴史修正主義者と戦うことはこれほど困難なことだ。ひとりの力ではどうすることも出来ないほど、歴史修正主義は強固で巨大だ。

8. 歴史修正主義者の目的と活動とは

「私たちは修正主義者だ。我々の目的は、誤った歴史認識を修正することだ」これが彼らの主張だ。ホロコーストに限らず、歴史的な出来事は体験者から直接話を聞けなくなると、遠い過去の昔話になり、否定や作り替えの入り込む隙間が大きくなると、リップシュタットは言う。

彼らは証拠をねじ曲げ、記録や発言を文脈からはずして、部分的に抜き出し、自分の主張と矛盾する証拠の山は切り捨てる。彼らは〈羊の皮をかぶったオオカミ〉であり、見た目はいかにも立派な学者さながらに振る舞い、研究所を作り、機関誌も出す。リップシュタットは〈歴史修正主義者〉たちをこのように評した。

9. デボラ・E・リップシュタットはどのように闘ったか

裁判では、デイビット・アービングが書いた著作の脚注をたどり、出典を精査した。論文を執筆した者には分かるはずだが、この作業は気の遠くなるような膨大な時間と労力を必要とする。

その結果、リップシュタットは彼が、わざと間違って引用したり、半分だけ引用したり、事件の発生の順番を入れ替えたり、ドイツ語の原文をあえて間違った英語に訳したりして、出典の情報を少しずつ変え、結論を彼らの都合の良い方向にもっていっていたことを突き止め、裁判で実証した。

彼女はデイビット・アービングの戦術はとても巧妙であったと述べている。

「オカラ、その映画、観たの？」

「観た、彩の国芸術劇場映像ホールで。7 月の猛暑日だった。」

「じゃ、オカラも熱かったんだ。」

10. それでも卑弥呼か

「マリア、初めに断っておくよ。〈邪馬台国大和説〉は歴史修正主義の最も典型的な産物だ。言うならば総本山。だから〈邪馬台国大和説〉の欺瞞を暴き出すには、とてつもない困難が立ちはだかることになる。だけど、俺たちはたった二人。それでもやる？」

「やる。」

「怖気付いたりしない？」

「ますますやる気が出てきたわ。」

「勝つ見込みは？」

「あるわ。」

逡巡していたマリアの姿はもう無かった。

「よし、やろう。」

マリア・オカラコンビの再結成だ。

11.〈邪馬台国大和説〉は歴史の主流

卑弥呼は大和の人だった、と考える人は、古代史に興味を抱く人たちの中では、多数派を占めているようだし、これらの学説を伝えるマスコミの論調と学界の主流も〈邪馬台国大和説〉派だ。

「〈邪馬台国大和説〉って、聞き慣れないよ、オカラ。」

「普通は〈邪馬台国畿内説〉と言われているけど、〈邪馬臺〉を〈ヤマト〉と読んだのが始まりだから、〈大和説〉の方が言い当てていると思う。まやかし

の論理が幅を利かせている状態では、論理的に無防備な状態におかれた一般市民が、知らず知らずのうちに、歴史修正主義者の論理に染められていくのは自然なことだ。〈邪馬台国大和説〉の〈論理的手法〉を正しいと信じた善良な探求者が、その手法を使って沢山の〈邪馬台国九州説〉や、多くの〈邪馬台国本州説〉を述べるに至った。

　本来、〈邪馬台国〉はひとつしかないはずなのに、無数の〈邪馬台国〉が生まれたのは、これらの説や手法に重大な論理的欠陥が内包されていることになる。このことだけでも、〈邪馬台国大和説〉が歴史修正主義の総本山以外の何者でもないことを証明しているに等しいと思う。」

　「オカラ、難しいね。」

　「あとで、検証しよう。たった一つしかない〈邪馬台国〉が日本全国に広がった理由についてね。」

12.〈邪馬臺〉を〈ヤマト〉と読むことから始まった

　「そうだ。この感覚だよ。非日常ともいえるこの雰囲気が、今のマリアには必要なんだよ。」

　マリアは思い出していた。

　「ところで、〈邪馬台国〉論争は何時から起きたのかしら？」

　「本格的には江戸時代だね。松下見林という国学者が、〈邪馬臺〉を〈ヤマト〉と読んだ。」

　「強引だね。」

　「見林の根拠は、『昔、舎人親王、日本書紀を撰す。…正に我が国記を主として之（異邦之書）を徴し、論弁取捨すれば、則ち可とすべきなり。』だ。」

　「オカラ、これじゃ、分からないよ。」

　「見林は、『神武天皇より光仁天皇まで、天皇は大和に都した。』だから、『邪馬臺国も大和でなければならない。』そう結論づけた。」

　「それが大和説の根拠？」

　「そう。」

　「何、その光仁天皇って？」

　「平城京最後の第四十九代天皇。都はこのあと平安京に移る。」

　「それで大和か。ところでオカラ、さっきの松下見林の話、すり替えていない？早速、修正主義？」

　マリアの逆襲が始まった。だが、オカラも負けてはいない。

　「参ったな。だけど、マリア。歴史修正主義の用語の使い方は間違っている。一つひとつの事柄については歪曲とか欺瞞とかだ。それで、正確に言い直すよ。日本書紀を基準にして異邦之書を検証し、書紀に合う結果を使えば良い、だ。」

　「それで〈邪馬臺〉が〈ヤマト〉になるんだ。」

13.〈邪馬臺〉を〈邪馬台〉に変える

　「明治以降の学者の多くは、松下見林の結論は良しとする一方で、〈邪馬臺〉を〈ヤマト〉と読むのは気が引けた。それで、〈邪馬台〉と当用漢字に直して、〈ヤマタイ〉と読み直した。〈大和史観〉を信じる人たちはこの説を踏襲してきた。」

　「オカラ、その〈大和史観〉って？」

　「最後に分かる。」

　「へー。学界を二分してきたわりには、最初は素朴な空想の世界だったんだ。」

　「空想とは、マリアも言うね。」

　「今度はマリアが言い直す、思い込みの世界。と

ところで、〈臺〉と〈台〉では違うの。」

「今は同じに使われるが、もとは別字だった。〈臺〉は〈タイ〉〈ダイ〉〈うてな〉と読む。〈台〉は〈イ〉〈タイ〉〈ダイ〉〈よろこ・ぶ〉と読む。どうして〈よろこ・ぶ〉かというと、怡〈イ・よろこぶ〉と同じだから。」

「オカラ、詳しいね。」

「漢和辞典から引っ張り出しただけだよ。」

「へー、〈台〉は糸島半島の怡土の〈怡〉と同じだったんだ。それで訓読みでは〈よろこ・ぶ〉か。」

14. 皇暦元年は紀元前660年

　三世紀の日本についての文字記録は無いと言われてきたが、実は中途半端だが、確かにある。本来、古事記や日本書紀がその役割を果たすべきだったが、編年体で書かれた日本書紀(以下、書紀の言葉も併用する)が皇暦を使用したことで、貴重な文字記録の効果を半減させてしまった。

　皇暦とは、書紀[辛酉の年春1月1日、(神武)天皇は橿原宮にご即位になった]この年を元年とする。問題はこの〈辛酉の年〉がいつに当たるかだった。

　中国の前漢から後漢にかけて流行した『緯書』では〈辛酉は天命が改まる年〉とされた。那珂通世はこれを用いて、干支一周の60年(一元)×21元＝1260年(一蔀)の辛酉の年には大革命があるとし、日本では、西暦601年(推古九年)がその年にあたり、この年から1260年前である紀元前660年を神武天皇の即位年とする説を立てた。紀元前660年は考古学的には弥生時代にあたる。

　「どうして、そうなったのかしらね。」

「日本書紀が百歳を超える天皇をたくさん作ったことが原因だ。」

「オカラ、それで問題はないの？」

「ある。先ず推古九年に革命はなかった。第一の根拠がこれで否定される。致命的な欠点は、神武が革命で政権を奪取したとすれば、神武以前にヤマトを支配していた政権があったことになり、神武は二番手になる。これは神武天皇によって日本建国が為されたとする説を根本から否定する。」

「自己矛盾だね。」

「それに西暦601年に1260年を足した西暦1861年にも大革命が起きなければならない。でも、この前年に桜田門外の変が起きたが、江戸幕府は滅亡しなかった。結局、辛酉革命説は迷信だ。」

15. 松下見林式倭人伝解読法

　神武天皇の即位時期を検証出来る他の資料が無いために、正しい即位年が不明になった。同時に、日本の建国の姿も闇の中に葬り去られてしまった。

　一方、魏志倭人伝は中国で書かれた歴史書だが、古代日本について正確な年代が入った文献だ。正式名称は、『三国志』魏志東夷伝倭人の条、著者は西晋(西暦265－312年)の陳寿(西暦233－297年)だ。

「西晋が建国された時、陳寿は32歳だったことになるね。」

「その魏志倭人伝に出てくる、倭国に存在した国の名は？」

「〈邪馬壹国〉でしょ。」

「もう一つある、〈女王国〉だ。ところで、〈邪馬臺

国〉は？」

「後漢書に出てくるわ。」

江戸時代の国学者、松下見林は魏志の邪馬壹国の〈壹〉を〈臺〉の間違いだと決め付けて、〈邪馬臺〉を〈ヤマト〉と読んで、〈邪馬臺国大和説〉を唱えた。後に続く多くの研究者たちもその結論を踏襲したために、これらの貴重な史料も恣意的に使われ、さらに多くの史実が闇の中に埋もれた。

「空想の世界になったんだね。」

「空想の世界になって、利益を得る階層が生まれた。」

16. つまみ食いの論理が罷り通る理由

「この見林式倭人伝解読手法が論理的に許されるか？」

「マリアに聞く？」

「いや、自問だ。残念ながら、これが許されてきたのが、日本の古代史研究界だった。何故、許されてきたか？つまみ食いを見逃してきたからだ。」

「つまみ食い？」

「自分に都合のいい部分だけを使った。実利的には研究者の地位と名誉と金が絡み、思想的には儒教や仏教などそれまでの日本の宗教・思想を国家神道に転換させた。政治学的に言えば、明治政府の支配基盤の強化のために利用した。」

「明治時代の話？」

「残念ながら、現代も状況は変わっていない。」

17. 倭人伝解読に記紀は使えないのか？

記紀が史実としては全く意味を為さないと考え

ている人たちもいる。一方で、記紀を金科玉条のように考えている人たちも多い。だから、書紀[**辛酉の年春一月一日…この年を天皇の元年とする**]から、新暦二月十一日を国の祝日に指定して、日の丸の旗を掲げ、恭しく敬礼する催しが繰り返されている。

なんとも理解の仕様がない滑稽な出来事だが、笑って済ますことが出来ないのも事実だ。これによって日本古代史の研究が歪められたからだ。

「卑弥呼の話が建国記念日とつながるって、そんなことってあるの？」

「つなげたから、ややこしくなってしまった。」

「じゃ、つなげなければ、簡単なの？」

「そうだと思う。」

「やっぱり、記紀は使えないのかしら？」

「記紀は使う。」

18. オカラを歓迎する面々

「ところで、会社はどう？社長としての感想は？」

「いきなり、それを聞く？親しき仲にも礼儀あり。」

「分かった。逆玉腰は？」

「もっと、駄目。個人情報は守らなくちゃ。」

「社長になってから、尤もらしい理由付けて、いやにガードが固くなったな。この分じゃ、何かが現在進行形だな。」

「ご想像におまかせ。」

「これじゃ、現地調査に赴く必要がある。」

「来る？」

「行く。」

半月後、オカラはライオン屋の羊羹を三本、手土産に持ってやってきた。滞在期間は中に土日

祝日を入れて五泊六日だ。この長い休暇が取れることが、オカラが未だに平社員に甘んじている最大の理由だ。

　その日の夜が待ち遠しいようにオカラの大歓迎会は開かれた。社員たちにとってはただで旨い料理を食い、美味しい酒が飲める願ってもないチャンスだ。

　社長のマリア以下、16 人の全社員が出席した。高校卒のあどけなさが残る若者から六十代のおば様まで、多彩と言えば良いのか、雑多と言えば良いのか、その様子を正しく表現するのは難しいが、それぞれが、勝手にこの珍客の正体を確かめようと、田舎人特有の〈人懐っこさ〉を武器に、根ほり葉ほりオカラに問いただしてきた。当然のことながら、オカラと社員たちとは初対面であったが、歓迎会は盛り上がり過ぎた。

19. 書紀［神功皇后三十九年、倭の女王は大夫難斗米を遣わす］

　書紀[（神功皇后三十九年）この年太歳
己未。—魏志倭人伝によると明帝の景初三年六月に、倭の女王は大夫難斗米を遣わして帯方郡に至り云々…]

「念のために言うと、書紀の記事中、魏志倭人伝では、景初二年六月で、使者の名は難升米だ。」

「景初二年が三年にずれて、升から斗に一桁上がったんだね。」

「マリア、良くそんな古い単位を知っていたね。」

「魏に朝貢使節団を送れたのはトップリーダー。すると、神功皇后が卑弥呼になるのかしら？」

「そうなるね。」

「そんなに簡単でいいの？」

「ヤマト政権ではこの時期のトップリーダーは、神功皇后以外はすべて男王だ。だから、当然のなりゆきだと思うが、実はそうではなかった。」

「違うの？」

「神功皇后に白羽の矢が立ったのは、トップリーダーの問題ではなく、書紀に記された神功皇后の治世が西暦201－269年で、魏志の卑弥呼と壹与の二人の女王の在世と一致していたからだ。」

「ね、オカラのその考えって少しおかしいのじゃない？書紀の書かれた時代に、元号と西暦との対比は出来なかったのじゃないの？」

「そうか…。」

「中国の元号と日本の元号との直接対比も出来なかったと思う。」

　書紀は神功皇后が卑弥呼だとは断定していない。言葉を濁したのは、書紀の著者も悩んでいた証拠だろう。

「魏志の〈女王〉と書紀の〈女帝〉を突き合わせた。やっぱり、トップリーダーの考えが合っていたんだ。後世になって、西暦を使って記紀の記事を検証したら、過ちだったことが判明した。」

「だと思うわ。」

「思考過程が違えば、正解に辿り着けないこともある。マリア、ありがとう。」

「でも一人二役はないね。本当は誰？」

2. 箸墓古墳に埋葬されたのは仙女か

20. 倭迹迹日百襲姫命

西暦2008年、古代史の通説を打ち破る画期的なデータが出たと話題になった。第十代崇神天皇が第七代孝霊天皇の皇女倭迹迹日百襲姫命を葬った箸墓古墳の建造年代が、箸墓古墳から出土した〈布留0式土器〉の放射性炭素年代測定によって、西暦240－260年と推定されたことだ。放射性炭素を用いた箸墓古墳の建造年代と、卑弥呼が死んだとされる西暦248年が重なりあうことから、箸墓古墳が卑弥呼の墓の可能性が高くなったと、新聞も一斉に報じた。

「マリアは読んだの？」

「最近、ネットで知った。」

マリアが、オカラに卑弥呼のことを話してと言ったのは、これがきっかけだった。

「〈邪馬台国大和説〉にとっては、卑弥呼の墓が大和にあることは絶対条件だからね。それで？」

「テレビや新聞はこれで決定って感じだったわ。オカラはどう思う？」

「これは見林のヤマト説を採用する一方で、見林が絶対視していた国記の日本書紀を否定する。致命的自己矛盾と言うべきではないかな。」

21. 畿内の前方後円墳の築造年代

実は、既に前方後円墳の築造年代については考古学的な研究蓄積があり、これによれば、箸墓古墳は三世紀後半から四世紀前半の築造と推定されていた。放射性年代測定結果は、これが数十年、時代を遡ることになっただけだ。

だから、数十年のズレが考古学的にどんな意味を持つか？この問題をクリアしてから、卑弥呼の墓問題の議論は始めねばならなかったが、報道はいかにも世紀の発見のように取り扱った。冷静に考えれば、大騒ぎする話ではなかったが、一方で、やはりインパクトのある話だった。

22. 相対年代から絶対年代へ

問題を整理しよう。書紀では、箸墓古墳が築造された〈崇神十年〉は〈紀元前88年〉になり、前方後円墳データから推定された三世紀後半から四世紀前半とは、約400年の差あった。この差が、箸墓古墳の放射性炭素年代測定結果から、約350年に縮まった。しかも前方後円墳の考古学的年代は相対年代であるのに対し、放射性年代は絶対年代となる。この違いは意外に大きい。

皇歴との350年の差がどのような問題を引き起こしたか、むしろ、問題はここにある。

23. 論理のすり替え

皇歴と西暦での350年の差とは、1964年の東

京オリンピックが江戸時代の始めにあったということと同じだ。

「この修復不可能な事実こそ、初めに検討すべき課題のはずだ。」

「でも、大和説は目をつぶったんだよね。」

「誰でも、見たくないものには、目をつぶる。」

「オカラもつぶる？」

「もちろん。だけど、百襲姫（ももそひめ）は女王ではなかったし、彼女の前に国が乱れたこともなかった。もし彼女を卑弥呼としたいのなら、この問題を先ず解決するのが、〈論理〉というものではないかな。ところが、〈西暦 240－260 年〉の結果だけを取り出し、それによって生じる矛盾には目をつぶり、箸墓古墳を卑弥呼の墓としたい願望のために利用する、まさに歴史修正主義の典型的な手法だ。ところが、最新の科学的実験手法が用いられていることで、論理的歪曲が覆い隠されてしまい、問題が見過ごされてしまう。」

「へー。こういうのが歴史修正主義のやり方なんだ。案外身近なとこにもあるんだね。結局、年代測定結果自体にはなんの異論もないということだよね。」

マリアが念を押す。

「そう。放射性炭素を用いた年代測定の問題は測定誤差の問題だけだ。」

オカラが応える。

「百襲姫を葬った箸墓古墳の年代が明らかになったけど、これだけでは、卑弥呼の墓とは何の関係もない、そうよね。」

「論理的にはそうなる。」

24. 史実にお伽噺は不要だ

「百襲姫は第七代孝霊天皇の子だよ。それが第十代崇神天皇の時代まで生きているのは、不老不死の仙女だよ。有り得ないね、350 年より、こっちの方が解決不能な矛盾だと思う。」

「じゃ、ここで終わり？」

オカラの質問に、マリアはすぐに反応した。

「そうでもないわ、マリア考えたの。書紀は、仙女と大物主神とを結婚させたけど、実際は、若かったはずで、おそらく流産か出産による死の可能性が高いわ。」

「ほう、新説だね。」

書紀[…倭迹迹日百襲姫 命（やまととととひももそひめのみこと）は大物主神（おおものぬしのかみ）の妻になった。…倭迹迹日百襲姫命は仰ぎみて悔い、どすんと座りこんだ。そのとき箸で陰部を撞（つ）いて死んでしまわれた。それで大市に葬った。ときの人はその墓を名づけて箸墓（はしはか）という]

大物主神の正体は、書紀[（姫の櫛箱の中に)まことに美しい小蛇（こおろち）が入っていた。その長さ太さは衣紐（したひも）ほどであった]

「どうして、人間と小蛇が結婚出来るのかしら？美しい話だと感動するのもいいけど、書紀はれっきとした歴史書。史実をお伽噺の世界に変えては駄目と思う。」

「確かに、お伽噺だね。」

「書紀は史実と神話をごちゃ混ぜにして、天皇の神格化を図った。」

25. 叔父と姫

「記紀によれば、初代神武天皇から第十三代成

務天皇までの皇位は父子継承だよね。だから、このままでは百襲姫は仙女だけど、この矛盾を解決できる方法がひとつだけある。」

「解決可能？」

「うん。第七代天皇から第十代天皇までの皇位を兄弟継承に変える。」

「四人兄弟か？確かに、誰も言ってない。記紀解釈の常識をぶっ飛ばすことになる。」

「でしょ。百襲姫命が結婚した相手は人間。」

「でしょうな。」

「その前に、第十代天皇が第七代天皇の皇女のために、何故、壮大な前方後円墳を造ったか？この疑問が先よ。」

「忙しいね。」

「天皇が自分の皇后の死を悼んで作ったのなら理解出来るでしょ。」

「すると？」

「二人の関係は叔父と姪。長男の娘と四番目の弟なら、年の差も縮まる。」

「その関係なら、説明可能だ。」

「叔父と姪の結婚は特別珍しいことでは無かったわ。兄弟継承となれば、四番目に即位した崇神天皇は高齢だった。一方で百襲姫は若い。天皇にとっては可愛くて仕方がなかった。これこそ、箸墓古墳の問題を解決出来る唯一のケースではないかしら？」

マリアの大胆な推理だ。

百襲姫命は崇神天皇の皇后だった。理由は百襲姫の後ろに〈命〉の字がついていることだ。〈皇女〉か〈妃〉なら〈百襲姫〉で終わっていただろうし、当然、巨大な前方後円墳も無かった。

「何故、姪と叔父の婚姻を隠したと思う？」

「記紀は皇位の安定的な継承のために父子継承を願っていた。だから、記紀は初代天皇から第十三代成務天皇までを父子継承とした。兄弟継承はあってはいけないことになる。」

「記紀解読は無駄ではなかったってことだね。」

26. 考古学的成果は諸刃の剣になる

箸墓古墳から出土した〈布留0式土器〉の放射性炭素年代測定結果は意外な結論を引き出した。魏志倭人伝の〈解読〉では、他の資料と切り離し、対比不能な状況を作り出すことで、主観を客観にすり替える方法が罷り通っている。もちろん、記紀との間に生じる矛盾には沈黙するか、無視する。だから、箸墓古墳が卑弥呼の墓だと平気で言えるのだが、皮肉にも箸墓の年代測定結果がその欺瞞を暴くきっかけを作ったことになる。

「〈邪馬台国大和説〉は考古学的な面からは良く研究されているけど、マリアはどう思う？」

「直接的な証拠を見つけ出せないから、傍証で補おうとしているだけでしょ。」

マリアの指摘は鋭かった。直接的な資料〈魏志倭人伝〉からではなく、間接的な考古学資料から〈邪馬台国〉の存在を説明する手法そのものに、マリアは疑義を唱えたのだ。

「〈邪馬台国大和説〉の致命的欠点は、記紀との関連を説明出来ないことだね。」

これを説明出来なければ、逆に、古墳云々、銅鏡云々は我田引水の単なる絵空事になる。放射性年代測定は、考古学的成果が諸刃の剣になる見本になった。

27. 記紀と倭人伝のリンク

「箸墓古墳の築造年代が明らかになったことで、魏志倭人伝と記紀との対比の可能性が生じたと考えて良いのではないかしら？」

「理由は？」

「魏志が書かれた三世紀末は、書紀によれば、第十五代応神天皇の在世になるけど、箸墓古墳の年代測定結果からは、第十代崇神天皇から第十一代垂仁天皇の在世に当たる。大和では巨大な前方後円墳が築造されていた。さらに、朝鮮半島には帯方郡があり、朝鮮諸国の状況を把握していた。書紀によれば、その南部の任那国から崇神天皇のもとへ朝貢使者が訪れていた。書記の記事が正しいのなら、当然、魏志倭人伝にヤマト政権のことは書かれていなければならない。」

「すると、記紀の解読には、外国史書との対比が不可欠になるということだね。もし、書かれていなかったら？」

「朝鮮諸国が中国ではなく、ヤマト政権に朝貢しているとなれば、帯方郡が黙っていない。当然、中国の国家はヤマト政権を意識する。それなのに『魏志』にこのことが書かれていないのなら、書紀の記事は虚偽を疑われることになる。」

「その外に、考えられることは？」

「帯方郡を経営していた魏国は、朝鮮諸国がヤマト政権に朝貢しているかどうかは分かっていたと思う。ところが『魏志韓伝』にも『魏志倭人伝』にも、そのことは何も書かれていない。何故、書かれていないのか？ヤマト政権が取るに足らない小国で、魏志に載せるだけの情報価値が無かったか、あるいは最初からヤマト政権の情報は無かったの

か？」

「どちらかになる。」

「卑弥呼の前に、議論すべき事柄だよ。」

28.〈邪馬台国〉論争は違う次元に入った

箸墓古墳の築造年代が明らかになったことで、今までの〈邪馬台国〉論争は違う次元に入った。このことは、同時に、紀元前 660 年が日本書紀の皇暦元年に当たることを否定する。

従来の〈邪馬台国〉論争の再検証と日本書紀の再解読が必要になる。

「卑弥呼の話のはずが、壮大なスケールの話になりそうだね。オカラ、大丈夫？」

3. マリアの決意

29. ヤマト政権と〈邪馬台国〉

〈邪馬台国〉の話になれば、歴史音痴を自認するマリアでさえ例外では無いのだから、一億総学者と言われるほど、それぞれが一言ある。だが、不思議なことに、ヤマト政権と〈邪馬台国〉、この二つの古代国家の関係は一体どうだったのか？この問題になると、途端に答えることの出来る人間はいなくなる。

〈ヤマト政権は邪馬台国〉だからこの質問は意味が無い、と反論出来るか？答えは出来ない。

もし、意味が無いと答えるなら、ヤマト政権に関する情報と〈邪馬台国〉に関する情報が一致していることを証明する義務が生じる。ところが、未だ努力した痕跡さえ見えない。

「記紀を使って？」

「当然のことだと思う。」

「例えば？」

「2 回目の遣隋使の記事は、隋書と書紀で対比出来る。同じように、後漢書・魏志の朝貢記事は書紀と対比出来なければならない。」

疑問は箸墓古墳の年代測定結果でさらに強まった。しかし、〈邪馬台国大和説〉では、この疑問に答える努力は見られない。悲しいことだが、〈学問の世界〉では往々にあることだ。

30. 何故、大和朝廷ではなく、ヤマト政権なのか

〈大和朝廷〉とは後世の研究者が付けた呼び名だ。では、当時は何と呼ばれていたか？

書紀には書かれていない。書紀が書かなかったのは、国名が無かったからではないのか？

書紀によれば、神武天皇が〈東征〉で征服した地域（クニ）は〈宇陀邑・磐余邑・磯城邑・葛城邑・忍坂邑〉など〈邑〉だ。そして、磐余彦（神武天皇）が即位した地は橿原である。

書紀[長髄彦の軍勢は…長髄というのはもと邑の名であり、それを人名とした]ことから、神武天皇は〈磐余邑の磐余彦王〉で、他の地域の王とは識別可能になる。

「神武天皇は〈筑紫〉から来たって話があるわ。どうして〈筑紫彦〉じゃないのかしら？」

「その問いには、今は答えていられない。」

ヤマト地方だけなら、国名がなくても通用する。仮に、国名があったと仮定すれば、神武天皇が建国した国の名は、恐らく〈磐余邑〉を変えた〈磐余国〉になる。

仮の話になるが、この〈磐余国〉はいつまで続いたのだろうか？後代の研究者が都の所在地に注目して付けた名〈三輪王朝〉、〈河内王朝〉などが正しいとすれば、比較的短期間のうちに〈磐余国〉は消滅していたことになる。そして、〈邑〉より広い地域を包含する〈大和；ヤマト〉はいつ頃生まれた

のか？王朝名の変更は単純に王朝所在地の変更だけだったのか？残念ながら書紀の記事からは推測出来ない。

「〈朝廷〉とは、国家が存在し、それを統治する権力機構の形態を意味することから、少なくとも、大和地方の地方政権であった時代に、しかも、国名ではない〈大和朝廷〉と呼ぶのは誤解を招くことになる。」

「それでヤマト政権なんだ。」

「地方政権を脱却したと評価出来るまでは、この用語を使う。」

31. 読み方を変える

「〈邪馬台国〉論争と言うからには、いろんな説があるんでしょ？」

「江戸時代、新井白石が同じように〈邪馬臺〉を〈ヤマト〉と読んで、筑後山門に当てはめた。」

「へー、九州説も古いんだ。その山門ってどこにあるのかしら？」

「今の福岡県山門郡、有明海の奥の東側にあたる。」

「じゃ、〈邪馬臺国〉の名はどうして出て来たの？」

「後漢書にある。」

「じゃ、後漢書には卑弥呼は出てくるの？」

「後漢書にも出てくるけど、それは魏志からの引用だ。卑弥呼が出てくるのは魏志の方だ。」

「え…、魏志倭人伝に出てくる国名は？」

「女王国と邪馬壹国だ。」

マリアは矢継ぎ早に質問の雨を降らす。雑多な知識の整理に取り掛かったのだ。

「じゃ、最初の〈ト〉はどうなったの？」

「〈ト〉って？」

「〈ト〉がなくなると、見林さんの〈ヤマト〉説はどうなるの？」

「見林は誤解していたかも知れない、『後漢書』が先で『魏志』が後だと。すると〈邪馬臺国〉が先で〈邪馬壹国〉が後になるから、〈壹〉は〈臺〉の間違いだと考えた可能性は十分ある。」

「実際の史書の順序は逆だったってことでしょ。見林さんが誤解していたなら、後世の研究者はその誤解を解く努力をしなければならないのに、それをいいことに、〈臺〉を〈台〉に変えて〈タイ〉にする。そして、魏志に載った国名をすりかえる、詐欺みたいだね。」

32. 名前を変える

〈邪馬台国大和説〉によって、魏志に登場する卑弥呼の後を継いだ女王〈壹與・壱与〉は〈臺與・台与〉に名を変えられた。

「何て読むのかしら？」

「〈ダイヨ〉か〈タイヨ〉じゃ女性の名前に似合わないから〈トヨ〉と読むそうだ。」

「いくつも名を持つなんて、スパイ映画もどきだね。」

「〈臺與〉（ダイヨ）なら、（宮殿を与える）（邪馬臺国を与える）意味になるが、〈台与〉だと意味不明になる。」

ただ、〈壹與〉から〈臺與〉への変換は日本の歴史学者の専売特許ではなかった。唐の姚思廉（西暦？－637 年）の『梁書』諸夷伝倭には［…卑弥呼の宗女臺與を王と為す。其後、復た男王が立ち、並んで中國の爵命を受ける…］とある。

中国では七世紀の唐の時代に、魏志の〈壹與〉が〈臺與〉に変わった。

「じゃ、〈ダイヨ〉や〈トヨ〉も、まるっきりでたらめでもないんだね。」

「でも、〈トヨ〉は倭王であることが条件になる。」

33. 史実は著者の考えによって書き換えられることがある

梁（西暦 502－557 年）は中国・南北朝時代の南朝側の国家だ。この『梁書』の記事は、〈魏志〉と〈後漢書〉〈宋書〉〈隋書〉〈北史〉を参考にして書かれている。古代倭国の状況が時代が下るにつれて、新しい情報を加えて更新される一方で、著者の憶測で変更されたり、不明瞭になっていく事柄もあることを梁書は示した。いずれ明らかにするが、姚思廉の名誉のために言えば、姚思廉が〈壹与〉を〈臺与〉に変えたのには、それ相当の理由があった。

「これは梁書に限ったことではない。だから、中国史書の解読に当たっては、一書に頼るのではなく、総合的な視点から、これらの史書間の相互関連を明らかにして、解読することが重要になる。」

「それなら、〈邪馬台国〉問題は、魏志以降の史書についても解読しなければならないってことになるわね。記紀にも当てはまるかしら？」

「当てはまる。」

34. 牙城を攻め落とす

マリアの好奇心が疼き出していた。〈魏志倭人伝の邪馬台国〉、これまでの常識が勝つか、それとも常識に反旗を翻す非常識が勝つか？

〈多分、大和説は江戸時代から膨大な研究が積み重ねられて、それも高名な学者達によって組み立てられたお城のような、巨大で強固な結論なんだろうな。それにひきかえ、私達はずぶの素人。その素人が素手でお城を突き崩すようなものなんだね、でも、マリアは怖じ気ついたりしないわ。〉マリアはそんな発想をする女性だった。マリアの挑戦はここから始まる。

~~~~~~

コラム 1. 勇気づけられる

~~~~~~

斜長石：長石の一種…斜長石はたいていの岩石中にほとんど普遍的に存在し、その量と岩石構成上の役割から造岩鉱物のうちで最も重要なもの。

双晶：特定な結晶面、あるいは結晶軸に関して互いに対称的であるように 2 個の結晶が結合したもの。(平凡社：地学事典、より)

~~~~~~

「…斜長石双晶（≒結晶成長）問題の解明は岩石の成因の究明という目標に到達する道を得ることになるのではないか。…双晶形成の「How and why?」に迫るには認識レベルを異にする分野の相互のデータの蓄積と検討が必要で、そのためには両者間の交流と整合性を図っていく必要がある。…本研究は中途半端なままで終わっているが、その完成はいつのことか見当もつかない。」

(『ここに立つ－船橋三男先生追悼論文集－』寄稿論文　許成基「斜長石と双晶－幌満オナルシベ産斜長石を例として－」 より抜粋)

~~~~~~

この論文に用いられた試料：サイズ 2.5 cm×2.0 cmの斜長石（白いラメラ 48 枚、黒いラメラ 47 枚、計 95 面の両ラメラを接合面とする。アルバイト双晶。）

~~~~~~

ラメラ：1) 結晶粒内において肉眼的あるいは顕微鏡的に認められる面構造。2) 著しくうすい板状の結晶粒。3) 板状結晶粒の定向配列による岩石の葉状構造。(平凡社：地学事典)

~~~~~~

　小生は残念だが、知識不足のために、この論文を理解出来ない。だが、論文の中の文章としては異例、追悼論文だから許される人間味溢れる文章、「その完成はいつのことか見当もつかない。」に勇気づけられた。壁は乗り越えられなくてもいいんだ。そう思うと気持ちが軽くなる。やがて、壁はいつかは乗り越えられる、そう思えるようになった。この本を最後まで書き続けると。

~~~~~~

4. オカラ史観が批判される

35. 総合的に考える

「今までの〈邪馬台国論争〉は主に魏志倭人伝の〈里程記事〉をいかに解読するかで争われてきた。そして、記紀や考古学や他の史料との整合が取れなくなると、魏志倭人伝の世界に閉じ籠る方法で〈邪馬台国大和説〉は維持されてきた。」

「里程記事は問題があるってこと？でも、みな、里程記事を使っているわ。」

「結果論から言えば、無数の〈邪馬台国〉が生まれた原因は里程記事だ。その解読を誤ったか、里程記事そのものに問題があるかは、まだ分からない。」

「〈邪馬台国問題〉の解決方法って、どういうことかしら？」

「難しい質問だね。マリア様はどう考える？」

「マリアはネ、総合的な視点が必要と思うの。」

「なるほど、その通りかも知れないな。総合的にね。具体的には？」

「悲しいけど、その総合的な…が、分からないのよ。」

「えっ、分からない。」

「もう少し、話し合おうヨ。いい知恵が浮かぶかも知れないよ。」

今までの結論に問題があることは分かった。だが、問題解決には、具体的に何が必要なのか、二人にはそれがまだ分からなかった。分からなく

て当然だ。今まで誰も試みたことのない方法で解決しようとしているのだ。

このような時には、〈オシャベリ〉は有効な手段になる。求めるキーワードを探す範囲が広がり、無造作に吐き出される数多くの言葉の中から〈ひらめき〉という、論理的飛躍の可能性が生まれる。

36. 大和説・九州説の発想は違うのか？

「記紀と魏志倭人伝の対比の可能性が生まれたんだよね。ところで、オカラ。九州説はどうなっているの？新井白石の山門説だけではないよネ。」

「九州説では、有名な古田古代学がある。」

「宮崎康平さんや松本清張さんは知っていたけど、初めて聞いた名だよ。」

「宗教学者だった古田武彦の説だ。魏志倭人伝だけでなく、中国・朝鮮・日本国内の膨大な史料を考証して、緻密な論理を積み重ね、九州説を主張した。その独自な歴史観を古田古代学と呼んだ。」

「オカラは読んだの？」

「読んだ。一時は夢中だった。」

「それでも、大和説には勝てなかった？」

「緻密な理論だったけど、問題があったということだろうな。」

「それは何かしら？」

「大和説も九州説も発想の原点は同じだ、俺は

そう思う。」

37. 地名当ては過程に過ぎない

〈オカラの言う発想の原点が同じ、これが九州説が敗れた原因だったとするならば、同じ大和説が何故、勝利出来たのか?そして、それは何を意味することになるのか〉マリアには、まだ良く理解出来なかった。

「何が…何故、そうなってしまったの?」

マリアの中途半端な質問に構わず、オカラは続ける。

「九州説も〈邪馬台国〉が何処にあったかがクローズアップされ過ぎた。大和説に対抗する上でやむを得なかったかも知れないが、地名当ての問題に矮小化されてしまった。」

「地名当てはいけないの?」

「大切さ。でも、地名当ては魏志倭人伝解読の最終目的ではなく、過程に過ぎない。もっと言うなら、始まりだ。求めるものは〈歴史〉だ。」

38. 誤った思考プロセス

歴史的地名に対応する地点は、本来は一箇所しかない。例えば、〈大阪城〉が北九州にも、大阪にも、東京にもあったとすれば、〈そんな馬鹿が〉と一蹴される。それと同じことをしているのが、〈邪馬台国〉問題だ。

だから、〈邪馬台国〉が各地に広がったことに対しては、〈浪漫があってもいいんじゃない〉と、史料考証に必要な科学的視点を放棄するのだ。

「地名当て方法によれば、数箇所が候補に挙が

る。しかし、最終結論は一箇所になるはず。もし、ならなかったとしても努力し続けなければならない。これが出来ないとなれば、古代史研究の思考プロセスと決定システムには、致命的な欠点があることになる。」

「もしかして、〈邪馬台国〉としたことが、迷走の原因になるってこともある?」

「可能性は大だ。」

39. 地名当て方法のプロセス

〈北京は東京から 5 千キロ西にある〉。これだけでは北京の位置は分からない。北京の様々な情報がプラスされることによって北京の位置は決まる。

〈邪馬台国〉問題における地名当て方法の問題は、九州説、大和説とも、位置情報だけを頼りに決定しようとしたことだ。しかも、三世紀の地理情報を、直接現代地図に重ねた。昔はどうだったか?この問題をおろそかにしたから、魏志倭人伝の里程記事の解読は致命的な間違いを犯したのだ。結果的に、日本の多くの地域に〈邪馬台国〉が誕生した。

例えば、コロンブスがアメリカを発見した時に参考にしたのは、当時のヨーロッパで使われていた恐ろしく不正確な地図だ。彼はその地図を持って航海に出た。

40. 二段階の比定方法とは

「〈邪馬台国〉の場合はどうなるの?」

「求める位置を当時の倭国の地図に落とす。それから現代地図に変換する二段階のプロセスが

求められる。ところが、今まで、この方法は用いられたことはなかった。〈古代日本の地図＝現代地図〉と仮定したからだ。だから、魏志の地図は当てにならないってことになる。」

「どういうこと？」

「三世紀の地図が当てにならないのは当たり前の話だ。それを指摘すれば、魏志の〈解読〉になると考えるのは〈誤解〉も甚だしい。」

「論理的に二段階プロセスの意味を考えつかなかった理由は？」

「〈解読〉とは何か？通説はこのことを軽く考えていた。魏志解読の根本に関わることだが、それ以上に、〈邪馬台国は大和でなければならない〉とあらかじめ結論が出ていた。むしろ、地図は不要だった。〈結果〉が先にあれば、〈論理〉は捻じ曲げられる。」

オカラは全く新しい考え方を提案した。多くの〈邪馬台国〉が誕生したのは、当時の倭国の地図情報を無視して、現代地図上で勝手に想像を膨らました結果だと考えたのだ。

41. 二人の挑戦

「地名当ての前に、卑弥呼が何故、魏の国に使者を出したか？」

「そう。出せたか、も。すごい遠回りだけど、そこから始めるんだね。」

「当時の政治情勢や社会情勢をバックグラウンドにする発想が必要だと思う。国々に対立があった場合の原因は何か？土地争いか、交易の利権争いか、それだけでも全く異なる展開になる。」

「間違っても、自分の主観を発想の代わりにしてはいけないんだね。」

二人の〈邪馬台国〉探しは地名当て競争とは無縁のところから出発しようとしていた。この方法が徒労で終わるのか、それとも、急がば回れの例えのように、解決の糸口を見いだすことにつながるのか、素人の無謀ともいえる挑戦だ。

42. 解読するには

「これで、魏志倭人伝の解読を始められる？」

「まだだ。」

「え、どうして？」

「三世紀の倭国の世界をイメージ出来なければ、魏志倭人伝をいくら読んでも、目で文字を追うだけになる。それじゃ、ほんとの解読は出来ない。」

「イメージって？」

「簡単に言えば、静止画像ではなく動画だ。ダイナミックな世界だ。」

「オカラは分かりにくいな。具体的には？」

「例えば、白地図上なら自由に旅行出来るけど、もし、群雄が割拠して地図が色分けされていたら、簡単に日本中を旅行することは出来なくなる。」

「朝貢の話も？」

「勿論。今までの議論はこの白地図を使って、空想を膨らませていただけだ。」

43. 倭奴国の朝貢

「例えば？」

「後漢書によれば、〈倭奴国〉と呼ばれた国が西暦57年に朝貢船を出した。人によっては〈倭の奴国〉と読むけど、〈邪馬台国〉問題では、これがど

んな意味を持ったのだろう？」

オカラは静かに切り出した。

「そう言えば、〈邪馬台国〉論争の陰に隠れていたね。〈倭奴国〉ってどこにあった国かしら？」

「〈邪馬台国大和説〉は踏み込みたくない話題だ。」

「どうしてかしら？」

「〈邪馬台国大和説〉論争の核心に迫るからさ。」

「どういう意味なの？」

「〈倭奴国〉と読んでも〈倭の奴国〉と読んでも、〈倭国〉の中のひとつの国。一方、〈邪馬台国大和説〉によれば〈倭国〉は〈日本〉を指す。〈日本〉とは〈大和〉のことだ。そうしないと、〈邪馬台国大和説〉の根拠が崩れてしまうからだ。すると〈倭奴国〉の所在地は？」

「大和。…でも、常識的にこれって無いよね。」

「これからは、常識の通用しない世界になる。」

44. 倭国王帥升

後漢書(西暦 107 年)[（後漢の永初元年）倭国王帥升(すいしょう)等が生口百六十人を献じ、請見(せいこう)を願う]

「百六十人とはすごい数だね。マリアはどう思う？」

「分からないわ。でも、後漢書って、問題の鍵を握るかも…。ね、〈倭奴国〉って、本当はどこにあったの？」

「歴史学者の間では、〈倭奴国〉と読んでも、〈倭の奴国〉と読んでも、北九州で一致している。」

「倭国王帥升は？」

「これも九州が大勢を占めるが、〈大和説〉を信じる人たちは、帥升は倭国王という理由だけで大和

在住と考えた。」

「五十年の間に、朝貢国が北九州から大和へ変わったんだ。そのプロセスは認知されているの？」

「誰だって、説明したくはないよね。」

45. 倭国とは

「〈倭国〉は〈大和〉を指すんでしょ。もし、〈九州〉だとなると、どうなるのかしら？」

「一世紀にヤマト政権が全国制覇に成功していることだ。」

「出来ていなければ？」

「〈邪馬台国大和説〉の根拠は吹っ飛ぶ。」

「えっ。卑弥呼の時代に、大和が九州に取って替わったとしても？」

「たとえ、卑弥呼がどんな方法を使って大和に移り住んだとしても、一度定まった〈倭国の定義〉は変わらない。」

「だったら、解決不能な矛盾だね。」

「だから、〈倭奴国王〉も〈帥升〉も大和の王でなければならなくなる。かの松下見林は〈帥升〉を〈景行天皇〉に比定した。それが論理というものだし、研究者としての姿勢だ。」

「〈邪馬臺〉を〈ヤマト〉とするのは乱暴だけど、一貫して自説を主張したんだ。立派だね。で、帥升景行説は？」

「一顧だにされなかった。」

「そうだろうね。卑弥呼が居た時代がなくなっちゃう。」

「内藤虎次郎は、北宋版『通典』に〈倭面土国王師升〉とあることから〈倭面土：ヤマト〉説を主張した。この仮説も追認されなかった。」

「だから、〈邪馬台国大和説〉の本音は後漢書を避けて通りたい。だけど、一方で〈邪馬台国大和説〉は後漢書が頼みの綱だ。」

「じゃ、〈邪馬台国大和説〉が、今からしなければならないことって？」

「一世紀後半に、ヤマト政権は九州までを征服したことを実証することだ。」

「難しそうだけど、それだけでいいの？」

「再度、魏志の解読を行い、欺瞞の論理を排除する。」

「もし、出来なかったら？」

「〈邪馬台国大和説〉は諦めないといけない。」

46. 対馬海峡横断

九州から朝鮮半島への最大の難所は激しい潮の流れがある対馬海峡の横断だ。行きと帰りでは海流や季節風は逆に作用するだけじゃなく、海象や気象も目まぐるしく変化する。この変化に柔軟に対応出来る高度な航海術は、航海を数多く繰り返し、併せて島々の配置など熟知して、初めて獲得出来る。

「対馬海峡は、海図もコンパスも無かった時代、経験無しで横断出来る海峡ではなかった。」

「実験航海が行われているね。なんのための実験航海になるのかしら？」

「少なくとも、〈大和の卑弥呼〉の朝貢を補完するための目的だけは、除外だね。」

話は横道へそれたようだが、それてはいない。総合的な視点が必要だということだ。

47. 初めて船舶を造る

書紀[（崇神）十七年秋七月一日、詔して「船は天下の大切なものである。いま海辺の民は船がないので献上物を運ぶのに苦しんでいる。それで国々に命じて船を造らせよ」といわれた。冬十月、初めて船舶を造った]

「オカラ、随分細かい記事も俎板に載せるんだね。」

「箸墓古墳築造の年代測定結果からは、崇神十七年は三世紀中葉になる。書紀に書かれたこの記事は捏造記事だと思う？」

「思わない。捏造する意味がないから。」

「それなら、この記事を使って、二世紀初頭の帥升の朝貢について説明しなければならない。」

「厳しいね。」

48. 船団を組んで渡る

「船は目に見えるけど、造船術や航海術は目に見えない。これって、ハードとソフトの関係だね。ね、倭奴国の朝貢船って、何隻で行ったのかしら？」

「なんとなく、一隻で行ったと思うよね。だけど、途中、海賊に襲われたり、船が壊れたり、昔は危険が一杯だった。」

「マリアもそうだと思う。朝貢品や下賜品を守るためには強力な護衛も必要だった。」

「中国大陸では紀元前221年、統一王朝・秦が成立した。秦の始皇帝が徐福を東方に派遣して、不老不死の霊薬を求めさせた史実がある。この時、徐福は大船団で出発した。」

「それって、伝説じゃないの？でも、船団渡海は同じだね。」

49. 制海権

「中国では紀元前 1000 年以上前の夏、殷の時代に、既に、板を張り合わせた木板船が建造されていた記録がある。」

「日本は丸木舟の時代だね。」

「紀元前八世紀から前三世紀にわたる春秋戦国時代には交易を目的として、朝鮮、シベリア、インドシナ半島への遠征が行われていたし、三世紀の三国時代は船楼を備えた楼船だけでなく、闘艦と呼ばれる高速戦艦も造られていた。造船技術の発達は著しかった。」

「へー。オカラは船のことは詳しいんだ。それって、映画で見たけど、魏と呉の赤壁の戦いでも大船団がいたね。その技術は、日本にも伝わった？」

「書紀の記事からは、少なくとも、大和には伝わらなかったようだね。」

「ヤマトと大陸との交渉は無かったってこと？」

大陸では戦乱が起きる度に、戦乱を避けたり、あるいは戦に敗れた人々は南や東に逃げた。彼らは外洋を渡れる船に乗って来た。王族も貴族も武士も、農民、工民、商人も。だから紀元前から、日本では、縄文人、弥生人、渡来人が渾然一体となった社会が出来ていた。そういう中で、倭奴国や帥升の朝貢は位置付けられると思う。彼らは丸木舟でなく、木板船を使ったはずだ。そして、朝貢船が安全に航海するには航海術も外洋船も大切だが、制海権も重要になる。

「だから、ヤマト政権の全国制覇が必要なんだ。」

「大和には、それまで船もなかったのに、どうして出来るの？」

50. 徐福は何故、伝説の人と化したか

「魏志倭人伝の卑弥呼が大和在住なら、ヤマト政権と一世紀の倭奴国や三世紀の伊都国などとの関係や、対馬海峡から楽浪郡・帯方郡までの制海権、海峡を横断できる航海術の獲得のプロセスを、〈邪馬台国大和説〉は説明する義務を負う。これは、大和説以外の本州説、九州説、四国説にも言えることだ。」

「壮大なスケールの話になるね。」

研究者は〈邪馬台国の地名当て〉で解読が完了したと考えてはならない。地名当ては魏志倭人伝解読の出発点でしかないからだ。

「徐福が率いた船団の上陸地点や、その噂が日本各地に広まって、徐福伝説が生まれた。」

「史実が伝説化したんだね。」

「同じことが卑弥呼にも言える。卑弥呼を伝説の人にしてはいけない。」

51.〈台与〉は幻の女王

「卑弥呼ばかりが目立つけど、卑弥呼の後を継いだ〈壹与〉って、一体、彼女は誰かしら？」

「日本書紀では神功皇后が一人二役だし、古事記は目をつぶった。」

「そうだね、一人二役はね、映画じゃないから。そうそう、〈邪馬台国大和説〉では〈台与〉だったね。ところで、彼女は誰？」

「残念ながら、いまだに聞いたことがない。〈邪馬

台国大和説〉は〈卑弥呼〉の話では張り切るけど、〈台与〉となると途端にシュンだ。」

「消えた女王か、やっぱりスパイ映画もどきだ。」

52. 第六代孝安天皇の皇后は姪

マリアの頭の中ではまだ雲をつかむようなものだったが、一世紀の〈倭奴国〉とヤマト政権の存在がリンクされようとしていた。記紀では、初代神武天皇から第十三代成務天皇までの皇位はすべて父子継承だが、これでは第十代崇神天皇の箸墓古墳築造は説明不能に陥る。

「唯一説明可能な条件は、第七代から第十代までを兄弟継承とすることだったね。だとすると、ほかにも兄弟継承は無かったのかしら？あれば、孝霊ー崇神兄弟説を補完することになる。」

「尤もな意見だね。記紀によれば、第六代孝安天皇は姪の押媛を皇后にした。一方、書紀の言う父子継承となれば、孝安天皇には兄がいたので、押媛はその兄の娘となるが、これだと、兄を差し置いて弟が天皇になったことになる。」

「それなら、兄弟継承の可能性が強くなるね。だったら、押媛は第五代孝昭天皇の娘と考えてもおかしくはないわ。」

「だけど、書紀は誰の娘か書いていないから、どちらかは断定出来ない。論理的には、父子（第二子）継承か兄弟継承かの可能性は五分五分となる。」

「父子継承が絶対ではなかったことになる。記紀の論理が揺らぎ出すってことだね。」

53. 紀元前660年に代わる神武即位年はいつ頃か

「オカラ、こんな仮定は成り立たないかしら？第十代天皇までは、父子相続は6代ないし5代、兄弟相続は4代ないし5代として、それぞれ在位期間を20年、10年と仮定すると、第十代天皇の時代を西暦250年として逆算すると、西暦100年前後が神武天皇即位の可能性が出てくる。仮に30年、20年とすれば、西暦0年あたりまで遡るわ。」

「難しい問題だね。後の兄弟相続した天皇とその在位年数を見ると、〈履中天皇6年・反正天皇5年・允恭天皇42年〉〈安康天皇3年・雄略天皇22年〉〈顕宗天皇3年・仁賢天皇11年〉〈天智天皇10年・天武天皇15年〉だから、単純平均で13年になる。マリアの推測はそれほど無茶ではないと思う。」

「じゃ、問題はない？」

「神武の即位時期を誤差100年の時間スケールで考えるのは大まか過ぎるけど、逆に、はなから否定されることにはならない。崇神天皇以降は箸墓古墳の年代測定結果を用いて推測する方法が開けたけど、崇神天皇以前は仮定条件を立てる以外に方法は無い。少なくとも、紀元前660年問題を放置すれば、古代史は究明出来なくなる。」

「推測する方法って、全く無いのかしら？」

「ある。歴代天皇陵と言われている古墳の発掘研究だ。中国古代史の研究進展に比べて、日本古代史の研究停滞が顕著なのは、天皇陵研究のタブーがあるからだと思う。」

54. 〈邪馬台国〉問題を再検証することの意味

「勢いで言っちゃうと、〈倭奴国〉が朝貢船を送っ

た西暦 57 年頃、大和は神武天皇によって統一された可能性が高くなるわ。」

「松下見林は倭国王〈帥升〉を景行天皇に比定したが、〈倭奴国王〉とは誰か、松下見林を含めて〈邪馬台国大和説〉に立って比定を試みたことを聞かない。」

「だから、〈倭奴〉と読むか〈倭の奴〉と読むかの読み方の問題に矮小化してしまったんでしょ。」

「鋭い指摘だね。それなら、視点を変えたら、どうなる？」

「神武の支配領域のことね。神武が勝利した長髄彦は奈良盆地西北の登美地区を基盤にしていたから、神武が即位した頃のヤマト政権の支配領域は宇陀盆地・奈良盆地に限られる。日本列島の制覇は無かった。結果的に、箸墓古墳の年代測定結果を基にすれば、後漢時代の二回にわたる朝貢は、ヤマト政権では不可能だったことになる。」

〈邪馬台国〉問題を再検証する必要があると言ったのは、このようなことだ。

55. 木乃伊取りが木乃伊になる

「多くの古代国家が滅亡していく中で、何故、ヤマト政権は拡大の一途を辿り、繁栄を続けることが出来たか？何故、最終的にヤマト政権が日本の覇者になれたか、不思議なこととは思わない？これらの原因解明も、魏志倭人伝解読の鍵を握ることになると思う。」

「オカラの考えって、やっぱり少しずれている気がする。書紀は歴史修正主義の元祖だなんて言いながら、ヤマト政権を特別視するのは、記紀史

観にどっぷり浸かった証拠だと思う。他の国家が滅亡したのなら、ヤマト政権にも滅亡の危機はあったのじゃないかしら。どんな政治権力も発展・停滞・衰退・滅亡はあるはずよ。」

「マリア、ありがとう。自分では論理的に詰めていると考えていたけど、そうじゃなかったことになる。言われるまで、全然、気付かなかった。白地図を使うなと言いながら、白地図で考えていた。」

「へー、そうなんだ。これがオカラの言う潜在意識？」

「マリアに言われて目が覚めた。いつの間にか、〈木乃伊取りが木乃伊〉になっていた。」

5. 魏志倭人伝の新たな解読のために

56. 海へ出る

「内陸のヤマトが生き延びるために必要なことって何かしら？新田開発？」

「違うと思う。大阪湾から瀬戸内海、若狭湾から日本海、伊勢湾から太平洋、この三つのルートが確保されればヤマトの勢力は磐石となる。」

「どうして？」

「目的は、大陸貿易の利権とそれから派生する国内貿易の利権を掌中に収めることだ。」

「理由は？」

「例えば、銅鐸、銅鏡、銅剣・鉄剣、甲冑、大部分は交易品だ。その入手のためには米や特産物を相手に渡さなければならなかった。ヤマト政権は海へ出た。」

「海に出ることは、大きなターニングポイントになることは確かだけど、でも、瀬戸内海は、西に吉備国があるわ。海に出ることは敵と遭遇することになる。ことはそう簡単ではないのじゃない？それに、ヤマト政権の都は内陸の大和、海には出れないし、日本海では、出雲王国が最初から海に出ている。」

「出易い方向に出る。逆に言えば、出雲王国は若狭湾をヤマト政権に抑えられたために、国内貿易の利権を失い、そこから大陸貿易の利権も失い、弱体化に繋がっていった。出雲王国の国内交易ルートが日本海沿岸ルート、ひとつだけだっ

たことが遠因になった。」

「もっと様々なことが要因になったのじゃないかと思う。出雲国滅亡問題は謎だよね。でも、オカラのその結論は早過ぎると思うわ。」

「せっかちなんだな、俺は。」

57. 若狭湾への進出

「古事記によれば、第四代懿徳天皇の子供が但馬国の祖となり、第五代孝昭天皇の子供が丹波国の祖となり、第九代開化天皇の妻は丹波の大県主の娘だった。」

「古事記も書紀と同じように虚偽や捏造があるから、注意する必要がある。〈但馬国の祖〉〈丹波国の祖〉〈大県主〉の真偽は検証出来ないけど、ヤマト政権が但馬・丹波との関係を重視していたことは理解出来る気がする。」

58. 視点をずらす

「ヤマト政権が成立した時代、交易の利権を持たなくては生き抜けないほどに高度な経済構造が出来ていた。古代国家は、一般的に言われているような農業生産力で、その優劣が決まったのではなく、それとは対極に位置する軍事力と一体になった制海権が盛衰を決定した。」

「あっても、おかしくはないと思う。」

59. 大和か九州か

「そもそも〈朝貢船は国内で最強・最大の国が派遣した〉この考えが大和説、九州説どちらの説の潜在意識の中にもあるのじゃないかな。」

「説は二つでも、強大な国家って、ヤマトと九州だけ？もし他にもあったらどうなるの？」

「シビアだね。可能性はある。仮に第三国が存在していたとすれば、大和か九州かの二者択一とは違った展開になる。出雲国、吉備国も候補に挙がっても、不思議じゃないからね。」

「でしょ。」

「確かに、最初に大和説を唱えた国学者たちは熱烈な天皇崇拝者だった。ヤマト政権以外に強大な国家は存在するとは考えも及ばなかった。後に続いた大和説派は存在してはならないと考えた。明治維新後は時の政府の強力なバックアップがあった。これで、諸々の未解明な問題、様々な矛盾は無視していいことになった、例えば、壹与。これで、勝負は決した。」

「それだと、学問じゃないよ？」

「そうだ、〈邪馬台国〉問題は突き詰めると政治思想問題だ。それだと聞こえが良くないから、歴史問題だと装っているだけだ。」

「折角、こうして〈学問〉してるつもりなのに、〈学問〉じゃないって。」

「残念なことだが、日本の歴史界は記紀の編年をそのまま認めたことで、世界史・アジア史と日本史の対比を不可能な状態にした。日本歴史の客観性を敢えて不明にした。」

「え、どうして？」

「神国日本のためだ。」

「天皇陵発掘禁止も？」

「そうだ。この問題が無かったならば、魏志倭人伝の解読問題も起きなかった。その意味では、日本の歴史研究界の果たしている役割は重大だと思う。」

60. おらが郷土(くに)さのチャンピオン

「〈邪馬台国〉論争は〈おらが郷土(くに)さのチャンピオン争い〉になった。だから、たまたま、朝貢船を送るのに、大和よりは大陸に近い北九州に地の利があった。ただそれだけのこと、そう考えたらどうだろうか？」

オカラの提案だ。

「確かに、互いに目くじら立てずに済むわね。」

「〈邪馬台国〉論争を〈日本代表〉論争にしてはならないということだ。」

「でも、これが卑弥呼と関係があるの？」

「それが、あるんだ。」

「オカラ、私たちは迷走していることはないの？」

「だから、マリアとこうして話し込んでいるんだ。」

「非常識と常識の区別が出来ないマリアを。」

「そう、非常識と常識を同じレベルで考えることの出来る能力は、希にみる才能だ。だから、俺の弱点をズバリ言い当てる。これからも宜しく。」

「そうか。素直に喜んでいいんだ。」

61. 九州王朝説

「真理探究に権力の介入があってはならないと思う硬骨漢は何時の世にもいるものさ。古田古代学もそのひとつだ。彼は九州王朝説で大和説に

対抗した。これに対して、大和説信奉者だけでなく、ほかの研究者からも猛烈な反論が起きた。古田武彦はその挑戦を受けて立った。」

「過激過ぎない？」

「事実だ。」

「オカラ、その九州王朝説って何？教えて。」

「最終的に筑紫君と呼ばれる王を戴いて、北九州から中九州一円を支配したとされる王朝国家までは、日本の政治の中心は九州にあったとする主張だ。古田武彦は〈倭の五王〉と呼ばれた王や遣隋使を派遣したのはヤマト政権ではなく、この九州王朝だと主張した。」

62. 邪馬壹国の卑弥呼

「古田さんの魏志倭人伝の解読は？」

「邪馬をヤマと読んで、山の地名がある場所を探した。」

「どこに？」

「奴国だ。正式には須久岡本という遺跡を卑弥呼の墓として、そこを邪馬壹国の所在地とした。」

「邪馬壹国？」

「彼は魏志倭人伝の記事に忠実に従った。」

「へー、そうなんだ。白石さんの山門（やまと）とはどんな関係？」

「ずうっと北。かつての博多湾の奥、現在の春日市。根本的に違うのは、新井白石は原文の改竄結果を使用したが、古田武彦は原文改竄の方法を批判した。」

「それなのに、何故、奴国になったのかしら？」

「畿内説と同じように里程記事を用い、地名当てを重視した。もう一つは、邪馬壹国の女王を卑弥呼と誤解したことだ。」

「畿内説に対抗するのに同じ手法を用いた。緻密な論理構成をした九州説でも、方法論を間違えると、最終結論も違ってしまうんだ。」

マリアはしみじみと述懐していた。

〈ひるがえって、私たちはどうなんだろう？直感に頼っただけで、この難問題に挑戦するなんて、根本的に間違っているのじゃないかしら？〉そう思いながらオカラの顔を除き込むと、オカラは相変わらずいつもの顔だ。〈へぇー、なんだこの顔は…〉

63. ネットワークで読む

「オカラ、そろそろ魏志倭人伝を読んでもいい頃だと思んだ。」

スポーツに例えれば、十分すぎる準備運動、それを二人はようやく終えた。

「オカラ…、ネ、オカラってば。」

「なんだよ、いきなり。」

「閃いちゃった。魏志倭人伝解読方法が。」

「ほう、だったら聞かせて貰おうかな。」

「オカラが言ったでしょ。大和説派も九州説派もどちらも発想が同じだって。だけど、私たちも発想は同じだって、気が付いた。だから、発想を逆転させる。これで評論家とはサヨナラだよ。」

「確かに、俺たちも評論家から抜け出せなかったネ。」

「先ず、用語は正確に。〈邪馬台国〉という名の国は存在しなかったんでしょ？」

「そう。」

「以後、存在しなかった国の名は使わない。」

「はい。」

「魏志倭人伝をもう一度読んで貰うわ。今更だけど、魏志倭人伝を読むとはどういう事か、もう一度考えてみる必要はないかしら？」

「どういう意味じゃ？」

「古事記も日本書紀も読み尽くされていなかった、でしょ？同じように魏志倭人伝も読み尽くされていないから、都合よくつまみ食いされた。だから、魏志倭人伝はネットワークで読む。」

64. 基準値をつくる

「物事を推し量るためには物差しがいるわ。」

「そうだね。」

「魏志倭人伝の解読に、どんな物差しを使ったのかしら？例えば、〈邪馬台国大和説〉の信奉者は、〈卑弥呼〉には執心しながら〈台与〉は無視する、自分の主観を判断基準とするから、何でも言える。でも、それで得られた結論は科学でもなんでもない、単なる願望よ。」

今まで、オカラを手厳しいと言っていたマリアにもエンジンが掛かり始めたようだ。

「問題はどうやって客観的な判断基準、オカラ流に言えば座標値よ。それを定めるか？」

「マリアはどうやって、その基準値を作る？」

「オカラ、自分で言ってて、忘れた？」

「ン？」

「前のことになるけど、自らの思想性に立ち返って、一切の予断を排せと、マリアにクドクド言ってたでしょ。マリアがべそかいてるのに。」

「言い過ぎだったと、反省してる。俺自身が未だに予断を排せていなかった。」

「反省することないよ。その言葉でマリアは閃い

たんだよ。倭人伝は、魏志だけではないわ。ほかに後漢書や宋書や隋書がある。都合が悪くなると、他の倭人伝は資料価値が低いといったり、無視したり、間違いだと切り捨てた。それぞれ時代が違うから対比は出来ない、本当にそうかしら？物差しは計るものと計られるものが異なるから、計ることが出来る。ネットワークで読むことで、基準値は作れる。」

「ごもっとも。」

65. 閑話休題—珍客来訪

「俺に読ませるために、マリアがこんな準備をしてくれてたなんて。マリア、ありがとう。」

「オカラの熱意に応えただけ。ちょっぴりだけど、同士になれるかなって。」

「あっ、ウズメさん、どうしてここに？」

突然だったが、一人の女性が二人を訪問した。

「ちょっと聞きたいことあってね。オカラのこと、課長に聞いたら、マリアに会いに行ったって。有給取得の理由蘭に、書くかねぇ、あの馬鹿が、って。ははぁ、じゃあ、ウズメ様も駆けつけなくちゃって。マリアさん、もう、始まっているの？」

「丁度、これから始めようとしてたところです。」

「間に合ったんだ。仲間に入れて貰えるかしら？」

ウズメこと、佐藤取締役企画部長はオカラの課の直属の上司だ。社内ではアマゾネス、またの名を女帝と呼ばれている戦う熟女だ。ウズメとは、マリアが古事記解読の時に、仲間に入った佐藤部長のたっての頼みで付けたニックネームだ。その部長がやって来た。

6、魏志倭人伝を読む

66. 倭人（国）伝を読む

「倭人伝を読んで貰うけど、びっくりしないでね。」

「マリアがそう言うってことは…、並大抵のことではなさそうだな。」

「でも、卑弥呼に関係しそうな倭人伝といったら、大体この程度よ。…前漢書から始まって隋書あたりまでね。」

詳しく言うと、マリアの言う史書とは、下表であった。

表1. 参考史料

書　　名	書の王朝の年代	撰者の王朝	撰　者
前漢書・地理誌・燕地	（前206－8）	後漢（25－220）	班固（32－92）
三国志・魏志・東夷伝・倭人	（220－265）	西晋（265－317）	陳寿（233－297）
後漢書・東夷伝・倭	（25－220）	南朝宋（420－479）	范曄（398－445）
宋書・夷蛮伝・倭国	（420－479）	南朝梁（502－557）	沈約（441－513）
隋書・東夷伝・俀国	（581－618）	唐（618－907）	魏徴（580－643）

これで足りなければ、必要に応じて読み足すということも付け加えられた。結果的には、さらに多くの史書が必要になったのだが、この時、三人はそこまでは思い至らなかった。

「これで、この程度なの？これを全部読むの？」

オカラはあきれ顔で言う。

「そう。でも、前漢書・地理誌・燕地は短いわ。[楽浪の海中倭人あり、分かれて百余国となる。歳時を以て来り献見すという]…。」

「これで終わり？」

「そう。」

「この調子なら、大丈夫そうだな。」

「じゃ、次は本命の魏志倭人伝。たぶんオカラは読めないと思ってルビを振っておいた。資料に振ってあるのはそのまま、無いのはマリアが我流で

付け足しておいた、間違っていたらごめんね。ルビがないところはマリアが読めないところ。」

「それはありがたいけど、ちょっと、長過ぎない？」

「いやなら無理して読まなくてもいいわ。」

67.『三国志』魏志・東夷伝・倭人（西晋:陳寿（西暦233－297年））

倭人は帯方の東南大海の中にあり、山島に依りて国邑をなす。旧百余国。漢の時朝見する者あり、今、使訳通ずる所三十国。

郡より倭に至るには、海岸に循って水行し、韓国を歴て、乍は南し、乍は東し、その北岸狗邪韓国に到る七千余里。

始めて一海を度る千余里、対馬国に至る。その大官を卑狗といい、副を卑奴母離という。居る所絶島、方四百余里ばかり。土地は山険しく、深林多く、道路は禽鹿の径の如し。千余戸あり、良田なく、海物を食して自活し、船に乗りて南北に市糴す。

また南一海を渡る千余里、名づけて瀚海という。一大国に至る。官をまた卑狗といい、副を卑奴母離という。方三百里ばかり。竹木・叢林多く、三千ばかりの家あり。やや田地あり、田を耕せどもなお食するに足らず、南北に市糴す。

また一海を渡る千余里、末盧国に至る。四千余戸あり。山海に浜うて居る。草木茂盛し、行くに前人を見ず。好んで魚鰒を捕え、水深浅となく、皆沈没してこれを取る。

東南陸行五百里にして伊都国に至る。官を爾支といい、副を泄謨觚・柄渠觚という。千余戸あり、世世王あるも皆女王国に統属す。郡使の往来常に駐まる所なり。

東南奴国に至る百里。官を兕馬觚といい、副を卑奴母離という。二万余戸あり。

東行不弥国に至る百里。官を多模といい。副を卑奴母離という。千余里あり。

南、投馬国に至る水行二十日。官を弥弥といい、副を弥弥那利という。五万戸ばかり。

南、邪馬壹国に至る、女王の都する所、水行十日陸行一月。官に伊支馬あり、次を弥馬升といい、次を弥馬獲支といい、次を奴佳鞮という。七万余戸ばかり。

女王国より以北、その戸数・道里は得て略載すべきも、その余の傍国は遠絶にして得て詳かにすべからず。

次に斯馬国あり、次に己百支国あり、次に伊邪国あり、次に都（郡）支国あり、次に弥奴国あり、次に好古都国あり、次に姐奴国あり、次に対蘇国あり、次に蘇奴国あり、次に呼邑国あり、次に華奴蘇奴国あり、次に鬼国あり、次に為吾国あり、次に鬼奴国あり、次に邪馬国あり、次に躬臣国あり、次に巴利国あり、次に支惟国あり、次に烏奴国あり、次に奴国あり。

これ女王の境界の尽くる所なり。

その南に狗奴国あり、男子を王となす。その官に狗古智卑狗あり。女王に属せず。

郡より女王国に至る万二千余里。

男子は大小となく皆鯨面文身す。
古より以来、その使い中国に詣るや、皆自ら大夫と称す。
夏后少康の子、会稽に封ぜられ、断髪文身、以て蛟竜の害を避く。
今倭の水人、好んで沈没して魚蛤を捕え、文身し、また以て大魚・水禽を厭う。後やや以て飾りとなす。諸国の文身各々異り、あるいは左にしあるいは右にし、あるいは大にあるいは小に、尊卑

差あり。

その道里を計るに、当に会稽の東冶の東にあるべし。

その風俗淫ならず。男子は皆露紒し、木綿を以て頭に招け、その衣は横幅、ただ結束して相連ね、ほぼ縫うことなし。

婦人は被髪屈紒し、衣を作ること単被の如く、その中央を穿ち、頭を貫きてこれを衣る。

禾稲・紵麻を植え、蚕桑緝績し、細紵・縑緜を出だす。

その地には牛・馬・虎・豹・羊・鵲なし。

兵には矛・楯・木弓を用う。木弓は下を短く上を長くし、竹箭はあるいは鉄鏃、あるいは骨鏃なり。

有無するところ儋耳・朱崖と同じ。

倭の地は温暖、冬夏生菜を食す。

皆徒跣。居室あり、父母兄弟、臥息処を異にす。

朱丹を以てその身体に塗る、中国の粉を用うるが如きなり。

食飲には籩豆を用い手食す。

その死には棺あるも槨なく、土を封じて冢を作る。始め死するや停喪十余日、時に当りて肉を食わず、喪主哭泣し、他人就いて歌舞飲酒す。已に葬れば、挙家水中に詣りて澡浴し、以て練沐の如くす。

その行来・渡海、中国に詣るには、恒に一人をして頭を梳らず、蟣蝨を去らず、衣服垢汚、肉を食わず、婦人を近づけず、喪人の如くせしむ。

これを名づけて持衰と為す。

もし行く者吉善なれば、共にその生口・財物を顧し、もし疾病あり、暴害に遭えば、便ちこれを殺さんと欲す。その持衰謹まずといえばなり。

真珠・青玉を出だす。

その山には丹あり。

その木には柟・杼・予樟・楺・櫪・投・橿・烏号・楓香あり。

その竹には篠・簳・桃支。薑・橘・椒・襄荷あるも、以て滋味となすを知らず。

獼猴・黒雉あり。

その俗挙事行来に、云為する所あれば、輒ち骨を灼きて卜し、以て吉凶を占い、先ず卜する所を告ぐ。

その辞は令亀の法の如く、火坼を視て兆を占う。

その会同・座起には、父子男女別なし。

人性酒を嗜む。

大人の敬する所を見れば、ただ手を搏ち以て跪拝に当つ。

その人寿考、あるいは百年、あるいは八、九十年。

その俗、国の大人は皆四、五婦、下戸もあるいは二、三婦。婦人淫せず、妬忌せず、盗窃せず、諍訟少なし。

その法を犯すや、軽き者はその妻子を没し、重き者はその門戸および宗族を没す。尊卑各々差序あり、相臣服するに足る。

租賦を収む、邸閣あり、国国市あり。有無を交易し、大倭をしてこれを監せしむ。

女王国より以北には特に一大率を置き、諸国を

検察せしむ。諸国これを畏憚す。

常に伊都国に治す。国中において刺史の如きあり。

王、使を遣わして京都・帯方郡・諸韓国に詣り、および郡の倭国に使いするや、皆津に臨みて捜露し、文書・賜遣の物を伝送して女王に詣らしめ、差錯するを得ず。

下戸、大人と道路に相逢えば、逡巡して草に入り、辞を伝え事を説くには、あるいは蹲りあるいは跪き、両手は地に拠り、これが恭敬を為す。対応の声を噫という、比するに然諾の如し。

その国、本また男子を以て王となし、住まること七、八十年。倭国乱れ、相攻伐すること歴年、乃ち共に一女子を立てて王となす。名づけて卑弥呼という。

鬼道に事え、能く衆を惑わす。年已に長大なるも、夫婿なく、男弟あり、佐けて国を治む。

王となりしより以来、見るある者少なく、婢千人を以て自ら侍せしむ。

ただ男子一人あり、飲食を給し、辞を伝え居処に出入りす。

宮室・桜観・城柵、厳かに設け、常に人あり、兵を持して守衛す。

女王国の東、海を渡る千余里、また国あり、皆倭種なり。

また侏儒国あり、その南にあり。人の長三、四尺、女王を去る四千余里。

また裸国・黒歯国あり、またその東南にあり。船行一年にして至るべし。

倭の地を参問するに、海中洲島の上に絶在し、あるいは絶えあるいは連なり、周旋五千余里ばかりなり。

景初二年六月、倭の女王、大夫難升米等を遣わし郡に詣り、天子に詣りて朝献せんことを求む。

太守劉夏、吏を遣わし、将って送りて京都に詣らしむ。

その年十二月、詔書して倭の女王に報じていわく、

「親魏倭王卑弥呼に制詔す。帯方の太守劉夏、使を遣わし汝の大夫難升米・次使都市牛利を送り、汝献ずる所の男生口四人・女生口六人・班布二匹二丈を奉り以て到る。

汝がある所踰かに遠きも、乃ち使を遣わして貢献す。これ汝の忠孝、我れ甚だ汝を哀れむ。

今汝を以て親魏倭王となし、金印紫綬を仮し、装封して帯方の太守に付し仮授せしむ。

汝、それ種人を綏撫し、勉めて孝順をなせ。

汝が来使難升米・牛利、遠きを渉り、道路勤労す。今、難升米を以て率善中郎将となし、牛利を率善校尉となし、銀印青綬を仮し、引見労賜し遣わし還す。

今絳地交竜錦五匹・絳地縐栗罽十張・蒨絳五十匹・紺青五十匹を以て、汝が献ずる所の貢直に答う。

また特に汝に紺地句文錦三匹・細班華罽五匹・

白絹五十匹・金八両・五尺刀二口・銅鏡百枚・真珠・鉛丹各々五十斤を賜い、皆装封して難升米・牛利に付す。

還り到らば録受し、悉く以て汝が国中の人に示し、国家汝を哀れむを知らしむべし。故に鄭重に汝に好物を賜うなり」と。

正始元年、太守弓遵、建中校尉梯儁等を遣わし、詔書・印綬を奉じて、倭国に詣り、倭王に拝仮し、ならびに詔を齎し、金帛・銀罽・刀・鏡・采物を賜う。

倭王、使に因って上表し、詔恩を答謝す。

その(正始)四年、倭王、また使大夫伊声耆・掖邪狗等八人を遣わし、生口・倭錦・絳青縑・緜衣・帛布・丹・木弣・短弓矢を上献す。

掖邪狗等、率善中郎将の印綬を壱拝す。

その(正始)六年、詔して倭の難升米に黄幢を賜い、郡に付して仮授せしむ。

その(正始)八年、太守王頎官に到る。

倭の女王卑弥呼、狗奴国の男王卑弥弓呼(注:卑弓弥呼の過ちか)と素より和せず。倭の載斯烏越等を遣わして郡に詣り、相攻撃する状を説く。

塞曹掾史張政等を遣わし、因って詔書・黄幢を齎し、難升米に拝仮せしめ、檄を為りてこれを告諭す。

卑弥呼以て死す。大いに冢を作る。径百余歩、徇葬する者、奴婢百余人。

更に男王を立てしも国中服せず。更々相誅殺し、当時千余人を殺す。

また卑弥呼の宗女壹与年十三なるを立てて王となし、国中遂に定まる。

政等、檄を以て壹与を告諭す。

壹与、倭の大夫率善中郎将掖邪狗等二十人を遣わし、政等の還るを送らしむ。因って臺に詣り、男女生口三十人を献上し、白珠五千孔・青大勾珠二枚・異文雑錦二十匹を貢す。

『新訂　魏志倭人伝・後漢書倭伝・宋書倭国伝・隋書倭国伝　中国正史日本伝(1)』より転記
(現代語訳：石原道博)(文中〈倭〉に〈い〉とルビをつけたことと(正始)の挿入は佐々木)

68．魏志倭人伝に音を上げる

「なんで、倭人伝なんだ？」

「ウォーミングアップよ。急に〈倭人伝〉を〈いじんでん〉って読めと言われても困るでしょ。」

「〈倭人伝〉じゃないってこと？」

「そう。」

「だけど。やっぱり、長過ぎるな。そもそも、史料は参考文献として巻末に載せるのが、この種の本の常識だろ。」

「何を言ってるの。古事記を、無理矢理マリアに読ませたのは誰よ。ここでは、常識は通用しないの。」

「それは、でも…、仮名をふって貰っても意味不明のところが一杯だ。仮名が無いところは全くもってチンプンカンプン、マリアは分かるのか？」

「勿論、分かるわけないよ。」

「じゃ、どうするんだ？読んでも分からないのに、どうすれば、」

「つべこべ言わないの。なまじっか分かると、かえって悪いこともある。」

「どういう意味じゃ。」

「足の付いた蛇は？」

「竜のなりそこない、いや、トカゲ。」

　マリアとオカラが会話するそばで、ウズメは眉間に皺を寄せていた。

7. 後漢書倭伝を読む

倭は韓の東南大海の中にあり、山島に依りて居をなす。

凡そ百余国あり。武帝、朝鮮を滅ぼしてより、使駅漢に通ずる者、三十許国なり。

国、皆王を称し、世世統を伝う。
その大倭王は邪馬臺国に居る。
楽浪郡徼はその国を去る万二千里、その西北界狗邪韓国を去ること七千余里。
その地、大較会稽の東冶の東にあり、朱崖・儋耳と相近し。故にその法俗多く同じ。

土は禾稲・麻紵・蚕桑に宜しく、織績を知り、縑布を為る。
白珠・青玉を出し、その山には丹あり。
土気温煖、冬夏菜茹を生じ、牛・馬・虎・豹・羊・鵲なし。
その兵には矛・楯・木弓・竹矢あり、あるいは骨を以て鏃を為る。
男子は鯨面文身、その文の左右大小を以て尊卑の差を別つ。
その男衣は皆横幅、結束して相連ぬ。
女人は被髪屈紒、衣は単被の如く、頭を貫きてこれを著る。ならびに丹朱もて身を扮すること、中国の粉を用うるが如きなり。

城柵・居室あり。

父母兄弟、処を異にす。ただ会同には男女別なし。

飲食には手を以てし、籩豆を用う。
俗は皆徒跣。蹲踞を以て恭敬をなす。
人性酒を嗜む。多くは寿考、百余歳に至る者甚だ衆し。
国には女子多く、大人は皆四、五妻あり、その余もあるいは両、あるいは三。
女人淫せず妬せず、又俗盗窃せず。
争訟少し。法を犯す者はその妻子を没し、重き者はその門族を滅す。
その死には停喪すること十余日、家人哭泣し、酒食を進めず。而して等類就いて歌舞し楽をなす。
骨を灼いて以て卜し、用って吉凶を決す。

行来・度海には、一人をして櫛沐せず、肉を食わず、婦人を近づけざらしめ、名づけて持衰という。もし塗にありて吉利なれば、則ち雇するに財物を以てし、如し病疾害に遭わば、以て持衰謹まずとなし、便ち共にこれを殺す。

建武中元二年、倭の奴国、奉貢朝賀す。使人

自ら大夫と称す。倭国の極南界なり、光武、賜うに印綬を以てす。

（佐々木注:この〈倭の奴国〉は〈倭奴国〉かで大論争になった部分である。この「訳注」では、一般的な読み方〈倭の奴国〉を採用しているが、正しい読み方かどうかは別問題になる。）

安帝の永初元年、倭の国王帥升等、生口百六十人を献じ、請見を願う。

桓・霊の間、倭国大いに乱れ、更々相攻伐し、歴年主なし。

一女子あり、名を卑弥呼という。年長じて嫁せず、鬼神の道に事え、能く妖を以て衆を惑わす。ここにおいて、共に立てて王となす。侍婢千人。見るある者少なし。

ただ男子一人あり、飲食を給し、辞語を伝え、居処・宮室・桜観・城柵、皆兵を持して守衛し、法俗厳峻なり。

女王国より東、海を度ること千余里、拘奴国に至る。皆倭種なりといえども、女王に属せず。

女王国より南四千余里。朱儒国に至る。人長三、四尺。

朱儒より東南船を行ること一年、裸国・黒歯国に至る。使駅の伝うる所ここに極まる。

会稽の海外に東鯷人あり、分れて二十余国と為る。また、夷洲および澶洲あり、伝え言う。

「秦の始皇、方士徐福を遣わし、童男女数千人を将いて海に入り、蓬莱の神仙を求めしむれども得ず。徐福、誅を畏れ敢て還らず。遂にこの洲に止まる」と。

世世相承け、数万家あり。人民時に会稽に至りて市す。

会稽の東冶の県人、海に入りて行き風に遭いて流移し澶洲に至る者あり。所在絶遠にして往来すべからず。

『新訂 魏志倭人伝・後漢書倭伝・宋書倭国伝・隋書倭国伝 中国正史日本伝(1)』より転記
（現代語訳:石原道博）〈文中〈倭〉に〈い〉とルビをつけたのは佐々木〉

70. 倭人伝記事は「訳注」を書く

「分かったような分からないような、さっぱり分からない。」

「さすがのオカラもギブアップかしら？」

「俺が？するわけないだろう。」

「実は、『現代語訳』が一番分かり易く書いてあるけど、訳者の考えが入ったりして、原文から離れてしまうことがある。例えば、佐々木注に書いたけど、建武中元二年の記事を〈倭の奴国〉と訳すか〈倭奴国〉と訳すかは、大きな問題なの。こういう記事を他の史書と対照するためには、『原文』が最もいいけど、それだと本当にチンプンカンプンになる。それで、中間になるけど、史料の『訳注』を書き写したの。だから、我慢してね。どうしても知りたくなったら、『現代語訳』も併わせて読んでちょうだ

い。」

「そういうことなら、了解だ。」

　やはり、ウズメは二人の会話に加わることはなかった。

71. 気を取り直す

「オカラ、質問していい？後漢書って、後漢の歴史を書いたものだよね。」

「そう。」

「魏志に卑弥呼がでてくるのは、卑弥呼が魏の時代の人だからでしょ。それなのに何故、後漢書にも卑弥呼が出てくるのかしら？」

「え？うん、マリア、良くそこに気付いたね。」

「いけない？」

「そりゃ、まずいだろうな。」

「マリアが？」

「マリアのことじゃない。」

「安心した。建武中元二年、永初元年の記事には年代を入れながら、卑弥呼の事になると年代を曖昧にする、そうすることで後漢時代の出来事に変えてしまったんでしょ。それなりに苦労しているのは分かるけど、どう考えてもやり過ぎだとマリアは思うの。」

「マリア、驚いたよ。」

　後漢書に後漢以前のものが書かれていても問題はないが、後漢の後の出来事が書かれている可能性があることをマリアは指摘した。その時、まだ起きていないことを書くのは、史書として、あってはいけないことだ。

「確かにね。後漢書は、魏志が書かれてから約150年後に書かれている。歴史の順序と史書の順序が逆なんだ。」

「問題が、あるってことだね。」

~~~~~~

コラム 2. 何故、史料・倭人（国）伝を本文中に挿入したか

~~~~~~

　普通、資料は巻末にまとめて載せることが多い。しかし、これだと、読者は読まないことがある。実は私もその中の一人だ。でも、この小説を読むに当たっては、軽くでも、目を通して欲しいと考えたので、本文中に挿入した。

　理由は、この小説は、史料を簡略化したり、ある一部分だけを抜き出して、それに説明を加える方法を多用しているので、その前後のつながりを確かめたいと思う読者もいるはずだと思い、その際にフィードバックし易いと思ったからだ。だから、最初は飛ばして読んで頂いてもよい。

　ただ、魏志だけは読んで頂きたい。精読する必要はない。この記事から、〈邪馬台国卑弥呼説〉を直感的に感じ取れるか、それとも、感じ取れないか？ 人間の〈直観〉は捨てたものではないと考えるからだ。もし、再度、確認したいと感じた時に、再読して頂ければと思う。

~~~~~~

　〈邪馬台国〉あるいは〈卑弥呼〉に関するこれまでの研究・書物は莫大な量になるが、恐らくその大部分は、膨大な考古学資料や地理学的知識を活用する。一見すれば傍証を駆使し、緻密な論理に立脚した説に見えるが、実は、〈魏志倭人伝〉では〈実証〉出来ないために、〈傍証〉を以って〈実証〉に替えようとしたことにほかならない。このような〈手法〉は欺瞞的論理と言われても仕方がないだろう。方法論的に致命的な過ちを犯しているが、巷説はその結果のみ評して、論理過程の問題を指摘しようとはしない。

　正しい論理構成とは、〈魏志倭人伝〉で〈邪馬台国〉〈卑弥呼〉を〈確定〉して、〈後漢書〉〈宋書〉などの史料や〈考古学資料〉などで〈追認・検証〉しなければならない。

~~~~~~

　本書は、今まで多くの研究者が試みても成功しなかった〈魏志倭人伝〉などの一次資料で〈卑弥呼〉問題を〈解読〉し、二次資料で〈検証〉し、解読結果を〈確定〉することを試みる、これまでとは違った方法論に基づく。

　従って、〈魏志倭人伝〉〈後漢書〉などの諸史料は〈資料〉ではなく、最も重要な〈直接的解読対象〉になる。随所に〈倭人伝〉の記事を引用したのは、このためである。

~~~~~~

8. 宋書倭国伝を読む

(この続きは次の73項へ)

72.『宋書』夷蛮伝・倭国（南朝梁：沈約（西暦 441－513 年））

倭国は高驪の東南大海の中にあり、世々貢職を修む。

高祖の永初二年、詔していわく「倭讃、万里貢を修む。遠誠宜しく甄すべく、除授を賜うべし」と。

太祖の元嘉二年、讃、また司馬曹達を遣わして表を奉り方物を献ず。

讃死して弟珍立つ。使を遣わして貢献し、自ら使持節都督倭・百済・新羅・任那・秦韓・慕韓六国諸軍事、安東大将軍、倭国王と称し、表して除正せられんことを求む。詔して安東将軍・倭国王に除す。

珍、また倭隋等十三人を平西・征虜・冠軍・輔国将軍の号に除正せんことを求む。詔して並びに聴す。

（元嘉）二十年、倭国王済、使を遣わして奉献す。また以て安東将軍・倭国王となす。

（元嘉）二十八年、使持節都督倭・百済・新羅・任那・秦韓・慕韓六国諸軍事を加え、安東将軍は故の如く、ならびに上る所の二十三人を軍郡に除す。

済死す。世子興、使を遣わして貢献す。

世祖の大明六年、詔していわく、「倭王世子興、奕世載ち忠、藩を外海に作し、化を稟け境を寧んじ、恭しく貢職を修め、新たに辺業を嗣ぐ。宜しく爵号を授くべく、安東将軍・倭国王とすべし」と。

興死して弟武立ち、自ら使持節都督倭・百済・新羅・任那・加羅・秦韓・慕韓七国諸軍事、安東大将軍、倭国王と称す。

順帝の昇明二年、使を遣わして表を上る。いわく、（この続きは次の73項へ）

73. 宋書・倭国伝・武の上表文を抜き出す

封国は偏遠にして、藩を外に作す
昔より祖禰躬ら甲冑を擐き
山川を跋渉し、寧処に遑あらず
東は毛人を征すること五十五国
西は衆夷を服すること六十六国
渡りて海北を平ぐること九十五国
王道融泰にして、土を廓き畿を遐にす

累葉朝宗して歳に愆らず

臣、下愚なりといえども、忝なくも先緒を胤ぎ

統ぶる所を駆率し、天極に帰崇し

道百済を遥て船舫を装治す

しかるに句驪無道にして、図りて見呑を欲し

辺隷を掠抄し、虔劉して已まず

毎に稽滞を致し、以て良風を失い

路に進むというといえども、

あるいは通じあるいは不らず

臣が亡考済

実に寇讐の天路を壅塞するを忿り

控弦百万、義声に感激し

方に大挙せんと欲せしも、奄かに父兄を喪い

垂成の功をして一簣を獲ざらしむ

居しく諒闇にあり、兵甲を動かさず

これを以て、偃息して未だ捷たざりき

今に至りて、甲を練り兵を治め

父兄の志を申べんと欲す

義士虎賁文武功を効し

白刃前に交わるともまた顧みざる所なり

もし帝徳の覆戦を以て、この彊敵を摧き

克く方難を靖んぜば、前功を替えることなけん

窃かに自ら開府儀同三司を仮し

その余は咸な仮授して、以て忠節を勤む、と。」

74. 宋書・倭国伝の最後

詔して武を使持節都督倭・新羅・任那・加羅・秦韓・慕韓六国諸軍事、安東大将軍、倭国王に叙す。

『新訂　魏志倭人伝・後漢書倭伝・宋書倭国伝・隋書倭国伝　中国正史日本伝(1)』より転記

（現代語訳：石原道博）〈文中〈倭〉を〈い〉とルビをつけたこと、及び(元嘉)の挿入は佐々木〉

75. 武の上表を思う

「三世紀の話はもう、ここには出てこないね。当然と言えば当然の話だけど。」

マリアの感想だ。南朝宋は西暦 420 年から 478 年までだ。〈高祖の永初二年〉とは西暦 421 年、〈順帝の昇明二年〉とは西暦 478 年だから、五世紀の宋時代の出来ごとが書かれていることになる。

「武の上表って、意味はよく分からないけど、すごいリズム感がある。まるでポエムだね。オカラはどう思った？」

「宋書が上表の全文を書き記したってことは、日本書紀でも他の中国史書でも見たことがない。沈約は感動したんだと思う、そうでなければ、〈使を遣わして表を上る〉で終わっていたし、書いても〈いわく、封国は偏遠にして、藩を外に作す…云々〉で終わっていたはずだ。沈約が全文を書き記したことで、倭王が何故、除授を願ったか、その理由となった倭国と朝鮮諸国との関係を知ることが出来るようになった。」

「こんな表を書いた倭王・武って、どんな王だったんだろうね。」

「これが、卑弥呼と関係すると、マリアは考える？」

「わからない。でも何か匂うの。第六感というやつね。」

9. 隋書倭国伝を読む

倭国は百済・新羅の東南にあり。水陸三千里、大海の中において、山島に依って居る。

魏の時、訳を中国に通ずるもの三十余国、皆自ら王と称す。

夷人里数を知らず、ただ計るに日を以てす。

その国境は東西五月行、南北は三月行にして、各々海に至る。

その地勢は東高くして西下り、邪靡堆に都す、則ち「魏志」のいわゆる邪馬臺なる者なり。

古よりいう、「楽浪郡境および帯方郡を去ること並びに一万二千里にして、会稽の東にあり、儋耳と相近し」と。

漢の光武の時、使いを遣わして入朝し、自ら大夫と称す。

安帝の時、また使いを遣わして朝貢す、これを倭の奴国という。

（佐々木注：〈倭の奴国〉の原文は〈倭奴国〉。後漢書の〈倭の奴国〉と同じ問題がある）

桓・霊の間、その国大いに乱れ、遞いに相攻伐し、歴年主なし。

女子あり、卑弥呼と名づく。能く鬼道を以て衆を惑わす。ここにおいて、国人共に立てて王となす。

男弟あり、卑弥呼を佐けて国を理む。

その王、侍婢千人あり、その面を見るある者罕なり。ただ男子二人あり、王に飲食を給し、言語を通伝す。その王に宮室・桜観・城柵あり、皆兵を持して守衛し、法をなすこと甚だ厳なり。

魏より斉・梁に至り、代々中国と相通ず。

開皇二十年、倭王あり、姓は阿毎、字は多利思北孤、阿輩雞弥と号す。

使いを遣わして闕に詣る。上、所司をしてその風俗を訪わしむ。

使者言う、「倭王は天を以て兄とし、日を以て弟となす。天未だ明けざる時、出でて政を聴き跏趺して座し、日出ずれば便ち理務を停め、いう我が弟に委ねん」と。

高祖いわく、「これ大いに義理なし」と。ここにおいて訓えてこれを改めしむ。

王の妻は雞弥と号す。後宮に女六、七百人あり。太子を名づけて利歌弥多弗利となす。

城郭なし。

内官に十二等あり、一を大徳といい、次は小徳、次は大仁、次は小仁、次は大義、次は小義、次は大礼、次は小礼、次は大智、次は小智、次は大信、次は小信、員に定数なし。

軍尼(ぐんに)一百二十人あり、なお中国の牧宰(ぼくさい)のごとし。八十戸に一伊尼翼(いによく)を置く、今の里長(さとおさ)の如きなり。十伊尼翼は一軍尼に属す。

その服飾、男子は裙襦(くんじゅ)を衣る、その袖は微小なり、履は履形(くけい)の如く、その上に漆(ぬ)り、これを脚に繋(か)く。

人庶多くは跣足(はだし)、金銀を用いて飾りとなすことを得ず。故時、衣は横幅、結束して相連ね縫うことなし。頭にもまた冠なく、ただ髪を両耳の上に垂るるのみ。

隋に至り、その王始めて冠(かんむり)を制(せい)す。錦綵(にしきあや)を以てこれを為(つく)り、金銀(きんぎん)を以て花(はな)を鏤(ちりば)め飾りとなす。婦人は髪を後に束ね、また裙襦(くんじゅ)・裳(しょう)を衣、皆チンセンあり。

竹にて梳(くし)を為(つく)り、草を編みて薦(しとね)となす。雑皮にて表を為(つく)り、縁(ふち)るに文皮を以てす。

弓・矢・刀・矟(さく)・弩(ど)・鑽(さん)・斧(おの)あり、皮を漆(ぬ)りて甲となし、骨(ほね)を矢鏃(やかぶら)となす。

兵ありといえども征戦(せいせん)なし。

その王朝会(ちょうかい)には必ず儀仗(ぎじょう)を陳設(ちんせつ)し、その国の楽(がく)を奏(そう)す。

戸十万ばかりあり。

その俗、人を殺し、強盗および姦(かん)するは皆死し、盗む者は贓(ぞう)を計りて物を酬(むく)いしめ、財なき者は、身を没して奴となす。自余は軽重もて、あるいは

流しあるいは杖す。

獄訟(ごくしょう)を訊究(じんきゅう)するごとに、承引せざる者は、木を以て膝を圧し、あるいは強弓を張り、弦を以てその頂(きょ)を鋸す。

あるいは小石を沸湯(ふっとう)の中に置き、競う所の者をしてこれを探らしめ、いう理曲なる者は即ち手爛(ただ)ると。

あるいは蛇を瓮中(おうちゅう)に置きてこれを取らしめ、いう曲なる者は即ち手を螫(さ)さると。

人すこぶる恬静にして、争訟罕(まれ)に、盗賊少なし。

楽(がく)に五絃の琴・笛あり。

男女多く臂(ひじ)に黥(げい)し、面に点し身に文し、水に没して魚を捕う。

文字なし、ただ木を刻み縄を結ぶのみ。

仏法を敬す。百済において仏経を求得し、始めて文字あり。

卜筮(ぼくせん)を知り、もっとも巫覡(ふげき)を信ず。

正月一日に至るごとに、必ず射戯・飲酒す。

その余の節はほぼ華と同じ。

棊博(きはく)・握槊(あくさく)・樗蒲(ちょぼ)の戯を好む。

気候温暖にして、草木は冬も青く、土地は膏腴(こうゆ)にして、水多く陸少し。

小環を以て鸕(ろ)(茲+鳥)(じ)の頂に挂(か)け、水に入りて魚を捕えしめ、日に百余頭を得。

俗、盤俎(ばんそ)なく、藉(し)くに槲(かしわ)の葉を以てし、食するに手を用ってこれを餔(も)う。

性質直にして雅風あり。

女多く男少なし。

婚嫁には同姓を取らず。男女相悦ぶ者は即ち婚をなす。

婦、夫の家に入るや、必ず先ず犬（火）を跨ぎ、乃ち夫と相見ゆ。婦人淫妬せず。

死者は敛むるに棺槨を以てし、親賓、屍について歌舞し、妻子兄弟は白布を以て服を製す。

貴人は三年外に殯し、庶人は日を卜して痙む。

葬に及んで屍を船上に置き、陸地これを牽くに、あるいは小轝を以てす。

阿蘇山あり。その石、故なくして火起り天に接する者、俗を以て異となし、因って禱祭を行う。

如意宝珠あり。その色青く、大いさ雞卵の如く、夜は則ち光あり。いう魚の眼精なりと。

新羅・百済、皆俀を以て大国にして珍物多しとなし、並びにこれを敬仰し、恒に通史・往来す。

大業三年、その王多利思北孤、使いを遣わして朝貢す。

使者いわく、「聞く、海西の菩薩天子、重ねて仏法を興すと。故に遣わして朝拝せしめ、兼ねて沙門数十人、来って仏法を学ぶ」と。

その国書にいわく「日出ずる処の天子、書を日没する処の天子に致す、恙なきや、云々」と。

帝、これを覧て悦ばず、鴻臚卿にいっていわく、「蛮夷の書、無礼なる者あり、復た以て聞するなかれ」と。

明年（大業四年）、上、文林郎裵清を遣わして俀国に使せしむ。

百済を度り、行きて竹島に至り、南に耽羅国を望み、都斯麻国を経、迥かに大海の中にあり。

また東して一支国に至り、また竹斯国に至り、また東して秦王国に至る。

その人華夏に同じ、以て夷洲となすも、疑うらくは、明らかにする能わざるなり。

また十余国を経て海岸に達す。

竹斯国より以東は皆俀に附庸す。

俀王、小徳阿輩台を遣わし、数百人を従え、儀仗を設け、鼓角を鳴らして来り迎えしむ。

後十日、また大礼哥多（田＋比）を遣わし、二百余騎を従え郊労せしむ。既に彼の都に至る。

その王、清と相見え、大いに悦んでいわく、「我れ聞く、海西に大隋礼義の国ありと。故に遣わして朝貢せしむ。我れは夷人、海隅に僻在して、礼義を聞かず。これを以て境内に稽留し、即ち相見えず。今故らに道を清め館を飾り、以て大使を待つ。冀くは大国惟新の化を聞かんことを」と。

清、答えていわく、「皇帝、徳は二儀に並び、沢は四海に流る。王、化を慕うの故を以て、行人を遣わして来らしめ、ここに宣諭す」と。

既にして清を引いて館に就かしむ。

その後、清、人を遣わしてその王にいっていわく、「朝命既に達せり、請う即ち塗を戒めよ」と。

ここにおいて、宴享を設け以て清を遣わし、また使者をして清に随い来って方物を貢せしむ。

この後遂に絶つ。

『新訂 魏志倭人伝・後漢書倭伝・宋書倭国伝・隋書倭国伝 中国正史日本伝(1)』より転記
（現代語訳：石原道博）（訳文中倭、倭国を原文に即して俀、俀国に戻したことと〈大業四年〉の挿入は佐々木）

77. 三人の読後感想

「隋書を読む限りでは、過去の事柄をかなり正しく書いている。その情報源は〈魏志〉〈後漢書〉〈宋書〉だ。さらに政治・刑法・風俗など独自記事がある。これは裴清世が来朝して直接見聞きしたことが大きいと思う。魏志では魏の役人が倭国に滞在していた。後漢書と宋書では、後漢や宋の役人は倭国を訪問していない。この違いだと思う。」

「庶民の風俗や習慣まで、細かなところまで書いているね。［男女相悦ぶ者は即ち婚］って、今で言う恋愛結婚だよ。」

「マリアは女性だから、細かなことまで気が付くんだね。細心にして大胆、解読者として大切な視点だ。」

「オカラ、大胆の方は？」

「隋書の最大の問題は、〈倭国〉ではなく、〈俀国〉としたことだ。」

多くの研究者は〈俀国〉を〈倭国〉の間違いだとした。だから、引用文献の注釈も原文の〈俀〉を〈倭〉に替えたと、断りを入れている。理由はそれまでの三つの史書が〈倭国〉と書き表し、その後の史書も〈倭国〉を使用したからだ。その判断が本当に良いのか？隋書は〈倭国〉の国名では都合の悪いことが起きると考えたのではないか？

「〈俀国〉が間違いではなかったら、どうなるのかしら？」

「〈倭国〉とは何か？再検討が必要になる。」

ウズメは二人の会話が一段落したところで、大きなため息をつきながら、「疲れたー。」と一言、ウズメでなくとも疲れるのは皆同じだ。

「読み終わったんだ。」

三人の共通の感想だ。

10．魏志を読み解く(1)―〈委〉は〈わ〉と読むか―

78．今、何故倭人伝を読み解かねばならないか？

「倭人伝解読を始める前に、確認しておきたいことがある。」

「え、何を？」

「何故、今なのか、だ。」

オカラは倭人伝解読の意義を確認する必要があると考えていた。〈邪馬台国大和説〉の問題は過去のことではないからだ。今も、形を変えて、鏡だ、古墳だ、遺跡だと、多くの研究発表がある。

例えば、2014 年、『国立歴史民俗博物館研究報告』に発表された岸本直文「倭における国家形成と古墳時代開始のプロセス」と題した長編の論文がある。

この論文は 50 を超える引用・参考文献を駆使し、主に考古学成果をもとに取りまとめている。先ず、膨大な量に圧倒される。この〈論文要旨〉は「…箸墓古墳が 3 世紀中頃に特定され、〈魏志倭人伝〉に見られる倭国と倭王権とが直結し、連続的発展として理解…卑弥呼が倭国王であった 3 世紀前半には、瀬戸内…地域で前方後円墳の墳墓の共有と画文帯神獣鏡の分配が始まって…これが〈魏志倭人伝〉の倭国とみなしうる…」とある。

この論文には西暦107 年の倭国王帥升の朝貢についての考察もある。「…57 年の奴国の朝貢段階とは異なり、この間に中国側が倭国と表現するものへの変化があり[仁藤 2004]。…〈魏志倭人伝〉の記述は倭国王となったヤマト国に居住する卑弥呼共立に至る経緯を書いており、…107 年の倭国王帥升を意識したものとすれば…ヤマト国がほぼのちの畿内の範囲にまで拡大されるのが 1 世紀中葉で…ヤマト国王が倭国王とされる状態は 2 世紀初めにさかのぼることになる…」

この文章を読んで何を感じるだろうか？〈57 年の奴国〉とは九州に存在した国家だが、その50 年後の〈倭国王帥升〉は〈ヤマト国王〉だと、この論文は言う。本当なのか？この時期、書紀によれば、ヤマトには天皇が君臨していた。卑弥呼の時代は第十代崇神天皇の在世になり、この 90 年前は既に〈天皇〉がいたことになるが、この論文では、ヤマト国王は倭国王だったいう。結果的に、ヤマト国は、倭国王と天皇による二重権力構造を有する国家だったことになるが、本当なのか？

倭国王・卑弥呼はヤマト在住だったというが、本当なのか？何故、日本国内に無数の〈邪馬台国〉が生まれたか？その原因は、魏志に卑弥呼がヤマト在住だとは書かれていないからではないのか？問題が顕在化しないように、松下見林の知恵をこっそりと拝借してはいないのか？

前方後円墳と画文帯神獣鏡の分布から、瀬戸内から大和にかけての地域は〈倭国〉だと言うが、魏志や後漢書や宋書の〈倭国〉の定義とはどのように対照されるのか？

卑弥呼が魏帝から贈与された銅鏡百枚とは何か？画文帯神獣鏡がそれに該当する証拠とは何か？それまでは三角縁神獣鏡を銅鏡百枚に当てていたが、その説が説明不能に陥ったことから、ピンチヒッターに起用されただけではないのか？考古学資料と文字記録の史書との関係は、考古学資料が絶対的に優位なのか？

梅原猛は記紀研究の現状を「…歴史学者は考古学の成果をもって、歴史叙述に代えた（『神々の流竄』）」と批判したが、この批判は魏志倭人伝の研究手法にも当てはまるのではないか？数々の疑問に論文は答えていない。

この論文以外の多くの研究も、魏志倭人伝の解読は終わったものとして、自分に都合の良い結果だけを使っている。それは歴史修正主義の手法につながり、それで得られる結論は砂上の楼閣となる。巨大な虚妄の館を造るエネルギーがあるなら、それを真実の塔を建てることに転換させるべきだと。

「もう一度、原点に立ち返る必要がある。」
「そういうことね。」
「論理の迷路に誘導したのが、〈邪馬台国大和説〉だ。」

ウズメは、ここでも二人のやり取りを黙って聞いていた。

79. 金印「漢委奴国王」の発見

江戸の天明四年、博多湾入口にある志賀島から金印が出土した。発見の経緯は甚兵衛が偶然発見したとも、秀治、喜平が発見して、甚兵衛が那珂郡奉行に届け出、奉行より福岡藩に提出さ

れ、儒学者亀井南冥が同定したともある。この金印をめぐっては様々な意見や説があったが、とにかく、国宝に指定されて現在に至る。

この発見により、後漢書［建武中元二年、倭奴国（多くは倭の奴国と訳す）奉貢朝賀す。…倭国の極南界なり、光武、賜うに印綬を以てす］の記事が正しかったことが証明された。

しかし、我々一般人の多くの記憶は、水田の下から発見されたとの説明を受けて、土中に埋もれていたと考え、そこから様々な想像や意見が生まれることになった。

80. 金印は隠されていた

ところが、金印は土中に埋もれていたのではなく、巨石の下に三石周囲した匣（はこ）の形をした中に存したという。何かの拍子に紛失したのではなく、明らかに隠匿したのだ。紛失したのなら、元あった場所も近くと考えられるが、隠匿したのなら元の所有者も元の場所も全く想像が出来なくなる。

〈倭の奴国〉問題は、振り出しに戻すべきなのだ。

81. 細石神社

細石神社と書いて〈さざれいし〉神社と読む。かつては〈佐々禮石〉神社と呼ばれていた。所在地は糸島市三雲地区、魏志の伊都国の中心部に位置し、以前は、神田も多く、大社だったとされるが、中世の戦乱で焼失、豊臣秀吉の時代の太閤検地により神田が召し上げられ衰退したと言われている。

付近に伊都国王墓の三雲南小路遺跡がある。

二つの甕棺墓（かめかんぼ）が発掘されていて、一号墓は武器類、二号墓は玉類が副葬されていたことから王と妃の墓とされる。細石神社は当初、これらの甕棺墓の拝殿としての機能を果たしていたのでは、との推察がある。

フリー百科事典〈ウィキペディア〉には、「細石神社には、〈漢委奴国王〉の金印が宝物として伝わっていたが、江戸時代に外部に流れたとの伝承〈口伝〉があった」と書かれている。

魏志[…今汝を以て親魏倭王となし、金印紫綬を仮し…]から、卑弥呼も金印を贈られていたが、こちらは未発見である。

82.〈漢委奴国王〉はなんと読むか

この金印の発見によって、金印の文字〈漢委奴国王〉をどう読むか、という問題が発生した。

一般的には〈倭〉を〈やまと〉〈わ〉と読んでも、〈委〉は、そうは読まない。広辞苑で調べてみても、〈委〉は委員などと使われ、〈い〉と読む。

だから、〈かんのいのなのこくおう〉か〈かんのいとのこくおう〉ならば、〈委（い）の奴国〉か〈委奴国（いと）〉かの議論で論点が整理されるが、問題を複雑にしたのが〈委〉を〈わ〉と読んだことだ。

83.〈委〉を〈わ〉と読む

明治二十五年十二月、三宅米吉は「漢委奴国王印考」を『史学雑誌』に発表し、〈漢委奴国王〉を〈かんのわのなのこくおう〉と読み、〈委（わ）の奴国〉を古代の博多〈娜津（なのつ）〉に存在した国とした。

何故、〈委〉が〈い〉ではなく、〈わ〉なのか？理由

は〈委〉と〈倭〉は同じ発音だからだ。〈倭〉を〈わ〉と読むためには、〈委〉も〈わ〉と読まなければならなかった。だから、極端な読み方では、〈委〉を〈やまと〉と読んで、金印の文字を〈かんのやまとのなのこくおう〉と読む説もあった。

「松下見林の〈ヤマト〉と同じだね。」

「ここまで一貫していれば、立派なもんだ。」

書紀では〈倭迹迹日百襲姫命（やまととともひももそひめのみこと）〉と、〈倭〉を〈やまと〉と読む。ちなみに古事記では〈夜麻登登母々曾毘売命（やまととももそひめのみこと）〉となる。西暦712年の古事記撰録から西暦720年の日本書紀撰録の間に、〈夜麻登〉から〈倭〉へと用語の使い方が変化した。確かに、記紀からは〈倭〉を〈わ〉〈やまと〉と読むことは肯定されるが、一方で、〈委〉を〈わ〉と読む根拠はどこにも無い。

しかし、この三宅説が正しい読み方として現在に引き継がれている。記紀史観とも呼べる時の権力の意向に合致したからだ。だから、後漢書の現代語訳は〈倭（わ）の奴国（なこく）〉と訳されている。

「本当にこれで良いの？」

「オカラは不満なんだ。」

「逆説的だが、何故、〈倭（い）〉と読む事に過剰に反応するか？感覚的に〈倭〉は〈ヤマト〉でないと感じるからだ。もし〈委〉を〈い〉と読んでいれば、〈委（い）の奴国（なこく）〉の読み方は無かったように思う。」

「それだと、〈委奴国（いとこく）〉で完結だね。」

「〈大和説〉に立てば、委奴国でも奴国でも、どちらも九州北部の国家。大きな違いは無いはずだけど…、あったんだろうね。」

84. 二国関係か三国関係か

「〈かんのわのなのこくおう〉の読み方に従えば、〈後漢国〉の〈委国〉の〈奴国〉の三ヶ国の関係となる。一方、〈かんのいとのこくおう〉の読み方に従えば、〈後漢国〉と〈委奴国〉の二国関係になる。」

「どうして、二国と三国の読み方を挙げたの？」

「通常は宗主国と朝貢国との主従関係を指すから、二国関係になる。中国が倭国以外の朝貢国に授与した印璽も二国関係だ。これが〈かんのわのなのこくおう〉の最大の弱点だ。この批判に対して、〈漢の委の奴国〉説は有効な反論が出来ていない。」

「それでも、〈かんのわのなのこくおう〉なんだ。オカラでなくとも、不満を言いたくなるね。」

85. 〈わこく〉か〈いこく〉か

私たちが慣れ親しんでいる〈倭国〉は、日本を指す言葉として〈わこく〉と読まれている。ワードソフトでも〈わこく〉と入力すれば〈倭国〉と変換される。それほどまでに〈倭国〉は一般に定着した言葉だ。

「何故、〈倭国〉が〈わこく〉と読まれるようになったか？」

「マリアに聞いてるの？」

「そういう訳ではないけど、鎌倉時代中期の『釈日本紀』を著した卜部懐賢（方）あるいは〈卜部兼方〉は、〈倭国〉の語源は〈我〈話伽〉が転訛したものである〉と考えた。室町時代の藤原兼良は、漢人から国名を聞かれたとき『吾国をいうや』と反問したのを、漢人が吾〈わが〉を国名と誤解して〈倭〉とした。」

「〈我〉とか〈吾〉が、倭の根拠？変なの。」

86. 倭には柔順の意味がある

石原道博は、『新訂 魏志倭人伝・後漢書倭伝・宋書倭国伝・隋書倭国伝 中国正史日本伝(1)』の解説で、「倭には柔順の意味があり、『東夷は天性柔順、三方の外に異なる。』（「前漢書」・地理志・燕地）の記事から連想すると、東夷は四夷のうちとくに柔順―儒教の徳化がよくおよんでいる、というような中華思想とも結びついて、倭をもって表されるようになったのではあるまいか」と、〈倭〉の語源を述べている。

「三方の外とは〈南蛮北狄西戎〉であり、残りの〈東夷〉のひとつが〈倭〉となった可能性が高い。しかし、この解説文では、石原道博が〈倭〉を〈わ〉と読んだか〈い〉と読んだかは判別出来ない。」

「困ったね。でも、卜部・藤原説は退けられたと考えて良いかしら？」

「いいと思う。〈倭〉の語源は前漢書にあった。」

87. 〈委奴〉〈倭奴〉と読む研究者は多い

同じ解説の中で、石原道博は次のように述べている。

「『後漢書』にみえる「倭奴国」と後漢の光武帝よりもらったとおもわれる「漢委奴国王」（金印）のこと、および北宋版『通典』にみえる「倭面土国」について一言しておこう。「倭奴」をヤマト（大和）とするか、怡土（伊都）とするか、倭ノ奴ノ国（博多）とするかに異説があるが、わたくしはやはり倭奴国は金印の「漢委奴国王」の委奴と同じで、後者の

説をとるものである。「倭面土」についても、畿内の
ヤマト説と九州のイト（回土？怡土）説と鯨面文身
の風俗よりする倭面＝委面説とがあるが、わたくし
は白鳥博士の九州イト説をとりたい。」

　石原道博は〈倭〉を〈い〉と読んだ。

　〈倭奴〉と読んだ学者たちは多い。この中には江
戸時代の戯作者、上田秋成らも含まれる。

88. 白鳥倉吉は倭奴を伊都に結びつけた

　石原道博が引き合いに出した白鳥庫吉博士は、
倭は怡土（伊都）の訛伝だと考えた。怡土（I-Tu）
→委（倭）土（Wi-Tu）→委（倭）（ゐ）と略称され
たと考えた。

　白鳥は〈倭国〉の読み方は〈ゐこく〉であり、それ
は〈伊都国〉にちなむ国名だとした。

89. 歴史の常識はどのように妥協したか

　金印〈漢委奴国王〉と〈後漢書〉がリンクしていれ
ば、後漢書の読み方も問題になる。

　後漢書で西暦57年に後漢に朝貢した国は、広
く知られている〈倭の奴国〉ではなく、〈倭奴
国〉の可能性が強くなる。しかし、歴史の常識は、〈倭奴
国が後漢に奉貢朝賀し、光武帝が印綬を賜る〉と
表現する一方で、後漢書の訳注では〈倭の奴国〉
と読んだ。

90. 中国では〈倭〉も〈委〉も〈い〉と読む

　中国では〈倭〉をどのように読むのか？後漢の許
慎の『説文』によれば「人に従い、委の声、詩に

いわく、周道倭遅」。唐の陸徳明の『経典釈文』に
は「倭もまた委に作る」とある。魏志も後漢書も中
国の史書だ。〈委〉も〈倭〉も〈い〉と発音されること
になる。

　「オカラ。これで決定だね。」

91. 委の奴国と読む

　「そうは簡単にいかないのがこの問題の不思議
なところだ。人は一度、手に入れたものは手放さ
ない。後漢書の〈倭は韓の東南大海中に在り〉で
は、〈倭〉一文字で〈倭国〉を表わしている。これで
いくと、〈委〉は〈委国〉となるから、二つの読み方
で論争が起きても不思議じゃない。」

　「オカラ、何のこと？これじゃ、何の解決にもなら
ないでしょ。」

　「マリアに言われりゃ、その通りだ。」

　「やるならやるで、気合を入れて頂戴。」

　「はい。頑張ります。奉貢朝賀した〈倭奴国〉の位
置は、後漢書によれば〈倭国之極南界也〉だ。一
方、魏志によれば〈倭国之極南界也〉の国は〈狗
奴国〉になる。」

　「合わないよ。」

　「これから合わせます。後漢書では、この〈狗奴
国〉は〈女王国の東の海を隔てた島〉に移動した。
これで、後漢書では国が一つずつ南に繰り下が
るから、魏志の〈次に奴国有り、此れ女王の境界
盡きる所〉が後漢書〈倭国之極南界也〉と同じにな
る。ここからの結論は〈倭の奴国〉となる。」

　「これで、終わり？」

　「話は飛ぶ。隋書は〈朝貢 謂 之俀奴国〉で、
〈倭奴国〉に対応する。両方に共通する言葉は

〈奴国〉。だから、〈倭の奴国〉と〈倭の奴国〉となる。」

「魏志と後漢書と隋書から、金印の読み方は〈委の奴国〉だと、オカラは言いたいってことね。」

「そうです。」

「その屁理屈には、マリアは納得出来ない。」

92. 魏志に倭奴国の国名はない

「後漢書を書いた范曄が建武中元の朝貢記事を見つけた時、実際に倭国を訪問したわけではないから、その国の位置は全く不明だった。頼みの綱は魏志だけ。だけど魏志には〈倭奴国〉の国名はない。」

オカラの説にマリアが反論を開始する。

「万事窮すだね。」

「結局、范曄はその場所が分からなかった。」

「逆に、魏志にある国名は奴国でしょ。蒸し返すようで悪いけど、范曄は〈倭の奴国〉と考えたのではないかしら?」

ここで、ウズメが話の輪の中に入ってきた。

93.〈極南界の奴国〉と〈東南百里の奴国〉は同じ国ではない

「仮に、范曄が〈倭の奴国〉と考えたとすると…、その場所は魏志では二箇所になる。〈東南百里の奴国〉と〈倭国之極南界也の奴国〉だ。この二ヶ国は女王国の数ある国のひとつ。何故、女王国が朝貢せずに、女王国に服属している国が朝貢したのかしら?理解不能だわ。」

「後漢のこの時代には女王国が無く、覇者は奴

国だったと考えれば良いだけの話でしょ。」

「極南界の奴国って、何?」

マリアもウズメも、互いに後に引かない。

94. 三宅米吉の〈委の奴国〉の場所は後漢書の〈倭奴国〉の場所と一致しない

「三宅米吉の〈委の奴国〉は魏志で言えば、伊都国の〈東南百里の奴国〉でしょ。でも、後漢書では〈倭国之極南界也の奴国〉。三宅説は成り立たないわ。」

「じゃ、〈極南界の奴国〉は?」

マリアの矛先は三宅説に向かう。ウズメはその矛先を変えようとする。

95.〈倭国之極南界也〉とは場所が不明のこと

「魏志では〈その南に狗奴国あり〉が〈倭国之極南界〉だ。その狗奴国は後漢書では〈拘奴国〉となって東に移動したから、〈倭国之極南界〉は空白区となった。魏志には載っていない〈倭奴国〉の位置は、かつての狗奴国があり、狗奴国の移動によって空白区となった〈倭国之極南界〉以外に当てはめるところがなかった。」

これが、マリアの結論だった。

96.〈倭の奴国〉説はすり替えの論理だ。

「お互いに冷静に議論しよう。二人の話を聞いて気付いたことがある。先ず、後漢書は〈倭奴国〉だが、この〈倭奴国〉のことを魏志の〈奴国〉を用いて説明しているのが、三宅米吉説だし、俺たちの議

論だった。」

「それが問題？」

「良く考えてみたら、これは魏志と後漢書の混同だし、すり替えの論理だ、と思う。」

「どうして？」

「言い換えると、魏志に〈東南至奴国〉〈次有奴国〉と書かれた二つの〈奴国〉と、後漢書に〈倭奴国奉貢朝賀〉と書かれた〈倭奴国〉が同じ国という前提で成り立つ議論だ。」

「前提と結果が堂々巡りをしているんだね。」

オカラは自説を修正していた。これならマリアも納得だ。

97. 結論は単純明快だ

歴代中国王朝は朝貢国に印璽を与える時、宗主国と朝貢国の二ヶ国関係で表現していた。この決まりこそ、〈倭奴国〉問題を解く最も重要な決まり事だ。従って、金印〈漢委奴国王〉は〈漢の委奴国王〉となり、金印とリンクする後漢書の〈倭奴国〉はそのまま〈倭奴国〉となる。

三宅米吉は〈倭奴〉と〈伊都〉は読み方が違うことを、〈倭奴国〉説への反論理由としたが、その前に金印の文字が、何故、三ヶ国関係であるのか、自説を補強する必要があった。

98. 倭奴国を伊都国に比定する必要はない

「范曄は〈倭奴国〉を、魏志倭人伝の〈伊都国〉と考えた可能性はあったと言えるかしら？」

ウズメは納得していなかった。

「可能性はあったかも知れない。でも、〈伊都国〉と〈倭奴国〉では意味するところが全く異なる。」

「でも、多くの〈倭奴国〉派の人たちは〈倭奴国〉を〈伊都国〉に比定したんだね。」

ウズメは読み方から比定問題に話題を振ってきた。確かに重要な問題だったことが後に判明する。

99. 後漢時代の倭奴国と三国時代の伊都国の関係は

後漢の〈倭奴国〉が魏志の〈伊都国〉かどうかの議論は、読み方の問題に矮小化したために、激しい議論を引き起こすことになった。実は、〈倭奴国〉と〈伊都国〉は、どちらも〈いとこく〉と読んでも、国名の意味するところは全く異なる。ところが、今までの議論ではこのことは考慮されなかった。

「だから、〈倭奴国〉と〈伊都国〉は発音が違うから同じじゃない、という反論が出たりしたんだね。」

「〈倭奴国〉と〈伊都国〉の関係を問う議論はまだ熟していないと思う。後漢書のより緻密な解読を必要とするのじゃないかしら？」

〈委の奴国〉問題はウズメの話でひとまず終わりとなった。

100.〈委〉を〈わ〉と読んでも、〈倭〉とは何かの問題は残る

記紀の撰者（著者）は、中国史書に頻繁に出てくる〈倭国〉や〈倭〉がヤマト政権以外の国を指す言葉だと理解していたはずだ。その根拠は後述するが、書紀に引用した百済本記などの外国史書を巧妙に改竄したことからの推測だ。そして、この記紀の記述を無条件で認めたのが、〈邪馬台

国大和説〉を唱えた研究者たちだ。

　一方で、魏志の〈奴国〉も〈伊都国〉も〈倭国〉の一員であることに変わりはない。三宅説で〈倭奴国〉を〈倭の奴国〉と読むことに通説は決定したが、これには大きな問題が隠されていた。〈倭国〉が〈九州圏の諸国家〉を含むことになったことだ。言い換えると、〈邪馬台国大和説〉が言う〈倭国〉は無条件で〈ヤマト政権〉を指さないことになった。

　「金印の読み方だけが問題になったけど、こちらの方が、歴史解釈に与える影響ははるかに大きいと思う。」

　これはマリアの感想だ。それに対して、ウズメの感想は少し違った。

　「それにしても〈倭〉の読み方だけでこんなにかかるんだ。先が思いやられるわ。」

101. 固定観念を破る

　「人は目で〈倭国〉と読んでも、心では〈倭国〉と読む。これが固定観念といわれる所以だ。そこから生まれる思考がどんなものかは想像がつくはずだ。多くの研究者は倭国（わこく）と読んだばかりに、論理の迷路に迷い込み、不毛な論理に固執することになったのだと思う。」

　オカラの指摘に、ウズメは異を唱えた。

　「倭を〈わ〉と読むか〈い〉と読むかで、そんなに変わるものかしら？」

　「〈倭の五王〉を〈いのごおう〉と読むのだとすれば、多くの人は、〈いのごおう〉は歴代天皇を指すとは考えないのではないだろうか？一方で、大和の天皇なら〈わ〉でなければならないと、恐らく猛烈な反論が起きるはずだ。」

　「それは仮定の話でしょ。」

　「そうじゃない。〈倭もまた委に作る〉とあるにも関わらず、強引に〈委〉を〈わ〉と読み替え、〈委〉を〈い〉と読む説を猛烈に批判する、志賀島の金印問題がその実例だ。論理の前に、感情が先立った。」

　「そうか、自由な思考をするためには、くどいと言われても、〈倭国〉って読み続けることなんだ。最終的に、もし、〈倭国〉が〈わこく〉で正しいことになった場合には、改めて、その理由を明らかにしても遅くはないわね。」

11．魏志を読み解く(2)─その地、会稽東冶の東にあり─

102. 倭国の地図を作る

「〈女王国〉の位置を決める前にしなければならないことがある。」

オカラは静かに切り出した。

「何？」

「位置を決めることは最も基本的な問題だ。簡単な例えをしてみよう、東洋のある国の人が〈自由の女神像〉の話を聞いて、それがどこにあるか知りたくなった。知っているという人を探し当てて聞いたところ。その人は、アトランタ市にある女性像だと言う。でも、その話は最初に聞いた話と違っていた。」

「違うと言われると？」

「むきになって、頑張る。だから、アメリカがどこにあって、アトランタやニューヨークがどこにあるか、間違わないためには地図が必要になる。それは今も、昔も変わらない。しかし、〈邪馬台国大和説〉はその地図がない。」

「無いのに、分かるの？」

「あれば困る、それが〈邪馬台国大和説〉だ。」

「へー。地図がないのに場所が分かるんだ。」

「だから、その地図を作る。」

「どうやって？」

「同時並行で倭人伝を読み解く。」

103. 魏志[その地、大較会稽東冶の東にあり、朱崖・儋耳と相近し]

「魏志[倭人は帯方の東南大海の中にあり、山島に依りて国邑をなす]

後漢書[倭は韓の東南大海の中にあり、山島に依りて居をなす]

「これって同じことじゃない？」

「そして、[その地、大較会稽東冶の東にあり、朱崖・儋耳と相近し]と述べている。」

「会稽東冶、ってのは？」

「会稽は上海の南、浙江省から江蘇省の付近。東冶は福建省閩候県付近。だから、その東は東シナ海だ。」

「朱崖・儋耳は？」

「魏志の解説によれば、〈ともに今の海南島にあたる〉。だから、多くの学者は、[会稽の東冶の東にあり、朱崖・儋耳と相近し]は、おかしいと鬼の首を取った気分になる。この記事を使って、魏志の里程記事は誇大だとする理由に使う者もいた。」

「現実に、日本列島が海南島の東にあるのはおかしいわ。間違っているのを間違っていると言って何故、悪いの？学者さんの批判は当然ではないかしら？」

ウズメはオカラの説明に疑問を呈した。

「だって、測量技術が未熟な当時の地図が合わないのは当たり前でしょ。」

横からマリアが異を唱える。

「それは、間違っていることの弁解でしょ。」

オカラの説明を受けたウズメとマリアの会話は平行線をたどった。

104. 間違った地図が歴史を作る

オカラは二人の間に割って入った。

「ウズメの意見は一見尤もらしいが、実は非生産的な意見だと思う。実際の地形とそれを図化した地図に誤差が生じるのは当然だ。例えば、正確無比と言われる現代の地図にも誤差はある。球面を平面に変換するだけでも誤差は生じるから。だから、地図にはランベルト正積方位図法とか、正距円錐図法など、どの方法で描かれた地図か、断り書きがある。」

「その例えは良くないと思う。すり替えだわ。私が言ったのは、そういう意味ではないわ。」

「例えが良くなかった。言い直す。島の位置を測ろうとしても、海の広さを測る測量器具や測量方法が無ければ、誤差は膨大な値になる。その当然のことを批判しても意味は無い。」

「良く理解出来ないわ。どういう事かしら？」

「例えば、中世の世界地図がどのようなものだったか、およそ現代の世界地図とは比べようがないほど異なっていた。コロンブスがアメリカを発見出来たのは、当時の地図を見て、西回りの方が黄金の国、ジパングに早く着くことが出来ると考えたからだ。プトレマイオスの世界地図は地球の大きさ（周囲）を約 11000kmと過少評価した一方で、中国はヨーロッパのはるかに東の方にあると考えたから、ヨーロッパからは地球を西側から進んだ方

が中国に近く、しかもその距離は約 5000kmしかないことになった。中国のさらに東にある幻の国ジパングは中国よりもさらにヨーロッパに近いことになる。ところが、正しくは、出発地が西経 10 度、到着地が東経135度で、西回りで経度差215度、東回りで経度差 145 度だから、東回りの方が圧倒的に近い。もしも、正しい世界地図があったとすれば、コロンブスは西回りを決断しただろうか？何故、コロンブスがサンタ・マリア号を出帆させる決心をしたか？その距離が 5000kmに満たないことも決心を後押しした理由のひとつになったはず。結果的に、コロンブスの卵が生まれ、我々は、カリブ海に西インド諸島があることを理解出来るのだ。」

105. 現代の日本地図と三世紀の倭国の地図は合わない

「研究者たちはどうやって大和だ、九州だと言い出したか？地図はなくても頭の中には立派な地図があった。彼らは、日本列島の姿を思い浮かべながら考えた。この方法で問題はないのか？」

「それが、オカラの考えたこと？」

「そうだ。三世紀の倭国の地図が現代の地図と合わないからと、あるいは地図が無いからと言って、現代地図を用いるのは、正しい研究方法ではない。大切なことは、地図が正しくないからと思考放棄することではないと思う。」

「そうか。ありのままに受け入れる、発想の転換が必要なんだ。オカラ、納得だわ。」

「それなら、地図を作ることって？」

「考えを視覚化することだ。」

三人の問答は続く。

「じゃ、続きだ。隋書ではどうか？[俀国は百済・新羅の東南にあり。水陸三千里、大海の中において、山島に依って居る]そして、[会稽の東にあり、儋耳と相近し]となる。」

「それが？」

「みんな同じだってことさ。」

「それを言うために、あれこれと。」

「でも、ウズメにとっては無駄じゃなかったわ。」

106. 検証可能性

「これはとても大事なことだと思う。検討している史料が解明困難な時に、他の史料で補える可能性が生まれる。マリアがネットワークで読まなければってって、四つの倭人伝を教えてくれたね。そこから閃いた。」

四つの史料に同じ価値を与えることが可能な場合、文献講読上に与える効果は、単独講読では得られない〈検証可能〉という核心的な効果をもたらす可能性が生まれたことになる。

要するに当時の中国では倭国のことが良く分かっていなかった。魏志も後漢書も隋書も同じだった。間違いもあったが、著者たちはみな悪戦苦闘してそれぞれの史書を著した。そのことは同時に史書には相互に関連があるということも示していたのだ。

107.〈混—彊理歴代国都之図〉

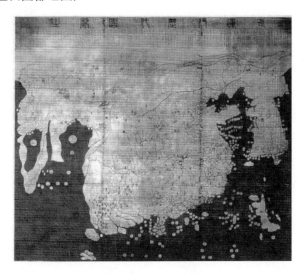

図1. 元代の世界地図（混—彊理歴代国都之図）（龍谷大学付属図書館蔵）

この地図は、今村遼平『地図作成に見る世界最先端の技術史—世界のトップを走り続けた中国—』から転載した元代の世界地図〈混—彊理歴代国都之図〉だ。

この地図の説明文によると、作成経緯は次のようになる。①元代後半西暦1330年ごろ、李沢民が〈声教広被図〉を作った。②その少しあとに、天台僧の清濬が、世界的に有名になった〈混—彊

57

理図〉を作成した。③西暦1402年朝鮮から使節として来た金士帯（きんしたい）がこれら両図幅の複製地図を朝鮮に持ち帰り、地理学者李薈（りかい）の詳細な校訂の後、朝鮮と日本の二つの部分の別資料を一枚の図幅に合成して作成したのが〈混一彊理歴代国都之図〉だ。以上の三つの原図はすべて亡失しているが、④西暦1500年ごろに複製された地図を日本の僧侶大谷光瑞（西暦1876－1948年）が日本に持ち帰ったものが、龍谷大学図書館に現存している、という。

「地図を作るって、大変なことなんだ。」

マリアの素直な感想だ。

108. 魏志の位置情報と元代の地図との共通性は見られるか

　地図の右側中央付近に朝鮮半島がある。細かいことになるが朝鮮半島南端の南に済州島がある。隋書に出てくる耽羅国だ。東の島は巨済島と思われる。朝鮮半島の南方海上には、九州・本州（四国と合体）と周辺の島々からなっている日本列島がある。列島の延びは東西ではなく南北だ。現在の日本地図を大凡90度時計回りに回転させたと考えると良い。朝鮮半島は実際より大きく描かれ、日本が逆に小さく描かれている。地図の作成経過を見れば、その理由が推し図れる。

　魏志の〈郡より狗耶韓国まで7千余里〉と〈狗耶韓国から末蘆国まで3千余里〉の距離の比率、凡そ2:1の関係がこの地図でも認められる。

　「〈会稽の東にあり、儋耳と相近し〉から、魏志は距離を誇張しているとか、でたらめだと、評価する説があるが、それは現代地理を評価基準とした考え方だ。魏志不信説からは何も生まれない。」

109. 元寇・文永の役（西暦 1274 年）は何故起きたか

　〈元寇〉と言えば、当時は、堅固な防塁と鎌倉武士の奮闘が元軍を撃退したとして、神風の吹く余地は小さかったらしい。後に宗教界からの巻き返しがあって、〈神風、神州不滅の伝説〉が生まれた。戦前・戦中、多くの日本人は神風が吹くと信じ、無謀な神風特攻隊の悲劇のもとにもなった。

　結果的に、戦前・戦中の日本に及ぼした影響は計り知れないし、その残滓はいまもある。〈神風〉は未だ死語になっていない。

　今村遼平『中国の海の物語―　一衣帯水の妙―　』に、〈元寇〉についての詳しい記述がある。そのなかで、〈元寇〉の前に元の皇帝フビライが日本に招諭使節を 6 回にわたって派遣したことと、その結末は、あまり知られていない。

　元の使者は、一回目は朝鮮半島巨済島まで来たが、荒海を前にして諦めた。二回目は九州大宰府まで辿りつき、日本側の返書を 6 ケ月待ち続けたが、返書を得られず帰国した。

　三回目の使節団は、対馬まで来たがそこから引き返した。この時、二人の青年を拉致して帰ったが、その二人に元の都、大都を見物させ、第四回目の使節派遣の際に、二人を対馬に送り届けた。その足で大宰府に向かい国書を手渡したが、この時も鎌倉幕府からの返書は得られなかった。

　六回目は大宰府に一年余り滞在して返書を待ったが、やはり幕府からはなしのつぶてだった。ここまでコケにされれば、怒らない方が不思議だ。

第一回目の元寇（文永の役）は西暦1274年、六回目の招諭使節を幕府が拒絶した翌年になる。〈元寇〉を招いたのは鎌倉幕府の外交儀礼・外交交渉の無知に起因する。

それにしても、何故、6回にわたって、年数にして西暦1266－1273年の7年間にわたって、フビライは日本との国交を熱心に求めたのか？最初から侵攻（元寇）が目的ならば、二回目の使節への返書がなかった時点で、元はそれを理由に侵攻したと考えるのが普通だ。今村遼平も述べているように、フビライの意図は別にあったと考えた方が合理的だ。

110. 国難・弘安の役（西暦 1281 年）の前に何があったか？

文永の役（西暦1274年）の翌年3月、元は七回目の使節を日本に派遣した。しかし、和睦して修好和親を結ぶ目的で訪日した正使・杜世忠（とせいちゅう）ら5人は鎌倉に護送され、瀧の口の刑場で首を刎ねられ、由比ヶ浜に晒された。この時、従者や水夫34人は大宰府で処刑されたが、一人の高麗人水夫が脱出に成功し、高麗に辿り着いた。

ところが、七回目の使節団処刑の報が元に伝わらないうちに、元では八回目の使節団が結成されていた。彼らは大宰府で全員が首を刎ねられた。

鎌倉幕府は国際慣例を無視して、国使を斬る愚挙を行った。

国難となった弘安の役は、鎌倉幕府の未熟な権力者が自ら引き起こした事件であった。

111. 元寇は、元の南宋攻略の中で起きた

フビライが、西暦 1266 年、日本との修好を求めた大きな理由に、元が日本からの朝貢を望んだとする説や対宋関係があったなど諸説などがある。日本が宋と貿易を行っていた一方で、元とは国交がなかったからだ。どちらも、当時の大陸の政治状況を現代地図を見ながら考えた仮説であることは疑いがない。いづれも尤もらしい説には違いないが、皇帝フビライの虚栄心を満足させるために、元はこれだけの犠牲を払ったのか？日本が貿易を止めれば、宋は弱体するのか？もし、そうではないなら、逆説的にはこれらの説は成り立たない。

しかし、一方で元の対宋政策が深く関係していたことは否定出来ないだろう。元と宋との関係を簡単に見てみよう。

西暦1273年1月、元は南宋攻略のポイントであった漢水中流の樊城（はんじょう）を攻め、降伏させた。同年2月には樊城対岸の襄陽城（じょうようじょう）を開城させた。

西暦 1274 年 1 月、元は鄂州城（がくしゅうじょう）を開城させた、この年は文永の役があった年にあたる。

西暦 1276 年、南宋の首都、臨安城（りんあんじょう）は無血開城し、南宋は滅亡した。

宋攻略が軌道に乗ったのは西暦1270年に入ってからだ。それまでを、準備段階としてみれば、西暦1266年の元の日本への使節派遣もこの中に含まれると考えて良いだろう。

112. 国家存亡の時、南宋の忠臣はどのように行動したか

南宋滅亡を受けて、南宋抗戦派の陳宜中（ちんぎちゅう）は福

州で益王を擁して瑞王とした。西暦 1278 年、瑞王が亡くなったので、主戦派の陸秀夫は瑞王の息子・広王を擁立して衛王と呼んだ。

元軍の攻撃は激しさを増す。西暦 1279 年、陸秀夫らは広東の厓山に追い詰められ、衛王を抱き、霧に紛れて海上に逃れたが、元の水陸からの攻撃に耐えられず、海中に身を投じた者 10 万人と記されている。ここに南宋は完全に滅亡した。しかし、その後も中国南部の治安は安定しなかった。

弘安の役はこの二年後に当たる。

南宋の忠臣・文天祥は、モンゴル軍に包囲された合州放棄の策を批判して免官された。後、ゲリラとなって南宋の存続のために戦ったが、元軍の捕虜となり、フビライの熱心な帰順工作にも志を変えず斬首された。

113. 弘安の役の後に何があったか

弘安の役の翌年（西暦 1282 年）、フビライは高麗に艦船の建造を命じ、〈征東行省〉を復活させた。第三次日本遠征の計画である。

西暦 1285 年には前年に廃していた〈征東行省〉を再度、復活させ、西暦 1286 年 3 月からは、日本への遠征軍の派遣の準備が中国国内で開始された。

一方、西暦 1283 年には広東と福建で反乱が起き、西暦 1284 年には占城（南ベトナム）で反乱が起きたが、元はその鎮圧に苦しんだ。これと並行して元軍はベトナムの陳朝を西暦 1258 年と西暦 1285 年に攻めたが、西暦 1288 年、バクダン川の戦いで陳朝軍に大敗した。これが第三次日本遠征中止の原因になったと推測されている。

しかし、何故、フビライがこれほどまでに日本へ執着したのか？明確な答えは得られていない。

114. 地図を前にして、〈元寇〉を考える

天台僧の清濬が作成した〈混一彊理図〉の基になった当時の地図を、フビライが見ていたと考えると、違った視点が浮上しないだろうか？

その地図に示された日本の位置を文字で表すと、魏志[その地、大較会稽東冶の東にあり、朱崖・儋耳と相近し]となるはずだ。隋書も同じだ。当時の日本は、中国南部からインドシナ半島攻略・統治の戦略上の要衝に位置していることになる。これが〈元寇〉の答えだ。

地図がいかに重要なものか？この時、正確な世界地図が完成していれば、〈元寇〉は無かったと考えられる。地図の正誤は国家の浮沈を左右するのだ。

古地図より現代地図の方が何倍も正確だと考えることは間違ってはいない。しかし、このことに固執するだけでは、何も見えてこないのも事実だ。

115. 籌海図編與地全図

次の地図は十六世紀の中国・明代の世界地図だ。

この地図も今村遼平『地図作成に見る世界最先端の技術史—世界のトップを走り続けた中国—』から転載した（北が上になるように 90°回転させてある）。

図2.〈籌海図編與地全図〉

嘉靖35年(1556)鄭若曽が編纂、嘉靖41年
(1562)に雕版墨印(北京図書館所蔵)

注：図中の新羅〜小琉球は全図の文字を書き直した

図の右側に、上の方から、新羅、日本、琉球、小琉球の順に並んでいる。これによれば、日本は東西ではなく南北に延びている。これらから、地図が作られた元・明時代の、日本列島についての中国側の理解の程度を知ることが出来る。隋書が書かれた唐の時代の[…会稽の東にあり、儋耳と相近し]の認識は、その後の元・明の時代まで共通していた。しかも、これが魏志倭人伝の記事にも通じることは、三世紀から十四世紀あたりまでの間、中国の倭国の位置の理解は大きく変化することはなかったことにもなる。

この間、日本からは遣唐使・遣宋使が派遣され、中国側の認識を修正出来る機会があったは

ずだが、絵図を地図代わりにしていた日本は、中国への位置情報の提供は出来なかったと考えられる。

116. 魏志[その道里を計るに、当に会稽の東冶にあるべし]

「魏志は当てずっぽうに〈会稽(かいけい)の東冶(とうや)にあるべし〉と書いたのではなかったんだね。」

「その方法は？」

「魏志に書かれた〈その道里を計る〉方法とは、隋書の、〈夷(い)人は里数を知らず、ただ計るに日を以てす〉だ。この結果、魏志に出てくる国の位置関係は、魏の役人が足を踏み入れている場所と、いない場所で異なった。踏み入れていない場所は、倭人が話した日数で表された。当然、誤差は大きくなる。」

「どうして、そう言えるのかしら？」

ウズメは自分が納得するまで、マリアやオカラに質問を浴びせる。

「魏志倭人伝や隋書倭国伝と対照的なのものに、魏志・韓伝がある。韓伝は帯方郡に隣接する韓全体の大きさは〈およそ四千里四方〉であると書く。換算すれば、約300km四方だ。測量機器が無い時代にどのようにして測ったかは不明だが、朝鮮半島南側の実際の広さ、大凡250km四方と比較出来る範囲の誤差だ。帯方郡の南部を魏の役人が立ち入ったのだと思う。」

「なるほど、韓伝記事や、混一彊理歴代国都之図を無視して、〈会稽の東冶にあるべし〉を以て、魏志の里程記事は誇大標示だと結論付けしてはならないわね。」

117. 隋書［夷人は里数を知らず］

「でも、三世紀の倭人(い)が測量が出来なかったからといって、別に恥ずかしいことじゃないよね。」

「倭国(い)独自の測量法があったかも知れないが、単位が異なれば、使えない。魏晋の時代は、中国の歴史の中でも特殊な里程単位を使った時代だった。その当時、既に渡来人によってもたらされていた測量法があったとしても、長さの単位は合わなかったと思う。」

「そのために、倭国(い)の使者も国の位置を正確には魏国へ伝えることが出来なかったんだ。」

12，魏志を読み解く(3)―何故、倭国は巨大島になったか―

118. 隋書[その国境は東西五月行、南北は三月行にして各々海に至る]

魏志倭人伝を解読する鍵の一つは、魏志と隋書の関係にあった。魏志[その道里を計るに、当に会稽の東治にあるべし]この〈道里を計る〉文章があることで、隋書[その国境は東西五月行、南北は三月行にして、各々海に至る]とのリンクが可能になる。

「オカラの言う通り、みんな第一級の史料だったんだ。」

マリアの感想だ。

119. 和宮降嫁の行列から倭国の大きさを測る

〈東西五月行、南北は三月行にして各々海に至る〉大きさとはどの程度のものか、簡単に概算をしてみよう。一昔前の昭和の初めまで、普通の大人は、一日 30kmは軽く歩いた。〈箱根八里は天下の険〉と歌われたことからも想像はつく。古代では、ただ歩くよりは荷物を運搬することが多かったとして、例えば、江戸時代の和宮降嫁の行列の速度を概算してみる。中山道 69 次の総距離 553kmを、京都発 10 月 20 日で江戸着が 11 月 15 日の 25 日間の日数で割ると、22km/日となる。これから、一ヶ月とすれば大凡 600kmと見なしていい。

「和宮の行列の速度 22km/日を基準にして、曲がりくねった所もあるとして、一日当たり直線距離で15kmとすれば、東西方向に五月行＝150 日×15km/日≒2200km、南北方向に三月行＝90 日×15km/日≒1300kmとなる。」

「へー、でかいね。たしかアメリカ大陸は東西 5000km だったね。倭国は面積比で 4 分の1から 5 分の 1 の大きさだ。」

120. 魏志[その道里を計る]から倭国の大きさを測る

「大体の見当をつけるには良い方法だが、現代地理の感覚で、会稽・東治の位置に無理に合わせる必要はない。最終的には、魏志の記事に基づいて決めるべきだ。」

「中山道を例にした概算はいけないんだ。」

「そうだと思う。魏志の〈一万二千余里〉と〈水行十日陸行一月〉とが、対句の関係で対応しているとすれば、〈一万余里は水行十日〉、〈二千余里は陸行一月〉だから、これから概算すると、東西五月行は 2 千余里/月×5 月＝1万余里(約750km)、南北三月行は 2 千余里×3 月＝6 千余里(約450km)になる。」

「確かに、これでもかなり大きいね。」

「ちなみに九州島は長軸 300km、短軸 200kmだ。面積では、倭国は九州島の 4 倍を超える大きさになる。陳寿は倭国を巨大な島だったと考えて

63

いた。」

121. ウズメの反論

「でも、魏志倭人伝では[南、投馬国に至る水行二十日。官を弥弥といい、副を弥弥那利という。五万戸ばかり。南、邪馬壹国に至る、女王の都する所、水行十日陸行一月。…郡より女王国に至る万二千余里。]でしょ。この記事からは、〈水行十日陸行一月〉は投馬国から邪馬壹国までの行程。〈一万二千余里〉は郡から女王国までの距離でしょ？女王国の位置と邪馬壹国の位置は全然違っている。どうしてこれが対句の関係になるのかしら？対句にならなければ倭国の大きさを測る方法は誤っていることになるわ。」

二人の会話にウズメが割って入ってきた。これも尤もな疑問だ。

「そうかなぁ。女王の都する所って、女王国の首都のことではないの？」

今度は、マリアの疑問だ。

122. オカラの回答

「この記事は、魏志倭人伝をどう読むかで、〈邪馬台国大和説〉と〈邪馬台国九州説〉に分かれることになった重要な記事だ。」

「そうなんだ？そんな、深い意味が込められていたとは知らなかったわ。」

「これだけは言っておきたい。魏志[(伊都国の)東南奴国に至る百里。…東行不弥国に至る百里。…南、投馬国に至る水行二十日。…南、邪馬壹国に至る、女王の都する所、水行十日陸行一月。

…その余の傍国は遠絶にして得て詳かにすべからず]この記事は挿入文だ。」

「割り込み記事だというのは、どんな根拠からかしら？」

「理由は、ここまでの帯方郡から伊都国までは連続記事だ。この間は〈始度〉や〈又度〉の言葉で連続する。後半の〈次に斯馬国あり〉から〈その南に狗奴国あり〉までも〈次〉の言葉で連続記事になる。ところが奴国、不弥国、投馬国、邪馬壹国の四ヶ国の前には〈次〉も〈又〉の字も付かない。」

「それが、割り込み記事の証拠？」

「そう。だから、〈次に斯馬国あり〉の前にくるのは〈伊都国〉になる。」

「割り込み記事になると、どうして対句となるのかしら？」

「それをこれから説明する。」

123. 起点とは何か？

起点とは位置を確定させるための極めて重要な要素だ。

「中国の史書は謎解きのために書かれたのではないということ。いざと言う時には、軍事情報に一変するから、出来る限り正確を期して書かれているはず。地図とは国家そのものだった。起点を誤ったことが、〈邪馬台国大和説〉が、誤った結果に至った原因だ。」

「起点の条件って？」

「その地点が明確に定まっていること。だから最も確実な起点は自国の領土内になる。」

「例えば？」

「魏の都、洛陽。」

「でも、その地点が外国の場合は？」

「二次的起点を設ける。その位置は明確に判断可能な地点を選ぶはず。」

「例えば？」

「帯方郡。」

「ほかには。」

「末蘆国とか伊都国もその条件に入る。」

124. 魏志［東南至奴国］［東行至不弥国］はどこから至るか

「これは、二次的起点の問題になる。」

「帯方郡からの距離で位置が分かる〈伊都国〉は、起点になる条件は備わっているかしら？」

「可能性としては充分だ。連続する場合の魏志の書き方は、陸地では〈次有〇〇国〉海上では〈又渡一海至〇〇国〉で、場所の前に〈次〉か〈又〉の文字がくる。この場合は次々に起点が移って行くことになる。ところが、〈次〉も〈又〉も付かない〈東南百里にして至奴国〉〈東行百里にして至不弥国〉の前にはひとつの二次的起点がくることになる。」

「その二次的起点は？」

「奴国の前に来る国家だ。どちらも〈自伊都国〉の文字がこなければならない。伊都国から東南百里にあるのが奴国、伊都国から東百里にあるのが不弥国だ。これが魏志の正しい解読となる。」

125. 魏志「南、投馬国に至る」と「南、邪馬壹国に至る」

最大の問題個所はここだ。

［南、投馬国に至る水行二十日］

［南、邪馬壹国に至る、女王の都する所、水行十日陸行一月］

「この二つの文章の南の文字の前に何が来るか、言い換えると、どこからの南か？起点の話だが、ここが九州説と大和説が分かれる最大の原因になった。ウズメが疑問にした、投馬国の前にくる不弥国は起点候補から外れる。理由は〈次〉の文字が無いからだ。同じ理由で、邪馬壹国の前にくる投馬国も外れる。この〈次〉の文字がなければ連続しないのは『梁書』が証明する。」

「オカラは『梁書』まで飛ぶ。ウズメの疑問が間違っていたことは認めるわ。じゃ、どこから〈至る〉のかしら？」

126. 魏志［至投馬国］［至邪馬壹国］はどこから至るか

「起点を表す記事を探して、その記事と〈至投馬国〉、〈至邪馬壹国〉の記事を対比することから始めることだ。同じような書き方は、魏志には〈従郡至倭国：郡従り倭国に至る〉、〈自郡至女王国：郡より女王国に至る〉の二ヶ所にある。邪馬壹国と投馬国は同列だ。どちらかが決まれば、自動的に他方もきまることになる。」

「奴国と不弥国の場合と同じだということ？」

「そう。ここまでの消去法で残っている起点候補は〈郡〉だけになる。」

127. 日程と里程の対句の証明

「［郡より南邪馬壹国に至る、女王の都する所、

水行十日陸行一月]と[郡より女王国に至る万二千余里]とは、日程と里程の対句の関係になる。これが、ウズメの疑問に対する回答だけど。」

「分かったわ。投馬国も、(郡より)南投馬国に至る水行二十日ってことね。」

128. 魏志[次に斯馬国あり]

「改めて、どうして島国の〈倭国〉が大きな島になったのかしらね？」

「そもそも、〈倭国〉の大きさを推測した研究者はいない。彼らの頭の中は現代の日本列島の形で埋め尽くされていたからだ。さらに、悪いことには、自分の考えと合わない魏志の記事を間違いと切り捨てた。結果は魏志の誤読に向かう。」

「前置きはいいわ。」

「魏の役人が〈郡使の往来常に駐まる所〉の伊都国まできたことは魏志に書かれている。問題はこの後だ。それ以遠はよく分からなかった。そして、陳寿はそこから先は倭国の使者の言葉を翻訳したんだと思う。その翻訳に勘違いがあった。」

「証拠はあるの？」

今度は、マリアがオカラの顔を覗き込む。

「ある。」

オカラは断言した。それは多くの研究者が地名当てが出来ると喜んだ文章だ。

魏志の文章を省略しなければ以下の順になる。ルビはオカラの独断である。

[次に斯馬国あり、次に己百支国あり、次に伊邪国あり、次に都(郡)支国あり、次に弥奴国あり、次に好古都国あり、次に姐奴国あり、次に対蘇国あり、次に蘇奴国あり、次に呼邑国あり、次に

華奴蘇奴国あり、次に鬼国あり、次に為吾国あり、次に鬼奴国あり、次に邪馬国あり、次に躬臣国あり、次に巴利国あり、次に支惟国あり、次に烏奴国あり、次に奴国あり。これ女王の境界の尽くる所なり。その南に狗奴国あり]合計で21ヶ国だ。

「話は戻るけど、〈狗奴国〉を〈狗の奴国〉、〈烏奴国〉を〈烏の奴国〉と読むかしら？」

「それは、〈倭奴国〉の読み方にも共通すると言うこと？〈狗〉と〈倭〉では、文字の意味するところが違うわ。同列には論じられないと思うわ。」

マリアとウズメは〈倭奴国〉を引きずっている。

129. 語呂合わせ競争の泥沼

「研究者の多くは自分たちの地名当ての論理が破綻していることの意味を解せなかった。だから、斯馬国は、大和説では〈伊勢志摩〉、九州説では〈桜島〉と比定されたし、己百支は伊勢石城のことではないかと、懸命な比定作業が続けられた。それぞれが自分の説が正しいと熱い論争にもなった。」

「なるほどね。偉い先生は字を読めるけど、オカラは読めないから、地名当て競争には参加出来なかったってことだね。」

「俺は、魏志は日本の研究者に地名当てをさせるつもりで書いたのかって、気が付いたんだ。マリアは、〈次に〉という言葉は何を意味すると思う？」

「単純に考えると〈繋がっている〉ということでしょ。」

「そうだ。問題はどのように〈繋がっている〉かだ。普通は〈順番につながっている〉ことを示す言葉だ。魏志によると、〈次に斯馬国〉の前に来る国は

〈伊都国〉だ。だから、大和説では〈伊勢志摩〉と〈伊都国〉がどのようにつながるか？その説明がなされて、初めて語呂合わせした地名当て結果の妥当性が検証出来る。もし、違うなら、その理由を説明をしなければならない。だが、多くの研究者は最も基本的な前提を無視した。結果はあっちに飛び、こっちに飛び、バラバラに散らばった。散々とはこのことだよ。」

「へー、オカラも駄洒落を言うんだ。」

130. 放射状結合から鎖状結合へ

「魏志[次に斯馬国あり、次に己百支国あり…次に奴国あり。これ女王の境界の尽くる所なり。その南に狗奴国あり]この記事は、斯馬国から始まり、最後は奴国まで順番につながっていることを表した記事になる。」

「どうして、そうなったのかしら？」

「魏の役人の質問『女王国の範囲はどこまでか？』に答えた倭国の使者の回答は『次に斯馬国あり□陸行〇日、次に己百支国あり□陸行〇日、…』と。多分、倭国の使者はそれぞれの国を〈北、東、東南、南〉の方向と〈陸行〇日〉の日程で次から次へと話した。話を聞いた魏の役人は〈次に〉を、狗那韓国から伊都国までの行程記事のように、連続的に繋がっていると勘違いした。」

これがオカラの推測だ。

「原因は、伊都国を中心とした〈放射状結合〉を、〈鎖状結合〉にした魏志にあった。倭国が巨大島になったのはこのためだ。その規模は、隋書で言うところの〈東西五月行南北三月行〉になった。ここから、陳寿が辿り着いた結論は〈当に会稽の東冶の東にあるべし〉。そして、以後の中国側資料はこの魏志の結果を踏襲した。」

131. ウズメは納得しない

「割り込み記事だというのは理解出来たけど、これらの国々が伊都国と放射状につながっていたとするのは何を根拠に、出てくる結論なのかしら？」

「放射状につながっていたという記事は奴国と不弥国が当てはまる。この記事を使って斯馬国以下の記事を解読するんだ。」

「解読だって言ってるけど、それは、オカラの勝手読みじゃないかしら？」

「勝手読みじゃない。魏志韓伝との関係からも、論理的帰結になる。」

「その魏志韓伝からは何が言えるのかしら？」

「陳寿が著わした魏志韓伝馬韓ではこのように書かれている、[各、長帥（指導者）有り、大者は自ら名のり、臣智と為し。其の次は邑借と為す。山海の間に散らばって在り、城郭は無い…有り、爰襄国、牟水国、桑外国、小石索国、大石索国、…乾馬国、楚離国、凡そ五十余国]

魏志倭人伝と同じ書き方だが、馬韓を構成する各国の間に位置情報となる〈次〉の文字は無く、順不同になる。この場合なら、〈語呂合わせ地名当ての手法〉は否定されない。魏志韓伝辰韓にも同じように国名が列記されているが、やはり〈次〉の文字はない。魏志韓伝では韓の全体の大きさは〈およそ四千里四方〉であり、馬韓・弁韓・弁辰合わせた七十数ヶ国がこの中にあることになる。魏志倭人伝に書かれた倭国の国々についての語呂合わせが無駄が、これで納得出来るはずだ。」

「魏志倭人伝だけでなく、魏志韓伝と併せて解読しなさいと言うことね。」

132. 倭国の大きさは〈東西五月行南北三月行〉

「〈東西五月行、南北三月行〉以外に倭国の大きさを表す記事がないことは、ウズメも知ってるはず。」

「でも、〈五月行・三月行〉は隋書の記事よ。」

「だから、四史書の関連性について検討したんだ。だから対比が可能になる。」

「そういうことになるんだ、分かったわ。ところで、オカラは割り込み記事だと言うけど、陳寿は何故、ここに挿入したのかしら？」

「何故、陳寿がそこに割り込み記事を挿入したかは、俺もうまく説明出来ない。ただ、〈伊都国〉が一つの区切りになっていたのは事実だね。」

「伊都国は倭国の中では特別な存在だったってこと？」

「可能性は充分だと思う。〈次に斯馬国〉以下が放射状結合だったとの推測が当たっていればね。」

ウズメはオカラに食い下がる。マリアも頑張る。その一方でウズメの疑問には、魏志の解読を深めるキーワードが含まれていることを、ウズメ自身は意識していなかった。

133. 斯馬国とは志摩地区に存在した国に比定される

「魏志の〈次に斯馬国〉は伊都国とつながる最初の国になるが、実質的には三番目だ。一番目は

奴国、二番目は不弥国だ。このことは、奴国・不弥国の順序が先であっても、斯馬国と同等となることを意味する。」

「そういうことなの？」

「糸島半島の名は、陸側は怡土地区（伊都）、半島側が志摩地区（斯馬）、この二つが合わさった（怡土志摩）から付いた名だ。勿論、斯馬国は伊都国とは隣同士でつなぎ合わさった緊密な国家同士だった。」

「だから、〈斯馬〉を求めて、伊勢志摩など、本州に足を運ぶのは間違いなんだね。」

「重要なことは、魏志では末蘆国・伊都国・奴国・不弥国・斯馬国から、女王国の南の狗奴国まで一度も海を越えていない。末蘆国は松浦、伊都国は怡土、これは〈邪馬台国大和説〉を信奉する研究者も含めて、魏志研究者が認めている。これによれば、女王国は九州島からはみ出さない。」

「でも、〈邪馬台国大和説〉は、海を越えてるわ。」

「それは、二次的起点を不弥国・投馬国としたから。魏志の女王国の定義からも外れる。二重の意味で、この解読が有り得ないことは既に述べた。」

「そうだね。女王国に属する国々が海を越えていないとすれば、〈邪馬台国大和説〉は成立しないわね。邪馬台国が大和にあって、邪馬台国に属する国々が九州にあるなんてことは有り得ないことだからね。」

「ウズメの意見の通りだと思う。」

134. 魏志［女王国の東、海を渡る千余里、また国あり］

「本州へは渡らないのかしら？」

魏志の時代には、女王国の東に国があることが判明していた。魏志[女王国の東、海を渡る千余里、また国あり、皆倭種なり]だ。この国の名前は魏志が書かれた段階（三世紀末）では不明だったことになる。結果的に、帯方郡から水行一万余里で到着する倭国（島）と、この島の東側に二つ目の島が存在することが、この記事から判明する。

この記事は一見何気なく見えるが、〈女王国〉と〈東の国〉の関係が書かれている重要な記事だ。

「東の国は？」

「現代地図に対比すれば、本州島となる。」

135. 拘奴国は北海道になるのか

魏志の記事を引き継いだ記事がある。

後漢書[女王国より東、海を度ること千余里、拘奴国に至る。皆倭種なりといえども、女王に属せず]だ。

魏志の〈また国あり〉が後漢書では〈拘奴国に至る〉に、魏志の〈皆倭種なり〉が後漢書では〈皆倭種なりといえども、女王に属せず〉と、より具体的に変わった。仮に女王国を大和とすれば、拘奴国は北海道になり、女王国を九州とすれば、拘奴国は本州になる。

「狗奴国は問題の国なんだ。でも、これで地図は書けるね。」

136. 閑話休題—マリアは町の過疎化に悩む

「本当に、倭国の地図は書けるの？」

「格好だけはつくと思う。」

「え、まだ足りないものがある。」

「ある、地図の縮尺さ。」

「うん、それならわかる。休憩にしよう。」

一段落したところで、マリアは自分の町のことを話した。町役場に勤務している幼馴染からの相談だと言う。里山の方にいくと、お年寄りばかりで、一人、二人と、都会の子供や親族を頼って出て行くのだという。役場でもなんとかしたいと思っているがどうにもならない。どうしたらいいだろうか？それがマリアの相談だった。

「へー。マリア様とあろうお方が弱気になるなんて、想像すらできない。」

「うん。考えると堂々巡りになってしまう。」

「問題は切り離して考える。それから組み立て直す。老人は何故、住み慣れた村を捨てる。都会へ行けば収入が増えるの？」

「年金収入はどこに行っても変わらない。自給用の作物が作れなくなるから、かえって苦しくなる。まわりに友達がいないから、体調も崩しやすい。」

「それでも都会を目指すのは？」

「住めないと感じるからみたい。」

「どうして？」

「体力が落ちてくるから。」

「体力が落ちて困るのは？」

「雪だわ。」

「雪か、雪の怖さは、そこで育った人しか、分からないからね。」

137. 雪中引き篭もりの策

「克雪の方法を考えるんだ。」

「克雪は町でも色々やってるわ。」

「そうじゃなくて、期間限定の若者を使う。金を使

わずに。」

「そんな奇特な若者はいないよ。」

「それがいるんだ。町の若者だけでなく、全国レベルまで広げると、働けずに飯だけは一人前食っている若者が都会には結構いる。世間からは引き篭もりと言われて肩身の狭い思いでいる。それにはそれなりの理由があるはずだけど、半分は病気だと思う。病気なら転地療養で治す。」

「それと、克雪対策とどう関係するの？」

「その引き籠もりに老人の家に来て貰って、そこで冬の間だけ堂々と引き篭もって貰う。だからと言って、別に老人の話し相手になる必要は無い。いるだけでいいんだ。お年寄りの方はもともと一人暮らしだから、引き篭もりが同居することになったからといって特別気を使う必要もない。

結局、引き篭もりは何もすることがないから、そこでも引き篭もっていればいいだけだ。自宅で引き篭もれば厄介者だけど、田舎で引き篭もれば恩人と感謝される。そうすれば引き篭もりだって悪い気はしないというものだ。行きと帰りの旅費は役場で負担するけど、食費はどこにいてもかかるから引き篭もりに出して貰う。ギブアンドテイクだ。町の過疎化対策としては最小費用で最大効果が期待できる。老人の支出は差し引きゼロだ。これで雪対策はOK。

昔、森敦という作家が月山のふもとの集落の荒れ寺に一冬住み込んだ。寺守りの爺さんがこしらえてくれる米と味噌と大根だけの食事を三食食って暮らしたそうだ、これだよ。それじゃ、栄養失調になるんじゃないかって？その通りだ。森敦が後で述懐している。体が持たないから、通学している村の子供に頼んで、麓の店で魚や肉の缶詰を

買って貰ったそうだ。森敦はその体験を小説に書いて芥川賞を貰った。そのお蔭で荒れ寺も息を吹き返した。荒れ寺の名前？たしか湯殿山注連寺のはずだ。何処にあるかって？六十里越街道の途中だ。森敦の気分に浸りたい？それなら、命懸けになるけど、冬に古道となっている街道を歩けばいい。

だから、引き篭もりも小説書いていいし、SNSで雪中引き篭もりの様子を逐一発信してもいい。もし、引き篭もりの小説が売れたり、SNSのフォロワーが増えれば、山里も元気が出る、これでめでたしめでたしだ。」

「そんなにうまくいくかぁ…。」

「それを言うなら、マリアの腕次第だぁ。」

13. 魏志を読み解く(4) ―短里か長里か―

138. 倭国の地図の縮尺

「地図が出来たら、今度は地図に入れる縮尺が問題になる。実はこのスケールに重大な問題がある。」

「好きなように決めればいいんじゃない。」

「確かに。だけど、今はメートル法だけど、昔の単位は里だ。」

「1 里は3.75kmでしょ。」

「そうだけど。昔はメートル法がなかった。だから、魏志の1万里が何Kmになるか、この問題をはっきりさせないと駄目なんだ。」

「そういうことか。説明してみて。」

ウズメは貪欲だった。

「郡から女王国までの〈一万二千余里〉の内訳は、帯方郡、今のソウル付近から対馬の対岸にあった狗邪韓国まで七千余里。ここから対馬国(対馬)まで一千余里、対馬国から一大国(壱岐)まで一千余里、一大国から末廬国(松浦・名護屋あるいは唐津付近)まで一千余里、合計で海上は一万余里となる。」

「1万里が何Kmに換算出来るかって、ことね？」

139. 漢の長里と周・魏の短里

「単位が二つある。漢の長里と周・魏の短里と言われるものだ。これが〈邪馬台国論争〉の隠れた論争になった。」

オカラの説明によれば、狗邪韓国と末廬国間は魏志で三千余里、これを周・魏の短里1里≒76mで換算すると 3000 里×76m/里≒230km となる。漢の長里、1 里≒435mを用いると、狗邪韓国と末廬国間は 3000 里×435m/里≒1425kmとなる。

一方、狗邪韓国－末廬国に対比される釜山－唐津間の直線距離は約 220km となる。これは三世紀と二十一世紀でも変わらないから、周・魏の短里とほぼ一致するが、漢の長里とは全く合わない。ところが、〈邪馬台国大和説〉は、魏志で用いられている単位は、この漢の長里、1 里＝435mだとする。

「理由があるの？」

今度は、マリアだ。

「魏志倭人伝の里数値は誇張されているという説で、この問題をクリアー出来ると主張するのだ。」

「何故、大和説は長里を主張するの？」

「短里を認めれば、箸墓古墳を卑弥呼の墓に比定する根拠が失われる。」

「墓のサイズは誇張ではないと言うんだね。ところで、魏志韓伝で用いている里の単位は？」

「周・魏の短里が合う。」

「結局、あちら立てればこちら立たずの状態になるのが〈邪馬台国大和説〉だ。」

「周・魏の短里って？」

「1里をおおよそ 76.3mとして換算する。」

「短いね。」

140. 天文算術書『周髀算経』之事

　孫引きになるが、古田武彦『邪馬一国の証明』のあとがき「解説にかえて」で、谷本茂が「魏志倭人伝と短里―『周髀算経』の里単位―」について書いている。

　この中で、谷本茂は自著論文「中国最古の天文算術書『周髀算経』之事」数理科学、西暦1978年3月号、を用いて説明している。簡単にその概要を書いてみよう。

　《周髀算経》は周の時代（西周はBC1050 年〜BC771 年）に行われた天文観測の方法を記載する中国最古の天文算術書であるといわれている。初めて注釈した趙君卿が注釈整理したのが西暦206〜220 年（後漢末）の間の時期であることから、この『周髀算経』という書物の成立は大体三世紀初め頃と考えられている。

　内容的には原始的な三角測量の原理と簡単なピタゴラスの定理の応用である。〈周髀〉の〈髀〉とは八尺の棒で、周代に天子がこれを地面に垂直に立てて、各種の測量を行ったことから、周髀と言われるようになった。

　周髀算経の天文観測は〈一寸千里の法〉を公理的命題として一貫して同じ里単位が使われているが、この〈一寸千里の法〉の根拠が挙げられていることから、一里が何メートルであるか正確に知ることが出来る。

　南北に各々千里離れた三地点で夏至の日の影の長さから、三角法の簡単な計算で、一里は約76mないし 77mとなる。観測誤差など慎重に処理

しなければならないが、従来知られていた約 400〜500mの〈里〉とは明らかに異なる里単位であると、谷本茂は結論づけている。〉

　ちなみに、この論文には〈一寸千里の法〉で測定した太陽の位置と大きさが紹介されている。8 尺の棒の影の長さが 6 尺となる時の太陽の位置は観測地から 10 万里になり、その直径は 1250 里となる。紀元前十世紀頃に太陽の大きさを測ろうとした人間がいたことになる。

141. 追試者

　オランダのユトレヒト天文台の宇宙物理学者の難波収は、谷本論文に興味を持ち、再計算して、谷本茂の計算に誤りがないことを確認した〈昭和53 年（西暦 1978 年）11 月 19 日古田武彦宛て来信、古田武彦『邪馬一国の証明』より〉。

　科学論文については、発表論文と同じ条件で実験して、同じ結果が得られることを追試という。発表論文が公的に認知される上で非常に重要なステップである。

142. 勾股弦の法

「〈一寸千里の法〉って、難しそうね。」

「文字にするとね。基本的には三角関数の知識があれば解けるから、中学生でも OK だそうだよ。」

「そうなんだ。やっぱりシンプルはいいね。」

「へー、ピタゴラスの定理を使った測量が、紀元前 1000 年に既に中国では使われていたんだ。」

　ギリシャのピタゴラスは紀元前六世紀（紀元前

582〜496年)の人だ。その更に400年前に、古代中国では直角三角形の性質を利用した測量法を発見していた。

周髀算経では直角三角形の斜辺を弦と呼び、直角を挟む他の二辺を勾、股と呼ぶ。ここから、〈勾股弦の法〉、〈用矩の法〉と呼ばれる。日本の和算では、〈鈎股弦の法〉と呼ばれている。

「日本でも使われていたんだ。」

既に述べたが、『周髀算径』という書物の成立時期は後漢末の西暦205−220年の頃と推定されている。前王朝と一線を画したいと考える魏(西暦220〜265年)・西晋(西暦265〜317年)が、この新しい書物に記された里単位を採用したのは、自然の流れのように思われる。

143. 既知の二点間で確認できる

直木孝次郎は、松本清張編『邪馬台国99の謎』の中で、「末羅・伊都間約五十キロが五百里と記されているように、平均九十メートルである。」と述べている。直木は、地名と距離が判明している二地点を使って確かめることが出来ると指摘した。

これは最も簡単に確かめることの出来る方法だ。単純な方法だから、結果は信頼出来る。漢の長里(1里≒435m)を魏志の里程記事解釈に利用することに対する、直木孝次郎の異議だ。

144. 北軍を去る二里余り

古田武彦『よみがえる卑弥呼』には面白い記事がある。『三国志呉志江表伝』に書かれた赤壁の戦いを例にした短里と長里の問題だ。この中で、

「呉の武将黄蓋が率いる十隻の軍船が中江(長江の中央)あたりで降伏を叫び、北岸の魏の水軍を油断させ、さらに北岸近く接近して、魚油を浸み込ませた枯芝に火を放って、火船を鎖で繋いだ曹操の船団に突入させた、その位置が〈去北軍二里余:北軍を去る二里余〉だ。赤壁現地の河幅は400mから500mであるから、中江(河の中ほど)は200m〜250mとなる。中江で降伏を叫んだのはここからは北軍の弓矢の制圧下に入ることから、敵を欺くためであろう。」と古田は推測する。

この〈二里余〉を魏の短里で計算すると、約150mだが、漢の長里では約900mとなる。漢の長里では、川幅は3〜4kmにもなり、東風の吹き出す中、川の真ん中、1500〜2000mで叫んだ声の意味を敵の魏の将兵は聞き取れたことになる。そして、900m沖合いの火船をただ眺めていたことになる。なんとも間の抜けた赤壁の戦いになってしまうのだ。火船が150mの近さだったから、船を繋いでいた鎖の切断が間に合わなかったのだ。

145. 古田武彦がこの記事の注釈に書いた内容

この注釈には重要な事柄が書かれている。全文を挙げる。[**右以上に重要なのは、流速の問題である。魏船が流されることを恐れて互いにつなぎあっていたというのであるから、流速はかなり速い(現在、実地について見ても、秒速五メートルくらいある)。したがって、もし約1000メートル前後の位置から、無人火船が放たれたなら、北岸に到着する前に、はるか下流に流されてしまうであろう。何よりも、この点をおそれて、極力北岸に近づく、これがこの作戦のキイ・ポイントだったと思**

われるのである。この点も問題の『二里余』を『長里』で解することを困難とするものである]

注釈に、右以上にとあるのは、この書物が縦書きだからだ。

146. 小林健一『三国志の風景』を読む

赤壁の地を訪問することなしに、古田が実地で確認した長江の赤壁付近の状況を再確認する方法はないものだろうか？そのために、参考になる文献を探すことにした。

小松健一『三国志の風景』の写真説明によると、赤壁の名の由来は、逆光気味のカラー写真の説明文にあった。「赤壁の崖は近くによると巨石群だった。この絶壁に対岸で燃えさかる魏軍船の炎が真っ赤に映ったという」

その写真に写っている岩の色は暗褐灰色であるから、赤壁の名は本来の岩の色に由来した名では無いことが分かる。赤壁の由来が火映から名付けられたとすれば、河幅はそれほどの広さはないと推定される。

別の写真では「…対岸は曹操軍が陣をしいた烏林」の説明があり、一人の人物と赤壁の岩壁が写り、遠景に対岸の烏林が写っている。この本に掲載された写真の撮影に使用したレンズは標準レンズと思われる。標準レンズで撮影した写真では、遠景は裸眼で見るより遠くにあるように見えることから、実際の対岸は意外に近いと思われる。

147. 長江がS字を描くことの意味

重要な記事が『三国志の風景』の本文にある。

[(赤壁の上にある)望江亭に登ると、眼下に茶褐色の長江のゆったりとした流れが広がっていた。長江の流れはこの岩壁を中心にS字形を描いている。曹操が陣をしいたはずの対岸の烏林は靄にけぶっていた。このあたりは一見、流れが穏やかだが、対岸と結ぶフェリー船がエンジン音をきしませながら流れに逆らっているのをみると、水面下に奔流があるのだろう。曹操が兵士たちの船酔いを防ぐため、船と船を繋いだというのが納得できる]

148. 『よみがえる卑弥呼』の記事を『三国志の風景』の記事が追認する

この小林健一の『三国志の風景』の記事から何が推測されるだろうか？赤壁を構成する岩壁は他所から運ばれてきた岩礫ではなく、地下に根がある岩盤である。赤壁付近の長江が〈S字を為して奔流がある〉とはこの地点で河流（道）が岩盤規制を受けていることを示している。もし赤壁の部分だけに岩盤が分布するのであれば、くの字に屈曲するだけである。S字になるには、水面下の対岸や河底など、数か所に岩盤が分布し、全体として狭窄部を形成していることになる。

川には瀬と淵がある。小河川ではそれが容易に観察出来るが、長江のような水量の豊富な大河川の場合は、瀬も淵も水面下に没して肉眼では観察出来ないことがある。簡単な事例は国内の小河川で見ることが出来る。通常時は水量が少なく、瀬と淵の位置は容易に分かるが、洪水時には河道全体が水面と化し、瀬も淵も水面下に没する。

赤壁付近では、二つの記事から、岩盤によって

河床勾配が急になると同時に、狭窄部を形成していると考えられる。古田武彦が推測した流速毎秒5m はこのことを裏付ける。

S 字屈曲によって河道に斜交する深層流れが、長江・赤壁での流れを複雑化させているのであろう。水に不慣れな北軍は、川幅の狭いところを渡河すれば良いと考えたのであろうか？河川学からみればその選択は基本的に間違っていたことになる。

古田武彦と小松健一の赤壁付近の長江の記事は、奇しくも同じことを述べていた。

安野光雅も（2008）『絵本　三國志』の「赤壁の戦い　古戦場」の中で、「同行の中村愿はどうしても対岸に渡りたいと考え…YAMAHA のスクリューとエンジンを積んだボートが…濁流の波はかなり強く、対岸は堆積した粘土の岸辺…」と、長江の流れは急だったと書いている。

ちなみに、晩唐の詩人胡曾が『赤壁』で詠んだ詩がある。延々と続く話の骨休みになるだろうか？

　　　烈火西の方魏主の旗を焚く
　　　周郎国を開く虎争の時
　　　兵を交うるに長剣を揮うを仮りず
　　　已に挫く英雄百万の師

これが杜牧になるとこう変わる。

　　　折戟砂に沈んで鉄未だ錆せず
　　　自ら磨洗を将って前朝を認む
　　　東風　周郎の与に便ぜずんば
　　　銅雀春深うして二喬を鎖さん

149. 魏志・韓伝の距離単位

同じ魏志の中の魏志韓伝に[韓は帯方郡の南にあり、東西は海を以て限りと為し、南は倭と接す。およそ四千里四方]の記事がある。帯方郡の南側、朝鮮半島南部の広さは四千里四方だとする記事だ。これを短里と長里で計算してみよう。短里で 4000 里×0.076km/里＝304km、長里で 4000 里×0.435km/里＝1740kmとなる。朝鮮半島南部の実際の広さは大凡 250km×250kmだ。

魏志倭人伝には[一大国（壱岐島）に至る…方三百里ばかり]とある。換算すると、短里で 22km四方、長里で 130km四方となる。壱岐島の実際の大きさは 17,8km四方である

魏志は、魏、韓、倭で同じ距離単位を使って記述していた。倭の行程だけに漢の長里が使われているとする説には根拠がない。

~~~~~~

コラム 3. 何故、仮説を積み上げただけで、卑弥呼はヤマトの住民になれたか

~~~~~~

　松下見林は〈邪馬臺国〉を〈やまとこく〉と読んだが、これは〈仮説〉に過ぎない。

　しかし、次の研究者はこれを〈仮説〉とは見做さなかった。〈検証〉しないまま、〈臺〉を〈台〉に変えた〈邪馬台国〉を生み出すことで、この国は〈大和に存在する国〉となった。あからさまな〈論理の飛躍〉だ。

~~~~~~~~~~~~~~~~~~~~~

　一方、日本書紀によれば、〈卑弥呼〉は〈神功皇后〉となるのだが、多くの研究者はこれを無視した。松下見林など少数の研究者がこれを認めただけだ。

　内藤虎次郎・山田孝雄らは〈倭姫命〉、笠井新也は〈倭迹迹日百襲姫命〉としたが、これらは、卑弥呼を大和の住人と〈仮定〉した上での〈比定〉になる。だから、この説も〈実証〉されたものではなく、これら諸先生の単なる〈想像〉に過ぎない。

~~~~~~~~~~~~~~~~~~~~~

　書紀によれば、箸墓に埋葬されているのは〈倭迹迹日百襲姫命〉。

　放射性炭素年代測定法による箸墓の築造年代は西暦240−260年、卑弥呼の死亡年は西暦248年、故に箸墓は卑弥呼の墓となる。

　よって、〈倭迹迹日百襲姫命〉と〈卑弥呼〉は同一人間になる。

　そして、箸墓古墳に隣接する纏向遺跡で確認された南北 19.2m東西 6.2mの柱穴が並んでいる建物跡が〈邪馬台国の宮殿跡〉ではないかとの〈想像〉へと発展する。

~~~~~~~~~~~~~~~~~~~~~

　すべて、〈仮説〉あるいは〈願望〉の積み重ねだ。さらに〈条件・仮説〉と〈結果〉が時に入れ替わる。〈欺瞞の論理〉と評される所以だ。結局、〈実証〉や〈検証〉されたものは何ひとつない。何故、このような〈すり替えのプロセス〉が〈日本古代史研究界〉で幅を利かせることが出来るのか？〈不思議な現象〉だけで片づけてはならないのではないか？何故なら、論理とは、あるいは、学問とは何か、本質的な研究姿勢を問われているからだ。

~~~~~~~~~~~~~~~~~~~~~

　さすがに、ある高名な先生の著書では、〈大和説〉を支持しながら、不可知論・懐疑論を展開する。そうでもしなければ、〈邪馬台国卑弥呼説〉の論理的矛盾に突き当たるからだ。

　批判は、決して独善的ではないはずだ。

~~~~~~

14. 魏志を読み解く(5)—古代の地図を作る—

150. 三国時代の倭国の地図

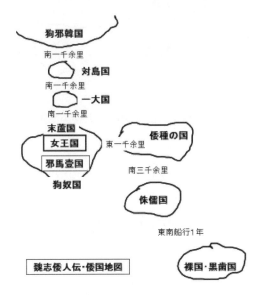

図 3. 魏志倭人伝から作成した倭国地図

「これで、地図は出来るの？」

「勿論。」

「見せて。」

「これが三世紀、魏の時代の倭国の地図だ。」

「随分変わった地図だね。聞くと見るとで大違いとは、この地図のことを言っても外れてはいないな。」

「どこが？」

「日本の形は想像すら出来ないわ。」

「じーっと見るんだ。現代地図なら本州・四国・九州の三島だけど、ここでは二島だ。四国・九州が

ひとつになっている可能性があるし、四国は侏儒国の可能性もある。」

「なるほどね。現代地図を使って比定してはいけないってこと、分かるような気がする。」

「ウズメは納得出来ないわ。日本列島の形は今も三世紀も同じでしょ。主な変化は近世以降の干拓による海岸線の変化程度でしょ。魏志倭人伝での行程は現在の地理状態で行われたと考えていいのじゃないかしら？」

「その通りです。そのことと、それを記事（地図）に表すことは別物なんだ。魏志の地図が現在の地図と合わないから、魏志の行程記事は信用出来ないとするのは、ボタンの掛け違いだ。」

「何、そのボタンの掛け違えというのは？」

「論理の積み重ねを間違えているってこと。」

「そうか。修正しないとね。でも、出来るかしらね。」

151. 後漢時代の倭国地図

「後漢書になると、また変わる。」

「へー。楽しみ。」

「情報が、更新されたはずだという地図ね。」

「そう。より正しくなった地図だ。でも時代は魏志の地図よりは古くなった。」

「これもすごいよ。字があるから、分かるけど、なければ、判読不明の地図だね。」

「侏儒国は南へ、ずれたね。」

「東の国は四国・本州合体かな？」

「瀬戸内海には所々に瀬戸や海峡がある。この海峡を探し当てることが出来なければ、通り抜けが出来ない。四国と本州が陸続きでひとつの島と考える可能性はなきにしもあらず、だと思う。」

「侏儒国は大隅諸島や奄美や沖縄諸島の可能性も考えられるかしら？」

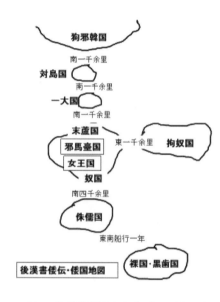

図4. 後漢書倭伝から作成した倭国地図

「後漢書では倭種の国が狗奴国に変更になっただけでなく、侏儒国の位置も変わったね。」

「まるっきり、見当がつかないね。現代地図で比定することの問題点が分かる気がする。」

三人はそれぞれ感想を述べ合うようになっていた。

152. 隋時代の倭国地図

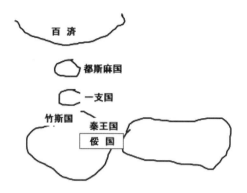

図5. 隋書倭国伝から作成した倭国地図

「七世紀の隋の時の地図だね。女王国が消滅して、竹斯国、秦王国に変わったんだ。」

「この三つがリンクされて、より正確になると考えていいんだ。」

「これらの地図から言えることは？」

「九州と本州・四国の二つの島が問題になる。」

「本州と四国は合体状態だね。書紀では裴世清一行は浪速に到着しているわ。これから、裴世清一行が瀬戸内海経由で、大和を訪問したことは確実と思われるのに、後漢時代の地図と同じ、本州と四国は合体したままなのは何故なのかしら？」

「隋書の謎だね。」

「謎と言えば、隋書では筑紫国に上陸してから、陸路で九州を横断している。乗って来た船で、そのまま関門海峡を抜ければいいのにね。」

「だから、瀬戸内海を抜けたか、陸路で大和へ向かったかも、不明だ。」

「魏志や後漢書の地図よりも、後退した感じがする。やっぱり謎だよ。」

153. 魏志［郡より倭に至る］

「この地図を使って、マリアに女王国の場所を決めて貰う。」

「えっ、いきなり、マリアに。」

「そうだ。第一決定者の名誉をマリア様に捧げるということだ。」

「なら、頑張る。乞う、ご期待ね。難しく考える必要はないと思う。中国の史書は謎解きのために書かれたのではないということ。いざと言う時には、軍事情報に一変するから、出来る限り正確を期して書かれているはず。」

「そういう見方もあるわね。文字で書かれた地図ね。」

「マリアの言う通りだ。燕の太子丹の依頼を受けて、秦の始皇帝の暗殺を企てた荊軻が、始皇帝と面会するために使ったのが地図だった。」

「ここから、〈邪馬台国〉の位置を決めるわけ？」

「倭人伝に沿って、〈邪馬台国〉ではなくて女王国と邪馬壹国。」

「くちばしを挟んで悪いけど、邪馬壹国と言う読み方は出来ないかしら？」

「そうか…。中国語でイーアーサンスー。邪馬壹国の方が正解かも。」

「身近なところでは〈壱岐〉。〈いちき〉とは読まないよね。」

「始めるよ。魏志［郡より倭に至るには、海岸に循って水行し、韓国を歴て、あるいは南し、あるいは東し、その北岸狗邪韓国に到る七千余里］。」

マリアの解読が始まった。

「釜山あたりまでは着いたね。」

154. 魏志［始めて一海を度る千余里］

魏志［始めて一海を度る千余里、対馬国に至る。…千余戸あり。また海を渡る千余里、…一大国に至る。三千ばかりの家あり］

「一大国は壱岐のこと。」

魏志［また一海を渡る千余里、末廬国に至る。四千余戸あり］

「末廬は松浦半島。ようやく九州上陸。」

魏志［東南陸行五百里にして伊都国に到る。千余戸あり］

「ここまでは、九州説でも大和説でも同じ解釈だよ。」

155. 魏志［東南奴国に至る百里］［東行不弥国に至る百里］

「ウズメのお蔭で、奴国と不弥国への出発地はどちらも伊都国となったね。ところで、ここまでの総距離は？」

「海上一万余里は決定。陸上はどちらでも六百里。」

156. 魏志「南、投馬国に至る」と「南、邪馬壹国に至る」

「この解読も終わったね」

「そう、急がないで。この二つの文章の前に何が来るか？起点の話だけど、ここが九州説と大和説が分かれる最大の原因になったのは知ってるよね。まず〈邪馬台国大和説〉の考え方を紹介するわ。大和説は連続式読み方と放射式読み方、二つの

読み方がある。その説明はこうなる。帯方郡から伊都国までは単純明瞭で、読み替えは不能だから、どちらの読み方も同じ。問題は伊都国から先の読み方で二つに分かれる。」

157.〈邪馬台国大和説〉の連続式読み方

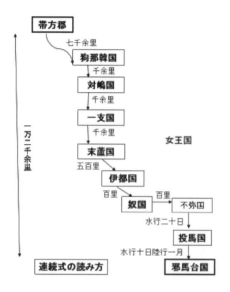

図6. 邪馬台国里程図・連続式読み方
（大阪府立博物館「卑弥呼誕生」をもとに作成）大塚発重『邪馬台国をとらえなおす』から転写

連続式読み方は〈伊都国→奴国→不弥國→投馬国→邪馬台国〉とする説だ。魏志の記事を〈そのままつなげて〉読む方法になる。

　里程と日程を合計すると。（水行1万余里＋陸行5百里＋陸行1百里＋陸行1百里＋水行20日＋水行10日＋陸行1月）になる。水行1000余里／日で換算すると、［水行4万余里＋陸行（7百里

＋1月）］となる。

　ところが、魏志は別に〈郡より女王国に至る万二千余里〉と全体距離は決まっている。これと比較すると連続式読み方は大凡4倍の距離になる。結局、連続式読み方は自己矛盾を犯した。

　何故、誤読となったか？

　「何がなんでも、大和へ。矛盾しても構わない。その考えが先行した。」

　後述するが、梁書諸夷伝と対比すれば、この読み方が誤読であることが、一目瞭然となる。

　ここで大まかな距離の計算をしてみよう。〈邪馬台国大和説〉が主張する漢の長里1里≒0.435Kmを用いて計算すると、結果は水行4万里×0.435Km≒1万9千Kmになり、ざっと地球を半周する。

　ところが、この図では、連続式読み方の総距離は、魏志の記述に合うように1万2千余里になると図示している。簡単にいえば、中身と包装が違う商品を買わされたようなものだ。

　「マリアの説明を聞けば、〈邪馬台国大和説〉は連続式読み方と放射式読み方を二つ並べたのは、どんな理由があったのかしら？連続式読み方が駄目なら、放射式があるよってことかしら？放射式読み方がどんなものか、ウズメも興味が湧くわ。」

158.〈邪馬台国大和説〉の放射式読み方

　放射式読み方は伊都国から南水行十日、陸行一月で、直接、邪馬台国に達するとする説だ。

　起点を伊都国とする読み方になる。当然、投馬国までの日程も伊都国が起点となる。

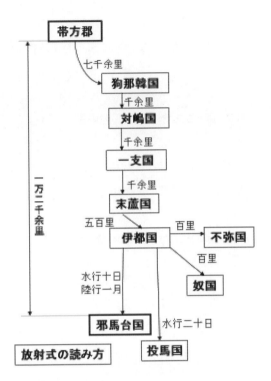

図7. 邪馬台国里程図・放射式読み方
（大阪府立博物館「卑弥呼誕生」をもとに作成）大塚発重『邪馬台国をとらえなおす』から転写

この読み方の不自然なところは、末盧国から陸行に変更して、伊都国から再び水行することだ。船は当時の最先端の乗り物だ。末盧国に上陸せずに、そのまま水行を続けるのが最も効率的な行程のはずだ。前述の連続式でも末羅国から不弥国まで陸行して、再び水行して最後に再び陸行する不自然さがある。

気になるのは、伊都国−邪馬台国間の〈水行10日陸行1月〉が帯方郡−邪馬台国間の1万2千余里と対になっていることだ。

案の定、この説の里程と日程を合計すると、郡からは（水行1万余里＋陸行5百里＋水行10日＋陸行1月）となる。水行 1000 余里/日を使って換算すると［水行 2 万余里＋陸行（5百里＋1月）］となる。残念ながら、魏志［郡より女王国に至る万二千余里］とは大凡2倍の開きになる。これも明らかな誤読だ。

ちなみに、漢の長里1里≒0.435Km を用いて距離計算をすると、水行 2 万里では 2 万里×0.435Km≒9 千kmで、こちらは地球を 4 分の1周する距離になる。

159. ベクトル量とスカラー量

「〈邪馬台国大和説〉の説明では、連続式であろうと放射式であろうと、集計距離はそれぞれ違うのに、どちらも総距離は一万二千余里になる。これは詐欺まがいの話だよ。それに、使者は何故、距離と日数で位置を表すのかしら？例えば、日本から南極まで行くのにオーストラリアまで1万キロメートル、そこから水行して 10 日なんて言う？」

「普通は言わない。」

「でしょ、それに［女王国より以北、その戸数・道里は得て略載すべき］なんだから、距離だけで表すことは可能だった。こんな読み方なんてあり得ないわ。」

「この連続式読み方は後に書かれた『梁書』で否定されているから、むきにならなくていい。それより、距離とはベクトル量だ。ベクトル量とスカラー量を足す、数学的にはこれだけで〈邪馬台国大和説〉は破綻だ。当然、魏志倭人伝もベクトル量とスカラー量をごちゃ混ぜにして女王国の位置を説

明するはずはない。〈邪馬台国大和説〉を主張した研究者たちは最も基本的な解読ルールを誤ったことになる。」

「なに、そのベクトルって？」

「簡単に言えば、物干し竿の長さ3mとバナナの重さ1kgを足すことは出来ないってこと。」

大和説を証明する連続式、放射式読み方は数学的なルールを無視しただけでなく、肝腎の魏志の記事そのものも無視した読み方だった。

「もし、〈邪馬台国大和説〉がこの矛盾を知り、それを隠すために、二つの読み方を併記したとすれば、倫理的にも大きな間違いをしていることになるね。」

160. 画一的な邪馬台国・畿内説

大和説と同じような読み方や方法で〈邪馬台国〉を推定した結果を下表に示した。

表2. 学説一覧表（直木幸次郎作成）のうちから畿内説だけをまとめた表

研究者氏名	畿内説	邪馬台国の比定地	説の特色
内藤虎次郎	畿内	大和	卑弥呼は倭姫命
高橋　健自	畿内	大和	古墳・鏡の分布から
笠井　新也	畿内	大和	箸墓は卑弥呼の墓
山田　孝雄	畿内	大和	日本海沿岸航路
三宅　米吉	畿内	大和	
梅原　末治	畿内	大和	古墳・鏡の分布から
豊田伊三美	畿内	大和	放射式読み方
志田不動麿	畿内	大和	水行十日陸行一月の選択式読み方
和歌森太郎	畿内	大和	卑弥呼は百襲姫
小林　行雄	畿内		同笵鏡の分布
室賀　信夫	畿内		地図学史から
上田　正昭	畿内	大和	
立石　巌	畿内	大和	水行十日は黒潮利用
石井　良助	畿内	大和	
川上　巌	畿内	大和	放射式表現は四至記事

（学説一覧表；直木幸次郎作成 『邪馬台国99の謎』より引用）

「〈いろいろと空想できていいんじゃない〉〈これって、卑弥呼ロマンだわ〉、こうした善良な人たちの楽しみを奪うつもりはないが、それをいいことに自説の主張に利用しようとする一部の研究者たちの行為は見過ごすわけにはいかない。何故なら、科学倫理的には許されない行為だからだ。」

「オカラは手厳しいね。」

「この表を見て、気付いたことは？マリアは。」

「比定地がすべて大和。中には畿内だけで終わっているのもある。大和と言っても広いわ。大和のどこそこまでは辿りつけなかったんだと思う。日本の首都を関東と言うのと同じね。」

「〈畿内説〉にする訳が分かった気がするわ。もし〈大和説〉にすれば、〈邪馬台国の比定地〉の欄がすべて空白になってしまうんだね。」

マリアとウズメは久しぶりに意見の一致を見た。

「その、ほかは？」

「備考欄の〈説の特色〉から判断すると、魏志倭人伝だけでは決められなかったようね。」

「卑弥呼の情報は、魏志にしかないのに、それで決められないってのはどういうことなんだろう？」

「あたかも考古学的資料を使い、総合的な検討の結果導き出された極めて精緻な結論であると思わせるところがあるわ。事実、多くの人はそう思ったはずよ。」

「そうなの？本当は逆だと思う。この比定方法には論理の飛躍や論理のすり替えがあるわ。」

「どういうことかしら？」

「正しい比定方法とは魏志で決定して、その結果を考古学や他の資料で追認することでしょ。魏志で決定出来ないから、代わりに考古学資料を使うのは、詐欺まがいの論理だと思う。」

「二人とも、厳しいんだね。でも、多くの〈邪馬台国〉に関する書物は、すべて、考古学史料をふんだんに使っているものばかりだ。二人は、それを魏志だけで決定するつもりなんだ。」

「そのつもりでいるけど。」

「魏志だけでは決定出来ないって、これまでの研究から証明されているとは言えないのかしら？」

「これまでの研究が決定的な間違いを犯していたとすれば、どうなる？」

「確かに、それも面白いわね。」

161. 百花繚乱の邪馬台国・九州説

「九州説では、比定地がピンポイントで沢山あるね。」

「それは、どういうことだろう？」

「大部分のものは、魏志倭人伝の解読をもとに推測したと思うわ。」

「二つの表からは、九州説が魏志倭人伝に依拠して邪馬台国の比定をしたのに対し、畿内説は魏志倭人伝の解読では邪馬台国の比定が不可能だったことを示したことになるね。」

「九州説の問題は？」

「卑弥呼の住んだ場所は一ヶ所だったはずなのに、比定地がほぼ九州全域に及んでいることだわ。」

「結果的には、邪馬台国を探し当てようとした大和説、九州説のすべての説が解読を間違えたことになる。」

「そこまで言う。」

「ここまで来たら、もう引き返せないわ。大切なのは〈その次〉よ。これから言えることは、魏志の解読を間違えた箇所の記事を探し当てれば、二つの説の弱点を克服出来る可能性があるってことになるわね。」

「それって、卑弥呼の住所を探し当てることが出来るってことだね。」

三人は大胆不敵なことを考え始めていた。

しかし、表2、表3に名を連ねる人たちは、魏志倭人伝研究の第一線で活躍する研究者たちだ。結果的に、三人はこの人たちをすべて敵に回すことになる。この『邪馬台国99の謎』の末尾には、編者松本清張の「編者のことば」がある。「…その一面、専門家でない研究者の一部には『倭人伝』に対して、勝手きままな解釈を下し、論証を抜きにした思いつきの結論を言う傾向がある…」と、安易な思い付きや論理展開を戒めている。この批判に、三人の素人は耐えられるのか？

「最初から意識してきたことだが、さらに、気を引　　　　き締めていこう。」

表3. 学説一覧表（直木幸次郎作成）のうちから九州説だけをまとめた表

研究者氏名	九州説	邪馬台国の比定地	説の特色
菅　政友	九州	大隅・薩摩	
那珂　通世	九州	大隅	
星野　恒	九州	筑後山門郡	
白鳥　庫吉	九州	肥後	
橋本　増吉	九州	筑後山門郡	
安藤　正直	九州	肥後佐俣	放射式読み方
榎　一雄	九州	筑後	放射式読み方
牧　健二	九州	筑後山門郡	
富来　隆	九州	豊前宇佐	方位を修正
斎藤　忠	九州		考古学者として
藤間　生大	九州	筑後	社会構造の研究
宮崎　康平	九州	肥前島原	
久保　泉	九州	豊前宇佐	
松本　清張	九州		戸数・里数は虚構
古田　武彦	九州	筑前博多	邪馬壹国を主張
安本　美典	九州	筑前甘木	卑弥呼は天照大神
森　浩一	九州	筑後山門郡	山門郡の古墳を重視
高木　彬光		豊前宇佐	壹伎から神湊に上陸

注：この学説一覧表（直木幸次郎作成）の中には、畿内・九州説に入らない説がある。内田吟風のジャワ・スマトラ説だ。この〈説の特色〉は〈邪馬台国は耶婆提国〉である。（以上、学説一覧表；直木幸次郎作成『邪馬台国99の謎』より引用）

162. 卑弥呼は一人、その墓は無数にあるという〈科学〉とは

結局、これだけ多くの邪馬台国の候補地が挙がっている。この『邪馬台国99の謎』の出版は西暦1975年だから、その後も多くの説が生まれているにちがいない。しかし、卑弥呼は一人しかいないから、正しい位置は一箇所しかない。仮にこの表の中に正解があったとすれば、残りの説はすべて間違いだったことになる。最初の段階では数箇所の候補地があったとしても、最終的には一ヶ所に収束すべきだ。それが〈科学〉だ。

卑弥呼を伝説の人にするなと言ったのはこのことだ。

163. 畿内説と九州説

「これが認められるなら、これもいいんじゃないって、なるわね。」
「事実そうなった。」
「九州説の多くは、苦労して地区名を挙げているのに対し、畿内説だけは位置が曖昧な地域名（大和）となっている。これを良いことに、大阪平野の古墳からの出土品も、奈良盆地の遺跡も大和

説の補強に使われる、こんな詭弁を弄しているのが大和説だと思う。」

「でも、肝腎の畿内説の根拠となった連続式読み方・放射式読み方が破綻しているのだから、何を言っても無駄なはずだけどね。」

「魏志の連続式読み方が、たとえ間違っていたとしても、百襲姫を卑弥呼とすれば、箸墓古墳が卑弥呼の墓の可能性が生まれるので、〈邪馬台国大和説〉は正しい。全くの詭弁だが、これが畿内説の論理だ。そして、これが通用するのが古代史研究の世界だ。」

〈邪馬台国大和説〉がいかに特異な読み方であるか、もし、大和説の論理が通用するならば、大部分の九州説は地区名まで明らかにする必要はなくなる。地域名となる〈北九州〉や〈南九州〉で充分だ。それが平等・公正というものだ。

164. 古代史学は本当にサイエンスか

〈こういう読み方をすれば、こうなる〉は、科学の世界ではあってはならない思考論理だ。例えば、A型インフルエンザウィルスの形が、あれもある、これもあるならば、ワクチンは作りようがない。だから、自然科学の世界では決して通用しない論理だ。だが、この不思議な論理が古代史に通用するとすれば、歴史学はサイエンスではないという批判を甘受しなければならない。

165. 大和説が言う邪馬台国は朱儒国のはるか南海の上

「さっき作った地図に、連続式や放射式〈邪馬台国大和説〉を重ね合わせればどうなるのかな？」

「どちらも、〈邪馬台国〉は女王国の南にある朱儒国のはるか南の海の中になる。」

「『邪馬台国99の謎』で、〈邪馬台国〉をジャワ島とした説があったわ。地球を4分の1周する距離だとすれば、むしろ、正直な比定になるね。」

「〈邪馬台国大和説〉の破綻を証明すれば、この話が終わるのではなく、女王国と邪馬壹国の位置と、それがどんな国だったかを探し当てるのが私たちの目的だよね。」

「そう、最初の一歩を踏み出したってとこね。」

166. 魏志倭人伝の正しい里程・行程図

まとめると、帯方郡から女王国までの里程では、郡から伊都国までは連続式、奴国と不弥国の二国だけは伊都国から放射式になる。投馬国は女王国のルートから独立した別ルートになる。伊都国からは〈次に斯馬国〉以下のルートがあるが、この図では省略した。

正しい解読図は次図だ。重要なことは〈女王国と邪馬壹国〉は〈投馬国〉と〈狗邪韓国から奴国・不弥国のルート〉とは関連がない、独立したルートになることだ。

これが、邪馬台国大和説の連続式読み方・放射式読み方との違いになる。

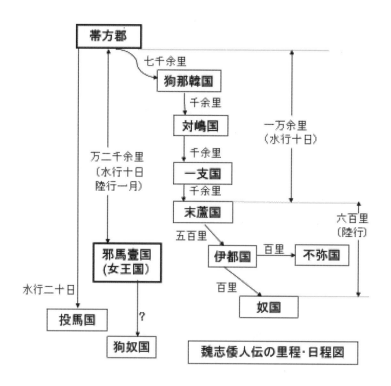

図 8. 魏志倭人伝を解読した里程・日程図

15. 魏志を読み解く(6)—里程記事を使った論理の陥穽—

167. 魏志[女王国より以北その戸数・道里は得て略載すべき]

魏志[南邪馬壹国に至る、女王の都する所、水行十日陸行一月。…七万余戸ばかり][女王国より以北、その戸数・道里は得て略載すべきも、その余の旁国は遠絶にして得て 詳 かにすべからず](傍点は著者)

「これで女王国と邪馬壹国は出揃ったね。」

「この記事では邪馬壹国と女王国は違うような書き方だね。もし同じなら、〈女王国より以北〉は、〈邪馬壹国より以北〉になると思うんだ。」

「その通りだと思う。ここは女王国についての記事の解読を進めることだ。」

「女王国までは分かるけど、それより遠くの国の様子は分からないってことだね。仮に大和なら、大和までの様子が詳しく書かれていなくてはならないね。」

「その話は終わった。」

魏志[次に斯馬国あり、次に伊邪国あり、…次に奴国あり。これ女王の境界の尽くる所なり]

「この話も終わった。」

魏志[その南に狗奴国あり、男子を王となす。…女王に属せず]

「ついに、敵が出て来たね。」

168. 魏志[郡より女王国に至る万二千余里]

「女王国は帯方郡の南、一万二千余里の位置に固定されたね。内訳は海上一万余里、陸上二千余里。」

「ここから、女王国の位置を決めるわけ？」

「そう、原文に忠実にね。一方で、原文に間違いがあるかどうかの史料検証も必要。」

「原文の間違いはどうすれば、検証可能になるんだろう？」

「他の文献との比較だけでは、意図的に間違いとされるおそれがある。魏志倭人伝の邪馬壹国と後漢書の邪馬臺国とのすり替えのようにね。」

「じゃ、これを防ぐためには？」

「史料自体の自己矛盾を明確にする。」

「なるほど…。マリアにしては、驚くほど冷静沈着な思考だ。」

169. 二千余里と五百里あるいは六百里はどう違うか

「じゃ、女王国の位置は？」

「末廬国(唐津市)から伊都国(糸島市怡土地区)まで陸行五百里、伊都国から奴国までは東南陸行百里。伊都国から不弥国まで東陸行百里。」

「[その戸数・道里は得て略載すべき]からすると伊都国と奴国や不弥国は約百里の違い、一万二

千余里と比べれば、どれも同じ点の中のようなものね。」

「ということは、二千余里と五百里あるいは六百里、この違いは？」

不足の一千五百里だったり一千四百里だったり、〈邪馬台国〉が九州内の様々な場所に生まれた原因になったのがこれだ。〈邪馬台国九州説〉は〈語呂合わせ地名〉とこの〈二千余里〉あるいは〈陸行一月〉を組み合わせたからだ。

「多くの人たちは、ここで悩む。魏志倭人伝は間違いが多過ぎるってね。」

「間違いかしら？間違いで片付けられるなら簡単だけどね。」

「そう言われると、これが間違いでないと証明しなければならないね。難題だ。」

170. 魏志［東南奴国に至る百里］

伊都国から奴国まで東南百里。伊都国から不弥国まで東百里とある。その奴国は博多湾の東側、不弥国は奴国の東側にあったと推定されている。

「奴国と不弥国へは水行も陸行も書いていないけど。」

「ここは陸行だ。」

「実際は、歩いて行くより、伊都国からは船の方が便利。水行で可能なはずだと考えるのは、現代人の発想かしら？」

「入り江を横断したり、当時の博多湾は大きく陸側に入り込んでいたはずだから、歩くよりは船で横断した方が近道になる。彼らも船を使ったはずだ。」

「横断するとなれば、日本の基準では海となって

も、中国の大河を見ている中国の使者の認識では、河や河口であったかも知れない。」

「じゃ、陸行がおかしいと言うのは早すぎるんだ。」

「水行は 1 日に付き千余里、かつ海を渡る時に使う。」

171. 魏志［東南陸行五百里にして伊都国に到る］

「もう一度、〈末廬国（唐津）から伊都国（怡土）まで東南に陸行五百里〉だよ。」

「そうか、唐津から怡土までは北東に水行だし、方向は 90 度も違う。確かに問題だ。」

厳密に考証しようとすると、細部では不明な事柄が多くなる。だが、三人に増えたことで、誰かが突破口を開いてくれる状況が生まれていた。

「それは末盧国の基点を唐津として考えた場合だね。もし呼子なら最初の方向は東南になる。三世紀には、風待ち港の役割が重要視されたと思う。大きな時化に遭遇することも考えると、深い入り江がある場所が大きな外洋船の港だったと思う。通説が末盧国＝唐津としたのが、早とちりだったのではないかしら？」

「そうか…。船を呼子の入り江の奥深くに係留して、そこから山越えで末盧国に入り、伊都国へ向かえば、方向も距離も大きな狂いはなくなる。直木幸次郎の短里の概算値も呼子－怡土間とすると90m/里より2〜3割短くなる。」

「そう考えると、魏志の記事は的外れではないわ。」

172. 女王国の場所探しの陥穽・陸行一月

「ちょっとおかしいことがあるの。末盧国の唐津から伊都国があった糸島付近までなら、陸行で、ゆっくりしても 2、3 日だわ。呼子から歩いても、1、2 日増えるだけ。伊都国から奴国までも同じ、1、2 日で行ける。」

「〈陸行一月〉は何処のことかって、ことね。」

「うん。ここが突破出来ないの。」

「そうか…でも、女王国の位置を決定出来る根拠が別にあるなら、その問題は重要ではないかも。」

三人は論理の迷路に入りかけていた。

「それは駄目。すり替えはいけないわ。」

マリア自身も行き詰まっていたが、思考停止は禁物だった。迷路には必ず、入口があれば、出口もあるはず、それがマリアの考えだった。

多くの説を生み出し、そして、いずれもが矛盾を含み、迷走した〈邪馬台国論争〉のうち、最も正解に近いところにあると思われる九州説でも、細部にわたって検討すると、解明困難な問題が残っている。その分析不足が、九州説でも多くの〈邪馬台国〉を生み出し、そのことが巡り回って、最終的に矛盾を含んだままの〈邪馬台国大和説〉を台頭させる原因のひとつになったのだ。

173. 女王国の場所探しの陥穽・二千余里

この問題解決のためには、これらの原因が何に起因するものであるかを、先に考えねばならなかったはずだが、今までの説は陸行の不足〈千四百余里や千五百余里〉を満たす場所を探し出し、二

千余里に合わせる作業をした。これが〈邪馬台国九州説〉が陥った罠だ。

では、〈邪馬台国大和説〉はこの問題をどう解決したか？もし、大和説が解決していれば、九州説がそれを応用出来るはずだった。だが、大和説は連続式と放射式読み方を列挙して一万二千余里を欺瞞記事に利用しただけだった。

長い沈黙が三人を包んだ。議論は止まった。

174. 気分転換を図る

「そろそろ宿に帰る時刻だな。俺にマリアの涼しそうな眼差しを送ってくれ。」

「それで？」

「その眼差しを思い出しながら酒飲んで、大きいのブッ放して、寝て、次を考える。」

「その大きいのって？」

「決まってるだろ。俺の屁だ。」

「そんなんで、いいの？」

「沈思黙考する時にこうするのが俺のやり方だ。」

「仕方がないな。じゃ、その願いは叶えてあげるよ。」

オカラの宿泊先は町内唯一の旅館で、町役場の近くにある割烹旅館だった。昔は町内で開かれる宴会を一手に引き受けていたが、いまは見る影もなく廃れて、細々と営業を続けていた。その二階の一番奥の十二畳の部屋が、オカラに割り当てられた部屋だった。

遅れてやってきたウズメの、宿帳に書かれた住所がオカラと同じ東京だったところから、宿の女将さんは八十を越えていたけど、早速気を回した。そして、隣の部屋をウズメにあてがった。部屋は

襖で区切られているだけだから、オカラの屁は筒抜けになる。ウズメは早速、異議を申し立てた。

「お酒はただで差し上げるけど、勝手にオナラは勘弁して欲しいものだわ。」

だんだんと日常語に戻って、「オラも年を取って難しィごどはわがねぐなってしまっただも、こういうのは地産地消でねぇべが？」と、お婆さん女将はオカラに向かって熱心に説いていた。

175. ポストウズメ歓迎会

ウズメの歓迎会の後、ウズメがいまだ独身であることが分かった翌朝から、町の名士の面々からはウズメ宛に地酒が届けられていた。その酒を飲んでいいと言ったのだ。

名士諸君の名誉のために言えば、決して不純な思いではなく、ウズメの人柄とその博識に惚れ込んだからだ。その上、二人が宿に戻る時間に合わせて、七十の坂を越えた鼻赤の会長が待っていた。

訪問の用件は、会長の弁によると、用件と言う程のものではないが、昨夜、途中で終わった話の続きをぜひ拝聴したいとのことだった。ただ、何の話だったかは今となっては、会長も二人も思い出せなかった。

「なんだったか…のう、年を取ると物忘れがひどくなってのう。」そう言われれば、「いやいや会長。私など、ど忘れはしょっちゅうですよ。」と返すのが礼儀というものだ。

これで断る理由も無くなったから、昨夜の宴会場の中央に三人は陣取った。二時間後、宿の女将さんはほんのり頬を染めて、オカラとウズメは福の神だと言って喜んだ。そして、「どうか、何時までも泊まっていて下さいっ、会長さん、明日もまた来てくだいっ、こんどは皆さんもお連れになってくだいなっ。」と最初は客用の言葉を使っていたが、

176. 定規とコンパスは使えない

「こんがらがった糸をほぐすには、一度バラバラにして、それをもう一度組み立てる。キィワードは〈定規とコンパスは使えない〉これでどうかしら？」

翌朝、目はトロンとしたままのウズメだったが、そのウズメが理解不能な言葉を発した。

場所を探し当てるのに定規とコンパスを使う。これこそ、最も正しい方法であった。だが、これには、少なくとも正確な地図があるという前提があって、始めて可能になる方法だ。しかし、いつの間にかその前提が忘れられて、後半のフレーズだけが一人歩きしていたのだ。そして、これが〈邪馬台国〉探しの常識となっていた。現代地図を使ったために、無意識のうちに陥った論理の迷路だ。

「正確な地図も無いのに、陳寿はどうやって位置を決めた？」

「そうか、陳寿になればいいんだわ。」

177. 誤差を考える

「え、定規とコンパスは役に立たない？」

「同じ水行一千里でも、釜山から対馬と、壱岐と松浦では実際には 2 倍以上の違いがあるわ。水行一千里の誤差は200％以上。」

「ヒョッとして距離に誤差があるなら、日数にも誤差があるかしら？」

「その通りじゃないかしら。水行の単位は1日、2日と続いて10日まで、10日を越えると、こんどは20日、1ヶ月。すると水行20日は15日から25日までか、あるいは11日以上20日までだったかもしれない。この調子でいけば陸行の単位は、1ヶ月、2ヶ月、3ヶ月…。」

「大きいね。」

「水行は1日で1千里、陸行は徒歩で亀のスピード、誤差の精度を同じにするには、単位を大きくしないといけないでしょ。」

「ウズメは回転が速いね。誤差の概念を用いれば、問題解決だ。」

「末盧国から不弥国までそれぞれ距離が出ているから、何日で行けるかは誰でも分かる。使者が話した所要日数も1ヶ月よりははるかに短かった。1ヶ月は陸行の最小単位だと思う。」

「これで、単位は決まったね。」

「ところが、今までの研究は、誤差を考えなかったから、丁度陸行一月になる位置や陸行二千余里の位置を探したんだね。九州説でも色々な地名が候補に上がったのはそのためだった。」

三人は今まで誰も指摘しなかった誤差の問題から、それまで解読不能だった魏志の記事を読み解く手がかりを掴んだのだ。

「区間距離の合計値と総距離が合わないのは、間違いではなく、誤差だった。九州説の比定地が九州全域に及んだ解読上の問題の在りかはここにあった。」

「確かに、結果論からはそうなるわ。だけど、八百里が千里になるのは説明出来ても、五、六百里が二千里になるのは、誤差では説明出来ないと思う。」

「そうか、上手くいくと思ったけど、難しいね。」

178. 誤差と対句をまとめると〈陸行一月は二千余里〉

「確かに、陸行500−600里/1ヶ月に影響を与えたのは誤差の概念だったろうけど、それ以上に、〈一万二千余里〉と、〈水行十日陸行一月〉の記事だと思う。距離と日程の対句になるからね。」

「誤差と対句かぁ。こんな意味が込められていたんだぁ。」

それまで、厳しい顔つきだったマリアの口元がほころんだ。

179. 中央に河あり東西六千余里、

井上靖の小説『楼蘭』の中に、漢書・西域伝を引用した文章がある。[南に大山あり、中央に河あり、東西六千余里、東は即ち漢に接し、扼するに玉門、陽関を以てし、西は即ち限るに葱嶺を以てす]文中の六千里は、漢の長里 0.435m/里で換算すると、2600kmになる。これが中国の地図のスケールだ。少なくとも、陳寿は50kmや100kmの長さで目の色を変えなかったはずだ。

180. 国の位置決めに里程記事は使えない

「魏志の里程記事の最小単位は、海路は水行一日で一千余里（約75km）、陸路は陸行一月で二千余里（約150km）となる。」

「マリアのこの考えを、どう思う？」

「ウズメは良いと思う。」

「ここで、対句の考えを使えば、末廬国から伊都国、奴国、不弥国までは、どの国へ行くにしても、陸行の最小単位の１ヶ月、距離換算では２千余里になる。」

「だから、誤差を伴う里程記事は、女王国のピンポイントの位置決定には使えないことになるわ。」

「その通りだと思う。マリアのこの意見で、これまでの邪馬台国論争の問題は終止符を打った。」

「え、終わった？」

「結局、無理に女王国の位置を決めようとすれば、主観、願望に基づいた結果にしかならない、これが〈邪馬台国九州説〉が陥った過ちだったし、大和説の論理も同類だ。言い換えると、〈大和説〉〈九州説〉共に魏志倭人伝の解読に失敗した原因は、里程記事と語呂当て地名だけで〈邪馬台国〉探しをしたことだった。」

「結論は、女王国の位置決定根拠になるのは里程・日程以外の記事だということね。」

「でも、里程記事を使わずに、卑弥呼の居場所を突き止める、本当に出来るかしら？今まで誰も試みたことのない方法だよ。」

「必ず出来る。これ以外に方法はないのだから。陳寿は必ず、女王国の位置を書いているはずだ。里程記事だけでは、求める位置を正確に言い表すことは出来ないからだ。現代のように、緯度・経度を用いる座標表示が出来ない時代には、むしろ文字表示の方が正確になる。簡単に言えば、〈魏の首都は西安の東300km〉ではなく、〈魏の首都は洛陽〉とするのが、唯一の方法だったはずだ。そして、都の様子も併せて書くはずだ。」

16. 魏志を読み解く(7)─女王国の首都は伊都国─

181. ペリーの航海日誌があったとすれば

次の文は、オカラの全くの捏造文だが、黒船で来航したペリーの航海日記からの引用と見なして欲しい。

「日本国は、わが米国西海岸の西 12000kmにある。日本国へ至るにはサンフランシスコ港から船出し、1月で浦賀に着く。浦賀から北へ陸行し30kmで横浜に至る。又陸行北西 30kmで江戸に至る。全国の大名の別宅あり。大将軍の城郭には1000人の女性が侍り、その警護は峻厳なり。又陸行北 30kmに大宮あり。関東一の宮の氷川神社がある。日本国へは米国西海岸から水行 1 月陸行 1 月で至る。」

この日記に書かれた〈12000km〉〈陸行(30＋30＋30)km〉と〈水行1月陸行1月〉から、日本国の所在地を決定出来るだろうか？不可能だ。しかし、浦賀、横浜、江戸、大宮の四つの町の中で、参勤交代の制度による大名の別宅があること、大将軍が住む城郭があることから、江戸が当時の首都だと知ることが出来るのだ。

182. 国の位置とは何か？

魏志倭人伝の解読も同じだ。あまりにも常識的な話だから、誰も例題を出してみようとはしなかった。ところが、この常識を無視したのが〈邪馬台国大和説〉だ。そして、この手法を正しいと錯覚した多くの研究者が九州や本州の各地に〈邪馬台国〉を誕生させた。

例えば、遣魏使が魏に行くとすれば、どこに行くか、魏国の片田舎かそれとも首都洛陽か？答えは洛陽だ。同じようにペリーさんの日記は正確には「日本国（の首都）へは米国西海岸から…」と（　）の文字が入ることになる。

歴史家は、位置を決めたいのなら、〈女王国〉は〈女王国の首都〉と読まねばならないし、広さを知りたいのなら〈女王国の領土〉と読まねばならない。大和説も九州説も漠然と〈邪馬台国〉を探したことが過ちの始まりになった。

183. 魏志[共に一女子を立てて王となす]

「発想を逆転させるってどういうこと？」

「私の推理では〈女王国〉も〈邪馬壹国〉も幻の国。あれこれと詮索するに値しないことなの。」

「へー、マリア説の真髄だね。」

「それって、ひとつ間違えば非常識の落とし穴じゃない。」

「聞いて。倭国ではたくさんの国が互いに戦っていた。」

「どうして争った？」

「話は前後するけど、卑弥呼が遣魏船を出したのは1回だけではなかった。卑弥呼の前には帥升

がいた。貢ぎ物は男女の生口。帰りには貢ぎ物の数十倍の珍しいものを貰ってくる。それを使ってこんどは国内交易で莫大な利益をあげる、これほどの商売を放って置く手はないわ。」

「じゃ、寄ってたかって朝貢貿易や民間交易の利権を争ったと、マリアは考えた？」

「そう。互いに妥協しないから、〈共に卑弥呼を立てて国がまとまった〉。」

184. 領土のない国家

「でも国の考え方は違う。〈共に一女子を立てて王とした〉。この意味は、女王が諸国家を統一したのではなかったということ。既に沢山の国がある。新しく国を立てるには、既にある国を奪うか、分割しなければならないのに、それもない。」

「矛盾だネ。」

「それぞれの国がそのままで卑弥呼を立てた。だから女王国には領土がなかった。どういうことかと言えば、それは単なる利害調整機関。簡単に言うと、今で言えばEUみたいなもの。日本で言えば戦国時代の天皇家のようなもの、本当の権力者は戦国大名よ。そのミニ戦国時代版。だから、卑弥呼の住んだところは〈領土の実体のない女王国〉ではなく、〈領土の実体がある個々の国〉のどれかになる。」

「言い換えると、女王国の首都はどこか、だね。」

185. 日本地図を広げて日本国の位置を指させるか？

〈邪馬台国探し〉とは、日本地図を広げて、〈どこ

が日本国か指差してごらん〉と言っていることと同じだ。松下見林が蛮勇をふるって日本地図の真ん中あたりを指差したのを皮切りに、それなら俺も、と続いたのが邪馬台国探し騒動だった。

「卑弥呼が何処に住んだか、それを探し当てれば良いだけの話なんだ。」

186. 女王国は北九州国家連合

「単純明快、こじつけていないし、理路整然。ここで、EUが出るとは、マリアらしいね。」

〈マリアが言った女王国と20世紀後半に現れたEUとが同じなんて、考えてみればすごいことなんだ。その原形が三世紀の日本にあったなんて〉ウズメは感慨深かった。

「名目上は伊都国も国家連合の構成国の一つ。例えば、EUの本部はベルギーにあるけど、ベルギーはEUの構成員でもある。そして、アメリカ合衆国にアメリカ合衆国と呼ばれる首都はない、そういうことなのね。」

ウズメが念を押す。

「そう。大和説や多くの九州説が間違った理由は、女王国や邪馬壹国を〈邪馬台国〉と置き換え、それを〈不弥国〉や〈奴国〉と同じ単独国家名と考え、その場所を探したことだね。」

187. 女王国・邪馬壹国と呼ばれる単独国家が存在しない理由

魏志[次に斯馬国あり…次に奴国あり。これ女王の境界の尽くる所なり]この記事は斯馬国から奴国まで二十一国であるが、これらの国々は女王

94

国に属するという内容になる。言い換えれば、女王国はこれらの国の総称になる。

逆に、女王国や邪馬壹国を単独国家名だとすると、魏志のこれら一連の記事は矛盾し、解読不能となる。壹を臺の間違いとする〈邪馬台国〉も同じだ。

188. 女王国の南限はどこか

魏志倭人伝では、女王国や邪馬壹国の位置は書いていない。それは書きようがなかったから。ただ、その首都の位置や領国の広さは書き表すことが出来る。だから、魏志は〈女王国の範囲〉のうち、南限ははっきりと書いている。

魏志[…次に奴国あり。これ女王の境界の尽くる所なり]だ。魏志[共に一女子を立てて王となす]記事とはここでつながることになる。

189. 女王国の北限はどこか

南限があるなら、北限もなければならない。

「それでは、始まりの北限はどこか？魏志倭人伝には、書かれているが、多くの人はそれに気付かなかった。このことが、〈邪馬台国大和説〉が生き延びることが出来た潜在的原因のひとつになった。女王国と狗奴国との関係さえ明らかにすれば良いからだ。残念ながら、それさえも迷走して、未だに正解を得ることが出来ないけどね。」

「それが、どんな意味を持つのかしら？」

「もし、魏志に女王国の北限がはっきりと書かれていれば、女王国の広さが分かり、女王国が単独国家では無かったことが、より明確になっていた。

すると、（卑弥呼の住んだ場所）＝（首都）を探すことの意味も、より明確になっていたと思う。」

実は、女王国の北限が書かれている記事は、魏志[其の北岸狗邪韓国に到る]だ。

狗邪韓国は朝鮮半島の南岸、釜山付近になる。それが何故、北岸か？〈其の北岸〉とは南側から見た言い方だ。この記事は、魏志韓伝[東西は海を以て限りとし、南は倭と接す]と対応する。即ち、〈其の〉は〈倭国の〉と置き換えることが出来る。

同じことが後漢書にもある。後漢書[…邪馬臺国に居る。楽浪郡徼はその国を去る万二千里、その西北界拘邪韓国を去ること七千余里…]（傍点は著者）。後漢書は魏志の記事を追認しているのだが、後漢書の〈その国〉とは邪馬臺国であり、〈その西北界〉とは邪馬臺国の西北界のことになる。従って、魏志の〈その北岸〉と後漢書の〈その西北界〉とは同じ意味となる。

もし、狗邪韓国が〈倭〉に属さないのならば、魏志韓伝に、その国名は書かれたはずで、魏志倭人伝には書かれないことになる。

190. 女王国に属する国はいくつか

魏志[旧百余国。…今、使訳通ずる所三十国]の内容は、狗邪韓国から狗奴国までが三十国となる。このうち女王国に含まれるのは、二十八国（狗邪韓国から不弥国まで七国、斯馬国から奴国まで二十一国）であるが、後に卑弥呼が魏帝から制詔された〈親魏倭王〉の中身は投馬国・狗奴国を含む三十国になる。

魏志の記事は間違ってはいない。

191. 魏志[女王国より以北その戸数・道里は得て略載すべきも]

「この魏志の記事はどう考えるべきかしら？一般的な解釈は里数や戸数が分かっていることと、直訳して終わる。でも、マリアはもっと深い意味のある言葉だと思うわ。」

「マリア、説明して。」

「〈女王国〉の意味することは一般的であるか、どうかなの。この判断のためにオカラが〈178. 国の位置とは何か〉の例題を出してくれたのだと思う。〈国〉の意味は常に具体的だわ。そのことを意識出来るか、出来ないかで、その後の考えの方向性が定まるか、定まらないかの別れ道となると思う。」

「具体的には？」

「〈国の広さ〉は〈領土〉を示し〈国の位置〉は〈首都〉を示す。記事の〈女王国〉が〈女王国の広さ〉を表すとすれば、〈女王国以北〉とは狗邪韓国以北の馬韓・辰韓・弁辰のことを示すことになる。そんな解釈をする人はいないでしょ。」

「重要な指摘だわ。確かに、女王国以北が狗邪韓国以北になるなんて、誰も考えないわ。」

「そうすれば、ここでいう〈女王国〉とは〈女王国の首都〉を表す以外に解釈の余地はなくなる。一方で、この記事を以って、女王国は単独国家名であるとするのは、歪曲以外の何物でもないわ。」

魏志[**女王国より以北、その戸数・道里は得て略載すべきも**]は、女王国（の首都）が帯方郡の南にあることを示す記事だ。魏志には〈邪馬台国大和説〉を認める記事は何一つない。

192. 魏志[伊都国は郡使の往来常に駐まる所]

「マリア説を続けて。」

「〈女王国の首都〉の位置が知りたい？それは〈伊都国〉よ。難しいことは何もない。住んだのは伊都国の中にあった卑弥呼の館。その様子は魏志に詳しく書いてある。卑弥呼には弟がいたと言うから、卑弥呼は伊都国国王の姉。だめ押しは、伊都国は[**郡使の往来常に駐まる所**]だわ。」

「理由は？」

「朝貢国と宗主国は冊封関係になる。すると、〈郡使が駐まる所〉とは〈朝貢国の首都〉を指す。」

マリアが、卑弥呼が伊都国にいたと話したことの正しさはこれだけで証明される。

一方、〈邪馬台国大和説〉の決定的な弱点は、首都から遠く離れた九州の地に郡使が駐まっていることだ。例えば、朝貢－冊封関係にあった琉球国と明国の関係を見ればより理解し易くなる。明国の使者は石垣島か宮古島にとどまっていたか？違う。明国の使者は首里城で琉球国の盛大な歓迎を受け、琉球王の認証をしていた。

193. 魏志[政等の還るを送らしむ]

魏志[壹与(いよ)、倭の大夫率善中郎将(りつぜんちゅうろうしょう)掖邪狗(えきやく)等二十人を遣(つか)わし、政等の還(かえ)るを送らしむ]

「オカラ、簡単な質問だよ。政等はどこから帰ったか？」

「いきなり？ヒントは？」

「大和からか、それとも伊都国からか？」

「伊都国。」

「[政等(せい)、檄(げき)を以て壹与(いよ)を告諭(こくゆ)す]政等はどこで

壹与に告諭したか？」

「決まってるだろ、伊都国。」

「〈邪馬台国大和説〉によれば、〈女王台与〉は政等から告諭を受けるのに、大和の地から伊都国まで出向かなきゃならない、果たしてそうかしら？」

「それはないだろう。女王壹与のもとに、政等が訪れた。」

「なら、政等は大和に行った？」

「政等も魏使だ。駐まっていたのは〈伊都国〉。当然、女王壹与もそこの住民になる。」

194. 魏志[一大率をおき、諸国を検察させる。つねに伊都国で治める]

「ところで、伊都国はたったの千余戸だよ。」

マリアの結論に水を差すように、オカラが言う。マリアはすぐに反論だ。

「確かにそうだけど、おかしいのはまだほかにもある。[とくに一大率（王の士卒・中軍）をおき、諸国を検察させる。諸国はこれを畏れ憚る。つねに伊都国で治める]の記事よ。伊都国が実力ナンバーワンだとする文章。ところが、末盧国は四千余戸、奴国は二万余戸、たった千余戸の伊都国がどうして〈つねに治める〉ことができる？」

「少な過ぎるね。」

「これでおあいこだね。でも、女王国全体では七万余戸、こちらは整合が取れている感じがするけど、いずれにしても魏志倭人伝の矛盾点だね。」

こんどはウズメがマリアの援護射撃をする。ああ言えばこう言う、まるでウズメとオカラが口裏合わせをしているようなタイミングだ。

「残念ながら、戸数が合わなかったために、大和

説や他の九州説に付け入る隙を与えたね。」

195. 郊迎地はどこか

古田武彦は〈邪馬壹国〉を奴国に比定した際に、伊都国を郊迎地と考えた。魏船の寄港地を伊都国と考えたからだ。

では、伊都国を〈女王国の首都〉とすれば郊迎地はどこになるのか？魏使たちの危険な航海が終る末盧国の呼子こそ、魏の使者を郊迎する地として最適だ。海が穏やかな時は、魏使が直接伊都国に来航する場合もあったはずだ。その時は、伊都国王自ら〈津〉で郊迎したのではないか？同じ伊都国だが、古田武彦のケースでは郊迎する者は王の使者と考えられるが、この場合は伊都国王自ら郊迎に立ったことになる。

196. 郊迎の例

余談になる。米沢上杉藩主だった上杉鷹山が米沢を訪問した恩師、細井平洲翁を自ら郊迎したのは、平洲翁一行が国境の板谷峠を下り終えた関根羽黒堂だったが、ここは米沢の町はずれに当たる。

平洲はこの時の米沢滞在の様子を書いた書簡を自分の高弟、樺島石梁に宛てた。時は流れて昭和四年、当時の南置賜郡教育会は手紙の一節を刻み、「一字一涙の碑」と名づけ、関根の郊迎の地に建立した。跋文を依頼された神保蘭室の跋文の一節「一巻の国牘、執って之を読めば一字一涙、人をして慨焉として往日を憶わしむ。」から取った。

197. 魏志[王、使を遣わして…皆津に臨みて捜露し…女王に詣らしめ]

魏志[…常に伊都国に治す。国中において刺史の如くあり。王、使を遣わして京都・帯方郡・諸韓国に詣り、および郡の倭国に使いするや、皆津に臨みて捜露し、文書・賜遺の物を伝送して女王に詣らしめ、差錯するを得ず]

文中〈捜露〉とは〈さがしあらわす〉〈差錯〉とは〈いりみだれまじわる〉意味になる。

198. 伊都国王と卑弥呼はここでつながる

「文中の〈王〉とは誰のことかしら?」

「記事は〈王〉と〈女王〉を区別しているから、〈王〉とは〈男王〉を指し、〈女王〉とは〈卑弥呼〉を指すことになる。〈男王〉とは取りも直さず〈伊都国王〉になる。」

〈京都〉とは魏の首都・洛陽だから、朝貢使節を派遣するのは王=(伊都国王)と、書かれている。

では、卑弥呼はどうしていたか?魏志[佐けて国を治む。(女)王となりしより以来、見る有る者少なく…ただ男子一人あり、…宮室・楼観・城柵…設け兵を持して守衛す]

「卑弥呼は宮室奥深くに住み、[鬼道に事え]ていた。魏志の記事は、その女王のもとに、皆で郡の使節が運んできた〈文書・賜遺の物〉を送り届けていたと書かれている。〈伊都国と女王卑弥呼〉が直接結びつく、魏志の中で唯一の記事だわ。」

「やっぱり、陳寿は書いていたんだ。」

この記事にはさらに重要な意味が含まれている。渡海船の送迎には〈皆津に臨みて捜露する〉こと

だ。〈津〉に係留されている多くの船の中で、今回来た船はどれか、どの船が出て行く船かを捜し出す、〈津〉の賑わいの様子が鮮やかに表現されている。

もし、これが大和のことなら、〈津〉とは〈浪速の津〉となると思われるが、瀬戸内海を通ってくる船の到着のたびに、大和の纏向から浪速まで大行列を編成しなければならなくなる。しかも、あらかじめ何時、到着するか分からない状態での出迎えだ。

伊都国だから「船が着いたぞーっ。」の声を聞いてから、〈皆津に臨む〉ことが可能なのだ。そして、ここから〈文書・賜遺の物〉を女王のもとに〈伝送〉するのも容易なのだ。

199. 魏志は三国史記の倭国記事を追認する

「驚いたのは、倭国と帯方郡・諸韓国との交流があることを魏志が書いていたことだわ。後述する三国史記の倭国記事を魏志が追認していた。諸韓国と交流があったのは、ヤマト政権ではなく、九州の倭国だったことを証明していたんだね。」

200. 女王国の比定はこれで終わる

「長かったね。」

「マリアは良く頑張った。」

「オカラとウズメのお蔭です。里程・日程記事に目を奪われていれば、探し当てることは出来なかった。」

「本来、魏志倭人伝には何も問題はなかった。魏志倭人伝のこの記事を最初に抜き出していれ

ば、それですべては終わっていた。卑弥呼を大和の住民にしようとした者たちが、この記事が解読の俎上に載ることを防ぐために、魏志倭人伝の解読を里程・日程記事のみの問題に矮小化した。そして、〈検証〉無しで〈仮説〉を積み上げ、〈邪馬台国卑弥呼説〉をでっち上げた。一方、反大和説を唱えた者たちも、この手法に引きずられるように、里程・日程記事の解釈に走った。」

「この手法は倭の五王問題など多くの古代史の問題にも共通するね。これが、オカラの言う歴史修正主義の実例かしら？」

「それじゃ、次はウズメにお願いしよう。」

~~~~~~

コラム 4. 何故、倭人（国）伝を読み、記紀を読むか

~~~~~~

　この本を書くにあたって、ここまで多く引用した古田武彦の著作と共に、論理的視点を定めるために、私は梅原猛の著作を通読した。『さまよえる歌集－赤人の世界－』(1974)、『日本文化論』(1976)、『隠された十字架－法隆寺論－』(1981)、『水底の歌－柿本人麻呂論－（上）（下）』(1983)、『闘論古代史への挑戦』（共著）(1984)、『怨霊と縄文』(1985)、『神々の流竄』(1985)、『飛鳥とは何か』(1986)、『日本人は思想したか』（共著）(1999)などだ。

　「…その代わり、歴史学者は考古学の成果をもって、歴史叙述に代え…戦前の我々が記紀に対する肯定の執によって真実を見る目を失っていたとすれば、戦後の我々は記紀に対する否定の執によって真実を正しく見る目を失っていた…一つの書物における真理とは何であり、虚偽とは何であるかという問いである。…古事記、日本書紀制作者たちの作為的意思がどこにあるかを明らかにすることにより、記紀における真実なるものと虚偽なるものを区別することが出来る(梅原猛『神々の流竄』)。」

~~~~~~

　この結果、記紀は、梅原によってどのように解読されたか

　「…崇神、垂仁、景行。特に景行の子日本武尊の話は…統一的イデオロギーに基づく大和朝廷の武力統一の話である…かくてここに思想的にも武力的にも統一された日本国家が生まれる…その余剰エネルギーはあの神功皇后伝説の名で伝えられる朝鮮半島への軍事行動となる…太子(聖徳)が摂政であった推古天皇…(梅原猛『神々の流竄』)。」

　膨大な参考文献・資料を駆使し、既往説を様々に解釈・対照して、自説を展開する手法は、総合的視点に立脚し、合理的結論が得られると考えられている。『神々の流竄』もこの手法に基づいて書かれた論文だ。にも拘わらず、何故、真実と虚偽の区別が曖昧あるいは不能となったか？梅原猛は〈徹底的に懐疑せよ〉と教える。

　答えは、梅原猛が論理構成に使用した〈既往説〉に〈論理的ブラックボックス〉があり、そのボックスの中で、意図的に、〈真実と虚偽の曖昧化〉が行われていた〉からではないのか？

~~~~~~

　しかし、この私の〈疑い〉は、梅原猛流に言えば、まだ不十分なのだと思う。〈懐疑を徹底する〉ならば、〈真実を虚偽に改竄した〉からではないのか、と思考を進める必要があるのではないか？

　すると、既往説にとらわれない論理を構成するためには、一次資料の〈倭人伝〉と〈記紀〉の〈解読〉が重要になる。　これが、これらの書物を読む理由だ。くどすぎる文章になったのは、私の未熟さであると同時に、未熟さをカバーするために念には念を入れねば、と考えたからだ。お許しを乞う。

~~~~~~

17. 魏志を読み解く(8)—景初二年の卑弥呼の朝貢—

201. 魏志[景初二年六月、倭の女王、大夫難升米等を遣わし郡に詣る]

「これが魏志倭人伝に載った卑弥呼の最初の朝貢記事の冒頭文。」

「記念すべき記事だね。」

「ところが、後の唐時代に書かれた梁書は[(西暦 239 年)魏景初三年公孫淵誅後、卑弥呼始遣使朝貢]と景初三年を採用しているし、北史も[(西暦 239 年)魏景初三年公孫文(司馬)懿誅後、卑弥呼始遣使朝貢]とあり、公孫淵が殺された翌年の景初三年が卑弥呼が始めて朝貢した年だと見なしたの。」

「漢字ばかり並べて、どういう意味じゃ？」

ウズメの説明に、マリアが不満を言う。

「魏の景初三年、公孫淵が司馬懿に誅殺された後、卑弥呼が初めて使いを遣わし朝貢した。」

「細かなことかも知れないけど、北史では〈公孫文〉、梁書では〈公孫淵〉。どっち？」

「北史は梁書を参考にしたが、書き違えた。」

「それで？」

「このわずか二十文字に足りない、しかも間違いを含む記事で、貢物や詔勅の細部にわたって記された魏志の記事を否定出来るかしら？」

「ウズメの問題提起だね。」

202. 異例の朝貢記事を再掲する

試みに魏志の朝貢記事の全文を挙げる。

[(西暦 238 年)景初二年六月、倭の女王、大夫難升米等を遣わし郡に詣り、天子に詣りて朝献せんことを求む。太守劉夏、吏を遣わし、将って送りて京都に詣らしむ。

その年十二月、詔書して倭の女王に報じていわく「親魏倭王卑弥呼に制詔す。帯方の太守劉夏、使を遣わし汝の大夫難升米・次使都市牛利を送り、汝献ずる所の男生口四人・女生口六人・班布二匹二丈を奉り以て到る。汝がある所踰かに遠きも、乃ち使を遣わして貢献す。これ汝の忠孝、我れ甚だ汝を哀れむ。

今、汝を以て親魏倭王となし、金印紫綬を仮し装封して帯方の太守に付し仮授せしむ。汝、それ種人を綏撫し、勉めて孝順をなせ。

汝が来使難升米・牛利、遠きを渉り、道路勤労す。今、難升米を以て率善中郎将となし、牛利を率善校尉となし、銀印青綬を仮し、引見労賜し遣わし還す。今、絳地交竜錦五匹・絳地縐栗罽十張・蒨絳五十匹・紺青五十匹を以て、汝が献ずる所の貢直に答う。また特に汝に紺地句文錦三匹・細班華罽五匹・白絹五十匹・金八両・五尺刀二口・銅鏡百枚・真珠鉛丹各々五十斤を賜い、皆装封して難升米・牛利に付す。還り到らば録受し、悉く以て汝が国中の人に示し、国家汝

101

を哀れむを知らしむべし。故に鄭重に汝に好物を賜うなり」]と。

203. 原文の景初二年より、原文を変更した後世の史書の方が正しいか

「魏志は景初二年六月と同年十二月の二つの記事の詳細を載せている。この朝貢の後も卑弥呼は魏への朝貢を重ねたが、年までしか魏志は書いていない。月まで書き、しかも魏帝の詔の詳細を書いているのはこの景初二年の記事だけ。」

「魏志の記事の意味を考えなさいってことね。」

「そう。多くの史書の朝貢記事が、朝貢があった事実だけを簡略に書いていることと比べると、この朝貢記事は異例中の異例。何故、わざわざ全文を再掲したか？これほどまでに陳寿がこの記事にこだわったことを知って欲しかったから。魏志の著者陳寿は、この時、5歳。彼にとっては、魏と公孫氏の戦いは、いわば現代史だった。この原初記事と、約400年後に書かれた梁書と北史の著者が、景初二年は魏と公孫淵の戦争があった年だからと、尤もらしい解釈を加えて訂正した記事とどちらが正しいかしら？」

「マリアに聞くの？」

その前に、北史や梁書が卑弥呼の朝貢を景初三年に変えることになった公孫氏の滅亡とはどのようなものであったか？孫子読みのマリアに聞くのはそのあとでも遅くはない。

204. 西暦238年（景初2年）の公孫氏の滅亡

西暦189年、後漢の公孫度は遼東太守に任命され、後漢末には遼東地方から朝鮮半島・楽浪郡にも勢力を伸ばし、三世紀初頭には、公孫康が楽浪郡の南部を分割して帯方郡を設置したが、三国時代になり、西暦238年に魏が楽浪・帯方郡を接収した。この年が問題の年だ。

「中国大陸での戦いって、一度の戦いで雌雄が決するのではないのでしょ？」

「それ、どういう意味かしら？」

「普通は、何回かにわたって戦闘があって、敗戦が濃厚になった時点で敗者が取る作戦とはどんなものかと考えてたの。」

こんな話題になると三人は俄然、張り切り出す。

「オカラ、どう思う？」

「多くは、軍を再編統合し、一箇所に集中させ、一発逆転を狙って、敵と戦う。」

「決戦？」

「そうだ。互角の場合は、互いに有利な場所を確保しようと、互いに知恵をしぼる。」

「じゃない、と？」

「優劣がついた場合は、守る側は、最強の防衛拠点となる自らの本拠地を決戦の場とするのじゃないかな。」

「守りを固めるという戦法ね。」

「マリア、孫子で言えばどうなるのかしら。」

「そうだね。孫子・形篇[孫子曰く、…勝つべからざるは守にして、勝つべきは攻なり。守らば則ち余り有りて、攻むれば則ち足らず]。」

「防禦こそ最強の戦い方か…。」

「この続きは、[昔えの善く守る者は、九地の下に蔵れ、九天の上に動く。故に能く自ら保ちて勝を全うするなり]。」

実際はどうだったか見てみよう。

205. 魏と公孫氏との抗争の始まり

西暦237年（景初元年）、魏は公孫淵に上洛を命じるが、淵はこれを拒否。

「どうして拒否なのかしら？」

「恐らく、上洛した時点で、反逆罪で殺される。」

「じゃ、反逆以外に手段は無かったんだ。」

淵は挙兵して魏の毌丘倹（かんきゅうけん）を遼隧（遼寧省海城市）で撃退する。同年、淵は燕王（えんおう）を称し独立を宣言。これに対し、西暦238年（景初二年一月）、魏は司馬懿（い）を派遣。公孫淵は遼隧に長さ数十里の塹壕を掘って防御線を張り、激しい戦闘となる。

「マリアの出番のようだな。」

「ここは、孫子・虚実篇[孫子曰く、先（さき）んじて戦地に処（お）りて敵を待つ者は佚（いっ）し、後（おく）れて戦地に処（お）りて戦いに趨（はし）る者は労（ろう）す]だろうね。」

206. 遼隧から襄平に転じる

司馬懿は遼隧の戦況を見て、遼隧から軍を転じ、公孫氏の国都、襄平（じょうへい）（遼寧省遼陽市）を包囲する。孫子・虚実篇[能（よ）く、千里を行くも畏（おそ）れざる者は、无人（むじん）の地を行けばなり。攻むれば而（すなわ）ち必ず取るは、その守（まも）らざる所を攻むればなり。… 兵の勝（いくさ かち）は実を避けて虚を撃つ]とある。

この作戦は功を奏した。西暦238年（景初二年八月）、襄平は陥落し、淵は降伏して処刑され、公孫氏一族は滅亡した。

征討将軍司馬懿は戦勝報告のために直ちに洛陽に凱旋（い）した。魏朝に与えた公孫淵の反乱の衝撃はそれほど大きかった。

理由は簡単だ。蜀の諸葛亮孔明が、かの有名な〈出師の表〉を書いて〈北伐〉を開始したのが、西暦227年。孔明が陣中死して、難を逃れたのが西暦234年だが、蜀は健在だった。そのわずか3年後に公孫淵の反乱が起きた。蜀、呉に続き、公孫氏と、魏は三方から敵に囲まれる状況に陥っていた。

207. 魏軍による帯方郡の制圧

この作戦と並行して魏軍の分隊は山東半島から海を渡って朝鮮半島に上陸し、楽浪郡・帯方郡を制圧した。この作戦は、もし、魏の本隊が敗北すれば、分隊は孤立するし、逆に渡海作戦が成功すれば、公孫淵を挟撃できることになる、ハイリスクハイリターンの戦術だ。周到な情勢分析が行われたはずだ。当然、公孫淵側も魏軍の動きを注視していたはずだ。

戦争が情報戦でもあることは古今変わらない。強大な魏軍に勝つためには、軍を分散させては勝ち目がないのは明らかだ。公孫淵は魏との戦争を決意した西暦237年（景初元年）から、首都の防衛を固め、景初二年一月には遼隧の防禦線が作られていた。この結果、公孫氏の帯方郡支配は景初元年のうちに放棄されていたと見るべきだろう。

これらの情報を魏軍は（西暦237年）景初元年のうちに得ていたはずだ。それが、魏軍が渡海作戦の実施に踏み切れた要因だろう。渡海軍は抵抗を受けることなく郡を制圧した。

208. 卑弥呼の慶賀の朝貢のタイミング

「情報は倭国にも伝えられていたのかしら？」

「当然、伝えられたと思うけど、タイムラグはあると思う。」

「卑弥呼は西暦237年に燕王を称した公孫氏への祝賀を兼ねた朝貢を目指したのかも知れない。」

「でも、景初二年六月、帯方郡に着いた卑弥呼の朝貢使を迎えたのは魏軍だった。」

「魏の役人・軍人は喜ぶ。いいところへ来た、これで洛陽へ帰れる最高のお土産が出来た、ってね。」

「この時点で、魏の明帝と凱旋将軍司馬懿（い）への、公孫氏征伐の祝賀朝貢に目的を変更するのは可能だと思う。」

「政治の世界では変わりの身の速さも大事なことなんだね。確かめようがないけど、空想と一蹴されるようなものでもないと思うわ。」

マリアとオカラの会話だ。

「ウズメはどう思う？」

209. 女王国の情報網から朝貢のタイミングを考える

「そう慌てることでもないと思うわ。魏志[（伊都国）王、使を遣わして京都・帯方郡・諸韓国に詣（まい）り]からは、女王国の情報網は帯方郡・諸韓国をカバーしていた。三国史記新羅本紀には紀元前50年[倭人、兵を行（つら）ねて、辺を犯さんと欲す…]から始まり、西暦123年[倭国と和を講ず…]、西暦244年[倭人、舒弗邯干老（じょふつかんうろう）を殺す…]など、多くの記事がある。古くからの朝鮮半島での倭国の活動が書

かれていて、魏志の記事を裏付ける。

だから、魏と公孫淵の関係がどういうものか、〈倭国〉が知らないはずはない。そして、帯方郡が魏軍の手に落ちたことを、女王国は景初元年のうちに掴んだはずだ。魏軍の勝利が確定的になったのを知って、祝賀団の派遣を決定しても、女王国から帯方郡までは天候待ちを加えても一ヶ月未満、海が穏やかになる夏の時期なら半月の行程。帯方郡への6月到着には何の問題もなかったと思うわ。」

210. 卑弥呼は無条件で偉大な女王だったか

卑弥呼の祝賀の朝貢が何故、異例とも思われる程に魏帝に歓迎されたか？卑弥呼が偉大な倭の女王だからだ、と勝手に思い込んではいけない。後漢以来絶えて久しかった倭の朝貢だったからか？それだけのことでもあれほどの記事になったのだと、これも勝手に思い込んではいけない。

研究者が無意識のうちに陥る〈大和は偉大〉この先入観が、研究者の思惑だけで簡単に西暦238年（景初二年）を西暦239年（景初三年）に変更出来た隠れた理由だ。

「どうして、隠れた理由なの？」

「研究者の思い入れだ。表向きの理由はもっと短絡的だ。」

211. 魏帝は何故、卑弥呼の朝貢を歓迎したか

「どうしてかしら？」

「第三者の視点に立てば、魏帝のあれ程の歓待は不思議なことだと思うのが普通だ。」

「客観的な視点を忘れるな、だね。」

「答えは景初二年だからだ。景初二年六月に帯方郡に到着した時、魏と公孫氏の戦いはほぼ決着が着いていたはずだから、そのまま郡を出発すれば、八月前には洛陽に到着出来たはずだと思う。」

「八月って？」

「倭の朝貢団は司馬懿の凱旋を出迎えることが出来た。」

魏の明帝の信頼の厚い凱旋将軍司馬懿の出席のもと、戦勝祝賀式が盛大に行われたのは景初二年秋のはずだ。倭の朝貢団はその祝賀式に間に合った。

少し先のことを書くが、公孫淵征討で魏朝の実質的な実力者となった司馬懿は、西暦249年のクーデター成功によって政治の実権を握り、魏は実質的に滅びた。司馬懿は西暦265年の西晋建国の礎を築いた男だ。西晋の武帝司馬炎は懿の孫に当たる。魏志が西晋時代に書かれたことを思い浮かべてみれば、卑弥呼の朝貢は、この司馬懿の戦勝の功績を高めることに一役買っていた。

景初三年であれば、公孫淵に対する戦勝の感激は既に静まっていた。しかも、明帝は景初三年正月に死んでいる。代わって帝位についたのは8歳の幼帝斉王芳だ。西暦239年（景初三年）では弔意を表する朝貢になる。

212. 景初三年に変更された理由

景初二年が間違っているとする根拠には〈梁書・北史の、戦争中だから〉〈景初二年の帯方郡の太守は劉夏（りゅうか）ではなく、劉昕（りゅうき）の間違いだから〉

〈日本書紀の神功皇后紀では景初三年だから〉などがあるが、いずれも、景初二年を否定する理由の根拠としては薄弱だ。

213. 何故、卑弥呼の朝貢は景初三年でなければならなかったか

「魏志の詳細な朝貢記事のうち、年号だけが過ちだとする説はいささか恣意的だと思うわ。梁書や北史の著者らの〈戦争が終わった後でなければ朝貢使の派遣は無理だろう〉と憶測した記事は、七世紀の唐の時代に書かれた歴史書の記事。正に現代史だった三世紀の魏志と比べてどちらが正しいか？議論の余地はないはずだわ。一歩譲っても、梁書や北史は〈西暦238年か239年のいずれかに、あるいは景初年間に卑弥呼の朝貢は行われた〉と書くのが正しかったと思う。」

「それなのに、どうして？」

「理由があったの。大勢の記紀研究者が、わずか一年の違いだったけど、魏志の西暦238年は間違いで、北史や梁書の西暦239年が正しいとする説に跳びついたのは、卑弥呼が魏帝から貰った百枚の銅鏡の行方に絡むからよ。」

214. 三角縁神獣鏡

鏡の周辺の断面が三角形に突出している特長を持ち、鏡の文様が中国の神仙思想に題材を求めた、神像と獣形とが圧倒的に多いという特徴を持っている。この形体と文様の二つの特徴から三角縁神獣鏡と言われている。

215. 小林行雄の考え

小林行雄は全国の古墳に分布する鏡の中に同じ鋳型で造った鏡（これを小林行雄は同笵鏡と呼ぶ。笵は鋳型のこと）があり、それが五枚を限度としてセットになったいることに注目した。全国の古墳中、最大の(32面)の三角縁神獣鏡が出土したのが京都府椿井の大塚山古墳であった。この被葬者はヤマト政権の使臣であり、同じように三角縁神獣鏡が出土した大阪府万年山古墳、広島県中小田古墳、福岡県石塚山古墳の被葬者に同じ鏡を分配して回り、（天皇家の地方小豪族支配）に協力したと考えた。

問題は、小林行雄が三角縁神獣鏡を魏の鏡と見なし、「それが輸入された時期は邪馬台国の卑弥呼の景初三年における魏への遣使の直後であろうと考えることにしたい」（「同笵鏡考」『古墳時代の研究』所収）としたことだ。魏志の景初二年では成り立たない仮説なのだ。

「仮説のために、原文を否定するって、逆じゃないの？」

「結果はそのことを証明した。」

216. 富岡謙蔵の説

〈三角縁神獣鏡は魏鏡〉であるとの仮説は、小林行雄自身の考証ではなく、富岡謙蔵の論証による。

富岡謙蔵の論拠は、三角縁神獣鏡の銘文の中にある「銅は徐州に出て、師は洛陽に出づ」で時代を確定出来るとしたことに基づく（『古鏡の研究』所収論文、大正九年刊）。

この説の要旨は、徐州は漢代には彭城と言い、魏になって徐州と改め、劉宋の永初三年（西暦422年）にまた彭城に復した。洛陽は、前漢以来雒陽という文字を用い、洛陽が用いられたのは魏になってからだ。だから、徐州と洛陽の二つの地名が同時に用いられた時期は魏晋の頃になる。さらに、師という文字は、晋の時代は使用を避けたので、最終的に魏の時代になる、という説である。

要約すれば、洛陽は魏以降となり、徐州は魏・西晋・東晋にまたがることになるので、約200年間の幅ができる。これを狭めるのが〈師〉の文字で、〈晋〉の時代を除外すれば、残りは〈魏〉となる。

「富岡説は認められたの？」

「厳しい反論があった。〈師〉の文字は晋の時代にも使われていたと反論された。これで魏鏡とする根拠は崩れた。」

にもかかわらず、三角縁神獣鏡は魏鏡であると、一人歩きを始めた。

「どうして？」

「〈邪馬台国卑弥呼説〉の成立を考えれば容易に理解出来る。魏志倭人伝の記事からは〈邪馬台国卑弥呼説〉を〈実証〉出来ないから、魏志に代わるものが必要だった。」

「魏鏡でなくて、後漢鏡じゃいけないの？」

「帝の位を後漢から禅譲されたのが魏だが、その前の曹操の時代から、後漢は実質的に曹一族に支配されていた。後漢の文物もそっくり魏へ委譲されたはずだ。後漢鏡が魏の物として使われていても不思議じゃない。ただ、このことは魏志倭人伝からは判断不能だ。」

その前に、この説は、三角縁神獣鏡が中国で作られたという前提があって、初めて成り立つ仮説

だ。その前提を見よう。日本の古墳や古墓から出土した三角縁神獣鏡はどこで造られたものか？

217. 富岡四原則

（漢鏡）と称される銅鏡が糸島半島、博多湾岸、朝倉郡を中心に北九州に集中的に出土する。この（漢鏡）という呼び名は考古学界では定着した考えだ。

これに対する説明は、富岡謙蔵によって提案されていた。中国から中国鏡が輸入される。次に日本人が下手に模倣する。前者を舶載、後者を仿製と名付けた。これが中国製か国産かの判断基準になるとみなした。整理すると、仿製は①鋳上がりが悪いため、文様・図像・線などがあいまいになっていること。②従って図様（文様・図像）本来の姿が失われていること。③文字が無いこと、もしくは文字に似て文字に非ざる文様めいたものにくずされていること。④鈴鏡は中国に無いので、日本製である。この 4 点が、富岡四原則と呼ばれるものだ。しかし、事はそんなに単純かと、後に、かの古田武彦は批判した。

218. 大阪府和泉黄金塚古墳

大阪府和泉黄金塚古墳から出土した画文帯神獣鏡には「景□三年、陳□作、諮諮之、保子宜孫」の銘文がある。（古田武彦注：□は判読不明文字）

219. 島根県神原神社古墳

島根県神原神社古墳出土の三角縁神獣鏡の銘文は「景□三年、陳是作鏡、自有経述、本是京師、社□□出、吏人□□、□□三公、母人諾□、保子宜孫、寿如金石兮」である。（古田武彦注：□は判読不明文字）

220. 二つの古墳から何が言えるか

和泉黄金塚古墳の銘文は神原神社古墳の銘文を短縮していることから、神原神社古墳が元になっていることは考古学者の一致した考えだ。問題は、三角縁神獣鏡の銘文の意味を和泉黄金塚古墳の鏡を作った者が理解していたかということになる。

富岡説が正しいものだとするには、黄金塚古墳の鏡は仿製鏡となるから、意味不明な銘になるはずで、誤写になっているとした。だが、古田氏によれば、和泉黄金塚古墳の鏡の作者は誤写したのではなく、三角縁神獣鏡の銘文の意味を理解した上で、〈大胆な節略〉をほどこしたものだ、と反論した。富岡四原則は危なかしい説だった。

「そうだね。舶載鏡かどうかの判断は青銅に含まれる微量元素や鉛同位体元素の分析をするなど、客観的な証拠に基づくべきだろうね。」

「それも、単純ではないように思うわ。」

「どうして？」

「国内産の鏡の材料は、どこ産なのかしらね。日本国内での銅鉱の採掘と銅の精錬は、この時代まだ行われていなかったのではないかしら？私は、青銅地金を輸入していたのじゃないのかって、思うんだ。だから、国内産の鏡でも、もとの原料は中国産。」

「何が何でも、卑弥呼と結び付けようとするから、

無理に無理を重ねることになると思う。卑弥呼と結びつけなければ、大和の古代史が語れないと思うことが問題だと思う。一度、卑弥呼を抜きにした大和地方の古代史を組み立ててみればいいと思う。思わぬ発見があったりして。」

221. 神原神社古墳から黄金塚古墳への流れ

黄金塚古墳の鏡が先で、神原神社古墳の鏡が後から作られたと考える研究者はいない。すると、皮肉なことには、問題の神原神社古墳の三角縁神獣鏡は、大和から地方へ分散したという小林説とは合わない結果となる。もし、流れが逆だったとすれば、三角縁神獣鏡は仿製鏡となり、これも富岡・小林説と矛盾する

222. 〈景□三年〉を〈景初三年〉と読む理由

この三角縁神獣鏡を卑弥呼が魏帝から貰った百枚の鏡にするためには、銘文の初めの□に入る文字を〈初〉として〈景初三年〉と解読する必要があった。しかし、この欠字(曖昧で判読不能な文字)が〈初〉であると決定するのには悪戦苦闘のドラマがあった。

当初、この欠字は〈和〉と読まれた。すると〈景和〉という年号になる。この場合、景和元年はあるが景和三年という年号は実在しない。だから、やはり欠字は〈初〉と読まねばならなかった。卑弥呼の朝貢が景初二年ではいけなかった理由がこれだ。

「景初二年だって景初三年だってどっちでもいいことじゃない。だって、女王国の位置は大和じゃないのに、これって、自由の女神像をロンドンで探すことと一緒だよ。それに、魏志からは、単に銅鏡とだけしか分からないのに、景初三年銘のある三角縁神獣鏡が卑弥呼が貰った銅鏡と決めつけ、しかも、仿製鏡か舶載鏡の議論で、卑弥呼の貰った鏡だと決定する。論理的に全く意味をなしていないわ。」

「そうだけど、〈邪馬台国大和説〉に、もうしばらく付き合って欲しいわ。」

223. 出土数五百枚を超えた三角縁神獣鏡

三角縁神獣鏡はその後、どんどん出土して今では500枚を超えた。しかも問題は、中国で造られた鏡のはずが、肝腎の中国では発見されていないことだ。三角縁神獣鏡は、限りなく日本国内で作られた可能性が高い。

「それなら、卑弥呼が貰ったことにならないね。」

「論理的には100枚を超えた時点で、小林説は破綻したんだけど、500枚を越えて、ようやく重い腰を上げたのが現状だ。」

「今度は、画文帯神獣鏡が卑弥呼の貰った銅鏡だと方向転換を図る人たちも現れた。」

「そう言えば、岸本論文でも、画文帯神獣鏡だったね。」

「もし、画文帯が違ったら、今度は何にするのかな。そんなに簡単に変えていいものなの。景初二年ではなく景初三年でなければいけないって、言ってたのに、画文帯神獣鏡なら、景初二年でもいいのかしら?それに、和泉黄金塚古墳の画文帯神獣鏡は仿製鏡じゃないの?」

224. 画文帯神獣鏡とは

画文帯神獣鏡とは、外区（鏡の外側の部分）の平縁の中に、車を引く竜や飛ぶ鳥、走る獣、飛ぶ雲や神仙などを描いた〈画文帯〉と呼ばれる絵画的な文様をもつ鏡である。

「西暦237年に卑弥呼が貰った鏡は銅鏡とあるだけ。それを三角縁神獣鏡や画文帯神獣鏡だと言ってみたところで、検証不能。だから、三角縁神獣鏡が駄目になると、画文帯神獣鏡に簡単に乗り換えられるんだね。」

「結局、画文帯神獣鏡で得られる結論も検証不能になる。」

「かえって、検証不能の方が都合がいいんじゃない。」

「どうして？」

「検証は出来ないけれど、反証もされないからね。」

どんな分布状況か、奈良県と福岡県の比較で見てみよう。西暦300年以前の遺跡からは、前漢・後漢・西晋鏡が出土し、出土数は福岡県が圧倒的に多い。西暦300年から400年の遺跡からは、画文帯神獣鏡・三角縁神獣鏡が出土し、福岡県より奈良県が多い特徴がある。

これから、何が言えるのか？三世紀から四世紀にかけて北九州の政治勢力とヤマト政権の力関係は逆転したと考えるか、それとも、政治的力関係と鏡の数や種類とは直接関係がないと考えるかは、〈歴史〉を捉える視点の在り方、そのものの問題になる。

225. 銅鏡百枚の行方は

「卑弥呼を共立した国家連合としては、魏帝から貰った鏡は、国家連合を組んだ国々で分配されたのではないかと思うわ。」

「そのわけは？」

「魏志に、［還り到らば録受し、悉く以て汝が国中の人に示し、国家汝を哀れむを知らしむべし。故に鄭重に汝に好物を賜うなり］の記事。これは卑弥呼に対する命令よ。一方で卑弥呼は、〈共立された女王〉。この二つから、魏から貰った鏡の大部分は、連合している国王に供覧された。当然、次に起きるのは、分配でしょ。」

226. 銅鏡は〈邪馬台国〉の比定に使えない

「鏡が〈邪馬台国〉の比定に使えるとする考えは、論理的には成立しない。それなのに、〈邪馬台国卑弥呼説〉に固執する研究者たちが、延々と神獣鏡と卑弥呼を結びつける論争を続けてきたのは、異常としか言いようがないわ。」

「次もウズメにお願いしよう。」

「バトンタッチよ、マリア。」

227. ちょっと一休み・屋根の雪おろしの話

「このあいだの話だけど、ここの里の雪は、そんな生易しいものじゃないんだよ。降り始めたら、ノンノンノンノン、と一日中降り続ける。」

「一日中、雪かきしてたらいいさ。」

「そのうち、家がミシミシと音を立ててくる。」

「そしたら、雪下ろしだろう。ようやく、引き篭もり

の出番だ。この音はなんとも不気味な音だから、引き篭もりも心配になる。おバァさん、ミシミシ音がしてきたけど、何の音ですか？って。…雪の重みで、家がつぶれそうな音だがね…。えっ、家がつぶれる、それは大変だ。…なぁに、オラは何時死んでも悔いはねぇ、じっちゃのどこさいぐべさ…。こっちはまだ死にたくないよ…。それも、ンだな、おなごの肌も知らねぇ前には死なれねべな…。おバァさん、からかわないでよ。…ンだば、雪下ろしでもしたら良かんべ…。雪下ろしはしたことがないよ。…出来ねぇなら、あきらめたら良かんべ…。そこまで言われて、引き篭もりはどうすると思う？」

「そりゃ、やれと言われりゃ、嫌だと言うが、しなくていいと言われりゃ、やってやろうじゃないかってね、シャベルを持つと思うよ。」

「ん、したら、あんちゃ、やるってか？…梯子は？…納屋さ行けばあるべさ。いいか、あんちゃ、雪下ろしで死にたくながったら…。えっ、死ぬ？…まぁ、死ぬのは何年に一人だがね、そう言えば、去年も一人死んだか…。ボク、死なずに済みたい…。ンだば、一番てっぺんから、巻き出すんだど…。巻き出すって、どういうことですか？…オラに言えってかぁ、当だり前のごとだがら、うまく言えねぇな…。じゃ、どうすればいいですか？…なまくらこいで、屋根の下の方から下ろせば、雪がドッと滑って来た時、一緒に落ちて、埋まってしまうべさ。だから、屋根のてっぺんからだべ。ん、なして泣ぐ？…ボク、こんな言葉かけて貰ったの始めてだ。…なぁに、泣いてる場合じゃねぇべさ、オラが見てやる。…うん、頑張ってみる。」

「話がうますぎない？」

「まぁ、火事場の馬鹿力ってやつさ、きっとうまく

いくにきまってる。」

18. 魏志を読み解く(9)─卑弥呼の墓は平原遺跡─

228. 魏志[卑弥呼以て死す。大いに冢を作る。径百余歩]

「今までは、邪馬壹国と壹与を除いて、魏志倭人伝の内容を否定した人はあまりいないようだけど、日程や里程に誤差があり、それぞれの国の位置にも間違いがあったから、他に間違いや誇張がある可能性は有りうるわね。」

「距離を誇張していると考えた人たちはいた。」

「それは周・魏の短里で解決したわ。」

「倭国の位置が、実際の地理と合わないことから、記事は不正確で信用出来ないとした考えもあった。」

「後世の研究では〈邪馬台国〉の位置は推定不可となる結果も現れた。」

「良く考えてみたら、里程記事重視の解読法による限りでは、正しい結論だったことになるね。」

「じゃ、〈婢千人〉が誇張だったと考えたら?」

「そうすると、〈殉死する者は奴婢百余人〉これも考え直さなくてはね。」

「卑弥呼の墓探しの話に移るわけだ。〈径百余歩〉って?」

「周・魏の短里で計算すると、25＋αmぐらいになる。」

マリアは即座に答えた。

「思ったより、小さいね。」

229. ヤマト政権では殉死の習慣はあったか

日本書紀、垂仁天皇二十八年十一月二日の記事に、倭彦命を身狭の桃花鳥坂に葬った時のことが書かれている。[このとき近習の者を集めて、全員を生きたままで、陵のめぐりに埋めたてた。日を経ても死なず、昼夜泣きうめいた。ついには死んで腐っていき、犬や鳥が集まり食べた]と。

書紀によれば、倭彦命は、第十一代垂仁天皇の母の弟に当たる。母は第八代孝元天皇の長子の大彦命の女で御間城姫という。

「その彼のために、近習を殉死させたというが、皇子の死でも殉死があるとすれば、ヤマト政権では、天皇を含めて広く殉死の習慣があったのかしら?」

「書紀の記事からは、俄かには信じられないな。」

「なんだか、すごいよ。無理やりって感じ。」

「殉死の話をどこからか聞いてきて、見よう見まねでしたって感じだね。」

230. 倭国に殉死の習慣はあったか

魏志[その死には棺あるも槨なく、土を封じて冢を作る。始め死するや停喪十余日、時に当りて肉を食わず、喪主哭泣し、他人就いて歌舞飲酒す。已に葬れば、挙家水中に詣りて澡浴し、以て練沐の如くす]

111

後漢書[その死には停喪すること十余日、家人哭泣し、酒食を進めず。而して等類就いて歌舞し楽をなす]

隋書[死者は斂むるに棺槨を以てし、親賓、屍について歌舞し、妻子兄弟は白布を以て服を製す。貴人は三年外に殯し、庶人は日を卜して瘞む。葬に及んで屍を船上に置き、陸地これを牽くに、あるいは小轝を以てす]

「この三つの史書には、倭国では殉死や殉葬の習慣があったとは書かれていない。魏志の時代は槨は無かったが、隋書の時代には棺槨が有るに変化している。ここまで、葬送について詳しく書いてあるのだから、もし殉死があったなら、当然書かれていて然るべきではないかしら？」

「そうだね。ところで、小轝って？」

「小さい輿だそう。みんなで担いだってことだね。」

231. 魏志[殉死する者は奴婢百余人]

「〈殉死する者は奴婢百余人〉これは？」

「25m程の墓の周りに百余人は無理ね。」

「何人かは死んだ？」

「それも分からない。」

仮に倭国に殉葬の慣習があったとして、殉死者百余人を墓の周りに埋葬するには、直径25m程の墓を囲む広大な場所に殉葬墓が取り囲むようになければならない。卑弥呼の場合はどんな形で殉死させたか、魏志には書かれていないが、記事が誇大、あるいは捏造だという疑問はぬぐえない。

「卑弥呼を偉大な女王と称えるために〈奴婢百余人〉や〈婢千人〉は書かれたのではないかしら？」

「問題は、卑弥呼の墓は百基の殉死墓とセットでなければ比定されないか、だ。」

「中国史書からは、答えは、ノーだと思うわ。」

232. 魏志[大いに冢を作る。径百余歩]

「卑弥呼が死んだのが、女王国と狗奴国との戦いの最中。卑弥呼が死んだあとは国中が乱れた。恐らく、狗奴国の懐柔や謀略で連合国家群に亀裂が生じた。正に内憂外患の状態。壹与が立って何とか国をまとめたけど、狗奴国との戦いは激しさを増すばかり。そんな中で、巨大な墓を作る余裕はなかったと思うの。」

「なるほど。時代背景は、卑弥呼の墓は小さかった方が理解しやすい。」

「決定的に重要なことがある。卑弥呼の墓は〈墳〉ではなく〈冢〉だということ。大和説派の人は徹底して無視しているけどね。」

ウズメが思いがけないことを言った。

「何、その冢って？」

卑弥呼の墓についての魏志倭人伝の記事[卑弥呼以て死す。大いに冢を作る。径百余歩]この意味を知ることが重要になる。この聞き慣れない〈冢〉とは何か？

「ウズメ、説明して。」

233. 魏志[棺あるも槨なく、土を封じて冢を作る]

魏志に葬送記事がある。[その死には棺あるも槨なく、土を封じて冢を作る]

〈冢〉とは棺を直接土で覆う埋葬方式のひとつであり、卑弥呼の場合は一般の家に比べ大きい家

だった。

234. 蜀志[山に因りて墳を為し冢は棺を容るるに足る]

三国志・蜀志・諸葛亮伝に[山に因りて墳を為し冢は棺を容るるに足る]とある。

意味は、陣中で急死した諸葛亮孔明の遺体は漢中の定軍山に葬られたが、山というのは定軍山のことで、この定軍山を〈墳〉に見立てて、〈墓〉はその一角に築かれたとなる。〈冢〉は墓棺を覆う程度の大きさだと書いている。

235. 前方後円墳は冢ではない

陳寿は、卑弥呼の墓は大きめの〈冢〉だと書いている。この一文字によって、〈邪馬台国大和説〉が固執する巨大な前方後円墳・箸墓古墳は卑弥呼の墓候補から完全に脱落する。短里か長里かで争われてきた次元の問題ではない。

念のために改めて、その大きさ〈径百余歩〉はどの程度になるか？ 1里は 300 歩だから、周・魏の単里で計算すれば、76m÷3≒25mの円墓となるが、漢の長里で計算すれば、435m÷3≒145mの円墓となる。墓棺を覆うだけのために〈150mの墳〉は必要ではない。

「箸墓古墳は前方後円墳だから墓の形でも合わないね。それなのに、どうして箸墓古墳だと強弁するのかしら？」

「強弁ではないのよ。論理の断絶、歪曲、捏造で結論を得る、これが、歴史修正主義者の論理構成なの。」

ちなみに、箸墓古墳の形状は前方後円墳(墳長およそ278m、後円部の径約150m、高さ約30m、前方部は前面幅約130m、高さ約16mの規模)だ。

「前方後円墳を円墳だと言い換え、後円部の径150mが〈径百余歩〉になるというのが〈大和説〉の根拠。」

「墓の部分を以て、墓の名称にしたり大きさにすると、折角、円墳や方墳と分類した研究が台無しになる。考古学者は異議を唱える権利がある。」

236. これでもまだ〈邪馬台国大和説〉か

〈邪馬台国大和説〉は大きく、魏志の里程記事・箸墓古墳・三角縁神獣鏡の三つから成り立つが、これまでの検討で、この三つの根拠はすべて根底から否定された。

237. 卑弥呼の住所を探す

「伊都国のあった糸島ってどんなとこ？」

「正確には糸島市の怡土地区。糸島半島の中央部の山側に当たる。海側が志摩地区。伊都国は西の末蘆国と東の奴国の中間にあった。糸島半島の東側は博多湾。今の福岡市の平野部の辺りは大湿地地帯。西の末蘆国とは糸島湾で隔たるけど、そこは良港。両国を牽制出来る位置にあった。戦略的に要衝の地だよ。」

「九州へ行ったこともない方向音痴のマリアがどうしてそこまで？」

「社会科新高等地図のおかげよ。」

「絶句だわ。地図だけでそこまで行った。だったら、卑弥呼の住所は分かる？」

「定規とコンパスでは探せないってのに、そこまで聞く？」

「そりゃ、そうよ。地名当て競争から逃れられない人のことも考えてあげなきゃネ。」

「伊都国まで分かればそれでいいでしょ。ひょっとして、オカラは知ってるんじゃないの？」

マリアは苦し紛れにオカラの方に振った。社会科地図帳を頼りに自説を展開しているマリアには無理な要求だった。

238. 糸島半島自費出張

「箸墓古墳のサイズに引きづられて、卑弥呼の墓はでかいはずだと、大規模な墓や宮殿跡を探す今までの考えでは、女王国が伊都国だったとしても、卑弥呼の墓は探し切れない。」

「ひょっとして、卑弥呼の墓はもう見つかっていたかも。志賀島の金印のようにね。」

「でも、出来るかな？ウッヒッヒッヒ。」

「オカラ、何か企んでいるな。」

「いや、何も。」

「きっと、すごいことなんだ。」

「俺をおだて上げて木に登らせる気か。」

「うん。マリアにばかり登らせないで。」

「実は、マリアからメールを貰ったあと、ブラーっと、1泊2日で、糸島に行ってきた。」

「一人で？」

「誰と行く？」

239. 糸島半島は島だった

「実地検証しておく必要があると思ったんだ。」

「それじゃ、ここからはオカラにお願いね。」

「糸島は〈怡土〉地区と〈志摩〉地区の二つを併せた地名になる。三世紀には、志摩地区はほとんど島で、陸側の怡土地区とは細い砂州でつながっていたらしい。」

「砂州って？」

「例で説明すれば、北海道の函館山と陸地側をつなぐ細長い砂地の部分。地形用語でトンボロという。函館はその砂州に街が出来ているが、糸島半島はその幅がとっても狭い状態だった。志摩地区は陸とつながった島だから、地形学的には陸繋島になる。前置きはこの程度にして、江戸時代に盛んに干拓して湾を埋め立てて、現在の地形になったそうだ。だから、三世紀の伊都国は海に面していた。」

「魏志の記述と合うね。」

「やっぱり、社会科地図だけでは分からないこともあるんだ。」

240. 平原遺跡の墓は〈冢〉だ

「糸島半島は遺跡の宝庫だった。海側の志摩地区にも、陸側の怡土地区にも遺跡や古墳が数多くある。その中で最も有名なのが怡土地区の平原遺跡だ。」

「どんな遺跡？」

「ガイドブックによれば、歴代伊都国王の墓のある場所は怡土地区の三雲や井原地区だが、この平原遺跡はその西側の曽根丘陵にある。墓だけでなく、建造物の跡と思われる穴もある。建造物跡は太陽の動向の定点観測施設ではないかと推定されている。それで墓ではなく遺跡となったそう

だ。墓の中央に土壙（どこう）が掘られ木棺（もっかん）が埋められていた。」

「〈槨〉に納められていたのじゃないんだ。」

「〈冢〉そのものだね。」

241. 平原遺跡の墓形は方形周溝墓

「墓の大きさは？」

「墓の形は正式には方形周溝墓、中央の墳丘は角の取れた長方形で長辺 12m、短辺 10m で、円形と見なせないこともない。墳丘のまわりの周溝も含めると 20m ぐらいにはなりそう。」

図 9. 平原遺跡の全景（昭和 40 年当時）

（糸島新聞社『伊都国遺跡ガイドブック』から転載）

「へー、そうなんだー。卑弥呼の墓は、たしか周・魏の短里では百余歩は 25m 程度だったね。」

「例えば、サイズがぴったり一致するように 82 歩って書くと思う。」

「対角線で測れば 17m、これに周溝を加えれば 25m 程度になる。」

魏志によれば、一般人の場合は[**その死には棺あるも槨なく、土を封じて冢を作る**]が、卑弥呼の場合はそれより〈大きめの冢〉だった。

242. 平原遺跡の被葬者は女性

「木棺跡からは直径 46.5cm の内行花文鏡と言う巨大な鏡が 5 枚出土した。」

「それが巨大なの？」

「普通は直径 20cm 以下が多い。」

「それなら、バカでかいね。」

「世界最大と形容されているらしい。勿論国内では断トツだ。それが 5 枚もだ。その他、方格規距神鏡など併せて 40 枚の鏡が出土した。」

図 10. 伊都国のシンボル

平原遺跡出土の内行花文鏡（直径 46.5cm）

（糸島新聞社『伊都国遺跡ガイドブック』より転載）

「鏡のほかは？」

「その他勾玉、管玉、小玉など玉類は千個を超える。しかし、武器は素環頭大刀 1 本だけだ。」

「素環頭大刀って？」

「柄の先端が輪になっている祭祀用の剣だ。長さは 80.6cm。被葬者は女性と推定されている。」

「すごいね。」

マリアは感歎の声を上げた。

243. 大雙女貴の墓

全く情報が欠けていた卑弥呼の墓の手がかりとなる話がオカラの口から出たのだ。だが、それだけの墓なら既に誰かの墓に比定されているのかも知れない、マリアは重ねて質問していた。

「で、誰の墓とされているの？」

「原田大六はこれを大雙女貴(おおひるめのむち)の墓とした。」

「原田大六って？」

「糸島地区の遺跡発掘・考古学界に大きな役割を果たした大先生だ。」

「オオヒルメノムチって？」

「原田大六『実在した神話』では、天照大御神のことだそうだ。」

「ビックリだぁ。天照大御神が九州にいたぁ…。」

マリアは驚いた。卑弥呼の墓探しのはずだったが、いつの間にか天照大御神の墓探しに変わっていたのだ。

「箸墓古墳説はとっくに破綻しているし、伊都国にあるはずなのに、見つかったのは、天照大御神の墓、最初から仕切り直しだね。」

「マリア、がっかりするのはまだ早い。」

244. 卑弥呼と天照大御神

前掲の一覧表・〈邪馬台国九州説〉の中で、筑前甘木に比定した安本美典の〈説の特色〉には

〈卑弥呼は天照大御神〉と書かれている。

「だから、原田説は驚くには値しない。原田説と安本説を併せれば、卑弥呼の墓になる。」

「そうなんだ。」

「彼は日本史上、最高の女性の墓に比定した。このこと自体は間違ってはいなかった。大事なことは、原田大六が祭祀を司る偉大な女性の墓と考えたことだ。卑弥呼は〈鬼道に事(つか)える〉女性だった。」

「そうか、原田大六は天照大御神を実在した女性と考えたんだ。それも面白いかも。」

記紀によれば、天照大御神は天界では高天原、地上では大和と伊勢、後者の二ヶ所は住んだと言った方が良いか、祀られたと言った方が良いか迷うが、とにかく九州には住んでいない。だから、原田大六の比定は残念ながら、裏付け出来る資料が無い。

ところが、平原遺跡が大雙女貴(おおひるめのむち)の墓に比定されたために、糸島は卑弥呼の墓探しの候補から外された。結果的に糸島は女王国の比定地からも外されることになってしまった。

「一つの間違った結論が、更に間違った結論を誘導して行く。」

「だから、念には念を入れなければならないんだね。」

「でも、比定が合わないからといって、原田先生の業績は少しも減ることはない、そう思うわ。」

245. 卑弥呼の墓は平原遺跡

では、誰の墓か？当然のことだが、再検討することが許されるはずだ。

「これだけの副葬品を与えられて、しかも特別な場所に埋葬された女性は伊都国でも特別な存在の女性だった。卑弥呼以外に当てはまる女性はいない。築造された時代は弥生時代後期。年代的にも、魏志の記述とも矛盾しない。」

「卑弥呼の墓と言った人はいなかったの？」

「前掲の一覧表の中にも〈邪馬台国伊都国説〉は無いようだし、いなかったかもね。でも、これだけのお墓だ、いたかも知れない。だけど、そこまでは調べられなかった。」

「でも、オカラは、紛れもなく卑弥呼の墓だと考えた。魏志の〈伊都国〉と〈冢〉の解読結果が、考古学で裏付けられたんだ。マリアもそう思う、決定だよ。」

246. 町おこし

マリアは本当に驚いていた。今まで誰も探し当てることの出来なかった卑弥呼の墓が見つかっていたとオカラは断言したのだ。

「オカラ、それで、糸島って賑やかなとこ？」

「その逆だ。ひっそりと静まりかえっていた。」

「それなら、〈すわ卑弥呼の里〉じゃなくて、〈ずばり卑弥呼の邦〉でキャンペーンを行うべきだわ。日本全国から歴女、付録に歴男にお出で願って盛大に卑弥呼祭をぶち上げる。朝貢使派遣の儀式、狗奴国との模擬戦争、告諭の儀、テーマはいくらでもある、なんだったらマリアが乗り込んでもいい。こういう時は女が頼りになるからね。ついでにシンポとワークショップで盛り上げる。それに…、あの巨大な鏡、なんだったっけ？」

「やっぱりそう来ると思った。マリアの糸島起こし

の企画は後でゆっくり聞かせて貰おう。」

247. 年長組

ウズメは一息ついた。

「卑弥呼は絶世の美女？それとも皺の寄った老女？」

時には脱線することも必要だった。緊張はどこかで緩ませる。そして、また発想の閃きを待つ。ウズメは話題を変えた。

「卑弥呼が鬼道を操るからといって、妖しげな言葉を操るイメージがあるかも知れないけど、鬼道って、天文学や科学知識を利用した当時の最高水準の予知理論だと思う。」

「面白い。」

「卑弥呼は[鬼道に事え]る一方で、[（男弟を）佐けて国を治む」から、統治能力や外交知識も持ち合わせていたと思う。」

「へー、それは言えるかも。だから、王たちも卑弥呼を共立したのかも。気力旺盛な熟女、ウズメタイプだな。」

「ウズメタイプって？」

「一言でいえば、女帝、ある時は女傑、そしてアマゾネス。裏の顔は策士。」

「それ以上は言わないで欲しいわ。大悪女にされそう。」

「ところで、卑弥呼は年が長大だったとあるけど…。」

「〈年長不嫁〉から、独身を貫いて年老いた女性だと思う人が多いみたいだね。大和説を信奉する人の多くはこの老女説だ、後ろに仙女の百襲姫が控えているからね。」

117

「違うの？」

「〈年が長い〉は老いた意味ではなく、勢いのある年齢のこと。そうだなあ、幼稚園でいう年長組は老人の組じゃないよね。それと同じだ。」

「出たぁ、オカラ節。」

19. 魏志を読み解く(10)─投馬国を考える─

248. 魏志[南投馬国に至る水行二十日]

「南へ行く前に、寄り道だ。」

「投馬国のこと？」

「そう。魏志の記事は全文解読を目指す。」

ウズメの問いにオカラが答える。

「[南、投馬国に至る水行二十日]と[南、邪馬壹国に至る…水行十日陸行一月]、どちらも起点は帯方郡だったわね。」

「そう。大事なことだ。」

魏志では、帯方郡からの位置は投馬国の方が邪馬壹国よりは遠い。魏志では海上1000里/1日の行程だから、水行20日は換算すると海上約2万里(約1500km)だ。だから、普通は女王国・邪馬壹国からは倍の距離があると考えるが、実際は誤差を含むから、郡より1万5千里から2万里前後の距離と考えて良いのではないか？但し、投馬国の位置情報で重要なことは〈その国境は東西五月行、南北は三月行にして、各々海に至る〉倭国内の海に面したところにあることだ。規模は五万余戸、九州連合の女王国に匹敵する国家だ。そして、五世紀に書かれた後漢書には記載されなかった。

249. 投馬国の比定は可能だが、検証不能

「投馬国の位置は日程記事だけで、里程記事が無いから、魏志では、投馬国の比定は不可能だ。では、全く不可能かと言えばそうではないところが悩ましい。」

先ず、魏国と直接的な関係があったと推定されることから、多分、交易立国であった可能性があること。女王国・邪馬壹国に匹敵する規模・五万余戸の国であったことから、三世紀当時の考古学資料から導かれる結果と対比する方法での比定は不可能ではない。但し、その結論は推測の域を出ないことになる。

今までの研究ではどうだったか？語呂当ての手法で、色々と比定された。大和説では鞆・出雲・但馬などだし、九州説では玉名・都万・妻・薩摩などだ。

250. それでも比定したいのが人情

「オカラ、何とかならない？」

「マリアの〈困った時のオカラ頼み〉だね。」

魏志によれば、三世紀当時の諸国家はすべて、〈倭国〉内に位置していた。しかし、後漢書になって狗奴国は〈倭国〉の東隣りの島に変更になった。

「どういうこと？」

「当時は、女王国に属さない国の所在地は曖昧で、魏に派遣された使者たちも良く分からなかったのだと思う。だから、魏志の記述に捉われて、〈倭国〉内にその位置を求める必要は必ずしもな

い。その上で、魏国〈帯方郡〉と直接関係があった国だとすれば、その位置は九州〈当時の倭国〉内では女王国の南方の西海岸。本州〈当時は、倭国の東隣りの島〉では日本海岸付近に考えられる。これに、女王国に匹敵する五万余戸を重ねれば？」

「じゃ、投馬国は出雲かしら…？」

「その可能性が高いと思う。出雲国は出雲以東の日本海沿岸の対大陸輸出の物資、特に北方の海産物の集積地。推定の域を出ないけどね。」

「推定に至る根拠は？」

251. 渡来人と船

問題となっているのは三世紀の世界だが、時代を遡る。日本各地に残る徐福伝説だ。当時の船舶や航海術についての知識を得るためだ。

徐福が秦の始皇帝の命を受けて、中国の港を出たのは史実だ。

「徐福出港の目的が仙薬を求めることや蓬莱島訪問であったことは、空想じみていると思う？」

「普通に考えればね。」

「しかし、あの巨大な兵馬俑や地下宮殿を建設した始皇帝にとって、不老長寿の仙薬を求めることは、特別のことではなかったし、数十万の軍勢を動かすことに比べれば、徐福の船団を船出させるのは、はるかに容易だったと思う。」

一方、日本各地に残るのは伝説だ。何故、史実が伝説と化したか？全国各地に散らばる大師伝説を思い浮かべれば、その原因が分かる。徐福という人間は一人だ。それがここにも、あそこにも、向こうにも徐福が来たとなれば、これはもう伝説の

世界だ。実際はどうだったのか？

252. 始皇帝と徐福

今村遼平『中国の海の物語――一衣帯水の妙―』には、徐福についての記事がある。その中から抜粋したのが下記だ。

史記・始皇帝本紀に、三箇所の徐福の記事があるという。

紀元前 219 年（秦始皇帝二十八年）［すでに斉人徐市（福）ら上書し、海中に三神ありと言う。名を蓬莱・方丈・瀛州といい、仙人ここに居す。身を清めて童男女と共にこれを求めんことを請う］

紀元前 212 年（秦始皇帝三十五年）［徐市ら巨万の費用を費っても、ついに薬を得ず。徒に姦利をもって相告ぐること日に聞ゆ］

紀元前 210 年（秦始皇帝三十七年）［…方士徐市ら海に入り仙薬を求め、数年経るも得ず。費用が嵩み譴責を恐れて偽りて言う。…］

四番目の記事は、史記・淮南衡山列伝［…始皇帝おおいに悦びて男女三千人、これに五穀の種と百工を加えて派遣した。徐福は平原広沢を得て、王として止まり、来たらず］

徐福が帰還していれば、その航跡は明らかになったはずだが、帰還しなかったために、多くの憶測が生まれた。

253. 徐福は詐欺師か

「この時の徐福の船団って、どうだったのかしら？」

「著者の今村遼平によれば、『大型木造船―数

百トン（二百トン前後か？）―であり、総人数は、男女三千人と、数百人から千人の百工、他に船員・水夫などで総計一万人程、一隻に百人が乗るとして、百隻は必要だった』と推測している。」

「百隻は推測？」

「だと思うよ。でも、船団を組んだのは確かだね。」

「目的地は？」

「後漢書によれば、[秦の始皇、方士徐福を遣わし、童男女数千人を将いて海に入り、蓬萊の神仙を求めしむれども得ず。徐福、誅を畏れ敢て還らず。遂にこの洲に止まる]と。後漢書には夷洲（台湾）や澶洲（済州島）があり、〈この洲〉は日本では無かったことになる。でも伝言だから確定したものではない。徐福の最終目的地が日本だった可能性はゼロではない。」

「その理由は？」

「この後に続く記事[世世相承け、数万家あり、人民、時に会稽に至りて市す]〈数万家のクニ〉を作り上げたことと、魏志[その地大較会稽東冶の東にあり]と書かれた〈倭国〉から会稽に行くのはそう難しいことではなかったからだ。」

「時代は紀元前三世紀でしょ。そんな昔に？」

「トロイの木馬だって神話と思われていた。」

「若い男女三千人、百工、五穀の種からは、植民を目的とした移住集団だったと考えていいの？」

「そうだと思う。始皇帝は不老長寿の仙薬を探させたけれど、徐福は始皇帝の不老不死の願望を逆手に取った大詐欺師になる。」

徐福の上陸後、渡海に使われた船は交易などに使われたはずだから、様々な地で徐福伝説が生まれる可能性はあった。

254. 徐福伝説の意味は

「徐福伝説の意味って？」

「渡海規模の大小はあっても、渡海の状況を理解する上で重要な示唆を与えることだと思う。渡海は戦乱のどさくさに紛れて無造作に、行き当たりばったりに行われたのではなかった。難民が命からがら、勝手に逃げだしたのではなく、リーダーを中心に船団を組んだ。」

「それは、徐福伝説からの推測？」

「そう。上陸後は、リーダーのもとに先住人たちとの融和を図りながら、混成集団を作り上げていく。クニやムラの植え付けだ。先住していた渡来人グループとの共存もあったはずだ。その際に重要な働きをしたのが、百工のもたらす技術と五穀の種だった。」

「渡海は、春秋戦国時代から活発に行われていたのかしら？」

「多分。その際、多くの技術・情報がもたらされていたとすれば、当時の日本では比較的短期間のうちに、多くの技術が開花したと考えられる。」

「考古学は、それを実証出来るかしら？」

255. 交易の主役を担ったのは倭船かそれとも中国船か

「問題は投馬国の比定だったね。」

「そう。三世紀の交易立国とはどんなものだったか？考えているんだ。」

「問題を整理すると？」

沖縄から北海道までの広大な海域を手漕ぎの丸木舟や小さな帆を張った丸木舟が航海する絵

が、我々が描く縄文時代や弥生時代の交易の様子だ。この考えによれば、中国と日本国の交易の場合には、日本国内の流通は小舟を使った倭人が受け持ったことになる。しかし、当時は国境の概念は無かったといって良い。当然、航海能力に優る中国船が日本海沿岸を自由に航海していた可能性がある。中国船は中国産品を積載するだけでなく、日本国内産品の長距離間交易も担い、その行く先々で、その地の首長らを相手に物資の交換を繰り返して、大きな利益を得ていた可能性が高い。

「中国船団にとっては、出雲国は朝鮮半島から直接行くことが出来る場所のひとつだった。」
「そう言える根拠は何かしら？」

256. 青銅地金は国産か

問題になるのが銅鏡だ。銅鏡の前には銅鐸・銅剣銅矛文化があり、弥生時代は青銅の大消費時代だった。これらの考古学的問題はここでは論じないが、問題は青銅（銅と錫の合金）は国内鉱山で採掘され、製錬されたものかどうかだ。鉄が砂鉄、金が砂金から得られることとは事情を異にする。

弥生時代の日本で、銅鉱山・錫鉱山が稼働していたと考えることが出来る考古学的遺跡は発見されているだろうか？

三角縁神獣鏡の銘文〈銅は徐州に出て…〉から考えれば、原材料は青銅地金の形で、中国南部から呉船によって、日本各地に運ばれた可能性が浮上する。交易品としては高価で需要は大きく、嵩張らず多く積み込むことが出来る、きわめて魅力的な産品だ。

「出雲国に直接関係する話じゃないね。」
「そう、前置きだ。」

257. 出雲の弥生式墳丘墓

古墳とは古墳時代に造られたものを言い、それ以前に造られた墓は（弥生）墳丘墓と呼ぶ。出雲地方には、弥生時代末－古墳時代前期（二世紀末－三世紀）に造られた多くの墳丘墓が知られている。その一つに西谷墳丘墓群がある。方形周溝墓を原形とする〈四隅突出型弥生墳丘墓〉と呼ばれる特殊な形状の墓を含む。この西谷三号墳丘墓には男王・女王が水銀朱が厚く敷かれた木棺の中に横たえられていたが、この水銀朱は中国製であることが判明している。また、墳丘墓からは、中国・朝鮮半島産のガラス・鉄剣や、吉備・周防の土器を真似たもの、丹後・越の土器等も出土している。

「考古学からは、出雲国は日本国内はもとより、中国・朝鮮半島とつながっていた、と言える。」
「投馬国の比定は出来ても、結果の検証は出来ないとはこのことなのね。」

20、魏志を読み解く(11)─狗奴国問題とは何か─

258. 魏志の狗奴国とは

「残るのは狗奴国(くなこく)だね。」

「今までの研究は、魏志と後漢書の違いを間違いとして処理した。これが、魏志の解読を誤らせ、後漢書の拘奴国を無視する原因となった。」

魏志[これ女王の境界の尽くる所なり、その南に狗奴国(くなこく)あり、男子を王となす。その官に狗古智卑狗(くこちひこ)あり、女王に属せず]

結局、この記事から狗奴国を比定する作業が続けられた。魏志では狗奴国は女王国の尽きる境界の南にあり、陸続きになる。その結果は、〈邪馬台国大和説〉は狗奴国を紀伊や尾張やさらに東の毛野国に比定したし、〈邪馬台国九州説〉は熊襲などに比定した。

「この説の根底には、国同士の争いは国境を隔てた領土争いとの先入観があるのかしら?」

「そうだと思う。当時の軍は歩兵から成り立っていて、規模も最大で数百人程度と想像していたのじゃないかな。魏志の記述はその先入観を補佐するには都合の良いものだった。」

「お隣の中国では大軍が激突する時代だったが、日本国内は中国とは全く無縁の世界だった。」

「狗奴国問題は重大な問題を孕んでいたのだが、激しい国当て競争は、この問題を隠蔽する働きもあった。誰もが関わることを嫌ったのだ。末盧国に上陸してから、女王国の南側境界まではすべて陸続きだから、その南にある狗奴国も同じ陸続きになる。」

259. ヤマト政権は狗奴国に攻め込まれたか

ところが〈邪馬台国大和説〉にはさらに、都合の悪いことが起きた。箸墓古墳の年代測定結果から、三世紀中葉は、ヤマト政権が大和地方の支配権を確立し、巨大な古墳が造り始められた時期に当たると考えられる。

「この時期に、ヤマト政権は尾張や紀伊の国に攻め込まれて劣勢となり、魏に救援を依頼していたことになる。〈邪馬台国大和説〉は、巨大古墳の築造とは裏腹に、ヤマト政権が弱小国家だったことを容認するのだろうか?それとも事実、弱小国家だったのか?」

「そんなことにまで、影響するんだ。」

「狗奴国問題とは、単に狗奴国がどこに比定されるかだけでなく、当時の古代国家間の勢力関係、いわば、記紀史観で塗り固められた日本古代史の闇を切り開く鍵になるかも知れない。卑弥呼が大和在住だとすれば、卑弥呼を支援するために来倭した魏の使者が何故、大和に来なかったのか?その説明も必要になる。通説が問題を矮小化することに力を注いだ意図が分かるはずだ。」

260. 狗奴国と拘奴国

　似たような記事がある。後漢書[女王国より東、海を度ること千余里、拘奴国に至る。皆倭種なりといえども、女王に属せず]。この記事に対応するのが、魏志[女王国の東、海を渡る千余里、また国あり、皆倭種なり]だ。

　〈女王国の東、海を渡る千余里〉はどちらも同じだ。魏志の〈また国あり〉が、後漢書では〈拘奴国に至る〉に変わり、魏志の〈皆倭種なり〉が、後漢書では〈皆倭種なりといえども、女王に属せず〉に変わった。

　魏志では〈倭国〉という巨大な島の中に北に女王国、南に狗奴国、中間に投馬国、三つの国があったが、二世紀後に書かれた後漢書では〈倭国の女王国〉と〈倭国と海を隔てた東の拘奴国〉の二つの国に変わり、投馬国は記載されなかった。

261. 二つの記事を対比すれば、拘奴国について検討する必要がある

　「〈拘奴国〉と〈狗奴国〉は女王国に属さないことでは共通するね。」

　「すると、二つの国は同じ国？」

　「でも、場所が違うわ。」

　魏志の〈狗奴国〉についての解釈は、後漢書で〈拘奴国〉が海を隔てた東の島にあると書かれたことで、再考する必要が生じたはずだが、多くの研究者は後漢書のこの記事を無視した。間違いだとすれば、今度は〈邪馬臺国〉の正当性が疑われることになるからだ。〈無視〉するのが最も無難な方法だった。

262. 〈狗〉と〈拘〉の違いは問題になるか

　問題になるのは、魏志の〈狗奴国〉と後漢書の〈拘奴国〉が同じ国かどうかだ。文字は違うが、読み方はどちらも〈くなこく〉だ。

　「どう、考える？」

　「魏志の〈狗奴国〉を〈拘奴国〉にしたのは後漢書の単純な間違いの可能性が強い。あるいは〈狗〉は〈く、いぬ〉で〈拘〉は〈く、こう、かかわる〉から、卑字の意味を避けたとも考えられる。魏志の〈狗邪韓国〉は後漢書では〈拘邪韓国〉に変わっている。後の史書でも〈讃〉を〈賛〉に変えるなどの例は、多くの史書で頻繁に見られる。文字の違いは大きな問題にはならないと思う。」

263. 位置の違いは問題になるか

　位置情報は、単なる間違いで片付けることは出来ない。魏志では、〈次に斯馬国〉から、多くの国の位置が曖昧になっていた。正確に言えば間違っていたから、そのはずれにあるとされた〈狗奴国〉の位置も間違っていた可能性が出てくる。

　これに対して、後漢書は魏志より大凡150年後の五世紀前半に書かれた。この時期、〈倭の五王〉の朝貢使者が南朝宋を訪問していた。倭国についてのより正確な情報が得られていた可能性が高い。そうだとすると、位置の違いは後漢書の情報更新と見るべきだろう。

　「どうして？間違いじゃなくて、情報更新と言えるのかしら？」

　ウズメの疑問だが、ウズメでなくとも考えつく疑問だ。検討は必要だ。

264. 魏志の〈壹与〉と宋書の〈倭国王讃〉の間はどのように埋められたか

　ウズメの疑問に答えるためには、さらに後の史書・梁書を読む必要がある。梁書には、倭の五王の先祖は臺与（壹与）だと書かれている。
「雲を掴むような話だわ。」
「これから推理になる。倭の五王の最初の王〈讃〉の朝貢は西暦 421 年と西暦 425 年の二回に及び、西暦 443 年の朝貢は〈済〉によって行われたので、この前に〈讃〉は死んでいる。〈讃〉の寿命を 50 歳程度として、西暦 390 年あたりに〈讃〉は生まれたとしよう。一方、女王壹与の最後の記事は西暦 265 年の朝貢記事だ。この時の壹与の年齢は約 30 歳だから、50 歳程度で死んだとすれば西暦 285 年あたりが死亡年となる。ざっと、壹与から讃までの空白期間は百年余りとなる。女王卑弥呼、女王壹与は共に朝貢使を派遣した。当然、朝貢使に上表文を帯同させていた。」
「これは事実それとも推測？」
「事実だ。魏志に〈文書・賜遣の物を伝送して〉〈詔書して倭の女王に報じていわく〉の記事がある。倭王武の上表文は宋書に載った。これから、倭国には文字記録が存在していた。文字記録だけでなく、言い伝えも百年余りなら、十分信用に値する期間だ。なかでも、女王国と狗奴国との戦いは魏国を巻き込む特筆される事件だった。」

265. 後漢書の情報更新はどのようにして行われたか

　既に、南朝宋時代には、西晋時代に書かれた

魏志は読まれていたはずだから、女王国と狗奴国の戦いについては、南朝宋の官吏の関心も強かったはずだ。
　後漢書を書いた范曄（西暦 398〜445 年）は宋書に書かれた倭の五王の一人〈讃〉の使者から西暦 421 年と西暦 425 年の二回にわたって、倭国のことについて聞き取りしたはずだ。

266. 後漢書[東海を度ること千余里]の意味

「後漢書に書かれた〈拘奴国の位置〉が、魏志の〈狗奴国の正しい位置〉だとしたら？」
「〈邪馬台国大和説〉だと、渡海を重視すれば北海道になるし、千余里を重視すれば尾張付近かしら？」
「〈邪馬台国大和説〉は長里換算だから、大和から 500km 程離れるとすると、毛野国に比定しても、それほど突拍子ではなくなる。関東なら伊勢湾から海行するとすれば、水行になるから、むしろこっちが魏志の記事に合うわ。」
「結局、定まらないってことなんだ。」
「最も重要な問題は、三世紀に尾張や毛野が、ヤマト政権に戦を仕掛けることが出来るような、ヤマト政権以上の強大な国家であったかどうかだ。考古学的には NO だ。」
　〈邪馬台国大和説〉が狗奴国の比定だけで終わりにしたい理由がこれで分かる。

267.〈千余里〉は実距離よりは相対的な位置関係を表す

「もう一度、後漢書の記事の成立過程をみよう。

この〈千余里〉は後漢書執筆のために、南朝宋の使者が倭国を訪問して確認した距離ではなく、魏志の記事の引用だ。」

「じゃ、魏志の〈千余里〉は？」

「狗邪韓国、対島国、一支国、末盧国間は、すべて〈千余里〉だ。結局、数百余里でも二千余里でも〈千余里〉となる。」

「〈倭国〉を九州島、〈九州〉と海峡を隔てて対岸が望める〈本州〉の間の距離を表現する方法として、この〈千余里〉が使われていると考えるわけ？」

「そう。魏志は、渡海の場合の距離を〈千余里〉で一括表現した可能性がある。すると、〈千余里〉は距離を表すよりは、相対的な位置関係を表す意味に取るべきだ。」

「距離が曖昧だとすれば、〈拘奴国〉はどうやって比定出来るのかしら？」

21. 魏志を読み解く(12)—狗奴国は吉備国に比定される—

268. 〈九州説〉の狗奴国

〈邪馬台国九州説〉はどのように解釈したかが問題になる。熊襲など九州地内の比定は魏志の記事に対応する比定になるが、後漢書とは矛盾することから除外しよう。代表的な説の一つとして古田説を載せる。正確には古田武彦は〈邪馬台国九州説〉ではなく〈邪馬壹国・邪馬臺国九州説〉だ。

古田は『失われた九州王朝』のなかで、〈魏志の極南界〉を〈東〉に変えることで、魏志の〈狗奴国〉の拠点と範囲を「(魏志の言う)その最末端の〈南域〉とは岡山県児島半島から香川県にかけて、〈玉野−高松〉間の海峡領域を中心とした地域ではなかったか」として、「その外延(外への拡がり)は当然、岡山県から香川県・徳島県、さらには広島県、愛媛県・高知県の各東部をもふくむ、相当広大な領域をもっていたであろう、と思われる。」と述べている。

269. ウズメの感想

「南を東に変えることの根拠はどこにあるのかしら?意地悪く言えば、現代地図に基づき〈南〉を〈東〉に変えればうまく説明出来るということなのね。」

「そうだね。確かに、南を東に変える根拠は後代の史書のどこにも無いのは確かだ。古田説は魏志の〈狗奴国〉について説明しているが、実は後漢書の〈拘奴国〉でないといけなかった。論理の連続性が断たれた原因になった。」

「結局、魏志倭人伝は、現在では検証不能な推論・仮定なしでは読み解けないということになるのかしら?ウズメはそれが悪いことだとは思わない。だからこそ浪漫なのでしょう。」

「古田説から、魏志を検証不能だと言うのは、明らかに飛躍だし、すり替えだ。問題は、これを根拠に検証不能な仮定を立てて、大和に至る行程記事を正当化する理由に利用されないとは限らない。そういう脆さを含む意見だと思う。〈南を東に変える読み方〉は古田・狗奴国だけでなく、実は、〈邪馬台国大和説〉でも行っている方法だ。だから、〈南を東に変える読み方〉の問題は、〈魏志の狗奴国〉と〈後漢書の拘奴国〉の関係について考察したことで解決したはずだ。」

「〈邪馬台国大和説〉を正当化するつもりは毛頭ないわ。それは、オカラの心配し過ぎよ。」

270. 検証は可能か

「この古田説は、魏志の〈南〉を〈東〉に変えたが、結果的に後漢書の〈拘奴国〉に乗り換えたことと同じになる。しかし、この違いは大きい。〈南〉を〈東〉に変える根拠はないが、〈魏志の狗奴国〉を〈後漢書の拘奴国〉に変える根拠はあるからだ。決して、

検証不能な推論や仮定ではないと思う。」

「なら、結果的には、結論は正しいのかしら？」

「まだ、分からない。この説には、後漢書の〈千余里〉は長里だとする一方で、同じ後漢書の中の〈一万二千余里〉は短里としなければならない矛盾が含まれる。ただ、誤差を含む相対的に信頼性が低い〈距離〉を判断基準の中心に据えるこの思考方法は、当時の〈邪馬台国〉論争のほとんどすべてが陥った論理的組み立て方法だった。」

しかし、古田説は独創的であり、目を見張るものがある。理由は、三世紀には北九州国家連合、出雲政権、吉備政権、ヤマト政権の四つの大きな地域政権が存在したことは考古学的に明らかにされている。その中で、吉備政権を狗奴国とした比定は、この四つの政権が一つに収斂していく過程と考えることで、今まではまるで見えなかった倭国内の歴史を見つめ直すきっかけになるからだ。

「検証はどう進めるのかしら？」

「日本書紀を読む。」

271. 日本書紀に書かれた三世紀中葉の吉備国

岡山県玉野地区は吉備政権の地だ。魏志に書かれた三世紀中葉、崇神天皇の時代、吉備政権はどのような状況に置かれていたか？

書紀[（崇神十年）九月九日、大彦命を北陸に、武渟川別を東海に、吉備津彦を西海に、丹波道主命を丹波に遣わされた。詔りして「もし教えに従わない者があれば兵を以て討て」といわれた。それぞれ印綬を授かって将軍となった]

「この記事に出てくる吉備津彦はおそらく吉備政権にゆかりのある人物と考えられる。この記事によ

れば、吉備政権は第十代崇神天皇の時代にはヤマト政権に降っていたことになる。」

「いつの時代に吉備政権はヤマト政権の軍門に降ったかしら？」

「残念ながら、書紀にはその記録がない。」

272. 古事記に書かれた吉備国の平定

古事記には、第七代孝霊天皇紀に[…針間を道の口として、吉備国を言向け和したまひき。かれ、この大吉備津日子命は吉備の上道臣の祖なり…]とあり、吉備政権は第七代天皇の時代にヤマト政権に降ったと書かれている。

「古事記の第二代天皇から第九代開化天皇までの天皇紀の内容は系譜のみの記述だ。この中で、このような事蹟が書かれているのはこの孝霊天皇紀のみだ。」

「だったら、古事記の特記事項だね。」

「このことから、書紀の崇神十年の将軍派遣の記事〈吉備津彦を西海に〉の〈西海〉は〈吉備国以西〉を指すことになる。」

273. 吉備政権は拘奴国ではないのか

「西暦250年前後には、吉備政権は既にヤマト政権の支配下にあった。仮に、もし両政権が抗争中だったとしても、吉備政権が女王国へ戦争を仕掛けることは不可能だった。」

「だったら、吉備政権は〈拘奴国〉ではないことになるね。」

「それで、問題はないのかしら？」

274. 後漢書の拘奴国はヤマト政権か

「魏志の〈狗奴国＝拘奴国〉は位置しか書かれていないが、戦争が起きたことで、〈拘奴国〉の規模を推定出来ないだろうか？」

「攻める方の軍勢は守る方の軍勢よりも多いのが常識だ。連合軍を作る女王国は投馬国の 1.5 倍の大きさで、魏志の国の中では最大の約 7 万戸だ。そこに戦いを仕掛けたのなら、〈拘奴国〉は投馬国や女王国を凌ぐ勢力、恐らく倭国の最大の国家だったことになる。」

「オカラはどう考える？」

「三世紀にこれだけの規模を有した国は吉備政権を除外すれば、ヤマト政権か出雲政権しかなくなる。狗奴国＝拘奴国＝ヤマト政権となる。」

275. ウズメの意見

「苦労して独創的な答えを出したところで、水を差すようで悪いけど…、話して良いかしら？」

「どうぞ。」

「狗奴国の比定に魏志と後漢書だけでなく、記紀をチェックに使うのは新しい視点だと思うけど、肝心の日本書紀が歴史修正主義の元祖なんでしょ？その意味では、記紀は無条件ではないわね。記紀のどの記事が正しく、どの記事が捏造・歪曲か、判断を誤れば、オカラたちこそ歴史修正主義者の烙印を押されかねないのではないかしら？」

「なるほど、ウズメの言う通りだ。マリアにも同じことを言われた。意識しているつもりだけど、結局、俺の考えは記紀に搦め取られたままだった。自分のことながら潜在意識とは厄介者だね。記紀の記

事の検証が出来ていなかった。仕切り直しだ。」

「問題点が分かったようだけど、オカラはどうする？」

マリアが心配そうに覗き込む。

「一つの方法は箸墓古墳の時のように、検証手段は考古学になるのではないかしら？その上で、記紀を再検討してはどうかしら？記紀の記事に簡単に乗せられないようにね。」

ウズメの意見だ。

276. 吉備の弥生墳丘墓の特徴

吉備地方では大和地方に先駆けて多くの墳墓が造られていた。このことから、地域の発展は吉備が大和に先行していたと考えることが出来る。

吉備地方の弥生時代中期から後期の遺跡 57 ヶ所からは、祭祀用の道具として使われたと思われる、吉備特有の特殊器台型土器と特殊壺型土器が発見された。

このうち 20 ヶ所の遺跡が、二世紀後半から三世紀前半の弥生時代後期中葉に備中地域で造られた弥生墳丘墓だ。墳形は〈前方後方形〉が多く、立坂墳丘墓、黒宮大塚弥生墳丘墓、楯築弥生墳丘墓などが代表的である。

弥生時代末には、古式の前方後円墳型の宮山古墳や矢藤治山古墳が築造され、宮山型あるいは矢藤治型といわれる特殊器台と特殊壺を伴っていた。

277. 大和の西山古墳

奈良県の箸墓古墳や西殿塚古墳からは、宮山

型特殊器台と特殊壺が出土している。

フリー百科事典（ウィキペディア）によれば、奈良県天理市の西山古墳は最下段が〈前方後方形〉、二段目と三段目（最上段）が〈前方後円形〉の特殊な古墳である。前方後方墳の上に前方後円墳が乗っかかっている特殊な形状の古墳と考えれば分かり易い。築造時期は古墳時代前期（四世紀）と見られている。この西山古墳は、現状では〈前方後方形〉と考えられているが、地形改変が進んでいるため、双方中円墳の可能性もあるとのことだ。双方中円墳とは主丘の前後双方に方形の突出部を接続する形である。

三世紀中葉から四世紀に至る、箸墓古墳、崇神天皇陵、垂仁天皇陵、景行天皇陵がいずれも前方後円墳の中で、前方後方墳が一部取り入れられた西山古墳はどのように位置付けられるべきか？築造時期の考古学時代区分は相対年代で、書紀が皇暦採用のためこれらの古墳の築造順序を明らかに出来ない。

このため、西山古墳がどういう経緯でこのような特殊な形状の古墳になったかは明らかには出来ないが、最下段の〈前方後方形〉は吉備地方の弥生墳丘墓に多く見られる形状である。言い換えると、築造の途中から〈吉備型〉から〈大和型〉に変わったとする言い方が成り立つ可能性もある。

「どういうことかしらね？」
「西山古墳は最初、吉備に所縁のある者か、吉備の古墳を知る者が作り始めたことは確かだ。」
「変更の理由は？」
「いくつか想像できるが、空想の世界から抜け出せない。」

278. 吉備の古墳の特徴

吉備では、弥生時代に引き続き、三世紀後半の古墳時代初期には、都月坂一号墳、七ツぐろ一号墳などが築造されたが、古墳形状は〈前方後方墳〉である。この時期は大和地方では〈前方後円墳〉が築造されていた時期だ。仮に、ヤマト政権の吉備政権制圧が完了していれば、吉備での前方後方墳は築造されなかった可能性が大きかったと考えるべきではないか？

また、吉備地方の巨大前方後円墳、造山古墳（全長 350m）、作山古墳（全長 280m）、両宮山古墳（二重の濠をめぐらせた総長348m）の築造は五世紀である。

一方、大阪河内平野の巨大前方後円墳、墳長486mの大山古墳（伝仁徳陵）や誉田山古墳（伝応神陵）などの築造は四世紀になる。相対年代のため、二つの地域の古墳築造の正確な年代対比は無理だが、吉備の巨大古墳が築造された五世紀とは、書紀によれば履中天皇から仁賢天皇の在世になる。

279. 巨大古墳は権力の誇示に使われたか

吉備では大和に先駆けて古墳築造が行われ、形状は吉備地方特有の後方前方墳と特殊器台と特殊壺で特徴付けられ、大和で発達した前方後円墳の箸墓古墳などにこの副葬品が使われ、五世紀に至って、今度は大和の巨大前方後円墳が吉備の古墳に影響を与えたことが伺える。

重要なのは古墳の形状や規模が連続的な変化をしているか、大きな空白期間があった後に異な

った形状の古墳が築造されたかなど、断続が認められるか否かだ。

　古墳の規模が権力を誇示する手段に使われた可能性は大きい。古墳時代後期の巨大石槨や石棺の装飾や副葬品が死者の供養を主にしている可能性があるものの、やはり権力の強さを反映したものとすれば、吉備の古墳の連続性はそれを築造した政権の存続を反映することになる。

　「結果は？」

　「問題の三世紀だけでなく五世紀に至っても、吉備政権がヤマト政権に服属したという痕跡は見い出せない。」

　「それじゃ、書紀の再検討ね。」

280. 第七代孝霊天皇紀の吉備政権の征服に関わった人たち

　古事記[大吉備津日子命と若建吉備津日子命は二柱相副いて…針間を道の口として、吉備国を言向け和したまひき]に登場する二人の人物について、古事記と書紀を対比して検討する。

　古事記[(孝霊天皇)蝿伊呂杼を娶して生みまし御子…次に若日子建吉備津日子命…]

　書紀[(孝霊)二年、…またの妃、絙某弟は…稚武彦命を生まれた。稚武彦命は吉備臣の先祖である]

　書紀は、古事記の〈若日子建吉備津日子命〉から〈日子・吉備津〉の文字を抜いて、〈稚武彦命〉に変えた。理由は孝霊天皇の皇子が〈吉備〉の名を持つのは常識的には有り得ないからだろう。

　もう一人の〈大吉備津日子命〉はどうか？

　古事記[(孝霊天皇)意富夜麻登玖邇阿礼比売

命を娶して…次に比古伊佐勢理毘古命、亦の名は大吉備津日子命]、この〈大吉備津日子命〉は書紀では存在しない。

　より史実を書き記していると評価される書紀は古事記の吉備国制圧に登場する二人の人物を否定していた。そして直接的な〈言向け和し〉ではなく、〈吉備臣の先祖〉だと言葉を濁した。ヤマト政権による吉備国制圧は孝霊天皇の時代にはなかった可能性が強くなる。

281. 大吉備津日子と若建吉備津日子は吉備政権の王ではないのか

　それでは、この二人は一体誰か？〈伊波礼毘古が磐余の人〉であったように、〈吉備津日子〉とは吉備政権の人物と考えるのが普通だ。もし、実在したのなら、この二人は吉備政権の王と考えるのが妥当であろう。

　「古事記は、勝手にこの二人の名前を借りて、ヤマト政権が吉備国を制圧したことにしたし、書紀は言葉を濁し、時代を不明にしながら、より巧妙に、吉備国の屈服を匂わせた。」

　「これで、終わり？」

　「これからが本番だ。」

282. 第八代孝元天皇から第十代崇神天皇の兄弟たち

　書紀[(孝元)七年春二月、欝色謎命を立てて皇后とされた。…兄の大彦命は…筑紫国造・越国造・伊賀臣等すべて七族の先祖である]

131

〈先祖〉の名で、初期のヤマト政権は急速に勢力範囲を拡大し、九州まで、力が及んだことになる。

「問題はないの？」

「考古学の成果とは相容れないし、孝元7年は箸墓古墳の年代測定結果から、三世紀前半から中頃に当たるから、『魏志』の〈卑弥呼〉の記事とも矛盾する。」

「記紀の〈先祖〉には気を付けなさい、ということね。」

書紀［（崇神）十年九月、大彦命を北陸に、武淳川別を東海に、吉備津彦を西海に、丹波道主命を丹波に遣わされた。詔して…］

この〈大彦命〉は第八代孝元天皇の兄弟・皇子になる。書紀によれば、崇神十年には仮に存命でも、超高齢老人になっている。一方、〈吉備津彦〉とは誰か？〈大吉備津日子命〉か〈若日子建吉備津日子命〉のどちらでもないのなら何者か？〈日子命〉を〈彦〉へ変え、〈皇子〉を〈臣〉にして突然の表舞台への登場させたのか？

「疑問符が付くんだ。」

283. 第十代崇神天皇の西征の欺瞞

「もう少し、検討したら？」

「第七代孝霊天皇から第十代崇神天皇までを兄弟継承とみなすと、大彦命を超高齢老人にしなくて良いが、今度は、武淳川別は大彦命の子で若過ぎるし、丹波道主命は第九代開化天皇の孫になるから、生まれていたかどうかも不明だ。仮に、大彦命の北陸派遣を認めても、武淳川別の東海派遣と丹波道主命の丹波派遣は認められない。」

「崇神十年の記事は捏造記事だということね。」

「結局、崇神十年記事は、皇位を父子継承と考えても兄弟継承と考えても、どちらも辻褄が合わない。当然、崇神天皇による西海派遣は出来ないことになる。」

「だったら、自動的に孝元天皇七年記事の大彦命の〈筑紫国造の先祖〉も欺瞞記事だね。」

「〈筑紫国造の先祖〉は卑弥呼の時代の前の話になる。有り得ない話だ。」

284. 三世紀のヤマト政権は弱小地方政権

三世紀、瀬戸内海では強大な吉備政権が勢力を伸張させていた。ヤマト政権との境界は恐らく古事記に書かれた〈針間口〉だったと考えられる。

「播磨への入り口が〈針間口〉だよね、どこかしら？」

「淡路島と本州の海峡付近。ここより東側は古代地名で〈摂津〉になる。」

「ヤマト政権の領海は大阪湾ってこと？」

「第十三代成務天皇までのヤマト政権の実態は、東海・丹波の小国などと連携する、大和地方の弱小国家だった。」

「政権が存在する場所として望ましい土地〈大和はまほろば〉だというのは、裏を返せば、海から遠く離れた〈大和〉は防御に適していただけ？」

「可能性は大きい。もう一つは海岸部に広がる沖積低地は、洪水常襲地帯だったから、治水技術が未成熟の状態では内陸が有利だった。」

「ヤマト政権は昔から大国だと、漠然と思い込んでいたけど、確固たる根拠はなかったんだ。訳もなく、何となくだった。」

285. 狗（拘）奴国は吉備国に比定される

　考古学的成果と記紀・魏志・後漢書を対照すれば、結果的に、狗（拘）奴国は古田武彦が比定した吉備国となる。古田説では狗奴国の南側は四国に勢力が及んだとしているが、東側については言及していない。当時の東側は、古事記から、播磨と摂津の境界まで延びていたと推測される。

286. 魏志［倭の女王卑弥呼、狗奴国の男王卑弥弓呼と素より和せず］

　九州国家連合の支配管理下にあったと推測される関門海峡は、吉備船の通過にはなにがしかの代償、今で言う関税が必要だったであろうし、出雲国経由は間接取引になり、しかも、中国山地横断となる。直接取引が可能となる関門海峡の自由通過は吉備政権の悲願であったに違いない。

　魏志［その八年（西暦 247 年）…倭の女王卑弥呼は、狗奴国の男王卑弥弓呼ともとから不和である。倭の載斯烏越らを遣わして郡にゆき、たがいに攻撃する状況を説明した］

　魏志倭人伝によれば、女王国と戦った国は狗奴国だ。この二国はもとから不和だというから、長期間にわたって諍いが起きていた。恐らく、女王国と狗奴国（吉備政権）とは周防灘が緩衝地帯であった可能性が考えられる。一方、狗奴国は、東側のヤマト政権とは〈針間口〉から淡路島の西側、言い換えると瀬戸内海の大部分が狗奴国の勢力圏だったと見なされ、九州倭国と並び立つ西日本最大の国家となる。すると、ヤマト政権の西側の勢力範囲は淡路島東側の大阪湾に限られる。

　「狗奴国がヤマト政権ではないとなれば、書紀の各天皇の西海方面への遠征・行幸記事がすべて捏造になる可能性が大となることね。」

　「狗奴国をどこに比定するかで、日本古代史は劇的に変わる。」

　「狗奴国をヤマト政権に比定したオカラの独創的な記紀史観はこれでどう変わるのかしら？」

　「歴史的視点の未熟さは、残念の一言に尽きる。」

287. 後漢書の拘奴国

　「大事なことは、狗奴国の位置は魏志のいう〈極南界〉ではなく、〈東海を度ること千余里〉だということ。正しくは後漢書の〈拘奴国〉が相手だった。今までの議論はこの前提を忘れていた。」

　「魏志を解読しながら、魏志の〈狗奴国〉ではなく、後漢書の〈拘奴国〉だと思うんだね。」

　「そう、女王国の戦いの様子は魏志にしか書かれていないからね。今までの研究は、〈極南界の狗奴国〉を相手にした戦いだと考えた。」

　三国史・魏志・韓伝［韓は帯方の南に在り、東西は海を以て限りと為し、南は倭と接す］、女王国の北限は朝鮮半島南部、そして南限は〈倭国の極南界〉。即ち、女王国は〈朝鮮半島南部から、九州地区を包含する〉広大な海洋国家になる。

　吉備政権も瀬戸内海を挟んで本州と四国にまたがる内海国家になる。

　「女王国と拘奴国の戦いには多くの軍船が動員された。」

　「水軍が主力になる戦いだったと思う。」

　これに対し、書紀［（崇神）十七年秋七月一日、

詔して「船は天下の大切なものである。いま海辺の民は船がないので献上物を運ぶのに苦しんでいる。それで国々に命じて船を造らせよ」といわれた。冬十月初めて船舶を造った]

内陸国家のヤマト政権は、卑弥呼の女王国と戦うことは不可能だったと、書紀は自ら記していた。

288. 女王国と拘奴国の戦い

西暦 247 年、卑弥呼が（帯方）郡に報告したとき、魏は[塞曹掾史 張 政らを遣わして、詔書・黄幢をもたらし、難升米に仮に授けて、檄をつくってこれを告喩した]

「拘奴国は魏国からは悪者扱いされた。」

「そうだね。〈親魏倭王〉に盾突いたことになるから、魏の顔もつぶされた。」

「黄幢って？」

「黄色い旗。」

「女王国の後ろ立てに魏国がいることを理解出来る者が、互いの陣営にいたと思う。」

「檄は拘奴国と女王国との戦いにどのように影響したんだろう？」

「馬の耳に念仏ではなかった。力任せの戦いではなく、高度な情報戦が繰り広げられていた。」

「どうして、出来たのかしら？」

「それぞれの国の王の先祖は渡来人やその末裔だと思う。彼らの一族が軍の主体を構成していた可能性は充分だ。」

「何が考えられる？」

「拘奴国も交易の利権を求めていたから、魏の意向は無視出来なくなる。」

「だったら、戦いの結果に影響を与えた可能性

があるということね。」

289. 女王国の防衛戦略

西暦 247 年の女王国と拘奴国の戦いは、女王国が魏に救援依頼をしたことからの逆推だが、それまでの諍いから、兵を上陸させた本格的な戦いに発展したのではないか？しかし、攻撃側が苦戦するのは戦の常識だ。

「拘奴国（吉備政権）軍は本国から遠く離れた地で、絶対的な優位を保てないとすれば、どうするか？戦術家のマリアならどうする？」

「奴国や不弥国を懐柔したり恫喝する。一方で、盟主の伊都国にも、奴国や不弥国の謀反を利用して近づき、互いに争うように仕向ける。先ずは謀略戦だね。敵の弱体化を図るわ。」

「敵に回すと恐ろしい策士だね。」

九州国家連合は防衛措置を取るはずだ。それが、出雲王朝との連携と、魏への支援要請になった。書紀[崇神六十年…このとき出雲臣の先祖の出雲振根が神宝を管理していた。しかし、筑紫の国に行っていたので…]この崇神六十年は虚偽記事と考えられるが、出雲と筑紫の関係を暗示する内容は注目に値する。

「マリア様がどちらにつくかで、勝敗は決する。」

290. 卑弥呼死す

北史に[正始中卑弥呼死す]とある。正始年間は西暦 240〜248 年に当る。西暦 247 年に卑弥呼が使者を郡に派遣しているから、死んだの西暦 247〜248 年の間になる。

西暦 248 年は戦いの真っ最中だ。敵国の拘奴国がこの機会を見逃すはずはない。謀略を駆使して連合国家の切り崩しを図ったはずだ。苦戦を続けてきた連合国家内の国々、特に瀬戸内海に面する国家の中には、この機会に拘奴国に内通する国が現れても不思議ではない。

魏志[卑弥呼以て死す。…更に男王を立てしも国中服せず。更々相誅殺し、当時千余人を殺す。また卑弥呼の宗女壹与年十三なるを立てて王となし、国中遂に定まる]

壹与は年に似合わず、この難局を克服し、再び連合に成功させる。そして[政らは檄をもって壹与を告喩した]壹与の懸命な戦いは続いた。

291. 九州国家連合・女王国は滅亡したか

「九州国家連合はどうなったと思う？」

「マリアの推定では拘奴国に敗れた。魏志に書かれている壹与の最後の朝貢から、西暦 391 年の間に伊都国を盟主とした九州国家連合は滅びていた。」

「あっけない幕切れだね。」

「広開土王碑銘によると、西暦 391 年に倭軍が海を渡って百済・新羅を服属させた、この時の倭軍は女王国の軍ではないと思う。」

「どうして？」

「九州国家連合が対岸の交易相手を攻略するメリットがないから。」

「本当にそう言えるの？」

292. 無敵艦隊・アルマダの海戦

西欧史のなかに大航海時代がある。列強が台頭して、制海権を争った時代だ。交易は強大な武力を背景にしていることを史実を以て示した時代だ。

ヨーロッパ諸国の中で、いち早く絶対主義体制を整えたスペインは、神聖ローマ帝国皇帝を兼ねて、ヨーロッパの中に広大な領地を得ただけでなく、中南米とインド、東南アジアに広大な植民地を確保し、新大陸貿易を握って世界貿易の覇者となった。それを支えたのが制海権だ。

スペインは、西暦 1571 年のレバントの海戦で勝利し、オスマントルコから地中海の制海権を奪った。その一方で、ヨーロッパ諸国とは宗教に絡む紛争が激化し、西暦 1581 年にはネーデルランド連邦共和国が独立を宣言した。

英国とも紛争を抱えたスペインは西暦 1588 年 7 月、メディナ・シドニア公率いる約 130 隻のスペインの無敵艦隊をリスボンから出港させた。7 月下旬から 8 月初めにかけて、スペイン艦隊は英仏海峡で、プリマス沖海戦、ポートランド沖海戦、ワイト島沖海戦、カレー沖海戦と連戦した後、グラヴリンヌ沖海戦でイングランド艦隊に敗北した。

敗北したスペイン艦隊は英仏海峡から北海に抜け、アイルランド沖の大西洋を経由して帰国をめざしたが、悪天候によって大損害を蒙り、本国に帰還できたのは 67 隻、死傷者は 2 万に達した。この英仏海峡で行われた一連の海戦を、〈アルマダの海戦〉と言う。

しかし、スペインはこの痛手から回復した。イギリスが海洋覇権国家になるには、まだ長い年月を

必要とした。一度の大敗だけで、スペインは衰退
しなかった。

「倭国は強大な武力を持っていた。」

「それなら、北九州国家連合は滅びていなかっ
た。訂正するよ。」

293. 今度は骨休め・老人と娘さんのはなし

「オカラ、町のはずれは街灯もなく夜になると真
っ暗。寂しいばっかりだよ。」

「マリアらしくないぞ。この町は何もない、だけど、
外から見れば、何も無いのが素晴らしい、って、そ
んな勿体ぶった言い方に、イの一番に異議を唱
えてたのがマリアだろう。」

「そっかぁ、忘れていたよ。その〈真っ暗闇〉を売
り出すんだ。都会の人は闇の暗さも闇の怖さも知
らないから。」

「どうやって？」

「森林浴がいいのなら、ブラーッと散歩。夕焼け
が見たいなら、山の上まで行く。里山に興味があ
るなら、山の仕事場や椎茸栽培などを紹介する。
〈真っ暗闇〉なら、電気のないところ。山の作業小
屋に行って、一晩、過ごして帰ってくる。」

「そういう話なら、悪知恵が働く俺がぴったりだ。」

「じゃ、悪知恵とやらを教えて。」

「お客さん、おら、ちょっくら足をくじいたようで痛
くてかなわねぇ。おじいさん、大丈夫？ちょっくら
休めば、治るべ。お客さん、あんたも運が悪いのう。
こんな爺いのとこさ民宿することになって…。そん
なことはないわ…。いつの間に薄暗くなってきた、
このままじゃ途中で真っ暗闇だ。…どうしたら、い
いのかしら？…おらのババに明かりを持って迎え

に来てもらえるといいんだが…。

だが？…ババは足が悪くて山道は歩けねぇ。…
困ったわ、スマホで助けを呼ぶわ、119番。…頼
むからやめてくれ。…どうして？…こっぴどく説教
くらって、おらの商売上がったりだ。なあに、小屋
で一晩明かせばいい、よくあることだ。…でも…。
なあに、サプライズだと思えばいいべさ…。えっ、
おじいさん急に英語。…どうだ、泊まるところまで
は漕ぎ付けたぞ。」

「山小屋なら宮沢賢治の世界だね、『光の素足』
…。続きはマリアよ。…お客さん、びっくりしないで
ね。」

「田舎のじいさんがそんな言葉使いするか、やっ
ぱり俺の方が合っている。賢治の世界は覗かない
方がいい。…お客さん、この小屋は普段はおらた
ちが昼飯食ったり、休憩するのに使ってる小屋だ。
水もあるし、コメもミソも薪もある。なんも心配する
ごたぁねぇ。お客さん、眠くなったら囲炉裏のそば
で寝るといい、おらが火の番してる。…大丈夫、お
じいさん、私も起きている。…ンだか。…私、囲炉
裏の火って初めて見た。…ンだか。…回りが暗い
から、こんなに明るいんだね。おじいさんの顔、ま
るで赤鬼、おかしいわ。…ンだか。…私、どうして
一人でこんな山奥の民宿に泊まりに来たかって、
不思議だと思わなかった？…なんも。ンだけど、
訳があるなら話したらいい…（沈黙）。話すのが辛
かったら、黙っていでもいいんだど…（また沈黙）。
…私ね…（長い沈黙）。生きていれば、泣きてぇ時
だってあるべ。まぁ、話せるようになったら、話せ
ばええ…（一呼吸）。…私、一晩中、囲炉裏の火
を見ていて気がついた。…何だべ？…もう、大丈
夫だって。おじいさん、ありがとう。…そりゃえがっ

136

たぁ、じきに夜明けだ。」

「オカラによれば、お年寄りでも町おこしに一役
買えるってことだよね。しかも、初期投資無しで。」

「みんな、立派な観光資源さ。地域おこしは必ず
出来る。」

294．魏志の解読だけで卑弥呼問題は解決しない

「本来、魏志には何も問題はなかった。明瞭そ
のものだった。大和説を主張する人たちが問題を
複雑化させた。」

「その言い方だと、〈邪馬台国大和説〉は諸悪の
根源になるわね？」

「何故、そうなったか？あらかじめ結論が先にあ
って、論理はその後付けになった。」

「ヤマトが先で魏志の解読が後になったというこ
と？」

「結論を重視するあまり、論理は不要とされたこ
とだ。科学が否定された。」

「帰納法ってのがあるでしょ。仮説を立てて、そ
の仮説の正しさを後から証明する。間違った方法
とは言えないのではないのかしら？」

「仮説とは十分な論理付けがあるから仮説だ。
十分な論理付けがなければ、単なる願望であり、
空想だ。何故、〈邪馬台国〉の候補地がこれほど
多くなったと思う？仮説が数十になると言うのでは、
それは仮説とは言わない。〈邪馬台国大和説〉を
擁護する帰納法云々は、尤もらしく見せるだけの
すり替えの論理だ。」

「そうか…。私も先入観っていうか、オカラが言う
記紀史観にからめとられているような気がする。」

「お互い様だ。」

「みんな、自分の思考論理に矛盾を抱えながら
奮闘しているんだね。」

　論理の歪曲・捏造を許さないためにも、後漢書
以後の史書の解読が、魏志以上に重要になる。

~~~~~~

コラム 5. 魏志倭人伝とは

~~~~~~

　魏志倭人伝の詳細は本文第 6 章にあるから、説明は省略する。

　〈卑弥呼と言えば魏志、魏志と言えば卑弥呼〉これが日本人と魏志についての関係だ。一方、中国史書で〈卑弥呼〉の文字があるのは、魏志と後漢書以外では、晋書、梁書であるが、その記事は簡潔だ。日本のような熱狂はない。理由は日本側の史書研究が、人名比定に重点がおかれたのに対し、中国史家の興味は〈倭国〉の歴史解明に向かったためだと思われる。

~~~~~~~~~~~~~~~~~~~~~~~~~~~~~~~~~~~~

　魏志倭人伝に出て来る地名（国名）は今では全く馴染みのないものから、現在の地名に通じる（国名）もある。ただ、〈奴国〉までの〈九州地方〉の地名以外では、記紀に登場する〈磐余〉〈師木〉〈浪速〉〈針間〉など〈近畿地方〉の古地名が何故、倭人伝には一つも出てこないのか？出て来ないのは当然だと考えるか、不思議だと考えるかで、魏志解読の方向は微妙に変わるかも知れない。

~~~~~~~~~~~~~~~~~~~~~~~~~~~~~~~~~~~~

　そして、〈邪馬台国卑弥呼説〉が史書解読においてはかなり特殊化された視点だと分かるはずだ。それなら、この際、〈卑弥呼〉に徹底してみたらどうだろうか？意味のない〈邪馬台国卑弥呼〉探しの話ではない。何故、三世紀の〈倭国〉に女王擁立が起きたか？この時期、中国・朝鮮は男王だ。島国日本の特殊要因があったのだろうか？では、その特殊要因とは何か？それは、何によって規制されるのか？視点を変えれば、記紀史観に捉われない新しい古代日本の姿が見えて来るかも知れない。

~~~~~~

22. 後漢書を読み解く(1)―まぼろしの倭国大乱―

295. 後漢書を読む

〈邪馬台国大和説〉の根拠となった後漢書は、どれほど詳細に解読されたのだろうか？〈邪馬臺国〉の文字を見つけ出したことで、後漢書の解読は終止符を打っていないだろうか？そして、卑弥呼のことなら魏志、この先入観が誤解を生んでいなければ、幸いなのだが。

296. 後漢書[桓・霊の間、倭国大いに乱れる]

魏志の〈相攻伐すること歴年〉の舞台となった〈倭国〉とはどこを指す言葉か？多くの研究者は〈倭国〉を〈わこく〉と読んで、日本・大和のことだと考えた。卑弥呼を大和在住者にするためには、〈相攻伐すること歴年〉は大和で起きねばならなかったからだが、問題はこれで解決した訳ではない。

詳しく見よう。魏志①[その国、本また男子を以て王となし、住まること七、八十年]②[倭国乱れ、相攻伐すること歴年]

一方、後漢書③[建武中元二年、倭の奴国、奉貢朝賀す。使人自ら大夫と称す。倭国の極南界なり、光武、賜うに印綬を以てす。安帝の永初元年、倭の国王帥升等、生口百六十人を献じ、請見を願う]④[桓・霊の間、倭国大いに乱れ、更々相攻伐し、歴年主なし]

「ここで、①は③に、②は④に対応するのは明らかだと思う。この二つの記事から、後漢書の記事の一部は魏志を書き換えたことが判明する。結果的に、年代が不明だった魏志の記事が、後漢書で確定した。〈桓・霊の間〉とは、後漢第十一代桓帝(西暦147－167年)と第十二代霊帝(西暦168－188年)の間だから、時は後漢時代で、期間は最大で41年間、最小で1年間になる。多くの研究者はこれで納得した。何時のことか時代が分かれば、不安はなくなるからね。」

「そうともばかり言っていられないんじゃないかしら。」

297. 後漢書で卑弥呼は何歳まで生きたか

この後漢書の記事では大きな疑問が生まれる。仮に〈倭国大乱〉が西暦167年を挟む前後数年間だったとして、西暦170年には乱が収まり、女王が共立されたとしよう。後漢書[年長じて嫁せず、鬼神の道に事え、能く妖を以て衆を惑わす。ここにおいて、共に立てて王となす]この時の卑弥呼は既に〈年長〉だったと書かれている。

「年長って？」

「老人だとしても、後漢書を読むだけなら何も問題は起きないけど、魏志倭人伝と併せて読めば大変なことになる。」

「じゃ、いくつぐらい？」

「年長の年代を30代として、仮に35歳だったとしよう。卑弥呼は、西暦200年には65歳だ。彼女は西暦248年に死んだことになっている。ここからクイズだ、卑弥呼は何歳で死んだか？」

「えっ、いきなり…、113歳だよ。」

「なんとかならないの？」

「女王共立時を最も遅い霊帝が死んだ西暦188年にしてみれば。」

「それじゃ、桓・霊の間とは言えないよ。それでも、95歳だよ。」

「范曄はその指摘が起きることを恐れた。だから、後世の人が信じるか信じないかは別にして、范曄は書いていた。」

「何を？」

「後漢書[…多くは寿考、百余歳に至る者甚だ衆し…]少なくとも范曄は信じたのかしら？卑弥呼を後漢の人間にするための重要な前提条件。」

「後漢書を読むのなら、それを信じなさいってことね。」

ただ、この記事も、魏志[その人寿考、あるいは百年、あるいは八、九十年]の引用だ。

298. 卑弥呼は何故、後漢に朝貢しなかったか

たとえ卑弥呼が113歳まで生きたとしても、疑問は消えない。卑弥呼が初めて朝貢をしたのは西暦238年だ。卑弥呼は、女王になってから60年以上が過ぎて103歳の時、初めて朝貢をしたことになるが、その間、卑弥呼は大陸外交を考えなかったのか？

霊帝の時代、西暦184年、〈黄巾の乱〉が発生、後漢は混乱の時代に突入するが、後に〈董卓の

乱〉を収拾した曹操が、西暦196年、後漢の献帝を保護した。ここから帝の威光を利用した曹操の勢力拡大が始まり、西暦211年には中国北半部を平定した。朝鮮半島では、三世紀初頭から公孫氏が勢力を増大し、楽浪郡の南部を帯方郡に分割する事件が起きたが、西暦237年に反旗を翻すまでは後漢の支配下にあった。西暦211年以降の朝貢は不可能ではなかった。女王ならば、地位の安定を願って、積極的に朝貢使の派遣を考えたはずだ。それなのに、何故、卑弥呼は後漢に朝貢しなかったのか？

299. 魏志の〈歴年〉・後漢書の〈桓・霊の間〉

「どうして、こんなことになったのかしら？」

「後漢書の倭国伝の多くは魏志の引用記事だ。このために魏志の記事を後漢時代の記事に変換する必要があった。」

「どうやって？」

「時代が不明な魏志の〈歴年〉を、後漢書の〈桓・霊の間〉にすり替える。」

300. 魏志[相攻伐すること歴年]の時代

「後漢書の〈桓・霊の間〉って、何？」

「本国から遠く離れた東夷の国の内輪もめを、中国の王朝がわざわざ記録に残すことはない。」

「捏造記事だと言うの？」

「西暦238年の魏国側の質問〈何故、女王が統治するのか〉に対する、遣魏使の答え〈女王共立の原因になった争乱〉が〈相攻伐すること歴年〉だったと思う。」

「〈歴年〉って、どれくらい？」

「長い年数ではなかったと思う。当時の伊都国・奴国・不弥国などの個々の国の国力からは長期にわたって抗争を続けられる余裕はなかったと考えた方が良い。」

301. 〈倭国乱〉が〈倭国大乱〉に変わる

魏志は[倭国乱相攻伐歴年]だ。ところが、後漢書では[倭国大乱更相攻伐歴年]と過大表現に変わった。そして、研究者たちは後漢書の記事を信じた。

「卑弥呼が共立されて女王になった年代が不明なら、その前に起きた内紛の年代も不明なはず。ましてや、この時の倭国の使者に中国王朝の年号など分かるはずはない。不明だからこそ、記事の信憑性は高い。ところが、その不明瞭さが、後漢書の入り込む隙を作った。」

302. 〈倭国大乱〉は何故、古代史の中で指定席を得たか

「後漢時代の建武中元二年（西暦57年）の倭奴国、その50年後の安帝の永初元年（西暦107年）の倭国王帥升等の朝貢にタイムスリップすると、面白いことが浮かび上がる。」

「どういうこと？」

「倭国王帥升等の（西暦107年）に70〜80年を足すと、西暦 177〜187 年で、霊帝（西暦 168−188 年）の時代になる。すると、この間の男王の時代を、後漢書の言う〈桓・霊の間〉の大乱の前の〈男子を以て王…住まること七、八十年〉としても、

後漢書の中では、一応は整合が取れる。」

「多くの人は正しい記述だと考えたんだ。」

「ところが、梁書では[漢霊帝光和中倭国乱相攻伐歴年]、北史[霊帝光和中其国乱遞相攻伐歴年無王]と、後漢書を訂正した。」

「理由は？」

「後漢書の記事では問題があると判断したはず。二つの史書が、後漢書の〈桓・霊の間〉から少し時代を下らせて〈霊の中〉に微修正したのは、[百余歳に至る者甚だ衆し]を梁書と北史は認めたくなかったからだと思う。だけど、これでも、卑弥呼の長寿問題は解決出来ない。」

303. 記紀には〈倭国大乱〉は存在しない

書紀によれば、皇暦では第十三代成務天皇の時代だが、この時代の皇暦と西暦の対比は意味がない。かえって、同位体炭素を用いた箸墓古墳の築造年代からの推定が史実と合う。これによれば、第十代崇神天皇の在位が凡そ三世紀中葉だから、二世紀後半の〈桓・霊の間〉は正確には比定出来ないが、第四代懿徳天皇から第五代孝昭天皇の時代に当たるだろうか？

記紀では、初代神武天皇から第十三代成務天皇まですべて男性であり、皇位は整然と継承されている。大和で〈倭国大乱〉があったとはどこにも書かれていない。〈倭国大乱〉がなければ、卑弥呼も女王になれない。すべてがリンクしているのだ。

「後漢書の解読は記紀の対比を経る必要がある。例えば、隋書の遣隋使の記事は日本書紀で検証出来る。帥升の記事は何故、書かれなかったか？後漢書と記紀の対比は特別仕様ではない。」

304. 大和に〈倭国大乱〉はなく、倭国に〈倭国内乱〉があった

　「古代史の研究で指定席を与えられている〈倭国大乱〉とは、魏志の記事を歪曲した後漢書によって作り上げられた誤情報だ。」

　それでは、〈倭国内乱〉と読んでみよう。魏志で言う〈倭国〉で起きた〈内乱〉ならば、日本書紀に書かれていなくても、何も不思議はない。

　積極的にでも、止むを得ずでも、二世紀後半の〈倭国大乱〉を認める人たちは、記紀と切り離して、そのフレーズだけを使う。そうすることで、検証の義務から免れようとするのだ。

23. 後漢書を読み解く(2)──倭国王帥升の朝貢──

305. 後漢書[安帝の永初元年、倭の国王帥升等請見を願う]

これは、後漢書に記録された倭国の二回目の朝貢記事だ。この朝貢記事を前後の朝貢記事と比較する。

後漢書(西暦 57 年)[建武中元二年、倭奴国奉貢朝賀す。…光武、賜うに印綬を以てす]

後漢書(西暦 107 年)[永初元年、倭国王帥升等、生口百六十人を献じ、請見を願う]

魏志(西暦 238 年)[景初二年六月、倭女王、大夫難升米等を遣わし郡に詣り…朝献せんことを求む。…その年十二月、詔書して倭の女王に報じていわく「親魏倭王卑弥呼に制詔す」]

前後の記事と比べて、永初元年の朝貢記事は、異質な感じがしないだろうか？倭国王自ら〈生口百六十人を献じ〉た上で、部下と共に〈請見を願った〉が、その結果が書かれていない、なんともそっけない記事だ。

306. 帥升の比定で問題は解決するか

この記事の裏に何があったか？ところが、従来の研究は、相変わらず、天皇や政権と比定することに精力を費やした。かの松下見林は〈倭国王帥升〉を〈景行天皇〉と考えた。また、原典の後漢書は〈倭国王〉であるにもかかわらず、後代に書かれ

た北宋版『通典』などには〈倭面土国王師升〉〈倭面土地王師升〉などとある。この〈倭面土〉を〈ヤマト〉とする内藤虎次郎説がある。しかし、北宋版『通典』の記事は〈帥〉を〈師〉に、〈倭国〉も〈倭面土〉と書き間違えがある。

これらの研究は永初元年の朝貢は成功だったとする前提に立った研究だ。何故か？〈邪馬台国大和説〉に立てば、〈倭の奴国〉の所在地は九州、〈倭国王帥升〉は大和の王、九州の国家が朝貢に成功して、大和王が朝貢に失敗したとあっては、そもそも議論が成り立たないからだ。この考えは、名前を挙げた二名だけでなく、多くの〈邪馬台国大和説〉派の認識だ。

理由はある。この50年前に朝貢した〈倭奴国〉あるいは〈倭の奴国〉を九州の国と認めれば、何故、50 年後に大和から朝貢使を派遣出来たか、その説明責任が生じたはずであるが、この説明困難な課題には沈黙せざるを得なかった。人名比定に限定することこそ、可能な研究だったのだ。

「これでは、問題は何も解決しないわね。」

307. 後漢書の〈倭〉の定義は魏志〈倭人〉と同じだ

〈邪馬台国大和説〉は〈倭国＝大和〉という前提が、今も無条件で使われている。後漢書で、倭国がどのように定義されているか、再度明らかにして

おくことは大切になる。

後漢書[倭は韓の東南大海の中にあり、山島に依りて居をなす。…使駅漢に通ずる者三十許国なり…]

魏志[倭人は帯方の東南大海の中にあり、山島に依りて国邑をなす。…今、使訳通ずる所三十国…]ここまでは後漢書と魏志の〈倭〉の定義は同じだ。

〈三十許国〉と〈三十国〉は、魏志に記載された拘邪韓国、対馬国から末盧、伊都、奴、不弥、斯馬国…狗奴国までの国々と考えられている。このことについては既に検証済みだ。もし、〈倭国〉を〈大和〉だと主張したいのなら、この〈三十国〉と〈大和〉の関係を示す必要がある。

308. 後漢書〈邪馬臺国〉は魏志〈女王国〉と同じ位置になる

前文の続きは、後漢書では[…その大倭王は、邪馬臺国に居る。楽浪郡徼はその国（邪馬臺国）を去る万二千里、その西北界拘邪韓国を去ること七千余里]。

一方、魏志では[…その北岸狗邪韓国に到る七千余里。…郡より女王国に至る万二千余里]。

邪馬臺国と女王国は、共に、〈郡より一万二千余里〉の位置にある。

309. 後漢書は連続式読み方、放射式読み方のいずれをも否定する

〈邪馬台国大和説〉は、魏志を解読したから後漢書の解読は不要と、開き直ることは出来ない。

肝腎の〈邪馬臺国〉が登場するのは後漢書だからだ。

〈邪馬壹国は間違いで邪馬臺国が正しい〉の根拠とされた後漢書は、皮肉にも〈邪馬台国大和説〉の連続式読み方も放射式読み方も否定していた。

310. 永初元年の朝貢記事は隋書にもある

「建武中元二年の朝貢はさんざんもめたけど、〈倭の奴国〉ではなく〈倭奴国〉だったね。」

「永初元年の倭国王、本当に同じ国家なのかねぇ。どうして国名は書かれなかったのかしら？」

ウズメの独り言のような疑問にマリアが答える。

「魏志の倭国は、魏志で〈親魏倭王〉と制詔された卑弥呼の例にあるように、個々の国家を一括して呼ぶ時の使い方だ。後漢書の倭国の使い方も魏志と同じだ。だから、西暦57年の朝貢の時のように王の所属する国家名が記録されるのが普通だ。だから、倭国のどの国からの朝貢なのか分からないのは、正式な朝貢記事としては有り得ない記事だと思う。それが後漢書にある。」

「謎だね。」

「朝貢に際しては、勝手に朝貢使を名乗る不届き者を排除するため、あらかじめ、役人たちによって詳しい聞き取りがある。初めての朝貢なら、建武中元二年の〈倭奴国〉との関係を聞かれ、倭国を代表することに問題がなければ、謁見が叶えられ、その国名が記録されるはず。」

「認められないのは？」

「倭国を代表していないと判断された場合。だから、逆の立場になれば簡単に朝貢使は送らない。

しかし、永初元年の朝貢主は〈倭国王〉と認められていた。」

「なら、どうして、後漢書は個別の国名を書かなかったのかしら？」

「隋書では[安帝の(永初元年の)時、また使を遣わして朝貢す、これを俀奴国という]。隋書は〈倭〉を〈俀〉に変えているけど、〈又〉の文字から、建武中元二年の〈倭奴国〉と同じだと述べていたことになる。」

「結局、建武中元二年の朝貢国を〈倭の奴国〉と読む説は、この隋書の〈俀奴国〉を〈俀の奴国〉と読まねばならない。すると、永初元年の時は、〈倭国王帥升〉ではなく〈倭の奴国王帥升〉となる。」

「〈倭の奴国〉の読み方は、隋書で矛盾が露呈したね。」

「こんなとこまで、影響するんだね。」

「後漢書の読み方だけの問題を矮小化させれば、ボロを隠せる。」

「大和説では、〈倭の奴国〉は九州、〈倭国王帥升〉はヤマト国と、別々の国家だとするが、隋書はそれを否定する。」

「問題は、同じ国家なのに、永初元年の時はOK。建武中元二年の時はNO。どうしてかしら？」

311. 何故、倭国王で、個別の国名は記載されなかったか

大量の[生口百六十人を献じ]るのは異例だ。この時の〈倭〉の朝貢は何を目的としたのか？そして、[請見を願う]だけで終わったのは、後漢の意に叶わなかったからではないのか？その原因は何か？答えは後漢書の国名が明らかにされない

記事にあるのではないか？

312. 〈匈奴〉も〈倭奴〉も夷蛮の呼び名

天智九年(西暦 670 年)に、〈倭国〉から〈日本国〉への国名変更があった。理由は〈倭〉の意味するところを嫌ったからだ。これは天智天皇自身の意思によるから、対外的には宣言すれば済む。

「二世紀初頭に、同じ国名変更の意思を持った倭国王がいたとしても不思議ではない、名は帥升。彼は東夷を表す〈倭〉の文字が含まれる〈倭奴国〉の国名を嫌ったんだと思う。」

例えば、中国北方の遊牧国家の〈匈奴〉は、中国領内に侵攻を繰り返す強敵だったから、〈匈奴〉と軽蔑を込めた呼び方をされた。そして、私たちは当然のように、何の抵抗も無く、〈匈奴〉の言葉を用いている。当時、〈匈奴〉と呼ばれた人たちはそのことをどのように考えていただろうか？

程度の違いはあれ、〈倭奴〉も卑字であることに変わりはない。

卑弥呼は二つの名前を持っていた。魏志の〈伝〉に書かれているのが〈卑弥呼〉、魏志の〈帝紀〉に書かれているのが〈俾弥呼〉だ。この違いは後述するが、〈俾弥呼〉も夷蛮の汚名を返上したいと考えていたのではないか？卑弥呼に先立つこと130年前に、倭国王帥升が同じことを考えても不思議ではない。

313. 〈倭奴国〉から〈伊都国〉への変更は許されるか

〈倭〉を〈伊〉、〈奴〉を〈都〉と変え、魏志に言うとこ

ろの〈伊都国〉に変更した国名を上表文に署名する。〈倭国王帥升等〉とあることから、倭王帥升自ら部下を率いて朝貢に臨んだのであろう。しかし、朝貢国が勝手に国名変更するのは宗主国の皇帝に対する越権行為となる。そのことは倭王も充分承知の上で、だから、生口 160 人というかつてない大勢の生口を献上したのだ。

　しかし、後漢帝の不興を買うことになると判断した後漢の役人は門前払いとした。ただ、記録を残すにあたって、従来の〈倭奴国〉か上表文に書かれた〈伊都国〉のどちらを書き残すか、判断に迷った結果は、どちらの国名も記録しない、総称としての〈倭国王〉だった。

314. 伊都国の国名の由来を推論する

　「魏志の伊都国は何時から存在したのか？私たちは古来から存在したと当然のように考えるが、百済の前身が伯済国、新羅の前身が斯蘆国であったように、国名とは未来永劫変化しないものではないと思う。」
　「それは言えるね。日本も変わった。」
　「倭国王が次第に実力を付けてくるにつれて、卑字を含む国名を卑字を含まない国名に変更したいと思うのは、自然の成り行きではないだろうか？永初元年がまさにその年だった。結局、〈伊都国〉が中国王朝に認知されたのは、王朝が変わった魏の時代になってからだった。」

24. 後漢書を読み解く(3)―邪馬臺国は捏造国家―

315. 後漢書・邪馬臺国問題とは何か

後漢書の最大の問題は何かと問われれば、多くの人は〈邪馬臺国〉と答えるはずだ。だが、その中味については、多くの人が知らない。理由は、〈壹〉と〈臺〉の違いだとしか教えられてこなかったからだ。後漢書の全文を検討することなく、局部的な文字の問題に矮小化する手法、歴史修正主義の典型的な手法を用いた説明に終始しているからだ。

「ところで、〈邪馬台国大和説〉では〈邪馬壹国は存在しない国〉だった。だから、〈邪馬臺国こそ存在しないのだ〉は、如何にも大人気ない問題提起だろうか？」

「それはないと思う。〈邪馬壹国〉問題が存在するなら、〈邪馬臺国〉問題も同時に存在するはず。」

「同時代、同じ場所で国名が違うなら、どちらかが間違っている。」

「でも、時代が移れば、同じ場所であっても、違う国が建国するのは歴史の常だよね。」

「重要なことは、〈後漢〉は〈魏〉の前だけど、〈後漢書〉は〈魏志〉の後だということだ。」

316. 後漢書の〈邪馬臺国(やまだい)〉は大和にはなかった

しばらくは、おさらいになる。

後漢書[楽浪郡徼(きょう)はその国〈邪馬臺国〉を去る

万二千里、その西北界拘邪韓国を去ること七千余里]

「ずばり〈郡より邪馬臺国に至る一万二千余里〉と書けばよいのに、何だろうね？奥歯にものが挟まったようなこの書き方は…。」

「魏志とは逆の書き方だけど、結局、後漢書にあるのは〈一万二千余里〉だけだよ。」

317. 隋書[則ち魏志のいわゆる邪馬臺なる者なり]

誤解を招く記事がある。隋書[則ち魏志のいわゆる邪馬臺なる者なり]だ。魏志にあるのは〈邪馬壹国〉だから、これは間違いだと考えるのが普通だ。正しくは、〈則ち魏志のいわゆる邪馬壹国なる者なり〉あるいは、〈則ち後漢書のいわゆる邪馬臺国なる者〉のどちらかになるべきだ。そして、ここは〈邪馬臺国〉について説明する文章だから後者の言い方が採用されるべきだった、と。

318. 魏徴は間違えたか

「隋書は間違えたのかしら？」

「魏徴は間違えてはいなかった。」

「え、どうして？」

「理由は、隋書の〈楽浪郡境および帯方郡〉の記事だ。これは、後漢と魏の二つの時代を併せて、

147

一緒に説明するための文章だ。その〈魏志〉に詳しく書かれているのが、〈後漢書のいわゆる邪馬臺なる者〉となる。そして、その所在地を、[…古よりいう、「楽浪郡境および帯方郡を去ること並びに一万二千里にして、会稽の東にあり儋耳と相近し」と]魏志の女王国と同じ位置だとした。」

「それが[則ち魏志のいわゆる邪馬臺なる者なり]の意味だと、オカラは言うわけ？」

「そう。」

「そうでなかったとしても、〈邪馬臺国〉は後漢書、連続式読み方は魏志。このすり替えは隋書でも正当化出来ないってことは言えるね。」

319. [後漢書・東夷伝・倭]の情報源は何か？

「後漢書東夷伝倭の情報源は大きく二つと考えられる。一つは後漢書の各帝紀だ。光武帝の建武中元二年、安帝の永初元年の朝貢記事がこれに当たる。もう一つは魏志倭人伝だ。ここに書かれた倭国の風土、民俗は、題名が示す通り、魏の時代についての記述だが、これを後漢の出来事とした。」

「そうね。風土・民俗などは時代を越えて共通するから、引用することは問題ないと思う。」

「後漢書は、これに史記の徐福の記事を書き足すことなどで、魏志の単なる引用ではないように工夫した。このことが、後の中国史家たちが後漢書を引用する際の史書としての評価を高めたのではないかしら？」

「なるほど、一つの見方だね。それ以上に、建前上は倭国についての最も古い史書だということも忘れてはいけないと思うわ。後世の史家に与えた

影響は、この最古の史書だわ。」

「後漢書東夷伝倭には、卑弥呼や倭国大乱などの歪曲・捏造された記事が存在する。これらの記事は他の中国史書に見られる誤記や思い違いによる記述とは根本的に異なる。魏の時代の出来事を後漢の出来事に変えるのは、歴史の捏造だ。」

「その意味では、後漢書とは何かを問い続ける必要があるわね。

320. 邪馬臺国の語源はどこにあるか

「〈邪馬臺国〉の国名は後漢書が初めてだね。」

「じゃ、南朝宋の范曄（西暦398〜445年）は、どこでこの国名を知ったんだろう？後漢書の前は魏志と漢書だけでしょ？」

「この時期、魏志以外に倭国のことを詳しく書いた史料は無いから、別の方法は考えられない？」

「書物じゃなければ、聞くとか？」

「可能性はゼロじゃないね。」

問題の鍵を握っているのは宋書だ。理由は、宋書に書かれた倭国王〈讃〉が南朝宋に朝貢した西暦421年（永初二年）、西暦425年（元嘉二年）、范曄はそれぞれ23歳、27歳だった。范曄は47歳で死去したが、膨大な後漢書の執筆に范曄は若いうちから取り組んでいたはずだ。記録係として〈讃〉の朝貢に陪席していた可能性は大きい。

321. 邪馬臺国は五世紀の倭国の国名か

〈邪馬臺国九州説〉を取る古田武彦は、范曄が五世紀の倭国の新知識を後漢時代に当てはめたと考えた。具体的には、後漢書では〈後漢時代の

倭国〉の国名となったが、実際は〈五世紀の倭国〉のことだったと考えたのだ。

「確かに、その可能性はゼロではない。」

仮に、倭王・讃の朝貢使が、「我々は〈邪馬臺国〉から来た。」そう話していれば、この問題は解決していた。だが、その宋書には肝腎の〈邪馬臺国〉の文字はない、武の上表にあるのも〈倭国〉だ。卑弥呼が魏の明帝から贈与された〈親魏倭王〉の〈倭国〉と同じだった。

「結局、范曄が見たり聞いたりして知識を得たとの推定は成り立たないし、〈五世紀の倭国〉の国名だった、とする結論も宋書が否定する。」

322. 〈邪馬臺国〉は後漢時代・〈邪馬壹国〉は三国時代、なら問題はない

「議論の前提は魏志倭人伝は（三世紀）の魏の時代。後漢書は（三世紀以前）の後漢の時代のことを書いているということ。」

「すると、場所が同じでも、時代が違えば、国名が違っても問題は無いわね。でも、この原則が忘れられ、〈邪馬臺国〉か、〈邪馬壹国〉かの議論に終始したんでしょ。だから、互いの主張のぶつかり合いで終わっていた。」

「後漢書は色々と作為があるわ。これも作為のある記事ではないかしら？」

「〈邪馬臺国〉が？」

「そう。」

マリアは後漢書には作為があると指摘した。従前の研究は、〈魏志の邪馬壹国〉を問題視しても、〈後漢書の邪馬臺国〉を問題にすることはなかった。マリアはその常識に異議を唱えたのだ。

「マリアは何が言えると思う？」

323. 後漢書[国、皆王を称し、世世統を伝う]

「卑弥呼を魏から後漢に移し変えたと同じ手法が使われていないかどうか、なんだけどね。」

「年代が確定していない記事にヒントがあるってことかしら？」

「そう。魏志[その国、本また男子を以て王となし]と、後漢書の[国、皆王を称し、世世統を伝う]は同じ意味になる。」

魏志の〈本また〉は、後漢書では〈倭国大乱〉以前に当たるから、後漢書では、自動的に〈桓・霊〉以前に当たる。これによれば、この時代、倭国では男王が統治していた。既に、後漢の建武中元二年の倭奴国、安帝の永初元年の倭国王の記事がある。

「問題は何もない。」

324. 後漢書[その大倭王は邪馬臺国に居る]

「後漢書の[国、皆王を称し、世世統を伝う]は[その大倭王は邪馬臺国に居る]と結ばれる。これで、これらの男王を取り仕切る大倭王がいたことになる。この知識を范曄（西暦 398〜445 年）はどこから仕入れて来たのかしらね？」

「魏志だと思う。魏志[祖賦を収む、邸閣あり、国国市あり。有無を交易し、大倭をしてこれを監せしむ]

文中、〈大倭〉とは何か？この史料本の注は、『吉田・山田博士は大和朝廷とし、那珂・橋本博士は倭人中の大人とする。』とある。

149

四人の博士の説の詳細は確かめていないが、吉田・山田博士が、権力を有した〈王あるいは国家〉と考えたのは魏志の記事からも妥当な考えだと思う。租賦や交易の監理は国家経営の基本だ。これを一個人に帰することは適当ではないから、那珂・橋本説は無理がある。

　ただ、〈倭〉を〈わ〉と読めば、大倭＝大和となるが、吉田・山田説の大和朝廷は、論理の飛躍だ。

「どうして、マリアはこの記事を取り出した？」

「〈大倭〉に〈王〉を足すと、〈後漢書の大倭王〉になる。王たちの上にそれらをまとめる王がいる。これが後漢書の考えだわ。」

「魏志[共に一女子を立てて王となす]と良く似ているね。沢山の男王がいてそのトップに立ったのが女王・卑弥呼。これを男性に変えれば、後漢書の大倭王になる。」

325. 後漢書〈邪馬臺国〉の誕生

「大倭王までは決まったね。」
「でも、まだ国名がないわ。」

　范曄が考えた方法とは、〈邪馬壹国〉に対応する国名作りだった。その方法は、〈壹〉の字に似た〈臺〉の字にすり替えること。勿論、范曄は〈邪馬壹国〉の意味を理解していた。単に形が似ているだけでなく、意味もそれなりに似ている文字だ。その〈臺〉の文字は魏志倭人伝には一箇所だけある。魏志の最後の朝貢記事[…因って臺に詣り、男女生口三十人を献上し…]だ。

「だからと言って、大きな問題になることはないと范曄は考えたはず。もともと後漢時代の名前のない東夷の国に付けた名前だし、魏志の〈邪馬壹

国〉とも〈女王国〉ともかち合わないのだから、陳寿にも迷惑が及ぶはずがない、これが、范曄の偽らざる気持ちだったのではないかしら？」

「これがマリア説なんだ。ところで、後漢書の〈大倭王〉が何時の間にか〈卑弥呼〉になった理由は？」

「〈邪馬台国卑弥呼説〉の先生たちが勝手に〈大倭王〉の性転換手術をしてしまったってこと。」

「この時代は、無理な話だわ。」

「〈卑弥呼〉の年齢はさらに延びて、150歳を超えることになる。先生たちは卑弥呼を仙女にした。」

326. 後漢書の言う〈女王国〉が意味すること

「〈邪馬臺国問題〉に隠れてしまったけど、不思議な記事があるの。」

「何かしら？」

「後漢書の続きよ。後漢書[女王国より東、海を度ること千余里、拘那国に至る、皆倭種なりといえども女王に属せず][女王国より南四千余里、朱儒国に至る]何故、後漢書は倭国に〈邪馬臺国〉と名付けたのに、直ぐに〈女王国〉と国名を変更したのか？〈女王国〉じゃなく、〈邪馬臺国より東、海を度ること千余里…〉としておけば、なにも問題はなかったはずなのにね。不思議なんだ。」

「范曄が、魏志の女王国とかち合わないようにと意識していた証拠だと思う。魏志にスムーズにつながる。」

327. 後漢書の言う〈邪馬臺国〉が存在した時代

　後漢書では、安帝の永初元年（西暦107年）に、

倭国王の朝貢記事がある。この時は〈倭国〉の呼び名だ。そして、後漢書によれば、卑弥呼が女王に共立された時から〈女王国〉に国名が変わった。その時期は、桓霊の間（西暦 167 年の前後）のことだ。すると、〈邪馬臺国〉は、この二つの国家が存在した間、〈桓・霊〉以前の 50 年間程、〈倭国〉に存在した極めて短命な国家だったことになる。

「だったら、邪馬臺国と邪馬壹国はどちらも存在したことになるの？」

「そうだ。」

「それなら、松下見林は解読を誤ったし、後の〈邪馬台国卑弥呼説〉は迷走した。〈邪馬臺国〉の〈大倭王〉を〈卑弥呼〉に変えたから。〈卑弥呼〉の後に〈倭国大乱〉があってまた〈卑弥呼共立〉となる。」

「滅茶苦茶だね。」

「でも、これに負けないほど、改変をした者たちがいた。」

「どんな改変？」

「梁書・北史によれば、この〈邪馬臺国〉の女王の名は〈臺与〉。卑弥呼と臺与の歴史に登場する順番が逆になってしまった。」

「その後の展開は、〈邪馬臺国〉はそっとしておいて欲しいという范曄さんの思いとは逆になってしまったかもね。」

328. 邪馬臺国は巧妙に仕組まれた捏造国家

邪馬壹国誤謬問題とは、従来の説とは全く逆に、後漢書が〈邪馬壹国〉を〈邪馬臺国〉にすり替えたことによって起きた問題だった。〈邪馬臺国〉は歴史的には存在しない国名だった。勿論、後漢の

皇帝によって認知されたという記録も存在しない。

「もし、范曄が〈邪馬台国卑弥呼説〉があることを知ったら？」

「それは有り得ないと言うはずだわ。」

「ちょっと待って、〈邪馬台国卑弥呼説〉は、あくまで、魏志の〈邪馬壹国〉の正しい国名が〈邪馬臺国〉であるという事を前提とした議論だから、後漢書の〈邪馬臺国〉から〈邪馬台国卑弥呼説〉を批判するのは、的外れではないかしら？」

「それは、言い換えると、〈邪馬台国卑弥呼説〉は〈すり替えの説〉だと言ってることと同じになるのじゃないかな。それに、梁書・北史によれば〈邪馬台国台与説〉でなければならない。歴史は逆転するけど。」

329. 魏志と後漢書

五世紀に、南朝宋の范曄によって書かれた後漢書の情報源の大部分は魏志倭人伝であった。そして、范曄は空想力豊かなアイディアマンだった。しかし、後漢書によって捏造された国家はその後の史書に様々に書き込まれた。

問題は陳寿の方だ。本来ならば後漢時代の記事に異論があれば、当然、反論出来るはずだったが、その権利を行使することは出来なかった。後漢書はジャンケンに例えれば、後出しだったからだ。

330. 検証は可能か？

「終わったね。」

「まだだ。」

「ん。」

「歴史修正主義と闘うということは、こういうことなんだ。」

「詳しく説明して？」

「〈邪馬台国卑弥呼説〉は、魏志で説明可能だと言うなら、後漢書の内容も矛盾無く説明出来なくてはならない。同じように、魏志の〈邪馬壹国〉も他の史書の内容と調和しているかどうか、検証する作業が残っている。互いに自説を強調するだけでは、独善の批判を免れない。」

「何を以って検証可能となるの？」

「答えは史実だ。史実はその後に書かれた史書で確認出来る。以後の史実がそれで説明可能かどうか？もし、不可能ならば、その原因は何か？このことを避けて通ってはいけない。これが〈検証可能〉の具体的な方法だ。」

「それでいくと、宋書も隋書も読み解かねばならないってことになるね。」

「〈邪馬臺国〉と〈邪馬壹国〉がその後の史書でどのように説明されているか、以後の史実と調和しているか？それで決まる。」

25. 隋書を読み解く

331. 〈壹〉は〈臺〉の間違いだからと、九州島から大和へ国を移動できるか

「変な質問だね。」

「やっぱりね。」

「出来るはずはないでしょ。」

これが正しい答えだが、日本の古代史研究はこの難題をいとも簡単にやってのけた。国家が瞬間移動する、この不可解な現象は何故、可能となったか？

〈邪馬臺国〉の場所と時代を変更したのは、日本の研究者だけではなかった。中国にもいた、北史の著者李延寿だ。〈邪馬臺国〉が〈大和〉へ移動したのは、この〈北史〉の時だ。

「ビルディングの移動は見たことあるけど。」

「国家も移動出来る。」

後漢書の著者范曄は、〈邪馬臺国〉の時期を後漢時代としたが、位置は〈邪馬壹国〉と同じだ。だから、時代をずらして二国共存を図っていた。後漢書を〈曲解〉してはいけないのだ。

回り道になるが、北史の李延寿が瞬間国家移動を考えるに至った経緯をこれから書こう。

332. 隋書[その地勢は東高くして西下り、邪靡堆に都す]

隋書は唐の時代に、魏徴（西暦580−643年）によって著された史書で、遣隋使とその返使裴世清の記事があり、隋の裴世清が天皇と会見した記事が含まれる。そして、日本書紀にも遣隋使の記事が載る。これは極めて重要なことだ、二つの史書の対比が可能になったからだ。

詳しく見よう。問題のひとつが次の文節だ。

[その（俀国の）地勢は東高くして西下り、邪靡堆に都す]

後世の研究は〈邪靡堆〉は〈邪摩堆〉の過ちだと見なす。そして、〈邪摩堆〉と読んで〈大和〉を指すと考えた。理由は〈北史〉に書かれた〈邪摩堆〉だ。不思議な解釈だ。先に書かれた記事が間違いで後で書かれた記事が正しいと言うには、北史が〈邪靡堆〉を〈邪摩堆〉に訂正した根拠や経緯を挙げねばならない。確かに〈邪摩堆〉が〈大和〉を指すことは、裴世清が実際に大和を訪問していることが日本書紀から明らかだからだ。だが、無条件で〈邪摩堆〉と書き換えたり、それを正しいとするのは隋書や北史の曲解につながる。

「どうして、曲解につながるの？」

「論理の飛躍がある。結果的に、隋書の解読を誤ることになる。史書を解読するとは、正誤表を作ることとは根本的に違う。多くの歴史学者は誤解しているのではないか？」

「どうして、論理の飛躍なのかしら？」

「隋書の解読がないからだ。」

333. 歴史学者が〈俀国〉を〈倭国〉に変更すること

隋書に書かれた〈俀国〉は、当初は間違いとして片付けられた。何故、間違いとされたか？多くの研究者は〈倭国〉を〈わこく〉と読み、〈大和〉や〈日本〉を指す言葉だと理解したからだ。〈邪摩堆〉を、無条件で〈邪摩堆〉と書き換えることとも共通するが、これによって隋書の解読は主観に頼る一面的な方法になった。

「どうして、魏徴が〈俀国〉という国名を使ったか、それを知ってからでも読み替えは遅くはない。」

334. 隋書記事と宋史[東北隅は隔つるに大山を以てす]との比較

隋書[その（俀国の）国境は東西五月行、南北三月行にして、各々海に至る]であり、所在地は、[俀国は百済・新羅の東南にある]

隋書の〈邪摩堆〉の位置はこの〈俀国〉の中にあったことになる。

一方、後の宋史は[…故に日本を以て名と為す…其の地東西南北各々数千里なり、西南は海に至り、東北隅は隔つるに大山を以てす。山外は即ち毛人の国なり]

宋史の大和を意味する〈日本の地形〉と、隋書の〈俀国の地形〉とは全く相容れない。〈邪摩堆〉を直ぐには〈邪摩堆〉に変えることが出来ないのはこのためだ。

335. 隋書[竹斯国より以東は皆俀に附庸す]

隋書[…また十余国を経て海岸に達す。竹斯国（筑紫国）より以東は皆俀に附庸す]

この記事の中の〈海岸〉は竹斯国から東行して達する海岸だから、瀬戸内海に面した〈九州島の東岸〉を指すことになる。ところが、隋書は、この後突然、[俀王、小徳阿輩台を遣わし、数百人を従え、儀仗を設け、鼓角を鳴らして来り迎えしむ]の歓迎記事に変わる。

隋書では瀬戸内海を経由して浪速までの行程記事が無いから、素直に読めば、九州の東海岸付近に都があったことになる。すると、[竹斯国（筑紫国）より以東、（九州東海岸まで）は皆俀に附庸す]と読み替えることも可能だ。理由は、隋書[その（俀国の）国境は東西五月行…各々海に至る]と対応するからだ。隋書によれば〈邪摩堆〉の位置は九州島東岸になる。

「我々は、魏徴が言うところの俀国の都の位置を比定することは出来ない。だからと言って、隋書の解読を放棄してはならないし、理解出来ないからといって、解読を止めてはならない。」

「どうして？」

「簡単に言えば、解読の判断基準を、自らの主観においてはならない、ってことだ。」

結局、隋書では、俀王の都〈邪摩堆〉の位置は不明だ。恐らく、魏徴は隋の返使裴世清の行程を理解出来ていなかった。

336. 魏徴の混乱

魏志、後漢書、宋書を読んでいた魏徴の頭の中は〈倭国〉以外の国の存在を想像出来なかった。それが当時の中国史家の一般的な認識だった。そして、この混乱は魏徴自身が自覚していた可能

性が強い。

337. 隋書は〈倭国〉を〈俀国〉に変える

隋書の最大の問題は〈俀国〉問題だ。魏徴は何を考えて〈俀国〉を用いたか？魏志や後漢書の〈倭国〉と比較してみよう。ためしに隋書に対応する部分の他の倭人伝・倭国伝を並べてみる。

隋　書[俀国は百済・新羅の東南にあり。…山島に依って居る]

隋書以前の史書は

魏　志[倭人は帯方の東南大海の中にあり、山島に依りて国邑をなす]

後漢書[倭は韓の東南大海の中にあり、山島に依りて居をなす]

宋　書[倭国は高驪の東南大海の中にあり、世々貢職を修む]

隋書はこの部分だけでなく、それ以前の史書が倭国、倭、倭王、としたところをすべて俀国、俀、俀王に変えた。

「隋書は〈倭〉を〈俀〉に間違えたのではなく、明らかに明確な意思のもとに変更したと思う。間違いと片付けるのではなく、このことを問題とすべきだった。」

「それなら、隋書の解読の立脚点は？」

「残念ながら、日本側の中国史書の解読法は、松下見林〈昔、舎人親王、日本書紀を撰す。…正に我が国記を主として之 (異邦之書) を徴し、論弁取捨すれば、則ち可とすべきなり〉から脱却出来ずにいるのではないか？そうではなくて、隋書の問題点を整理することから始める。」

「魏徴は何故、変える決断に至ったのかしら？」

「隋書の後の史書との関連の中から、答えを探し出す。」

338. 女王国の東海を渡る千余里の倭種の国

「後漢書や宋書の〈倭国〉は魏志からの引用になる。その魏志は〈九州島〉を指して〈倭国〉とした。

一方、隋書[竹斯国より以東は、皆な俀に附庸す]の記事が、魏志[女王国の東、海を渡る千余里、また国あり、皆倭種なり]を意識した上での記事だと考えられないだろうか？」

「そう考えた根拠は？」

「理由は人物名だ。チャイコフスキーと言えばロシア、魯迅と言えば中国、名前が異なれば、住む場所も異なる。」

隋書に[俀王あり、姓は阿毎、字は多利思北孤、阿輩雞弥と号した]と書かれた〈倭王〉の名は、それまでの『後漢書』の帥升、『宋書』の讃、済、武などとは全く異なる名だ。もしかしたら、裴世清の訪問先は、魏志[女王国の東海を渡る千余里の倭種の国]だったのではないか？これが、魏徴の抱いた疑問だったに違いない。では〈倭国;九州島〉と (女王国の東国;本州島) を併せた国は何と呼ぶべきか？

339. 〈倭〉を〈俀〉に変えたのは魏徴の疑問だった

「魏徴は〈海を渡る千余里の倭種の国〉の情報を何も持ち合わせていなかったが、遣隋使を派遣した〈阿毎多利思北孤〉の国が、従来の〈倭国〉の定義から外れることだけは間違いがないと確信したはずだ。魏徴が抱いた疑問の答えが〈俀国〉だっ

たと考えられないだろうか？」

「新仮説だね。検証は出来るかしら？」

「単なる空想じゃない。検証は可能だ。梁書・北史に対応する。」

「ネットワークで読むことなんだね。」

340. 唐代には多くの史書が生まれた

唐代には多くの史書が書かれた。隋書もそうだが、梁書、北史、南史も唐代だ。

西暦420年の宋建国から、斉、梁と続き、陳が滅亡した西暦589年までを南北朝時代と呼ぶが、この間、中国北半は北方民族による領有が続き、五胡十六国や北魏、北斉、北周などの興亡があった。北史とはこの中国北半の諸国の歴史を綴った史書だ。即ち、北史に書かれた範囲は五世紀前半から六世紀末までの約170年の期間になる。

341. 隋書と北史

時代の古い王朝の歴史を書いた北史が、後代の隋書を基本にしていると言われているが、それは、魏徴（西暦580〜643年）によって書かれた隋書と、李延寿（西暦？〜626年）によって書かれた北史がほぼ同時代に完成しており、〈北史〉が〈隋書〉の記事を引用しているからだ。書かれた王朝の順序が逆転しているのはこの北史も例外ではなく、後漢書と魏志の関係と同じだ。このため、〈北史〉は倭国研究の史書としてはあまり役に立たないと評価されている。

しかし、それだけでこの〈北史〉を切り捨てるのは賢明ではない。

342. 北史は［邪馬臺国、即倭王所都］を探し当てようとした

「李延寿が、魏志などと併せて隋書を読んだ時、何に気付いただろうか？それは〈倭王〉の名、〈阿毎多利思北孤〉がそれまでの〈倭王〉の名とは全く異質だったこと。これは、魏徴だけでなく、多くの中国史家共通の疑問と考えて間違いはないと思う。」

「断定ね。」

「恐らく、李延寿は考えた。魏徴が〈倭国〉を〈俀国〉に変えたのは、後漢書の〈邪馬臺国〉が魏徴の脳裏にあったのではと。しかし、〈臺国〉は後漢書の位置の定義から、〈阿毎多利思北孤〉の国の位置には使えないから、魏徴は〈俀国〉の造語を考えたのではと。それならば、魏徴が明らかに出来なかった〈俀国の都〉の位置を、李延寿は書き留めようと考えたのではなかったか？」

「オカラの疑問だね。」

「俺の疑問じゃなくて、結果から逆推した李延寿の疑問だよ。李延寿は、魏徴の考えに納得した。そして、〈俀国の都〉までの経路を明らかにしようとした。ただ、〈俀国の都〉が〈俀国〉内に存在しないことだけは確信したが、具体的に〈その都〉が何処にあるかはまるっきり見当も付かなかった。限られた史料の中で、唯一、使えそうなのが魏志の記事だった。その魏志の記事を読み変えることで、未知の国の位置を表そうとした。その際、新造語の〈俀国〉から、既にあった〈臺国〉に戻した。」

「どうなった？」

〈魏志〉［至伊都国。東南至奴国百里、東行至不弥国百里、…南至投馬国水行二十日、…南至邪

馬壹国、女王之所都、水行十日陸行一月]

〈北史〉［至伊都国。又東南百里至奴国、又東行百里至不弥国、又南水行二十日至投馬国、又南水行十日陸行一月至邪馬臺国、即倭王所都］

「二つの文章の違いは、北史が〈壹〉を〈臺〉に、〈女王〉を〈倭王〉に変更したことと、各段落の前に〈又〉の文字を付け加えたことだ。李延寿は〈倭王〉の住む〈邪馬臺国〉の所在地を〈倭国〉から移動させ、後漢書の〈大倭王〉を〈倭王〉とした。李円寿は後漢書と隋書と魏志を一まとめにする手法を使った。結果的に、李延寿は〈邪馬臺国〉の位置を勝手に動かしたことと、後漢時代の国名を北朝の時代に繰り下げる、二つの根本的な間違いを犯した。」

「でも、李延寿は、女王（卑弥呼）を一緒に移動させなかった。結果的に〈邪馬台国卑弥呼説〉はここでも否定された。」、

これによって二つの文章の意味はどう変わったか？

343. 北史の誤読・魏志の誤読

「魏志の読み方は前にやったね。」
「念のため確認しておこう。魏志の記事はそれぞれ独立した三つの記事、①［（自伊都国）東南至奴国百里、（自伊都国）東行至不弥国百里］と、②［（自帯方郡）南至投馬国水行二十日］と、③［（自帯方郡）南至邪馬壹国、女王之所都、水行十日陸行一月］からなる。」

「じゃ、一方の北史の読み方は？」
「〈又〉の字が付いているから、〈伊都国→奴国→不弥国→投馬国→邪馬臺国〉となり、大和説の〈連続式読み方〉と同じになる。」

北史の読み方に従えば、邪馬臺国の位置は、魏志の朱儒国を越えて日本のはるか南の海中になる。だからと言って、この結果だけを以って、北史は否定されてはならない。

344. 北史は邪馬台国大和説の連続式読み方を否定する

「北史は〈邪馬台国大和説〉にとっては、〈邪馬台国〉を大和へ運ぶための命綱ともなる〈魏志の連続式の読み方〉は出来ないことを証明していた。〈邪馬台国大和説〉が、魏志だけの解読で終わりとしたい意図が良く分かるはずだ。」

「検証させないということかしら？」
「そうだと思うわ。（又）とか（次）とかの字が必要だと言うことね。」
「北史は誤謬記事があるから、その批判は当たらないと反論されるかしら？」
「文章の読み方の問題だ。誤謬問題とは次元が違う。」

345. 時代の異なる国家〈百済・新羅と伊都国・奴国・不弥国〉の共存

北史の李延寿は〈朝鮮諸国〉は［倭国在百済新羅東南水陸三千里］と北朝時代の国名を用いたが、〈倭国〉の説明に当っては伊都国、奴国、不弥国など、三国時代の国名を用いた。この時期には既に、これらの国々の所在は不明だったし、後漢時代の〈邪馬臺国〉は既に過去の遺物と言って

良かった。南北朝時代から隋にかけての、五世紀から七世紀初めの大和の地に存在したのはヤマト政権だ。

「これら異なる時代の国家名を一緒にしたことを不注意、杜撰で片付けてはいけないと思う。」

「どうして？明らかに杜撰な結果じゃないかしら？」

「確かに、北史は隋書や魏志を引用するに当って、新たに遣唐使や、唐の役人の訪日調査結果など、新たな知見を加えて再構築すべきだった。朝鮮半島は百済・新羅と情報更新されたが、〈倭国の新資料〉は追加出来なかった。結局、史家たちはそれまでの史書をあれこれと解釈する以外に方法はなかった。李延寿も魏徴と同じように、〈倭国の東の島〉の知識も、ヤマト政権についての知識も皆無だったことになる。」

「結果的に、〈倭国の東の島〉の政権は、〈阿毎多利思北孤〉までは大陸外交が無かった国家だと述べていたことになるわ。」

「そのことは、新唐書と呼ばれる史書が書いている。」

346. 誤謬記事は批判されるべきか

北史や隋書から、中国では、七世紀の唐の時代になっても、倭国情報は三世紀の魏志の時代からほとんど変化が無かったことを示したことになる。このことは、前述した〈混一彊理歴代国都之図〉と共通する。

この意味で、魏徴も李延寿も批判される責はない。彼らは最大限、可能な限りの責務を果たしていた。

347. 梁書諸夷伝東夷倭

〈梁〉は東晋、宋、斉、梁、陳と続いた南朝の一王朝だ。〈倭の五王〉について書かれた宋の次の次の王朝になる。梁書の著者は唐の姚思廉（西暦？－637年）である。

この梁書には、魏志に由来する倭国の概要のほかに、邪馬臺国の位置が書かれた記事と朝貢した倭王についての記事がある。この二つの記事について見てみよう。

[…又東南陸行五百里至伊都國、又東南行百里至奴國、又東行百里不弥國、又南水行二十日投馬國、又南水行十日陸行一月至邪馬臺国即倭王所居]

これと同じような記事を見た記憶があるはずだ。北史だ。梁書と北史とでは〈倭〉と〈俀〉の一字しか違わない。北史の〈至邪馬臺国、即俀王所都〉の記事の出所は梁書だった。

348. 隋書・北史・梁書の関係

隋書の魏徴は、後漢書の〈邪馬臺国〉を但し書きを入れて〈いわゆる邪馬臺なる者〉として一応認めたが、それは〈倭国内に存在したらしい国家〉としてだ。最終的に、魏徴が〈邪馬臺国〉を認めなかったのは〈女王国の東の国には邪馬臺国は無い〉からだ。この認識は正しかった。だから、新たに〈俀国〉を用いたのだ。

一方、梁書の著者、姚思廉は〈俀国〉を認めず、後漢時代から続く〈倭国〉を認める一方、後漢書に書かれた〈邪馬臺国〉を認めた。このために、その位置は後漢書の指定した〈倭国〉から〈倭国の

東の国〉へ移動させなければならなかった。

　北史を書いた李延寿は後漢書の〈邪馬臺国〉を認める一方で、隋書の〈倭国〉も認めた。その結果が[邪馬臺国に至る、即ち倭王の都する所]の折衷した記事となった。

　「後漢時代の倭国の一国家名を、隋の時代に蘇えらせてでも、三書が〈邪馬臺国〉に言及しなければならなかったのは、女王〈卑弥呼〉のためではなく、倭王〈阿毎多利思北孤〉のためだということを、忘れてはならない。」

　「日本では、何でも卑弥呼だからね。」

　日本人史家の認識とは違って、〈阿毎多利思北孤〉出現の衝撃は、中国人史家にとっては、正に青天の霹靂であった。だから、彼らはパニックに近い混乱に陥ったのだ。

349.〈邪馬台国卑弥呼説〉を検証できる中国史書はない

　梁書・北史の〈邪馬臺国〉への行程記事によって、〈邪馬台国卑弥呼説〉の重要な根拠であった〈魏志の連続式読み方〉の合理性は否定された。

　結局、〈邪馬台国卑弥呼説〉が依拠できる史書は中国史書を見る限り存在しない。〈邪馬台国卑弥呼説〉は史料考証で検証する手段を失った。

350. 日本書紀・推古天皇紀

　隋書・梁書・北史の三書が明らかに出来なかった倭(倭)王の〈都する所〉が書かれている第一級の史料がある。隋書や北史に遅れること約一世紀後の西暦720年に撰録がなった日本書紀だ。ここ

に遣隋使記事がある。

　書紀(西暦 608 年)[(推古)十六年夏四月、…大唐の使人裴世清(はいせいせい)と下客十二人が妹子に従って筑紫についた。][六月十五日、客たちは難波津に泊まった。][秋八月三日、唐の客人は都へ入った。…海石榴市(つばきち)の路上に迎えた]書紀は裴世清らが筑紫から難波を経由して都に着いたと書いている。

　書紀の国内記事は歪曲・捏造記事が紛れている。だから、記事の真偽を明らかにしておくのは無駄にはならない。書紀が百済記などの国外史書の〈倭国記事(い)〉を盗用したのではない証明は、隋書に書かれた位階の記事だ。

　隋書[内官に十二等あり、一を大徳といい、次は小徳、次は大仁、次は小仁、次は大義、次は小義、…]この記事は日本書紀の西暦603年(推古十二年)の冠位十二階の記事と合っている。隋書が書かれたのが唐の魏徴(西暦 580〜643 年)の七世紀前半になる。遣隋使返使の裴世清の西暦608年の帰朝報告以外にその記事の出所はないからだ。

351. 隋書[邪靡堆に都す]とは大和の小墾田宮のことだ

　書紀(西暦 592 年)[(崇峻五年)冬十二月八日、皇后(推古天皇)は豊浦宮(とゆらのみや)(奈良県明日香村豊浦)において即位された]そして、書紀(西暦 603 年)[(推古十一年)冬十月四日、天皇は小墾田宮(おわりだのみや)に移られた]

　西暦 608 年(推古十六年)に裴世清らが入った都は小墾田宮だ。ここが、魏徴が、場所が分から

ないままに書いた〈邪靡堆に都す〉に当たるし、梁書・北史が言おうとした〈邪馬臺国に至る、即ち倭（俀）王の都する所〉となる。

語呂当てで〈邪靡堆〉を〈邪摩堆〉に変える論理手法では、三書の解読は不能だ。

~~~~~~

コラム 6. 後漢書倭伝とは

~~~~~~

　〈邪馬台国〉のもとになったのが〈邪馬臺国〉だ。その〈邪馬臺国〉の記事があるのが後漢書だ。だから、〈邪馬台国〉説の補強のためには、後漢書解読が不可欠なはずだが、残念なことに、後漢書の〈邪馬臺国〉はむしろ邪魔者扱いされている。代わりに行われたのが後漢書の〈倭奴国〉の読み方であり。〈帥升〉の人物比定だ。

　隋書の〈阿毎多利思北孤〉は〈阿毎多利思比孤〉に変えられたが、その理由は天皇の末字は〈ヒコ〉でなければならないだった。〈帥升〉の場合はこの〈決まり〉を無視してよいのか？　中国史書解読の条件が該当しない特殊な事例だったのか？　記紀によれば、西暦 107 年には、既に〈万世一系〉に連なる天皇が存在していた。少なくとも、論理は一貫すべきだ。

~~~~~~~~~~~~~~~~~~

　後漢書に書かれた〈倭国大乱〉は多くの歴史研究者に肯定されているが、その発生場所は日本の何処で起きた事件なのか、検証されていない。

~~~~~~~~~~~~~~~~~~

　根幹を見ずして枝葉を見、自らの説に都合の良いように〈断片〉を切り取るのが、後漢書研究の主流だとするのは言い過ぎだろうか？

　米国の国立公文書館に掲げられている標語がある。Eternal vigilance is the price of liberty.〈永遠の監視は自由を得ることの代価〉。米国の情報公開法は 1967 年に施行された。1980 年代まで軍政が敷かれていた韓国の情報公開法は 1996 年成立、公共機関記録物管理法は 1999 年施行された。

　これに対して、日本の情報公開法は 1999 年、公文書管理法は 2011 年施行であったが、これさえも骨抜きにされている。日本では、1945 年 8 月には、公文書類は全国一斉に破棄されたり、焼却処分された。不都合な事実に目を閉じるのは、最近の政権が都合の悪い公文書を捨てたり、改竄したり、隠匿する行為に通じる。記録を粗末にする風潮は改められていない。

~~~~~~

26. 宋書の倭の五王を歴代天皇に比定する欺瞞

352. 卑弥呼問題は女王国の比定を以って始まる

「倭の五王って？」

「宋書に登場する五人の倭国王。とにかく、王と名の付く者はすべて大和でなければならない、これが、〈邪馬台国卑弥呼説〉を信奉する者たちの主張だ。新聞もテレビも右倣えだ。」

「その大和はいいけど、それが卑弥呼と関係あるの？」

「ある。だから、本当の卑弥呼問題は女王国（首都）の比定から始まる。卑弥呼が関連する問題は、〈倭の五王〉含めて、すべて再検討されるべきだ。」

「そうは言っても、〈邪馬台国卑弥呼説〉に固執する人たちは、解決済みだとして、無関係を装うと思う。それが今までのやり方でしょ。」

「だけど、広開土王碑銘に出てくる〈倭〉を〈大和朝廷〉のことだと主張し続けると思う。」

「どちらも、しつこいね。それなら、〈倭の五王〉問題の解明も必要ね。」

353. 空白の四世紀か

倭国の朝貢の記録は、西晋の泰始元年（西暦265年）を以て途絶える。この間、渡海の記録は広開土王碑銘の西暦391年まで、約130年の空白期間がある。宋書に出てくる〈倭の五王〉の最初の朝貢記録は西暦421年だ。この間の空白は30

年となり、合わせて160年になる。そして、この間、倭国で何が起きていたか不明だったと考えられてきた。この結果、倭国のことは、魏志倭人伝から宋書までの一世紀余りが空白の四世紀と呼ばれている。

「本当に〈空白の世紀〉だったのかしら？」

354. 宋書の書かれた時代

西晋は北方民族の圧力に押されて、西暦317年に洛陽から健康に遷都したことで、呼び名は東晋に変わった。南北朝時代の始まりだ。その東晋の後の南朝宋（西暦420〜479年）の出来事を記したのが宋書、著者は南朝梁の沈約（西暦441〜513年）だ。沈約の生涯の前半は南朝宋の時代に重なる。沈約にとっては、宋書は現代史の意味合いが強い。

355. 宋書[倭の五王]の比定

宋書の倭王武の上表に[…昔より祖禰 躬ら甲冑を擐き、山川を跋渉し、寧処に遑あらず。東は毛人を征すること五十五国、西は衆夷を服すること六十六国、渡りて海北を平ぐること九十五国。…]とある。

記紀研究の大勢は、この倭王武を第二十一代雄略天皇に比定した。最初から、〈倭の五王〉とは

五世紀のヤマト政権の天皇だと決め付けた上での推論だ。

　当然のことながら、大和説派の研究者たちは、〈倭の五王〉を当時の天皇に比定することに精力を費やした。

356. 蛮勇を奮う

　〈倭の五王〉の最初の王、讃についての宋書記事［高祖（南朝劉宋第一代武帝）の永初二年（西暦421年）…詔していうには「倭讃が万里はるばる貢を修めた…」と］からは、年代を知ることが出来る。〈倭の五王〉は天皇でなければならない、と考えた松下見林は蛮勇を奮って倭王讃を第十七代履中天皇に比定した

357. 松下見林の倭の五王の比定根拠

表4. 松下見林の倭の五王の比定根拠

倭国王	比定した天皇とその理由
讃	履中天皇の諱、去来穂別の訓を略す
珍	反正天皇の諱、端歯別、端・珍の字形似る。故に訛りて珍と曰う
済	允恭天皇の諱、雄朝津間稚子、津・済の字形似る。故に訛りて之を移す
興	安康天皇の諱、穴穂、訛りて興と書く
武	雄略天皇の諱、大泊瀬幼武、之を略すなり

　松下見林の説を要約すると上表になる。

　松下見林説の根拠は、多くの王の名は中国側が間違えたとした。しかし、使者は武の表にあるように、署名入りの上表文を持参しているはずだから、中国側は間違えようがない。いかに見林の理由が的外れか、普通に考えれば直ぐに分かる。〈倭国〉が〈吾国を言うや〉から決まったという論法と同じだ。論法というには、あまりにもお粗末だし、これを認めた後世の歴史学者は、その見識を問われても仕方がない。

358. 書紀の五世紀以降の記事は信用出来るから見林説は正しい、はすり替えの論理

　その後、紆余曲折があったが、現在の大勢は松下見林の説を踏襲しているが、その根拠の一つが日本書紀の五世紀以降の年代はほぼ信用出来るとする考えだ。ここでも皇暦問題が顔を覗かせるが、何故、本題の見林の中国側誤謬説に斬り込まなかったのか、疑問が湧く。

　この仮定は、日本書紀の五世紀以前の記事は信憑性が低いと認めたことになる。問題は単なる

年代だけの話だと見なすのであれば、誤解も甚だしい。史実は年代と場所が決定的な意味を持つ。その年代の信憑性が低いとなれば、伝説・伝承の

類に格下げになる。この仮定では、三世紀後半の応神天皇、四世紀の仁徳天皇を〈倭の五王〉の比定候補に挙げること事態が自己矛盾になる。

359. 〈倭の五王〉ではなく〈倭の二王〉となる

　松下見林説を宋書の朝貢の年代と日本書紀の年代とを比べたのが次の表だ。

表 5. 倭の五王と書紀の天皇との関係

宋書の朝貢年	倭の五王	松下見林説	書紀の天皇とその期間
高祖永初二年（西暦 421 年）	讃	履中天皇	允恭天皇 412〜453 年
太祖元嘉二年（西暦 425 年）	讃→珍	反正天皇	允恭天皇 412〜453 年
太祖二十年（西暦 443 年）	済	允恭天皇	允恭天皇 412〜453 年
太祖二十八年（西暦 451 年）	世子興	安康天皇	允恭天皇 412〜453 年
世祖大明六年（西暦 462 年）	興死・武	雄略天皇	雄略天皇 456〜479 年
順帝昇明二年（西暦 478 年）	武	雄略天皇	雄略天皇 456〜479 年

　結果は、日本書紀では、〈倭の五王〉ではなく、〈倭の二王〉となる。

　「松下見林説が正しいの、それとも日本書紀が正しいの？」

　「どちらも間違っていることもあるのじゃないかしら？」

　「そうだね。松下見林説でも日本書紀でも、宋書の〈倭の五王〉は説明出来ない。だから、現在は〈倭の四王〉は無視して一王〈武〉だけは正しいと言い換えている。」

　「そんな屁理屈は通用しないと思うけど、日本という国では通用するんだ

360. 倭国王の一字名問題

　「使者が携えた倭王の上表文には署名があった

はずだから、宋側が聞き間違いや書き間違いすることはない。上表文に署名された倭王名を安易に中国式一字名に変更するだろうか？」

　「隋書では、〈倭王〉の姓名は〈阿毎多利思北孤〉だね。すると上表文の署名が〈去来穂別天皇〉とあれば、宋書が〈讃〉に変更することは有り得ない。」

　「これ以外に問題はないの？」

　「考えられることは、宋帝が〈倭の五王〉に中国式姓名を与えたかどうかだ？宋書によれば、宋帝は珍には〈詔して、安東将軍・倭国王に除した〉し、済、興、武らにも〈七国諸軍事・安東将軍・倭国王〉などの称号を与えた。しかし、讃、珍などの諡号を与えたとは書いていない。」

　「じゃ、〈倭の五王〉は最初から中国式一字名を名乗っていたんだ。」

361. 宋書［倭国は世々貢職を修む］

　　後漢書［倭は韓の東南大海の中にあり、…
世世統を伝う］
　　宋　書［倭国は高驪の東南大海の中にあり、世
世貢職を修む］、この二つの記事から、宋書は後
漢書の内容を知り、〈世世統を伝う〉を〈世世貢職
を修む〉に変更したと推測される。この違いは大き
い、前者は王統が続いていることを書き記したの
に対して、後者は朝貢を続けてきたことを書いて
いる。そして、それを引き継いだのが〈倭の五王〉
になる。

　　宋書が〈世世貢職を修む〉と書いた〈倭国〉とは、
魏志と後漢書から倭奴国、倭国（王）、女王国、邪
馬壹国になる。さらに、宋書［倭国は高驪の東南
大海の中にあり］から、〈倭国〉とは朝鮮半島から
南下して到着する〈九州島〉を指す言葉であり、こ
れは魏志・後漢書・宋書に共通した認識だった。

362. ヤマト政権は朝貢の記録を示さなければな
らない

　　「もし、倭王〈武〉が雄略天皇なら、それ以前の歴
代天皇も朝貢使を送っていたことになるのでし
ょ？」
　　「そうなるね。でも、残念なことに書紀には何も書
かれていない。唯一、神功皇后の時に倭の女王
が朝貢したとする記事があるが、〈邪馬台国卑弥
呼説〉は、これに見向きもしない。」
　　「〈邪馬台国卑弥呼説〉は論理的には大破綻し
ているのに、まだ、続けるの？」
　　「最後に大物がある。だから、もうすこし、辛抱し

て欲しい。〈邪馬台国卑弥呼説〉を信奉する研究
者は、宋書の〈倭の五王〉問題を、人物比定が間
違いか正しいかの問題に矮小化して、ヤマト政権
の天皇の比定問題にすり替え、多くの問題から目
をそらさせた。この手法こそがデボラ・E・リップ
シュタットが指摘した歴史修正主義のやり方だ。」

363. 日本書紀は何故、倭王の朝貢記事を書か
なかったか

　　「書紀には、西暦306年（応神天皇三十七年）に
阿知使主・都加使主を呉に遣わした記事があるし、
後の推古天皇紀には遣隋使の記事がある。しか
し、五人の倭王の宋への遣使記事は無い。」
　　「だって、南宋から〈七国諸軍事・安東将軍・倭
国王〉などの称号を与えられたことは、朝鮮半島
の支配権を得たことになり、書紀が書いている百
済や新羅の日本への朝貢記事を裏付ける重要な
証拠になるでしょ。何も書かれていないのは不思
議の一語に尽きるよ。」
　　「その通りだ。だから、説明不能に陥っている。」
　　「だから、無視し続けるんだね。」
　　「結局、彼らが苦労の末に考え出した〈倭の五
王〉に対する天皇の比定は検証不能の状態だ。
にもかかわらず、不思議なことに、〈倭の五王〉の
歴代天皇説は、形を変えながら一人歩きしてい
る。」

364. 梁書諸夷伝東夷倭の臺與

　　書紀は〈倭の五王〉を書かなかったが、〈倭の五
王〉について書いた史書が、宋書以外にある。前

章で話題に上った梁書だ。

梁書[…正始中（西暦240〜248年）卑弥呼が死に男王を立てたが國中服さず、更に誅殺しあったので、復た、卑弥呼宗女臺與を立てて王と為す]魏志では卑弥呼の死亡年は不明だったが、梁書が正始年間としたことで、卑弥呼の死亡年はほぼ西暦248年と定まった。

「やっぱり、〈壹與〉ではなくて〈臺與〉だったじゃないかって、言われそう。」

「心配無用。この記事は〈臺與〉を除けば、魏志の記事と全く同じだ。姚思廉が、梁書で魏志の〈邪馬壹国〉を後漢書の〈邪馬臺国〉に変更したことに伴って、〈壹與〉も〈臺與〉に変わっただけだ。だから、〈邪馬壹国〉と〈邪馬臺国〉の関係が明らかになれば、自然に解決する。それよりも、〈邪馬台国卑弥呼説〉を信じ続けるなら、〈台与〉問題に沈黙することはあってはならないことだ。」

365. 梁書・倭の五王は〈臺與〉の後裔

このあとの梁書の記事は注目に値する。正真正銘の問題記事だ。

梁書[その後、復た男王が立ち、いずれも中国の爵命を受けた]女王の後に男王が立つのは不思議ではないが、その男王たちが中国の爵命を受けたとある。男王たちとは誰を指すか？その答えが次の記事だ。

梁書[晋の安帝の時、倭王賛がいた。賛が死に弟の弥が立った、弥が死に子の済が立った。済が死に子の興が立った。興が死に弟の武が立った]

宋書とは名前が違っている倭王もいるが、紛れ

もない〈倭の五王〉だ。梁書はどのようにしてこの結論に至ったか？

366. 梁書は〈倭の五王歴代天皇説〉を否定する

梁書を著した姚思廉は、〈倭の五王〉は〈臺與〉の後裔だと述べた。もちろん、姚思廉の〈臺與〉は魏志の〈卑弥呼の宗女壹与〉だ。姚思廉の〈臺與〉は〈邪馬壹国〉を〈邪馬臺国〉に変更した際に連動させたものだ。

〈卑弥呼とその後を継いだ壹与〉と〈倭の五王〉がいた国は同じだった。梁書は〈邪馬台国卑弥呼説〉を否定し、これとリンクする〈倭の五王歴代天皇説〉を否定していた。

宋書[倭国は高驪の東南大海の中にあり、世々貢職を修む]この記事を、魏志倭人伝・後漢書の関連で読み解けば、梁書の結論に至る。複雑な問題は何もない。

367. 局部を以て全体を評価する

「中国史書は、それぞれの欠点や過ちを訂正する一方で、自らも過ちも犯して来たことが分かる。大切なことは、個々の過ちを以てその史書そのものを否定することではなく、総合的な判断を加えて、中国側史家が考えていた倭国像や倭国の歴史を把握することだと思う。」

奇しくも、参考文献『中国正史日本伝(1)』の表紙に書かれている文章がある。

[古代日本の最大の謎である邪馬台国については、数多くの研究が発表され、その論争は過熱の度を加えている。しかし、その論争の多くは、魏

志倭人伝中の邪馬台国に関するわずかな記述の解釈をめぐってのものに他ならない]

「この通りだと思う。〈邪馬台国問題〉とは、些細な問題を取り上げ、そこで得た結論を全体の結論にすり替える一方で、相手を批判する時も、些細な欠点を取り上げて批判し、相手の全論理を否定する、現在で言う、歴史修正主義の手法が罷り通っていることだ。」

「参考文献の表紙に載った批判に応えるためには、〈邪馬台国問題〉の断片を捉えることではなく、全体像を明らかにする必要がある、ということなんだね。」

「でも、ちょっと不満だわ。〈古代日本の最大の謎〉は故意に作り上げられたものでしょ？」

368. 空白の世紀はない

国外史書は中国史書だけではない。中国史書と日本書紀の間を埋める史書としては、朝鮮半島の歴史を綴った三国史記がある。三国史記については様々な意見があるが、全く無視してしまうのは極端な考えだ。こうして見ると決して空白の世紀ではない。

369. 三世紀末から四世紀初めの新羅と倭国

この時期、隣国、朝鮮半島の歴史はどのように書かれていたか？以下は、三国史記・新羅本紀の倭人（国）関係記事だ。
晋書（西暦 265 年）［倭王が使いを遣わし、訳を重ねて入貢する］

（西暦 294 年）［倭兵来りて長峯城を攻む。克てず］

（西暦 295 年）［王、臣下に謂いて曰く、倭人、屢々我が城邑を犯す。百姓安居するを得ず。吾れ百済と謀りて一時に海に浮かび、入りて其の国を撃たんと欲す。如何にと…舒弗邯弘権対えて曰く、吾人水戦に習れず。険を冒して遠征せば、恐らくは不測の危きこと有らん…］

新羅軍は倭軍に比べて海戦に不慣れだと書いている。

（西暦 300 年）［倭国と交聘す］

（西暦 312 年）［倭国王、使を遣わし、子の為に婚を求む。阿湌急利の女を以て之に送る］

友好のしるしが婚姻だと書く。

（西暦 344 年）［倭国、使を遣わし婚を請えり。辞するに女既に出嫁せるを以てす］

（西暦 345 年）［倭王、移書して交を絶つ］

（西暦 346 年）［倭兵、猝かに風島に至り、辺戸を抄掠す。又進みて金城を囲み、急しく攻む］

破談に端を発した戦争だろうか？詳細は不明だが、戦いは激しい。

370. 三国史記新羅本紀の記事は捏造か

三世紀末から四世紀中葉にかけては、新羅と倭国は和戦入り混じった緊張関係にあったことになる。自国の新羅に不利な内容を含むこれらの三国史記の記事を読む限りにおいては、明らかな歴史の歪曲があったとは考え難いが、これらに対応する記事は日本書紀には無い。

「三国史記が日本書紀と合わないのは、三国史記に歴史の歪曲があるからと考えるのは、どうなのかしら？」

「その前に、書紀の記事に多くの問題があること

は、皇暦問題一つを取っただけでも明らかだ。だから、三国史記で言う〈倭国〉とは〈ヤマト政権〉なのかと〈懐疑すること〉が、必要ではないかと思う。」

「書紀に朝貢記事が全く無いのと、三国史記の記事が無いのは同じ理由だということ？」

「理由は、魏志は、〈倭国〉と〈ヤマト政権〉の関係では第三者史料になる。その中で［…王、使を遣わして京都・帯方郡・諸韓国に詣り…］とある。〈倭国〉は魏国だけでなく、朝鮮半島との関連もあったことが書かれているから、三国史記を追認する史料にもなる。以後の中国史料も一貫して、〈倭国〉は〈ヤマト政権〉ではないとしているからだ。」

371. 三国史記は本当に使えないか

三国史記は西暦1145年に成った。著者は金富軾（西暦1075～1151年）。三国史記は高句麗・百済・新羅の三国の史書で、記事は高麗の太祖王建が半島を統一した西暦936年で終わる。即ち、王建は西暦935年に新羅を、西暦936年に後百済を併合した。そして高麗朝第八代王顕宗の子孫が十四世紀末まで高麗の王位を世襲した。

この三国史記への批判がある。

「三国史記はこの顕宗の家系の起源について事実を歪曲し、また、高麗と新羅は敵同士でありながら、三国史記では、友好国であったとねじ曲げたといわれている。これは著者の金富軾が新羅・慶州金氏の一族であって、自分の家は王室と同族だったと主張したいがために書かれたのが三国史記だ」というのだ。

この評価の妥当性を判断する知識を著者は有しない。仮にそうであったとしても、この程度の歴

史の偽造は何も三国史記に限ったことではない。日本書紀も歴史の偽造においては引けを取らないばかりか、はるかに上手だ。三国史記がこの程度の理由で使えないなら、日本書紀は完全に使えなくなる。

372. 新羅建国の時代

三国史記への批判はまだある。「新羅の建国は西暦555年と言われていることから、それ以前の記事は信用が出来ない」とする意見だ。しかし、新羅は西暦555年に突然、無から有を生じるように建国されたわけではない。

「陳寿の魏志韓伝に書かれている辰韓の斯蘆国が、新羅国の前身だったことは史家の共通認識だ。三世紀から四世紀にかけての三国史記の記事は、まだ小国であった新羅が倭軍の侵入に苦しみながらも、外交を駆使して、生き残りをかけている様子が書かれていると考えられないだろうか？」

「そうだね。倭国をヤマト政権と考え、朝鮮半島諸国はヤマト政権へ朝貢を重ねてきたとする書紀の記事を信用すれば、あまりの乖離の大きさに驚いて、三国史記は信用ならないけど、梁書が書いたように、倭国とは、女王卑弥呼を擁し、その後は男王が盟主となった国家で、ヤマト政権とは無縁の国家だと考えたら、問題はなさそうだね。」

三国史記の評価で悩む時は、三国史記が梁書・宋書・書紀などの国外史書との対比が可能であるか、どうかを検証するのも一つの方法だ。

373. 広開土王碑銘

空白の四世紀を埋めると言われているのが、中国遼寧省集水で発見された広開土王碑銘だ。

この広開土王碑銘には、東晋の孝武帝の太元十六年、[百残(百済)・新羅は旧是れ属民にして由来朝貢す。而るに倭は辛卯の年(西暦391年)を以て来りて海を渡り、百残口口新羅を破り、以て臣民と為す]とあり、

[(西暦399年)九年己亥、百残誓いを違えて倭と和通す。王、平壌に巡下し、而ち新羅、使いを遣わして王に白して云わく、倭人其の国境に満ちて、城池を潰破し、奴客を以て民と為せり。王に帰して命を請うと]続き、

[(西暦400年)十年庚子、歩騎五万を遣わして、往きて新羅を救わ教む。男居城従い新羅に至るまで倭、其の中に満つ。官兵、方に至り倭賊退く。倭満つ倭潰ゆ]

[(西暦404年)十四年甲辰、而ち倭不軌にも帯方界に侵入す。倭寇潰敗し斬殺するもの無数なり」で終わる。碑文の意味は、倭軍が百済・新羅・帯方郡へ侵攻したが、広開土王がこれを退けた、となる。

374. 三国史記・新羅本紀は広開土王碑銘の出来事をどのように書いたか

新羅本紀(西暦393年)奈勿尼師今三十八年五月条[倭人、来りて金城を囲む。五日になるも解かず。将士皆出でて戦うことを請えり。王曰く『今、賊は舟を棄てて深入し、死地に在り。鋒、当る可らず』と。乃ち城門を閉ざす。賊功無くして退

く。王先ず勇騎二百を遣わして其の帰路を遮らしめ、又、歩卒一千を遣わして独山に追わしむ。挟撃して大いに之を敗る。殺獲するもの甚だ衆し]これは、広開土王碑銘に書かれた戦いの新羅側からの記事になる。攻撃する倭軍と防衛する新羅軍の構図は広開土王碑銘と同じだ。

百済本紀(西暦397年)[王、倭国と好を結び、太子腆支を以て質と為す]この記事は広開土王碑銘[百残誓いを違えて倭と和通す]にリンクする。

375. 広開土王碑銘の以後

新羅本紀(西暦402年3月)[倭国と好を通じ、奈勿王の子、未斯欣を以て質と為す]

新羅本紀(西暦405年4月)[倭兵来りて明活城を攻め、克たずして帰る。王、騎兵を率いて、之を独山の南に要ち、再戦して之を破る。殺獲するもの三百余級なり]

この時期の倭軍と新羅軍の戦闘や外交の有様が詳しく記録されている。広開土王碑銘では西暦391年に新羅は倭に敗れ、西暦400年になって、倭を撃退したとなるが、この時期の新羅本紀は倭軍の侵入までは認めるが、自らの力でこれを撃退したとする。この違いは第三者と準当事者の違いだが、共通しているのは、倭軍が侵入を繰り返していることだ。倭軍は西暦404年に、今度は帯方界に侵入する。空白の四世紀ではなかった。

376. 宋書・武の上表[渡りて海北を平ぐること九十五国]

「この時、〈倭国〉では何が起きていたのかしら?」

「三国史記と広開土王碑銘以外の史料を検証する必要はあるわね。宋書はどうかしら？」

「宋書の倭王武の上表文［昔より祖禰躬ら甲冑を擐き、山川を跋渉し、寧処に遑あらず。…渡りて海北を平ぐること九十五国］、上表文の提出は西暦 462 年だが、宋書に出てくる最初の朝貢は西暦 421 年だ。帯方界での戦いで倭軍が高句麗軍に大敗を喫したのが西暦 404 年。この傷が癒えて朝貢が出来るようになったのが、西暦 421 年としても、大きなズレは無いと思う。」

「〈渡りて海北を平ぐること〉って？」

「〈渡りて海北〉は魏志倭人伝、〈女王国より以北は〉の記事と共通する表現だ。もし、ヤマト政権軍が朝鮮半島に渡海したとすれば、〈渡りて海西を平ぐる〉と書くはずだ。」

「宋書・武の上表文［しかるに句驪無道にして、図りて見呑を欲し、辺隷を掠抄し、虔劉して已まず…］倭国が戦った敵は高句麗だった。」

377. 日本書紀はこの事件をどのように書いたか

書紀によれば、西暦 391 年は仁徳天皇七十九年に当たり、西暦 404 年は履中天皇五年に当たる。即ち、〈倭〉を〈ヤマト政権〉だとすると、西暦 391−404 年は、仁徳天皇の末期から履中天皇の治世に当たる。

朝鮮半島中央部までの出兵は、以後、白村江の戦いまで起きていないが、白村江の戦いでは、将軍の派遣から戦いの様子まで詳しく記録された。敗戦後は新羅・唐の日本への侵攻を恐れて日本各地に防御陣地を建造したことも書紀に記された。この高句麗との戦いも、大きなインパクトのある戦

いだった。

しかし、不思議なことに、書紀にはこの期間、高句麗・百済・新羅に関係する記事はない。

「三国史記・広開土王碑銘・宋書はリンクするが、日本書紀だけは外れる。」

「外れるのは、倭国はヤマトではないってこと？」
「普通に考えればね。」

378. 西暦 391 年の渡海から西暦 421 年の朝貢まで

「中国史書や三国史記に書かれた倭国関連記事が何故、書紀だけ合わないのか？この不一致の原因は書紀に問題が有るのでは？という〈懐疑〉が必要になるのだと思う。」

「でも、通説は説明困難な時は、思考停止するんだね。」

「だから、梅原流に言えば、徹底的に〈懐疑〉しろと、なる。」

倭軍・倭国の実態解明のためには、倭軍が朝鮮半島中央部まで、何故、侵攻しなければならなかったか、そして侵攻可能な軍事力をどのようにして作り上げたか、先入観を捨てて、様々な角度から検討することが求められる。

『重要なのは知りたい、不思議だと思う心を大切にすること。教科書に書いてあることを信じない。』

西暦 2018 年のノーベル医学生理学賞を受賞した本庶佑博士のインタビュー記事は、子供たちに向かってと言うよりは、多くの大人に向けて語られた言葉と考えるべきではないだろうか？フェイクニュースを弄ぶ風潮はアメリカだけの問題ではない。むしろ、この問題では、日本は根が深い。

「このような時代だからこそ、私たちは疑い深くな　　　　らねばならない。

~~~~~~

コラム 7. 隋書俀国伝とは

~~~~~~

隋書の〈阿毎多利思比孤〉を聖徳太子に比定し、〈日出ずる処の天子云々〉の記事を喧伝することで、隋書の〈解読〉は終わらない。理由は、書紀に合わせて正誤表を作ることではないからだ。それは勝手読みと呼ばれる手法だ。だから、隋書の魏徴が〈倭国〉を変えて〈俀国〉にした意味が理解出来ず、間違いとしたのだ。

魏徴が用いた〈俀〉は〈臺〉をイメージした文字だと思うが、〈臺〉ではなかった。隋書を読めば、苦闘する魏徴の姿が目に浮かぶ。史書を著わすとは、そのようなことではないか？

何故、魏徴は最も基本的かつ重要な〈国名〉を変更しようとしたか？答えは〈阿毎多利思北孤〉の登場であった。「えっ、そんなことで？」歴史の意外性には必然的な〈意味〉がある。その〈意味〉を探し出すことを〈解読〉と言う。

史書の〈誤読〉の原因になる〈勝手読み〉を排除するためには、隋書が、後の史書、梁書・北史・旧唐書・新唐書・宋史でどのように扱われているか、即ち、第三者である中国側史家が隋書をどのように〈解読〉したかを知ることが必要だ。一史書ならつまみ食いが出来るが、数史書ならつまみ食いどころでは無くなる。

~~~~~~

~~~~~~

コラム 8.「宋書倭国伝を解読するにあたって」とは

~~~~~~

宋書解読は〈倭の五王〉を歴代天皇に比定することを以て完了したとする。解読を更に進めれば、倭の五王天皇説の矛盾が露呈するからだ。と、果して、この分析及び批判は妥当だろうか？

魏志には三世紀の倭国の外交と内国関連記事がある。宋書には朝鮮半島での倭国の外交関連記事がある。後の隋書・旧唐書・新唐書の〈倭国および日本〉の外交関連記事が朝貢記事を指すのに比べると、宋書と他の史書との内容の違いは大きい。

倭国問題解明に重要な役割を果たす国外・国内関係記事を埋もれさせたままでは勿体ない。

〈書紀〉の朝鮮諸国関連記事を検証するには〈三国史記〉がある。しかし、〈書紀〉〈三国史記〉共に、当事者が書いた史書との批判が出ないとも限らない。その点、宋書は〈第三者史料〉だ。書紀研究者はその意味の重要さを知るべきだ。決して、〈倭の五王〉の比定で終わらせてはならない。

~~~~~~

27. 書紀・崇神天皇紀と景行天皇紀の歪曲・捏造

378. 日本書紀を読む

「〈倭の五王〉を歴代天皇に比定した〈大和説〉
は、〈倭の五王〉の人物比定で終わらせるのではなく、宋書に書かれた倭国記事を具体的に説明する必要がある。」

「例えば？」

「ヤマト政権軍が渡海するためには、四世紀後半までに九州地方の制圧が前提になる。」

面倒だが、倭人伝と記紀の空白を埋める作業が必要だ。日本書紀の各天皇紀を読み直す作業だ。漏れがないように天皇紀の対象を広げよう。

379. 太平洋岸の徐福伝説

「どこから始める？」

「初代神武天皇。この時代、熊野は敵だったネ。」

「そこまで、戻る？」

「そう。熊野は伊勢から瀬戸内海経由で北九州への海産物輸送ルート上の土地。もしかして、ヤマト政権が海の物流ルートに関与したいと考えたことが原因だったとしたら…。」

「その仮定は全くの絵空事では無いかもね。海のルートを大動脈に例えれば、陸の物流ルートは毛細血管。」

縄文時代の昔から、日本海側は沖縄から北海道まで繋がっていたことが、各地の遺跡から発見される貝やヒスイなどから明らかになっている。同

じように、太平洋岸の紀伊や尾張の国々と吉備国経由となる倭国との国内交易ルートが存在したとしても不思議はない。

紀元前三世紀の徐福渡来伝説は、太平洋岸では、和歌山県新宮市、三重県熊野市から始まり、静岡県清水市にあり、山梨県富士吉田市が北限だ。

380. 神武の時代は情報化社会

「日本海沿岸を伝う交易では、沖縄から北海道まで丸木船を使って縄文人や弥生人が行き来したという説は一面では正しいだろうが、一面では不十分だと思う。」

「それは、オカラの疑問？」

「当時の海には国境はなかった。倭船より優る船舶に乗る漢人が中継貿易の一端を担うことがあっても不思議はない。一世紀と推測される神武の時代は、既に多くの情報・物・人が動いていた時代と思う。」

「それなのに、書紀に、情報がないと言うのは、情報はヤマトまでは届かなかったてこと？」

「当事者ではなかったことになるのじゃない？」

「結論は急がないことにしよう。単なる主観だと批判されても反論できない。記紀の記事を逐一検討することから始めることだ。」

381. 吉備王朝の存在を抜きにした書紀の解読は無意味

　書紀[（孝霊）二年、…緽某弟は…稚武彦命を生まれた]。古事記[…亦の名は大吉備津日子命]、そして、[…二柱相副いて…針間を道の口として、吉備国を言向け和したまひき]

「この記事は歪曲・捏造記事だとなったのに、どうして、再掲したのかしら？」

「瀬戸内海の中央部にヤマト政権と拮抗する、あるいはそれ以上の吉備政権が何時まで存在したかは、書紀の記事を解読する上で、極めて重要な事柄となる。ヤマト政権の九州制圧は、吉備国の動向を抜きには語れない。」

「そうだね。普通、記紀を読む時の日本地図は白図だからね。ヤマトの支配地は好きなところに作れたし、天皇・皇后は日本全国、自由に旅行も出来た。」

「だから、高名な先生までもが、神功皇后の新羅侵攻を史実と考えてしまった。」

「朝鮮を考える時、吉備と九州を忘れるな、だね。」

382. 第十代崇神天皇紀・任那の朝貢記事

「ヤマト政権と朝鮮半島との関係が、書紀に初めて登場するのは？」

「崇神天皇の時だ。」

　書紀[（崇神）六十五年秋七月、任那国が蘇那曷叱智を遣わして朝貢してきた。任那は筑紫を去ること二千余里。北のかた海を隔てて鶏林（新羅）の西南にある。天皇は即位されてから六十八年

の冬十二月五日崩御された。ときに百二十歳]

383. 崇神天皇六十八年崩御・百二十歳の問題

「崇神天皇が四人兄弟の最期に皇位に就いたとすれば、高齢になってから皇位に就いたはずだから、在位年数は短いのが普通だね。」

「その仮定は、兄弟継承した天皇の在位が短かった事例が、書紀にあることからも推測される。」

「崇神六十八年記事から逆算すると、崇神天皇の即位は 52 歳。崇神十七年で 69 歳。私は、崇神天皇の在位は最長でも、このあたりだったのではないかと思う。疑惑記事だね。」

「凡そ 50 年が水増しされたことになるよ。」

384. 崇神天皇紀・任那の朝貢記事の検証

「〈時代は捏造されたものでも、朝貢記事の内容は正しいものだ〉という評価は可能かしら？」

「常識的には不可能だ。時代が不明なら史実にはならない。だが、特殊な場合もある。事実として書き表すと支障が出る場合に、神話の形にすることもある。」

「記紀は単純ではないね。」

「崇神に神話が必要だった？」

「ないと思う。」

385. 魏志・三国時代にも後漢書・後漢時代にも任那は存在していない

「皇暦での崇神天皇在世が紀元前一世紀であっても、箸墓古墳年代測定結果から、崇神天皇

在世を三世紀中葉としても、魏志・韓伝と魏志・倭人伝によれば、書紀の言う〈任那〉は、存在していない。」

「〈任那〉が初めて史書に現れるのは？」

「五世紀の宋書だ。結局、この書紀の記事は〈幻の任那国の朝貢を大和の死者が受け〉ていた。」

386. 各論否定・総論肯定の不思議

「問題提起だ。この崇神六十五年記事を見て〈えらく昔から日本と朝鮮は関係があったんだ〉と思うだろうか？それとも〈117 歳だなんて、そんなことはない〉と思うだろうか？」

「それは、後者が圧倒的に多いはずだと思う。」

「不思議なことだが、この記事を信じなくても、昔から日本は朝鮮諸国から朝貢を受けていたと信じている日本人は沢山いる。高名な歴史研究者の中にも、古事記は創作が多く歴史書としては見なせないが、日本書紀は別だと考える人がいる。」

「でも、それは一部の人たちでしょ。」

「そうじゃない。何故、論理的に、はなっから破綻している〈邪馬台国卑弥呼説〉がこれほど多くの人たちに信じられているか？」

「〈各論否定・総論肯定〉とでも言えば良いかしら？不思議な現象ね。どうしてこうなる？」

「明らかな虚偽であっても、繰り返し見せつけられると、意識の底に事実だと塗り込められてしまうのじゃないかな。」

「小さな嘘は、嘘だと気付くけど、大きな嘘ほど、人は信じると言われているね。」

「それなら、虚偽は虚偽だと、繰り返し注意喚起することが必要となるわけ？」

387. 第十二代景行天皇の西征記事の矛盾

今度は景行天皇だ。この天皇の在位は皇暦では西暦 71～130 年であるが、実際には三世紀末から、四世紀初頭あたりになるだろうか？この時期、考古学資料からは吉備国が健在だったと推測されることから、景行天皇の九州遠征は全くの作り話となるが、それでは、身も蓋も無いから、ここは書紀の記述を追ってみよう。

第十二代景行天皇の記事の多くは、九州征討の記事だ。

書紀[(景行)十二年秋七月熊襲が叛いて貢物を奉らなかった。]

[八月十五日、天皇は筑紫に向かわれた][九月五日周芳の沙麼(山口県佐波)に着かれた。豊前国の長峡県(福岡県長尾か？)について行宮をたててお休みになった][冬十月、碩田国(大分県)に着かれた][冬十一月、日向国について行宮(高屋宮)をたててお住みになった][十二月五日、熊襲を討つことを相談された][(景行)十三年夏五月、ことごとく襲の国を平らげた。高屋宮(日向国)においでになること既に六年である]( )の注は『日本書紀(上)』の注釈

高屋宮に住み着いたのは景行十二年十一月であるから、景行十三年五月時点では約半年に過ぎないが、一方で 6 年間住んでいたと書かれているから、天皇の高屋宮での在住期間は景行七年から景行十三年でなければならない。

「尤もらしく、詳しく書けば書くほど自己矛盾に陥るのが書紀の記事だ。」

388. 景行天皇の熊襲征討

書紀[（景行）十七年、子湯県（宮崎県児湯郡）
丹裳小野に遊ばれた」

[（景行）十八年春三月、筑紫の国を巡幸された。
夷守（宮崎県小林付近か）…夏四月三日、
熊県にお着きになった。十一日、海路から葦北
の小島に泊まり、食事をされた。五月一日、葦北
から船出して、火国についた（八代県の豊村）。
六月三日、高来県から玉杵名邑においでになっ
た。十六日に阿蘇国に着かれた」

[（景行十八年）秋七月、筑紫後国の三
毛（福岡県三池）に着かれた]

以上が、景行天皇の熊襲征討記事だ。

「敵はどこにいたの？」

「筑紫国の巡幸記事があるから、筑紫はヤマト
政権の支配下になっているけど、本当？しかも、
険しい山があるのに、目まぐるしく移動している。
可能かしら？」

「九州一周格安バスツアーなら出来そう。」

最後の記事は、書紀[（景行）二十七年秋八月、
熊襲がまた叛いて、辺境をしきりに侵した]

「結局、元の木阿弥、だね。」

景行天皇の西征記事が意味不明だというのは
多くの歴史研究家の共通認識だ。

389. 景行天皇の西征を図で見る

古田武彦『盗まれた神話』から転写した図を載
せる。図中に「岩波の日本古典文学大系本参照」
の注意書きがある。記事では良く分からないから、
図にすれば何か分かるのではと考えてみた。

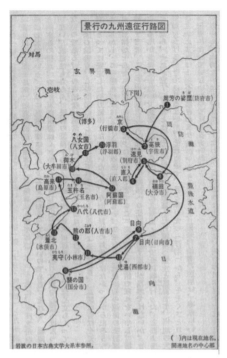

図 11. 景行天皇の九州遠征行路図

「どう、思う？」

「景行天皇の九州での征討の相手は皆、
神夏磯媛、鼻垂、耳垂、麻剥などで、追いはぎの
類だ。これが襲の国の実態なの？」

「主敵となるはずの伊都国、奴国、不弥国などの
強国をどのようにして制圧したのかしら？」

「一言も無いね。」

「表向きの目的は熊襲制圧だよね。ところが、
[景行十八年、筑紫の国を巡幸された]を記事中
に紛込ませることで、筑紫国（北九州）制圧を既成
事実化させた。狡猾と言えば狡猾だよね。」

「これが、景行天皇紀の隠された目的だったっ
てこと？」

「表向きの記事に騙されるなってことね。」

マリアとウズメの推理は続く。

390. 景行天皇の年齢は捏造された

　書紀・垂仁天皇紀によれば、景行天皇は垂仁天皇の三十七年の時、皇太子になったが、この時の年齢は 21 歳だった。垂仁九十九年に垂仁天皇は崩御し、景行天皇は 83 歳になる。彼は景行六十年に崩御したから、143 歳で死んだ計算になる。ところが、同じ書紀・景行天皇紀によれば、景行天皇の年齢は 106 歳だったという。約 40 歳の違いだが、どちらも異常な長寿だ。

　「簡単に言えば、デタラメだ。」

　「時代が合わないのは、史書として致命的な欠点だが、実は景行天皇紀の最大の問題はこれまであれこれと検討してきた九州遠征の問題ではない。九州遠征の話は吉備国の存在を考えれば、それだけで〈？〉だ。」

　「え、違うの？」

　「何故、無駄なことをしたか？これまでの記紀の記事を分析する景行天皇紀の解読の方法に付き合い、その手法がどれほど非生産的なものか、実例を示したかったから。」

　「何が問題になるの？」

　「記紀に書かれていないことだよ。」

391. 天皇が都を離れることこそ、最大の問題だ

　「書紀の記事によれば、歴代の天皇は大和に留まり、臣下に征討の命令を発する。崇神天皇紀と比べるだけでも、直ぐに分かる。景行天皇の熊襲征討記事は、この書紀の論理に反している。いわば自己矛盾だ。この一事だけで、景行天皇紀に捏造の疑いが浮上する。理由は、長期にわたる天皇の大和不在は、同時に政治不在となり、権力基盤の喪失に直結する。」

392. 景行天皇の離都記事はほかにもある。

　書紀によれば、景行三年は紀伊国。四年は美濃国。景行十二～十九年は前述した九州遠征。景行五十三～五十四年は伊勢・上総・伊勢。景行五十八～六十年は近江国（志賀）。景行二十七～二十八年と四十～四十三年とこれらの前後は、大和建命の遠征とこれに関連する記事になる。この結果、大和での記事は少ない。

393. 日本武尊の英雄譚

　「景行天皇紀は二十七年記事で中断し、景行天皇紀の主要な部分を占める日本武尊（やまとたけるのみこと）（古事記では大和建命（やまとたけるのみこと））の英雄譚に変わる。皇太子でもない一人の皇子の物語をこれほどまでに書き続けたのは、書紀の中でも、これ以外にはない。」

　「ところで、日本武尊の熊襲征伐の話は？」

　「殺された熊襲建が、日本武尊の名前を贈るのは九州を舞台にした神話では矛盾する。」

　「熊襲征伐の話は、神武天皇が宴会の謀略で忍坂の八十建（おさかのやそたける）を殺す話に良く似ている。むしろ大和を舞台にした方が合理的な感じがするわ。」

　「日本武尊の話には、土地の名や人の名が出てくるし、草薙の剣は現存するし、感動的なシーンも多い。」

　「後世の誰かが、記紀の記事を知って、これが〈草薙の剣〉だと言った人がいた。」

　「〈天の岩屋〉もそうだよね。」

「問題は、事実を書かねばならない歴史書の中に、神代から遠く離れた人世になっても、神話に似せた説話が書かれていること。日本書紀の最大の特徴と言っていいかもね。」

「史実に神話を混ぜ合わせることは、視点を変えれば、史実の改竄・捏造になるね。」

「日本の記紀研究は、この点を曖昧にしてきたと思う。神話と史実の分離は不可能として、結果的に、記紀の記事を追認した。その視点が史実解読にも適用されてきたのじゃないかと思う。記事を追認・要約して、それを解読に置き換える。」

394. 英雄神話と怨霊を祀る神社

古事記全体の中で最大のボリュームを持つ神話は国生み神話、次いで出雲神話。これに継ぐボリュームを持つのが日本武尊だが、彼の死には暗い影がまとわり付いている。武将が遠征途上で死ぬのは特別なことではない。にもかかわらず、日本武尊を祀る神社が日本各地にある。

平将門を祀る将門神社や、菅原道真を祀る天神社など、日本では非業の死を遂げた人物を祀る神社が多い。

古事記では、諏訪神社の祭神となった建御名方神（たけみなかたのかみ）がいる。出雲の戦いに敗れ、諏訪湖まで逃れるが、そこで捕えられて水死させられた神だ。いわば怨霊だが、戦国武将の厚い信仰を受けた神だ。恐らく怨霊の底知れないパワーにあやかりたいと願ってのことではなかったか？この諏訪神社も、日本各地にある。

出雲の大国主命は建御名方神の父になるが、彼も同じ怨霊だ。

父の景行天皇が神の領域にまで称えられたのは、天皇が我が子の小碓命〈日本武尊〉の死に関わっていたのではないのか？この疑問は払拭されない。

「九州遠征記事が捏造なら、景行天皇は何をした天皇なのかしら？」

「これは、景行天皇に限ったことではなさそうだ。華々しい遠征記事の多くが歪曲記事となれば、古代ヤマト政権の実像は全く異なったものに変わる。だから、記紀の詳細な検討が必要になる。」

「景行天皇には 80 人の御子がいたそうだから、子作りに励んでいたことだけは確からしい。」

28. 仲哀天皇は本当に天皇だったか

395. 第十四代仲哀天皇皇后・神功皇后の朝鮮侵攻とは

「第十一代垂仁天皇紀と第十三代成務天皇紀には筑紫や朝鮮の記事はないよ。」

「じゃ、次は第十四代仲哀天皇(ちゅうあいてんのう)だ。」

「仲哀天皇の時、邪馬壹国を征服して、神功皇后が朝鮮侵攻をしたことになるのかしら？」

「でも、何かがおかしい。」

「倭(い)の五王と神功皇后の関係はどうなる？」

箸墓古墳の年代測定結果から、第十代崇神天皇を三世紀中葉とすると、第十二代景行天皇が三世紀末から四世紀初め頃。第十四代仲哀天皇と神功皇后を四世紀末とすると、第十二代から第十四代間の在位期間が長過ぎることになる。

「仮にヤマト政権が朝鮮侵攻をしたとすると、吉備国と九州国家連合の制圧は完了済でないといけないね。」

「景行天皇までは確認出来なかった。」

「それより、西暦247年に始まった戦争はその後はどうなったのかしら？最大で100年以上、九州国家連合と吉備政権は戦っていた？もしそうなら、神功皇后の出る幕はあったのかしら？」

「やっぱり、おかしいね。」

「そうか、神功皇后(じんぐうこうごう)の新羅侵攻を基準に考えるから、合わなくなるんだわ。」

「書紀の鵜呑みはいけないと分かっていながら、つい忘れてしまう。」

396. 第十四代仲哀天皇を生んだのは死者か

書紀・成務天皇紀[(成務)四十八年春三月一日、甥の足仲彦尊(たらしなかつひこのみこと)(仲哀天皇)を立てて皇太子とされた]

この記事だけ見れば、一見、何もおかしなところはなさそうだ。しかし、何故、〈甥〉か？甥や孫が出てくる時は、例えば〈五世の孫〉など、胡散臭い記事になる。その理由は、皇位は〈父子継承〉か〈兄弟継承〉となるのが書紀の書く〈皇位継承〉だからだ。そのルールから外れる。

「たった一字でも、うっかり、見過ごすな、ね。〈甥〉から大逆転が始まるかも。」

書紀・仲哀天皇紀[成務天皇の四十八年に皇太子(仲哀天皇)となられた。時に年三十一。成務天皇は男児がなかったので、自分の後継とされた]

この記事では、仲哀天皇は成務天皇十七年の時に生まれたことになる。ここから問題の記事は始まる。

仲哀天皇紀[…足仲彦天皇は日本武尊(やまとたけるのみこと)の第二子である]が、その日本武尊は、景行天皇紀[(景行)四十三年、能褒野(のぼの)でお亡くなりになった。時に年三十]から、第十二代景行天皇の時代に既に死んでいた。

三つの記事は見事に矛盾していた。

「死人が子供を作っている。」

397. 今度は子供が子供を作った

仲哀天皇紀 [(仲哀) 元年冬十一月一日、群臣に詔して「自分はまだ二十歳にならぬ時、父の王はすでになくなった」…] 逆推すれば、子が十八、九歳ぐらいの時、父（日本武尊）は三十歳で、死んでいたことになる。

景行天皇紀では、日本武尊は景行四十三年に死亡したから、この時足仲彦尊は18、9歳だったことになり、日本武尊は11、2歳で子供を作っていたことになるが、足仲彦尊は第二子だった。だから、日本武尊はさらに若い年齢で第一子を作ったことになる。異常な話だ。

少し話が逸れたが、これによれば、成務天皇元年には足仲彦尊は35、6歳だったことになる。足仲彦尊が皇太子になった成務天皇四十八年には80歳を超えていた。一方で、前出の仲哀天皇紀ではこの時31歳だという。

「支離滅裂だね。こう言うのを自己矛盾と言うんだろうな。直ぐにバレる嘘なのに、何故、書紀は書いたのかしら？」

「仲哀天皇が日本武尊の子でなければ、誰の子かしら？」

398. 書紀に書かれた第十三代成務天皇の記事

「それなら、成務天皇についても謎があるよ。」

「じゃ、先にその成務天皇だ。問題の景行天皇の子供で、第三子になる。」

成務天皇紀を要約すれば、次のようになる。

[元年春一月一日、皇太子は皇位に着かれた]

[二年冬十一月十日、景行天皇を…葬った]

[三年春一月七日、武内宿禰を大臣とされた]

[四年春二月一日、詔して「先帝は聡明で武勇にすぐれ…]

[五年秋九月、諸国に令して、国都に造長を立て、県邑に稲置をおき…]

成務五年までは毎年のように記事がある。ところが、ここから43年間の空白があり、問題の、

[四十八年春三月一日、甥の足仲彦尊（仲哀天皇）を立てて皇太子とされた] となり、ここからまた12年間の空白を以て、

[六十年夏六月十一日、天皇が亡くなられた。時に年百七歳] で終わる。

399. 成務天皇百七歳崩御は成り立たない

成務四十八年の記事は次期、仲哀天皇への継承の為に必要な記事だが、仲哀天皇紀とは矛盾することが判明したから、成務四十八年の意味は無くなった。結局、成務天皇が成務五年に死んでも、55年後の成務六十年に死んでも、成務天皇紀にとっては何ら支障はない。

成務天皇に与えられた107歳という異常な長寿は、皇位が何の問題もなく継承されたことを強調するためのものだった。書紀の言う成務六十年崩御説は成り立たない。

もし、成務天皇が成務五年に死亡していたとすれば、この時、皇太子でもなく、まだ生まれてもいなかった仲哀天皇はどのようにして天皇になれたか？論理、論理ばかりでは、いい加減に飽きるの

ではないだろうか、これからしばらくは〈空想〉の世界で遊んでみてはいかがだろうか？勿論、〈推理〉の世界でも構わない。

400. 成務天皇の成務五年病死説は成り立つか

「成務天皇は成務五年に死んでいたとして、死因が病死か事故死かは不明だが、とにかく突然の死だったとして考えてみよう。」

「突然死なら、皇太子は決まっていなかった。」

「天皇に子がなくて、皇太子が未定なら、次期天皇候補は成務天皇の同母弟が最も可能性が高くなると思うわ。」

「同母弟には誰がいる？」

「五百城入彦皇子、忍之別皇子、稚倭根子皇子、大酢別皇子、五十狭城入彦皇子、吉備兄彦皇子の6人。このうち次男の五百城入彦皇子が最も優先順位は高い。もし、彼が立たなくても、残り5人もいれば、このうちの誰かがなる。当然、名を偽る必要はない。」

「でも、彼らではなかった。」

「病死・事故死説は消滅するわ。」

401. 書紀は暴露記事を書いたか

「もし、これが殺害だったとすれば？」

「同母兄弟、異母兄弟の皇位争いは古代天皇家では特別珍しいことではないわ。」

「じゃ、異母兄弟について検討してみよう。」

異母兄では大碓命、小碓命（日本武尊）の双子の兄弟がいる。母は景行天皇の皇后、播磨大朗姫。だから、本来、この二人の皇位継承順位の方が成務天皇より上位にあった。

しかし、古事記によると、大碓命は小碓命に厠で殺され、小碓命は遠征からの帰途で病死した。だから、皇位継承順位が第三位の成務天皇が皇位を継承して何ら問題はなかった。拙著『背徳と叛逆の系譜─記紀の闇に光はあるか─』1. 子殺し疑惑をめぐって、はこの古事記の記事を題材にした小説だ。だが、不思議な記事が書紀にある。

402. 殺されていたはずの大碓命は生きていた

書紀[(景行四十年)秋七月十六日、…日本武尊が申し上げられるのに、「私は先に西の征討に働かせて頂きました。今度の役は大碓皇子が良いでしょう」と言われた。そのとき大碓皇子は驚いて草の中にかくれられた。使いを遣わして連れてこられ、天皇が責めて「お前が望まないのを、無理に遣わすことはない。何ごとだ。まだ敵にも会わないのに、そんなにこわがったりして」と言われた。これによってついに美濃国を任され、任地に行かされた…]

大碓命は美濃で生きていた。もし、この書紀の記事が正しいとすれば、第十三代天皇には第一子の大碓皇子が就くのが順当な形になる。だが、父景行天皇に嫌われていた大碓皇子に皇位は巡っては来なかった。

「こんなことってあるのかしら？」

「暴露記事だね。古事記と書紀で全く異なる記事になるのはほかにもある。例えば、悪逆の天皇と書紀で名指しされた武烈天皇。だから、驚くには値しない。」

「本命がいたんだ。」

403. 二組の美人姉妹

　大碓命の任地、美濃は因縁の地だ。

「それなら、暴露の可能性は充分にあるね。」

　何故、美濃は因縁の地か、以下にその事情が書かれている。

　書紀[（景行）四年春二月十一日、天皇は美濃においでになった。「この国に美人がいます。弟媛といい、容姿端麗で八坂入彦皇子の女です」天皇は自分の妃としたいと思い、弟媛の家に行かれた。…弟媛は…天皇にお願いして「私の性質は交接のことを望みません。…ただ私の姉が名を八坂入媛といい、顔も良く志も貞潔です。どうぞ後宮に召し入れて下さいといわれた」天皇は聞きいれられ、八坂入媛をよんで妃とされた]

　ここまでは何の疑問も生まれない。世の中には結婚を望まない女性がいても不思議ではないからだ。では、次の記事だ。

　書紀[…この月（景行四年二月）に天皇は美濃国造で名は神骨という者の女で、姉は兄遠子、妹は弟遠子というのが、共に美人であると聞かれて、大碓命を遣わされて、その女の容姿を見させられた。そのとき大碓命はこっそりと女と通じて復命されなかった。それで、天皇は大碓命をお恨みになった]

　美濃には、二組の美人姉妹がいたと書紀は記した。そして、景行天皇は我子を憎んだ。

404. 弟媛と弟遠子

　天皇は一組の方の姉、八坂入媛を妃にしていたから、大碓命が別姉妹の兄遠子、弟遠子と通じたとしても、天皇が我子を恨む必要はなかったはずだ。恨んだということは、天皇は八坂入媛を妃にしたのが不満だったことになる。事実、天皇が最初に求婚した相手は弟媛だった。

「同じ時期に、同じ場所で天皇と皇子が二組の美人姉妹に会ったのは偶然だったのかしら？」

　問題になるのは、弟媛の求婚拒否の理由だ。

「もし、美人姉妹が一組だけだったとすれば、そして妹の方が美人だったらどうなる？」

「弟媛と弟遠子が同一人物とすれば、その弟媛と大碓命が通じたために、弟媛は景行天皇の求婚の申し出を断わらざるを得なくなった。」

「確かに、最もらしい推理だと思う。でも、推理は推理でしかないわ。」

「書紀で困った時は古事記、古事記で困った時は書紀でしょ、オカラ。」

　古事記[…名は兄比売・弟比売の二の嬢子、その容姿麗美し…その御子大碓命を遣わし…大碓命、（天皇に）召し上げずて、己自らその二の嬢子と婚いして、さらに他し女人を求めて、詐りてその嬢女と名づけて貢上りき…天皇その他し女人なることを知らして…悩ましめたまひき]

　古事記では、一組の美人姉妹の両方を大碓命が横取りし、代わりにもう一組の姉妹を探し出して天皇に差し出している。書紀はこれを踏襲して、二組の美人姉妹を登場させ、入り組んだ話に変えた。

「美人姉妹を我が子に奪われた父が、我が子を恨む。これなら書紀の記事が理解出来る。」

405. 皇后とその長子が存命中に、妃の長子を皇太子にするか？

書紀[（景行）五十一年秋八月四日稚足彦尊（成務天皇）を立てて皇太子とされた」

[（景行）五十二年夏五月四日、皇后播磨大朗姫が亡くなられた]

[（景行五十二年）秋七月七日、八坂入媛命をたてて皇后とした]

景行五十二年に播磨大朗姫が死に、代わって八坂入媛命が皇后になった時点で稚足彦皇子（成務天皇）は皇太子の座を射止めたことになるが、書紀はこの立太子の時を一年前のこととした。

「本来ならば皇后の死の後に、妃の皇后への昇格と妃の子の立太子があるのではないかな？」

「この記事が景行天皇の後継を成務天皇にするために書かれたのは疑う余地はないけど、記事の順序は逆だわ。それに、皇后播磨大朗姫とは大碓命の生母だよ。」

406. 日本武尊と両道入姫皇女の結婚

書紀[（景行五十一年）これより先、日本武尊は、両道入姫皇女をめして妃とし、…次に足仲彦天皇（仲哀天皇）…を生まれた]この記事が成り立たないことは既に証明済みだが、書紀は執拗にこだわっていた。

ここで言う両道入姫皇女とは、書紀では出自が不明だが、古事記では伊玖米天皇（第十一代垂仁天皇）の皇女だ。日本武尊との関係では叔母になる。叔母と甥の結婚は有り得ないことではないが、日本武尊が死んだのは景行四十三年で

あり、死後 8 年後の記事だ。しかも、この二人の結婚は景行二十三年あたりになるから、さらに 28 年ほど昔のことになる。何故これが〈これより先〉になるのか？後からとって付けた語呂合わせの記事だ。パソコンがなかった時代、遡って書き直したり、書き足したりすれば、それまで書いていたその後の記事がすべて無駄になる。だから、〈これより先〉と断って記事を挿入する。無駄な労力を省くためだ。」

「そうまでして、書紀が仲哀天皇の出自にこだわるのは、そうじゃないよって言ってるみたい。」

「日本武尊が 30 歳で死んだことは動かせないから、どうあがいても、無理なものは無理。」

「これだけ頑張っても、仲哀天皇紀の成務四十八年記事との矛盾は解消しない。」

407. 仲哀天皇の最初の皇后は誰か

書紀[（仲哀）元年一月十一日、太子は皇位につかれた]

書紀[（仲哀）二年春一月十一日、気長足姫尊（神功皇后）を皇后とされた。これより先、叔父彦人大兄の女、大中媛を妃とされた。麛坂皇子・忍熊皇子を生んだ。次に…大酒主の女、弟媛を娶とって、誉屋別皇子を生んだ]

「仲哀天皇の後を継いだ神功皇后の正当性のために書かれた記事だ。書紀が常套手段とする方法だ。一方で、神功皇后は仲哀天皇の第二妃か第三妃だったと認めた記事だ。この記事は、暗黙のうちに、大中媛が皇后で、麛坂皇子が皇太子だったことを認めているね。」

408. 大中媛とは何者か

「書紀では、仲哀天皇は成務天皇の甥だから、〈叔父に当たる彦人大兄〉とは成務天皇の弟の誰かになるね。」

「同母弟・異母弟も含めて、景行天皇の子供になる。この中に、〈彦人大兄〉はいない。」

「垂仁天皇紀によれば、〈大中媛〉とは景行天皇の妹の大中姫命、即ち、第十一代垂仁天皇の皇女になる。大中媛と大中姫が別人ならば、仲哀天皇の妃の素性は不明になるし、同人ならば、仲哀天皇が成務天皇の甥ではなくなる。」

「どうして、このような矛盾が生じるのかしら？」

「原因はすべて、仲哀天皇の出自に絡むとしか考えられない。結局、〈大中姫〉はカムフラージュのための当て馬だったのではないか？」

「麛坂皇子と忍熊皇子の母親が不明になる。」

「皇后までも、偽らなければならなかったのは、何故かしら？」

409. 第十四代仲哀天皇は大碓命

本来、景行天皇の第一皇子であった大碓命が存命だったとなれば、次期天皇になって当然だった。しかし、父の景行天皇に疎んじられていた彼の即位は叶わなかった。大碓命は父の景行天皇の女性を横取りするような男だった。当然、権力欲も強かったはずだ。自分を差し置いて天皇になった異母弟に対して恨みを抱いていた可能性は捨て切れない。

「ここから導かれる結論は？」

「仲哀天皇とは大碓命だった。」

「古事記では、大碓命は姉妹と結婚した。仲哀天皇紀では弟媛は出て来るが、兄媛は出て来ない。もし、書紀の大中媛が美濃の兄媛だとすれば、どうなると思う？」

「自分たちの身代わりになった姉妹の兄媛が皇后の座を射止め、その子が天皇に即位したのに比べ、美人の誉高かった兄媛・弟媛は日陰者のように暮らしている。仲哀の二人の姉妹妻もライバル意識から夫同様に不満を抱いていたとすれば、父景行天皇の死後、大碓命が皇位簒奪を画策するのは、むしろ当然だと思う。皇位は同母兄弟間でも争われた。異母兄弟間で争われるのはむしろ普通だった。」

「どうして、こんなことまでして隠されねばならなかったのかしら？」

「皇位は問題なく継承されねばならないからね。」

「それなら、書紀の矛盾は、大碓命による異母弟からの皇位簒奪を徹底して隠蔽するため？」

「それだけでは無いと思う。」

「他の理由がある？」

「仲哀天皇自身だけの問題ならば、ここまでする必要はなかった。何故なら、彼は景行天皇の第一子だ。皇位継承の資格は誰よりもある。異母兄弟の皇位継承争いも事例がある。応神天皇の女性、髪長媛を横取りした仁徳天皇の例もある。父親に嫌われていたとしても、隠す必要はなかったはずだ。大碓命で皇統は繋がる。問題は何もなかった。」

「じゃ、真相はまだ序の口だということ？」

〈空想〉はここで終わる。

29. 神功皇后の渡海神話の捏造

410. 書紀［筑紫の伊都県主の先祖、五十迹手］

堅苦しい話に戻る。

仲哀二年の遠征目的は熊襲を討つことだったが、仲哀天皇は関門海峡を目前にしながら九州には渡らなかった。

書紀［(仲哀二年)三月十五日、…熊襲が叛いて貢をたてまつらなかった。夏六月十日、天皇は豊浦津(山口県豊浦)に泊まられた。］

叛乱鎮圧は急を要するはずだが、不思議なことに仲哀天皇が九州に渡るのは、その6年後だ。

［(仲哀)八年春一月四日、筑紫においでになった。…筑紫の伊都県主の先祖、五十迹手が天皇がおいでになるのを聞いて、…穴門の彦島にお迎えした。…天皇は五十迹手をほめられて、「伊蘇志」とおっしゃった。時の人は五十迹手の本国を名づけて伊蘇国といった。いま伊都というのはなまったものである。…二十一日、儺県におつきになり、橿日宮(香椎宮)に居られた］

それにしても、五十迹手を伊都県主の先祖とすることで、伊都の始まりを仲哀天皇の御代とし、古くからあった〈伊都〉の地名を消し去る狙いも込めた記事を割り込ませているのは流石だ。

411. 第十四代仲哀天皇は九州の地を踏んだか

書紀［(仲哀八年)秋九月五日、群臣に詔して熊

襲を討つことを相談させられた］

熊襲が叛いたのが仲哀二年、筑紫で熊襲討伐を相談したのが仲哀八年。有り得ない話だ。その半年後［(仲哀)九年春二月五日、天皇は急に病気になられ、翌日はもう亡くなられた］

書紀によれば、仲哀天皇の死亡時の年齢は52歳だった。季節は旧暦2月、死に方からすると、循環器系の病気、脳溢血か脳梗塞だと思う、熟年から老年に起き易い病気だ。この記事だけなら、なるほどと頷くような記事だ。しかし、全体を見ると、途端に違和感に包まれる。

412. 仲哀天皇の九州侵攻と景行天皇の九州遠征は同じ

「じゃ、仲哀天皇の北九州侵攻は？」

「可能性の一つに、神功皇后を九州の地に連れてくる役割が仲哀天皇に与えられていたと、考えればどうだろうか？」

「それって、神功皇后の渡海神話のため？実際は、仲哀天皇の九州遠征はなかったってこと？」

「皇后が単独で九州に渡るのは困難だからね。天皇が道案内役を買って出た。」

413. 神功皇后の新羅出兵前夜

書紀によれば、仲哀天皇の崩御が仲哀九年二

月であり、神功皇后の新羅出兵は、そのわずか8ヵ月後の同年十月だ。通常は喪に服する期間だが、出兵を強行したのなら、この8ヶ月の間に渡海準備をしなければならないが、実際に行われたことは書紀によれば下記になる。

［…斎宮を小山田邑（山門）に造らせ、3月1日、自ら神主となって斎宮に入られ、神の言葉を聞いて教えのままに祀った］以後の行動は、3月17日、羽白熊鷲を討つために、香椎宮から松峡宮に移動。3月20日、層増岐野に行き、兵を挙げて羽白熊鷲を殺害。3月25日、山門県に行き土蜘蛛－田油津媛を殺した。4月3日、肥前国松浦県に行き、玉島里の小川のほとりで食事をされた。その後那珂川の水を引いて裂田溝を掘った。景行天皇の熊襲征討と似た内容だ。

414. 新羅出兵準備を1ヶ月で完了すること

書紀［(仲哀九年)秋九月十日、諸国に令して船舶を集め兵を練った］

出発は10月3日だから、新羅出兵の大事業をわずか1ヶ月で準備したことになる。当時は、諸国に詔するだけでも1ヶ月は要するが、その諸国とはどこのことか？大和では、後述する麛坂王・忍熊王兄弟がいた。瀬戸内海には吉備政権が居座っていた。九州には倭国があった。

後の中大兄(天智天皇)の白村江の戦いの記事と比べて見ても、その軽薄さは際立つ。

415. 新羅国の所在を探すことの愚

書紀［…吾瓮海人烏摩呂を使って、西の海に出

て、国があるかと見させられた。還っていうのに「国は見えません」と。また磯鹿（志賀島）の海人－草を遣わせて見させた。何日か経って還ってきて、「西北方に山があり、云々」…］

〈兵は彼を知り己を知らば百戦して殆うべからず〉は有名な孫子・謀攻篇の一節だが、神功皇后は、これから攻める国の位置さえ分からなかった。

416. 崇神六十五年記事と仲哀九年記事の矛盾

書紀［(崇神)六十五年秋七月、任那国が…朝貢してきた。任那は…北のかた海を隔てて鶏林（新羅）の西南にある。…］

書紀［(垂仁)八十八年秋七月十日、群卿に詔して、「新羅の王子、天日槍が始めてやってきた…もってきた宝物は…神宝となっている。…］

この二つの記事は、二人の天皇の年齢からすれば間違いなく捏造記事だが、書紀によれば、新羅の位置は既に崇神天皇の時代に判明していた。もし、仲哀九年の神功皇后の記事が正しいのなら、崇神天皇紀、垂仁天皇紀の記事は虚偽になるし、二つの天皇紀の記事が正しいとすれば、神功皇后紀の記事は虚偽となる。

「全部、虚偽ってことも、あるかしら？」

「あっても、おかしくはないね。」

「理由は？」

「三世紀は倭国の卑弥呼や壹与が魏や西晋に朝貢していた時期と重なる。」

417. 西暦200年の神功皇后の新羅出兵

書紀(西暦200年)［(仲哀九年)冬十月三日、

鰐浦（わにうら）から出発された。そのとき風の神は風を起こし、波の神は波をあげて、海中の大魚はすべて浮かんで船を助けた。風は順風が吹き帆船は波に送られた。舵（かじ）や楫（かじ）を使わないで新羅についた。そのとき船をのせた波が国の中にまで及んだ。これは天神地祇（てんじんちぎ）がお助けになっているらしい]

書紀の神功皇后（じんぐうこうごう）の新羅出兵の様子は続く。

書紀[…新羅王は…白旗をあげて降伏し、白い綬（じゅ）を首にかけて自ら捕われた。…高麗、百済の二国の王は新羅が地図や戸籍を差し出して日本に降ったと聞いて、…「今後は西蕃（せいばん）（西の未開の国）と称して、朝貢を絶やしません」といった。…これがいわゆる三韓である。皇后は新羅から還られた。十二月十四日、後の応神天皇を筑紫で産まれた]

西暦 200 年、神功皇后は戦わずして三韓に勝利した。朝鮮半島の新羅、百済、高麗にしてみれば、これほど屈辱的な敗戦はない。西暦 200 年は三国にとっては忘れられない年になったはずだ。攻められた新羅側はどうしたか？

418. 神功皇后（じんぐうこうごう）の新羅出兵前後の新羅側の記事

これほどの大事件にも関わらず、この三国には西暦 200 年の記事はない。だが、直近の前後記事がある。それを載せる。

新羅本紀（西暦 193 年）[倭人大いに饑（う）う。来りて食を求むる者千余人なり]

新羅本紀（西暦 208 年）[倭人境を犯す（おか）、伊伐（い ばつ）飡利音（さんりおん）を遣わし、兵を将いて（ひき）之を拒ましむ（こば）]

「西暦 200 年から前後 7、8 年のズレがあるから、対比は無理じゃない？」

「でも、後の（西暦 208 年）の記事は対比出来る。神功皇后に無条件降伏した新羅に、倭人（い）がその 8 年後に攻め入る道理がなく、また、この倭人を新羅が撃退しているのも理解出来ない。」

419. 境を犯す倭人とは

「整理しよう。西暦 193 年、新羅本紀に書かれた倭人（い）は何処から来たと思う？」

「常識的には、餓えた者は歩いて来たと思う。」

「西暦 208 年記事の〈境〉とは何処にあった？」

「答えは両方とも朝鮮半島南部でしょ。新羅と倭国は陸続きだった。だから、〈倭人来たりて食を求むる〉ことが出来たんだと思うわ。」

この〈境〉の根拠は魏志韓伝[東西は海を以て限りと為し南は倭と接す（い）][其（弁辰）（き）の瀆盧国（とくろ）、倭と界を接す（い）]にある。この瀆盧国は新羅の前身斯盧国（しろこく）と隣接した国だ。後に新羅に併合された。

「ここまでしないと、神功皇后の渡海神話は否定出来ないのかしら？」

「書紀の記事だけ読んでも、新羅出兵記事は荒唐無稽だ。普通の人間ならば首をかしげる。だけど、高名な学者の中にも、史実を神話化した話だと考える人がいる。記紀史観に捉われた一種のマインドコントロールだ。そこで、三国史記新羅本紀の西暦 208 年の記事を対比すれば、書紀の記事は捏造だと理解できる。」

「問題の〈神話混入の史実〉の話だ。」

「マインドコントロールを解くには？」

「徹底的にダメ押しする。」

~~~~~~

コラム 9.（回想 1）🍙（握り飯）弁当

~~~~~~

　閑話休題。突然、たわいのない弁当の話に変わる。小生が生まれた集落は、明治時代初期にニシンを求めた移住者の集落である。燃料に薪を使っていた。薪材が少なくなって石炭に代わった時も、暖房用は石炭、調理用は薪と、燃料にも役割分担があったが、最期は灯油になって現在に至る。

　毎年春三月中旬、雪の上を〈かんじき〉無しで歩けるようになると、集落の入会地に入って一年分の燃料の薪を切り出す。明治時代から続けてきた習慣だから、小生が小学高学年になった昭和三十年代初めは、近くの山はほとんど禿山になって、木が残っている場所は隣町界近くの稜線付近だけになっていた。そのため調理用の薪材だけになったから、一週間程度で終わる山仕事だったが、それでも各家庭の一大イベントであることには変わりなかった。

　早朝の雪が締まっている間に二時間ほどかけて、弁当・かんじき・鋸などを背負って雪の上を歩いて稜線付近の作業現場にたどりつく。手袋は羊毛から糸を紡いで固く手編みした自家製だった。羊毛に含まれている脂分が水や雪をはじき、凍傷を防いでくれる。尻当てには犬や山羊の毛皮を使った。これも自家製だ。道具は鋸と斧だけの手作業だったし、運搬には馬橇は使えず、すべて人力だったから、重労働だった。

　普段は見ることの出来ない雪山風景を前にして気持ちは昂るが、木の伐採・運搬は危険が伴うから、子供は見るだけだった。それでも、中学生になると、細い木の伐採はさせて貰えた。倒した木を1mほどの長さに切りそろえ、梶棒がついている〈バチ〉と呼ばれている橇に山のように積み込んで、山を下り林道の有る所まで雪の上を何度も運ぶ。四月はニシン漁になり中断、大八車で自宅に薪が届くのは初夏だ。

　その際に持っていった弁当が、お櫃の蓋を返して布巾を敷、その上にご飯を山盛りにして布巾をすぼめて作る巨大な🍙だった。大き過ぎて手では握れない。ボロボロに崩れないように、ストーブの上で焼きおにぎりにする。大人の🍙には及ばないが、それでもかなり大きい。子供心にも何となく一人前になった気分になる。ところが、雪の上で食べていると体が冷えてブルブルと震えが来る。だから、大きな焚火の周りで体を温めながら、立ったまま両手で🍙を掴んで、頬張ることになる。

　焚き木は切り倒した木の枝、生木だ。燃え出す時にはもうもうと煙りを出し、ジュウジュウと音を出しながら燃え続ける。残念ながら子供ではマッチ一本で火を付けることはできない。今に俺も、と思いながら火にあたる。そうやって、大人のすることを見ながら、少しずつ覚えて、大きくなったのだろう。

　今は、🍙と言えば、コンビニに行けば、美味しい🍙が買える。今から考えれば、あんな大きな🍙ひとつより、小さな🍙が数個の方が良かったと思うのだが、当時は親も子も考え付かなかった。

　多分、早朝の限られた時間の中では、一人に付き一個が、もっとも効率的に作れる方法だったのだろう。そして、巨大な〈おにぎり〉も、それはそれで捨てたもんではなかった、と懐かしく思うのだ。

~~~~~~

30. 神功皇后紀と三国史記を対比する

420. 三国史記による書紀の検証は無駄か

　著者はこの小説を書くために初めて『三国史記』と呼ばれる史書があることを知った。歴史の専門家以外の者のどれだけが『三国史記』の名を知っているだろうか？著者はそれまで、ヤマト政権と朝鮮諸国との関係は日本書紀で知る以外に手段はなかった。だから、三国史記を見開いた時の衝撃は、口では言い表すことが出来ない程大きなものだった。歴史に関するいくつかの史書の中でも、三国史記についての評価が、ある意味、悪意に満ちたものであることには、さもありなんという感想が湧いたことを著者は否定しない。

　三国史記が、建国されていない前から新羅国を名乗るのは三国史記の歴史の捏造だという意見がある。この論理に従えば、神功皇后の新羅出兵記事を、三国史記では検証出来なくなる。

　当然それは、日本書紀の神功皇后紀の、建国していない新羅が無条件降伏した記事にも当てはまる。批判は意味を失する。

　「ここは、冷静に、二つの史書を比較することから始める。」

421. 書紀と三国史記の乖離

　三国史記の記事は五世紀までは〈倭〉〈倭人〉の記事が非常に多いのに、それ以後は急に減少することが、問題として指摘されている。これも、原因はそれほど難しいことではない。六世紀に入って、新羅が強国になるにつれ、〈倭〉〈倭人〉は簡単には攻め入ることは出来なくなる。新羅にとっての〈倭〉とは頻繁に侵入を繰り返す厄介者だった。それがなくなれば、わざわざ書き止めておく必要がなくなっただけのことだ。

　三国史記の記事は中国史書や広開土王碑との対比が可能だが、日本書紀は残念なことに対比が不可能だ。この違いが意味することは大きい。

　問題は三国史記よりも日本書紀にある。

422. 神功皇后の新羅出兵後の朝貢は続けられたか

　書紀に書かれた〈今後は……朝貢を絶やしません〉と約束した三韓の、以後の記録を三国史記で確かめる。

　新羅本紀（西暦 232 年 4 月）［倭人、猝に至りて金城を囲む。王、親ら出てて戦う。賊、潰走す。軽騎を遣わして之を追撃せしむ。殺獲するもの一千余級なり］

　新羅本紀（西暦 233 年 5 月）［倭人、東辺に寇す］

　新羅本紀（西暦 233 年 7 月）［伊飡于老、倭人と沙道に戦う。風に乗じて火を縦ち、舟を焚く。賊、水に赴き死して尽く］

朝貢はおろか、抗争の記事ばかりだ。以後の記事の中にも、新羅が無条件降伏した記事はどこにもない。より詳しく検証するために、書紀の神功皇后紀と三国史記の記事の対比を行う。

423. 書紀・神功皇后紀と三国史記・列伝

　二つの記事を並べて比較するが、神功皇后紀の記事は西暦 200 年の出来事になる。三国史記の記事は時代がずれるので、記事ごとに年代を入れた。

　三国史記・列伝（西暦 233 年）[倭人来（き）た（り）侵（おか）す]
　日本書紀（西暦 200 年）[（仲哀九年）…皇后は男装をして、新羅を討たれた。神はこれを導かれた。船をのせた波は遠く新羅の中まで押しよせた]

424. 舒弗邯于老を殺す

　三国史記・新羅本紀（西暦 249 年 4 月）[倭人、舒弗邯（じょふつかん）于老（うろう）を殺す]
　この短い記事に対応するのが次の列伝と書紀の記事だ。　以下、三国史記・列伝を【列伝】、日本書紀・神功皇后紀を【神功】と略して、対置する。
　【列伝】（西暦 253 年）[七年癸酉、倭国の使臣葛那古（くずなご）、館に在り。于老之を主（つかさど）る。客と戯（たわむ）れて言（い）う。早晩、汝の王を以て塩奴と為し王妃を爨婦（さんぶ）と為さんと]
　[倭王之を聞きて怒り、将軍于道朱君（うどうしゅくん）を遣わして我を討たしむ。大王出でて柚村（ゆうそん）に居（お）れり]
　[于老曰（いわ）く、今、茲（こ）の患（わずらい）は吾が言の慎まざるに由れり。我、其れ当（まさ）に之にあたるべしと。遂に倭軍に抵（いた）りて曰く、前日の言は戯（たわむ）れし耳（のみ）。豈（あ）に

師を興（おこ）して此（ここ）に至（いた）ると意（や）わん耶（や）と。]
　[倭人答えず。之を執（とら）えて、柴を積み其の上に置きて、之を焼き殺して乃（すなわ）ち去る]
　【神功】（西暦 200 年）[また一説によると、新羅王をとりこにして海辺に行き、膝の骨を抜いて、石の上に腹ばわせた。その後、斬って砂の中に埋めた]

　【列伝】（西暦 253 年）[于老の妻、国王に請いて私（ひそか）に倭の使臣を饗（きょう）す。其の泥酔するに及びて壮士（そうし）を使（し）て庭に曳きずり下（おろ）して之を焚（や）かしめ、以て前の怨みに報ゆ]
　【神功】（西暦 200 年）[…新羅王の妻が、夫の屍（しかばね）を埋めた地を知らないので、男を誘惑するつもりで言った「お前が王の屍（しかばね）を埋めたところを知らせたら厚く報いてやろう。また、自分はお前の妻となろう」と。男は嘘を信用して屍（しかばね）を埋めたところを告げた。王の妻と国人とは謀って男を殺した]

　【列伝】[倭人、怒（いか）りて、来（き）たりて金城を攻む。克（か）たずして引き帰せり。]
　【神功】[天皇はこれを聞いてまた怒られ、大兵を送って新羅を亡ぼそうとされた。軍船は海に満ちて新羅に至った。この時、新羅の国人は大いに怖れ、皆で謀って王の妻を殺して罪を謝した]
　三国史記・列伝と新羅本紀では 4 年のズレがあるが、西暦 249 年ないし 253 年の出来事を、神功皇后紀は仲哀九年（西暦 200 年）の出来事に替えた。

　「書紀のあからさまな改竄だね。」
　「何故、『三国史記』を基準にして、書紀の記事

を評価するのかしら？片手落ちじゃない。」

「書紀の記事は中国史書などと対比出来ない。検証不能だからだ。

425. 汗礼斯伐・毛摩利叱智・富羅母智を焼き殺す

「まだ、序の口だ。神功皇后紀には極めつけの記事がある。」

「へー。」

「長くなるけど、神功五年（西暦 205 年）春三月の記事の全文を挙げる。」

【神功】[五年春三月七日、新羅王が汗礼斯伐・毛摩利叱智・富羅母智らを遣わして朝貢した。そして、王は先の人質、微叱許智伐旱をとり返そうという気があった。それで、許智伐旱に嘘を言わせるようにした。「使者の汗礼斯伐・毛摩利叱智らが私に告げて、わが王は私が長らく帰らないので、妻子を没収して官奴としてしまったといいます。どうか本国に還って嘘かまことか調べさせて欲しいと思います]といわせた。神功皇后はお許しになった。葛城襲津彦をつき添わせてお遣わしになった。対馬について鰐浦に泊った。そのとき新羅の使毛摩利叱智らは、ひそかに船の水手を手配し、微叱許智をのせて新羅へ逃れさせた。草で人形をつくり、微叱許智の床に置き、いかにも病気になったように偽り、襲津彦に告げて、「微叱許智は病気になり死にかかっています」といった。

襲津彦は人を遣わして病者を見させた。そこでだまされたことが分かり、新羅の使い三人を捕えて、檻の中に入れ火をつけて焼き殺した]

426. 書紀は堤上を毛摩利叱智に作る

「これが極めつけの記事？すっきりしないよ。」

「どうして、そう思う？」

「だって、毛摩利叱智らは新羅へ行くのが分かっているのに、しかも、神功皇后の許可済みでしょ。わざわざ微叱許智を逃がして新羅に行かせる、…おかしいよ。」

「そうかな？」

「それに、毛摩利叱智らが考えた方法はひそかに船と水夫を手配することでしょ？」

「そうだよ。」

「敵国を目前にして、厳重な見張りの中で、船の手配と水夫を探し出すことが出来る？これも無理。」

「マリアの慧眼には恐れ入った。実はこれには種本があった。三国史記・列伝だ。この注に〈書紀は堤上を毛摩利叱智に作る〉とある。これと比較してみると、何故、書紀がこんな記事を書いたか良く分かる。」

427. 三国史記・列伝・朴堤上の具申

書紀には、微叱許智伐旱（列伝では未斯欣）がなぜ人質になったかは説明がないので、先ず、その理由を列伝で明らかにしておくのが親切というものだろう。

【列伝】[倭王、奈勿王の子未斯欣を以て質となすことを請えり。王（実聖王）、嘗て奈勿王が己を使て、高句麗に質とせるを恨み、思うに其の子に憾みを釈くを以てせんとすること有り。故に拒まずして之を遣わす]と。[召して問いて曰く、

吾（訥祇王）が弟二人、倭と麗の二国に質し、多年還らず。…願わくは生還せ使めん。若ち之れ何にして可ならんかと]

　人質になっている二人の弟を生きて還らせるにはどうしたら良いだろうかと、悩む王の姿を見て、堤上は倭人に対しては策略を以て帰還させるべきだと具申した。それが次の記事だ。

　【列伝】[倭人の若きは、口舌を以て諭す可からず。当に詐謀を以て王子をして帰来せしむ可し]

428. 倭王、百済人の言を以て実と為す

　堤上は直ちに実行に移す。

　【列伝】[乃ち死を以て自らに誓い、妻子に見えず、栗浦に抵りて舟を汎べて倭に向えり。堤上、回顧して曰く。我、将に命をもって敵国に入らんとす。爾（妻よ）、再見の期を作すこと莫れと。遂に径ちに倭国に入れり]

　倭国入国の際の話だ。

　【列伝】[（堤上）叛き来れる若くす。倭王、之を疑う。百済人、前に倭に入りて、新羅と高句麗とが謀りて王の国を侵さんとす讒言す。倭、遂に兵を遣わして、新羅の境外を邏戍す。会々、高句麗が来り侵し、ならびに倭の邏人を擒殺す。倭王、乃ち百済人の言を以て実と為す。又、羅王、未斯欣と堤上の家人を囚うと聞きて、堤上、実に叛せりと謂えり]

　「堤上が倭王の疑いを解くことに成功した記事だね。ここまでは、何の矛盾もないよね。」

　「だけど、書紀の記事とは矛盾しない？」

　「どういうこと？」

　「書紀では神功皇后。堤上が会った倭王とは女

帝だった？」

　「女王じゃないね。…え、どうしてなの？」

429. 倭の諸将の密議はあったか

　【列伝】[是に師を出して、将に新羅を襲わんとす。兼ねて堤上と未斯欣を差びて、将と為し、兼ねて之を郷導たら使め、行きて海中の山島に至る][倭の諸将、新羅を滅ぼして後に、堤上と未斯欣の妻孥を執えて以て還らんことを密議す]

　倭王の命令に反して諸将が密議することは許されるのか？次の記事につなげるための作文ではないのか？

430. 堤上、未斯欣と舟に乗りて遊ぶ

　【列伝】[堤上、之を知りて未斯欣と友に舟に乗りて遊び、魚鴨を捉える若くす。倭人、之を見て無心と謂いて喜べり]

　これが問題の記事だ。倭兵を油断させるための舟遊びだが、遠征途上の敵前の山島（対馬）で舟に乗って遊ぶのは、どう考えてもしっくりとこない。そして、書紀は〈船と水夫を探す〉に変えた。書紀の著者も〈舟遊び〉は無理と考えたのではないか？結局、前段の記事と後段の記事を、強引に結びつける役割を持たせた記事となっている。

　実は、別の場所で起きた出来事を対馬での出来事に変えた結果、全体としては調和のない文章になった可能性がある。この列伝にも、日本書紀の場合と同じ疑問符が付く。

　結果はこうなった。

431. 未斯欣、独り帰る

【列伝】[是に於て、堤上、未斯欣に潜かに本国に帰ることを勧む。未斯欣が曰く、僕は将軍を奉ずること父の如し。豈に独り帰る可からんやと。…未斯欣、堤上の項を抱きて泣き、辞して帰れり。…（倭軍）行舡して之を追えり。適々、煙霧、晦冥にして望めども及ばず。堤上を王の所に帰る。則ち、木島に流す。…人を使て薪火を以て支体（肢体）を焼爛せしめ、然る後に之を切る…]

　書紀が列伝（実際に使ったのは三国史記の前書か？）の記事を参考にしたことは、これでお分かりになったと思う。

432. 三国遺事倭人伝・朴堤上

　実は、書紀と列伝の記事の疑問に答える記事がある。後の『三国遺事』（以下、【遺事】とする）に書かれた朴堤上の記事だ。

　『三国遺事』は、高麗の仁宗二十三年（西暦1145年）成立の三国史記から150年ほど後の忠烈王七年（西暦1281年）から、あまり隔たらない時代に撰述されたと言われている。

　王子が人質となり、堤上が倭国に来るまでの記事は三国史記・列伝とほぼ同じなので省略する。

433. 堤上と美海は、倭王の都の海辺で遊ぶ

【遺事】[…時に堤上、常に美海（未斯欣）を陪ないて海浜に遊び、逐いて魚鳥を捕う。其の獲る所のものを以て毎に倭王に献ぜり。王、甚だ之を喜びて、疑うこと無し]

434. 美海の暁霧の脱出

【遺事】[適々暁の霧、濛晦たり。堤上が曰く、行く可しと。美海が曰く、然らば則ち偕に行かんと。堤上が曰く、臣若し行かば、恐らくは倭人覚りて之を追わん、願わくは臣留まりて其の追えるを止むる也と。美海が曰く、今、我と汝とは父兄の如し、何ぞ汝を棄てて独り帰るを得んやと。時に雞林の人、康仇麗、倭国に在り、其の人を以て従わしめて之を送る]

　暁の濃霧の中の脱出劇だ。書紀・列伝ともに神功皇后・倭王の了解のもとでの帰国だったが、この遺事では、許可無き帰国になる。だから、堤上が殺される結末まで一貫して筋が通るのだ。

【遺事】[堤上、美海の房に入る。明旦に至りて左右入りて之を見んと欲す。堤上出でて之を止めて曰く、昨日、捕猟に馳走して病甚しく未だ起ずと。日暮るるに及びて、左右之を怪しみて更に問う。答えて曰く、美海が行くこと已に久しと。左右奔りて王に告ぐ。王騎兵を使て之を逐わしむるも及ばず。]

435. 臣は是れ雞林の臣たり

【遺事】[是に堤上を囚えて、問いて曰く、汝、何ぞ窃かに汝の国の王子を遣るかと。対えて曰く、臣は是れ雞林の臣たり。倭国の臣に非ず。今、吾が君（訥祇王）の志を成さしめんと欲するのみ、何ぞ敢えて君に言わんやと。倭王、怒りて曰く、今、汝は已に我が臣為り。而るに雞林の臣と言わば則ち必ず五刑に具えん。若し倭国の臣と言わば、必ず重禄を賞さんと]

この返答はどうなったか？

【遺事】[対えて曰く、寧ろ雞林の犬狝と為りても、倭国の臣子とは為らず。寧ろ雞林の箠楚を受けても倭国の爵禄は受けずと]

この結末は想像がつくはずだ、当然、倭王の怒りを買い、堤上は五刑を受けることになる。

【遺事】[倭王、(堤上の)屈す可からざるを知り、木島の中で焼き殺せり]

「ドラマだね。」

「忠臣だけでは出来ないドラマだね。倭王もまさに王として振舞ったから出来上がったドラマだと思う。」

「本当のことだったんだろうか？」

「さあ、本当だったかもしれないし、堤上と倭王のやり取りには尾鰭がついたかも知れない。でも、主役の一人、美海は生きて帰った。生き証人だ。その本人が言うのだから、〈倭王の都は海辺近く〉だったことだけは間違いないはずだ。」

436. 何時の出来事だったか

何時の出来事だったか？答えは三国史記・新羅本紀にある。

新羅本紀（西暦402年）[倭国と好を通じ、奈勿王の子、未斯欣を以て質と為す]

新羅本紀（西暦418年）[王弟未斯欣、倭国自り逃げ還る]

三国史記によれば、この事件は五世紀初頭の出来事だった。五世紀初頭と言えば、倭の五王の時代とも一致する。この堤上の説話によれば、当時の倭王の都は海辺にあった。

一方、新羅本紀にある西暦402年、418年の出来事は、日本書紀ではそれぞれ十八代履中天皇と二十代允恭天皇に対応する。

これが神功五年（西暦205年）の記事に変わった。捏造記事だ。そして、この三国遺事の記事は、書紀の捏造だけでは済まない問題を含む。

437. どこで起きた出来事だったか？

日本書紀・神功皇后紀に戻る。神功皇后の都は磐余の若桜宮だ。海からは遠い、先ずこれが矛盾の第一点になる。暁の濃霧の中を、磐余から脱出しても、すぐに未斯欣は捕まってしまったはずだ。大和の都を舞台にするのはどう考えても無理だ。時代が合う履中天皇、允恭天皇の場合も同じことが言える。

だから、書紀は列伝の記事を採って、脱出劇を都ではなくて、海中の山島・対馬としたのだ。

438. 木島とはどこか

三国遺事倭人伝の訳注に「(1)木島は、三国史記脱解尼師今十七年条にみえる木出島と同じかとする説（三品彰英）がある。木出島は慶尚南道蔚山市の目島かという」とある。

この説は木島(もくとう)・木出島(もくしゅっとう)・目島(もくとう)と読んで、対比を試みたのではないか？しかし、このために、倭王は朝鮮半島の王になった。さらに迷走を重ねたと言わねばならない。書紀がこの出来事を神功皇后紀に入れたことと言い、後代の歴史学者がそれを何の疑いもなく認めた上の考察と言い、なんとも驚くばかりだ。木島の比定の前にするべきことがあったはずだ。

美海(未斯欣)と康仇麗が濃霧に紛れて都の屋敷から海(港)まで走り、そこから、普段、捕猟に使用している舟で漕ぎ出す、そして遠く外海に逃れる、ここまでが約十二時間だ。とすれば、海辺近くに倭王の都があるところ、それはどこかと考えることこそ、すべきことではなかったのか？答えは九州、筑紫以外にはない。

439. 筑紫とはどこか

仲哀天皇紀[(仲哀)八年春一月四日、筑紫の伊都県主の先祖、五十迹手が天皇がおいでになるのを聞いて…穴門の彦島にお迎えした]に答えがある。

筑紫の都とは魏志で言うところの伊都国だ。朝鮮への出兵を繰り返した倭の水軍の根拠地となったのは、唐津から松浦間の複雑に入り組んだリアス式海岸が広がる多くの入り江だ。豊臣秀吉の朝鮮出兵基地となった名護屋城の例をみれば明らかなように、当時、倭の水軍数百艘を係留出来たのは、ここしかない。

当然、倭国王の指揮・命令を迅速に伝えるためには、都は名護屋・呼子に近い位置、魏の時代から王都として栄えた糸島半島の怡土地区になる。

筑紫の中心地が福岡博多から大宰府一帯に移動するのは、大和朝廷が北九州に進出した後のことになる。

440. 玄界灘を越える

外海とは玄界灘だ。美海(未斯欣)と康仇麗が、伊都国の海辺から東に抜けて、玄界島と志賀島

の間を抜けたか、西に抜けて姫島から玄海灘に抜けたかは不明だが、糸島半島を抜け出す所要時間を考えれば、東に向かった可能性が高い。脱出から十二時間後に、[王騎兵を使て之を逐わしむるも及ばず]、美海の乗った舟はすでに玄界灘のはるか沖合いに漕ぎ出していたはずだ。そして、対馬海流を乗り越えれば新羅だ。

堤上が〈詐謀を以て王子をして帰来せしむ可し〉とは勝算があったから実行に移したと考えるべきで、海浜で遊ぶことは脱出に際して目撃されても、また遊びに来ていると思わせる効果も考えた上での行動であろう。船も探し求める必要がない。列伝や書紀の書くように、遠征途上の寄港地の限られた時間の中で、舟遊びをしたり、船を探す不自然さに比べて、三国遺事の記事は自然だ。

そして、堤上が殺された〈木島〉をわざわざ慶尚南道蔚山市の〈目島〉に求める必要はない。〈杵島〉がある。当然、倭国内だ。こう考えれば、三国遺事の朴堤上の記事は無理なく理解可能だ。

441. 堤上説話の倭王の名は讃

さらに重大なことが判明する。倭王〈讃〉の宋への朝貢は高祖の永初二年(西暦421年)、堤上の事件はこの3年前のことだ。この倭王の名は宋書に書かれた〈讃〉になる。

遺事[…時に堤上、常に美海(未斯欣)を陪ないて海浜に遊び、…毎に倭王に献ぜり。王、甚だ之を喜びて、疑うこと無し]

〈倭の五王〉がヤマト政権の天皇ではなかったことは、倭王の都が海辺にある、この記事でも証明された。この記事は、魏志[…皆津に臨みて捜露

し…女王に詣らしめ…]にリンクし、梁書[…卑弥呼宗女臺與を立てて王と為す。その後、復た男王が立ち、いずれも中国の爵命を受けた。…]につながる。

「ようやく、終わったね。それにしても、オカラはくどいね。」

「〈神功皇后渡海神話〉を史実と考える大先生もいるからね。これぐらいで丁度いい。」

442. 正気の歌

大地に正気有り
雑然として流るる形を賦す
下は則ち河嶽と為り
上は則ち日星と為る
人に於いては浩然と為り
沛乎として蒼冥に塞つ
……
顧れば此の歌耿として在り
仰いで浮雲の白きを視る
悠悠として我が心悲しむ
蒼天 曷んぞ極まり有らん
……

この歌は日本では江戸時代末期の尊王攘夷論に乗じて藤田東湖や吉田松陰など多くの人々によって唄われたという。作者は南宋の忠臣・文天祥である。

文天祥は、1278 年南宋の皇帝恭帝の命を受けて、元軍に赴いて和を請うたが元軍の総司令官バヤンと抗論して屈しなかったため拘留された。捕虜として大都へ護送中に脱走し、ゲリラを編成して転戦したが、再び元軍に捕らえられた。

フビライは文天祥が優秀な人材であることを聞き及んでいたので、元の高官に任用したいと考え、さらに、「正気の歌」を読んで、「これこそ本当の男子の有り方だ」と感嘆したという。

フビライの意を汲んだ多くの重臣が文天祥の帰順工作を試みたが、文天祥の意思は変わらなかった。フビライ自らも最後の説得を試みたが、文天祥はひたすら死を請い願うだけであった。フビライは泣く泣く処刑を承諾したという。

「朴堤上といい、文天祥といい、忠臣とは、国家危急の時に現れ出るものかしら？」

「神功皇后の渡海神話は、思いがけない結論に至ったね。」

「もっと驚く結末が待っているかも。」

「まだ、終わっていないの？」

31. 神功皇后はどうしてヤマト政権との戦いに勝利出来たか

443. 実際の神功皇后の戦場は大和だ

　三世紀の渡海も広開土王碑銘に書かれた西暦391年の倭軍の渡海も、神功皇后がしたことではなかった。三国史記・三国遺事からは、この二つの渡海は九州地域を本拠地とする倭王たちによって行われたことが分かる。常識的に判断するだけでも、書紀の記事は荒唐無稽だ。正に、捏造と虚偽の塊だ。

　「神功皇后紀の真実とは何かしら？神功皇后の渡海が無いのなら、九州遠征も必要が無いね。」

　「俺もそう思う。神功皇后は香坂王・忍熊王との戦いに全精力を注ぎ込んでいたと思う。」

　「疑問があるの、神功皇后の敵は、何故、香坂王・忍熊王だったのかしら？」

　「推測しか出来ないけど、仲哀天皇のクーデターの際、殺害されたのは、成務天皇だけか？例えば、雄略天皇の場合は天皇でない二人の兄を殺害した。天皇だけ殺害すれば、クーデターが成功するようなものではない。多くの同母兄弟も犠牲になった可能性がある。」

　「それなら、残された者たちによる反攻戦は、どのように組織されたのかしら？」

　「〈容色を以て人に仕えるのは、色香が衰えたら寵愛は終る〉これは垂仁天皇紀にある言葉だ。仲哀天皇は、素性の不明な大中媛こと、兄媛・弟媛を捨て、若い神功皇后を選んだ。兄媛・弟媛は怒

った。息子の香坂王・忍熊王は反仲哀勢力のシンボルになった。仲哀天皇の子だから、皇位継承資格は充分だ。二人を旗印にして成務天皇の生き残った弟や異母兄弟たちが結集した。戦いの裏に、女の戦いがあった、と思う。」

　「そんなことで、これほどの捏造をする必要があるかしら？」

　「尤もな疑問だ。捏造の理由は女の戦いの結末だ。」

444. 仲哀天皇紀の再検証・成務天皇殺害後のヤマト政権との抗争

　「成務天皇殺害後、仲哀天皇と残された成務天皇派との主導権争いはどうなったんだろうね？」

　「景行天皇の子供80人のうち、仲哀天皇派も多くいただろうが、5年間の成務天皇治世の間に作り上げられた成務天皇派は仲哀天皇派よりは多数になっていたはずだ。寄らば大樹の陰だ。」

　成務天皇殺害後、彼らはすぐに反撃に出た。

　書紀[(仲哀)元年十一月、天皇は蒲見別王が先王に対して無礼なことを憎まれて、兵を遣わしてこれを殺された。蒲見別王は天皇の異母弟である]

　明らかにこの記事は、成務天皇殺害に対する、仲哀天皇への反攻と見なして良い内容だ。何故なら、この三ヶ月後、書紀[(仲哀)二年二月…敦

賀においでになった…]仲哀天皇は大和から追い出されている。

445. ウズメの疑問・オカラの答え

「天皇は仲哀天皇、先皇は成務天皇、蒲見別王が成務天皇に無礼であるということは、蒲見別王は仲哀天皇派と思うけど、それをどうして殺すのかしら、おかしいとは思わない？」

「重要なのは結果だ。理由や言い訳が後付だったり、矛盾したりしているのは、書紀では普通に見られることだ。」

「確かに、仲哀天皇が蒲見別王（かまみわけのみこ）を殺した理由を、仲哀天皇に逆らったから殺したとすれば、単純にして明快だわ。」

「その通り。この書紀の記事には続きがある。[ときの人はいった。「父は天であり、兄（仲哀天皇）は天皇である。天をあなどり君に叛いたならば、どうして罪を免れようか」と。]」

「何でそんな回りくどいことをしたのかしら？」

「書紀は、勅撰史書として、嫌でも書かなければならないことがある一方で、書きたくても書いてはならないことがある。」

「そんな時はどうするの？」

「記事に問題がある時は、〈ときの人〉や〈一書にいう〉などの書き方で、注意を促したり、間接的に批判する書き方をする。この場合は但し書きの方が正しいことが多い。しかし、これだと、成務天皇の長寿の後を継いで、円満に即位したのが仲哀天皇だとする、書紀の言い訳が揺らぐことになる。だから、蒲見別王の仲哀天皇への反逆はあってはならないことになる。だけど、本当はそうじゃな

いよと言ってるのが書紀の記事だ。」

「書紀を読み込めというのがオカラの答えね。」

446. 仲哀天皇は大和から駆逐された

書紀[（仲哀）二年二月六日…敦賀においでになった。仮宮をたててお住まいになった。これを笥飯宮（けひのみや）という]

このわずか一ヶ月後、今度は紀伊だという。

書紀[（仲哀）二年三月十五日…駕に従ったのは、二、三人の卿と、官人数百人とで紀伊国においでになり、徳勒津宮（ところつのみや）に居られた]

書紀は、成務天皇の崩御の翌年を仲哀元年としたので仲哀2年2月とは、成務天皇崩御の1年8ヶ月後となり、いかにものんびりとした行幸記事のような印象を読む人に与える。しかし、仲哀天皇がクーデターで皇位を簒奪したのであれば、間髪を入れずに即位するのが常道であるから、仲哀2年2月とは、成務天皇崩御の8ヶ月後になるし、蒲見別王事件のわずか3ヶ月となる。

「書紀はこれらを行幸記事だとするが、このためには条件がある。都があることだ。」

「仲哀天皇には都がなかった？」

「都を定めないで、地方を転々と移動するのは行幸ではない。既往の研究は行幸と認めたばかりに、仲哀天皇紀の解読不能に陥り、仲哀は変わった天皇だという評価を与えて、思考停止した。」

「この記事は、戦に破れて敗走する時の様子そのものだと思われる。逆を言えば、天皇に成り損ねた可能性がある。しかも、この記事にも問題がある。駕に乗って敦賀から紀伊まで、ノコノコ移動することは常識では考えられない。途中からは船

を使うのが普通だ。すると、笥飯宮や徳勒津宮は、作り話の可能性が出て来る。

447. 紀伊から穴門、敦賀から穴門の移動は可能だったか

　書紀［（仲哀）…徳勒津をたって、船で穴門においでになった。その日使いを敦賀に遣わされて、皇后に勅して「すぐにそこの港から出発して穴門で出会おう」といわれた。六月…天皇は豊浦津(とゆらのつ)に泊まられた。…九月、宮室を穴門にたてて住まわれた。これを穴門豊浦宮(あなとのとゆらのみや)という］

　「スマホも無かった時代、徳勒津から敦賀へ使いを遣わした上で、それぞれが穴門に移動することは可能だったのか？この記事は、仲哀天皇と皇后が九州へ渡るための必要条件だ。」

　「九州への渡海が架空だったとすれば、必要条件は不要になる。」

　「出雲政権がこの時代まで存在していたかは不明だけど、九州に〈倭の五王〉を擁する倭国があり、瀬戸内海に吉備政権が居座っていた状態で、どのようにして、敦賀、紀伊、穴門と転々と移動出来たかの問題に置き換えられる。マリアはどう思う？」

　「不可能でしょ。」

　「でも、多くの研究は、仲哀天皇が九州の地で死んだところまでは、書紀の記事を認めているんだね。その上で、仲哀天皇が大和に都を定めずに点々とした異常さを指摘している。」

　「異常さで、終わっているんだね。」

　「仲哀天皇の行動に疑問を抱いていたのは確かね。でも、そこで思考は停止した。問題の核心は、もし、書紀に書かれたこの経路が正しかったのな

らば、何故、それは可能だったか？その原因に踏み込まねばならなかったし、間違いならば、真実はどこにあったかを推測しなければならなかった。」

448. 仲哀天皇は筑紫では死ななかった

　仲哀天皇と神功皇后の筑紫滞在は、神功皇后の渡海神話のために必要だっただけで、二人は筑紫へは渡っていなかった。すると、仲哀天皇は筑紫では死ななかったことになる。連動して穴門の豊浦津の滞在も不要になる。

　「じゃ、仲哀天皇は何処で死んだの？」

449. 仲哀天皇は即位出来なかった

　「実は、さらに大きな問題がある。書紀によれば、仲哀天皇の即位は成務天皇崩御翌年の、仲哀元年一月十一日だが、これは成務天皇が百七歳の長寿を全うした時の話で、実際は違っていたはずだ。結局、成務天皇殺害の 5 か月後に、蒲見別王事件が勃発して、その 3ヶ月後に大和から出ている。何処で即位したか、普通は〇〇宮と書くのだが、都の位置は最期まで不明のままだ。」

　「仲哀天皇は、即位を宣言する場所も、時間もないままに大和から追い出された。」

　この事例で参考になるだろうか？皇位が空位となったことがある。応神天皇崩御の後、仁徳天皇が即位するまで、三年間に及んだ空位期間があった。書紀によれば異母兄弟が互いに皇位を譲り合ったことが原因だが、記事を解読すれば、実際はその逆の皇位争奪戦だったことになる（『背徳と反逆の系譜　記紀の闇に光はあるか』）。

「成務天皇死亡後の凡そ8ヶ月間は皇位継承に
からむ抗争の時代と見なしていいはず。仲哀天皇
を大和から駆逐して、混乱を収拾した麛坂王が第
十四代天皇に即位したと考えた方が、実態に合
ってると思うわ。」

「仲哀天皇即位を認めないのは、激し過ぎること
はない？」

「手研耳命は第二代天皇だったはずが、抹殺
された。仲哀天皇は逆に天皇に成った。書紀は
〈万世一系〉のためなら手段を選ばない。しかし、
勝者となって都に住む者が天皇になる。仮に、仲
哀天皇が死んだのが仲哀九年だとすれば、大和
では7年間にわたって天皇不在であった。書紀は、
この間の政治空白について説明する義務があっ
た。」

「書紀には何も書かれなかったね。」

「だから、仲哀天皇の呼び名は足仲彦皇子、
神功皇后の呼び名は気長足姫とするのが正しい
はず。」

「光仁天皇までは、天皇は大和に住んだ、誰か
が言ってたね。」

450. 足仲彦皇子（仲哀天皇）は何故、居所を転々と変えねばならなかったか

「何故、書紀は足仲彦皇子の居所を転々と変え
たか？それも不可能と思われるような場所を。」

「それは、足仲彦皇子と気長足姫が実際に住ん
だ場所を隠すためだったのではないかと思うわ。」

「どうして？その理由は？」

「その場所は、書紀の著者にとっては極めて都
合の悪い場所だったから、と考えたらどうかしら？」

451. 敗残者が独力でヤマト政権軍に対抗出来る軍を構築出来るか

「書紀[（神功元年）武内宿禰と…武振熊に命じ
て、数万の兵を率いて忍熊王を討たせた]

この武内宿禰とは伝説上の人物だから、数万の
兵も実際の数だったかどうかは不明だ。だが、数
千人、あるいは数百人であったとしても、大軍であ
ることには変わりはない。しかも、書紀によれば数
万の兵は軍船で運ばれた。軍船の数だけでも膨
大になる。

しかし、7年間も放浪した敗残者に、兵を雇う資
金も、兵を動かす力も、軍船を建造する技術も資
金もなかったはずだ。にも、かかわらず、ヤマト軍
を蹴散らす強力な軍の編成が何故、出来たか？

「これほど不思議なことなのに、何故、誰も疑問
の声を上げないのかしら？」

452. 何故、気長足姫（神功皇后）軍の指揮官を武内宿禰にしなければならなかったか？

「書紀には、武内宿禰は成務天皇と同じ年の生
まれだと書かれているから、神功元年では118歳
になる。書紀が軍の指揮官の本名を書くことを差
し控えねばならなかったのは何故か？」

「成務天皇が成務五年で死んだとすれば、神功
元年では63歳。指揮官として全く不可能な年齢
ではないわ。」

「混同してはいけない。書紀の記述の中で完結
しなければならない事柄だ。」

「書紀[（成務）三年春一月七日、武内宿禰を
大臣とされた]、武内宿禰は反仲哀派だった。」

453. ヤマト政権軍は気長足姫（神功皇后）軍への備えを明石に築いた

書紀［…播磨に行き山陵を明石に立てることとし、船団をつくって淡路島にわたし、その島の石を運んだ。人毎に武器を取らせて皇后を待った。］

大和側が防御陣地を築いたのが明石海峡付近の本州側陸地だ。敵軍（気長足姫軍）が陸路を通ることを想定した防衛線になる。

454. 気長足姫軍の発進地は吉備国

これに対して気長足姫側の作戦は、書紀［穴門の豊浦宮に移られ…海路より京に向かわれた…］から、ヤマト軍が明石に山陵を築いて防御に当たる作戦は考えられない。書紀自ら、穴門からの出撃を否定していたし、そうでないと言うなら、自己矛盾を犯したことになる。

忍熊王が明石に山陵を築いたのは、古事記［針間を道の口として…］吉備から大和への陸路を想定したからだ。書紀の記事からは、気長足姫軍の発進地は吉備国となる。

ところが、紛らわしい記事がある。書紀［皇后は忍熊王が軍を率いて待ち構えていると聞いて、武内宿禰に命ぜられ…迂回して南海から出て…紀伊水門（きいのみなと）に泊まらせられた］あたかも、山口穴門から来た軍船が明石海峡の通過を諦め、鳴門海峡を抜けたと思わせる記事だ。だが、山口穴門から来た船団が鳴門海峡を通過するのは容易ではない。海峡通過が可能なのは、海峡を熟知している国家・吉備国の船団であろう。第一、吉備国の領海を軍船は許可なく通過出来ないはずだ。

455. 宇治川の戦い

書紀［忍熊王は軍を率いて退き、宇治に陣取った。皇后は紀伊国においでになって…さらに小竹宮に移られた］両軍による決戦の舞台は宇治川に移る。

この記事自体がヤマト軍の敗北を意味する。上陸地点で敵を叩くのが戦の常套手段だ。気長足姫率いる軍兵の上陸を、何故、簡単に許したのか？また、軍船の淀川遡上を防ぐ手立てはいくらでもあったはずだ。

書紀［…武内宿禰は三軍に命令して、全部髪を結い上げさせた。そして号令して「それぞれひかえの弓弦（ゆみつる）を髪に隠し、また木刀を帯びよ」といった。…忍熊王をあざむくいうのに、「私は天下を貪（むさぼ）らず、ただ若い王を抱いて君に従うだけです。…どうか共に弦を絶って武器を捨て、和睦しましょう。君主は皇位につき、安らかによろずの政をなされればよいのです。」…忍熊王はその偽りの言葉を信じて、全軍に命令して武器を解き河に投げ入れ弦を切らせた。］

あたかも、忍熊軍は謀略によって敗れたかの印象を受けるが、果たして、忍熊軍は、侵攻軍と互角に戦えるだけの力量を備えていたのか？例えば、淀川遡上の時に、火筏を上流から流すだけで、侵攻軍の足であった軍船は壊滅的損害を受けたはずだ。書紀の記事に惑わされてはならない。

456. ヤマト軍は何故、敗れたか

実は、宇治川での決戦が始まる直前に、書紀［…赤い猪が急に飛び出してきて桟敷（さじき）に上って

麛坂王を喰い殺した]とある。大和側の総司令官・麛坂王（天皇）は殺されていた。

「麛坂王は猪ではなく、反乱によって殺されていた。天皇を失ったヤマト軍は敗れるべくして敗れたと言えるのじゃないかしら？」

第十代崇神天皇の時代には巨大前方後円墳・箸墓古墳が造られ、天皇には〈御肇国天皇〉の称号が与えられた一方で、書紀[（崇神）五年、国内に疫病多く民の死亡するもの半ば以上に及ぶ…六年、百姓の流離するもの、或いは反逆するものあり]、古事記[この天皇の御世に疫病多に起りて人民尽きなむとしき]と書かれた疫病の大流行によって、国力は疲弊していた。

第十一代垂仁天皇の時代には、天皇と皇后の兄との戦い、いわば国を二分する〈狭穂彦王の謀反〉が起きたし、国力を疲弊させる巨大古墳の築造は箸墓以降も続いた。そして、問題の景行天皇、成務天皇、麛坂天皇へと続く。麛坂王と足仲彦皇子の8ヶ月間の内戦は国力疲弊の原因になったはずだ。ヤマト政権は国家の体裁を保つだけで精一杯の状態ではなかったか？

一方の吉備国の前身は卑弥呼と壹与、倭国の二人の女王を窮地に陥れた狗（拘）奴国だ。瀬戸内海を抑えていた軍事強国だった。

457. 足仲彦皇子と息長帯姫は何処にいたか？

仲哀天皇紀の山口穴門・九州筑紫在住が虚偽だったとすれば、二人は一体、7年間どこにいたのか？書紀の記事を検討すれば、仲哀2年2月に大和での戦いに敗れた後に、二人、あるいは一人が逃げ込んだ場所は、吉備国以外には考えられない。ヤマト軍の足仲彦皇子夫妻の追跡は不能になるからだ。

458. 指揮を執ったのは吉備国の将軍、軍の主力は吉備軍

ここまで書けば、余計な説明は不要だ。書紀が吉備国を隠し続けなければならないのは、記紀の理念そのものに関わる、即ち、万世一系の断絶、皇統の断絶につながるからだ。

459. 大和・磐余に都を造る

書紀[（神功二年）冬十月二日、群臣は皇后を尊んで皇太后とよんだ]

書紀[（神功）三年春一月三日、誉田別皇子を立てて皇太子として、大和国の磐余に都を造った。これを若桜宮という]

ヤマト政権の正統を名乗る以上は、気長足姫は象徴的な地〈磐余〉に都を造らなければならなかったが、このためには軍事力が必要になる。それを担ったのが、吉備国から派遣された軍だった。気長足姫の後ろ盾になったのは、書紀が言う群臣でもなければ百寮でもなかった。

460. 第十五代応神天皇の誕生問題

「神功皇后紀の捏造・欺瞞記事が書かれた真の意図とはなんだったのかしら？」

「神功皇后を神格化するために書かれた極めて特殊な事例だった。」

「既往説はそうだね。でも、気長足姫（神功皇后）

の新羅征討が捏造記事だとすると、それは、応神天皇の出自にも関係することになる。」

　書紀によれば、応神天皇が生まれたのは仲哀九年十二月十四日、大和に向けて出発したのが翌年二月、生まれて二ヶ月あまりでの遠征への同行になる。気長足姫も産後二ヶ月、有り得ない話だ。ついでに書けば、神功皇后の新羅出兵は、誉田別皇子（ほむたわけのみこ）が生まれる二ヶ月前、防衛戦なら時期を選んではいられないだろうが、侵攻戦で、わざわざ危険な産前を選ぶ愚はない。

　さらに、足仲彦皇子が死んだのが仲哀九年二月五日、誉田別皇子（ほむたわけのみこ）誕生までの期間は十ヶ月九日。足仲彦皇子が死ぬ直前に気長足姫は妊娠した。あまりにも計算し尽くされた日数だ。

　「九州遠征が虚偽だったとすれば、自動的に、応神天皇の仲哀九年誕生説は疑問だね。」

　「応神天皇が筑紫で生まれなかったら、どこで生まれていたと思う？」

　「吉備国でしょ。」

　「確かに。生まれた場所が変われば、生まれた日が変わっても不思議ではないし、生まれた場所と日が変われば、父親が変わっても不思議じゃなくなる。応神天皇の母親は気長足姫であることは間違いないと思うけど、父親は誰かしら？」

　「大和へ侵攻したのが、何故、仲哀九年かしら。この時、応神天皇は数歳になっていたのじゃないかしら？」

　「どうして、そう思う？」

　「子供を生んだ直後の母子が遠征に出るはずがない。」

461. 吉備国王は何故、気長足姫に大軍を貸し与

えたか

　気長足姫は、書紀・神功皇后紀[幼時から聡明で、叡智であらせられた。容貌もすぐれて美しく、父もいぶかしがられる程であった]という。

　足仲彦皇子の死は書紀に書かれたよりも早く、成務天皇殺害から仲哀二年初めの都落ちに関連した死であったかも知れない。吉備国王の申し出があれば、生き残った気長足姫が申し出を受け入れる可能性は十分過ぎるほどある。真相は闇の中になるが、いずれにしても、気長足姫（神功皇后）の渡海神話の捏造に伴って、応神天皇の誕生にまつわる疑問が生じたことになる。

　即ち、疑問とは、吉備国王は気長足姫にどうして大軍を貸し与えたか、だ。

　「この子をヤマトの王にさせたい。」

462. 第十五代応神天皇の妃

　書紀[(応神)二十二年、春三月五日天皇は難波においでになり、大隅宮（おおすみのみや）に居られた。高台に登って遠くを眺められた。そのとき妃の兄媛（えひめ）が西の方を望んで大いに歎かれた——兄媛は吉備臣の先祖御友別（みともわけ）の妹である——。天皇が兄媛に、「何でお前はそんなに歎くのか」と尋ねられた。答えて「この頃私は父母が恋しく…どうかしばらく帰らせて父母を訪わせて下さい。」…天皇は兄媛が親を思う心の篤（あつ）いのに感心されて…ただちにお許しになった。夏四月、兄媛は難波の大津から船出した。天皇は高殿にいて兄媛の船を見送られ歌っていわれるのに…]

　この書紀・応神二十二年の記事によれば、応神

天皇には八人の皇后・妃がいたが、兄媛はこの中に含まれない。しかし、応神天皇が恋歌を贈ったのはこの兄媛だけだ。

書紀[秋九月六日、天皇は淡路島に狩りをされた。…天皇は淡路から回って吉備においでになり、小豆島に遊ばれた。]

応神天皇と吉備の関係を書いた記事だ。歪曲かも知れないが、事実であったかも知れない。

463. 河内王朝説

かつて、〈河内王朝説〉や〈ヤマト政権移動説〉など活発な論戦があった。簡単に紹介すれば、ヤマト政権の都が大和の地から河内平野の難波宮への変更を以って、四世紀末に河内に新政権が成立したとする説だ。上田正昭はこれを〈河内王朝〉と呼んだ。直木幸次郎は〈応神王朝〉としたが後に〈河内政権〉に変更した。

岡田英弘は神武－応神天皇までを架空の存在として、歴史上存在したのは仁徳天皇からとして、この王朝を〈河内王朝〉とした。

ここでは、これら諸説についての論評は差し控える。しかし、ヤマト政権が大和の地から河内平野への移動を以って、何らかの政権の変容があったと考えたことでは一致している。

「政権の変容って？」

「書紀の記事を鵜呑みにするだけでは、何も分からない。」

464. 気長足姫（神功皇后）を祖とする〈河内王朝〉の誕生

「気長足姫は吉備国の力に頼ったことになる。」

「もっとはっきりさせた方が良いと思うわ。気長足姫と吉備政権の思惑は一致した。ヤマト政権は、吉備政権との血縁を持つ天皇の政権に変容した。だから、〈河内政権〉〈応神王朝〉の呼び名は、的外れではないが、都の移動は本質的な話ではないと思う。」

「皇統の変容になるってことね。」

「ずばり言えば、皇統断絶。だけど、これは絶対にまずい。そこで、書紀は、応神天皇を足仲彦皇子の子とし、気長足姫に神功皇后を名乗らせ、摂政とした。これでヤマト政権正統の根拠を作り、応神天皇の時代に難波に遷都した。これを陰で支えたのが吉備政権。」

「何故、応神天皇を足仲彦皇子の子とした？」

「麛坂王・忍熊王が死ねば、残るのは応神天皇。だけど、天皇が吉備王の血を引くことは絶対にあってはならないことになる。」

「いざとなると、ウズメは大胆。」

「オカラは記紀史観、万世一系の説に、まだ、引きずられているようね。王朝が変わることなく永遠に続くなんて夢物語。武家政権だって鎌倉幕府から江戸幕府まで、波瀾万丈だったでしょ。」

「〈神功・応神王朝〉と呼ぶのがいいかしら？」

「そうだね。11 人の天皇だから、全体としてはヤマト政権、その中のひとつとして〈河内王朝〉とするのがいいのじゃないかしら。」

465. 吉備地方の五世紀の巨大古墳

　五世紀の築造とされる吉備地方の造山（つくりやま又はぞうざん）古墳、作山（つくりやま又はさくざん）古墳などと、四世紀の河内の誉田山古墳（伝応神陵）や大山古墳（伝仁徳陵）の共存問題は、大規模前方後円墳を権力の象徴とみなす考え方では、確答が得られずにいる。書紀の記事と考古学上の知見がぶつかり合うからだ。書紀の記事が正しいとする視点から脱却しない限り、この矛盾からは逃れられない。

466. 気長足姫（神功皇后）は何故偉大な神となったか

　「〈この戦いの後、麛坂王・忍熊王の母親、大中津比売命や、その一族もすべて粛清された。皇位簒奪の正当化だけでなく円滑な統治のために反対派勢力は一掃する必要があった。残虐な行為を隠蔽するためにも、気長足姫（神功皇后）を偉大な神にしなければならなかった、その一つが渡海神話捏造だった〉これが普通に考えられる推測だけど、この推測でいいかしら？」

　「この程度の話なら、ここまで壮大な虚構を作り上げる必要は無かったね。」

　「どうして？」

　「本当の理由は、記紀思想の根幹、皇統一系説を守るために、気長足姫と吉備国の関係は万難を排してでも隠し通すことだった。〈渡海神話〉は捏造だと考えが及べば、人はそこで思考停止する。事実、〈渡海神話〉に疑義を唱えた人たちもこ

こで思考停止した。おとりを作って真相を隠す、書紀の高等手段だ。」

467.　気長足姫では皇統はつながらない

　気長足姫は開化天皇の曽孫、気長宿禰王の女であると、神功皇后紀にあるが、開化天皇紀、崇神天皇紀を追跡しても、気長宿禰王の名を見出すことが出来ない。気長足姫が開化天皇の曽孫であることを、書紀は証明出来ていない。

　残るは、応神天皇が天皇の子であることが、皇統を繋ぎ止める唯一の条件となる。このために、足仲彦皇子が〈仲哀天皇〉となり、死の直前に行われた〈神功皇后〉との〈交接〉で誕生した。

　麛坂王は何故、成務天皇の次期天皇として、9年間の在位を認められなかったか？その理由も単純だ。十四代麛坂天皇と十五代応神天皇の間に皇統の断絶が起きるからだ。もし、この二人の皇統の連続性を保つためには、応神天皇を麛坂王の子として、応神天皇の両親となる足仲彦皇子と気長足姫を抹消しなければならなくなる。

　書紀は、〈仲哀天皇〉と〈神功皇后〉を歴史の舞台から消し去ることはしなかった。理由は単純だ、最終勝者が神功皇后だからだ。記紀の論理ではいかに暴虐の者や無能の者であっても、最終勝者に成りさえすれば、正義は与えられる。書紀が背負った、何が何でも皇統を連続させねばならない任務と不離の関係だからだ。

　神功皇后は、後の王朝の始祖でなければならなかったからだ。

～～～～～～～～～～～～～～～～～～～～～～～～～～～～～～～～～～～～～～

コラム 10. 回想（2）お寺の本堂は体育館だった

～～～～～～～～～～～～～～～～～～～～～～～～～～～～～

　小生が田舎から東京に出て来て、驚いたことがあった。お寺のことだ。

　僻地の小中併置校に通っていたわんぱく坊主だった頃、集落は十一月から翌年四月までは雪に閉ざされていた。冬の放課後の遊びは相撲が多かった。雪の上の相撲では力が入らない。結局、体育館が相撲遊びの場になった。土俵は無いから、投げ飛ばして勝敗がつくのだが、体育館の床は板張りでとにかく痛い。学友に寺の子供がいたから、怪我をしない場所を探して行き着いたところが、広い畳敷きがある寺の本堂だった。冬の間は、遊び仲間5、6人と頻繁にお寺に上がり込んではドタンバタンと騒いでいたが、和尚さんは何も言わなかった。

　中学の卒業式が終わった日に、クラスの男子生徒全員が和尚さんに呼ばれた。旅立ちの説教かと思ったが、お寺の庫裡にお膳が並べられていて、お酒もついていた。「昔は十五になれば、元服を済まして、大人の仲間入りをした。お前たちはこれから、就職していく者もあれば、高校に進む者もいるが、どちらも今日からは大人だ。今日はそのお祝いだ。」どの子の親も忙しく、その上貧乏だったから、親代わりに和尚さんがいたずら坊主のお祝いをしてくれたのだった。

～～～～～～～～～～～～～～～～～～～～～～～

　小生の母の葬式の日、久しぶりに帰郷してお会いした和尚さんは、すっかり年を取っていたが、「この経を読んで見なさい。いいお経だ。」と、古ぼけた〈仏説父母恩重経〉を小生にくださった。小生の父は母が亡くなる二十年程前に亡くなっていたが、その時は〈修証義〉〈般若心経〉などが書かれた小冊子を頂いた。

　不思議なもので、無神論者を自認する身でありながら、手許に経典があればを読むことになる。

　ついでに『古寺巡礼』『新法隆寺物語』『仏像のこころ』『空の哲学』『ブッダの真理のことば・感興のことば』など読み、『親鸞の時代』『歎異抄』『正法眼蔵随聞記講話』『道元禅師語録』へと読み進んだが、「何がなんだかよく分らない」ということが分かったところで終わっている。本来、宗教とは頭で考えるものではないのだろう。

　驚いたのは、やたらに秘仏だとか、寺宝だとか勿体ぶって、その上、拝観料を取る寺があることだった。寺院とは、貧者にも富者にも、愚者にも賢者にも平等に開放的なものであって、大切なものは、有名な仏師が作った仏像でもなく、時の国家が権力を駆使して造った壮大な伽藍や巨大な仏像でもなく、目には見えない〈仏の教え〉なのではないかという、いたずら坊主時代の体験からでた疑問があるからだ。

～～～～～～～～～～～～～～～～～～～～～～～

32. 書紀・応神天皇と仁徳天皇の捏造記事

468. 応神天皇から始まる河内王朝の皇統は十一代で途絶えた

気長足姫を始祖とする〈河内王朝〉の主期は応神天皇・仁徳天皇の二代までで、履中天皇・反正天皇・允恭天皇・安康天皇・雄略天皇は終期で、その次の清寧天皇から顕宗・仁賢天皇、武烈天皇時代は末期と考えている。理由は、仁徳天皇の時代から始まった兄弟間の熾烈な皇位争いは時代が経過するに連れて激しさを加え、政権の基盤に修復し難い傷となり、十一代の天皇を以って、終焉を迎えたからだ。

469. 百済記・百済新撰・百済本記の引用

フリー百科辞典（ウィキペディア）によれば、この三書を合せて百済三書という。原本は散逸している。

百済記は物語風叙述で、書紀には神功皇后紀、応神天皇紀、雄略天皇紀二十年年記事に５ヶ所で引用されている。

百済新撰は編年体風の史書で、書紀には雄略天皇紀、武烈天皇紀の３ヶ所で引用されている。

百済本記は純然たる編年体史書で、書紀には継体天皇紀、欽明天皇紀の18ヶ所で引用されている。

百済記・百済新撰は前述した〈河内王朝〉の天皇紀に引用され、百済本記は、いわゆる〈河内王朝〉終焉後の継体天皇を始祖とする以後の天皇紀で引用されている。

470. 百済記・百済新撰・百済本記の内容

内容は近肖古王から威徳王まで、十五代、200年にわたる歴史が書かれている。ちなみに、〈百済〉の前身は魏志・韓伝に書かれた〈伯済国〉である。

西暦369年、高句麗王釗の南下に対して、余句王の王子、須が釗を殺した。この時を以て百済は歴史時代に入ったといわれている。句が近肖古王である。

百済三書に載る最期の威徳王は、西暦554年、新羅との戦いの中で戦死した聖明王のあとを継いだ。聖明王戦死の影響は大きく、新羅の攻勢の前に威徳王は苦戦した。

471. 百済三書の成立はいつか

これら三書の成立過程は判然としないが、日本書紀成立（西暦720年）以前に、三書が成立したことでは一致している。三品彰英は百済記は推古天皇の時代（六世紀末から七世紀前葉の成立と考え、井上光貞は、西暦660年の百済滅亡時に、百済の記録も日本にもたらされ、当時の知識人ら

によって編纂された可能性を指摘した。遠藤慶太は七世紀前半に成立と考えるなど、判然としない。

しかし、後に書かれた三国史記や三国遺事は後世の高麗になってから書かれている。中国史書も後世の王朝が書く。このことから、百済三書も、百済滅亡後（西暦 660 年）後の統一新羅の時代に書かれた可能性は排除出来ないのではないか？もしそうならば、自国の歴史を書いている日本書紀よりも、百済三書の客観性・透明性は高い可能性が浮上する。

472. 百済三書の記事は検証可能か

国家公認の史書だから正しく、私家本は正しくないとは言い切れず、その逆もまた言い切れないことは、勅撰史書の日本書紀が証明している。この三書についても同じだ。だから、成立の経緯に関わらず、他の史書と対照しつつ、批判的な視点を放棄しなければ、史実解明に使用出来る。

日本書紀は、百済三書の引用にあたっては、百済三書と書紀の本文を対置する特徴がある。例を挙げてみよう。後掲の応神八年三月記事だ。百済記の引用があることで、我々は三国史記・百済本紀との対比が可能になる。さらに書紀の本文記事の真偽を広開土王碑銘との関連で検証可能となるのだ。以下はその結果だ。

473. 書紀・応神三年・八年記事

神功皇后紀から急増した朝鮮半島記事は、歪曲・捏造記事であった。従って、応神天皇紀にも多く書かれているが、神功皇后紀の記事のように、

問題がないか、検証していかねばならない。

書紀（西暦 272 年）[（応神三年）この年百済の辰斯王（しんしおう）が位につき、貴国（きのくに）（日本）の天皇に対して礼を失することをした。そこで紀角宿禰（きのつののすくね）・羽田矢代宿禰（やしろのすくね）・木菟宿禰（つくのすくね）を遣わして、その礼に背くことを責めさせた。それで、百済国は辰斯王を殺して陳謝した。紀角宿禰らは阿花（あくえ）を立てて王として帰ってきた]

書紀（西暦 277 年）[（応神）八年春三月、百済人が来朝した。―百済記に述べているのは、阿花（あ）王（くえ）が立って貴国（日本）に無礼をした。それでわが枕弥多礼（とむたれ）・峴南（けむなむ）・支侵（ししむ）・谷那（こくな）・東韓（とうかん）の地を奪われた。このため王子直支を天朝に遣わして、先王の好（よしみ）を修交した。]（注（日本）の説明は、『日本書紀（上）全現代語訳』にある補足説明）。

474. 記事を読む時の時代感覚

この西暦 277 年（応神八年）とはどういう時代か？時代感覚は重要だ。

邪馬壹国の女王壹与が存命であれば、その年齢は、13＋α＋（277−248）＝（42＋α）歳となる。中国は、西晋の建国が西暦 265 年だから、西晋建国の 12 年後に当たる。

西晋時代に書かれた魏志韓伝によれば、帯方郡の南部は馬韓・辰韓・弁辰合わせた七十数ヶ国からなる。この中に百済の国名はない。

書紀によれば、魏志が書かれた時代の出来事になる。大和から遠く離れた、まだ存在していない〈百済〉まで、紀角宿禰らを派遣出来たのか？

「やっぱり、疑惑の記事は続いている。」

475. 貴国とは日本のことか

　記事中、〈日本〉の注は、ヤマト政権と解釈するのが学界の常識であることをいみじくも表している。この記事は、百済記の引用記事だから、もし補足説明が必要なら、〈倭国〉が正しい補足になるはずだ。

　すると、応神三年の記事中、〈貴国の天皇〉も〈貴国の倭王〉とするのが正しい注釈だろう。更に言えば、百済記の原本は失われているので、確かめようがないが、〈貴国〉とは、本当に〈貴国〉だったか？これは書紀の記事だから、いかようにも書ける。ちなみに、百済本紀の王子直支の記事では〈倭国〉だ。

476. 三国史記・百済本紀の太子腆支が百済記の王子直支となる

　前述した書紀の記事は三国史記の記事と対照出来る。書紀の引用記事中、百済記の〈王子直支〉は百済本紀の〈太子腆支〉となる。書紀の記事に対応するのが、三国史記のこの記事だ。

　三国史記・百済本紀（西暦397年5月）［王、倭国と好を結び、太子腆支を以て質と為す］だ。

　書紀は約百年後の事件を、応神天皇の為に遡って書いていた。〈神功皇后〉の朝鮮関連記事と同じ手法だ。

477. 書紀の記事より、百済記の記事が正しい

　書紀によれば、阿花王が立ったのが応神三年。応神八年までの五年間の間に〈日本〉が〈枕弥

多礼・峴南・支侵・谷那・東韓〉を百済から割譲したことになるが、この間、百済との戦いがあったことは書紀にはない。

　一方、百済記によれば、〈枕弥多礼・峴南・支侵・谷那・東韓〉の地を奪ったのは〈倭国〉だ。このために王子を質に出したという内容になる。

　「書紀の〈日本〉と百済記の〈倭国〉は一致しないし、年代も合わないね。」

　「自国の百済に不利な記事を敢えて書いていることから、百済記の記事の信頼度は書紀に比べ格段に高いと思う。」

　「どうして、理由はあるの？」

　「裏付け史料がある。」

478. 広開土王碑銘が百済三書・百済記、三国史記・百済本紀の記事の正しさを証明する

　百済本紀の言う西暦397年とは、広開土王碑銘の［…而るに倭は辛卯の年（西暦391年）を以て来りて海を渡り、百残（百済）・口口・新羅を破り、以て臣民と為す］［（西暦399年）九年己亥、百残、誓いを違えて、倭と和通す］に対応する。

　この記事からも〈貴国〉を〈日本〉に訳すのは明らかな誤訳だ。ただ、〈倭国〉を一度でも認めてしまえば、倭国＝ヤマト政権は成り立たなくなる。明白な誤訳だとしても、書紀は書き続けなければならないし、後世の研究は強弁しなければならなかった。

479. 百済本紀［太子腆支の帰国］

　もう一度、太子腆支に登場願う。百済と倭国は

どのような関係にあったか？

　三国史記・百済本紀［腆支王(直支)は阿莘王の在位三年(西暦394年)に立って太子となった。六年(西暦397年)に倭国に行って質となった。(阿莘王の)十四年(西暦405年)に(阿莘)王が薨じた。王の二番目の弟である訓解が政治を執り、太子(腆支)が国に帰るのを待った。末弟の碟礼は訓解を殺害し、自ら立って王となった。腆支は、倭にいて(阿莘王の)訃報を聞き、泣き叫んで帰国したいことを要請した］

　これに対し、倭国はどう対応したか？自国ではなく相手国側の記録になる。

　百済本紀(西暦405年)［倭王は、兵士百人でもって(腆支を)守り送らせた。まさに(百済の)国境に到着すると、漢城の人である解忠がやって来て告げて、「(阿莘)大王はお亡くなりになりました。王弟の碟礼が兄(の訓解)を殺害して自ら王となりました。どうか太子は不用意に入国なさいませんように」といった。腆支は、倭人を引き留めて身を守った。海中の島で時の来るのを待った。国人は碟礼を殺し、腆支を迎えて王座に即かしめた］

　倭兵は腆支を送り届けたから帰るのではなく、腆支と最後まで行動を共にしていた。これが後の西暦408年の記事につながる。

480. 腆支王は恩を忘れなかった

　百済本紀(西暦408年)［倭国が使者を遣わして夜明珠を送ってきた。(腆支)王はあつく礼遇して歓待した］

　百済本紀(西暦409年)［使者を倭国に遣わし、白綿十匹を送った］

　百済本紀(西暦428年)［倭国の使者が来た。従者は五十人であった］

　この倭国がヤマト政権ならば、日本書紀がこれを書かない手はない。しかし、書紀の応神八年記事で書かれた［王子直支を天朝に遣わして、先王の好を修交した］が、これも百済記の引用であり、ヤマト政権がこれにどう関わったのは書かれていない。内容は人質の話だけだ。これら相互交流に対応する記事ではない。時代が百年以上もずれていれば、これ以上は書きようがなかったのだろう。

481. 日本書紀による百済三書の改竄

　「書紀では、ヤマト政権と百済の関係は主従の関係だね。」

　「その方法というのが、登場人物の氏名を変えたり、起きた時期をずらすことだった。」

　史実の時期が合わないことの意味は重大だ。史書の最大の改竄となる。

　「それだけかな？」

　「これだけで、充分でしょ。」

　「その通りだけど。問題は、ほかに百済三書の改竄がないかだ。例えば〈倭国〉を〈日本〉などに変えるなどだ。」

　「でも、原本が散逸してしまっていることから、その確認が出来ないのじゃない？」

　「〈倭国〉については三国史記、中国史書で検証出来る。ともに〈日本〉の文字はない。」

　「書紀が〈貴国〉の国名を使い、それを〈日本〉と解釈したのは後世の研究者の勇み足だね。」

　「三国史記・百済本紀では、〈倭国〉と百済とは互いに勢力を競いながらも、一方で好を通じた

国家だった。そういうことでは、三国史記と対比することで、改竄の有無はある程度は検討可能だ。〈百済記に曰く〉となれば、仮に本文に歪曲や捏造が疑われても、百済記の引用は正確だと思わせる効果がある。例えば〈貴国〉だ。その引用にも改竄が行われているとすれば、書紀の闇は底なしだ。百済三書の引用文についても検証が必要になるということだ。」

「オカラは疑い深いんだね。」

482. 高麗王と呉王

　書紀（西暦 306 年）[（応神）三十七年春二月一日、阿知使主・都加使主を呉に遣わして縫工女を求めさせた。阿知使主らは高麗国に渡って、呉に行こうと思った。さて高麗についたが道が分からず、道を知っている者を高麗に求めた。高麗王は久礼波・久礼志の二人をつけて道案内させた。これによって呉に行くことができた。呉の王は縫女の兄媛・弟媛・呉織・穴織の四人を与えた]

　書紀（西暦 310 年）[（応神四十一年春二月）…阿知使主らが呉から筑紫についた。そのときに宗像大神が工女らを欲しいといわれ、兄媛を大神に奉った。これがいま筑紫の国にある御使君の先祖である]

　この応神天皇紀の記事には呉王の話がある。呉は西晋時代の西暦 280 年に滅亡した。四世紀に相当する〈応神三十七年〉と〈応神四十一年〉は既に西晋の時代だ。呉人はいただろうが、呉王はいなかった。もし、朝貢するなら、西晋が相手国になる。また、ここでいう高麗は高句麗のことだが、〈倭国〉とは友好関係にはなかった。

「応神天皇紀の記事の検証はもういいのじゃない？」

「そうだね。」

483. 応神天皇から仁徳天皇へ

　書紀に登場する天皇のうちで唯一、聖帝と称された天皇が仁徳天皇だ。

　書紀は、皇太子の菟道稚郎子と、第四子だった皇子の仁徳天皇が互いに皇位を譲り合うのが三年間に及んだため、それを憂いた菟道稚郎子が自殺したので、仁徳天皇が皇位に就いたと書いているが、実際は、仁徳天皇が、菟道稚郎子との三年間に及ぶ争闘の末に皇位に就いた。何故なら、皇太子は無条件で天皇になれるが、第四子には天皇になる資格はなく、二人が皇位を譲り合うことは有り得ないからだ。

　書紀を信じるか、書紀を批判的に読むかは各人の自由だが、仁徳天皇はそんな陰を持った天皇（『背徳と反逆の系譜　記紀の闇に光はあるか』）だ。

484. 第十六代仁徳天皇の朝鮮政策

　宋書の〈倭の五王〉の最初の讃を第十七代履中天皇に比定するのが大勢を占めるが、かつては、仁徳天皇もその候補に挙がった一人だった。

「最後の武が第二十一代雄略天皇だとすると、この 6 人の天皇は書紀ではどのようにして描かれているのかしら？」

　仁徳天皇の在位期間は 87 年と極めて長い。この間、朝貢記事や抗争に関する記事は、多岐に

上るが、中国・朝鮮関連記事をピックアップする。

　書紀（西暦 323 年）[（仁徳）十一年]この年、新羅人の朝貢があった]

　書紀（西暦 324 年）[（仁徳）十二年秋七月三日、高麗国が鉄の盾・鉄の的を奉った]

　書紀（西暦 324 年）[（仁徳十二年）秋八月十日、高麗の客を朝廷でもてなされた]

　書紀（西暦 329 年）[（仁徳）十七年、新羅が朝貢しなかった。秋九月、朝貢せぬことを詰問された。新羅人は恐れ入って貢を届けた。…あわせて八十艘であった]

　書紀（西暦 353 年）[（仁徳）四十一年春三月、紀 角 宿禰を百済に遣わして、始めて国郡の境の分け方や、それぞれの郷土の産物を記録することを行った]

　書紀（西暦 365 年）[（仁徳）五十三年、新羅が朝貢しなかった]

　書紀（西暦 365 年）[（仁徳五十三年）夏五月、上毛野君の先祖竹葉瀬を遣わして貢物を奉らないことを問わせられた。…しばらくして竹葉瀬の弟田道を遣わせた。詔して「もし、新羅の抵抗を受けたら、兵を挙げて討て」といわれた。…田道は精鋭の騎馬を連ねて、左の方を攻めた。新羅軍は潰れた。勢いに乗じて攻め数百人を殺した]

　書紀（西暦 370 年）[（仁徳五十八年）冬十月、呉国・高麗国が朝貢した]

　以上が仁徳天皇紀に載る記事だが、呉国・新羅・高麗が朝貢して、百済は属国、これを事実と信じるか、それとも、小首をかしげるかは読む人の自由だ。ただ、この四世紀と言う時代は、呉国は滅亡しているし、広開土王碑銘に書かれた〈倭国の渡海〉があった世紀であり、宋書に書かれた〈倭

の五王〉が活躍を始める前に相当する。仁徳天皇紀を信じる場合は、このことを併せて考える必要がある。

「吉備も忘れるな。」

「九州の倭国もね。重層的に考える、ということだね。」

485. 歴代天皇の在位時期を推測する

　今まで奥歯にものが挟まった言い方しか出来なかったが、その原因は日本書紀と外国史書の対比が出来なかったためであるのは、既に何度も述べてきた。この問題解決の足がかりとなるのが、中国元号と日本元号の対比が出来る記事だ。推古八年は西暦 600 年と、隋書の関係から判明している。

　一方、箸墓古墳出土土器の放射性年代測定結果と、日本書紀の崇神十年の〈箸墓築造の記事〉から、崇神十年を西暦 250 年と仮定した場合はどのような結果が得られるか、いままで検討してきた各天皇紀の記事から推測した天皇の在位期間を使って、各天皇の在位時期を推測してみる。

　これまでの記紀研究によれば、履中天皇以後の在位年数はほぼ正しいとする結果があるから、問題は仁徳天皇以前となる。

　この表の作成にあたっては、垂仁天皇紀と仁徳天皇紀は史実と考えられる記事と、虚偽と考えられる記事が混在してその境界を見極めるのが難しいなど問題がある。また、応神天皇の推定年齢 91 歳が妥当かどうかは分からない。仁徳天皇の年齢は書紀のどこにも書かれていないため、古事記に書かれた崩御年齢 83 歳を使用した。これに

よれば、仁徳天皇は生まれる4年前から天皇だったことになる。明らかな矛盾だ。勝手な解釈だが、仁徳天皇の在位を40年として、この時の死亡年齢を83歳とすれば、即位時の年齢は43歳となる。これら多くの問題を内包しているが、得られた結果が下表だ。

表6. 崇神天皇から仁徳天皇までの推定実在位年数と修正在位時期

天皇	西暦	書紀の在位年数	推定した在位年数	修正西暦
崇神	前97	68年(120歳)	17年(69歳) 崇神10年(62歳)	237 (247)
垂仁	前29	99年(140歳)	39年(80歳)	254
景行	71	60年(106歳)	18年(64歳)	293
成務	131	61年(107歳)	5年(51歳)	311
(仲哀)	192	9年(52歳)	9年(52歳)	316
(神功皇后)	201	69年(100歳)	13年(44歳)	325
応神	270	41年(110歳)	22年(91歳)	338
仁徳	313	87年(?)	40年(83歳?)	360
履中	400	6年(70歳)	6年(70歳)	400

結果は、崇神十年は修正西暦年では西暦247年となった。誤差は3年で仮定と結果がほぼ一致した。偶然の一致だ。しかし、実はこの結果には誤差が含まれている。箸墓出土土器の放射性年代測定結果は西暦240～260年で、測定誤差は±10年となるが、使用される較正曲線の精度の問題などが内包されていて、最終誤差はこれより大きいと考える方が無難である。

「これらの誤差を考慮しても、大凡の各天皇の在位時期の推測に使えるのではないか？」

「オカラの説明は小面倒だわ。崇神天皇と履中天皇を両端固定しているから、誤差は中間の天皇程、大きいことになるわね。要するに、崇神元年を西暦237年、履中元年を西暦400年とすると、この間163年、この中に7人の天皇と1人の皇后が入るってことでしょ。書紀の497年間が163年間に、332年短縮するってことだね。」

「じゃ、最低でも300年間の記事は捏造記事になるね。だったら、これ以外の天皇紀も捏造記事で満載？」

「可能性は充分過ぎる程ある。単純な水増し記事だけでなく、改竄・歪曲・虚偽記事が、対外記事にも国内記事にも紛れ込んでいると考える方が間違いがない。結果的に、改竄・捏造のあまりのスケールの大きさに、後世の研究者は〈懐疑〉を忘れ、書紀を賛美することで〈解読〉と考えた。」

「賛美しない〈解読〉だって、あったのでしょ？」

「それもあった。」

486. 修正在位時代でみた成務天皇紀から応神天皇紀までと三国史記・新羅本紀

　三国史記新羅本紀と対比してみる。再確認の作業だ。

　新羅本紀（西暦 312 年）［三月、倭国王、使いを遣わし、子の為に婚を求む。阿飡急利の女を以て之に送る］

　新羅本紀（西暦 344 年）［二月、倭国、使いを遣わし婚を請えり。辞するに女、既に出嫁せるを以てす］

　新羅本紀（西暦 345 年）［二月、倭王、移書して交を絶つ］

　新羅本紀（西暦 346 年）［倭兵、猝に風島に至り、辺戸を抄掠す。伊伐飡康世曰く。賊、遠くより至る。其の鋒、当る可からず。之を緩らぐるに若ず。其の師の老るるを待てと。王、之を然りとし、門を閉して出さず。賊、食尽きて将に退かんとす。康世に命じ勁騎を率いて追撃せしめ。之を走らす］

　ここまでが、大凡、成務天皇から応神天皇に対応する。例えば、西暦 312 年の記事は成務天皇の時代に相当するとすれば、子のない成務天皇では対応のしようがない記事になる。

487. 修正在位時代でみた、仁徳天皇紀と三国史記・新羅本紀

　新羅本紀（西暦 364 年）［四月、倭兵、大いに至る。王、之を聞き、恐らくは敵る可からずとして、

草の遇人数千を造り、衣を衣せ、兵を持せしめて、吐含山の下に列べ立て、勇士一千を斧峴の東原に伏せしむ。倭人、衆を恃み、直進す。伏せるを発して其の不意を撃つ。倭人、大いに敗走す。追撃して之を殺し、幾ど尽く。］

　この記事が、書紀による仁徳期（西暦 360－400 年）の間の朝鮮半島での記事だ。三国史記と日本書紀の内容の乖離は甚だしい。

　「結局、捏造はほぼすべての天皇紀に及んでいるんだ。この調子なら、この先の記事も捏造・歪曲のオンパレードになると思うけど、それでもあれこれと検証しなければならないの？」

　「多くの日本人は、高い知識を有する人たちも含めて、書紀の記事は正しいと考えている。古代から、朝鮮諸国は日本に朝貢を続けてきた、と。その結果、多くの日本人には、朝鮮人に対する優越意識が潜在意識の中に深く刻み込まれている。原因のひとつが記紀の捏造記事だ、と俺は思う。だから、記紀の捏造を明らかにするだけではあまり意味はない。自らの思想性に問いかけて、初めて記紀を読んだことになると思う。」

　「こだわり過ぎれば、主観・願望とごっちゃにならない？」

　「その心配はあるな。」

33. 宋書・倭の五王に比定された天皇の記事の検証

488. 〈倭の四王〉の比定は間違ったが、〈倭の一王〉の比定は正しかったと言えるか

　第十七代履中天皇以降は書紀の年代がほぼ正しいとされる。この結果、外国史書との時代対比は問題がないとされている。ところが、意外なことに、宋書の〈讃〉に比定されたはずの第十七代履中天皇、〈珍〉に比定されたはずの第十八代反正天皇には朝貢記事や朝鮮半島関連記事が無い。

　「倭の五王については、検証済みでしょ。また、するの？」

　「倭の五王は歴代天皇だと思い込んでいる人は、簡単には自説を捨てない。だから、〈倭の四王〉は間違いかも知れないが、〈倭の一王・武〉が雄略天皇であることはほぼ正しいと、全体を否定して部分を肯定する方向転換を図っている。」

　「それはおかしいよ。今までの魏志や、後漢書の解読方法・つまみ食いと全く同じだよ。」

　「五王で意味があるのに、一王じゃ、検証不能だし、論理的には、意味は無いね。」

　「一人だけなら、誰にでも比定出来る。しかも検証不要となれば。」

　「悲しいかな、意味の無いはずの説が大手を振って通用しているのが現実だ。だから、今度は書紀と三国史記を使ってダブルチェックする。倭の五王の歴代天皇説に反対する説は、その矛盾を突くだけで、倭の五王の正体を明かそうとする努

力を怠って来たように思う。勿論、それでも十分なのだが、さらに踏み込んだ意見があってもいいと思うんだ。」

　「過ぎたるは猶及ばざるが如し、にならない？」

　「なってもいいじゃないの。オカラの考えに賛成するわ。

　「雄略天皇は〈武〉じゃないって、のも証明するんでしょ？」

　「勿論。」

489. 倭軍の侵攻記事は何故多いのか

　履中天皇から反正天皇の在位時代に対応する五世紀初頭の三国史記・新羅本紀の記事には倭軍の侵攻記事が多い。

（西暦405年）[倭兵来りて明活城を攻め、克たずして帰る。王、騎兵を率いて、之を独山の南に要ち、再戦して之を破る。殺獲するもの三百余級なり]

（西暦407年）[倭人東辺を侵す。夏六月、又、南辺を侵し、一百人を奪掠せり]

（西暦408年）[王、倭人が対馬島に営を置き、貯うるに兵革資糧を以てし、以て我を襲わんことを謀ると聞き、我は其の未だ発せざるに先んじて、精兵を揀び、兵儲を撃破せんと欲す。

舒弗邯未斯品が曰く。臣聞くに、兵は凶器にして、戦は危事なり。況んや巨浸を渉り以て人を伐

213

つをや。万一、利を失わば、則ち悔ゆるも追う可からず]

[嶮に依りて関を設け、来らば 則ち之を禦ぎ、侵猾するを得ざらしめ、便なれば 則ち出でて之を禽うるに若かず。此れ所謂、人を致して、人に致されざる策の上なりと。王、之に従う]

「この記事は広開土王碑文の記事と対応すると考えて良いかしら?」

「そうだと思う。」

倭国からは、ほぼ連続的な出兵が行われていた。これまでの記事では、倭軍が船を使った侵攻も含めて、何処から新羅領内に侵攻していたか、明らかではなかったが、この記事で、倭軍の渡海が初めて明らかになった。

「新羅側の倭軍に対する戦術も分かったね。」

「防禦を基本として、敵に隙あらば、反撃する戦法だ。」

490. 済に比定された第十九代允恭天皇の時代の新羅側の記録

允恭天皇は〈倭の五王〉のひとり〈済〉に比定された天皇だ。

三国史記・新羅本紀(西暦 444 年) [倭兵、金城を囲むこと十日、糧尽きて 乃ち帰る。王、兵を出し之を追わしめんとす。左右曰く。兵家の説に曰く。窮寇は追う勿れ。王は其れ之を舎むべしと。聴かず。数千騎を率い、追いて独山の東に及びて合戦す。賊の為に 敗る所となり、将士の死せる者半ばを過ぐ。王、蒼黄として馬を棄て山に上る。賊之を数重にも囲む。忽ち昏霧ありて咫尺を弁ぜず。賊、陰助有りと謂いて兵を収めて退き帰る]

新羅側の大敗の記事だ。この西暦 444 年は允恭三十三年に対応する。一方、宋書によれば、西暦 443 年に倭国王〈済〉が朝貢している。

「倭兵をヤマト政権軍とすれば大逆転勝利。絶対に、書かない手は無いよね。」

「マリアも思うだろ。でも、新羅本紀に対応する記事も、宋への朝貢記事も允恭天皇紀にはない。」

491. 三国史記と日本書紀

「普通は自国の大敗などは正直に書かないものだが、この記事は史書の常識に反するね。」

「書紀の場合はそうだけど、外国の史書は後世の王朝が書く。だから、史書の常識は逆転する。後世の王朝が、滅んだ王朝のことを悪く書いても、不思議じゃない。三国史記は後の高麗が書いた。自国の歴史を書いた書紀とは根本的に異なる。」

492. 第十九代允恭天皇の崩御記事

代わりに、允恭天皇紀にあるのは、天皇の葬儀の慰問記事だ。

書紀(西暦 453 年) [(允恭)四十二年春一月十四日、天皇が亡くなられた。新羅の王は驚き悲しんで、…沢山の調の船に多数の楽人を乗せ、…筑紫についてまた大いに泣いた] [難波津に泊まってみな麻の白服を着た。…]

宋書によれば、西暦 451 年以後は、倭王〈済〉が死に、世子〈興〉が立っている。

「〈興〉なら安康天皇でしょ。合わないよ。」

「この記事は倭王〈済〉に対する弔問記事の可能性がある。三国史記は倭国と新羅の間で激しい抗争があったと書くが、和戦両様を使いこなす関係だから、弔問があっても違和感はない。この場合は、〈筑紫についてまた大いに泣いた〉で記事は終わる。歪曲記事が簡単に出来る見本だ。」

「その言い方は感情的だわ。」

「言い直すよ。天皇の崩御も大事件なら、新羅への出兵・勝利も大事件。片方の記事しかないのは、どうしてだろうね。しかも、天皇の名が異なっている。」

「そうなんだよね…。」

「これだけでは、ウズメに論理の飛躍だと言われても仕方がない。だけど、後の継体天皇紀に〈筑紫君磐井〉の記事がある。ヤマト政権に敵対していた強大な国家が九州に存在していた。新羅の使者が大和を訪問することは出来なかった。」

493. 興に比定された第二十代安康天皇には朝鮮記事も朝貢記事もない

〈興〉に比定されたのが安康天皇だが、この天皇の在位期間は 3 年と短かい。〈興〉が宋の第四代孝武帝から、西暦 462 年に安東将軍・倭国王の爵号を受けたとすれば、朝鮮半島の高麗、新羅、百済を従属させていることを関係国に周知させるためにも重要なことだったはずだが、〈興〉に比定された安康天皇紀には何も記載されなかった。そのはずだ、西暦 462 年〈雄略六年〉に天皇だったのは雄略天皇だ。

「雄略天皇は〈興〉ではなく〈武〉でしょう？」

「宋書だけでなく、肝腎の書紀も、〈武〉＝雄略

天皇の図式を否定したね。」

だから、書紀・安康天皇紀にあるのは、安康天皇が兄の木梨軽皇子（きなしのかるのみこ）を殺して皇位につき、伯父大草香皇子（おおくさかのみこ）を謀殺して、彼の妻、中帯姫命（古事記では春日大郎女（かすがのおおいらつめ））を奪って皇后に据えたが、当時六歳の連れ子の眉輪皇子（まよわのみこ）に殺された、などの私事を綴った国内記事だけだ。

494. 武に比定された第二十一代雄略天皇と新羅

三国史記・新羅本紀（西暦 459 年）[倭人、兵船百余艘を以て東辺を襲い、進みて月城を囲む。四面の矢石は雨の如し。王城を守る。賊、将に退（しりぞ）かんとするや。兵を出し、撃ちて之を破る。北に追（お）いて海口に至る。賊の溺死せし者、半ばを過ぐ]

西暦 459 年は雄略三年に当たる。この時は倭国側の大敗の記事だ。やはり、書紀には何もない。

495. 暴虐の雄略天皇と池津媛

書紀の記事はこの 2 年後になる。相手は新羅から百済に変わる。

書紀（西暦 461 年）[（雄略五年）夏四月、百済の加須利君（かすりのきみ）が、池津媛（いけつひめ）が焼き殺されたことを人伝てに聞き、議って…孕んだ女を弟の軍君（こにきし）に与え…六月一日、身ごもった女は筑紫の加羅島（からのしま）で出産した。…母子を国に送った。これが武寧王である]

池津媛焼殺の話はショッキングな話なので説明を加える。詳細を下記に挙げる。

書紀（西暦 458 年）[（雄略）二年秋七月、百済の池津媛は天皇が宮中にいれようとしておられたにもかかわらず、石川楯と通じた。天皇は大いに怒って…、夫婦の四肢を木に張りつけて、桟敷の上に置かせて、火で焼き殺させた。—百済新撰には、己巳の年、蓋鹵王が即位した。天皇は阿礼奴跪を遣わして、美女を乞わせた。百済は慕尼夫人の娘を飾らせて適稽女郎と呼び、天皇に奉ったという。—]

書紀の池津媛焼殺の話は、雄略天皇の暴虐さを強調するために書かれた歪曲記事だ。

「書紀は本文記事と百済三書の引用記事があたかも関連があるかのような書き方をする場合がある。池津媛と適稽女郎は同一人物のような書き方だ。だが、この記事も良く読めば、池津媛の焼殺と美女献上の話は無関係だ。これを並列することで、読者に関連があると錯覚させる効果がある。」

「引用されている百済新撰の記事中、〈天皇〉を〈倭王〉に変えて読めば、意味は通じるようになる。」

「記事の読み替えは許されるかしら？」

「理由はある。身分が不明な〈阿礼奴跪〉を天皇が使者に立てることは有り得ないからだ。」

「〇〇臣とかだね。オカラが心配していた百済新撰の改竄だね。」

書紀[（雄略五年）皇后は…心をこめて諫められた。「いま陛下が猪のことで舎人を斬られたら、…陛下は狼に異なりません。」と…]皇后が雄略天皇の暴虐を戒める記事がある。

「沈約が全文を宋書に載せた武の上表文を、皇后から狼と同じだと言われた雄略天皇が書いたと思う？」

「どう考えても、別人だね。」

496. 書紀の雄略五年記事、武寧王の誕生について

武寧王誕生については、雄略五年だけでなく、武烈四年にも記事がある。これがどんな意味を持つか、詳細は後述する。

497. 書紀が書く、呉国の雄略天皇への朝貢とは

書紀（西暦 462 年）[（雄略六年）夏四月、呉国が使いを遣わして貢物を奉った]

呉人なら問題はないが、呉国となれば別だ。この時、既に呉国は滅亡して、南朝は宋。逆に、〈倭の五王〉が宋に朝貢を重ねていた時期だ。

498. 筑紫の安致臣・馬飼臣らは船軍を率いて〈高麗〉を討った

書紀（西暦 479 年）[（雄略）二十三年夏四月、百済の文斤王がなくなった。天皇は…末多王…をその国の王とされた。武器を与えられ、筑紫国の兵士五百人を遣わして、国へ送り届けられた。…この年百済の貢物は例年よりも勝っていた。筑紫の安致臣・馬飼臣らは船軍を率いて高麗を討った]

「天皇が百済国王の認証を行う。ヤマト政権にとって、これ程誉れ高いことはないね。」

「異論を挟むようで悪いけど、書紀はどのようにこの記事の正しさを証明しているの？」

「証明？」

「護衛の兵は、何故、ヤマトの兵士ではなく、筑紫国の兵士なの？筑紫の兵が乗る軍船はどこから出航したの？末多王は大和から築紫まで一人で旅したの？書紀は〈高句麗〉と〈高麗〉を混同していない？」

499. 倭の五王の平均在位期間は10年

〈倭の五王〉とは何者だったか？もう一度、宋書と武の上表文の関係を見てみよう。

西暦421年と西暦425年の二回にわたって〈讃〉が朝貢する。

西暦425年以後に讃が死に弟の〈珍〉が立つも、珍は西暦443年までに死亡。

西暦443年と西暦451年に子の〈済〉が朝貢。

西暦451年以後に済は死に子〈興〉が立つが、西暦478年までに興は死亡、弟の〈武〉が立つ。

西暦478年に武が上表した、となる。

約50年余りの間に5人の倭王が立った。平均在位期間は約10年と、在位が短い特徴がある。

500. 倭王・武の父と兄は戦死

〈武〉の上表文には[武の亡父済は仇（高句麗）が天路を閉じ塞ぐのを怒り、弓兵百万が…大挙しようとしたが、にわかに父兄を失い…失敗に終わった]とある。この意味は、西暦451年から478年の間に、武の父済と兄興の二人が戦死したため、弟の武が倭王の位を継いだことになる。

「どう考えても、合わないものは合わないね。倭の四王は間違いだったと認めた方が楽になるよね。」

501. 〈武〉に比定された雄略天皇の父・允恭天皇〈済〉はどのように崩御したか

書紀（西暦453年）[（允恭天皇）四十二年春一月十四日、天皇が亡くなられた。年は若干であった。―七十八歳という―。]

在位期間42年は、倭の五王のほぼ4人分を占める長さになる。

502. 雄略天皇の兄・安康天皇〈興〉の崩御

書紀（西暦456年）[（安康天皇）三年秋八月九日、安康天皇は眉輪王のため殺されてしまう。（注、眉輪王；皇后の連れ子、この時6歳）]

武の父兄、済・興の死と、雄略天皇の父、允恭天皇と兄、安康天皇の死とはこれだけの違いがある。

「〈武〉＝〈雄略天皇〉とする説は、これらのことを説明する義務はないのかしら？」

「普通に考えれば、疑問にはすべて答える義務がある。すべては関連しているからだ。」

503. 激動の朝鮮半島情勢

倭国王の済・興が死んだ西暦451年以降西暦478年までの間に、朝鮮半島では何が起きていたか？

高句麗・長寿王は、西暦427年、奪回した平壌に遷都し、西暦455年以降、倭国と連携した百済への侵攻を繰り返した。これに対して百済は、高句麗の勢力低減を目指していた新羅と結び、西暦472年〈蓋鹵王の十八年〉には北魏にも、高句

麗攻撃を要請した。

しかし、西暦475年、高句麗・長寿王は三万の大軍を率いて、百済の王都・漢城を攻めた。追い詰められた蓋鹵王は数十騎を率いて漢城からの脱出を図ったが、高句麗軍はこれを追跡、蓋鹵王を殺害した。

504. 倭の五王、済・興は百済支援の戦いで戦死した

この一連の戦いで、百済の蓋鹵王は、なりふり構わず、北魏に救援要請をしたとある。当然、倭国にも支援要請をして、倭王はこれに応えたはずだ。蓋鹵王の子嶋王、後の武寧王は倭国で生まれるなど、百済と倭国は密接な繋がりがあった。倭国がこの一連の戦争で、王とその子を相次いで失った可能性が高い。〈父の済と兄の興は高句麗との戦いで戦死した〉と訴えた〈武〉の上表は西暦478年、西暦475年の蓋鹵王戦死の3年後だ。

505. 日本書紀は対岸の火事見物

書紀(西暦476年)[(雄略)二十年冬、高麗王が大軍をもって攻め、百済を滅ぼした。そのとき少しばかりの生き残りが、倉下に集まっていた。食糧も尽き憂え泣くのみであった。高麗の諸将は王(長寿王)に申し上げて「百済の人の心ばえはよく分からない。私たちは見るたびに思わず迷ってしまう。恐らくまたはびこるのではないでしょうか。どうか追払わせて下さい。」と言った。王(長寿王)は「よろしくない。百済国は日本の宮家として長らく存している。またその(百済)王は天皇に

仕えている。周りの国々も知っていることである。」といい、それで取りやめられた]

漢城での互いに生死を賭けた激しい攻防戦と、書紀の間の抜けた記事の乖離は大き過ぎる。

「雄略天皇が武ならば、何故、渡海して高句麗との戦いに参戦しなかったか?」

「結局、書紀の対外記事は捏造だったね。」

以上が、倭の五王に比定された天皇の記事だ。

506. 倭国の南朝宋への朝貢

中国大陸では、西晋の滅亡(西暦312年)の前から、北方民族による中国北部への侵攻が激しさを増していく。南北朝時代の突入だ。朝鮮半島情勢も変化する。西暦313年、高句麗は倭国の朝貢の中継地だった帯方郡を滅ぼした。

倭国が大陸国家との朝貢関係を継続しようとすれば、高句麗の南下を阻止しつつ、南朝国家を目指すのは当然のこととなる。当時の朝貢のコースは北九州から朝鮮半島に渡り、ここから渤海を横断して山東半島に渡り、魏の時代はここから洛陽を目指したはずだが、ここを北朝国家に抑えられた南北朝時代には、山東半島に上陸せずに、海岸沿いを船で南下、直接、長江を目指したに相違ない。危険極まりない航海だった。

宋書[倭讃、万里貢を修む。遠誠宜しく甄すべく、除授を賜うべし]とはこのことだ。

507. 使持節都督、倭・百済・新羅・任那・秦韓・慕韓六国諸軍事、安東大将軍・倭国王

朝鮮半島北部を高句麗が支配していた時期、こ

の朝貢の実現のためには、朝鮮半島南半部の支配あるいは連携は必要不可欠なものだった。

倭王の使者が〈使持節都督、倭・百済・新羅・任那・秦韓・慕韓六国諸軍事、安東大将軍・倭国王〉を宋帝から除授されるよう願い出たのは、単に肩書きや名誉の為ではなかった。北の高句麗の南下を阻止し、その最前線を守り抜くためだった。

宋帝が、既に過去のものとなっていた〈広開土王碑銘〉に書かれた倭国の勢力範囲を認めたのは、朝貢を介した従前からの国家間の絆があったからだ。それまで一度も朝貢したことのない国が、ある日突然、朝貢に来たからといって、宋帝がこのような処遇を与えるはずはない。

508. 倭の五王と歴代天皇の続柄は何故合わないか

宋書[倭国は高驪の東南大海の中にあり、世々貢職を修む]この短い記事が意味するものは深い。これを具体的にしたのが、後の唐の時代に書かれた梁書だ。

梁書[卑弥呼の宗女臺與を立てて王と為す。その後、復た男王が立ち、いずれも中国の爵命を受けた。晋の安帝の時、倭王賛がいた。賛が死に弟の弥が立った、弥が死に子の済が立った。済が死に子の興が立った。興が死に弟の武が立った]

宋書・梁書では、讃(賛)→弟(珍:弥)→子(済)→子(興)→弟(武)と一致する。一方、日本の研究者たちの比定は、履中→弟(反正)→弟(允恭)→子(安康)→弟(武)である。

既に在位時期で矛盾が判明しているが、続柄も

合っていない。何故、宋書・梁書と日本書紀は合わないのか？答えは単純、〈倭の五王〉は〈歴代天皇〉ではないからだ。難しいことは何も無い。

509. 〈倭の五王〉問題は本来は存在しない

〈倭の五王〉問題は本来は存在しない。〈邪馬台国大和説〉を信奉する者たちが、〈倭〉を〈やまと〉と読み、強引に大和の天皇に比定したことから始まっただけで、論理的にはすべて破綻した。肝腎の日本書紀も〈倭の五王〉については一切触れていない。

「〈倭の五王〉が歴代天皇に比定されなければ、一体誰だと、逆に質問されるだろうか？答えは〈倭国の五人の王のこと〉だ。これで十分だと思うが、これでは、不足か？」

「倭国の史書が残されていないのだから、十分だと思うわ。」

「〈倭の五王〉問題はこの空白を利用された。だから、〈武〉は〈雄略天皇〉などだという明らかに矛盾する説が生き残り、それにすがっているのが、〈大和説〉だ。推測してみよう。〈讃〉は三国史記列伝や三国史記遺事の朴堤上説話に登場する倭王であり、〈済〉〈興〉は、西暦475年までの百済対高句麗の戦いで戦死した。〈武〉はこれから述べる筑紫君磐井の父だ。残念ながら〈珍〉については推測しようが無い。これで回答になるだろうか？」

~~~~~~

コラム 11. 古事記・日本書紀とは何か

~~~~~~

　記紀ついては様々に検討されてきた。第一に古事記と日本書紀はそれぞれ無関係な史書か、それとも一連のつながりを持つ史書か？当然、それは著者についての問題にも波及する。古事記序文には太安万侶と署名があるが、その太安万侶を巡っても様々な研究がある。時系列で追ってみよう。

　西暦 681 年(天武 10 年)川嶋皇子・忍壁皇子らに帝紀及び旧辞撰定の詔が下る

　西暦 686 年(朱鳥 01 年)天武天皇崩御、皇后(持統)が称制する

　西暦 691 年(持統 05 年)川嶋皇子薨去

　西暦 704 年(慶雲 01 年)太安万侶が従五位下を授けられる

　西暦 707 年(慶雲 04 年)文武天皇崩御、元明天皇即位

　西暦 710 年(和銅 03 年)藤原京から平城京に遷都

　西暦 711 年(和銅 04 年)太安万侶が正五位上を授けられる。古事記編纂の詔

　西暦 712 年(和銅 05 年)太安万侶が古事記を撰上する

　西暦 715 年(霊亀 01 年)太安万侶従四位下を授けられる。元明天皇譲位、元正天皇即位

　西暦 720 年(養老 04 年)舎人親王が日本書紀を撰上する

　西暦 721 年(養老 05 年)太上天皇元明崩御

　西暦 722 年(養老 07 年)太安万侶死亡

　尚、日本書紀には序文はない。記紀がそれぞれ独立したものならば、書紀にも序文があって然るべきだと考えられる。日本書紀が持統天皇まで記録されているが、古事記は推古天皇で終わっている。これも大きな問題だ。古事記は未完ではないかという疑問が出される原因となった。

　日本書紀の編者が舎人親王だとしたのは続日本紀だが、これは天武天皇の時の川嶋皇子のような立場で、舎人親王は著者ではないとする考えが大勢を占める。実際の著者は誰か？明確な結論は出ていない。

　後に書かれた『続日本紀』は

　西暦 794 年(延暦 13 年)平安京に遷都、続日本紀 34 巻撰上

　西暦 797 年(延暦 16 年)続日本紀全 40 巻撰上

~~~~~~~~~~~~~~~~~~~~~~~~~~~~~~~~~~~~~~~

　続日本紀と記紀の共通は、遷都に合わせて撰上が行われた事実だ。遷都時の続日本紀 34 巻の撰上が未完であったことから、古事記が平城京遷都に合わせて撰上されていたとすれば、未完の書の可能性が高くなる。そこから何が言えるだろうか？通説にこだわる必要はない。私の考えは、あとがきに書いた

~~~~~~~~~~~~~~~~~~~~~~~~~~~~~~~~~~~~~~~

34. ヤマト政権第三王朝

510. 第二十六代継体天皇の即位

　吉備国の軍事力によって成立した神功・応神天皇を祖とする〈河内王朝〉最後の天皇・第二十五代武烈天皇の後を継いだのが継体天皇だ。書紀によれば、武烈天皇は武烈八年十二月八日に十八歳で崩御したが、子がいなかったので、越前国坂井郡高向郷にいた男大迹王（後の継体天皇）に白羽の矢が立った。

　書紀によれば、継体天皇は応神天皇の五世の孫で、彦主人 王 の子、母の振媛は垂仁天皇の七世の孫だ。しかし、父の彦主人王は顕宗・仁賢・武烈天皇のいずれかの時代の人と考えられるが、探し当てることが出来ない。母の振媛も同様に探し当てることが出来ない。五世と七世の孫では、さもありなんだ。皇統の連続性が危ぶまれる所以だ。

　通説は継体天皇は地方豪族出身とする説が優勢だ。仮にこの説が正しければ、白羽の矢が立つことは有り得ない。ではどうして、継体天皇は天皇になれたか？書紀の記事を解読して得られる結果は、皇位簒奪だ（『背徳と反逆の系譜　記紀の闇に光はあるか 』）。

　「まとめると、ヤマト政権は、三つの王朝から成り立つ。第一は神武天皇を祖とする〈磐余王朝〉、第二は神功皇后を祖とする〈河内王朝〉、三番目が〈継体王朝〉だ。それ以後の天皇は継体王朝に属したことになる。」

　「これだと、〈万世一系〉じゃないね。」

　「別に、新説ではない。多くの歴史研究家の疑問を整理して、まとめただけだ。」

　「だからこそ、四番目の王朝出現を阻止するために、書紀は〈四十一世一系の説〉を強調したのね。」

　「四番目の王朝って？」

　「藤原王朝。」

　「これは新説？」

　「そう。書紀の新解釈だ。その権力闘争の皇族側の最前線にいたのが第四十三代元明天皇。その理論的支柱となったのが、従四位下太安万侶が著した記紀。」

511. 第二十六代継体天皇の時代

　六世紀のこの時期、中国大陸では、五胡十六国をまとめた北魏は西暦494年、洛陽に遷都するも、西暦535年には西魏と東魏に分裂、南北朝時代最後の動乱期に突入し、西暦589年の隋の建国へと続いていく。

　大陸の動乱に合わせるように六世紀、朝鮮半島の政治地図も変化する。高句麗は往年の力を失い、新羅が台頭を始める。高句麗や百済はこれに対抗するために、互いに連携と離反を繰り返し、三国間で激しい争乱が続いていたが、西暦668

年の新羅による朝鮮半島統一に収斂する。

この時期、九州には、三国史記や中国史書では〈倭国〉あるいは〈倭〉、書紀では〈筑紫国〉と書かれた国があり、ヤマト政権と対立していたことが、書紀・継体天皇紀によって記されている。このことは、百済国や新羅国が〈筑紫国〉を素通りして大和へ使いすることや、ヤマト政権の軍が渡海することは常識的には不可能となるが、書紀はその常識を歪曲記事や捏造記事を用いて隠し続けてきた。継体天皇紀〈筑紫君磐井の反乱〉記事は、はからずもその矛盾を曝け出すことになった。

512. 天皇が百済に馬を贈る不思議

書紀（西暦 513 年）［（継体）六年四月六日、穂積臣押山（ほづみのおみおしやま）を百済に遣わし、筑紫国の馬四十匹を賜（たまわ）った］

「これって、逆でしょ。」

「どうして？」

「どうして、〈ヤマト政権〉は百済に 40 匹もの馬を贈らなければならなかったの？」

「マリアの言う通りだ。書紀のこれまでの例に倣うならば、贈るのは百済の方だ」

「朝貢に対する下賜品ではないの？」

「その判断は、続きがどうなってるかだね。」

この記事は、後述する任那問題を論ずる時にも問題になる。強大な倭国が存在していたこの時期、穂積臣押山（ほづみのおみおしやま）が〈筑紫国〉で簡単に馬を徴発し、しかも 40 匹という大量の馬を送れる軍船の用意は可能だったか？この穂積臣押山は、この使いの 8 ヶ月後には、次の様に書かれていた。

513. 継体天皇は外圧に弱い天皇だった

継体六年四月記事の謎は八ヶ月後の書紀の記事で氷解する。

書紀（西暦 513 年）［（継体）六年冬十二月、百済が使いを送り、調を奉った。別に上表文を奉って、任那国の上哆唎（おこしたり）、下哆唎（おろしたり）、娑陀（さだ）、牟婁（むろ）の四県を欲しいと願った。…哆唎の国守穂積臣押山が奏上して…賜物と一緒に制旨をつけ、上表文に基づく任那の四県を与えられた］

軍事的に劣勢となった〈ヤマト政権〉は、和議を申し入れ、馬を贈ったのだ。だが、百済の要求は変わらなかった。四県の割譲だ。

そして、継体六年四月に百済に遣わされた穂積臣押山は、〈ヤマト政権〉の従臣だったはずだが、いつの間にか哆唎国の国守になって、十二月には大和で、哆唎を百済に割譲するべしと天皇に奏上していた。哆唎の国守が哆唎は要らないという不思議な奏上だが、正に変幻自在、神出鬼没だ。一体、穂積臣押山の正体は、〈ヤマト政権〉の使者か、あるいは〈任那〉の哆唎の国守か？

しかし、これで一件落着とはいかなかった。

514. 天皇が敵に領土を贈る不思議

書紀（西暦 514 年）［（継体）七年冬十一月五日、朝廷に百済の姐弥文貴（さみもんくい）将軍が…詔（みことのり）を賜（たまわ）って、己汶（こもん）・滞沙（たさ）を百済国に賜った」

一年後には、更に、己汶（こもん）・滞沙（たさ）の割譲を強いられて、これを受諾していた。書紀の書く内容とは全く相反する事態が起きていたことになる。

222

515. 領土とは欲しいとねだれば貰えるものか

　今、竹島や尖閣諸島が政治問題化している。たとえ、無人島であっても領土を手放すとは大変なことなのだ。

　西暦1939年に勃発した〈ノモンハン事件〉を例にとろう。日本の歴史はこれを〈事件〉としたが、第一次、第二次の二度にわたって行われたれっきとした戦争だった。ただ、惨憺たる敗戦だったために、時の政府は事件と言い換え、些細な事のように見せかけようとした。しかし、戦死7306人、戦傷8332人、戦病2350人、行方不明1121人、自決あるいは自決させられた連隊長・部隊長8人(『日中戦争全史(下)』)だった。〈些細な事件〉ではなかった。

　戦争の発端はモンゴル人民共和国と満州国との無人の場所での、河を境とするか丘を境とするかの些細な国境争いだ。領土とはこのようなものだ。

516. 継体六年・七年記事は歪曲

　百済国は武寧王の時代だ。武寧王は旧漢城を高句麗に奪われ混乱した百済の安定を回復した王とされる、在位は(西暦502〜523年)だ。継体六年と七年の時の相手は武寧王となる。

　書紀によればこの時代、九州には〈筑紫君磐井〉が君臨していたから、ヤマト政権が〈筑紫国の馬四十四匹〉を贈ることは不可能だった。

　当事者は〈ヤマト政権〉ではなく、〈倭国〉であったが、書紀が、百済の相手を〈倭国〉から〈日本〉に変えたことで、不名誉な事柄までも引き受けることになり、継体天皇を外圧に弱い天皇に変えた。

517. 朝鮮記事での百済三書の引用

　書紀(西暦523年)[(継体)十七年夏五月、百済の武寧王が薨じた]

　書紀に、この武寧王についての面白い記事が二つある。すこし遡る。

　書紀(西暦461年)[(雄略五年)夏四月、百済の加須利君が、池津媛が焼き殺されたことを人伝てに聞き、議って…孕んだ女を弟の軍君に与え…六月一日、身ごもった女は筑紫の加羅島で出産した。…母子を国に送った。これが武寧王である]

　書紀(西暦502年)[(武烈四年)この年百済の末多王が無道を行い民を苦しめた。国人はついに王を捨てて嶋王を立てた。これが武寧王である。——百済新撰にいう。…いみ名は嶋王という。これは琨支王子の子である。琨支は倭に向かった。その時、筑紫の嶋に着いて嶋王を生んだ。いま各羅の海中の嶋に主(国王)嶋がある。王の生まれた島だ]

　雄略五年六月一日記事の出処は、武烈四年記事から、百済新撰であることが判明する。

　「それでは、但し書きのない、朝鮮関連記事の出処は何か？例えば、継体十七年記事の場合は？」

　「やっぱり、百済三書でしょ。」

518. 百済・武寧王の誕生が意味すること

　二つの記事によれば、武寧王は嶋王と呼ばれ

ていた。その嶋の位置は、書紀・継体天皇紀によれば〈筑紫の加羅島〉であり、書紀・武烈天皇紀によると〈筑紫の各羅の海中にある主嶋〉となる。何故、この記事とその解釈が面白いか？

519. 各羅嶋ではなく、主嶋だ

書紀は紛らわしい。まず名前だ。琨支王子は、雄略五年の記事では軍君だった。兄の加須利君が四月に議って、孕んだ女を軍君に与えて、六月一日に子を産んだので母子を百済に送ったことになっている。武烈四年の記事では、琨支王子の妻は筑紫の嶋に着いてすぐに子を産んだと思われる文章だ。生まれた島は、〈加羅島〉から〈各羅の海中の主嶋〉へと嶋の名も変わる。

そして、この〈主嶋〉は、日本側の研究では、現在の佐賀県玄海海中公園にある加唐島が有力候補に挙げられている。

「問題の在りかを、局部的な嶋の比定に矮小化させて、地名当ての手法で終わらせる。なんとも姑息な手法だけど、これが、日本書紀を無条件で信じるやり方なんだね。」

「〈倭の五王問題〉と本質的に同じ手法だと思う。」

良く読むと、生まれた嶋は〈各羅嶋〉ではなく、雄略五年記事では〈筑紫の加羅島〉であり、武烈四年記事では〈主嶋〉だ。日本側研究結果の〈加唐島〉はどちらにも書かれていない。

「それより、百済の王子が、なぜ大和から遠く離れた九州の小島で生まれたのかしら？」

「だから、旅の途中で生まれたことにした。」

520. 人質はどこに住ませるか

雄略五年の記事も、武烈四年の記事でも軍君（琨支王子）の倭国行きの理由は書かれていないが、理由は人質だ。人質はどこに住ませるか？ヤマト政権ならば、何かあった場合に直ぐに身柄を拘束出来る大和の都に住まわせたはずだ。日本の戦国時代、戦国大名が互いに離反を防ぐために、同盟を結んだ大名の夫人や子供を人質に取ったが、その時、すぐに逃げ帰れる領土外れの田舎に住まわせたか？考えてみれば簡単に理解出来る。

521. 武寧王は筑紫の主嶋で生まれた

書紀の記事は、その軍君が大和へ行く途中で同伴した妻が産気づいて、〈主嶋〉で、後の武寧王を産んだような内容だが、そうではないはずだ。理由は雄略五年記事だ。出産間近かの妻をわざわざ筑紫まで行かせ、今度はそこから母子共に送り返す、そんな危険を冒すくらいなら、最初から妻を同伴しない方がいいに決まってる。妊娠した妻を同伴した理由に、池津媛の焼殺を挙げているが、これは全く理由にならないこじつけだ。

実際は、軍君夫妻は筑紫の〈主嶋〉に住んでいた。そこで子を産んだ。人質は軍君だから、母子は出産を機に帰国を許された。その解釈が最も妥当だ。

百済新撰の記事は特別な意図で書かれた記事ではなく、書紀もそれを承知で引用したはずだ。結果的に書紀が引用記事を載せなければ、この話は歴史の表舞台に登場することはなかった。

書紀がこの記事を載せたことで、〈百済新撰〉が大和のことを書いていたのではなかったことを、証明することになったし、書紀は敢えて、それを是認したことになる。

522. 主嶋とは筑紫の嶋

この〈主嶋〉とはどこを指す言葉か？〈加唐島〉を挙げた人たちは地図を見ながら探したはずだ。語呂当てで探しても〈主嶋〉は見つからない。探しあぐねた結果が、〈加羅〉を〈各羅〉と読み替え、それと同音読みになる〈加唐〉を〈主嶋〉に当てたのではないかと想像出来る。

しかし、〈主嶋〉とは、〈各羅の海域〉で〈最も大きな嶋〉を指しているはずだ。沢山の小島があるなかで最大の嶋、それが〈主嶋〉だ。

そして、この海域での最大の嶋は壱岐になるが、壱岐ならば壱岐と書いたはずだし、倭国の都から離れた壱岐島では、理屈に合わなくなる。では、次に大きい嶋はどこか？候補地は魏志倭人伝の斯馬国（糸島半島の志摩地区）だ。〈斯馬〉こそ〈嶋王〉の名に由来する地名だ。

523. 糸島半島は〈島〉だった

全くの盲点だ。現在は半島だが、その原因は江戸時代に行われた干拓事業だ。当時は砂州でつながるこの海域最大の島だった。伊都国の都の直ぐ傍だ。そこには〈可也山〉がある。頂上に立てば、玄界灘の水平線を眺望できる。朝鮮半島の〈伽耶山：標高 1430m〉に比べれば、可也山の標

高は 365mに過ぎないが、左右対称に近い秀麗なシルエットから、故郷の伽耶山に見立てて付けた名であろう。朝鮮半島から多くの渡来人が移り住んだ場所だ。

人質と言っても百済の王子だ。その王子の生活環境としては申し分ない。倭国という強大な国家の存在を認めれば、武烈四年の記事は容易に理解出来る、あれこれと考え悩む必要はない。

話はそれるが〈可也山〉の〈可〉は〈火〉に通じるし、その北側には〈火山〉がある。

後述する〈筑紫火君〉はこの〈可也山〉か〈火山〉に由来する名前と考えられる。

武烈四年の記事は、ヤマト政権が百済と関係がなかったことを白状していた。武＝雄略天皇はここでも否定される。

図 12. 約 2300 年前の糸島の地形想定図

（『伊都国遺跡ガイドブック』糸島新聞社、から転写）

~~~~~~

コラム 12. 記紀〈解読〉の具体例—記事を要約するだけでは〈解読〉とは言えない

~~~~~~

「この年(皇極元年、642)、蘇我大臣蝦夷は、自分の祖先の廟を葛城の高宮に立てて、一天皇でなければできないのに—八佾の舞をした。…「大和の忍の広場を渡らむと　脚帯手作り　腰つくろうも」という歌まで作った。—この歌の意味は大和の国を横領しようと準備しているのだ、ということである。—また全国の人民ならびに諸氏の部民を徴発して今来というところに二つの墓をつくらせた。これは一方を大陵といって自分の墓とし、一方を小陵といって息子の入鹿の墓とするためで、死んでから人に世話をかけないようにしたいからだと豪語した。そこで上宮の乳部の民を集めて営兆所で使役した。そこで、上宮大娘姫王がたまりかねて、天に二つの日はなく、国に二人の王はないというに、どうして蘇我臣は、このように勝手なことをするのかと、いきどおり、また、なげかれた。…じつは正当な権力以上の暴虐の行為の発現する場とさえなっているのである。…」

(小林行雄著『古墳の話』岩波新書、から抜粋転記)

~~~~~~~~~~~~~~~~~~~~~~~~~~~~~~~~~~

　この文章は書紀の記事をそのまま解説したものだから、〈訳文〉としては正しい。文章末尾の〈暴虐の行為〉は、記紀の記事を〈要約〉したものだが、この著者は〈解読〉だと考えた。大きな誤解だ。

　だから、書紀の文章の要約文としては申し分ないが、〈解読〉が正しいかどうかは別問題になる。

~~~~~~~~~~~~~~~~~~~~~~~~~~~~~~~~~

　書紀・綏靖天皇紀[…その腹違いの兄手研耳命は、年が大きくて長らく朝政の経験があった。それで自由に任されていたが、その心ばえが、もともと仁義に背いていた。ついに天子の服喪の期間にその権力をほしいままにした…]は、『古墳の話』の論理に従えば、手研耳命は暴虐の限りを尽くした皇子であり、綏靖天皇に謀殺されて当然の結果となるのだろうか?しかし、手研耳命こそ第二代天皇だったとする説は、決して少くない。要約すれば、書紀・綏靖天皇紀の解読結果と皇極元年記事の整合が出来なければ、この『古墳の話』の論理は成立しない。

　手研耳命が〈朝政の経験と権力を有した〉ことと、蘇我蝦夷が〈八佾の舞をして、双墓をつくった〉ことは、同じことではないのか?…違う?…手研耳命は皇族で蘇我蝦夷は豪族だ。一歩譲っても、手研耳命が天皇であったとしても、蘇我蝦夷が天皇であるはずはない、何故なら万世一系の説とは相容れないからだ。…そうだろうか?〈論理過程〉の中に〈結果〉忍び込ませて、最終的に〈結果〉を導き出す、これでは書紀の記事を解読できないのではないのか?

　『古墳の話』は非常によくまとまった本である。この本での記紀解読の手法は、一人この著者だけのものではない。〈要約〉を〈解読〉と言い換えるのは、多くの記紀研究者に共通する論理だが、その論理構成に飛躍や断絶があることを理解しなければならない。

~~~~~~

35. 筑紫君磐井と戦ったのは、本当にヤマト政権軍か

524. 倭王・筑紫君磐井

これまで延々と述べてきたヤマト政権と朝鮮半島諸国との関係記事は矛盾に満ちたものだったし、それを是認した書紀の解読が矛盾を解決出来ないのも当然の成り行きだった。それは継体天皇紀でも変わらなかった。勝者が敗者の歴史を抹殺するのは冷徹な歴史の真実だ。書紀が徹底して倭国を無視した理由はこれだけで充分だ。

しかし、無視できない事態が生じた。それが書紀で言う、〈筑紫君磐井の反乱〉だ。九州にヤマト政権に比肩される、あるいはそれ以上の大きな国家が存在していたことを、書紀は継体天皇紀で認めざるを得なくなった。結局、これまでの天皇紀の朝鮮関連記事と九州遠征記事は捏造だったと、書紀は白状したも同然だ。筑紫君磐井とは何者か？

525. 百済・聖明王の敗戦

書紀（西暦 524 年）[（継体）十八年春一月、百済の太子明が即位して聖明王となった]

武寧王の後を継いだのが聖明王だ。在位は（西暦 523〜554 年）だった。〈筑紫君磐井の反乱〉（西暦527〜528年）は、この聖明王即位の4年後になる。

磐井の乱の翌年（西暦 529 年）、聖明王は高句麗の安臧王に敗れ 2000 人の死者を出した。

時に、連携してきた百済と倭国であったが、筑紫で〈ヤマト軍〉に敗れた倭国は、一時的に百済の支援が出来なくなっていた可能性がある。

526. 筑紫君磐井は本当に反乱を企てたか

「〈筑紫君磐井の反乱〉理由は？」

「書紀によれば、ヤマト政権が出した朝鮮半島への出兵命令の拒否だ。」

書紀（西暦 527 年）[（継体）二十一年、夏六月三日、近江の毛野臣が兵六万を率いて任那に行き新羅に破られた南加羅…を回復し、任那に合わせようとした。このとき筑紫国造磐井がひそかに反逆を企てたが…新羅がこれを知ってこっそり賄賂を送り、毛野臣の軍を妨害するように勧めた]

「〈倭国〉は対岸の朝鮮半島南部の〈任那〉とは深い関係があった。〈倭国〉が〈任那〉の領土回復のための出兵に反対する理由は何かしら？」

「何だろうね。」

「その上、反逆をそそのかしたのが敵の新羅でしょ。理屈が通らないよ。」

とってつけたような、反逆の理由にもならない理由を書紀は書いていた。

527. 古事記では〈筑紫君石井〉は反乱ではなか

った

古事記は趣を異にする。

古事記[第二十六代継体天皇の御代に筑紫君石井を物部荒甲大連と大伴金村連の二人を派遣して石井をお殺しになった]と簡単に記している。

九州の強大な国家の存在を認めない記紀の基本的なスタンスは同じだが、問題が生じた。古事記は〈反乱〉の言葉を使っていない。しかも、〈筑紫君石井〉という言葉を使った。〈君〉とは尊敬語だ。〈君臣〉となれば〈君主とその臣下〉のことになる。筑紫君石井を一国の王として認めていた。

528. 書紀は服属国へ言い換えた

書紀の著者は古事記の記事が意味することに気付いた。そして、書紀は〈筑紫君〉を〈筑紫国造〉に変えた。〈国造〉はヤマト政権の地方組織だから、読む人は〈反乱〉と思ってしまう。巧妙な記事だ。そして、多くの研究者は疑問を挟むことなく、この書紀の記事を認め、〈筑紫君磐井〉をヤマト政権に刃向かった〈反乱者〉として歴史に名を残した。だが、これで問題は解決したわけではない。

「今まで調べてきたけど、歴代の天皇紀に〈筑紫国〉を制圧した記事はどこにもないよね。古事記は正直だった。」

この問題を、たった一言の言葉〈筑紫国造〉だから〈反乱〉だとする論理の軽さに惑わされてはいけない。

529.「長門より東は天皇が治め、筑紫より西は

将軍が統治せよ」は、亡国の論理

第二十六代継体天皇の時代に起きた〈筑紫君磐井の反乱〉とはどのようなものだったか？ここから本題に入る。

書紀(西暦527年)[(継体)二十一年秋八月一日]に派遣を命じた物部麁鹿火大連に、[天皇は将軍の印綬を大連に授けて、「長門より東の方は自分が治めよう。筑紫より西はお前が統治し、賞罰も思いのままに行え。一々に報告することはない。」といわれた]

このような言葉は、いかなる事態であっても、天皇が臣下に言うべき言葉ではない。将軍に領土を分割して与え、独立を認めることは亡国の論理だ。中国の歴史を見れば容易に理解出来る。しかし、勅撰史書を撰録する程の知識を持つ書紀の著者が、亡国の論理を無造作に書き付けるとは思われない。

530. 亡国の論理でないのなら、何が言えるか？

この記事が、筑紫がヤマト政権の支配の及んでいないことを前提とした記事と考えれば、納得がいく。新しく入手する土地はその土地を奪った者に与えるとすれば、それは領土の割譲ではなく、論功行賞になるからだ。しかも、多分、領地は得ることは出来ないはず、と踏んでの上の記事だったのではないか？問題は〈反乱理由〉と〈出兵理由〉を、尤もらしく書くことだった。

「それは、最初から疑惑の目で、書紀を見ていることにならない？」

531.西征の前に解決すべき問題がある

「その前に、クリアしておかねばならない問題があるわ。ヤマト政権と吉備政権の関係よ。ヤマト軍が筑紫に行くためには吉備政権の領国を通過しなければならないでしょ？」

「古事記で、孝霊天皇の時に吉備の平定は完了したと書いた以上、今更、書くことは出来ない話だった。しかも、吉備政権の息がかかった応神王朝は継体天皇によって滅ぼされている。」

「調べる手段はあるのかしら？」

532. 吉備地方の古墳形式の変化

　岡山県下の古墳は、五世紀の巨大前方後円墳から、六世紀に入ると古墳の形状に変化が生じる。こうもり塚古墳は六世紀後半に造られた全長約100mの前方後円墳であるが、内部に巨石を用いた横穴式石室を持つ。牟佐大塚古墳は、六世紀末に造られた円墳で、巨石を用いた横穴式石室がある。箭田大塚古墳は六世紀後半から七世紀に造られた円墳で同じように巨石を用いた横穴式石室を持つ。

　これら、五世紀の巨大前方後円墳から六世紀後半から七世紀の巨大石室を持つ円墳への変化は、中間に小型化した前方後円墳を挟んで連続性が認められる。巨大石室の存在は吉備地方における政治権力の継続性を示唆する。

　大和地方での巨大石室には、蘇我馬子の墓とされる石舞台があるが、蘇我馬子の死亡は西暦626年（七世紀）であるから、吉備地方と大和地方の間で古墳の際立つ対照は見られない。

533. 吉備政権とヤマト政権・継体王朝の関係

　地域による古墳の形状差異や規模の比較から、直ちに国の優劣や従属関係を示すことは出来ないが、一定の関係を示唆するのも事実であろう。

「ヤマト政権と吉備政権は神功皇后以降、長期にわたって共存を図っていたと思うけど、この時はどうだったんだろうか？」

「記紀は、吉備政権との関係を隠すから、推測する以外に方法はないね。」

「吉備政権と関係が深かったとされる神功皇后・応神天皇の系列は仁徳天皇以降は政権内部での激しい皇位争いで劣化し、第二十五代武烈天皇の在世は末期的症状を呈していたね。」

「武烈天皇が継体天皇に取って変わられても、このことで吉備政権が継体天皇を敵視する可能性は少なかったのじゃないかしら？」

「それは判断不能だ。ただ、継体天皇の時代は、武烈天皇によって乱れたヤマト政権を立て直すのに力を割かれただろうから、結果的には内政に力を入れていた可能性がある。」

「じゃ、九州までの大軍の派遣は？」

「書紀の記事は検討に値するね。極めて難題だけどね。」

534. 物部麁鹿火大連が率いたのは私軍

「麁鹿火が率いた軍は天皇の軍、即ち国軍だったか、それとも物部一族の私軍だったか？」

「突然、どうして、こんな質問が出るの？」

「継体二十一年記事が亡国の論理か、そうでないかの判断材料になると考えるから。」

「天皇の命令によって、麁鹿火は指揮を執った

のだから、ヤマト政権軍のはずだわ。」

「常識的にはそうなる。だけど、書紀は常識が通用する書物ではない。」

「それなら、物部一族の私軍だった？」

「六世紀って、どんな時代？」

「多利思北孤が第一回目の遣随使を送ったのが第三十三代推古天皇の推古八年（西暦600年）だから、継体二十一年はその約70年前に当たる。」

535. 孝徳二年の詔でヤマト軍が再編される前は私軍の寄せ集めだった

書紀（西暦646年）[（孝徳二年八月十四日）…それ故、現在の天皇から臣・連に至まで、持てる品部はすべてやめて、国家の民とする]

この記事で、これ以前には国軍は存在せず、物部の兵とは、一族の利権を守るための私兵だったことになる。

536. 疑問は増すばかり

「物部の兵を九州まで運ぶ足はどうしたと思う？」

「水軍が重要な働きをしたと思う。」

「でも、物部は水軍を持っていなかったのじゃない？」

「じゃ、全行程を歩いた？関門海峡はどうする？」

「船がないなら、立往生だよ。」

ヤマト政権内ではそれぞれが私軍を保有していた。浪速の津や紀伊の津を本拠とする豪族は水軍を保有したと思われるが、それは一族が活動するための規模の水軍であったと思われる。

「ヤマトでは計画的に大軍を輸送出来る水軍は存在しなかった可能性が大きいね。」

「精神論だけで、兵の派遣は出来ないし、〈倭国〉には勝てそうもないわね。」

「単独氏族で遠征軍を構成する力量はなかったから、他の豪族との混成軍だったと思う。」

「それより、この時の物部の兵力が不明だ。書紀が何故、書かなかったか、謎だよ。」

「毛野臣が率いた6万の大軍は何故、倭国軍と戦わなかったのかしら、不思議だわ。」

「6万の大軍は忽然と消えた。だから、物部の兵を派遣する必要が生じた。」

「何故、消えた？」

「消えたのではなく、最初から無かった。」

「だったら、戦いの前提が無くなった。」

537. ヤマト政権が戦う動機は何だったか？

「大陸関係を考えれば、〈筑紫君磐井〉の存在が障害になることでは、ヤマトと吉備、二つの政権の利害は一致したはずだと思う。だから、彼らは吉備国通過は可能だっただけでなく、さらに進んで吉備国の支援も受けていた可能性がある。」

「吉備国の登場だね。」

「どういうこと？」

「物部軍は大和から吉備国までは陸路。そこからは吉備水軍の船で運ばれた可能性が大きいと思われる。」

「それなら、吉備国からは大勢の兵が加わった。」

「大胆な推測ね。でも、どこか納得がいかない。戦争の動機よ。」

「動機？」

「ヤマト政権が九州の倭国と戦う動機って何？」

「何だろう？」

「吉備政権なら分かる気がする。三世紀に書かれた魏志倭人伝の狗奴国、五世紀に書かれた後漢書の拘奴国がその前身でしょ。倭国とは数百年にわたって覇権を争う宿敵同士だった。」

「それなら、言い出しっぺはヤマト政権じゃなかった？」

538. 筑紫三井郡で倭国軍と交戦したのは吉備政権軍か

「戦う動機がなければ、軍の派遣はない。」

「じゃ、書紀の記事は歪曲？」

「弱小と考えられるヤマト軍が勝利出来たのは、本当なのかしら？表に立って戦ったのは吉備軍ってことはないの？」

「その疑問は有り得るな。筑紫君磐井との戦いを主導したのは吉備政権。吉備政権から、支援を頼まれたのがヤマト政権。ヤマト政権の〈継体王朝〉には〈河内王朝〉を倒した負い目があったし、強大な吉備政権の依頼を断ることは出来なかった。それを書紀が、ヤマト政権が単独で行ったことに書き換えた。」

「どうして、そんな推測になる？」

「書紀の論理では、吉備政権はヤマト政権の従属国、表に出ることは有り得ない。」

「過激過ぎない？」

「毛野臣に対する疑惑だ。それだけではない、多くの研究者が欺かれた神功皇后の新羅侵攻記事など多くの捏造記事がある。国内記事についても捏造のオンパレードだった。そのなかで、筑紫君磐井の記事だけは事実だと、どうして言える？既に反乱理由も矛盾だらけだ。」

539. [これ女王の境界の尽くる所なり]

横道にそれるが、魏志倭人伝で、未だ未解明の記事が残っていた。[これ女王の境界の尽くる所なり]だ。古代倭国の地図に比定しただけで、現代地理に比定していなかった。その答えは継体天皇紀にあった。

書紀（西暦527年）[（継体二十一年）…磐井は肥前・肥後・豊前・豊後などをおさえて]とある。これが〈筑紫国〉を含めた〈筑紫君磐井〉の勢力範囲だが、恐らく三世紀からの支配地域と考えてもそれほど違いはないはずだ。

「今でいえば、〈倭国〉の勢力範囲は福岡、佐賀、長崎、熊本、大分五県、九州の北半分だ。朝鮮半島への出兵を繰り返す軍事強国が、物部・大伴の軍で潰されるようなことはない。」

540. 毛野臣は一人で渡海したのか

書紀（西暦530年）[（継体二十四年）秋九月、任那の使いが奏上して、「毛野臣（けのおみ）は…滞留二年、政務を怠って、…常に人民を悩まし、少しも融和することがございません」といった。…阿利斯等（ありしと）（任那王）は毛野臣が…任那復興の約束を実行しないことを知り…毛野臣の行状をすっかり知って離反の気持ちを起こした。…]（任那王）は『全現代語訳　日本書紀（下）』の注釈。この記事は〈筑紫君磐井の反乱〉鎮圧の2年後に当たる。

541. 何故、書紀の注釈は〈任那王〉なのか？

　この記事も意味が不明だ。書紀によれば、〈任那復興〉とは、天皇の 詔（みことのり） のもと、百済と〈任那〉が協力して新羅と戦い、新羅に奪われた〈任那〉の地を回復することだ。筑紫君磐井との戦いもそのためだったはずだ。毛野臣は何故、天皇の詔に反する行動に出たのか？矛盾だらけだ。

　あとで検討することになるが、〈任那王〉と注がある阿利斯等の名を覚えておいて欲しい。

542. 六万の軍勢はどこに消えたか

　書紀によれば、〈筑紫君磐井の反乱〉理由は〈毛野臣の渡海に反対〉したことだ。渡海に反対した〈筑紫君磐井〉が戦死したことで障害は取り除かれたのだから、書紀が、毛野臣を渡海させたのは当然の成り行きだ。しかし、肝腎の毛野臣が 6 万の大軍を率いて渡海した記事はどこにもない。

　後述するが白村江の戦いの際には、軍の構成と五次にわたる渡海の様子が詳しく書かれている。その白村江への派遣軍よりはるかに膨大な軍勢の渡海だ。

　「仮に 6 万の大軍が渡海すれば、それまでの朝鮮半島南部の軍事情勢は一変して、〈任那〉の完全な復興だけでなく、場合によっては、新羅征圧さえ可能だったと思う。」

543. 兵六万の渡海の意味を考える

　どう考えても、兵六万の渡海は不可能だ。

　例えば、後の白村江への実際の出兵は 1 万だ

った。この時の三国史記の記事によれば、軍船数は 400 隻、あるいは 1000 隻だ。唐・新羅軍の戦果を書いた記事だから誇張されているとして、50 人/隻〜100 人/隻と見なして、兵糧や武具の積載を考慮すれば、総隻数は 200〜300 隻となる。

　兵六万の渡海にはこの 6 倍の総隻数、1200〜1800 隻の膨大な軍船が必要になる。

　さらに、6 万の大軍はどこから徴集したのか？大和地方では無理だ。だから、物部の兵だったはずだ。それでは吉備地方か？吉備政権がヤマト政権の命令を聞くはずはない。残るは九州地方からか？激戦で疲弊した倭国（い）には無理だ。逆に、6 万の軍勢を揃える力があれば、新羅に敗れることはなかった。そして、毛野臣が大軍を率いて渡海した記事は書紀のどこにもない。書けないはずだ。

544. 矛盾のスパイラル

　だから、毛野臣の渡海の二年後から書き出したのが、前述の継体二十四年九月の記事だ。倭国（い）がいつの間にかヤマト政権の支配下になっていたように、毛野臣もいつの間にか渡海を済ませていた。

　〈筑紫君磐井の反乱〉の再確認だ。〈反乱〉の実相は〈ヤマト政権あるいは吉備政権による倭国（い）への侵攻戦〉だったから、反乱理由を書く必要は全くなかった。だが〈反乱〉としなければ、それまでの天皇の九州遠征記事や朝鮮関連記事は捏造になる。書紀は、矛盾する話の辻褄を合わせるために、矛盾を重ねる負のスパイラルに陥っていた。

545. 死人に口なし

書紀（西暦 530 年）[（継体二十四年）冬十月、調吉士は任那から到着し、奏上して、「毛野臣は…和解することを知らず、加羅をかき乱して…外患を防ぐことをしません」と言った]

書紀（西暦 530 年）[（継体二十四年）この年、毛野臣は召されて対馬に至り、病に会って死んだ]

「毛野臣って何者？」

「本来ならば 6 万の軍勢を率いた大将軍のはずだったが、筑紫君磐井と戦ったのは、突然、詔でピンチヒッターに起用された物部麁鹿火だった。」

「〈筑紫君磐井の反乱〉をでっち上げるために利用された架空の人間だったのじゃない。」

「理由は？」

「矛盾する記事ばかり。死人に口なし、だわ。」

「結局は、磐井の反乱理由も、毛野臣の〈任那〉の話もすべて捏造記事だ。」

546. 耽羅人が百済国に使いしたことを、書紀は何故書いたか

書紀は〈筑紫国造磐井の反乱〉として、あたかも既に倭国はヤマト政権の支配下にあるように書いたが、次の記事は、この問題を解く鍵になるだろうか？〈反乱〉の 20 年前の記事だが、不思議な記事だ。

書紀（西暦 508 年）[（継体二年）十二月、南の中の耽羅人（済州島の人）が初めて百済国に使いを送った]この記事はヤマト政権には何の関係もない。しかも、百済と耽羅国のことをヤマト政権

はどうして知ることが出来たのか？そして何故、書いたのか？恐らく次の記事の伏線になっているのではないかと思う。

547. 書紀はなぜ、百済本記を引用したか

書紀（西暦 509 年）[（継体）三年春二月、使いを百済に遣わせた。─百済本記に曰く、久羅麻致支弥が日本からきたとあるが詳しくは分からない]

書紀の記事では、使いを百済に遣わせたのは継体天皇だが、この簡単な事実の補足説明のために、何故、わざわざ百済本記が必要なのか？

548. 久羅麻致支弥はどこから来たのか

「使いを出した側が、その使者の名が分からず、使いを受けた側が使者の名を知っているが、〈日本〉から来たかどうかは分からないとはどういうことか？そもそも、百済本記が〈日本〉という言葉を使うのか？」

「百済本記が使うのは〈倭国〉だ。」

「それなら、正しくは〈久羅麻致支弥が倭国からきたとあるが…分からない〉ってことね。倭国でなければ何処になると、百済本記は考えたのかしら？」

「答えは、耽羅国だ。」

「だったら、書紀の研究者は解釈を間違えたね。」

「〈百済本記に曰く〉以下を書かなければ、何の問題も起こらなかった。一種の暴露だろうか？」

「可能性はある。あたかも、ヤマト政権は百済とつながりがあって、新羅とは敵国関係だったことを

匂わせ、〈筑紫君磐井の反乱〉は座視できないと思わせるための記事だったのかな。」

549. 〈倭国〉を〈日本〉に変えることで、虚偽がばれることもある

　書紀 (西暦 512 年) [(継体) 六年四月六日、穂積臣押山（ほづみのおみおしやま）を百済に遣わし、筑紫国の馬四十匹を賜った] 使者の官名を明らかにする、これが書紀の書き方だ。継体三年の百済本記に書かれた使者〈久羅麻致支弥（くらまちきみ）〉には、ヤマト政権から遣わされる場合の使者の位（臣や連）の職名がない。

　書紀の継体三年二月〈久羅麻致支弥〉の記事は、虚偽だと述べたことと同義になる。

　では、継体六年四月〈穂積臣押山〉記事は虚偽ではないのか？これも虚偽だ。理由は筑紫国に無断で馬 40 匹を贈ることは不可能だからだ。

550. ヤマト政権内には百済・新羅との外交記録は存在しなかった

　書紀はヤマト政権と百済や新羅、時に高麗（高句麗）との外交の話を崇神天皇から始め、神功皇后の治世からは、盛んに書き始める。その正誤については既に検証済みだ。あたかも、百済や新羅、高麗がヤマト政権に従属しているかのような書き方だが、その種本は百済三書だと、書紀は種明かしをしていた。この結果、記紀は矛盾だらけの記事を多く含むが、その原因がどこにあるか、解明の糸口を示唆していたことになる。

　実は、種明かし以上に、これは重大な意味を含む。本来、国家に外国との交渉があれば、結果は、

その国家が記録として保存する。ヤマト政権では王朝の交代はあったが、国家そのものの滅亡は無かったから、外交文書が逸失する可能性は小さかったと思われる。

　だから、ヤマト政権と百済・新羅・高句麗との外交があったのならば、日本書紀が百済三書を引用する必要はなかったし、後世の歴史学者が、百済三書をめぐってあれこれと持論を戦わせる必要もなかった。書紀は矛盾だらけの記事を書いたと、不名誉な評価を受けるいわれも無かった。

　「百済記にいわく…」「百済本記にいわく…」は間接的に、ヤマト政権と朝鮮三ヶ国との外交は無かったと告白したのと同じだ。

551. 〈倭国＝大和〉説はこの指摘にどう答えるべきか

　「歴代天皇の都遺跡からの外交結果を記録した木簡・竹簡の出土を願うことだ。」
　「証拠が必要ということね。」
　「考古学の出番だ。」

552. 倭国の記録は百済や新羅に残された

　一方で、外交記録が失われることがある。原因は国家の滅亡などによる記録類の消滅だ。例えば、三国史記では百済、高句麗の倭国関連記事は、特に百済は倭国との関係が深かったと考えられるが、極めて少ない。二国とも新羅に滅ぼされたからだ。日本国内では、幸いにもこのようなことは起こらなかったと言えるだろうか？

　戦乱のドサクサで散逸したか、ヤマト政権によっ

て消滅させられたか、あるいは奪われたかは不明
だが、倭国の記録は倭国の滅亡と共に消された。

　しかし、幸いなことに、当時の外交相手国だった
新羅や百済の記事に残されていた。〈百済三書〉
や〈三国史記〉の倭国記事だ。

553. 百済三書はどのように使われたか

　書紀は、勅撰史書としては正史に書けない事柄
を〈一書に曰く〉〈人々が言う〉などの書き方で、間
接的に史実を批判しているのは周知の事実だ。
恐らく、対朝鮮政策についての問題についても、
ヤマト政権と朝鮮三国の関係を強調する一方で、
〈百済記に曰く〉と書くことで、著者が問題と考えた
記事については、読者に注意を促したと考えられ
る。

　「どうして、そう言えるの？」

　「記紀の著者は『史記』を手本にしたと思う。司
馬遷は〈太史公曰く〉から始まる自らの意見を以て、
史実を批評したが、勅撰史書である記紀では、個
人的な意見は書けなかった。〈一書に曰く〉を以て、
自らの意見の代わりにした。」

　一方で、百済記や百済新撰を入手したことで、
結果的には、実際の交流記録がなくても、都合の
良いように書き直すことも可能になった。最近の
流行り言葉で言えば、元米国大統領トランプも到
底及ばない壮大な〈フェイク〉だ。

　しかし、残念なことに、記紀は後世、大和民族の
優秀さを強調する大和史観と、それと表裏の関係
になる中国・朝鮮への蔑視思想の醸成に多大な
影響を与え、朝鮮侵攻・朝鮮併合や日中戦争に
利用されたことは疑いのない事実でもあった。後

世の研究者が記紀の論理を歪曲したからだ。

554. 筑後風土記・筑紫君等が祖

　古田武彦は『よみがえる卑弥呼』の中で、〈筑紫
君〉と呼ばれた者たちは卑弥呼の末裔だと考えた。
古田はその根拠を、『筑後風土記』の一節を引用
して説明している。

　［昔此の堺の上に麁猛神あり、往来の人半ば
生き半ば死にき。その数極く多なりき、因りて人
の命尽の神と曰ひき。時に筑紫君等が祖甕依
姫を祝と為して祭らしめき。爾より以降、路往く
人、神に害はれず。是を以ちて、筑紫の神と曰
ふ］

　風土記は、筑紫の神と呼ばれた甕依姫は、筑紫
君等の祖先であると書く。古田は、〈甕依姫〉とは
甕棺を依り代とする巫女のことで〈みかよりひめ〉と
読む。甕棺とは三世紀の北九州一帯で作られた
墓棺である。昔とはその時代、卑弥呼・壹与の時
代のことだ。

　魏志［倭国乱れ、相攻伐すること歴年、乃ち共
に一女子を立てて王となす。名づけて卑弥呼と言
う、鬼道に事え、能く衆を惑わす。…国を治む］

　この二つの文章に共通するのは、乱れた国を治
めた女性のことを書いていることだ。甕依姫と卑弥
呼は同一人物だったとするのが古田武彦の結論
だ。古田武彦説への反論は〈甕依姫〉や〈卑弥
呼〉の読み方が主である。『筑後風土記』を引用し
て卑弥呼問題を論じる手法についての反論はな
い。

555. 卑弥呼は何と読むか

〈卑弥呼〉はどう読むか。我々は〈ひみこ〉と読むものと疑いもなく信じてきた。しかし、古田武彦は〈卑弥呼〉と読み、〈甕依姫（みかよりひめ）〉の呼び名だとした。古田はその理由を「〈呼〉には〈こ〉と〈か〉の両音がある。前者は〈呼吸〉などの場合、後者は「神に捧げた犠牲に加えた切り傷」を指す場合である。一方〈狗〉にも〈こう〉〈く〉の両音がある。〈卑狗〉は〈彦〉に通じるから〈狗〉と〈呼〉がおなじ〈こ〉である可能性は少なくなる。」と考えた。これが、古田武彦が〈卑弥呼〉を〈ひみか〉と読んだ根拠だ。

確かに、末字を〈こ〉と読む時は皇子（みこ）、御子（みこ）であり、固有名詞では磐余毘古（いわれびこ）や長髄彦（ながすねびこ）があり、末字が〈こ〉は男性を指す呼び名となる。〈卑弥〉は〈姫〉に通じるかも知れない。女性の〈卑弥呼〉を〈ひみか〉と読むことは特別奇をてらった読み方ではない。〈卑弥呼〉をなんと読むかは、実は確定していない。

556. 卑弥呼で良いか

中国史書は〈帝紀〉と〈列伝〉に分かれるが、他に〈志〉があるものもある。魏志の〈帝紀〉には[冬十二月、倭国女王俾弥呼（い）、使を遣わして奉献す]とあるのを古田は見い出した（『よみがえる卑弥呼』）。一方の〈列伝〉の魏志倭人伝では〈卑弥呼〉だ。我々はこの記事から〈卑弥呼〉と慣れ親しんできた。

帝紀に書かれた〈俾（い）〉は倭国女王の上表への署名文字であろう。〈俾〉は卑字ではない。倭国女王は自ら卑字を使ってはいなかった。帝紀はその文

字を正確に記録した。一方、〈卑〉は魏帝の詔にあるように、魏側からの倭国女王の呼び方になると古田は推測した。倭人伝はそもそも、列伝の最後、夷蛮伝〈烏丸・鮮卑・東夷伝〉の最末にある。

しかし、この古田の説は受け入れられなかった。卑弥呼は慣れ親しんだ〈ひみこ〉でなければならなかったからだ。

557.〈卑弥呼〉と〈筑紫君〉との関係は〈筑後風土記〉を使わなくても証明可能だ

梁書[…正始中（西暦240−248年）卑弥呼が死に…卑弥呼宗女臺與（だい）を…王と為す。…復た男王が立ち…興が死に弟の武が立った]で、卑弥呼から武まではつながっていた。

さらに、西暦502年、梁書（南朝梁の天監元年）の[武を進めて征東将軍と号させる]で、六世紀まで卑弥呼の系譜はつながった。三国史記からは、倭国（い）・倭王（い）は、書紀の〈筑紫国（い）〉と〈その王〉であることが判明している。

558. 倭王〈武〉の在位期間を調べる

梁書[…晋の安帝の時、倭王賛がいた。賛が死に弟の弥が立った、弥が死に子の済が立った。済が死に子の興が立った。興が死に弟の武が立った]とある。

宋書の倭王〈武〉の西暦478年の上表から、梁書倭伝・南史倭国伝の西暦502年の[武を進めて征東将軍と号させる]までは追跡可能だ。中国史書から〈武〉の倭王在位期間は24年以上に及んだことが判明する。少なくとも、倭王武の時代まで

は、ヤマト政権は朝鮮諸国との交流は出来なかった。

559. 筑紫君磐井は倭王〈武〉の子だった

　筑紫君磐井が書紀に初めて登場するのは、継体二十一年(西暦527年)だ。翌二十二年には三井郡の戦いで戦死する。〈武〉の最後の記事と筑紫君磐井の戦死までの空白期間は25年だ。

　「筑紫君磐井の倭王在位期間を仮に二十数年間とすれば、王統は連続していたと判断出来る。」

　「磐井には成人した王子、葛子がいたから、二十数年間の在位は問題はないと思う。」

　「すると、〈武〉の後を継いだ倭王は武の弟か、子か、孫かのどれかしら？」

　「筑紫君磐井が弟なら在位期間が長過ぎる気がする。孫なら間隔が短か過ぎる。磐井は〈武〉の子である可能性が強くなる。」

560. 吉備政権＋ヤマト政権と筑紫国(倭国)の戦いは覇権戦争

　継体二十一年の記事が〈筑紫君磐井の反乱〉でないとなれば、継体二十二年の戦争とは何だったか？答えは、六世紀の東西の強国、〈吉備政権〉＋〈ヤマト政権〉と〈倭国〉との覇権をかけた対決だったことになる。しかし、筑紫君磐井の問題はまだ最終解決にはならない。

　「まだ、続く？」

　「最終的には、朝鮮半島の諸問題と併せて、初めて解決する。」

561. ヤマト政権は継体二十二年以後、自らの外交記録を持ったか

　もし、筑紫君磐井がヤマト政権の軍門に降ったとすれば、理屈上は、ヤマト政権はそれまで関わることの出来なかった朝鮮諸国と直接関われることになる。その結果は日本書紀にはどう書かれたのか？それまでの百済記や百済本記などの転用改竄から、自らの外交記録に基づく記述に変わったはずだ。

　「百済記や百済本紀の引用は必要なくなるということ？」

　「基本的にはね。逆に、引用されていれば、書紀の〈筑紫君磐井の反乱〉記事は歪曲・改竄記事になる可能性が大になる。」

　「例外は？」

　「書紀が本文を批判的に見ている場合は、本文と相反する形で引用することもある。」

　「この前提はちょっとおかしいと思う。吉備政権はどこへ行ったの？」

　「確かに、天皇紀全体を検証するにあたっては、〈倭国〉と〈吉備政権の存在〉を抜きには出来ないけど、ヤマト政権と朝鮮諸国及び〈倭国〉の関係は、〈吉備政権〉抜きでも解読できる。」

　「筑紫君磐井の反乱の結末は？」

　「吉備国抜きでは論じられない。」

　「結局、疑問だらけで、何も分からなかったね。」

~~~~~~

コラム 13. 俳句にあそぶ（1）　語られぬ湯殿にぬらす袂かな　芭蕉

~~~~~~

　山形県鶴岡市と山形市を結んだ六十里越街道は、途中、標高 1000mを超す細越峠、大岫峠があり、湯殿山参詣道・修験道が一部で重なる古道である。かつてこの古道を夫婦で歩いたことがある。この二つの峠に挟まれた梵字川に沿って湯殿山神社があり、そこに表題の芭蕉の句碑がある。

　湯殿山神社の御神体は温泉岩塔である。お参りするためには、裸足になり、手足を洗い清める。勿論、近くからも温泉岩塔は見ることはできない。秘中の秘なのだ。御神体を神秘化するのに一役買わせられているのが芭蕉の句である。

　「湯殿のことは語ってはならないが、湯殿の御神体に詣でて、感激のあまり袂を濡らしたことよ」そのように句意はあると多くの人は考える。そして、芭蕉になった気分で参詣するのだ。だが、芭蕉にとっては〈語ってはならない〉のではなく〈語ることができなかった〉のではないか？こう考えるのは、芭蕉が詠ったのは神仏習合だった江戸時代であり、湯殿秘密説は明治以降のことだと思うからだ。

~~~~~~~~~~~~~~~~~~~~~~~~~~~~~~~~~

　今日、月山登山と言えば、八合目までバスが通じているが、芭蕉は羽黒山から出発した。しかも、ピッケル・アイゼンの無かった時代、日陰に残る残雪が氷になっている急坂は危険そのものだ。

　『奥の細道』から「六月三日、羽黒山に登る。…八日、月山にのぼる木綿しめ身に引きかけ、宝冠に頭を包み、強力と云うものに導かれて、雲霧山気の中に、氷雪を踏みてのぼる事八里、更に日月行道の雲関に入るかとあやしまれ、息絶身凍えて、頂上に臻れば、日 没 て月 顕 る。笹を鋪、篠を枕として、臥て明るを待つ。日出て雲消れば湯殿に下る。…」

　早朝、羽黒を立ち、日没に月山頂上、十二時間以上を費やした登山だ。寒さに震えながら夜明けを待ち湯殿に下る。ここには鍛冶月光、金月光、水月光と呼ばれる三つの急坂がある。湯殿から折り返し、再び月山頂上を経て、羽黒に戻る。累積標高差は 2500mを超える。払暁に月山を発てば午前中に月山頂上に戻れる。そこから一気に下れば、日没には羽黒に戻れるが、まさに〈息絶身凍〉の一泊二日の苦行だ。この行を繰り返す修行僧の中には、疲労凍死する者もあったに違いない。

　「…行尊僧正の歌の 哀 も爰に思ひ出て、猶まさりて覚ゆ。…惣て、此の山中の微細、行者の法式として他言する事を禁ず。…」

　『奥の細道』によれば、〈他言することを禁ず〉は〈惣て、此の山中の微細、行者の法式〉であって梵字谷の温泉岩塔ではない。〈涙〉で〈袖を濡らす〉は〈湯殿〉のほかには〈月山〉にも〈羽黒〉にも掛けられない。羽黒・月山・湯殿の回峰行の中に真言密教の世界は無限に広がる、それを芭蕉は感得した、そう考えなければ芭蕉の涙は理解出来ない。壮大で哲学的宗教的な俳句ではないだろうか？（つづく）

~~~~~~~~~~~~~~~~~~~~~~~~~~~~~~~~~~~~~~~

238

36、書紀・継体天皇から欽明天皇までの系譜を問う

562. 皇位は整然と継承されていたか

書紀によれば、継体天皇から欽明天皇までの皇位は整然と継承されていた。そして記紀研究の通説も書紀の記述を追認した。後述する任那問題の記事は、これらの天皇、特に欽明天皇に多出する。このためにこれらの天皇の系譜を確認しておくことは、無駄ではない。

563. 継体二十五年春三月に南韓では何が起きていたか

書紀（西暦 531 年）[（継体二十五年）春二月、天皇は病が重くなった。七日、天皇は磐余の玉穂宮で崩御された。時に八十二歳であった]

これだけなら何も問題はないが、次の記事と併せて読むと、途端に理解困難になる。

書紀（西暦 531 年）[（継体二十五年）冬十二月五日、藍野陵に葬った。—ある本によると、天皇は二十八年に崩御としている。それをここに二十五年崩御としたのは百済本記によって記事を書いたのである。その文に言うのに、「二十五年三月、進軍して安羅に至り、乞屯城を造った。この月高麗はその王、安を弑した。また聞くところによると、日本の天皇および皇太子・皇子皆死んでしまった」と。これによって言うと辛亥の年は二十五年に当る。後世、調べ考える人が明らかに

するだろう]

「やっぱり、百済本記の引用が行われている。」

「〈筑紫君磐井〉問題は、以後の朝鮮関連記事で初めて解決するとは、これだったんだね。」

「日本の天皇・皇太子・皇子皆死んだって、なんとも、奇怪な記事だよ。」

564. 百済本記には問題はない

「不思議だね。オカラはどう思う？」

「〈二十五年三月、進軍して安羅に至り、乞屯城を造った〉には主語がない。本文ならば、当然、主語は天皇になる。だが、百済本記からの引用文だから、進軍して城を造ったのは〈安王〉だ。多分この記事には問題はない。」

「じゃ、書紀が百済本記を引用した真の狙いは、〈また、聞くところによると…〉以下の文章だったということかしら？」

「だと思う。〈辛亥の年は二十五年に当たる〉これに従って継体天皇の崩御年を決めたのだと思う。」

「書紀は、これまでと同じように百済本記の〈倭国〉を〈日本〉に、〈倭王〉を〈天皇〉に変更した。そうしなければ、それまでの記事と矛盾することになる。ところが、倭王の死亡記事だ。ここに来てそれまでの矛盾が一挙に顕在化したのだと思う。」

「矛盾だと分かっていながら、書かねばならなかったってこと？」

「書紀の著者は矛盾とは思わなかった。二つの本を比べた結果だからね。ただ、書紀の著者にとっては200年前の出来事だから、迷ったのは確かだ。」

「そして、日本の天皇・皇太子・皇子は皆死んだ。」

565. 日本を倭国に変えて読めば納得がいく

「〈日本〉を〈倭国〉に、〈天皇〉を〈倭王〉、〈皇太子〉を〈太子〉、〈皇子〉を〈王子〉に変えるのよ。」

[その文に言うのに、「二十五年三月、（倭王は）進軍して安羅に至り、乞屯城を造った。この月高（句）麗はその王、安を弑した」…]

「〈安〉は安羅で戦死したのかしら？」

「安羅は朝鮮半島南端に位置する。この時期、高句麗がここまで、進出したかは不明だ。ただ、〈安〉は百済と共に、高句麗軍の侵攻を止めるために前線に乞屯城を造り、戦死した。」

筑紫君磐井の戦死が西暦528年。百済の聖明王が高句麗の安臧王に敗れたのが西暦529年。〈安〉の戦死がその2年後の西暦531年。磐井の戦死後も、倭王は百済と連携して朝鮮に出兵し、高句麗と戦っていた。

「新羅本紀には倭軍は大敗北を喫したあとでも、侵攻を繰り返していることが書かれているけど、これと同じようなことが起きていたと考えればいい。」

566. 死んだのは、天皇・皇太子・皇子ではなく、倭王・太子・王子だった

「〈また、聞くところによると〉からは、継体二十五年（西暦531年）以前に起きた事件の情報になる。事件の発生場所は、現地（朝鮮半島内）でなかったため、直接確めることが出来なかった。恐らく、九州島で起こった事件、継体二十二年の倭王〈筑紫君磐井〉をはじめ太子、王子の多くが戦死した情報だ。」

567. 書紀は何故、百済本記を引用して継体天皇の崩御年をずらしたか

百済本記の記事は、百済本記が意味不明ではなく、書紀の著者の改竄と、後世の研究者が倭国の記事を継体天皇の記事に読み替えために、意味不明な記事に変わった。

しかし、この百済本記によって、書紀の〈筑紫君磐井の反乱〉は史実だったと認定出来る。一方で、ヤマト政権が〈筑紫君磐井の反乱〉を鎮圧して、大陸外交の主役に躍り出たという考えも、併せて否定していたことになる。

「ヤマト政権が主役に躍り出ることが出来なかったのは？」

「〈倭国〉は健在だった。吉備政権も存在した。結局、書紀の〈筑紫君磐井の反乱〉記事はそのまま信用は出来ないってことになる。」

「それなら、裏があるってことになるね。」

「何故、継体天皇の崩御年を変更してまで、矛盾を曝け出さねばならなかったのかしら？」

「書紀の著者は、〈ある本〉より〈百済本記〉の方を信用したということじゃないかな。」

「〈ある本〉って？」

「そこまで聞く。天皇崩御記事があるから、天皇記か国記だと思う。」

「何故〈ある本〉なの？」

「題名を表に出せない国記。」

「だったら、推古二十八年に蘇我馬子と聖徳太子が書き上げた〈天皇記〉か〈国記〉？」

「可能性はあると思うけど、確かめられないね。」

568. 第二十七代安閑天皇は何故、生前譲位されたのか

書紀（西暦531年）[（継体）二十五年春二月七日、継体天皇は安閑天皇を即位させられた。その日に天皇は崩御された]

安閑天皇は継体天皇の長子であると書紀に書かれている。何故、皇太子ではなく長子か？継体天皇紀には、その原因は皇后が生んだ嫡子が幼かったために、妃が生んだ年長の安閑・宣化兄弟がつなぎのために皇位を継いだとある。しかし、これは問題記事だ。何故なら、男帝が〈つなぎの天皇〉になることはない。皇太子が幼いなら、皇后が補佐する。

「書紀の論理に従えば、次期天皇に就いた者が遡って皇太子になり、皇太子の母親が遡って皇后になる。安閑が即位した時点で、〈皇后の嫡子〉は消滅する。」

「継体天皇崩御と安閑天皇即位は同日だったんだ。これと関係がある？」

「時間的には短時間だけど、生前譲位だね。これも異例だと思う。」

569. 継体天皇は継体二十八年に崩御していた

書紀（西暦534年）[（安閑）元年春一月都を倭（やまと）

の国の勾（まがり）の金橋（かなはし）に遷した]

継体二十五年の翌年を安閑元年とすれば、西暦532年となるのが正しいと考えるが、引用文献『全現代語訳　日本書紀』の巻末年表では安閑元年は西暦534年だ。

「どうしてかしら？」

「後世の研究は継体二十八年崩御説を選択した。その年が西暦534年だ。書紀の巻末年表と合う。」

「書紀の継体二十五年崩御記事が継体二十八年崩御に訂正されると、書紀の記事はどう変わるんだろう。」

「西暦534年1月に安閑天皇が即位、勾（まがり）の金橋（かなはし）に遷都が行われ、同年2月7日、継体天皇崩御となり、生前譲位は一ヶ月の期間が生まれる。」

「そうなるんだ。」

「死を悟った継体天皇が、意識のあるうちに譲位の意を伝えたとすれば、即位のゴタゴタは防げるから、むしろ、死の直前の譲位より、自然な継承かも知れない。」

「これって、生前譲位が無ければ、後継争いが起こる可能性があったことになるの？」

570. 第27代安閑天皇は継体天皇の子ではなかった

書紀（西暦535年）[（安閑二年）冬十二月十七日、天皇は勾の金橋宮で崩御された。年七十歳]

安閑天皇の在位はわずか2年弱であった。

一方、書紀の年表は継体二十八年天皇崩御の立場で書かれている。これによれば、継体天皇の崩御と安閑天皇崩御の西暦535年とは1年のず

れとなる。これから二人の年齢差を計算出来る。継体天皇の年齢82歳と安閑天皇70歳の差は12歳、これにプラス1年で、答えは13歳となる。

「この年齢差では二人の父子関係は無い。考えられるのは兄弟だ。」

「年の差が13歳もあるから、異母兄弟の可能性の方が強くなると思う。」

　兄の在位が長ければその分、弟の在位が短くなるのが兄弟継承の特徴だ。安閑天皇の短い在位はそれを反映していると思う。」

「何故、書紀は兄弟継承を父子継承に変えたのかしら？」

「兄弟継承は履中・反正・允恭天皇や安康・雄略天皇の前例がある。どうして、問題になるの？」

571. 継体天皇の嫡子は幼かったか

　継体天皇紀まで遡る。書紀（西暦 507 年）［（継体元年）三月一日詔して…礼儀を整えて手白香皇女をお迎えせよ」といわれた］［五日、手白香皇女を立てて皇后とし、…やがて一人の男子が生まれた。これが天国排開広庭尊（欽明天皇）である］

　手白香皇女とは第二十四代仁賢天皇の第三皇女であり、第二十五代武烈天皇の姉になる。

「継体元年の前年、仁賢天皇の第六子であった武烈天皇の年齢が18歳だったから、第三子の手白香皇女は20歳代前～中半だったと思う。当時としては高齢での結婚だ。〈やがて一人の男子が生まれた〉によれば、結婚後、直ぐに欽明天皇は生まれたのではないかな？」

「継体二十八年の時には欽明天皇は25歳を超

えていておかしくないね。」

「それなら、〈まだ幼かった〉は無い。」

「本当に幼かったとしたら、ずうっと後で生まれたことになる。」

「年が経てば、だんだん、手白香皇女は子を産めなくなる。」

572. 何故、誰も安閑天皇即位に疑問を挟まないのか

　書紀（西暦 507 年）［（継体元年）元からの妃、尾張連草香の娘を目子媛という。…二人の子を生み、皆天下を治められた］

　この二人が安閑天皇と宣化天皇で、二人は同母兄弟となる。一見何の問題もなさそうだが、皇位継承に絡む記事だ。〈元からの妃〉と天皇の母である〈皇后〉とはどのように違うのか？

「子が天皇になれば、普通は〈元からの妃〉が〈皇后〉に変更になる可能性が大きい。」

「目子媛は豪族の娘だね。」

「継体天皇が皇子なら、血筋は問題じゃない。」

「ちょっと待ってよ。二人が同母兄弟だという、書紀の記事を仮に認めたとしても、さっきも言ったけど、継体天皇の子であるとする書紀の主張は、認めることは出来ない。この記事では、継体28年の時、安閑天皇は69歳だった。継体元年の時は41歳だったことになる。おかしくない？」

573. 第28代宣化天皇の皇位継承理由は問題ないか

　書紀［宣化天皇は継体天皇の第二子で、安閑

天皇の同母弟である。(安閑)二年(西暦535年)十二月、安閑天皇が崩御されて後嗣がなかった。群臣が奏上して神器の剣・鏡を宣化天皇に奉り、即位された」

　これが宣化天皇の即位の様子だ。宣化天皇紀には、即位したのは安閑天皇に後嗣がなかったためだとある。

　「安閑天皇に嫡子があれば、宣化天皇の即位はなかったのかしら?」

　「そんな生易しい話ではないと思う。安閑天皇即位の理由は継体天皇の嫡子が幼なかったためだと、書かれていたが、この問題は解決していない。」

574. 継体天皇・安閑天皇・宣化天皇は三人兄弟、三兄弟は三人姉妹と結婚した

　書紀(西暦536年)[(宣化元年)三月八日、詔していわれるのに「前の正妃、仁賢天皇の女（むすめ）、橘　仲皇女（たちばなのなかつひめみこ）を立てて皇后としたい」と仰せられた]

　これまでの記事を整理すると、
継体天皇の皇后:仁賢天皇の女（むすめ）、手白香皇女（たしろかのひめみこ）
安閑天皇の皇后:仁賢天皇の女、春日山田皇女（かすがのやまたのひめみこ）
(手白香皇女の異母妹)
宣化天皇の皇后:仁賢天皇の女、橘　仲皇女（たちばなのなかつひめみこ）
(手白香皇女の同母妹)

　三人の天皇はすべて仁賢天皇の皇女を皇后にしていた。もし、安閑、宣化天皇が継体天皇の子とすれば、二人は自分の母親と近い年齢の女性と結婚したことになる。

　普通は、この結果を見れば、三人兄弟が三人姉妹と結婚したと考えるはずだ。継体天皇と安閑天

皇の年齢差13歳と併せれば、疑いなく、書紀は偽りの記事を載せた。三人は兄弟だった。

575. 皇位の兄弟継承は隠すべきことか

　「兄弟継承は前例があるから、ことさら隠す必要はなかったと思う。それなのに、偽り隠したのはどんな理由があったのか、疑問が増すだけだわ。」

　「安閑天皇が生前譲位されたことと、わずか二年の短い在位がその鍵を握っていないかしら?」

　「どういうこと?」

　「安閑天皇と宣化天皇兄弟の激しい皇位争いがあった。兄弟の年齢が一歳違い、しかも弟の妻が、継体天皇の皇后の同母妹となれば、弟の方が、俺の方が資格は上だと主張してもおかしくはないわ。」

　「継体天皇が二人を仲裁して、安閑に生前譲位した。」

　「継体天皇の生前譲位の理由になるね。」

　「でも、これだけなら〈兄弟〉を〈子〉に偽る必要はないわ。もっと大きな問題があるのじゃない?」

　書紀・宣化天皇紀(西暦539年)[(宣化)四年春二月十日、天皇は桧隈廬入野宮（ひのくまのいおりのみや）に崩御された。時に、年七十三歳]

　この記事から、西暦535年には宣化天皇は69歳だった。安閑天皇は70歳だったから、1歳違いの兄弟になる。この二人の天皇も異母兄弟の可能性があったことになる。

　「同母兄弟と異母兄弟でそんなに違うの?」

　「時と場合によっては。」

576. 第二十九代欽明天皇紀の疑惑

書紀[天国排開広庭天皇(あめくにおしはらきひろにわのすめらみこと)(欽明天皇)は継体天皇の嫡子である。母を手白香皇后(たしろかのこうごう)という]

「本命の天皇の登場だね。」

書紀(西暦 539 年)[(宣化)四年冬十月、宣化天皇が崩御された。皇子であった欽明天皇は群臣に、「自分は年若く知識も浅くて政事に通じない。山田皇后(安閑天皇の皇后)は政務に明るく慣れているから…」と言われた][冬十二月五日、欽明天皇は即位された。年はまだ若干であった。(山田)皇后を尊んで皇太后と申しあげた]

この山田皇后とは誰か?答えは継体天皇紀にある。

書紀(西暦 513 年)[(継体七年)九月、勾大兄皇子(まがりのおおえのみこ)(安閑天皇)は春日山田皇女(かすがのやまたのひめみこ)を迎えられた]これが山田皇后だ。春日山田皇女は手白香皇后の異母妹になる。

577. 欽明天皇は継体天皇の子ではない

「欽明天皇は、生母の手白香皇后を皇太后と呼ばず、山田皇后を皇太后と呼んだのかしら?」

「この記事が正しいとすれば、欽明天皇の生母は手白香皇后ではなく、春日山田皇女になるわ。」

「書紀によれば、安閑天皇は 70 歳で崩御し、子に恵まれなかったことになっているけど、それは宣化天皇の即位のためでしょ。安閑天皇には皇后と3 人の妃がいた。書紀の記事は俄かには信じられない。」

「もし、安閑・宣化天皇が兄弟で欽明天皇が安閑の子だとすると、継体天皇には子供がいなかっ

たことになる。手白香皇后は推測したよりは高齢であったが、継体天皇の皇統の正当化のために、皇女との婚姻が優先されたのかも知れない。」

「まずいことになったね。」

「安閑天皇崩御に伴い、安閑天皇の子と叔父との皇位争いが勃発し、年老いた叔父が皇位に就くも、甥が巻き返しに成功した。どちらが正しいとか間違っているとかの議論は抜きにして、これが欽明天皇即位の実相だったのではないかしら?」

578. 書紀は皇統を重視する

「何故、欽明天皇は手白香皇后(たしろかの)が生母でなければならなかったの?」

「当然の疑問だね。書紀によれば、継体天皇の出自は応神天皇の五世の孫というが、あやふや極まりない。他方で、地方豪族出との説がある。恐らく後者の方が正しい可能性がある。書紀によれば、安閑天皇、宣化天皇は継体天皇の子だから〈六世の孫〉だね。欽明天皇も同じ〈六世の孫〉だよ。」

「では、三人を異母兄弟とした場合はどうなるだろうか?」

「継体天皇は〈五世の孫〉で首の皮はつながるけど、異父兄弟、あるいは異母兄弟となれば、安閑・宣化天皇の首の皮はつながらない可能性が生まれる。」

「皇統の断絶が起きていたことになる。」

「一方で、継体天皇による武烈天皇からの皇位篡奪の際に、二人の功労が顕著で、分配するパイの大きさを同じにする必要があったとすれば、〈三人兄弟〉を、〈父と二人の子〉に変えて皇統を

繋ぎ止めながら皇位に就かせる必要があったのではないかしら？」

「じゃ、欽明天皇の場合は？」

「書紀の論理を以てしても、安閑天皇の子だと〈六世の孫〉になる。これだと皇統に疑義を持つ者が現れないとも限らない。断絶を防ぐために、欽明天皇の父を安閑天皇から継体天皇に移し変えたのが、真相だと思う。」

「第三の仮定。もし、継体天皇が〈五世の孫〉とは縁のない豪族出ならどうなる？」

「これが、最も史実に近い仮定だと思う。この欠点を補うのが皇女との結婚だった。ただ、現実に許されても、書紀の論理の中では許されない。」

「許されなくてもいいけど、最終的には皇后の出自になるということね。手白香皇后の母は雄略天皇の娘、春日大郎皇女。一方の春日山田皇女の母は和珥臣日爪の女、糠君娘。欽明天皇の祖母にするなら、皇女か臣女のどちらを選ぶ？」

「皇女でしょ。」

「疑惑の記事であることは間違いないと、ウズメも思う。何故、書紀が疑惑記事を書かねばならなかったか？確実なのは、安閑・宣化天皇は継体天皇の子ではなく、欽明天皇の実母は手白香皇后ではなかったってことね。総括すれば、武烈天皇で皇統は断続して、安閑・宣化でも断絶していた可能性があると言うこと。〈万世一系の説〉にとらわれなければ、波瀾万丈の物語が出来ていたはずなのにね。」

「国盗り三人組物語ってとこ？」

「つまらない歴史になってしまったね。安閑・宣化、二人の天皇は誰の記憶にも残らなかった。」

579. 百済の上表文の内容は何故書かれなかったか

ここから、安閑天皇と宣化天皇の朝鮮との関わりを見ていく。安閑天皇の時の朝鮮関連記事はひとつだ。

書紀（西暦 534 年）[（安閑元年）五月、百済が下部脩徳の嫡徳孫、上部都徳の己州己妻らを遣わして、調を奉り、別に上表文を奉った]

この安閑元年の百済の上表文の内容は不明だが、調を奉りながらの上表はお願い事や要求があるのが、これまでの書紀の書き方だ。継体六年の〈任那〉割譲の記事が見本だ。

この記事に先立つ4年前の西暦528年（継体二十二年）に百済と連携していた筑紫君磐井が殺され、その翌年、西暦 529 年（継体二十三年）、百済聖明王は高句麗の安臧王に敗れていた。さらに、百済本記に書かれた倭王〈安〉の戦死が西暦531 年（継体二十五年）。高句麗の攻勢を前にして、百済は支援を仰ぎたい状態だったはずだから、一概に捏造記事だと切り捨てるのは乱暴だ。

「そうかしら？」

580. 百済上表のリアクションは何故なかったか

百済の上表が、倭国の敗北を踏まえて、ヤマト政権へ出されたものだと考えてみよう。この時、ヤマト政権はどのような対応をしたのだろうか？残念ながら、この安閑元年の百済の上表の内容も不明なら、上表に対する対応も書かれていない。

ヤマト政権にとっては、対朝鮮半島外交のターニングポイントだった。初めて表舞台に登場出来

るチャンスだったはずだが、この絶好のチャンスは生かされなかった。

「物事というのはそうは単純ではないわ。ヤマト政権にはもうひとつクリアしなければならない問題がある。何度も言うけど、吉備国よ。」

581. 百済上表は天皇ではなく倭王に出されたものか

この上表が、今までと同様に百済から〈倭国〉へ出されたもので、書紀がこれをヤマト政権への記事に変えたとすれば、リアクションが書かれていなくても不思議なことではない。

〈筑紫君磐井〉戦死の 2 年後の、倭王〈安〉戦死の記事からは、〈倭国〉は引き続き存在していたことが判明する。一度の敗北だけで、〈倭国〉はヤマト政権に屈することはなかった。では、何が起きていたのか？次へ進もう。

582. 狭手彦は任那を鎮め百済を救った

宣化天皇の対朝鮮関連記事もひとつだ。
書紀（西暦 537 年）［（宣化）二年冬十月一日、天皇は新羅が任那に害を加えるので、大伴金村大連に命じて、その子磐と狭手彦を遣わして、任那を助けさせた。この時に磐は筑紫に留り、その国の政治をとり、三韓に備えた。狭手彦はかの地に行って任那を鎮めまた百済を救った］

583. 朝鮮半島南部の政治勢力の変化

この翌年、西暦 538 年（宣化三年）、百済の聖

明王は首都を熊津から泗沘に移し、南扶余と国号を改めた。高句麗の圧力を避けながら、朝鮮半島南部での支配拡大を図るためだろう。百済・新羅・高句麗の三国が拮抗し、朝鮮半島西南部では百済の圧力が強まることを意味する。

584. 磐・狭手彦の記事は筑紫国がヤマト政権の属国となっているという前提が必要

仮にこの狭手彦の渡海記事が正しいとすれば、倭国〈筑紫国〉がヤマト政権に服属しているという前提が必要になる。〈筑紫君磐井の問題〉と〈任那記事〉は切り離しては検証出来ないというのはこのためだ。

「もうひとつ、吉備国問題も含めた三国関係になるということ。」

585. 大伴金村大連の子磐とは誰か

この狭手彦の渡海記事の検証は全く不能かと言えば、書紀の記事の前後の関連から検討することが出来る。

大伴金村大連は武烈天皇の時、〈連〉から〈大連〉に出世した大和在住の男だ（『背徳と反逆の系譜―記紀の闇に光はあるか―』）。この中に大伴金村大連の出世の経緯が書かれている。その金村の子が磐だと書紀は書く。

「〈磐〉は、恐らく筑紫君磐井にちなむ人間ではないか？そう考えれば、この記事は歪曲記事の可能性が生じるが、それで問題は解決するのだろうか？」

「書紀は疑惑のオンパレードだから、皆、疑い深

くなるよね。」

「書紀の記事は、正誤が入り乱れる。」

「この言葉には説明が要ると思う。無条件ではない、ということだ。最初の前提が〈誤〉ならば、結果的にはすべて〈誤〉となる。」

「正誤の判断は、難しいね。」

「ずうっと気になっていたけど、古代の戦は何をもたらしていたのかしら？神功皇后の戦いの主力を担った大勢の吉備軍は、大和に入って、ヤマト族と同化したと思うの。西暦 528 年（継体二十二年）の九州遠征でも、同じようなことが起きていたのじゃないのかって。」

「こんな考えはどうかしら？倭国は朝鮮半島で激しい戦闘を繰り返し、九州では吉備・ヤマト軍と戦った。戦の度に大勢の戦死者が出れば、大勢の寡婦が生まれる。残された家族や一族の生活を維持するためには男手が必要になる。一方、吉備・ヤマトの九州遠征軍と言っても軍律がどの程度確立していたか不明なところがあるし、戦闘後の帰還の際にも、大量の食糧・軍船が必要だし、負傷兵の輸送の問題もある。場合によっては帰還の際の支障になる。取り残されたり、置き去りにされた兵が続出していたのではないかと思う。残置兵は婿入りしたり、養子となる。需要と供給の関係だ。結果として、吉備・ヤマトと九州の同化が進むことになる。」

「戦争が、敵同士の部族間の同化を促進した可能性はゼロではないね。」

「書紀の記事がもし正しかったらの前提が必要だが、物部軍に同行した大伴金村大連の子が倭王に婿入り、あるいは養子となった。」

「可能性はゼロではないかも。」

「磐・狭手彦の記事は〈筑紫君磐井の反乱〉の 9 年後の出来事になる。すると、磐は、やはり、磐井の子か。書紀の言うように、大伴金村の子だとは断定出来ないね。」

「ヤマトの支配が九州に及んだことを示すために、磐井の子を大伴の子にすり替えた可能性もある。吉備津彦をヤマトの人間に置き換えたようにね。」

「狭手彦は？」

「狭手彦の渡海記事の検証は、百済聖明王との関連で、間接的に出来るわ。」

~~~~~~

コラム 14. 俳句にあそぶ（2）　語られぬ湯殿にぬらす袂かな　　芭蕉

~~~~~~

　芭蕉が梵字谷の温泉岩塔を見て涙を流したのではないとすれば、何が考えられるか？

　それはマーキングポイントだったのではないか、だ。羽黒山から月山経由の折り返し点だけでなく、六十里越街道筋にある七五三掛の注連寺、西川村の本道寺や大井沢の大日寺など、山麓の多くの寺からも、修験僧が毎日往復した折り返し点でもあった。月山経由が命懸けの修験行なら、雨天時に梵字川を遡上するのも命懸けになる。何故、梵字川の温泉岩塔がターニングポイントとなったか？修験行は冬も続けられる。月山は日本有数の豪雪地帯だが、温泉岩塔は雪に埋もれない。修験僧が迷うことのない最良の目印なのだ。

　すると、出羽三山とは羽黒山・月山・湯殿山を指す名称だが、正式には標高 1500mの湯殿山は外れているから、〈二山一谷〉となるのだが、本来の〈出羽三山〉とは三つの点の集まりでは無く、山麓の多くの寺や集落を含む〈出羽一山〉と考えるべきではないだろうか？〈出羽三山〉と呼ばれ出したのは何時の時代のことなのか？

　「湯殿まで笠の波打つ大井沢」などと形容されたように、山麓は賑わったが、明治の廃仏毀釈は一千年以上続いていたこのネットワークをズタズタに切り裂き、山麓は衰退した。湯殿も〈点〉となった。その結果、湯殿（神社）が生き残るためには、かつての修験行に代えて、滝に打たれ、穢れを払い、身を清めて、温泉岩塔を神聖化することだったのではないか？そうでもしなければ、我々参詣者がバスに揺られ、100m歩いただけで〈神〉に遭遇することなど、到底、不可能だからだ。

~~~~~~~~~~~~~~~~~~~~~~~~~~~~~~~~~~~~

　東の出羽では即身仏、西の熊野では補陀落渡海、ともに修行僧は現世救済を願い、自ら成仏への道を求めた。一千年以上にわたって、〈出羽三山〉では物や形には捉われなかった。修行僧にとって、湯殿の温泉岩塔は修行の目的ではなかったことだけは確かだったと思う。

　〈出羽三山〉の諸相は明治の廃仏毀釈を境に激しい変化があった。これ以前の出来事をこれ以後の思想や論理で速断することは、正しいのだろうか？もし、その方法が、仮に間違っていたとしても、以後の思想や思考しか持ち得ていない我々に、真理に近づける手段はあるのだろうか？

~~~~~~~~~~~~~~~~~~~~~~~~~~~~~~~

　我々の日常の中で、言語の変容・思想の変容が行われているかどうかを知る方法はあるのだろうか？〈懐疑〉が必要になる所以だと考えている。この〈懐疑〉は記紀の解読へ通底するのではないか？

　何故、多くの研究者が記紀の捏造・歪曲を見過ごし、賛美したか？表面的には、記紀の〈要約〉を〈解読〉と誤解したことだと思うが、成果が見えなくなる〈懐疑〉を厭ったからではないか？

~~~~~~

37．百済聖明王・余昌父子の記事から書記の欺瞞を暴く

586．百済聖明王の北進

百済と高句麗は、国境地帯の城の奪い合いをきっかけに全面的な衝突に入った。

書紀（西暦551年）[（欽明十二年）この年、百済の聖明王は自ら、自国と新羅・任那二国の兵を率いて高麗を討ち、漢城を回復した。また軍を進めて平壌を討った。すべて六郡が回復された]

書紀（西暦552年）[（欽明十三年）この年、百済は漢城と平壌とを捨てた。新羅がこれにより漢城に入った。今の新羅の午頭方・尼弥方である]

「日本とは直接、関係のないことなのに、何故、書紀にこの記事があるのかしら？」

「良く読むと、〈任那〉がある。無関係ではないんだ。」

「それで、聖明王の話なんだ。」

翌西暦552年、百済は漢城を放棄した。理由は不明だが、代わって新羅が漁夫の利を得る形で漢城を占領した。これによって百済・新羅の関係は悪化したと推測される。西暦554年に百済・新羅戦争が起きる。

587．百済聖明王の戦死

書紀（西暦554年）[（欽明十五年）新羅との戦いの最中、王子余昌を救援しようとして伏兵に襲われ聖明王は戦死した]

「百済には大きな打撃となった。この記事は新羅本紀にもある。」

588．新羅本紀が書いた百済聖明王の戦死

新羅本紀（西暦554年）[**百済王明禮**（聖王）は加羅と連合して管山城を攻撃してきた。軍主の角干の于徳や伊湌の耽知らがこれを迎え撃ったが、戦いに敗れた。新州軍主の金武力が州兵を率いて救援に向かった。戦闘が始まると、副将の三年山郡の高干の都刀が奇襲攻撃で百済王（聖王）を殺した]

聖明王は自ら大軍を率いて戦いの先頭に立っていた。

589．日本書紀が書いた百済聖明王の戦死

参考までに百済・聖明王の最期を書紀はどう書いたか？書紀が百済記などを用いて書いた記事がどういうものか良く理解できる。

書紀（西暦554年）[（欽明15年）…天皇の遣わされた内臣は軍を率いて六月に来り、…十二月九日に新羅攻撃を開始しました。内臣はまず東方軍の指揮官、物部莫奇委沙奇を遣わし、その方の兵士を率いさせ、函山城を攻めさせました。内臣がつれてきた筑紫物部莫奇委沙奇は火箭を射るのがうまくて、天皇の威霊を蒙り九

249

日の夕に城を焼いて落としました]

　百済加羅連合軍と新羅の戦いが、百済に依頼された天皇の軍と新羅の戦いに巧妙に変えられた。方法は、聖明王を内臣に、官山城を函山城に変えることだ。これだけで改竄ができるのだ。

　書紀[…余昌が新羅を討つことを謀ると、重臣たちは諫めた。…余昌は「老人よ心配するな、自分は大和にお仕えしている。何の恐れることがあろう」と。ついに新羅国に入って久陀牟羅の塞を築いた。父の明王は憂え、余昌は戦いに苦しんで、長らく寝食も足りていない。…そこで自ら出向いてねぎらった。新羅は明王が自らやってきたと聞いて、全軍を動員し道を断って痛撃した。この時新羅は佐知村の馬飼の 奴苦都に、「苦都は賎しい奴で明王は有名な王である。いま賎しい奴に名のある王を殺させてやる。後世に伝わって、人々の口に忘れられることはないだろう」と。間もなく苦都は明王を捕え、再拝して言った。「王の首を斬らせてもらいます」と]

　新羅・新州軍の副将の三年山郡の高干の都刀が佐知村の馬飼の奴苦都に変えられているだけでなく、いつの間にか、内臣、物部、筑紫物部など、ヤマト政権内の人物らしき名の者たちが華々しい活躍をしているのだ。

590. 筑紫国造が王子余昌の窮地を救う

　書紀[…余昌はついに取囲まれて脱出できなかった。…弓の名人に筑紫 国 造 という者があって、進み出て弓を引き…新羅の騎卒 の最も勇壮な者を射落した。…次々と放つ矢は雨のようにいよいよ激しく包囲軍を退却させてしまった]

　百済王子の苦境を〈筑紫国造〉の武人が見事に救った。しかも新羅本紀や百済本紀よりも迫真的な記事に変わっている。見事というばかりだ。これが書紀だ。だが、決して完璧ではない。〈筑紫国造〉の後に書くべき人物名がない。ヒーローの名前が無いのはうっかり忘れたでは可哀想だ、後世に名を残す絶好のチャンスだったのに。

　「〈筑紫国造〉が倭軍の兵士だった可能性はあるかしら？」

　「書紀にかかれば、〈磐井〉も〈筑紫国造〉にされたからね。」

　「書紀の迫真的な記事が全くの空想記事でないとすれば、改竄前の記事があったかも。名前を入れ替えれば可能だからね。」

591. ヤマト政権が聖明王を支援したのは事実か

　この百済・新羅との戦いに先立って、百済は日本に援軍を求め、日本は百済の要求に快く応じ、惜しみなく支援したと書紀は書く。

　書紀(西暦 553 年)[（欽明）十四年春一月十二日、百済は…軍兵を乞うた]

　書紀(西暦 553 年)[（欽明十四年）六月、内臣を使いとして百済に遣わした。…勅に「援軍は王の望みのままに用いよ」といわれた]

　書紀(西暦 554 年)[（欽明十五年）一月九日、…内臣は勅命を承って回答して「援軍の数は千。馬百匹・船四十隻をすぐ発遣する」と言った]

　書紀(西暦 557 年)[（欽明十八年）春三月一日、百済の王子余昌は王位を嗣いだ。是が威徳王である]

　なんの矛盾も感じられない記事が続く。 しかし、

これらの記事の信憑性を疑わせる記事が、欽明十五年と欽明十八年の間にある。

592. 百済・新羅戦争での内臣らの活躍記事が、たったひとつの記事で疑惑に転じる

これが問題の記事だ。

書紀（西暦 556 年）［（欽明）**十七年春一月、百済王子の恵（余昌の弟）が帰国を願い出た。よって多くの武器・良馬のほかいろいろの物を賜り、多くの人がそれを感歎した。阿倍臣・佐伯連・播磨 直 を遣わして、筑紫国の軍船を率い、護衛して国に送り届けさせた。別に筑紫火君を遣わし、勇士一千を率いて弥弖（港の名）に送らせ、航路の要害の地を守らせた**］

「〈筑紫火君〉は〈国造〉でも〈国司〉でもないわ。」

593. ヤマト政権にプライドはなかったのか

〈届けさせた〉〈守らせた〉の言葉を用いることで、仲哀天皇紀の〈筑紫国造〉の言葉で〈筑紫国〉をヤマト政権の支配下に置いたとする記事と同じ書き方になる。しかし、この内容で問題は無いのか？たった一言の〈言葉〉で結論が出たと考える思考方法の是非が問われる場面だ。

この王子恵を送ったのが先の記事だ。父聖明王の戦死、兄余昌の苦境の報を聞けば、恵が帰国を望むのが心情であろう。その恵に武器や良馬を贈り励ましたのがこの記事だ。

「質問は、百済王子は誰に願い出たか、だ。」

「分かり切ったことを質問するのだから、欽明天皇ではないよね。」

「そのわけは？」

「大和から出発するのに、どうして、筑紫の軍船が使われたのかしら？このために、わざわざ筑紫から浪速に回船された？ありえないよね。護衛もそう。どうして、ヤマト軍ではなく、筑紫国軍か？これではヤマト政権のプライドは地に墜ちたと同じよね。」

「天皇が〈筑紫火君〉に命令したんでしょ？」

「だったら、軍船は筑紫から出発した？百済の王子は何処にいたの？」

「ヤマトでしょ？」

「おかしいと思わない？」

594. 筑紫火君が勇士一千を率いる意味とは

弥弖は朝鮮半島の地名だから、〈勇士一千人が航路の要害の地を守る〉とは、朝鮮南半部西海岸の制海権を確保することになる。

書紀の記事「**援軍の数は千。馬百匹・船四十隻をすぐ発遣する**」から凡その規模を推測することが出来る。航路の要害を守る千人とこの兵らの武器食料を運ぶための軍船は 30－40 隻程度が必要になる。

595. 王子恵を送る船団の規模を推測する

同じ方法で、王子恵を良馬や武器と共に送る船団の規模を推測する。護衛が数百人とすると、30 隻程度の軍船が必要になる。合計で 60－70 隻程度の軍船が動員されたことになる。

596. 筑紫国の軍勢は一千では終わらない

〈筑紫火君〉とは〈磐井君〉と同じ尊称だ。倭国がヤマト政権の支配下になれば〈筑紫国 造 火〉となっているはずだが、そうではなかった。しかも、継体二十三年の磐井の死によって弱体化したはずの倭国が、この時期、ヤマト政権の軍船や兵士に代わって、大量の軍船と一千の強兵を送り出すということはどういうことか？万が一の事態に備えるために、背後には派遣軍よりさらに多くの軍兵・軍船が待機していることになる、これは軍事の常識だ。

597. ヤマト政権が〈筑紫国〉を支配下に置いたとする書紀の記事は有り得ない

書紀の記事によって、六世紀中葉、倭国は依然として軍事強国だったことが判明した。

図らずも、欽明十七年記事は、倭国の健在ぶりを示したことになる。書紀が〈筑紫国〉と、ヤマト政権下の国名を使ったからと言って、ヤマト政権と敵対する倭国が、強大な武力を有していれば、ヤマト政権の命令によって動くことは有り得ない。

王子恵は九州の〈倭国〉から帰国したのだ。王子恵が願い出たのは〈筑紫火君〉だった。

598. 筑紫国（倭国）は百済国の場合と同じだった

例えば百済の場合は、西暦 475 年、高句麗長寿王によって百済の都、漢城が陥落し、蓋鹵王が戦死して百済は滅亡するも、王子文周は都を熊津に移し文周王として即位し、百済を再興さ

せた。その後、余豊二年（西暦 664 年）に滅亡するまで、約二百年にわたって、百済は、新羅、高句麗と覇を競った。

百済の場合と同じように、〈倭国〉は継体二十二年の戦闘で敗北はしたが、滅亡はしていなかった。書紀によって〈筑紫国〉と書かれたために、あたかもヤマト政権の一地方組織の印象が形造られたが、その実は〈倭国〉であった。〈倭国〉が健在である以上、ヤマト政権軍の朝鮮半島への渡海は困難になる。

結局、書紀の欽明十四年から欽明十八年の記事は捏造だったことになる。そして、欽明十七年記事が無ければ、書紀の記事が疑惑の目でみられても、捏造は当面は見破られることはなかった。

それにしても、欽明十七年記事が、書紀の勇み足か、それとも書紀の意図的な暴露記事か？どちらであるかは判断がつかない。

38.〈任那〉は宋書の〈任那〉を歪曲・捏造した

599. 任那問題とは何か

「〈邪馬台国卑弥呼〉説も〈倭の五王歴代天皇〉説も破綻した。ヤマト政権軍の朝鮮半島での戦いも捏造記事だった。これで、任那問題が破綻するようなことがあれば、古代日本史はひっくり変える。」

「任那問題って、大論争になったんでしょ？」

「〈任那〉を否定する説も多かった。」

「でも、押し切ったんだね。書紀の〈任那〉を認めることは、歴代天皇が日本国内はおろか朝鮮半島南部までも支配下に置いた偉大な天皇だったことを認めることになるけど、もしそうでなかったとすれば、書紀はオオボラをこいたと、逆に天皇の威厳は地に落ちるからね。絶対に譲れなかったと思う。」

「マリアは事の本質をズバリ言い当てたね。」

「私はどちらの説にも組するつもりはないけど、何が正しいか、明らかに出来るなら、そうしたい。」

歴史研究家の多くは〈任那〉の存在とヤマト政権の〈任那〉への関与を疑がわず、これを前提として〈任那〉の統治形態などについて激しい論争を重ねた。これは、〈倭の五王〉をヤマト政権の天皇と決め付けた上で、その比定に没頭したことと、思考形態は同じだ。これを論理と呼ぶには、余りにもお粗末過ぎる。

「これまでの書紀の記事にも〈任那〉の文字があ

ったね。」

「捏造記事だったけどね。」

「そうまでして…、一体〈任那〉って何？」

「そうじゃないと思う。〈任那〉だけは、書紀の捏造から免れているか、でしょ。」

600. 三人は任那論争に加われるか

〈任那〉あるいは〈任那日本府〉については様々な議論が行われてきた。しかし、〈任那〉が存在したはずの朝鮮半島の歴史を書いた三国史記に〈任那〉が登場しないのは何故か？大きな謎だ。

この謎を棚上げにしてきたのが〈任那論争〉だ。

歴史学の専門外のマリアやオカラたちがその議論の中に立ち入って論評するのは最初から不可能かと言うと、実は、そうでもない。

理由は、宋書に〈任那〉の言葉が出てくるが、その細部については不明だ。書紀より詳しい史書はない。書紀の任那記事は、いわば任那研究の原本記事だ。その記事の矛盾の有無を検討することで、隠されている問題を浮き彫りにする手法はあながち的外れではない。

601.〈任那〉は倭王が用い、宋朝は〈任那〉を認めなかった

〈任那〉は宋書と日本書紀以外には無いが、〈任

那〉の語源について推測してみよう。

珍〈自ら使持節都督倭・百済・新羅・任那・秦韓・慕韓六国諸軍事、安東大将軍、倭国王と称す。…安東大将軍、倭国王に除す〉

済〈安東将軍・倭国王となす〉

済〈使持節都督倭・百済・新羅・任那・秦韓・慕韓六国諸軍事を加え、安東将軍は故の如く、ならびに上る所の二十三人を軍郡に除す〉

興〈安東将軍・倭国王とすべし〉

武〈自ら使持節都督倭・百済・新羅・任那・加羅・秦韓・慕韓七国諸軍事、安東大将軍、倭国王と称す…使持節都督倭・新羅・任那・加羅・秦韓・慕韓六国諸軍事、安東大将軍、倭王に除す〉

〈任那〉は〈倭の五王〉が自ら用いたと宋書は書く。さすがの欲張り倭王も高句麗を含めることはしなかった。

広開土王碑銘の西暦 391 年（辛卯の年）の百済・新羅への侵攻結果を基にして、珍・済・興・武が、自ら名乗ったのが、これらの記事だろう。しかし、西暦 400 年に、倭は高句麗・新羅の反撃を受けて敗退したから、初めて讃が朝貢した西暦 421 年の時は、既に、倭の勢力範囲は変わっていた。

「秦韓は魏志の辰韓、慕韓は魏志の馬韓を表すとすれば、既に過去の国名になるが、名を変えて、この時代まで存続していたとも考えられる。」

「新羅・百済はれっきとした独立国だ。敵と味方に分かれるけど。」

「讃についての除授の有無は不明だし、珍と済の一回目の朝貢時と興については、宋朝は〈安東将軍・倭国王〉までしか認めなかった。」

このことは〈任那〉の存在を宋朝が認めなかった

ことを示し、仮に存在したとしても、〈倭国〉の勢力下にあることを認めなかったことになる。

「済の二回目と武の時に、倭王の要望を認めたのは、二人の熱意に根負けしたと考えるべきかしら？」

「新羅は、明らかに〈倭国〉と敵対関係にあったし、武の時は〈百済〉を除外している。書かれている国名と、倭国の支配が及んでいることとは一致しない。任那がどちらかは判断不能になる。」

「こんなことは考えられないかしら？〈任那〉を認めても、宋と百済・新羅の外交に影響はなかった。三国史記に〈任那〉はない。百済・新羅は認めていないから、〈倭〉が勝手に考えただけだ、と。」

602.〈任那〉は存在したか？

「ここでいう〈倭〉とは九州島だけでなく朝鮮半島南部の〈倭〉も含むと考えられる。」

「理由は？」

「もとからの自国の領土をわざわざ狭めることはあり得ない。だから、〈任那〉をもとからあった〈倭〉のことだとする説は、宋書の記事の意味を理解していないことになる。」

「とても、重要な指摘だわ。」

「改めて、〈任那〉は？」

「三世紀末の魏志・韓伝に〈任那〉はない。それに、南朝宋は基本的には〈任那〉を〈倭国〉の勢力下にあるとは認めなかった。〈任那〉は〈倭王〉が主張しただけだと思う。」

「だからと言って、五世紀に〈任那〉が存在しなかったとは断定できないと思う。〈任那〉は朝鮮半島南部の小国が倭・百済・新羅に統合されていく過

程の一時期に存在した可能性は否定出来ない。それが丁度、倭の五王の時代と重なった。」

「最後の武の時代に、加羅が増えて、百済が消えた。」

「新羅は独立国、加羅は新羅と並立しているから、これも独立国。」

「百済が消えた理由は？」

「南朝宋が倭国の主張を認めなかったのは、史実として合わなくなっていたし、百済王には鎮東大将軍、高句麗王には征東大将軍の称号を与えていた。倭王だけを特別待遇したわけではない。」

03. 宋書の〈任那〉は区域名を表す用語か？

「宋朝と倭王とで、考えが割れたね。」

「宋書で、倭の五王が〈任那〉の言葉を用いたのはどんな理由かしら？オカラはどう思う、」

「倭国が高句麗に対抗していた時代だから、朝鮮半島南半部全域を包括する、いわば空白地をなくするために用いた区域名のひとつでなかったか、と思う。」

「オカラ仮説ね。」

「五世紀初めは、百済・新羅が国家として拡大成長の段階で、領土が確定しない緩衝地帯、あるいはどちらにも属さない小国が存在した。〈慕韓≒馬韓〉〈秦韓≒辰韓〉と、韓が付く地域がそれだ。」

「日本が戦国時代、多くの戦国大名が生まれ、次第に有力な大名のもとにまとめられて行ったようなものだとと考えればいいかしら？」

「だと思う、〈任那〉も同じように、朝鮮半島南部の〈倭〉と百済・新羅との間に存在した緩衝地帯で、

倭王が、それを自国の領土だと主張したのではないか？当然、相手国も主張するはずだ。これに対して、南朝宋が最初に認めたのは〈安東将軍と倭王〉だけだった。」

「〈安東大将軍〉って何？百済や新羅はまとめられて諸軍事だけど、安東は単独。諸軍事が認められない時でも、〈安東大将軍〉と〈倭国王〉は認められているね。どうして？」

「安東は百済にも新羅にも属さない地域だったから、認められたのじゃないかしら？」

「地図を見ると安東（アンドン）市は洛東江上流で太白山脈南端西側の都市。当時の新羅の範囲が分からないけど、今の慶州市よりはだいぶ北になる。安東市は日本の植民地時代、李相竜ら〈独立の英雄〉が出たところだそうよ。」

「安東地域は高句麗とのせめぎ合いの地域だったと思う。百済・新羅の顔を立てながら、倭国の言い分も認めてやる。南朝宋の高度な外交政策だった可能性はあるね。」

結局、〈任那〉は、宋書でその実態を明らかにすることは出来なかった。果して、〈任那〉は存在しなかったのか？あるいは存在したが、〈倭国〉とは関連のない朝鮮半島南部の〈地域〉あるいは〈国〉だったのか？残された手がかりは日本書紀だけだ。

604. 書紀では〈任那〉は十国からなるが、宋書とは矛盾する

書紀（西暦 562 年）［（欽明）二十三年春一月、新羅は任那の宮家を打ち滅ぼした。—ある本には二十一年に滅んだとある。…総括して任那とい

255

うが、分けると加羅国、安羅国、斯二岐国、多羅国、率麻国、古嵯国、子他国、散半下国、乞湌国、稔礼国、合せて十国である]

書紀によれば、〈任那〉とは十国が集合したものになる。

「宋書の〈任那〉には加羅が含まれないが、書紀の〈任那〉には加羅が含まれている。この違いは大きいね。これから何が言える？」

「宋書の中で倭王が主張した〈任那〉には個別の国は含まれないと思う。加羅がその例だ。国として名前が付けば〈任那〉には入れない。加羅は俺のものだと、領有をより確実に主張するためだ。」

「その解釈は成り立つかも。」

「ところが、書紀では個別の国の集合になる。宋書と書紀では、〈任那〉の場所も中身も異なる。仮に〈任那〉が十国から成り立っていれば、倭王は宋帝にどう名乗ったろうか？〈任那〉の文字は不要になったのじゃないかな？」

「書紀は、どんな理由で、宋書の〈任那〉とは異なる〈任那〉を言い出したのだろう？」

「書紀は朝鮮半島南部の〈倭〉を〈任那〉と言い換えていないかしら？そうだとすれば、書紀は、大きな誤解をした可能性がある。」

605. 任那はいつから書記に登場するか

崇神天皇紀には、紀元前 33 年(崇神六十五年七月：崇神天皇の 117 歳の時)に〈任那〉の朝貢記事がある。書紀に〈任那〉が登場する最初の記事だが、三世紀の魏志韓伝には〈任那〉はない。

「書紀の〈任那〉は、捏造記事から始まる。」

606. 田狭の妻・稚媛が任那をヤマトの領土に変えた

次に、書紀に〈任那〉記事が出てくるのは、崇神六十五年からは約五百年後になる。

書紀(西暦 463 年) [（略七年）…田狭を任じて、任那の国司とされた]

雄略天皇が田狭の美人妻・稚媛を我が物にするために、夫の田狭を任那送りにした記事だ。この時までに、稚媛は田狭との間に兄君・弟君をもうけていた。天皇はその弟君へ新羅討伐の任務を与えたから、天皇が求めた時の稚媛はかなり高齢の女性だったことになる。容色は既に移ろい、天皇が夫の田狭を所払いして、求めるほどのものでもなくなる。しかも、田狭の身分は〈吉備 上 道臣〉だ。崇神六十五年から雄略七年の間に、吉備国はヤマト政権の支配下になっていた。

「任那は十国を総称した名前のはずなのに、〈任那の国司〉とはどういうことかしら？国司はそれぞれの国に居るのじゃないかしら？」

「書紀の自己矛盾だね。」

この年、三国史記新羅本紀(西暦 463 年) [倭人、歃良城を侵し、克たずして去る。王、伐智・徳智に命じ、兵を領しめ伏して路に候たしむ。要撃して大いに之を敗る]

この時、任那の田狭は何をし、新羅討伐を命令された弟君は何をしていたか？書紀によれば、弟君は天皇の命令を無視して、大島に留まり、月を重ねるうちに妻の樟媛に殺害され、田狭は任那に留まったという。歃良城を侵した倭人は田狭でも弟君でもない、別人だった。

結局、この田狭の任那送りの話も捏造記事だ

256

が、一笑に付して終わる話ではない。書紀に書かれれば、史実となる。〈任那の国司〉の言葉とたわいないお色気話の間に、〈任那〉はヤマト政権の領土と化した。そして、ネットで検索すれば、この田狭の妻稚媛の記事を信じる者がいる。

607. 書紀では雄略天皇は倭王〈興〉だ

宋書では、西暦 462 年は孝武帝の大明六年に当たり、倭の五王の一人〈興〉に安東将軍・倭国王の爵号が与えられた。そして、この翌年が田狭の記事がある〈雄略七年〉になるから、宋書と書紀によれば、〈興〉は雄略天皇になるから、見林を始め多くの歴史学者が〈武〉を雄略天皇に比定したことは過ちだったことになる。その上で、尚、通説は、〈武〉は雄略天皇だ。

608. 新羅本紀・百済本紀の倭人伝の空白

三国史記・新羅本紀（西暦 500 年）[倭人、長峯鎮を攻め陥す]から、次の西暦 665 年の記事まで、倭国記事は 165 年間の空白がある。

三国史記・百済本紀（西暦 428 年）[倭国の使い、至る。従者は五十人なり]から、次の西暦 608 年の記事までの 180 年間、同じように倭国記事は空白となる。

609. 日本書紀の検証はこれまでの方法と異なる

何故、どちらも六世紀の倭国記事はないのか、このことも重要だが、差し当たっては、書紀の対朝鮮諸国との関わり記事を比較対照出来る史料が

無いことの影響が大きい。

書紀の記事の正誤は何を根拠に言えるのか？例えば、崇神天皇紀や神功皇后紀の記事は、時代の異なる出来事を記事にしてあることから捏造記事と判断できた。だが、欽明天皇紀の記事の時代は異なっていない。従って、後代の史料から逆推する、あるいは書紀の記事の矛盾から類推するなど、これまでの方法とは異なるアプローチが必要になる。

610.〈任那が使いを遣わす〉という意味について

書紀（西暦 540 年）[（欽明元年）八月、高麗・百済・新羅・任那が使いを遣わして、貢物を奉った]

神功皇后の新羅侵攻が捏造記事で、それ以後、ヤマト政権軍が朝鮮諸国を服属させた史実はないから、この記事も捏造記事になる。

「問題は、捏造記事の中にある一国の行為{朝貢}にどんな意味があるかしら？」

「一見すると、この記事は宋書の〈任那〉記事と合致しているように見えるが、実は宋書の〈任那〉には個別国は含まれないから矛盾するし、高麗って何？まだ建国されていないし、高句麗の間違いだとしても、高句麗は敵国。有り得ない記事だわ。」

「それより、もっと根本的な問題がある。日本府があったり、ヤマトの国司がいる国が朝貢することが矛盾だ。高麗や新羅にヤマトの国司が居るか？居てはおかしい。それが任那だ。」

611. 第二十九代欽明天皇の任那復興会議

〈任那〉記事は、欽明天皇の時代から急増する。

書紀の西暦541年（欽明二年四月）記事に、任那復興会議の長文の記事があるからだ。その中に、

書紀［…百済の聖明王は任那の旱岐らに語って「日本の天皇の意思は、もっぱら任那の回復を図りたいということである。どんな策によって任那を再建できるだろうか。皆が忠を尽して御心を安んじようではないか」といった…］

「勇猛果敢な聖明王が、いつから日本の天皇の臣下になったのかな？」

「でも、これだけでは矛盾記事とは言えないね。」

「いや、そうでもない。この記事は何かの史料を基に書いただろうが、〈日本〉という言葉はこの時代、まだなかった。書紀は改竄した。すると聖明王のことも改竄している可能性は否定できない。」

「確かにそうだね。〈任那の回復〉ってなに？」

「さあ、どういうことなんだろうね。」

612.〈任那の日本府〉は安羅にあるとした注とは

書紀（西暦541年）［（欽明二年）夏四月、安羅（注：任那の一国で日本府のあった所）の次旱岐夷呑奚…加羅（注：任那の一国で慶尚北道高霊の地）の上首位古殿奚…多羅の下旱岐夷他…子他の旱岐らと任那の日本府の吉備臣とが百済に行って共に詔書をうけたまわった］

記事中の〈注〉は引用文献『現代語訳 日本書紀（下）』に書かれている。このことから、書紀解釈の大勢であることを示している。

「〈日本〉が問題になるなら〈任那の日本府〉も問題だね。」

「どうして、聖明王が天皇の詔書を持っているのかしら？任那の日本府が持つべきじゃない？」

「〈任那の国司〉と〈任那の日本府〉の関係も意味不明だわ。〈十国の総称〉と、どうつながる？」

疑問だらけの意味不明な記事だ。

613. 安羅の日本府が新羅と通じる怪

書紀（西暦541年）［（欽明二年）秋七月、百済は安羅の日本府と新羅が通じ合っていることを聞いて、…安羅に使いして新羅に行った任那の執事を召して任那の再建を図らせた］

「百済が安羅を介して〈任那〉に命令しているね。〈安羅国〉と〈日本府〉と〈任那〉、三者の関係はどんなだったのかしら？」

「それを言うなら、〈任那の執事〉って何？」

「天皇の意を汲むはずの〈日本府〉が新羅と通じ合う。事実ならば反逆罪だよ。」

614.〈安羅の日本府〉の出典史料はなにか

上の記事の続きだ。

書紀（西暦541年）［（欽明二年秋七月）…百済は…また別に安羅の日本府の河内直が計を新羅に通じたことを深く責め罵った─百済本記によると加不至費直・阿賢移那斯・佐魯麻都らというが未詳である］

四月から七月の間に、〈安羅の日本府〉では吉備臣から河内直に代わっていた。

「この記事は、書紀の本文を受けて、百済本記の引用記事があるような語り口だが、三国史記の新羅本紀・百済本紀には〈任那〉の文字は何処にもないし、この時期には〈日本〉もない。百済本記にも、〈任那〉や〈日本〉は無かったはずだ。」

615. 任那・日本府はどうなっている？

書紀によれば、〈日本府の河内直〉とは、引用した百済本記の〈加不至費直・阿賢移那斯・佐魯麻都〉らのことになるのか？書紀の本文と百済本記の引用文が、仮に対照可能だとしてみよう。〈河内直1人〉が、百済本記の〈加不至費直ら3人〉に該当するとは見なせないから、〈百済本記の3人〉は〈日本府〉に対応すると考えるべきだ。すると〈日本府〉とは〈個人〉あるいは〈複数人〉のことになる。書紀が主張する〈任那〉〈任那の日本府〉〈日本府〉は〈統治組織〉ではないのか？これも矛盾だ。

616. 加羅にも日本府がある不思議

意味不明な記事に、さらに矛盾する記事がある。この記事の3ヶ月前の欽明二年四月の聖明王の言葉だ。

書紀[聖明王は「…自分は深くこれを悔い、下部中佐平麻鹵…らを遣わして、加羅に行かせ、任那の日本府に会して盟約した。以後引き続き任那の復興は朝夕忘れることもなかった。」…]

「今度は、〈任那の日本府〉は加羅にあった。一体、〈任那の日本府〉の所在地は後世の研究者が考えた〈安羅〉が正しいのか、書紀が言う〈加羅〉が正しいのか？」

「正しいとかのレベルの話じゃないわ。」

617. 〈任那の日本府〉は〈任那〉と〈日本府〉に分離していいのか

欽明五年三月記事[…使いを遣わして日本府

—百済本記には、烏胡跛臣を呼ぶとある。思うにこれは 的臣であろう—と任那を呼びました。共に答えて『正月がきていますので、それが過ぎてから参上したい』といってなかなかきません。…]

ここでも百済本記が引用されている。呼ばれたのは〈組織としての〉日本府ではなく、〈個人としての〉烏胡跛臣か的臣だとする。

「百済本記を引用するのは、客観性を装うため？」

「そうだと思う。今度は、〈日本府〉と〈任那〉。時に分離し、時に合体する。それに〈任那〉は十国の総称。〈任那〉を呼ぶとは十国を呼ぶこと？」

「○○臣と、ヤマト政権の人物らしき名が百済本記にあるのは、改竄ではないでしょうね。」

618. 安羅と日本府の裏切りは許されていいのか

書紀（西暦547年）[（欽明）八年夏四月、百済は前部徳率真慕宣文…らを遣わして日本に援軍を乞うた]

書紀（西暦548年）[（欽明）九年夏四月三日、百済は…奏上し、「…有難い恩詔を頂き、喜びこの上もありません、しかし馬津城の役—正月辛丑の日、高麗は兵を率いて馬津城を囲んだ。—に捕虜が語って、『安羅国と日本府が、高句麗に百済進攻を勧めたのである』といいました。…そのことを…確かめようと、三度呼びにやったが来ませんでした」…]

百済が〈日本〉に援軍を乞う一方で、安羅国と〈日本府〉は百済の呼び出しに応じず、高句麗に百済侵攻をそそのかす、これが事実なら、新羅と通じる以上に理解困難だ。

619. 勝手に、〈阿利斯等〉を（任那王）に祀り上げた後代の研究

　書紀を遡る。書紀（西暦 530 年）[（継体二十四年）秋九月、任那の使いが…「毛野臣（けのおみ）は…滞留二年、政務を怠って、…常に人民を悩まし、少しも融和することがございません」といった。…阿利斯等（ありしと）（任那王）は毛野臣が…任那復興の約束を実行しないことを知り、…毛野臣の行状をすっかり知って離反の気持ちを起こした。久礼斯己母（くれしこも）を新羅に送り、兵を請わせた。また、奴須久利（ぬすくり）を百済に使いさせ、兵を請わせた]（任那王）は『全現代語訳　日本書紀（下）』の注釈。

　「この記事は〈筑紫君磐井の反乱〉鎮圧の２年後になるけど、捏造記事だったね。」

　「架空の人物の物語りから導き出された〈任那王〉とは、やはり、架空の人物ではないのかしら？」

　「書紀には〈任那王〉の存在をしめす記事はない。」

　「だが、欽明元年の朝貢記事、これ自体が矛盾記事だが、書紀には〈任那王のような〉存在を抜きにしては説明出来ない記事があるのも事実だ。この書紀の矛盾記事のために、後代の研究者が〈任那王〉をひねり出し、〈阿利斯等〉を〈任那王〉に比定したのは皮肉以外の何物でもない。」

620.〈任那王〉は毛野臣を追放する権限も能力もないのか

　〈任那王〉の注釈がついた、問題の継体二十四年記事の部分をかいつまんでみよう。記事の概要は阿利斯等が毛野臣の悪事を知って、百済と新羅に使者を送って毛野臣の追放を目論んだ〉となる。一つ目の疑問は、もし〈阿利斯等〉が〈任那王〉ならば、新羅や百済の手を借りるまでもなく、毛野臣を追放出来たはずだ。二つ目の疑問は、百済と新羅が連携して〈任那〉を攻めることだ。百済と〈任那〉が連携して新羅に対抗する、あるいは百済と新羅が連携する場合の敵は高句麗。

　「毛野臣が架空の人物なら、真面目に議論しても、意味がないのじゃない。」

　「それを言うなら〈任那王〉も同類だわ。」

621. 百済軍と新羅軍の連携はない

　書紀[毛野臣は城（久斯牟羅城）（くしむら）に拠り防備をかため]百済軍と新羅軍はその城を囲んで、書紀[阿利斯等を責めののしって、「毛野臣を出せ」といった]

　〈毛野臣〉については既に述べた通りだ。その上での話だが、〈任那王〉と毛野臣は、仲良く〈久斯牟羅城〉にいたことになるが、この記事に惑わされてはならない。問題は、〈任那〉で百済と新羅が同盟を組むことは有り得ない。仮に両国が軍隊を派遣すれば、百済軍の〈任那〉領内通過は可能だろうが、敵国の新羅軍はそうはいかない。

622. 阿利斯等を（任那王）と注釈した後代の研究が書紀の記事を混乱させた

　書紀はそれまで〈安羅の日本府〉〈安羅の任那〉と、安羅の存在を強調してきた。もし〈任那王〉がいたのならば、その居城は安羅城ではないのか？仮に、〈任那王〉がいるなら、河内直や吉備

臣が登場した意味も無くなる。書紀の任那関連記事は支離滅裂だが、後世の研究が、阿利斯等を〈任那王〉にしたことで、書紀解読の混乱に拍車をかけた。

623. 任那滅亡の原因は新羅の使者の待遇を間違えたこと？

書紀(西暦 560 年)[(欽明二十一年)秋九月、新羅は弥至己知奈末を遣わせて、調を奉った]

書紀(西暦 561 年)[(欽明)二十二年、新羅は久礼叱及伐干を遣わして調賦を奉った。…及伐干は憤り恨んで帰った。この年また、奴氏大舎を遣わして、また前の調賦を奉った。…新羅を百済の後においたため大舎は腹を立てて帰った。…新羅は城を阿羅波斯山に築いて日本に備えた」

新羅は六世紀中葉から領土を拡大し、西暦 562 年、百済・倭連合軍を破り加羅を滅ぼした。この時期に、新羅がわざわざ欽明天皇に調賦を奉ることはあり得るか？

624. 任那の宮家とは何を指すか

書紀(西暦 562 年)[(欽明)二十三年春一月、新羅は任那の宮家を打ち滅ぼした。―ある本には二十一年に任那は滅んだとある]

この〈任那の宮家〉とは何を指すか？

この意味を調べるために書紀の類似記事を探した。すると、雄略天皇二十記事の中に、[百済国は日本の宮家として長らく存している。またその王は天皇に仕えている]と〈宮家〉のことが書かれている。この場合は〈百済〉が〈日本の宮家〉とな

る。

「これだと、〈任那の宮家〉とは任那に代わって働き、任那に仕える国家になる。よって、〈任那〉は〈任那の宮家〉の上に立つ〈国家〉になるが、一方で、任那は〈十国の総称〉だ。矛盾だね。」

「それに、〈任那の宮家〉を認めれば、今度は〈任那王〉も〈任那の日本府〉も〈安羅の日本府〉も〈加羅の日本府〉も不要になる。」

「〈任那王〉は幻、〈日本府〉は三ヵ所、支離滅裂だね。〈任那の宮家〉はどの国かしら？」

「新羅が打ち滅ぼした〈任那の宮家〉が分からないではいけないよね。」

625. 西暦 562 年に滅んだのは加羅国だが、加羅国は任那に入らない

西暦 562 年に滅んだのは、書紀が言う任那十国のうちの加羅国だった。加羅は洛東江上流の内陸の国だ。新羅の圧力を最も受けやすく、逆に言えば、新羅に取っても脅威となる。互いにしのぎを削る位置にあった。

「書紀によれば、安羅国が〈任那の宮家〉ではなかったのかしら？」

「いや、安羅にあったのは〈任那〉や〈任那の日本府〉。」

「もし、書紀の記事と加羅の滅亡が対比されるとしたら、〈宮家〉は加羅になる。」

「書紀では、加羅にも〈任那の日本府〉があった。でも、宋書では、加羅は〈任那〉に含まれない。〈任那の宮家〉は欽明二十三年に突然に現れた正体不明の国家だ。比定は最初から不可能。」

626. ある本に言う〈欽明二十一年の任那滅亡〉

もう少し、書紀にお付き合いを願う。欽明二十二年の新羅の朝貢の際の大和朝廷の接待係の不手際が、新羅の不興を買い、任那滅亡の原因になったと書紀は書いたが、〈欽明二十一年の任那滅亡〉とは時間が合わない。何のための〈ある本に言う〉なのか、意味不明だ。しかも、九州の倭国、瀬戸内の吉備国の存在を考えれば、新羅の朝貢記事は捏造記事になる。

627. 任那滅亡論理の問題は見過ごしてはならない

書紀の記事は矛盾しているにもかかわらず、通説は、任那滅亡を、西暦562年(欽明二十三年春一月)の記事に求めることで一致する。裏を返せば、それまでの書紀の矛盾記事を肯定し、それまでの書紀の任那記事を認めることになる。

「書紀の記事を無条件で信用する悪癖は直っていない。記事の一文を以って結論を急ぐ癖は、改めるべきではないか？一つの記事を認めることで、説明不能な矛盾だらけの記事も一緒に認めることになる思考方法の弊害は大き過ぎる。」

628. 〈任那〉〈日本府〉は何故曖昧模糊か

もしも、〈任那〉や〈任那の日本府〉〈日本府〉〈任那の宮家〉が実在して、〈任那王〉が存在したのならば、そのことをありのままに書けば、一貫した記事になったはずだ。これ程、支離滅裂で説明困難な記事になったのは、書紀の著者自身が、意

味不明のままに記事を書かねばならなかったからだ。

629. 〈任那日本府〉も〈任那復興会議〉もすべて虚構

宋書に載った任那記事には矛盾を見出せないが、詳細は不明だった。書紀に載った任那記事は、事細やかだが矛盾だらけだ。今まで連綿と述べてきた行き当たりばったりの書紀の記事に翻弄されて、あれこれと悩んではいけない。

百済三書が散逸し、三国史記の空白のために比較対照する手法では検証は出来ないが、書紀の記事のみで〈任那問題〉は判断可能だ。書紀に書かれた任那関連記事はすべて捏造になる。

ここからは推測になるが、〈書紀の任那復興会議〉とは百済と〈倭国〉が、新羅の攻勢に対抗して立ち上げた軍事同盟を、欽明天皇の命令のもとに行ったと歪曲したものではないのか？

しかし、これらの記事で後世の多くの研究者は騙された。日本書紀恐るべしと言うべきか、それとも、簡単に騙された者が悪いのか？

630. 書紀は宋書で〈任那〉を知った

ところで、書紀の著者は、〈任那〉の言葉をどうして知ることが出来たか？

答えは宋書だ。宋書で倭・百済・新羅・〈任那〉…の順番から、〈任那〉は百済・新羅と共に〈倭国王〉に服属していたことになる。だが、これは倭の五王の主張であって、南朝宋はこれを認めたわけではなかった。

ここからは推測だ。宋書は、ヤマト政権が〈任那〉を統治する書紀の記事の拠り所となったが、その実態は不明で、まるで雲を掴むようなものだった。にもかかわらず、書紀は〈使える〉と判断したのだ。

631. 宋書の〈任那〉と書紀の〈任那〉は違う

宋書の〈任那〉の内容は不明だ。だが、宋書の記事からは〈任那〉は〈倭〉に含まれないし、加羅は〈任那〉にも〈倭〉にも含まれない。

一方、書紀では、〈任那〉は十国からなり、個々の国名も明らかだ。この中に、加羅国もある。書紀は十国の国名を知ることが出来たのか？書紀が所々に引用している百済三書から得た以外に見当たらない。後の三国史記の百済本紀や新羅本紀から類推すれば、百済三書には〈任那記事〉はなく、あるのは〈倭国記事〉だ。そこに書かれていた〈朝鮮半島南部の倭を構成する国々〉を〈任那十国〉と書き換えた可能性が大きい。

本来、〈倭国〉とは、魏志に書かれている〈朝鮮半島南部の倭〉と〈北部九州の倭〉を併せた国であったが、書紀は、その〈朝鮮半島南部の倭〉を〈任那〉とした。理由は明白だ、〈九州の倭国〉はヤマト政権と競合するから、筑紫国と名を変えて属国とし、〈朝鮮半島南部の倭〉を宋書の〈任那〉にすり替え、自らの支配地としたのだ。そのために、毛野臣の渡海をはじめ、様々な人間を渡海させねばならなかった。

中国史書は後世の史家がそれ以前に書かれた史書を様々に解釈した。それと同じように、書紀も、宋書と百済三書の関係から、様々な検討を加えた。その結果、〈朝鮮半島南部の倭〉を〈任那〉と呼び、それを大和朝廷の支配地にすり替えることは可能だと判断したのだ。

この支配を正当化させるための仕組みが〈任那の日本府〉であり〈任那の宮家〉だったが、書紀は合理的な説明に失敗した。

632. 書紀の著者は意味不明のまま記事を書いていた

仮に、百済本記の記事に日本の天皇を紛れ込ませるために、任那日本府や任那の宮家を作り出し、尤もらしい記事を書いたとすればどんなことが起こるだろうか？所詮、無理に無理を重ねれば、矛盾に満ちた意味不明の記事になる。

書紀の著者は、捏造した〈任那の宮家〉がどの国に当たるか知らなかったし、加羅が洛東江上流域にあって、新羅と直接対峙する位置にあり、西暦562年に新羅によって滅ぼされたことも勿論知る由も無かったのではないか？〈任那十国の位置情報〉は何処にも記載されていないからだ。

633. 任那を舞台にした書紀の記事の矛盾は解消される

書紀の任那記事〈ヤマト政権・百済・新羅〉を〈倭・百済・新羅〉に、〈任那〉を〈朝鮮半島南部の倭〉と読み替えてみよう。伸張する新羅を牽制しつつ、倭が新羅・百済との外交を活発化させていたと考えると、書紀の任那記事の矛盾の多くは解消される。

~~~~~~

コラム 15.〈懐疑は真理発見のための道具にすぎない〉(『神々の流竄』より)のか

~~~~~~

「…その代り、歴史学者は考古学の成果をもって歴史叙述に代えた…こうして再び、われわれは記紀の研究
に投げ帰されるのである。…戦前のわれわれが記紀に対する肯定の執によって、真実を見る眼を失っていた
とすれば、戦後のわれわれは記紀に対する否定の執によって真実を見る眼を失っていたのである。…巧妙な
嘘つきはいつも嘘をつきはしない。…古事記、日本書紀制作者たちの、作為的意思がどこにあるかを明らか
にすることにより…記紀における真実なるものと虚偽なるものを区別することが出来る。」(『神々の流竄』より)

~~~~~~

　冒頭の文章は〈邪馬台国卑弥呼説〉への批判そのものだ。この論理は正しい。そして、この思考方法は、全
く、正しいように見える。しかし、この思考方法によって得られた結論を下記に示すが、正しい結果と言えるだ
ろうか？何故〈方法〉と〈結果〉に乖離が生まれたか？

~~~~~~

「崇神帝の宗教改革は巧妙な宗教政策であった。…こうしたイデオロギーの確立によって、日本国家の基礎
がつくられ…日本人の精神のバックボーンとなり、統一国家をつくり出し、その余剰エネルギーは、あの神功
皇后伝説の名で伝えられる、朝鮮半島への軍事行動となるのである。」(『神々の流竄』より)

「白村江の戦いにより、四世紀末以来の朝鮮の従属の歴史にピリオドが打たれた。日本は、建国早々海外に
出兵し、三韓を支配下においた。古代日本の発展は三韓支配という事実の上に立っていた…」(『神々の流竄』
より)

~~~~~~

〈作為的意思〉とは何か、それはどのようにして知ることが出来るか？ここに陥穽がないだろうか？

〈作為的意思〉は記紀の詳細分析の結果得られるものであり、予め得られるものではない。もし、それを予め
得て、それを基にして記紀を分析していたとすれば、〈思考プロセス〉の中に混入してはならない〈論理結果〉
が組み込まれて、論理の断絶を招き、誤った結論に達した可能性があったのではないか？

~~~~~~

『神々の流竄』『飛鳥とは何か』など梅原猛氏の一連の著作は、私が―記紀の闇に光はあるか―を執筆する
ための思考力や論理力を養う上で、なくてはならないものだった。無心に読んだが、〈懐疑〉することを教えら
れた。

~~~~~~

〈懐疑〉するとは、〈何故…何故…何故……〉、思考はエンドレスであったとしても、〈懐疑主義〉に陥ることで
はない。

~~~~~~

39. 西暦562年以後の朝鮮半島南部情勢

634. 書紀が書く⟨任那⟩滅亡後の河辺臣瓊缶の敗戦

書紀（西暦562年）[（欽明二十三年七月）この月大将軍紀男麻呂宿禰を遣わして、兵を率い哆唎から出発させた。副将河辺臣瓊缶は居曽山より出発した。…]

この記事は新羅が加羅を滅ぼしたことへの反攻戦を書いた記事だ。結果は惨憺たる敗北だったが、書紀が⟨自国⟩の敗戦を書くのは珍しいことだから、どのようなものだったか、続きを書こう。

[任那に至り、薦集部首登弭を百済に遣わし戦の計画を打合せさせた]

[登弭は…機密の封書や弓矢を途中で落とした。それで新羅はいくさの計画をつぶさに知った。急に大軍を動員し、わざと敗北を重ねて降伏したいと乞うた]

[河辺臣瓊缶は、ひとり前進しよく戦った。向かうところ敵なしの有様だった。新羅は白旗を掲げ、武器を捨てて降伏してきた。河辺臣瓊缶は軍事のことを良く知らず、同じように白旗を上げて進んだ。すると新羅の武将は「将軍河辺臣はいま降伏した」といって軍を進め、鋭く撃破した。前鋒の被害がたいへん多かった。倭国造手彦はもはや救い難いことを知って軍を捨てて逃げた]（傍点は著者）

[（新羅の）闘将は率先して陣中を襲い、河辺臣瓊缶らと同行していた婦女を悉く生け捕りにした。闘将は「自分の命と婦とどちらを惜しむか」といった。河辺臣は「何で一人の婦を惜しんで禍を取ろうか。何といっても命に過ぎるものはない。」といった。闘将の妾とすることを許した]

書紀は、⟨任那⟩滅亡後も倭・百済と新羅の抗争は依然として、続いていたと書いた。

「それより、気になる言葉があるわ。⟨倭国造⟩よ。これだと⟨倭国⟩はヤマト政権に服属した国になるけど、それは何処にあった国なのかしら？」

「確かに、⟨ヤマト政権⟩と⟨倭国⟩は違う国になるね。」

635. 捏造記事はボロが出る

向かうところ敵なしでありながら、軍事のことは良く知らない河辺臣が将軍だったとする書紀の記事がいかに常識外れであるか？しかし、それを冗談だと片付けられない。何故ならば、戦いの帰趨を決したのが、この河辺臣の行動だからだ。しかも聞き慣れない⟨倭国造⟩までが出て来た。

636. 敗戦即ち滅亡にはならない

西暦562年⟨欽明二十三年一月⟩記事の⟨任那の宮家滅亡⟩に相当するらしい国は、書紀が繰り返し述べてきた朝鮮半島南端の安羅国ではなく、

新羅に隣接する加羅国になる（傍点は著者）。

　これに対し、同年七月に倭軍が支城の哆唎や居曽山からの反攻を試みたと考えれば、この一連の記事はつながる。

　書紀自身の記事の信憑性を保つためには、欽明二十一年の〈任那滅亡〉、欽明二十三年の〈任那の宮家〉滅亡記事を書いたのなら、倭・百済軍が同年七月に新羅と戦っていることを、書紀は書くべきではなかった。〈滅亡記事〉を書紀自身が否定することになるからだ。

637. 大伴連狭手彦の高麗征討

　続きだ。書紀（西暦562年）[（欽明二十三年）八月、天皇は大将軍大伴連狭手彦を遣わし、数万の兵を以て高麗を討たせた]

　「わずか一ヵ月後、突然、敵は新羅から高（句）麗に変わった。しかも、率いた軍勢は数万。これだけの動員力があるのなら、一ヶ月前倒しで動員しておけば、新羅戦での敗戦はなかった。」

　「ちょっと異議を挟んでいいかしら？」

　「何を？」

　「狭手彦のことよ。書紀（西暦537年）[（宣化）二年冬十月一日、天皇は…磐と狭手彦を遣わして、任那を助けさせた…狭手彦はかの地に行って任那を鎮めまた百済を救った]この時から25年後のことになる。この時も怪しい記事だったけど、〈任那〉が歪曲・捏造されたことが明らかになったから、宣化二年記事は意味が無くなったね。仮に、狭手彦を認めても、彼は老人になっているのじゃない。今度の敵は、新羅を放っぽり出して、高（句）麗だけど、書紀はあまりにも調子が良過ぎるんじゃな

いかしら？」

638. 書紀の記事の出処はどこか

　大将軍紀男麻呂宿禰、副将河辺臣瓊缶、倭国造手彦が捏造された人物だとすると、書紀が本来知ることの出来なかった新羅や百済の情報は何処から仕入れて来たのか？百済本記に書かれていた人物名を、ヤマト政権の人物名に変更した可能性が最も大きい。

　書記の〈任那滅亡〉が事実なら、それ以後の朝鮮半島でのヤマト政権の活動は終焉を迎えるだけでなく、情報の収集も途絶えたはずだ。書紀は自己矛盾に陥ったことになる。

　結局、一連の記事は百済本記を使った改竄記事ではないのか、という推測に至る。そして、重要なことだが、ヤマト政権が自らの情報ではなく、百済本記に頼ることは、ヤマト政権が渡海した史実を持たなかったことも併せて曝け出したことにもなる。

639. 朝鮮半島では何が起きていたか

　新羅は六世紀に入ると智証麻立干・法興らが国制の整備を行って国力を高め、六世紀中葉、真興王の時代に急激に領土を拡大した。高句麗を攻撃して北に領土を広げ、百済・倭国の連合軍を退け、西暦562年には加羅地方の大加羅を滅ぼした。

　さらに、新羅の外交攻勢は目を見張るものがあった。西暦564年に中国の北斉に朝貢して、翌年に冊封を受ける一方で、西暦568年には南朝陳

にも朝貢した。隋・唐に対しては、建国後まもなく
使者を派遣して冊封を受けた。朝鮮半島南部の
倭（い）は新羅の攻勢を受け続けていた。

640. 朝鮮半島南部略図

図13. 三韓略図（日本古典文学大系本『日本書
紀』より）

（古田武彦『日本列島の大王たち』より、転写）

　図は参考文献『日本列島の大王たち』に載って
いる日本古典体系本『日本書紀』の三韓略図を
転載したものだ。図中、西側の公州（熊津）は漢
城から移った後の百済の首都、扶余はその後の
首都。東側の慶州は新羅の首都。金海（金官）と
釜山は倭の本拠地。扶余と慶州は直線距離で
200km、慶州と金官は70kmの距離しかない。

641. 倭軍は何故、朝鮮半島で戦い続けたか

　70kmの距離とは、日本で言えば、武田信玄の
居城甲府と北条早雲の居城小田原の距離になる。
行軍すれば2日の行程だ。互いに生き残ろうとす
れば、相手を攻めるか、攻め切れなければ、和議
を結ぶかの選択肢しか残らない。
　三国史記で見てきた朝鮮半島での戦いと和議
の繰り返しは、地政学的に見れば、むしろ当然の
こととなる。倭軍がとりわけ好戦的であったというこ
とではないのかも知れない。

642. 〈わこく〉と読んだことによる歴史の曲解からの脱却は今からでも遅くはない

　研究者たちが〈倭国〉を〈わこく〉と読んで〈ヤマト
政権〉としたことが、論理的な誤謬の世界に迷い
込むことになった主因だ。
　「〈倭国〉を〈わこく〉と読むことがそんなところまで
影響するのかしら？」
　「そうだ。思想や知識とは〈言葉〉が複雑怪奇な
までに絡み合うネットワーク構造だ。〈倭国〉は数
十の鎖で他の〈言葉〉とつながっている。たとえ数
本の鎖を断ち切ることが出来ても、自分の意識で
は断ち切れない鎖がまだ多く残っている。だから、
気が付くたびに、鎖を断ち切ることを続けなけれ
ばならない。それで、思想や知識の転換は初めて
可能になる。」
　「難しくなったけど、それってオカラ節？」
　日本書紀で、第十代崇神天皇以後、第二十九
代欽明天皇までに書かれた朝鮮国との外交記事
は、書紀の著者が、百済三書（百済記、百済新撰、

百済本記)の記事を使って書き上げた歪曲・捏造
記事だった。

　当然、日本書紀を正しいものとして組み立てた
多くの結論も、再構築されねばならない。それは
今からでも遅くはない。日本古代史の核心はこの
先にあるからだ。

643. 山峡の出湯

「ここらで一服したいね。」
「息抜きに、山峡の温泉はどう？マリアも会社は
休みでしょ。ウズメさまがご招待するわ。」
「それはいいね。」
「また、二人で頑張ってね。オカラは独走するか
ら、マリアは手綱を離さないこと。」
「ウズメ、ありがとう。」
　翌朝、ウズメは東京へ戻った。これから、また二
人きりの格闘が始まる

40. 西暦595年の大和朝廷の出現

644. 任那記事の検証—ヤマト政権の征西

前章までの検討で、書紀の任那記事は捏造だったと決断を下したが、それと表裏の関係にあるのが、ヤマト政権による九州地方の制圧だ。書紀はこの事実を敢えて不明にして来た。それを利用したのが、〈邪馬台国大和説〉の流れを汲む諸説だ。だが、書紀が不明にしたのには、すべて理由があった。〈はるか昔から、日本は大和朝廷が支配していた〉からだが、その主張は尊重しても、その史実が違っていれば、それを正すのは、歴史研究の義務でもある。

「九州制圧はいつ行われたのか？ずうっと問題になって来たけど、分からなかったね。」

「既往の研究は、九州制圧問題を敢えておろそかにして来た。そうすることで卑弥呼や倭の五王を大和に連れてきたし、任那をヤマト政権の支配地とした。だから、書紀は〈筑紫君磐井〉を反乱者に仕立てて、殺さなければならなかった。」

「でも、〈倭国の制圧〉の史実は、記紀の性格からして、誰にも気づかれないように形を変えて、どこかに書かれているのではないかしら？」

「マリアはそう思うんだ？」

645. 竹斯国より以東は皆俀に附庸す

欽明天皇紀までは、朝鮮諸国との数多くの交流記事があるが、皆、矛盾を含み、合理的な説明が不能なことから、歪曲・捏造と見なしたが、この結論に根拠を与えたのが、〈倭国滅亡〉あるいは〈倭国服属〉の記事がないことだった。逆説的に、卑弥呼から連なる〈倭国は存続〉していたのだ。

「書紀の朝鮮関連記事を正しいと主張するのなら、あるいは間違いと主張するのでも、〈倭国滅亡〉の史実を明らかにする必要は、絶対、あるね。」

「通説はどうしたか？古くは後漢時代の倭国王帥升の朝貢記事をもって、九州地方制圧の根拠としたし、別説は、四世紀の北九州地方での前方後円墳の出現、即ち、考古学的資料を用いて、ヤマト政権による北九州地方制圧とみなした。」

「書紀では、欽明天皇以前には〈倭国滅亡〉の記事を見い出せないから、倭国王帥升でも、前方後円墳でも、書紀による検証は不能のままだってことだよね。」

では、欽明天皇以降の天皇の時代〈倭国〉では何が起きていたのか？

「西暦600年（推古八年）及び西暦607年（推古十五年）の遣隋使派遣の史実から、この時、〈倭国〉は既にヤマト政権に服属していたと考えていいかしら？」

「『隋書』には多くの誤謬があるけど、日本書紀の記事と対比が可能であることや第三者資料であることから、〈倭国〉がヤマト政権の支配下にあったことを証明していると思う。」

「期間が限られるなら、〈倭国〉がヤマト政権の軍門に降ったのはいつか、調べられそう。」

646. 蘇我馬子大臣の対外政策

崇峻（すしゅん）天皇は、用明天皇の疱瘡罹患による急死で空位となった皇位を、長男の穴穂部皇子（あなほべのみこ）と争った天皇だが、崇峻五年に蘇我馬子大臣に殺害された短命の天皇だった。崇峻天皇時代の政治は、天皇の叔父で実力者でもあった蘇我馬子大臣の主導によって行われていたと見なして間違いはないだろう。

書紀[（崇峻四年）秋八月一日、天皇は群臣に「自分は新羅に滅ぼされた任那を再建したいと思うが卿等（きょうら）はどう思うか。」とお尋ね（たず）になった。群臣はお答えしていった。「任那の宮家を復興すべきであります。みな、陛下の思召しと同じです。」と]

この記事には、問題の、〈任那の宮家〉が入っているが、〈任那〉を〈朝鮮半島南部の倭〉と読み替えたのが書紀だとすれば、遣隋使を派遣した蘇我馬子の対外政策を表現したものと考えて良いだろう。この実現に向けて行った記事が下記だ。

647. 西暦 591 年（崇峻四年）の九州出兵

書紀（西暦 591 年）[（崇峻四年）冬十一月四日、紀男麻呂宿禰（きのおまろのすくね）・巨勢猿臣（こせのさるのおみ）・大伴嚙連（おおとものくいのむらじ）・葛城烏奈良臣（かずきのおならのおみ）を大将軍に任じ、各氏族の臣や連を副将・隊長とし、二万余の軍を従えて、筑紫に出兵した]

この二万という軍勢規模はそれまで経験したことのないものだった。継体二十二年の時の物部麁（もののべのあら）

鹿火（かひ）を総大将とする遠征軍の規模は全く不明で、物語風の記事だが、この崇峻四年の記事は大将軍・副将・隊長と軍の編成に及ぶ具体的な記述だ。この点では、より信憑性の高い記事だといえるのではないか？

「継体二十三年の筑紫君磐井との戦いを教訓として積み上げられた数字で、ヤマト政権の総力を挙げた出兵と俺は思う。」

上の記事につながる、書紀[吉士金（きしのかね）を新羅に遣わし、吉士木連子（きしのいたび）を任那に遣わして任那のことを問わせた]記事の信憑性は、前項の〈任那の宮家〉の記事同様、眉唾になるが、九州制圧後ならば、この〈任那〉を〈朝鮮半島南部の倭（い）〉と読み替えると、遣隋使の行路の安全のために、朝鮮半島情勢の事前把握の行動として位置付けることが出来る。

648. 西暦 591 年の九州出兵記事には追跡記事がある

書紀の通常の書き方では、出兵記事で終わってうやむやになるのだが、この時は、追跡記事があり、崇峻四年記事の信憑性を高めている。

書紀（西暦 592 年）[（崇峻五年）十一月五日、早馬を筑紫の将軍たちのところに遣わして、「国内の乱れによって外事を怠ってはならぬ」と伝えた]

これは、「崇峻天皇殺害の情報を聞いても動揺するな」と、蘇我馬子大臣が出征中の将兵らに命令した記事だ。そして、書紀（西暦 595 年）[（推古三年）秋七月、将軍たちが筑紫から引き上げた]で、約 4 年に及ぶ九州出兵は終わる。

この長期間に及ぶ九州出兵の目的は何だったのか？残念ながら書紀には書かれなかった。この理由も簡単だ。隠すべきことがあったからだ。〈筑紫国造〉や〈倭国造〉の言葉で〈倭国〉は既にヤマト政権の属国と化していたから、今更、〈制圧する〉とは書けなかったのだ。

649. 筑紫大宰府の設置は西暦595年（推古三年）

以下は、推古三年の記事の14年後、隋の使者裴世清の帰国記事の翌年にあたる。

書紀（西暦609年）[（推古）十七年夏四月四日、筑紫大宰府の長官が奏上して「百済僧道欣・恵弥（み）を頭として僧十人俗人七十五人が肥後国の葦北の港に停泊しています」といった。…]

「俺は、もしも、何も書かれていなければどうしようかと思っていた。」

「オカラも心配することがあるんだ。」

「そりゃ、あるさ。〈筑紫大宰府〉の言葉は、書紀では、推古天皇紀が初めてだ。しかも、以後、大和朝廷が総力を挙げたはずの白村江の戦いの際にも〈筑紫大宰府〉の言葉は出てこない。」

「それじゃ、わずかに波間に見えた岩礁のようなものだね。」

崇峻四年から推古三年の約4年の間に、〈筑紫大宰府〉が設置されていた。

650. 何故、筑紫国と呼ばれるようになったか

語源となった話が筑後風土記にある。[…往来の人、半ば生き半ば死にき。其の数極く多なりき。…其の死にし者を葬（ほう）らむ為に、此の山の木を伐（き）りて、棺輿を造作りき。これに因りて山の木尽（つ）くさむとしき。因りて筑紫の国と曰いき。後に両（ふた）の国に分ちて、前（筑前国）と後（筑後国）と為す]

風土記は西暦721年の元明天皇の詔で編纂された。〈筑紫〉の言葉がいつから使われ始めたかは、不明な点が多い。記紀に散見する〈筑紫〉は遡って使用している可能性が大きいので、参考には出来ない。

一方、隋書に〈竹斯国〉があるが、これ以前の史書・宋書には〈竹斯国〉〈筑紫国〉は無い。

「〈筑紫〉の語源となった出来事は、裴世清が訪日した西暦608年からそう古くはない時代に起きた可能性がある。最も可能性が高いのは、書紀に激戦だったと書かれた西暦529年（継体二十三年）の〈筑紫君磐井の敗死〉、もう一つの可能性は西暦591年（崇峻四年）から西暦595年（推古三年）に及ぶヤマト軍の遠征による〈倭国〉の敗北だったのではないか？どっちだと思う？」

「〈筑紫君磐井〉の時だと思う。」

651. 倭国の服属で、遣隋使の派遣は初めて可能になった

この推古三年の5年後に、隋書[開皇二十年（推古八年：西暦600年）倭王あり、姓は阿毎、字は多利思北孤…]と記録された第一回目の遣隋使が派遣された。

だからと言って、直ぐに、大和の船が乗り切れるほど、朝鮮海峡の横断は簡単ではない。〈倭国〉の渡海能力が不可欠だったはずだし、さらに、朝鮮半島西岸の航路の安全のためには、〈朝鮮半島南部の倭〉、加えて〈百済〉の協力も必要になる。

このために蘇我馬子は卓越した政治手腕を発揮したと考えられる。〈倭国の滅亡〉ではなく〈倭国の服属〉だ。

これを裏付ける記事がある。これ以降の書紀の記事にも〈筑紫君〉が登場する。最後が〈筑紫君薩夜麻〉だ。〈筑紫君〉は〈倭国〉の統治形態を残存させながら、そっくりそのまま、大和朝廷の傘下に入った〈倭王〉指す名前と推定される。

第二回目の時は隋からの返使があった。その時の様子は書紀に書かれたが、三国史記にも書かれていた。三国史記・百済本紀（西暦 608 年）[（武王九年三月）隋の文林郎裴清、使して倭国に奉ずるに、我が国の南路を経たり]

百済もヤマト政権と隋の往来を容認していた。百済と長年にわたって〈好み〉を通じてきた〈倭国〉の仲介無しには実現は不能だ。

652. 歴史的には〈筑紫大宰府〉の設置を以て〈倭国〉は名目的には滅亡となる

〈筑紫大宰府〉の言葉こそ、ヤマト政権による〈倭国〉の服属、言い換えれば〈倭国〉の名目的滅亡を示す記事になる。その時期は西暦 595 年（推古三年）と推測される。何故、書紀は書かなかったか？天智九年に、国名を日本に変えたことを書かなかったことと、全く同じ理由だ。

従って、〈筑紫大宰府〉の設置前の〈任那日本府〉の存在はありえない。欽明紀以前の任那記事だけでなく、呉国などの古代中国との交流記事もすべて捏造だったと、書紀自身が告白したのと同然だ。書紀が〈筑紫大宰府〉の設置時期を不明にした理由のひとつだ。

653. 隋書[兵ありといえども征戦なし]

西暦 608 年（推古十六年）の裴世清の訪朝記録を基に書かれた隋書の一節[弓・矢・刀・矟・弩・纘・斧あり、皮を漆りて甲となし、骨を矢鏑となす。兵ありといえども征戦なし。その王、朝会には必ず儀仗を陳設し、その国の楽を奏す]と書かれた理由は何だったのか？

そして、一見して隋書記事と矛盾すると思われる二万の大軍を、蘇我馬子が九州に派遣出来たのはどうしてだったのか？この問題は解決しておかねばならない。

654. 崇峻天皇擁立のための戦闘

書紀（西暦 587 年）[（用明二年）秋七月、蘇我馬子宿禰大臣は諸王子と群臣とに勧めて、物部守屋大連を滅ぼそうと謀った]

この記事は、用明天皇が疱瘡にかかって急死した後、次期天皇に穴穂部皇子を推奨した物部守屋を、泊瀬部皇子（後の崇峻天皇）を推奨した蘇我馬子が攻めた時の記事だ。

この時、蘇我側の軍は泊瀬部皇子（後の崇峻天皇）・竹田皇子・厩戸皇子（聖徳太子）らが一緒になって軍勢を率い、大伴連嚙・阿倍臣人らは軍兵を連れて戦った、とある。

これに対して物部側は、物部守屋大連は自ら子弟と奴の兵士たちを率いたし、大連の近侍捕鳥部万は百人を率いて戦った。互いに私兵を動員した戦闘で勝敗が決したことになる。西暦 591 年の九州出兵の 4 年前の出来事だ。

655. 中大兄の入鹿暗殺の時の兵の動き

中大兄の蘇我入鹿暗殺は（西暦645年）皇極四年六月十二日に起きた。

書紀［皇太子の古人大兄（ふるひとのおおえ）は私宅に走り入って…寝所を閉ざした］［中大兄は法興寺に入られ、とりでとして備えられた］［諸の皇子・諸王・諸卿大夫・臣…などみなが（中大兄の）お供についた］これに対して、蘇我蝦夷側は［漢直（あやのあたい）らは族党を総集し、甲（こう）をつけ武器を持って蝦夷（えみし）を助けて軍（いくさ）をしようとした］

以上の記事は、入鹿暗殺後の動きだ。中大兄と中大兄についた皇子たちと、入鹿の父蘇我蝦夷と、蝦夷についた漢直とのグループとの私闘の様相が強い。

何故、私闘か？中大兄が〈皇極天皇〉に代わって横暴を極める入鹿を暗殺したのなら、その後処理として、〈皇極天皇〉を最高司令官として、朝廷内の建物、例えば大極殿に司令部をおくべきだが、朝廷とは無関係の寺院を本拠としたからだ。

七世紀中葉に至っても、都の治安維持や騒乱を鎮めるための常設の政権軍の存在は、書紀の記事からは窺い知ることは出来ない。

656. 皇極天皇とは蘇我蝦夷・蘇我入鹿の二人の天皇のことだ

参考までに寄り道をする。

書紀［（皇極元年七月）、…入鹿の従僕が白い雀の子を手に入れた。この日の同じ時にある人が白雀を籠に入れて蘇我大臣に贈った］

本来、吉祥を表す珍鳥は、大臣にではなく天皇に捧げるものだ。

書紀［（皇極元年）この年、蘇我大臣蝦夷は自家の祖廟を葛城の高倉に立てて、八佾（やつら）の舞（六十四人の方形の群舞で、天子の行事）をした］

書紀は蘇我蝦夷は天皇だったと婉曲に書いていた。

書紀［（皇極二年十月）六日、蘇我大臣蝦夷は病のため登朝しなかった。ひそかに紫冠を子の入鹿に授けて大臣の位になぞらえた…］（傍点は著者）

書紀は蘇我蝦夷は病気を機に皇極二年に、子供の入鹿に譲位していた。八佾（やつら）の舞や大臣の位を与える権限は天皇が持つことから、書紀の記事では、暗黙に〈大臣〉が〈天皇〉を意味する。一方で、宝皇女（たからのひめみこ）を女帝にまつりあげることで、豪族出の蘇我親子の天皇の位を奪っていた。勅撰史書が書けるギリギリの境界だ。

更に寄り道する。中大兄の〈蘇我入鹿謀殺〉とは、言い換えると中大兄の〈皇極天皇謀殺〉だ。

従って、皇極天皇とは、書紀が言うところの宝皇女（たからのひめみこ）ではなく、蘇我蝦夷入鹿親子のことだ。皇極元年から皇極2年までは蘇我蝦夷、皇極2年から皇極4年までは蘇我入鹿が天皇だった。

推古天皇の場合は蘇我馬子一人だったが、皇極天皇の場合は二人になる。蘇我馬子・蘇我蝦夷・蘇我入鹿は名が示す通りに豪族だ。豪族出の天皇を認めれば、〈万世一系の説〉は根底から覆る（『反逆と背徳の系譜—記紀の闇に光はあるか』）。これを隠し通すために、書紀が選んだ方法は、宝皇女を天皇に、蝦夷・入鹿を大臣にすることだった。

孝徳天皇は〈蘇我入鹿謀殺〉後の会議で擁立

された天皇だ。本来はクーデター首謀者の中大兄が次期天皇に就くのが流れのはずだが、それは叶わなかった。この一事で、書紀の言う、中大兄の〈蘇我入鹿謀殺〉がどのようなものだったか分かるはずだ。孝徳天皇の次は、中大兄の母・斉明天皇が即位し、皇位はその次にようやく、中大兄の天智天皇につながっていく。

だが、不思議な記事がある。書紀[（斉明）七年…皇太子は白の麻衣をお召しになって、即位式を挙げないで政務をとられた]

中大兄が、天智六年に都を近江に移して、即位したのが天智七年であり、空位は7年も続いた。

その異常さも、さることながら、天智六年の遷都を、書紀[天下の人民は喜ばず、風諫（ふうかん）するものが多かった。童謡（わざうた）も多く、夜昼となく出火するところが多かった]と、書いている。

天皇の即位は慶事であるはずだが、原因不明の出火・不審火が相次いだと、慶事に水を差す記事が書かれている。敢えて書けば、当時、不審火や落雷は怨霊のなせる業だった。後世の研究者たちによって、中大兄は英雄と称えられたにもかかわらず、書紀のこの記事は何を意味するのであろうか？

657. 孝徳天皇二年の詔をもって朝廷軍は創設された

書紀（西暦646年）[（孝徳二年）秋八月十四日、詔して「…代々の天皇の御名をはじめとする名を、臣・連・伴造・国造らは自らが支配する品部につけ、私有の民と品部とを同じ土地に雑居させている…このための争いや訴えが充満している。治ま

らず混乱すること甚だしい。それ故、現在の天皇から臣・連に至るまで品部はすべてやめて、国家の民とする…」といわれた]

「これまでは、天皇が保有する兵は天皇個人に帰する軍であり、国家を代表する兵ではなかったってこと？」

「天皇が〈躬（みずか）ら甲冑（かっちゅう）を擐（つらぬ）い〉ても動員出来る兵は限られていたし、〈躬ら甲冑を擐い〉たのは皇位争いの時だけだった。」

「遠征は？」

「天皇が自ら軍を率いる遠征は不可能だった。」

「この詔は、ものすごく重要な意味を持つことになるね。」

書紀が、詔をもって武将を遠征に派遣した記事は、奇しくも、このヤマト政権の軍の形態を正直に反映したものだった。派遣される武将は一族に属する兵を率いて出陣していた。そして、〈筑紫君磐井の反乱〉理由にあげた〈毛野臣率いる六万の渡海〉が全くの欺瞞であることが、これらの一連の記事で明らかになる。

658. 蘇我馬子大臣は何故二万余の大軍の動員が出来たか

この状況下で、蘇我馬子が西暦591年（崇峻四年）、二万の兵の動員に成功したことは特筆に値する。崇峻天皇の詔では誰も動かなかった。すべての族長の動員が可能になった理由は実力者の蘇我馬子大臣の存在だ。詔の背後に、物部一族を滅亡させた蘇我馬子がいることを族長らは理解していたからだ。

隋書が〈兵ありといえども征戦なし〉と書いたのは、

天皇の私兵だけで、常設軍（国軍）を持たない大和朝廷の状況を表現したものであろう。

蘇我馬子が意図した政治体制やその軍制は、約半世紀後の孝徳天皇の時代に漸く日の目をみる。しかし、西暦646年（孝徳二年八月）の国家体制は、詔が発せられたから、直ちに形成されるものではない。軍制も同じだ。それぞれの部族が独自に保有していた兵員を、中央集権体制下での朝廷軍として組織替えするには長い時間を要したはずだ。

「後の平氏と源氏の例を見ると、朝廷警護の武士団の育成には長い時間がかかったし、武士団の発達は朝廷没落の原因になった。軍制を整えるのは生易しいものではない。」

西暦646年とは、西暦663年の白村江の戦いのわずか17年前のことになる。

659. 前方後円墳の普及とヤマト政権の支配権の拡大はイコールではない

前方後円墳をヤマト政権と直接結び付いた古墳と見なすことは出来ない。吉備地方と大和地方との古墳形状とその規模については簡単に触れた。ここでは北九州地方の古墳について触れる。

北九州地方で古墳が多いのは魏志に書かれた伊都国と奴国に相当する地域だ。この二つの地域の前方後円墳築造は四世紀初頭から六世紀末までだ。この考古学的成果を用い、四世紀初頭を以って、ヤマト政権による北九州制圧、即ち大和朝廷の成立とするのが通説のひとつだが、この仮説では〈倭国王帥升大和説〉は不成立となるだけでなく、三世紀の〈邪馬台国卑弥呼〉の朝貢

も困難になる。考古学的成果の歴史問題への適用は機械的・ご都合主義であってはならない。

北九州の前方後円墳の前身は三雲南小路遺跡（みくもみなみしょうじ）や井原鑓溝遺跡（いわらやりみぞ）、平原遺跡（ひらばる）などの弥生式墳墓であり、突然の古墳の消滅、新しい形状の墳墓の築造など、政治権力の断絶などを反映する現象は見られない。

660. 横穴式石室は高句麗に始まる

伊都国歴史博物館『玄界灘続倭人伝』によると、横穴式石室の説明に「従来の竪穴式石槨に四世紀に高句麗で成立した横穴式石室のアイデアを百済を経由して取り入れ、小口部分に出入り口を設けた。…これによって追葬が可能になり、長期の使用が可能になり、以後の古墳文化に大きな影響を与えた」とある。

「この結果から、高句麗が北九州までを支配下に置いたと考える者はいないと思う。」

「でしょうな。」

「この例からも、古墳の分布や形式を以って、直ちに政治権力に連動させてはいけないと思うわ。」

661. 鋲留鉄製甲冑が出土する北九州古墳を考える

古墳時代前期から中期にかけて玄界灘沿岸各地の古墳からは鉄製甲冑が多く出土する。鋲留短甲や鋲留冑である。この他の武具では、鉄剣・鉄刀・鉄斧などである。

『玄界灘続倭人伝』での説明は「…ヤマト政権は中期以降、朝鮮半島政策の一環として玄界灘沿

岸の首長との軍事的連携を深めていった…鉄製武具の配布はその傘下に組み込まれた証として下賜されたものとみられている。」である。

　これは、四世紀始めに、ヤマト政権は九州地方に存在した〈倭国〉を支配下に治めたとする考えを前提にした説明になる。この根拠は前方後円墳の出現時期だが、この四世紀初めとは、書紀では仁徳天皇に時代に相当するが、ヤマト政権が九州を制圧した記事を探し出すことは出来ない。

　一方、この天皇下賜説が正しいとするならば、大和地方の古墳からも同様の鋲留鉄製甲冑の大量出土があってしかるべきだ。だが、大和の古墳からは鋲留鉄製甲冑の出土は知られていない。七世紀初頭のヤマト政権軍の兵装の様子を書いた隋書では[皮を漆りて甲となし]だ。

　「どうして、このような解説文になるのかしら？」

　「全く理解に苦しむ話だが、これが日本古代史を説明する手法だ。通説の記紀史観を尊重しなければという強い忖度が働いたとしか、考えようが無い。四世紀から五世紀の話なら、〈鋲ら甲冑を攬いた倭の五王〉に代表される〈倭王〉の墓だと説明した方が余程、素直な説明になる。」

　「短甲は騎馬兵が着装したものでしょ。平原が広がる大陸で使われたでしょうが、日本のような山や川のある場所では、騎馬兵の効用はほとんどないはず。大和地域の古墳から鋲留鉄製甲冑が出ないのは、必要無かったからでしょ。北九州の古墳からそれが出るのは、被葬者が渡海して戦っていたことの証明。オカラの考えに賛成だわ。」

　ヤマト政権による九州制圧が四世紀だとする通説の詳細な根拠は確かめていないが、書紀はその史実を証明しない。

662. 西暦 595 年（推古三年）を以て、ヤマト政権を大和朝廷へ変える

　一地方の政権から日本を代表する意味となる大和朝廷への変更は何時を以って言うべきであろうか？考古学の成果、前方後円墳の関東から九州までの前方後円墳の出現時期をもとに四世紀初頭を以って、大和朝廷の全国的な支配が確立したとする仮説が大勢を占めるようだが、書紀解読によれば、その時期は六世紀末、推古天皇の在世であり、通説とは約 300 年のズレが生じる。

　西暦 595 年（推古三年）の大宰府の設置を以って、〈ヤマト政権〉を〈大和朝廷〉に変更する。

　「書紀の記事は歪曲・改竄・捏造のオンパレードだったけど、この記事は事実なんだ？」

　「記事ではない。書紀はズバリ、そのことを書いていない。だから、諸々の記事からの推測だ。」

　「隋書に〈兵ありと言えども征戦なし〉と書かれたヤマト政権は軍事小国だったんでしょ？一方の倭国は朝鮮諸国と戦争を繰り返していた軍事強国、それに中間の瀬戸内海を支配していた吉備国も倭国と覇を競った軍事強国。この二つの軍事強国を服属させることができなければ、筑紫大宰府の設置は不可能。ヤマト政権はどうやって成し遂げた？」

　「マリアの言う通りだ。」

　「普通に考えれば、絶対不可能。これを説明出来なければ、推古 3 年の話は空想になってしまうよ。」

　「じゃ、ここは孫子読みのマリア様に登場願うより、方法は無いね。」

41.〈南韓倭〉問題を考える

663. 倭国とは帥升・卑弥呼・壹与とその末裔・倭王らが統治する国家である

〈倭国〉は中国史書や朝鮮諸国の史書に書かれた国名である。また、宋書の武の上表文[…自ら使持節都督倭・百済・新羅…倭国王と称す]からは、自らの国名を〈倭国〉と名乗っていた。

一方、魏志には末盧国・伊都国・奴国・不弥国・斯馬国などが記録されていたが、これらの国々は宋書には書かれていない。これらの国々は〈倭国〉に一括されて、それぞれ、末盧・伊都・奴・不弥・斯馬の地域名に変わったと考えられる。即ち、〈国家連合〉から単一の〈集権国家〉に変化したことにもなる。

その開始時期は恐らく女王壹与の死後、早々であったと推測される。時代にすれば三世紀末から四世紀初頭になる。拘(狗)奴国に攻め込まれ、魏に支援要請した卑弥呼・壹与の時代の軍団が、広開土王碑銘に刻まれた西暦391年の渡海が可能に成るほどに強大化するには、凡そ100年の歳月を必要としたが、その主因は国家連合から集権国家として変身を遂げたことであった。

664. 魏志韓伝の〈倭〉と魏志倭人伝の〈その北岸狗邪韓国〉

魏志・韓伝[韓は帯方の南に在り、東西は海を以て限りと為し、南は倭と接す][(韓は)およそ四千里四方三種あり、一は馬韓と曰い、二は…][(弁辰)其の瀆蘆国、倭と界を接す]そして、魏志倭人伝[その北岸狗邪韓国に到る]

韓伝では、韓の南は倭と接し、その境界は弁辰の瀆蘆国にあると書かれ、倭人伝には狗邪韓国は倭だと書かれている。これらより、〈倭国〉とは、朝鮮半島南端部から対馬・壱岐を経由、北部九州に及ぶ海洋国家であり、大きくみると、朝鮮半島南部と北部九州の二つの地域からなることになる。

この韓伝記事の〈倭〉を、これまでは〈朝鮮半島南部の倭〉としてきたが、これを〈南韓倭〉と呼称し、これまで〈倭国〉を意味してきた北部九州を〈九州倭〉することにする。理由は〈倭〉の興亡問題を詳細検討するに当たっては二つの地域に分ける必要が生じたからだ。、

〈南韓倭〉は魏志倭人伝の三世紀から、既に〈倭国〉の朝鮮半島の拠点だった。百済・新羅と激しい攻防を繰り返しながらも、朝鮮半島南部地域を維持し続けていた。

665. 倭人其の国境に満ち

書紀に〈任那〉と言い換えられた〈南韓倭〉とは何か？再確認しておこう。

西暦414年建立の広開土王碑銘に、[…王に曰

して云う。「倭人其の国境に満ち、城池を潰破し、奴客を以て民と為す…」と]この記事は新羅の使者が広開土王に、新羅と倭の国境に倭人が満ちていると報告した記事だ。この記事は魏志韓伝・魏志倭人伝の記事と対応する。

666. 任那と呼び変えられた〈倭〉が新羅に国境を接する意味は

書紀(西暦541年)[(欽明二年)夏四月…任那は新羅に国境を接していますので…]

この記事は前述の魏志韓伝[其(弁辰)の瀆蘆国、倭と界を接す]に対応する。これを〈倭〉の方から見れば、欽明二年の記事になる。

新羅の前身と言われる斯蘆国は、韓伝では瀆蘆国の次に載っている。斯蘆国が近隣の小国を統合していけば、〈倭〉の国境は〈瀆蘆国→斯蘆国→新羅〉に変わる。

667. 倭はいつから存在したか

〈韓の南が倭と接す〉のは何時の時代まで遡るか？答えは、後漢書の建武中元二年(西暦57年)以前に遡る。

西暦57年の朝貢の際、後漢が経営する楽浪郡まで、朝貢使が安全に到着するには、九州北岸から朝鮮海峡を経て、朝鮮西海岸沿岸の制海権を確保するか、朝鮮半島南部の国々との間で航行の安全が保障されていることが条件となる。

「どうして、そんな古い時代からなの？」
「もともと、あったとしか言いようがない。」
「それなら、考古学の世界だね。」

668. 朝鮮半島南部の倭＝〈南韓倭〉は〈倭国〉の元の本国

倭国＝大和説に従えば、〈南韓倭〉は〈任那〉を指すことになるが、これには九州から渡海して〈任那〉の地を確保する必要がある。しかし、書紀よれば、ヤマト政権軍が渡海した記録は、早くは、神功皇后の新羅侵攻であり、六世紀の毛野臣の渡海記事であり、崇神天皇以後から書かれている任那記事であるが、いずれも捏造されたものであるから、この議論は消滅することになる。

一方、〈倭国〉が〈九州倭と南韓倭〉からなる考えでは、人や物の流れは、大和説とは逆の流れになる。

朝鮮半島南部の〈倭〉はもともとそこに住んでいた集団であった。春秋戦国時代やその後の中国本土の戦乱や荒廃による漢民族の朝鮮半島への流入や圧迫、朝鮮半島内での戦乱などによる〈倭〉への圧迫を避けて、〈倭人〉は対岸の九州北岸への渡海を目指した。こうして渡海した人々が、従来から居住していた旧日本人との混住を進めながら、多くのクニやムラを作り上げあげ、最終的に、倭奴国→伊都国、奴国、不弥国などが出来たと推測される。

「それらは一括されて〈倭国〉あるいは〈倭〉と呼ばれた。言い換えれば〈南韓倭〉とは〈九州倭〉の本国であった。言い方が適当でないなら〈出身母体〉であった。」

「移住先の方が大きくなったのは？」

「もとの〈南韓倭〉は韓の諸国との抗争で力をそがれる一方で、九州に渡った〈倭人〉は激しい抗争に巻き込まれなかった分だけ力を蓄え、後漢の

最初には、既に〈南韓倭〉との力関係は逆転して
いた。」

669.〈九州倭〉と〈南韓倭〉

「朝鮮半島では倭国王も戦死するほどの激しい
抗争があったんだね。そのなかで、数百年の長き
にわたって、〈南韓倭〉が存在し続けたことって、
すごいことだと思わない？」

「南韓倭十国の相互連携だけでなく、本国とな
った〈九州倭〉と密接な関係があったと思う。〈南韓
倭〉が朝鮮半島での大規模な軍の動員が必要に
なった場合は、〈九州倭〉の支援があったと思うし、
〈九州倭〉が吉備政権(あるいはヤマト政権軍)に
敗れた際には、〈南韓倭〉は様々な支援・連携を
行ったはずだ。」

「本国や朝鮮半島で倭国王が戦死しても、その
後釜は〈九州倭〉か〈南韓倭〉から送り出すことが
出来た。この特殊な国家形態が〈九州倭〉滅亡の
危機を救ったし、〈南韓倭〉の存続を可能にしたん
だね。」

「伸縮自在というやつだ。でも、相互依存にはメ
リットもあればリスクもある。」

670. 倭の水軍

制海権は強大な水軍によって維持される。倭軍
は水軍を戦闘に多用していた。三国史記には倭
軍の襲来が繰り返されたことが書かれているが、
その際に多くの軍船が使われていた。陸軍に比
較して、水軍は敵の背後を急襲出来る、短時間で
奇襲出来るなど格段に機動性が優る。勝敗を決

する局面では機動性はとりわけ重要になる。新羅
本紀にあるように、倭軍が水軍を擁し、新羅が保
有しなかったのは、倭国が海峡を挟む国家、新羅
が半島内の国家という地理的条件だったと考えら
れる。

671. 元寇の場合を例に取る

仮定の話になるが〈元寇〉のことだ。〈元〉が九州
の松浦半島か壱岐を、あらかじめ抑えていたなら、
九州への上陸は容易だったはずだ。これと同じこ
とが言える。釜山が新羅国側にあれば、倭国の制
海権は無きに等しいものになり、倭軍の交戦力は
一気に低下する。

逆に言えば、新羅国は釜山を押さえ、半島南岸
の制海権を掌中に得ることは、国防上の悲願にな
る。どちらも引くに引けない状態だった。

後漢時代の朝貢も〈南韓倭〉の存在を抜きにし
ては考えられないのは、このことだ。

672. 水軍と陸軍は車の両輪

敵の陸からの攻撃から釜山の倭の水軍基地を
防衛するためには、陸軍が必要となる。その象徴
が金官城や安羅城になる。どちらを失っても倭軍
にとって致命傷になる。水軍と陸軍が車の両輪を
なす所以だ。

〈書紀:西暦562年の任那の宮家滅亡〉の際、加
羅を失っても、〈南韓倭〉が滅亡せず、反攻に転じ
たのは、水軍の拠点が確保されていたからだ。

見本例が白村江の戦いだ。三国史記に記事が
ある。

新羅本紀[倭船千艘、停まりて白沙に在り。百済の精騎、岸上にて船を守る]

百済本紀[劉仁軌…扶余隆、水軍及び糧船を帥い、熊津江自り白江に往き、以て陸軍と会し、同じく周留城に趨る]

673. 倭国はなぜ南韓倭を維持し戦い続けたか

倭軍は三国史記によれば、新羅・百済と激しい抗争を繰り広げたばかりでなく、時に百済と連携して高句麗とも戦った。その原因は何か？制海権を守るだけでは説明がつかない。

魏志辰韓伝[国には鉄が出て、韓、濊、倭がみな、従ってこれを取っている。諸の市買ではみな、中国が銭を用いるように、鉄を用いる。また楽浪、帯方の二郡にも供給している]

三世紀の記事だが、その後にも共通する記事のはずだ。

強力な軍を作り上げるための必須条件とも言える武器の製造・調達に鉄は必要不可欠だ。勿論、数百艘の軍船にも大量の鉄が必要だ。何よりも、鉄が貨幣の役割を果たしていることは、交易上、は極めて重要な要因となる。鉄の確保のために新羅や百済と戦う。そのために軍が必要となる。戦うために鉄を求める。倭国は覇権の負のスパイラルに陥っていた。

674. 南韓倭の攻守の二面性

〈南韓倭〉は、朝鮮半島での橋頭堡である一方で、新羅・百済から攻撃目標となる二面性があったことになる。

「結果論になるけど、〈南韓倭〉が無ければ、朝鮮半島の戦いに巻き込まれることも、進んで参戦することも無かったんだね。」

「倭国は朝鮮三国との戦いで国力を浪費して、次第に疲弊して行った。倭国の滅亡の主因は〈南韓倭〉の存在だったとは言えないだろうか？」

「もし、倭国が〈九州倭〉だけで、対馬海峡を臨む交易立国だったなら、継体二十一年の磐井の戦死も推古三年の大和朝廷への服属も無かったように思う。」

675. 書紀は〈九州倭〉を〈筑紫国〉と名を変える

〈筑紫国〉は書紀によって使われた地方国名だ。この〈筑紫国〉は崇神天皇紀に既に現れるが、これはヤマト政権によって支配されていると主張する意図のもとに、遡って使われた。

実質的には〈九州倭が降伏〉した西暦595年(推古三年)頃に〈倭国〉から〈筑紫国〉へ呼び名が変更された可能性が高い。〈筑紫君〉の尊称は、その際に、〈倭国王〉の剥奪の代わりに大和朝廷が与えた名称であろう。以後の書紀の記事に数人の〈筑紫君〉が登場するのは、その結果だ。

676.〈九州倭〉〈南韓倭〉の実質的滅亡の時期は不明だ

三国史記は〈九州倭〉と〈南韓倭〉を区別することなく、一括して〈倭国〉としているし、中国史書も三国史記と同じだ。書紀は〈南韓倭〉を〈任那〉に変え、新たに〈日本府〉や〈任那の宮家〉を作り出して歴史を歪曲した。このため、これらの史書から

〈九州倭〉と〈南韓倭〉の興亡を推し量ることは出来ない。

　このような状態にもかかわらず、書紀の解読から、西暦 595 年に〈九州倭〉はヤマト政権に服属したことが判明したが、この西暦 595 年に、通説は注目することはなかった。

　記紀を是認した歴史学者は、判断不能に陥り、考古学にその判断を委ねたが、考古学者は九州地域での前方後円墳の出現に注目しただけで、〈九州倭〉の滅亡を四世紀初めとした。四世紀初め以前は仁徳天皇・応神天皇の在世となるが、この天皇の時代に九州の征服はあったのか、検証する義務が歴史学者にはあったはずだが、考古学に委ねっぱなしで終わっている。

　問題は何一つ解決していないのだ。

　西暦 595 年の〈九州倭〉の降伏は、倭国の統治機構がその以後も残存した可能性が強いことから、敗戦よりは和睦による可能性が大きいのだが、この時〈南韓倭〉が同じように、ヤマト政権の支配下に服したかどうかは依然として曖昧だ。

　これを、名目的な滅亡と見なすことが出来るなら、〈九州倭〉と〈南韓倭〉の、実質的な〈倭国〉の滅亡時期はこの先のことになる。それは何時になるのか、やはり未解決のままだ。

~~~~~~

コラム 16.〈懐疑〉とは何か

~~~~~~

日付（1918 年 8 月 14 日深夜）のアントワーヌの日記

「…〈もちろんそこには弱さもあった。すなわち、あやまちをやったときに、自分にたいして責任がなかったように思いたい気持ちから。いっぽう、良いことをしたときには、それを言いたてたい気持ちから…〉そこにはかなりの矛盾撞着（どうちゃく）が見られている。
〈ジャン・ポールのために〉

　矛盾撞着をおそれるな。なるほどそれは居ごこちのわるいものかもしれないのだが、それは健康的なものでもあるのだ。おれの精神がどう解きほぐしようもない矛盾にとらわれているときこそ、おれは、ともすれば逃げようとする〈〈真実〉〉にいちばん近づけたように思ったことだった。もし、おれに〈〈ふたたび人生をくり返さ〉〉なければならないとしたら、それは、あくまで〈〈懐疑〉〉の上に立ったものでありたいと思っている。」（ロジェ・マルタン・デュ・ガール　山内義雄訳（1956）、チボー家の人々（5）、エピローグ、白水社）より抜粋転記

~~~~~~

『チボー家の人々』第一部『灰色のノート』は 1920 年に着手され、『エピローグ』は 1939 年に書き終えた。この間、実に 19 年の年月が費やされている。

『チボー家の人々』の舞台は第一次世界大戦前後のフランスであるが、訳者の山内義雄は『灰色のノート』『少年園』の出版（仏語）と同時に、入手して感激し、出版のことなど念頭に置かず、すぐさまこの二巻の翻訳を試みたと語っている。アジア太平洋戦争で『1914 年夏』の部分が出版を許されないなどの一時中断を挟んで、翻訳に 14 年の歳月を費やしたと述べている。

~~~~~~~~~~~~~~~~~~~~~~~~~~~~~~~~~~~

文中、登場人物：アントワーヌはチボー家の長男、ジャン・ポールはアントワーヌの弟ジャックの忘れ形見。アントワーヌは軍医として仏軍に従軍、ドイツ軍の毒ガス攻撃を受けて負傷、その後遺症に苦しみ、その苦しさから逃れるために選んだのが日記を付けることだった。アントワーヌが日記を書き置いた時点で、チボー家の血筋を引く者は幼子のジャン・ポール唯一人となる。

~~~~~~

ロジェ・マルタン・デュ・ガール（1881 年－1958 年）

1937 年、『チボー家の人々』の第七部『1914 年夏』に対してノーベル文学賞が授与される。

~~~~~~

42. 白村江の戦いの虚妄

677. 白村江の敗戦による〈倭国〉滅亡説について

「白村江の戦いについては、多くの研究が多面的に行われたようだけど。そもそも、この戦いの歴史的な位置付けって、何なのかしら？」

「…日本の歴史を考えるとき、どうしても見逃すことの出来ない重大な事件である。白村江の戦いにより、四世紀末以来の朝鮮の従属の歴史にピリオドが打たれた。…古代日本の発展は三韓支配という事実の上に立っていたのであろうが…（『神々の流竄』）」この説は色々と物議をかもしだすそうな説だが、多かれ少なかれ、多数派を形成する説と考えられる。

「古代日本（ヤマト政権）のターニングポイントとなったとする考えだね。」

「白村江の戦いは、書紀だけでなく、三国史記にも載っている。その意味では史実と見なして間違いはない。俺がネット記事を閲覧した限りだけど、多くは、日本書紀の記事を無条件に引用した上で、私論を加えたものが大部分だった。」

「基礎資料となる書紀の検証をしないままの考察って意味はあるのかしら？」

「マリアは問題だと考えるわけだ。」

「そう。オカラが口癖のように古田、古田って言うから読んで見た。」

「それで？」

「古田武彦の九州王朝滅亡説によれば、九州王朝の最終的な終焉は西暦663年の白村江の敗戦になる。これによれば、敗れたのは大和朝廷軍ではなく、筑紫国軍だったというのがその理由（古田武彦『失われた九州王朝』）なんだ。」

「根拠は？」

「天智天皇以下、皇子も含めて誰も戦死せず、捕虜にもならず、そして、敗戦の翌、天智三年二月には、冠位の階名を増加し、氏上・民部・家部を設け、大刀・小刀・楯・弓矢を与える、盛大な祝賀が行われたことをその理由に挙げている。敗戦処理が完了せず、唐軍の渡海攻撃を危惧して国内に次々と城を築いている最中の祝賀は理解不能だ、と。」

「白村江で戦ったのはヤマト政権軍か、九州倭国軍か、意見は真っ二つに分かれるんだ。これじゃ、妥協不能だね。面白いじゃないか。そこまで調べているなら、ここはマリアにまかせよう。」

「マリアに？」

「そう、孫子読みのマリア様にだ。」

白村江の戦いに参戦した軍を書紀は〈日本軍〉と書いている。しかし、三国史記・新羅本紀（西暦670年：天智九年）[倭国、更めて日本と号す…]から、この時はまだ〈倭国〉であった。しかし〈倭国〉では九州に存在した〈倭国〉と混同するから、〈大和軍〉と呼称して話を進める。

「土地勘はあった方がいいよね。白村江は川の

名ではない。白江(現、錦江〈クムガン〉)が黄海に流れ込む海辺を白村江(旧唐書は白江之口:百済本紀は白江口)と呼んだ。会戦はこの白江口の右(北)岸で起きた。錦江河口はソウルと朝鮮半島西南端のモクポの中間あたり位置する。」

678. 百済救援派遣軍の陣容

「最初に、天智天皇が百済救援(この時、百済は既に滅亡していたから、救援よりは百済再興支援とした方が実情に合う)に派遣した将軍の名とその軍容を挙げてみる。」

書紀に詳細がある。

①西暦661年(斉明七年八月)

前軍将軍、大花下安曇比羅夫連(あずみのひらふのむらじ)・小花下河辺百枝臣(かわべのももえのおみ)ら(?人)

後軍将軍、大花下阿倍引田比羅夫臣(あべのひけたのひらふのおみ)・大山上物部連熊(もののべのむらじくま)・大山上守君大石(もりのきみおおいわ)ら(?人)

②西暦661年(斉明七年九月)

大山下狭井連檳榔(さいのむらじあじまさ)・小山下秦造田来津(はたのみやつこたくつ)(5千人)

③西暦662年(天智元年五月)

大将軍大錦中安曇比羅夫連(軍船170艘)

④西暦663年(天智二年三月)

前軍将軍上毛野君稚子(かみつけのきみわかこ)・間人連大蓋(はしひとのむらじおおふた)(?人)

中軍将軍巨勢神前臣訳語(こせのかんざきのおみおさ)・三輪君根麻呂(みわのきみねまろ)(?人)

後軍将軍阿倍引田臣比羅夫・大宅臣鎌柄(おおやけのおみかまつか)(2万7千人)

⑤西暦663年(天智二年八月)

救援将軍廬原君臣(いおはらのきみおみ)(1万人)

「五次にわたって、そうそうたる陣容の派遣軍が組織された。」

「すごいの一語に尽きるね。今までの軍の派遣記事は総数だけで細かい記述は無かったけど、今回は違うね。」

「オカラは、そう思うの?」

「思うよ。」

「それなら聞くわ。マリアはこの派遣記事を捏造・歪曲記事だと見なした説を知らないけど、オカラは知ってる?」

「そうだね。あまり聞かないね。ただ、古田武彦の結論は、この記事は歪曲記事だと間接的に評価したことと同義になるが、直接的な批判は差し控えている。」

「マリアは意味のない忖度(そんたく)はしないわ。」

679. 百済救援派遣軍は戦いの出来ない軍

「マリアは、この記事には致命的な問題があると思う。五次にわたった軍を統括する総司令官がいない。指揮統制が取れない軍の戦闘を想像すれば、この陣容では戦えないことが理解出来るはず。」

「そうだね。書紀もこのことは理解していたようだ。」

「書紀はその対策を取っていたということね。どんな対策か、楽しみ。ここまでは一致だね。」

680. 西暦660年の百済の滅亡

「西暦660年3月(斉明六年)、唐の蘇定方将軍の軍が山東半島から渡海して百済に上陸した。唐の目的は高句麗との戦いであった。高句麗戦

線の膠着を打開するために、高句麗を挟撃することだったが、この戦略上、新羅と同盟を結び、新羅の敵、百済攻略に踏み切った。」

「百済はどう、対抗したんだろう?」

「これに先立つ西暦653年(白雉四年:孝徳九年)には、三国史記・百済本紀(義慈王13年)[**王、倭国と好を通ず**]。三国史記では西暦670年から日本の国名を使うけど、ここで言う〈倭国〉とは大和朝廷を指すと考えられる。」

この〈好〉の具体的内容は不明だが、〈好を通じた〉甲斐なく、西暦660年7月には、唐・新羅軍は百済の王都泗沘を占領した。義慈王は降伏し、一部の百済の廷臣は、新羅や高句麗などに逃げ、百済は滅亡した。ちなみに、この時の唐軍は水陸合せて13万人といわれる。

681. 百済の王子豊璋は二人いたのか

唐軍の主力が対高句麗戦のために北上を開始し、旧百済領を離れると、百済遺臣の鬼室福信や黒歯常之らが反乱を起こした。百済再興の行動だ。

三国史記・百済本紀(西暦660年)[**武王の従子福信、嘗て兵を将い、乃ち浮屠道琛と与に周留城に拠りて叛く。古の王子扶余豊、嘗て倭国に質たる者を迎えて、之を立てて王と為す**]

これに対する大和朝廷の対応は、書紀(西暦661年)[(斉明七年)**九月、大山下狭井連檳榔・小山下秦造田来津を遣わし、軍兵五千を率いて、豊璋を本国に護り送らせた**]

書紀(西暦662年)[(天智元年)**五月に、大将軍大錦中安曇比羅夫連らが、軍船百七十艘を率**

いて豊璋らを百済に送り、勅して豊璋に百済王位を継がせた]

「書紀によれば、豊璋は二度にわたって百済に帰った。」

「記事の重複は、著者の勘違いじゃないの?」

682. 安曇比羅夫連も二人いたのか

「この百済の王子を送り届ける記事には重大な問題がある。安曇比羅夫連の行動だ。」

書紀(西暦661年)[(斉明七年)**八月に、前軍の将軍安曇比羅夫連…らを遣わして、百済を救援させ、武器や食糧を送らせられた**]

書紀(西暦662年)[(天智元年)**五月に、大将軍大錦中安曇比羅夫連らが、軍船百七十艘を率いて豊璋らを百済に送り…**]

安曇比羅夫連も二度にわたって渡海した。

「なんか、やばそうね気配だね。」

683. 救援軍は何故、百済王豊璋を助けなかったか

西暦662年12月、百済王豊璋は州柔(率城)から避城へ移ったが、新羅に攻め込まれた。新羅は百済南部四州を焼き討ちし、徳安などの要地を奪った。このため、豊璋は西暦663年2月に州柔(率城)に戻った。

「疑問に思うのは、西暦661年8月から西暦662年5月にかけて、大和から派遣されたはずの〈百済救援軍〉はこの時、何処にいて、何をしていたのかしら?」

「ご尤もな話だ。百済王の危機なのに、何のた

めの〈百済救援軍〉の派遣だったのか。」

684. 西暦663年(天智二年)の百済の調

書紀(西暦663年)[(天智)二年二月二日、百済は達率金受らを遣わして調を奉った]

「これが、存亡の危機の中で、新羅・唐と戦っている国がやることだろうか？もし、事実なら、救援の願いだろう。しかし、既に数万の軍が派遣されていたはずだ。書紀には大和軍の華々しい戦果が書かれている。百済は、これでは不足だとでも言うのだろうか？」

685. 西暦663年(天智二年)救援軍は大戦果を挙げたと書紀は書いた

書紀(西暦663年)[(天智二年)三月、前軍将軍上毛野君稚子…中軍将軍巨勢神前臣訳語…後軍将軍阿倍引田臣比羅夫…を遣わし、二万七千人を率いて新羅を伐たせた]

書紀(西暦663年)[(天智二年)六月、前軍将軍上毛野君稚子らが新羅の沙鼻、岐奴江の二つの城を取った]

一方で、百済王豊璋は新羅に攻め込まれていた。

「視点を変えて見るわ。新羅は二万七千人の大和軍と戦い、城を奪われる中で、百済攻撃の二正面作戦を取れるだけの戦力は保有していたのかしら？」

「戦術的に見れば？」

「戦力に余裕が有るか無いかの場合ではない。このケースでは、新羅の主敵は大和軍。防衛に全

力を注ぐはずだと思うわ。」

「これも尤もな疑問だと思う。」

686. 白村江の戦いの帰趨は決していた

西暦663年8月13日、新羅は州柔(率城)に攻め入る。8月17日、新羅軍が州柔(率城)を囲み、大唐の劉仁軌将軍は軍船百七十艘を率いて白村江に陣を敷いた。白村江の戦いの始まりだ。

「大和朝廷の救援軍はこの時一体何処にいたの？」

「誰でもそう思うはずだ。百済救援とは唐・新羅連合軍の攻撃から百済王の居城を死守するのが最大の目的であるはずだ。なのに、みすみす州柔(率城)を包囲され、唐の水軍の上陸を許したことで、戦いの帰趨は決した。大和軍は致命的な失敗を犯した。戦術上、あってはならない話だ。」

「その有り得ない話が、何故、現実に起きてしまったのかしら？」

687. 白村江[倭軍は船の舳先をめぐらすことも出来ず]

西暦663年(天智二年)、救援軍は唐・新羅連合軍の前に白村江で大敗した。自らの敗戦を書くに当たっては、天皇の権威が落ちないように手加減するのがこれまでの書紀の書き方だが、書紀は、その時の会戦の様子をこのように書いた。

書紀[(天智二年秋八月)百済王は諸将に告げて「大日本国の救援将軍廬原君臣が兵士一万余を率いて海を越えてやってくる…」と言った]

[十七日に敵将が州柔(率城)に来て城を囲ん

だ。大唐の将軍は軍船百七十艘を率いて、白村江に陣をしいた]

［二十七日に日本の先着の水軍と大唐の水軍が合戦した。日本軍は負けて退いた。大唐軍は陣を堅めて守った］

［二十八日、日本の諸将と百済の王とは、その時の戦況などをよく見極めないで、共に語って「われらが先を争って攻めれば、敵はおのずと退くだろう」といった。更に日本軍で隊伍の乱れた中軍の兵を率い、進んで大唐軍の堅陣の軍を攻めた。すると大唐軍は左右から船をはさんで攻撃した。たちまちに日本軍は敗れた。水中に落ちて溺死する者が多かった。船の舳先をめぐらすことも出来なかった]

「書紀は、自ら完敗を認めた。この記事を素直に認めても良いって、オカラは思う？」

「そう言われると、形成が圧倒的に不利な中で、百済王はなぜ、救援軍は一万しかいないと言ったんだろうね。陸からは数万の大和軍が我々を支援するために南から進軍中だと言えば、百済の諸将も勇気付けられるはずなのに。」

688. 戦勝者の記録

同じ戦いを三国史記はどのように描いたか？戦勝者側からの視点だ。

新羅本紀（西暦663年）[竜朔三年に至り摠管孫仁師、兵を領し来りて府城を救う。新羅の兵馬亦発して同征す。行きて周留城下に至る。此の時、倭国の船兵来りて百済を助く]

[倭船千艘、停まりて白砂に在り。百済の精騎岸上にて船を守る。新羅の驍騎漢の前鋒となり、

先ず岸の陣を破る。周留胆を失い遂に即ち降下す]

689. 戦敗者の記録

次は戦敗者側の視点だが、著者は新羅本紀と同じだ。

百済本紀[劉仁軌及び別帥杜爽・扶余隆、水軍及び粮船を帥い、熊津江より白江に往き、以て陸軍と会し、同じく周留城に趨る。倭人と白江口に遇い、四戦して皆克ち、其の舟四百艘を焚く。煙炎天を灼き海水丹く為れり]

[王子扶余忠勝・忠志等、其の衆を帥いて倭人と与に並びに降る]

690. 白村江の会戦時の大和軍の総数はいくらになるか

「書紀が大和軍の敗北を、戦術を無視した戦だったと半ば軽蔑をこめて書いたのは、驚くべきことだよ。大和軍ではなかったことを間接的に述べたに等しいと思う。」

「確かに、そんな疑念が生まれても不思議ではないね。でも反面、戦いの状況を客観的な視点で記述している可能性があるのじゃないかしら。」

果たしてどうだったか？書紀、新羅本紀、百済本紀の記事から、白村江の戦いを再現してみよう。

「白村江の戦いの主力は、西暦663年8月の救援将軍が率いた1万人だったことは疑いがないと思うわ。」

「ところが、一方で、西暦661年8月〜663年3月まで、足掛け三年をかけて派遣された大和軍

の兵力は3万人を優に超える。書紀によれば、白村江の戦いの前までは各地で転戦していたが、大和軍の敗戦はなかったから、兵力はほぼ維持されていたと考えられる。白村江の戦いの時、優に3万を超えたはずの大和軍は、何処で何をしていたと思う？」

「大軍が忽然と消えた。そう言えば、毛野臣が率いた6万の兵も消えていたね。謎だね。」

691. 百済救援の布陣とはどうあるべきか

「百済再興支援のための布陣とはどのようなものとオカラは思う？」

「百済王豊璋の居城を陥落させ、百済王を殺害あるいは降伏させようとする唐・新羅軍から王城を守り抜くことが、何よりも最優先だ。」

「そうだね。」

「百済王が戦死するか降伏すればすべてが終わるからね。兵を分散して各地を転戦するような書紀の記述は、実戦では決して許されない作戦だ。例えば、関ヶ原の戦いで、家康が会津や仙台さらには上田や越後に兵を分散して、肝腎の関ヶ原が家康軍本隊だけだったら、どうなる？有り得ないだろう、それと同じだ。」

「そうだよね。煙に巻くのは書紀が得意とするところだね。ヤマト軍の新羅戦での勝利の記事は捏造記事？」

「可能性はあり過ぎる。現に、安曇比羅夫連だけでなく、阿倍引田比羅夫臣も二度にわたって派遣されているし、豊璋は二度渡海した。」

「だったら、注意して読み込まなきゃ。」

「王城州柔と守りの要・周留城を中心に、場合に

よってはこの二つの城を守るためにその要衝を含めて布陣する、これが常識だ。海からの攻撃に備える必要のある白村江では、敵の上陸を阻止するための防御陣地の構築も必要になる。」

「3万を超える大和軍がいるのに、州柔城にも避城にも周留城にも白村江にも、ひとりもいないのはあってはならないことだよね。」

692. 劉仁軌率いる唐軍は何故、容易に上陸出来たか

軍の上陸作戦は敵陣を目の前にすれば、大苦戦となる。有名な連合軍のノルマンディ上陸作戦が典型的な例だ。西暦663年8月17日の劉仁軌率いる唐軍の場合はどうだったのか？

新羅本紀［（西暦663年）竜朔三年に至り惣管孫仁師、兵を領し来りて府城を救う。新羅の兵馬亦発して同征す。行きて周留城下に至る］

百済本紀［劉仁軌及び別帥杜爽・扶余隆、水軍及び粮船を帥い、熊津江より白江に往き、以て陸軍と会し、同じく周留城に趨る］

「唐の水軍140隻は決して多い数ではないから、この上陸を阻止することは可能だったのじゃないかな？」

「もし、四次にわたって派遣された大和軍がいれば、新羅軍と唐軍は分断されたばかりか、唐の水軍は上陸に際して甚大な損害を蒙っていたね。もし、書紀の記事が正しいとすれば、逆に大和・百済連合軍の勝利の確率が高かったことになるわ。」

「残念なことに、現実は唐の水軍と新羅の陸軍が共同戦線を張り、百済はこれに対して有効な手を打つことが出来なかった。この場に大和の救援

軍がいたことは新羅本紀と百済本紀からは窺い知ることは出来ないし、書紀にも記事はない。」

「勝てる戦さをみすみす放棄したことになるね。」

693. 書紀の記事には捏造がある

最期の救援軍 1 万の白村江の到着は、唐軍に遅れること10日目の8月27日。唐軍は上陸して、既に陣容を固め終えていた後だった。

「これが大和朝廷の百済救援軍の第一陣だったとすれば、これまでの書紀の記事に対する疑問は氷解する。」

「それまでの大和軍の派遣記事はすべて虚偽だったことになる。」

「やっぱりね。書紀の捏造・歪曲は今に始まったことではないわ。」

虚偽はこれだけでは止まらなかった。白村江の戦いの様子を書いた書紀の天智二年八月記事にも虚偽はあった。

その上で、救援軍は何故、敵が待ち構える場所へ軍を進めたか？予め、唐・新羅連合軍の白村江の上陸情報が知らされていれば、上陸地点を変える等の作戦変更も有り得たはずだった。敵前上陸がいかに困難を極めるかは、歴戦者ならば知り尽くしていたはずだからだ。しかし、その情報は航行中の救援軍にもたらされることはなかった。

救援軍は白村江には周留城があり、百済王城・州柔城への上陸地であり、新羅軍に攻められていたとしても白村江は百済側の支配地だと考えていたはずだ。

694. 救援水軍は単独判断で決戦に突入した

この時、既に百済兵らは新羅軍に包囲され身動き出来ない状態だったから、救援軍への連絡手段は尽きていたと考えられる。

書紀[**日本の諸将と百済の王とは、…共に語って**]は明らかな捏造記事だ。

救援軍の諸将は船上、百済の王は城内にいた。従って、書紀が書いた白村江の戦闘行動も歪曲されている可能性が生じたことになる。

では、実際の戦闘はどうだったか？

695. 救援軍の編成と誤算

書紀によれば、救援軍の兵力は1万人、〈中軍〉の言葉があることから、水軍は、尤もらしく前軍、中軍、後軍の編成となっていた。前軍、中軍は戦闘体制を維持し、後軍は兵糧や武具を満載し、船夫や炊夫など兵站に従事する非戦闘員を乗せるのが一般的だ。

しかし、海上では時化に遭遇して、糧船が沈没したりした時のリスクを考えれば、全軍が兵糧や装備を分散して積載していた可能性の方が大きいと判断出来る。だから、書紀の言うような前軍・中軍・後軍の区別はなかったはずだ。

一方、当時の軍船は帆船と考えられるから、対馬に一旦終結した後、400 隻とも 1000 隻とも言われる軍船が一斉に出帆しても、帆船であれば整然とした船列を維持し続けることは至難の業だ。白村江沖に到着した時点では、先着から後着の間には数日の時間遅れが出来たはずだ。

それでは、先着した軍船はどんな判断をするだ

ろうか？あるいは、どんな命令を受けていただろうか？

　仮に、新羅軍が既に周留城や州柔城を包囲していると考えれば、その新羅軍が救援軍の軍船の到着に気付く前に、速やかに上陸を敢行し、橋頭堡を築いて後続の上陸の安全を確保すると共に、城内の百済軍との合流を図ろうとするだろう。少なくとも、錦江湾に救援軍の軍船が揃うまで先着軍船が待機するなどは有り得ない。理由は、敵に知られてしまう確率が大きく、防御陣地を構築されれば、上陸そのものが不可能になるからだ。また、新羅軍の包囲が起きていない場合も、同じような上陸作戦になったはずだ。

　救援軍は、海・河上での軍船同士の戦闘は予想していなかったと考えられる。先着軍に続いて後続軍が順次上陸を完了した後は、新羅軍の包囲を解く王城防御が任務になる、そのシナリオが、既に唐軍が上陸していたことで狂ったのだ。思いもよらない誤算だった。

696. 白村江の戦いとは救援軍の上陸とこれを阻止する唐軍の戦い

　書紀[二十七日に日本の先着の水軍と大唐の水軍が合戦した。日本軍は負けて退いた。大唐軍は陣を堅めて守った]この記事によって、白村江の戦いは水軍と水軍の合戦のように考えられがちだが、そうではない。先着した救援軍が唐軍の上陸を知らない状態で、この8月27日の戦いは行われたはずだ。

　当初の予定通り、粛々と上陸を敢行しようとする救援軍に対して、これを迎え撃つ唐軍の戦いは、

例えば元寇の時の元軍と日本軍の戦いが逆になったと考えれば良い。救援軍にとっては徹底的に不利な戦いを強いられたのだ。

　書紀は、自軍の陣容が整わないうちに、守りを固めた唐・新羅軍に攻撃を仕掛けて敗れた無謀な戦いと書いたが、そうではない。

　それよりも、こうなったのは、3万人をはるかに超えていたはずの大和軍の先遣隊の不在だ。

697. 白村江の戦いの結末は決まっていた

　書紀[二十八日、日本の諸将と百済の王とは、その時の戦況などをよく見極めないで、共に語って「われらが先を争って攻めれば、敵はおのずと退くだろう」といった]

　この記事もありえないことは既に述べた。以下が戦いの状況だ。

　書紀[更に日本軍で隊伍の乱れた中軍の兵を率い、進んで大唐軍の堅陣の軍を攻めた]

　実際には前軍・中軍・後軍の船列はなかった。白村江に先に到着した船から上陸を試みて、唐の水軍の攻撃を受けていたと考えるのが妥当ではないか？隊伍の乱れとは、軍船の到着のズレに伴うもので、結果的に、戦力が分散する波状攻撃となったのではないかと推測される。

　[すると大唐軍は左右から船をはさんで攻撃した。たちまちに日本軍は敗れた]

　救援軍の軍船は兵員だけでなく、兵糧や武具を満載したままの状態だった。その分だけ、軍船の喫水は深くなる。

　「ネット検索では、潮汐の干満差が日本軍の船を巡らす支障になったとの説もあるが、それならば、

大唐軍の船が左右から船を挟むことは可能だったか？一方の唐船は吃水の浅い、兵員だけを乗せた戦闘用高速舟艇、機動性ははるかに唐側が優る。勝敗は最初から決していた。

698. 其の舟四百艘を焚き、煙炎天を灼く

書紀［水中に落ちて溺死する者が多かった。船の舳先（へさき）をめぐらすことも出来なかった］この意味は百済本紀で理解出来る。

百済本紀［倭人と白江口（あ）に遇い四戦して皆克ち、其の舟四百艘を焚く。煙炎天を灼き海水丹（あか）く為（な）れり］

書紀の推古十七年記事、百済僧と俗人併せて85人が肥後国に来訪した記事からは、当時の船は100人程度は乗船可能だったと思われる。これからは新羅本紀の 1000 艘より、百済本紀の約 400 艘が事実に近いと考えられる。総員 1 万人程度とするとこれでも多い。戦果を誇張したのではないか？

50 人/艘とすれば 200 艘程度だったのではないか、50 人程度ならば、積載余裕が出来る。その分は武具や兵糧で満載になっていた。理由は、百済救援の戦いとは篭城戦だからだ。このため〈船の舳先（へさき）をめぐらすことも出来なかった〉し、鉄板装甲がなく、腐朽を防ぐために魚油を塗った木造船の船体は火矢攻撃に晒されればひとたまりもなかった。船火事から逃れるために、多くの兵は水に飛び込んだ。書紀のこの記事は正しかった。

699. 何故、敗れると分かっていながら救援軍は上陸作戦を中止しなかったか

「救援軍は敗れると分かっていたのに、8 月 28 日の攻撃を中止し、帰国の途につかなかったか？」

「何よりも政治や軍事に情は禁物だね。」

「あくまでも、百済側の要請で支援に赴いたのだから、その支援が不能になったと判断した時点で、撤退するべきだった。にもかかわらず、百済本紀［倭人と白江口（あ）に遇い、四戦］したのは、どう考えても理解出来ない。」

「孫子の兵法では説明不可なんだ。じゃ、視点を変えることだ。」

「そうか、でも視点を変えないわ。孫子の兵法では、陸上の敵は、水軍ではなく陸軍が攻める。第一次から第四次にわたって派遣された大和軍が唐の堅陣を攻めねばならなかった。唐軍は海を背にした背水の陣形となる。140 隻で運ばれた唐軍の将兵の数は、100 人/隻としても、1 万 4 千人。大和派遣軍は 3 万人を超す兵力。唐軍を壊滅させることが可能だった。命からがら船で脱出する唐軍を救援水軍が迎え打つ。これなら完勝だった。」

700. 百済の精騎岸上にて船を守る

新羅本紀［倭船千艘、停まりて白砂に在り。百済の精騎岸上にて船を守る］この記事は何を意味するだろうか？

唐軍の上陸時には百済軍の抵抗については記述がなく、唐・新羅連合軍が周留城を包囲したと

書かれている。実はこれに先立つ4日前、三国史記・列伝[八月十三日、豆率城（周留城）に至る。百済人、倭人と与に陣を出づ。我が軍、力戦して、大いに之を敗る]この新羅軍の攻撃によって、八月十七日の唐軍上陸時には、周留城は手も足も出ない状況に追い込まれていた。

にもかかわらず、八月二十七日の救援軍上陸の時は、〈百済の精騎岸上にて船を守る〉と呼応した。彼らは劣勢をものともせず、救援軍の上陸を支援しようと城を出た。死を賭して戦ったのだ。

701. 死を賭して戦った兵とは誰か

「この兵とは誰か？新羅軍による朝鮮半島南半部制圧によって追われた〈南韓倭〉の倭兵が百済兵の中に多数いたのではないかしら？これは戦闘の推移からの推測。」

「考えられる。」

「列伝[百済人、倭人と与に陣を出づ]の倭人たちだ。彼らは救援水軍〈倭軍〉の合流を心から待っていた。その救援水軍が眼前で苦戦を続けている。」

突然だが、昔の漁師の話に変わる。魚群探知機の無かった時代、彼らはどうやって魚の群れを探したか？彼らには、芥子粒にしか見えない水平線上を飛ぶカモメを見つける視力があった。

「白村江上の軍船からは、岸上で、唐・新羅の堅陣に切り込む百済・倭の兵士の様子が手に取るように見え、周留城壁の上からは、軍船に襲いかかる唐水軍の攻撃に、必死に立ち向かう倭軍の様子が手に取るように見えたはず。それが、互いに命を懸けて戦った理由ではなかったかしら？」

「彼らを見殺しにすることは、互いに出来なかったってことだね。」

「敗れると分かっていながら、百済本紀[倭人と白江口に遇い、四戦]した理由だったと考えるのは的外れかしら？」

「マリアの考えは的外れだとは思わない。」

702. 救援将軍廬原君臣とは何者か

この攻撃命令を発した救援将軍廬原君臣とは何者か？

百済本紀[王子扶余忠勝・忠志等、其の衆を帥いて倭人と与に並びに降る]この中に救援将軍廬原君臣がいなかったことは、後の天智九年の記事で判明する。

〈君臣〉とは〈君主と臣下〉を併せた言葉だ。こんな名前で呼ばれる臣下はいない。〈救援軍〉を陣頭指揮した将軍は別人だった。

703. 中大兄は指揮を執ったか？

問題は、書紀の天智紀と斉明紀の乖離だ。

天智天皇紀（西暦661年）[（斉明七年七月）この月、皇太子は長津宮（博多大津）に移って…海外の軍の指揮をとられることになった]

確かに、書紀は派遣軍の総指揮に問題があることを知っていた。その答えがこの斉明七年七月の記事だ。ところが一方で、斉明天皇紀では、

[（斉明七年）秋七月二十四日、（斉明）天皇は朝倉宮に崩御された]

[（斉明七年）八月一日、皇太子（中大兄）は天皇の喪をつとめ、帰って磐瀬宮に着かれた]

[(斉明七年)冬十月七日、天皇のなきがらは帰路についた。皇太子はとあるところで停泊して、天皇を慕い悲しまれて、「君が目の　恋しき故に　泊てて居て　此くや恋むも　君が目を欲り」]と口ずさんで歌われた、とある。

　[(斉明七年)十一月七日、天皇のなきがらを飛鳥川原に殯した。この日から九日まで悲しみの発哀を捧げた]

　斉明天皇紀によれば、この時、中大兄は母、斉明天皇の死を嘆き悲しみ、大和へ帰還していたから、軍の指揮を執ることは出来なかった。どちらかの天皇紀が虚偽を書いた。

704. 中大兄は何故、最前線で指揮を執らなかったか

　「考えてみれば簡単なことだ。電信も無線も無かったこの時代、朝鮮半島南部の戦争の指揮を九州で執れるはずはない。書紀が書いたように激戦だった。めまぐるしく変化する戦況に対応するためには、九州博多の長津宮では、采配を振ろうにも、振りようがないのだ。書紀が書いたように、中大兄が指揮を執ったとするならば、中大兄は渡海しなければならなかった。」

　「中大兄が渡海した記事は書紀には無いね。」

　「そうだね。五次にわたって派遣された記事が捏造記事だとすれば、渡海しても指揮する軍が不在だから、渡海の意味がないね。」

　「もし、宋書の武の上表文に書かれた〈倭の五王〉が大和の天皇を指しているのなら、その伝統は中大兄の時代に引き継がれていても不思議ではないわ。それなら、中大兄は最後の一万人の

渡海に同行して、最前線で指揮を執るべきだった。」

　「その通りだ。書紀はこの危急の時に臨んでも、捏造記事を書くより、手段がなかった。」

705. 大和軍はこの時もまだ張子の虎だったか

　裴世清ら13人が西暦608年(推古十六年)の四月から九月まで5ヶ月かけて情報収集し、[弓・矢・刀・矟　弩・纉・斧あり、皮を添りて甲となし、骨を矢鏑とす。兵ありといえども征戦なし]と書かれた大和軍が、国軍に組織替えせよとの西暦646年(孝徳二年)の詔でどのように変わったか？

　西暦663年の白村江の戦いは、この17年後だ。17年では短すぎた。この間に大和朝廷が大軍を派遣した事件は起きていないから実戦経験はなかった。兵員は増やすことができても、実戦経験がなければ、将も兵も鍛えられない。

　「話を蒸し返すようで申し訳ないけど、北九州の古墳から出土する鋲留鉄製甲冑の話。七世紀初頭の大和軍の甲冑は皮製だった。皮の甲冑では中国の弩に対する防御能力は無かったのではないかしら？」

　白村江の戦いの主力は軍船400艘と言われた〈筑紫国〉の水軍だ。冷静に見て、大和軍に、朝鮮半島およびその白村江で戦闘できる能力は備わっていたのか？

　宋史(西暦1002年)[上(北宋第三代真宗)、藤木吉をして持する所の木弓矢を以て挽射せしむ。矢遠きこと能わず。その故を詰るに、「国中戦闘を習わず」と…]日本では平安時代の出来事になる。

706. 大和朝廷軍の戦死者と捕虜の話

　何故、書紀の矛盾は起きたか？書紀は天智天皇紀と斉明天皇紀の一方を虚偽記載したからだ。一方とは天智天皇紀だ。すると、天智天皇紀の斉明七年七月の記事はもちろん、西暦661年（斉明七年八月）から西暦663年（天智二年三月）までの軍の派遣記事も捏造記事だった。唯一、事実を書いたのは〈天智二年八月記事〉だけだ。その記事さえ、将軍名を偽った。

　古田武彦は大和軍の将軍らに一人の戦死者も捕虜も出なかったことから、戦ったのは九州倭軍だと考えた。事実は、大和朝廷からの出兵記事は捏造だから、戦死・捕虜の話以前で終わる類の話だった。

　「そこから、何が考えられる？」

　「唐の捕虜となった〈筑紫君薩夜麻（さちやま）〉こそが救援水軍の総司令官だった。そして、大和軍（中国側呼称は倭国軍）の敗戦の証として、唐の都長安に送られた。」

707. 西暦663年の百済の使者の訪朝

　「〈百済〉と〈倭国（い）〉の関係は三国史記に詳しく述べられているけど、大和朝廷と百済の関係は逆に疎遠と言うよりは、無かった。〈九州倭〉が大和朝廷の軍門に降ってからの百済からの度重なる救援依頼に対して、大和朝廷はどんな対応をしたのかしら？というよりはどんな対応が取れたのかしら？オカラはどう思う？」

　「実戦経験のない軍では、正直、派遣出来なかったとすれば、議論は噴出しても、決断は先送り

されただけだったのではないかと思う。」

　「結局、西暦663年8月の事実から逆推すれば、百済王豊璋たちが新羅に攻め込まれて窮地に追い込まれていく中で、西暦663年（天智二年）二月二日の二回目の百済使者の訪朝で、ようやく大和朝廷は動いたのじゃないかしら？」

　「二回目？」

　「当初、数万の救援軍を派遣した後の百済使者の訪朝記事を批判したが、派遣記事がすべて捏造だったとすれば、逆に、この二回目の百済使者の派遣も事実だったと認めざるを得なくなるし、この記事の持つ重要性が浮かびあがる。」

　「朝鮮半島での実践経験が豊富な〈九州倭（い）〉、即ち筑紫国へ出兵命令を出す以外に選択肢は無かったのだが、その命令が筑紫国へ届いたのは何時のことだったか？」

　「そうだね。二月に出兵依頼の百済の使者が来て、詮議を経て決定。大和朝廷の使者を立てて、その使者が筑紫に到着するまでの時間。一体、どれほどかかったのかしら？」

　百済使者の再度の懇願にようやく重い腰を上げた大和朝廷は筑紫国に出兵命令を下す。命令を受けた〈筑紫君薩夜麻〉は直ちに救援軍の準備に取りかかる。が、1万という大軍の徴発と兵糧や武具の調達で、結果的に救援軍の白村江到着は唐軍の到着より、10日の遅れとなった。

708. 百済・大和軍の敗戦は西暦662年（天智元年六月）に決まっていた

　実は、西暦663年2月の7ヶ月前にも百済の使者の来朝があった。これが一回目の百済の使者

の来朝になる。

書紀（西暦 662 年）［（天智元年）六月二十八日、百済は達率万智らを遣わして、調を奉り物を献上した］

この一回目の百済の支援要請の約一年前から、大和朝廷は四次にわたる大軍派遣を開始したが、これが捏造だったことが明らかになった。結果的に、大和朝廷は百済の支援要請を無視していたことになる。このことが、西暦 663 年 2 月の百済使者の再訪になったのだろう。

〈兵は拙速を聞くも、未だ巧久を睹ざるなり〉〈先んじて戦地に処りて敵を待つ者は佚す〉〈凡そ用兵の法は…軍争より難きは莫し〉孫子に機先を制することの重要さを説く言葉は多い。

この時の大和朝廷の皇太子中大兄と廷臣たちは〈戦さ〉を知らなかった。皇位争いにからむ〈内乱〉を繰り返していた大和朝廷にとって、〈国家の命運を懸けた戦い〉とはどのようなものであるかを理解するのは難し過ぎたのかも知れない。

通説は、白村江の戦いを以て、日本軍の敗戦とする。確かに、書紀はそのように書いている。書紀を是認する視点に立てば、導かれる結論だ。しかし、これほど欺瞞に満ちた記事が連なっても、尚、書紀を是認しなければならないのだろうか？

百済・大和朝廷連合軍の敗北は、西暦 663 年 8 月の白村江の敗戦に先立つこと 1 年 2 ヶ月前の、天智元年〈西暦 662 年〉6 月 28 日を以て決定していた。

709. 白村江の指揮は筑紫君薩夜麻が執った

筑紫君薩夜麻が唐の捕虜になったことから逆推

すると、書紀は、〈廬原君〉臣と、〈筑紫君〉と同じ文字を使いながら、国名も県名も該当するところがない〈廬原〉という名と〈臣〉を組み合わせて、大和朝廷の臣下に仕立て上げ、その出自を不明にした。

薩夜麻は旧来からの百済の関係から、その命令を忠実に実行したはずだ。

恐らく〈南韓倭〉の諸国は〈九州倭〉が大和朝廷の軍門に降った後は、孤立無援の状態でかろうじて踏ん張ってはいたものの、新羅の攻勢の前に各個撃破されていったはずだ。

それにしても、1 万人という大軍を筑紫国一国だけで短期間で徴兵出来たのには、どんな理由があったのか？これまでの書紀の記事からは、西暦 528 年〈筑紫君磐井の反乱〉後も、数千人の兵を擁していたことは容易に推測される。この軍団に〈南韓倭〉滅亡の危機を知った筑紫国人（九州倭人）が、進んで身を投じたのではなかったか？そうでなければ考え難い数字だ。

筑紫国（旧九州倭）と〈南韓倭〉は総力をあげて、百済救援の戦いに参加した。

710. 南韓倭の消滅と九州倭の完全な屈服

結果は、白村江への救援軍（九州倭水軍）の到着が唐軍より 10 日遅れたために、惨憺たる敗北に終わる。〈南韓倭〉はこの敗戦で完全に消滅したし、筑紫国と名を変えられた〈九州倭〉は兵力を使い果たして、名実共に大和朝廷の軍門に降った。

「白村江の戦いの歴史的な意味はなんだった？マリアの疑問だったね。どう思う？」

白村江での〈九州倭軍〉の潰滅的敗北は、一面では大和朝廷にとっては慶事だったことになる。これが、日本書紀をして〈白村江の敗戦〉を冷静に記述出来、敗戦の翌年二月の天智天皇による盛大な祝賀が出来た理由だ。

「大和朝廷にとっては半分は他人事の戦だったし、結果的には、この戦は大和朝廷軍に代わって〈倭国〉の息の根を止める絶好の機会になった。対外的には、後漢時代以来、七世紀まで続いた〈倭国〉に代わって〈大和朝廷〉が国際舞台に登場するターニングポイントだった。逆に、〈倭国〉は名目的には推古三年の筑紫大宰府の設置を以て、大和朝廷の軍門に降り、実質的には天智三年の白村江の戦いで滅亡したことになる。」

新羅本紀（西暦670年：天智九年）[**倭国、更めて日本と号す。自ら言う。日出づる所に近し。以に名と為すと**]

「マリア、頑張ったね。」

「まだだよ。戦争は勝敗だけじゃない。戦後処理がある。」

711. 大和朝廷の外交舞台への登場

「白村江の戦いからその敗戦処理に至る諸外国との外交は大和朝廷にとっては初めての経験になる。その意味で、大和朝廷の力量がどの程度のものであるかが、試されることになる。でも、大和朝廷は動かなかったし、動けなかったのかも知れない。先に動いたのは唐だった。」

「どうやって検証する？」

「三国史記と書紀を使う。」

百済滅亡後、朝鮮半島への影響力を強めようとする唐に対して、新羅は唐の影響力からの脱却を図って、両国の緊張は高まっていた。朝鮮半島で、引き続き影響力を維持したい唐が、新羅と敵対した新興の日本国との関係を重視しようとする政策は、当然に生まれる発想だ。

唐は捕虜とした将軍薩夜麻（さちやま）の解放と引き換えに、歴史の表舞台に初めて登場してきた日本との関係樹立に動きだした。新・旧唐書で明らかなように、当時の唐は、日本国の内情を把握し切れていなかったが、〈昨日の敵は今日の友〉の例えの通り、このために利用したのが筑紫君薩夜麻の日本国への送還だった。

712. 大陸外交の舞台・新羅の場合

ちなみに、この時、新羅国はどう動き、日本国はどう動いたか？

新羅は西暦663年の白村江の戦いで倭軍を破る。次いで、中大兄が天智天皇に即位した天智七年に当たる西暦668年には、唐軍の支援のもと、高句麗を滅ぼした。

高句麗が滅亡した西暦668年以後は、新羅にとって唐軍は用済みになった。これに対して、唐が筑紫君薩夜麻（さちやま）を送還したのは、その3年後の西暦671年（天智十年）だ。薩夜麻の帰還には、朝鮮半島情勢が深く関わっていた。

一方の新羅はそれまで連合を結んでいた唐と戦い、西暦676年（天武五年）に錦江河口の伎伐浦海戦で、薛仁貴（軌）率いる唐の水軍を破った。

唐は熊津都督府と安東都護府を遼東に移し、朝鮮半島から完全に撤退した。ここに、新羅による朝鮮半島の統一が成る。注意すべきは、新羅

はこの間も唐との朝貢・冊封関係を維持したことだ。

西暦 696 年(持統天皇十年)、唐と渤海の間に戦端が開かれると、唐は新羅へ南からの渤海攻撃を要請、新羅がこの唐の要請を受けたことにより、唐と新羅は和解へと向かい、西暦 735 年(聖武天皇:天平七年)には唐から浿江以南の地を冊封された。

結果的に西暦 676 年の唐・新羅戦争の後、20年で新羅と唐は和解へ向かった。

713. 大陸外交の舞台・日本国はどう動いたか

大和朝廷はどう動いたか？書紀にはほとんど記載がないが、三国史記新羅本紀日本伝には、

(西暦 698 年:文武二年)[日本国使、至る。王(孝昭王)、崇礼殿に引見す]

(西暦 703 年:大宝三年〈文武七年〉)[日本国使、至る。総じて二百四人なり]

(西暦 722 年:養老六年〈元明天皇前年崩御〉)[毛伐郡城を築き、以て日本の賊の路を遮る]

(西暦 731 年:天平三年〈聖武天皇七年〉)[日本国の兵船三百艘、海を越えて我が東辺を襲えり。王(聖徳王)、将に命じて兵を出さしめ、大いに之を破る]

(西暦 742 年:天平十四年〈聖武天皇十八年〉)[日本国使、至るも、納れず]

(西暦 753 年:天平勝宝五年〈孝謙天皇四年〉)[日本国使、至る。慢りて礼なし。王、之に見えず。乃ち廻る]

(西暦 803 年:延暦二十二年〈桓武天皇二十二年〉)[日本国と交聘し、好を結ぶ]とある。

注：時代感覚が分かるように、日本国内の主な動きを(　)に書き加えた。

唐が日本の捕虜を解放した西暦 671 年の頃の新羅本紀には倭国の国名変更の記事しかない。

西暦 676 年の唐・新羅戦争の後の、唐と新羅の和解(西暦 696 年)が過ぎたあとで、ようやく、日本は西暦 698 年と西暦 703 年に、新羅との和平交渉が行われたようだが、西暦 722 年から西暦 731年には再び日本と新羅は敵対関係となった。西暦 742 年と西暦 753 年の再交渉の失敗が事実だとすれば、それまでの大陸外交の経験不足をさらけ出したとも考えられる初歩的なミスだ。

結局、日本が新羅との関係修復が出来たのは、平安時代になってからだ。

714. 唐との遅すぎる和解と新羅との争い

旧唐書(西暦 703 年)[長安三年その大臣朝臣真人、来りて方物を貢す。朝臣真人とはなお中国の戸部尚書のごとし…]は、書紀の西暦 701 年(文武天皇:大宝元年)の記事に対応する。日本と唐とは、唐が捕虜を解放した 30 年後に修復が成った。

一方、同じ年の記事が新羅本紀にもある。(西暦 703 年)[日本国使、至る。総じて二百四人なり]はこの遣唐使記事と関連があるようにも見えるが、この時の遣唐使の航路は南島路だったと言われている。西暦 722 年以降の記事は日本と新羅の関係悪化の記事だから、西暦 703 年にその原因があったかも知れない。

「何故、和解は進まなかったのかしら？」

「大和朝廷には外交の積み重ねがなかった。」

「西暦 701 年に藤原不比等が正三位大納言となり、文武天皇はこの時 19 歳、持統太上天皇は存命。藤原一族の政治支配が強まった頃になるだろうか？」

「藤原一族の外交方針？」

「そうとは、言い切れない。」

「でも、結果は、唐には頭を下げても、新羅には頭を下げない、だね。」

「この時期、遣唐使が唐で話していたことが、旧唐書や新唐書に書かれている。唐の人間に対しても、尊大だった。〈入朝する者、多く自ら矜大、実を以て対えず。〉彼らは日本書紀の知識を持っていた。」

715. 遣唐使の航路は朝鮮半島西岸を通る北路を使用出来なかった

遣唐使の航路は朝鮮半島の西岸沿いに北上し、山東半島に上陸する北路、東シナ海を横断する南路、南西諸島経由の南島路の三つの行路があったと言われている。南路、南島路は北路に比べて危険度が格段に増したが、長安 3 年（西暦 703 年）の時は南島路であり、以後の遣唐使も、北路を通ることはなかったと言われている。

716.日本外交は古代から現代まで変わっていない

隣国新羅との関係修復が成ったのは、新羅本紀によれば西暦 663 年の白村江の戦いの後、約 140 年後の**新羅本紀**（西暦 803 年）（桓武天皇：延暦二十二年）[**日本国と交聘し、好を結ぶ**]だった。

新羅の外交を節操がないと見るか、生き馬の目を抜くと見るかは、読者の判断に任せるとして、国の存亡をかけた戦いが繰り広げられていた大陸・朝鮮半島の外交と、四方を海で隔てられ、戦と言えば内乱を主とした島国の外交の違いが如実に表れた結果であろう。元寇の役の引き金になった元の国使を斬った鎌倉幕府の対応も、〈慢りて礼なし〉の新羅本紀の記事に通じるのではないか？近隣外交は古代から現代に至るまで、本質的な違いはない。

「歴史に〈もし〉は通用しないと言うわ。でも、百済救援の決断ミスや敗戦処理の不手際を考えると、この時、大国隋と渡り合った〈阿毎多利思北孤〉のような人物が大和朝廷にいたなら、歴史の歯車は違った動きをしていたと思う。」

「マリアの総括は〈もしも〉でくくったね。悲しいことだけど、それが史実だった。」

43. 阿毎多利思北孤問題とは何か

717. 何故、旧唐書と新唐書を読むか

「隋書の〈阿毎多利思北孤（あめのたりしほこ）〉が出た以上、この問題は解明しなくちゃならないよね。」

「ところで、〈阿毎多利思北孤〉問題って、どの天皇かってことでしょ？」

「そうじゃない。」

「どうして？」

「〈倭国〉とは何か、後代の中国史家はどのように考えたか？現代日本の歴史研究家と同じ考えだったか？もし、違っていたのなら、その理由はなんだったか？この問題を考える中で、倭国問題の本質が見えて来るのじゃないかと思う。」

「ここまでしなければ、卑弥呼問題は解決出来ないの？」

「とっくに解決済みさ。マリアが女王国の首都を探し出したことで終わった。だけど、どうして続けなければならないか？その理由も、ここまで来れば分かったはずだ。」

「じゃ、久しぶりにオカラ節を聞かせて頂戴。」

「〈邪馬台国大和説〉が未だに答えることができない質問。何故、書紀に〈卑弥呼〉も〈倭の五王〉も書かれていないか？」

「それを、オカラが代わって答える。」

「いや、誰も答えないけど、新・旧唐書にその答えがある。」

「第三者評価・客観的評価になるってことは、検証可能ってことね。」

718. 旧唐書東夷伝倭国／日本条［自ら矜大実を以て対えず、故に中国焉れを疑う］

「旧唐書日本の条に、［その人、入朝する者、多く自ら矜大実（みずからきょうだいまこと）を以て（もって）対えず（こたえず）。故に中国焉れを疑う（うたが）］とある。異様な書き方だ。日本の使者の答えは信用できないと書いてある。」

「どういうこと？」

「〈阿毎多利思北孤〉が、旧唐書・新唐書で様々に語られていることから、逆推すれば、〈阿毎多利思北孤〉問題が絡んでいたのではないかと思う。」

719. 新唐書東夷伝日本［使者情を以てせず、故に焉れを疑う］

ところが、新唐書日本伝［使者、情を以て（じょう）せず（もつ）、故に焉れを疑う（こ）（うたが）。また妄りに夸る（みだ）（ほこ）］

旧唐書だけでなく、約一世紀の成立年代のズレがある新唐書が、揃って異例の記事を載せた理由は何だったか？ここに新・旧唐書が抱えた問題がある。

新唐書は多くの間違いを含むため史料的価値は低いというのが日本歴史界の一般的評価だ。『新訂　旧唐書倭国日本伝・宋史日本伝・元史日本伝－中国正史日本伝(2)』の凡例の中で、「…

新唐書…を選ばなかったのは…新唐書の記事は宋史で述べた方が便利…なお参考のために附録に新唐書の原文を掲げておいた」とある。宋史は元の時代、脱脱（西暦1314〜1355年）によって著わされた。新唐書から凡そ300年後になる。弘安の役は西暦1281年になる。

「宋史は新唐書に比べて格段に情報量が豊富であり、間違いも少ないのなら、凡例の説明で良さそう。どうして新唐書なの？」

「旧唐書を検討する際に比較・対照する史料は十四世紀の宋史よりは十一世紀の新唐書の方が、断然良い。」

宋書までの史書が倭国（人）伝であったのが、隋書で倭国伝となり、旧唐書で倭国条と日本条の併記になり、後の新唐書（唐書）以降は日本伝のみになった。この外形的な特徴に眼を奪われて、肝腎の問題を見過ごしてはいけない。

「どうして、新・旧唐書は疑った？」

「理由は書かれていないから、新・旧唐書の内容から、推測する以外にない。中国側史家のそれまでの倭国の認識と、日本側の遣唐使や学僧が提供した情報や、質問と回答の乖離が、修復出来なかったことを記録として残したのではないか？」

「思い当たることは？」

「阿毎多利思北孤にからむ〈筑紫城〉をめぐる問題だ。」

720. 旧唐書と新唐書

『旧唐書』は五代後晋の劉昫（西暦887〜946年）らの奉勅撰だが、唐末五代の戦乱の影響で、武

宗以後の皇帝の実録に欠落があるなど史料不足による不備があったため、宋代になってその欠を補ったのが、北宋の欧陽脩、宋祁（西暦998〜1061年）の『新唐書』（単に唐書と呼ぶこともある）だと言われている。だから、旧唐書の倭国条、日本条に不備があったということではない。

『旧唐書』と、その前の魏徴（西暦580－643年）の『隋書』とは、約300年の開きがある。

この旧唐書の最後の遣唐使記事は、日本国条の西暦835年（開成四年：日本元号では承和五年）だが、これを含めて晩唐（西暦806－906年）の約100年間に5回の遣唐使が派遣されている。

一方、新唐書の最後の遣唐使記事は[（西暦839年）仁明直開成四年、復入貢]であり、旧唐書の遣唐使記事とは4年の違いだけだ。そして、西暦847年から西暦953年までの期間中には、僧の訪中があったが、その伝は失われたとある。まとめると、二つの史書の成立年代は約100年の差があるが、扱った倭国・日本国の情報量には大差がなかったと言える。

「それで？」

「二つの史書の対比が可能になる。」

721. まだ〈阿毎多利思北孤〉と読む気にはならないか

議論を始める前に確認しておくことがある。史書に登場する人物の名前だ。

多くの日本の歴史研究者は〈阿毎多利思比孤〉だと主張する。だが、隋書倭国伝では〈阿毎多利思北孤〉だ。隋書倭国伝の原文にはっきり書いてある。下図、右側の丸の中の〈南北三月行〉と左

側縦長楕円の〈多利思北孤〉の〈北〉の字は同じ　　だ。

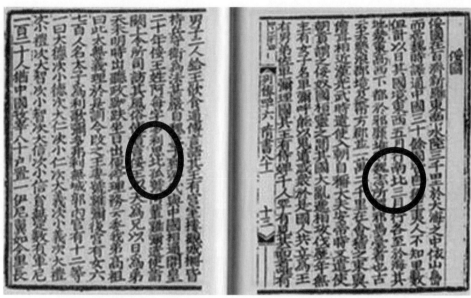

図14.『中国正史日本伝((1))』中『隋書』倭(俀)国伝・原文より抜粋転写

次は宋史日本伝の原文だ。楕円の中は〈利思　　ある。隋書俀国伝の〈北〉を〈比〉と読み変えるのは
比弧遣使〉だ。〈北〉と〈比〉ではこれだけの違いが　　いい加減に止めて欲しい。

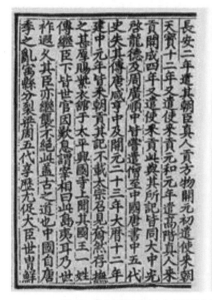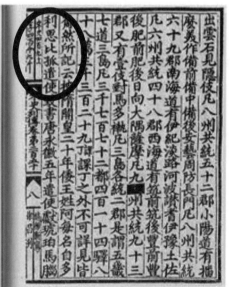

図15.『中国正史日本伝(2)』中『宋史』日本国伝・原文より抜粋転写

722. 正しくは〈多利思北孤〉と読む

西暦1951年出版の『中国正史日本伝(1)』に収録されている隋書倭国伝の訳注では、「姓は阿毎、字は多利思比孤」の注釈は「タリシヒコ(足彦、帯彦)か。…阿毎・多利思比孤は天足彦で一般天皇の称号であろう。」だ。

西暦1956年発行の『中国正史日本伝(2)』の宋史日本伝の訳注では、「その王、姓は阿毎氏なり」の注釈は「アメ氏、天の意か。『隋書』巻八一、東夷伝の倭(倭)の条に「(西暦600年)開皇二十年倭(倭)王、姓は阿毎、字は多利思北(比)孤、…云々」とある。

この高名な著者は、5年の間に、原文に即して〈比孤〉を〈北孤〉に、〈倭国〉を〈俀国〉に戻していた。マリアたちの読み方は勝手読みではなかった。

「〈阿毎多利思比孤〉と読んでいた人たちは、このことをどう思うのかしら?」

「それは、俺が聞きたい。」

723. 阿毎多利思北孤は誰か、では済まない

「〈北孤〉を〈比孤〉に読み替えることで、思考・論理が既成観念によって縛られる恐れが生じる。」

「何それ?」

「日本の天皇の和名諡号の末尾は〈ヒコ〉で終わる、当然、末尾が〈北孤〉で終わる者は天皇ではない。この認識は、皇統は万世一系であるという書紀の最大の欺瞞を容認する考えに誘導される。事実、かつて行われた〈多利思比孤論争〉がそのことを証明した。〈多利思比孤〉に比定される候補者は〈皇族〉に限定された。」

「〈北〉を〈比〉に変えるだけで、善良な研究者までが歴史修正主義の悪弊から脱却できない原因になると、オカラは言うの?」

「そうだよ。日本側の研究は〈多利思比孤とは誰か〉に矮小化されたが、直接的問題は中国史書と日本書紀の間に深刻な矛盾が生じたことだ。さらに、後の新・旧唐書や宋史の内容に影響を与え、それを考証する研究者たちの思考にも影響を及ぼした。問題は〈阿毎多利思北孤〉は誰か、だけでは済まなくなったことだ。」

724. 宋史で〈目多利思比孤〉と変えられた意味を問うたことはあるか

宋史日本伝[按ずるに、隋の開皇二十年、倭王姓は阿毎、名は目多利思比孤、使を遣わして書を致す]

この記事は隋書東夷伝俀国の引用だが、〈目多利思比孤〉の前の〈目〉と後尾の〈比孤〉は書き替えられている。実は、この宋史の〈目多利思比孤〉の記事は、この前の史書、新唐書からの引用だ。

このことに関して、宋史が正しく隋書が間違いであるとは誰も考えないだろう。だが、一方で、古代日本の天皇の和製諡号の末尾が〈彦〉や〈毘古〉で終わるから、〈比孤〉でなければならないという理由が、めぐりめぐって新唐書・宋史にも影響を与えたのだ。

「どうして、宋史までもが、〈目多利思比孤〉と変えねばならなかったのか?」

725. 〈多利思北孤〉を後代の中国史家は倭国問題解明のために使った

「与えられた史料をどのように使うか？言い換えれば、史書解読の問題だ。後代の中国史家は悪戦苦闘しながらも、限られた史料のなか、特に歪曲記事に満ちた日本書紀の知識を持った遣唐使らの報告をもとにして、倭国の歴史に占める阿毎多利思北孤問題について言及していた。」

「その結果は？」

「それぞれの史書の混乱と矛盾になった。」

「影響は大きかったんだ。」

726. 日本の歴史研究家は天皇の比定に使った

「一方、日本の後代の歴史研究家は天皇比定問題に矮小化した研究を選択した。この結果、〈阿毎多利思北孤〉問題は日本の古代天皇制とも関連する極めて重要な問題を内包していたにも関わらず、多くの問題の解明を防げることになった。」

727. 皇太子〈利歌弥多弗利〉は消し去られた

　日本の古代史研究で、〈阿毎多利思北孤〉をめぐって大論争が起きたのは周知の事実だ。理由は隋の使者斐世清が〈阿毎多利思北孤〉に会った年が西暦608年（推古十六年）だったことだ。この時の推古天皇は書紀によれば女性だったが、隋書によれば、〈阿毎多利思北孤〉は〈雞弥〉という名の妻を持つ男性天皇だった。

「日本の歴史研究家たちは、即座に隋書を否定

するわけにもいかず、さんざん苦労したが、良い解決策は見当たらなかった。止むを得ず、推古天皇の時の皇太子、厩戸皇子（聖徳太子）を、〈阿毎多利思比孤〉に比定した。」

「これって、書紀は正しく、斐世清が天皇と皇太子を取り違えたことになるの？」

「基本的にはその通りだ。皇太子が摂政だったとしてね。」

「矛盾は無かったの？」

「そりゃ、有った。」

　隋書［…太子を名付けて利歌弥多弗利となす］

「通説は、この皇太子、利歌弥多弗利は不要な存在として消去された。」

「それはないよね。書紀が男性天皇を女性天皇に変えたんでしょ。」

　『中国正史日本伝(1)』の著者は、その訳注で「不詳。事実は聖徳太子をさすわけである。…（傍点は佐々木）」と、通説を婉曲に批判している。

「書紀の歪曲の可能性も含めて、考えられるすべてのケースを検討すべきだった。今で言う説明責任が果たされないまま、強引に聖徳太子が〈阿毎多利思比孤〉だと教え込まれた世代が我々だ。」

「そして、オカラはそれを信じた、今日まで…。でしょ。」

728. 新・旧唐書の混乱の原因は何か

「日本の〈阿毎多利思比孤〉研究は、基本的には、〈倭の五王〉を〈日本の歴代天皇〉に比定した論理手法と同じ論理的欠陥を抱えたことになる。日本近・現代の最新の研究手法を以てしても解決出来なかった問題が、限られた史料しかなかっ

た当時の中国史家が解決出来るはずはない。」

「どうなったの？」

「新・旧唐書と宋史の混乱となった。日本の古代史研究家が新・旧唐書の間違いを批判する前に、この書紀と隋書の間に横たわる困難な問題を解決することが、研究者としての礼儀ではないか？」

729. 旧唐書の倭国条と日本国条の区切り

『旧唐書』は倭国条と日本国条に分けられて記述されている。この区切りが旧唐書だけのものということもあって、日本の歴史学者を悩ませた。

旧唐書・倭国条の最後の記事は、[(西暦648年)貞観二十二年に至り、また新羅に附し表を奉じて、以て起居を通ず]で、書紀の孝徳天皇の大化四年に当る。

そして、旧唐書・日本国条の始まりは、[(西暦703年)長安三年その大臣朝臣真人、来りて方物を貢す…]で、書紀の西暦701年(文武天皇：大宝元年)記事に対応する。

旧唐書では、この約50年間に〈倭国〉から〈日本〉に変わるターニングポイントがあったことになる。

730. 西暦670年[倭国更えて日本と号す]

「西暦670年(天智九年)に天智天皇は倭国を日本国に変更したね。」

「書紀には書かれなかったけど、三国史記・新羅本紀(西暦670年)[(文武王十年十二月)倭国更えて日本と号す。自ら言う。日出づる所に近し。以に名と為すと]で知ることが出来る。これによって、西暦670年以降の三国史記の記事は〈倭人

伝〉から〈日本伝〉に変わる。」

「中国では？」

「新唐書(西暦670年)[咸亨元年…悪倭名更号日本…]〈倭の名を悪み、更えて日本と号す〉と、三国史記の記事と矛盾しない。旧唐書が倭国条、日本国条と区切ったのは、三国史記と同じ、国名変更の記事だった。」

731. 新唐書・日本国条の区切りは紀元前660年になる

「旧唐書の倭国伝と日本伝の区分は西暦670年だが、新唐書はそれ以前の西暦607年の遣隋使も日本国からの派遣だったとした。暗黙のうちに、新唐書は〈筑紫城時代〉と〈大和州時代〉に分ける。」

「何、その分け方は？新唐書の時代区分の年代は？」

「書紀によれば、紀元前660年になる。だから、二つの史書の時代区分の差は約1300年となる。」

「1300年も…。日本国と倭国の区切りがこんなに違うなんて、異常の一語だね。」

「新唐書の区分では、〈筑紫城時代〉が32世の王、〈大和州時代〉が36代の天皇。区切りとしてはそれほど異常ではない。」

732. 新・旧唐書の関係

「唐末の戦乱の影響で生じた旧唐書の皇帝の実録の不備を補ったのが新唐書と言われているけど、新唐書は旧唐書の不備な部分だけ書き直しただけかしら？」

「そうじゃない。そのようなことをすれば模倣だと言われて史書の評価は低下する。同じ史料を用いても、記事は異なるのが普通だ。当然のことだが、唐書は唐時代の史書だ、隋以前の記事は出来る限り簡略化することになる。それが旧唐書の書き方だが、最も標準的な書き方になる。」

「それなら、新唐書は旧唐書と同じ倭国記事は書けないね。」

「このことが、新唐書は旧唐書には無い日本国の由来から説き起こす〈歴代倭王〉と〈歴代天皇〉の記事になったと推測される。」

「結局、新唐書はそれまでの史書とは趣を異にするが、それは旧唐書が倭国・日本国の概要を既に書いていたために生じた結果だとオカラは考えた？」

「そう。後の宋史はこの新唐書の考え方を踏襲した。結果的に、引用文献『中国正史日本伝(2)』の凡例で〈新唐書は宋史で説明した方が便利〉となった。」

733. 〈阿毎〉をめぐる新・旧唐書の関連は

二つを対比してみれば、新唐書[其王姓阿毎氏自ら言う…居筑紫城]の記事と、旧唐書の記事[倭国は…其の王、姓は阿毎氏なり、一大率を置きて諸国を検察し…]は見事に対応する(傍点は佐々木)。

「二つの史書の成立事情からすれば、〈対応する〉とは誤解を生じる言い方だが、結果的に、二つの史書は〈阿毎多利思北孤〉の姓名を分離して、〈阿毎〉の姓を、三世紀ないし時代不明の筑紫城を舞台に活躍した王に付けた。梁書・北史が、隋

書の〈阿毎多利思北孤〉を九州から〈邪馬臺国〉と一緒に本州へ移動させたのと逆に、新・旧唐書は〈阿毎〉だけを使って、本州から九州へ移動させた。さらに、新唐書は、分離させた名を〈目多利思比孤〉として大和に残存させた。」

「どうして、こんなことが起きてしまったの？」

「遣唐使がもたらした怪情報〈筑紫城〉が、混乱に輪をかけた。」

734. 旧唐書東夷伝倭国条／日本国条の混乱

旧唐書の著者劉昫は〈筑紫城〉の王の名の頭文字〈天〉と〈阿毎〉を結びつける一方で、〈アメ〉の語源の根拠となった〈筑紫城〉を懐疑的に見たのではないか？理由は、一連の中国側の史書・魏志・後漢書・宋書と〈筑紫城〉は相容れないからだ。だから、旧唐書は〈筑紫城〉の王については書かず、代わりに書いたのが旧唐書・倭国条[倭国は…其の王、姓は阿毎氏なり、一大率を置きて諸国を検察し、皆これに畏附す]だ。

「この記事の前半は、隋書[俀王あり、姓は阿毎、字は多利思北孤、阿輩雞弥と号す]からの引用だし、後半は、魏志倭人伝[一大率を置き、諸国を検察せしむ。諸国これを畏憚す]からの引用だ。」

「旧唐書と隋書・魏志はつながったけど、間違いだね。」

「そうだ。この記事に続くのが、隋書[官を設くる十二等あり]で、これは書紀に書かれている聖徳太子の冠位十二等を指す。こちらは、れっきとした七世紀の史実だ。」

「継ぎはぎだらけだね。」

「重要なことは、旧唐書が〈多利思北孤〉の名を

書かず、姓の〈阿毎〉だけを使ったことで、タイムスリップが可能になったが、結果的に、旧唐書は魏志倭人伝の三世紀の倭国王の姓として、妥協する以外に解決策は見い出せなかった。旧唐書は隋書の矛盾を解決出来なかったばかりか、自らも自己矛盾を犯したことになる。」

「どうして、こんなことになったの？」

「旧唐書の矛盾は特別なことではなかった。混乱は隋書の魏徴、北史の李延寿や梁書の姚思廉などにも共通していた。原因は、中国史家の認識が〈倭国〉とは〈郡から万二千余里の位置にある国家〉だったからだ。新たにもたらされた〈筑紫城〉は寝耳に水の超難問題だった。」

735. 唐側は〈阿毎多利思北孤〉を問う

「唐王朝の役人は何を質問して、遣唐使や学問僧はどう答えたのかしら？」

「全くの推測だが、恐らく、隋書のことだと思う。〈阿毎多利思北孤〉は、本当は何処にいた王かと。」

　この時、既に紀記の知識を得ていた日本側使者らの返答は〈阿毎多利思北孤という名の倭王はいない〉だった、はずだ。それでは、七世紀に裴世清が会見した〈阿毎多利思北孤〉とは幻の人だったのか？中国側史家にとっては、解決不能な問題を突き付けられたのだ。

　これも憶測の域を出ないが、[入朝する者、実を以て対えず。故に中国焉れを疑う]と史書には異例の強い非難となったのではないか？

736. 新唐書東夷伝日本国条は阿毎多利思北孤をどうしたか

「〈日本国条〉しかない新唐書ではどのように問題処理したのかしら？」

「〈阿毎〉を筑紫城の王の姓にする一方で、名を分離して〈目多利思比孤〉とすれば、時代に捉われずに、〈天皇の系列〉に潜り込ませることが出来る。」

「新唐書は、一人の人間を二つに分割して、〈筑紫城〉も〈大和州〉も認めた。これも乱暴だね。」

　具体的には、新唐書では〈大和州の天皇〉は〈神武→綏靖→安寧→懿徳→考昭→天(孝)安→孝霊→孝元→開化→崇神→垂仁→景行→成務→仲哀→神功→応神→仁徳→履中→反正→允恭→安康→雄略→清寧→顕宗→仁賢→武烈→継体→安閑(閑)→宣化→欽明→海(敏)達→用明(目多利思比孤)→崇峻→推古→舒明→皇極〉となる。(注( )内は佐々木)

「〈孝安〉を〈天安〉、〈敏達〉を〈海達〉などの間違いを以て、新唐書を否定的に評価する考えがあるが、このことは大きな問題ではない。歴代天皇の名が、新唐書に載った意味のほうがはるかに重要だし、この中の用明天皇の記事〈用明亦曰目多利思比孤、直隋開皇末、始興中国通〉に注目すべきだった。」

737. 新唐書は天皇と皇太子をセットで考えた

「用明天皇が〈目多利思比孤〉となった理由はなんだろうね？」

「日本の使者からは、皇位継承方法が父子相続

であると説明があったと思われる。新唐書の宋祁そうきはそこに注目した。阿毎多利思北孤の皇太子〈利歌弥多弗利〉が聖徳太子に相当し、これに〈天皇は皇太子の父親〉という条件を与えれば、〈利歌弥多弗利〉の父親〈阿毎多利思北孤〉は用明天皇になる。」

「限られた情報の中では、論理的で妥当な結論だね。」

「もし、新唐書のこの推論が批判されるなら、日本の皇位継承は父子相続だという情報を唐の役人に与えた日本側使者にその責任がある。」

738.〈目多利思比孤〉は初めて中国と通じた天皇

「〈目多利思比孤〉が初めて中国と通じた天皇になった理由は？」

「単純だ。新唐書［其の王の姓を阿毎氏という。自ら言う初代 天 御中主あめのみなかのぬしより彦 瀲ひこなぎさに至る凡そ三十二世、皆、尊みことを以て号と為し、筑紫城に居る］この中に朝貢使を派遣した倭王はいない。〈大和州〉に移った後の神武天皇から皇極天皇の中にも朝貢使を派遣した天皇はいなかった。このために、遣唐使以前に朝貢した倭王も天皇も存在しなくなったが、新唐書はそれではおかしいと考えた。遣隋使の記録が隋書にあるからだ。その解決法として、〈目多利思比孤〉を大和州の天皇の一人に比定した。」

739. 新唐書〈其王の姓は阿毎〉と宋史〈その国王は一姓継を伝え〉

新唐書［其王姓阿毎氏、自、言初主号天御中主、

至彦瀲凡そ三十二世、皆以尊為号、居筑紫城］宋史にも同様な記事があるが、宋史では〈23 世〉である。

「このため、新唐書の〈32 世〉は間違いだったとされ、ほかにも処々に間違いがあって、新唐書の評価をおとしたのだが、重要なのは最初の〈天御中主〉から最期の〈彦瀲〉までの歴代の〈尊〉が筑紫城に居たことと、その姓が〈阿毎：天あめあめ〉だということを明らかにしたことだ。」

宋史［…その国王は一姓継を伝え…］れば、〈阿あ毎め〉は〈筑紫城主の共通の姓〉になるという中国側史家の認識は当然のこととなるし、万世一系の基となる父子相続を認めていたことにもなる。

「この情報はどこからもたらされたものかしら？」

「遣唐使らによってもたらされた新情報だ。」

740. 宋史・阿毎目多利思比孤は、何故倭国王となったか

日本の歴史家の評価が高い宋史・外国伝日本国には、天御中主尊から彦瀲尊までの 23 尊と、初代神武天皇から第 64 代守平（円融）天皇までが記録されているが、遣隋使の記事は、［按ずるに、隋の開皇二十年、倭王、姓は阿毎、名は目多利思比孤、使いを遣わして書を致す］となる。

結局、宋史は〈倭王〉と〈尊〉〈天皇〉の関係については語らず、旧唐書と新唐書を折衷した〈阿毎目多利思比孤〉を用いた。評価の高い宋史であったが、その著者、脱脱は〈尊〉〈天皇〉については、〈按じた〉ものの理解できなかった。従って、〈阿毎〉〈多利思北孤〉〈目多利思比孤〉＝〈倭王〉の考えは、多くの中国史家の共通認識だった。新唐書

の宋祁だけが、〈天皇〉に比定しようと奮闘した。

741. 新唐書の先見性

日本書紀では、〈天御中主尊〉らは高天原に住む〈天つ神〉であったが、新唐書・宋史では〈尊〉に変わり、その王たちは〈筑紫城〉にいた。〈筑紫〉とは魏志や後漢書のいうところの〈倭国〉そのものになるが、これらの史書の著者らが、このことを理解していたかどうかは不明だ。

旧唐書が〈阿毎〉を分離使用して〈多利思北孤〉を消し去り、宋史が〈阿毎目多利思比孤〉を〈倭王〉として処理したのに比べて、新唐書が〈目多利思比孤〉を歴代天皇に対比しようと試みたのは、隋書〈阿毎多利思北孤〉の記事の年代が七世紀だったことに注目したからだろう。歴史を考える上で必要な時代感覚は二つの史書より新唐書が優れていたと評価できる。

「用明天皇〈直隋開皇末、始興中国通〉は、宋祁が悪戦苦闘の末に辿り着いた結論だ。」

742. 目多利思比孤を用明天皇に比定する論理的合理性

〈目多利思比孤〉を用明天皇に比定した結果を以って、新唐書の資料的価値は低いと言って片付けるのは簡単だ。しかし、合理的な思考論理かどうかを基準にして評価するならば、〈北〉を〈比〉に変えて〈阿毎多利思比孤を聖徳太子に比定した〉日本側研究の結論よりは、はるかに優っている。残念だが、日本の歴史研究の論理構成は、松下見林の〈正に我が国記を主として之（異邦之書）を徴し、論弁取捨すれば、則ち可とすべきなり〉の手法から脱却出来ていないと言わざる得ない。

743. 新唐書・宋史は〈邪馬台国卑弥呼説〉や〈倭の五王歴代天皇説〉を否定する

〈筑紫城〉を認めない旧唐書は［東西五月行、南北三月行、世々中国と通じ］と〈倭国の朝貢〉を認める。

一方、〈筑紫城〉を認めた新唐書は〈倭国の朝貢〉を認めない。当然のことながら、天御中主から始まる三十二世の王が住んだ〈筑紫城〉と神武天皇以下の〈大和州〉を認めることは、魏志の〈卑弥呼〉〈壹与〉・後漢書の〈倭奴国〉〈倭王帥升〉・宋書の〈倭の五王〉など、それまで朝貢を続けてきた〈倭国〉の存在を不問に付すことを意味する。新唐書が〈目多利思比孤〉を初めて朝貢した天皇としたことは、理由があった。

宋史は後漢から始まる〈倭国〉の朝貢記事を書いているが、〈筑紫城〉との関係を説明出来ない。結果的に、宋史は〈筑紫城〉と〈大和州〉の王たちの朝貢を否定している。

「書紀と新唐書・宋史は対比可能だ。書紀に、何故、卑弥呼や倭の五王の記事がないのか、これがその答えだね。」

「逆説的だが、〈邪馬台国卑弥呼説〉や〈倭の五王歴代天皇説〉を同時に否定する。」

744. 中国史家たちに、新たな疑問は生じないか

後漢から朝貢を続けてきた〈倭国〉と、遣唐使に

よってもたらされた〈筑紫城〉との埋めがたい溝。宋書〈讃、珍、武などの一字名の倭王〉と隋書〈阿毎多利思北孤〉の違い。そして魏志の〈倭国〉とその〈東側にある倭種の国〉。

「後漢以来朝貢を重ねてきた倭国と、初めて朝貢した阿毎多利思北孤の倭国は〈別の国〉ではないか？中国史家たちにそんな疑問が起きても不思議はない。」

745. 中国史書の誤謬の主因は日本書紀の歴史の改竄・捏造にある

新唐書の宋祁が〈目多利思比孤〉を用明天皇に誤って比定したのは批判されるべきことではないし、宋史が〈阿毎目多利思比孤〉を〈天皇〉ではなく〈倭王〉としたことも同様に批判される必要はない。何故なら、日本の後代の歴史研究も、日本書紀の記事を歪曲解釈するという、より深刻な間違いを犯したからだ。

これら唐代から宋代の史書の誤謬に共通する主因を突き詰めれば、日本書紀の史実の改竄・捏造に辿り着く。

746. 阿毎多利思北孤は蘇我馬子だ

隋書は西暦600年（推古三年）と西暦607年（推古十五年）、西暦608年の天皇は男帝である。一方、書紀は、相変わらず矛盾だらけの記事で、この時の天皇は女帝だったと書く。通説は隋書を否定し、矛盾に満ちた書紀の記事を肯定する。そうして得られた結果は、推古天皇はあくまでも女帝である。

事実は、隋書が記したように、推古天皇は男性であり、男性とは日本書紀では大臣であった蘇我馬子だ。そして、書紀で推古天皇とされた額田部皇女（ぬかたべの ひめみこ）は馬子の妻、即ち皇后だった（『背徳と反逆の系譜　記紀の闇に光はあるか』8. 多利思北孤と呼ばれた天皇）。

書紀が改竄した目的は、豪族出身の天皇の存在を否定し、神武天皇を祖とする万世一系の説を打ち立て、当時、絶大な力を持ち始めた藤原一族による皇位纂奪を防ぐための論理の確立だったという、解釈だ。これによれば、通説で抹殺されていた隋書〈太子の利歌弥多弗利〉は聖徳太子として復活する。

隋書と日本書紀の間の埋めがたい矛盾を解決しようとした新・旧唐書、宋史の苦闘は、これで解決する。

~~~~~~

コラム 17. 〈懐疑〉とは何か？アントワーヌの日記　1918 年 9 月 7 日夜

~~~~~~

「…思考が複雑になればなるほど、人は、とかくなんとかして、混乱を避けたいと思い、自分を安心させてくれるような、自分を導いてくれるような既成的観念を受け入れやすい。

　そして心におこるいろいろな疑問、自分ひとりでは解決できないいろいろな疑問に納得性のある答を与えてくれるようなもの、そのどれもこれも助けの神のように思うにちがいない。とりわけ、それを支持するものが多いといったような場合、それがいかにも信用できそうに見えるといったような場合。ところが、それこそが最大の危険なのだ！抵抗せよ！あらゆる合言葉を拒絶せよ！うっかり仲間になったりしてはいけないのだ！

　一党一派に偏したやからが、その〈お仲間〉に保証するところの懶惰（らんだ）な精神的安住などはしりぞけ、むしろ、不安定による悩みをこそ選ばなければならないのだ！

　自分ひとりで、暗黒な中を模索するのだ。それは美しいことではないだろう。だが、それによってもたらされる害は少ない。害の最たるものは、まわりの人々の空念仏にただおとなしく追従してゆくということにある。心せよ！この点、父の思い出を手本にするのだ！

　孤独だった彼の生活、絶えず悩み、ぜったいに定着することのなかった彼の思想、それこそまさにみずからに対する誠実さ、潔癖さ、心の勇気、見識等の点からいって、おまえがまさに手本とすべきものなのだ。…」
（ロジェ・マルタン・デュ・ガール　山内義雄訳（1956）、チボー家の人々（5）、白水社）より抜粋転記

~~~~~~

　文中〈父〉〈彼〉とはアントワーヌの弟ジャック、〈おまえ〉とはジャックの忘れ形見ジャン・ポール。

　日記は、この二ヶ月後の 1918 年 11 月 18 日月曜日で終わる。最後の日記は「37 歳、4 ヶ月と 9 日、おもったよりわけもなくやれる。」（『エピローグ』より）

~~~~~~~~~~~~~~~~~~~~~

　日本語訳『チボー家の人々』は全五巻の長編小説である。就職まじかの学友から「面白いから読んだらいい」と言われた。就職後、直ぐに買い求めたが、最初の巻の途中で投げ出していた。退職してようやく読了することが出来た思い出深い小説である。本箱の隅で黄色く変色していた本は、今、手の届くところにある。

　何故、載せたか？作者のロジェ・マルタン・デュ・ガールが 19 年の歳月を費やして辿り着き、アントワーヌの 37 歳の命と引き換えた〈懐疑〉とは何か？そのことを考え続けることを、ほかでもない自分自身に言い聞かせるためだ。

~~~~~~

44. 史家を悩ました旧唐書・日本国条の衝撃

747. 旧唐書・日本国条とは

「新唐書の解読結果は衝撃だったね。」

「ある意味では、ね。」

「ところで、旧唐書・倭国条の解読は終わったけど、日本国条の方は何もないのかしら？」

「旧唐書・日本国条は、簡略化された短文だが、ある意味では衝撃的な言葉で綴られている。」

「やっぱり、あるんだ。」

[日本国は倭国の別種なり]

[其の国、日辺に在るを以て、故に日本を以て名と為す]

[或は曰う、倭国自ら其の名の雅ならざるを悪み、改めて日本と為す、と]

[或は曰う、日本は旧小国、倭国の地を併せたり、と]

「この後は、[入朝する者…実を以て答えず]と続き、遣唐使の記事で終わる。」

「何処が、衝撃なの？」

748. 旧唐書・日本国条の衝撃

「今までは、史書の字句・記事の正誤を判定する方法が中国史書の最も正統な解読方法だった。だから、間違いがあれば、それを捨てるか、訂正するかすれば解読は完了した。」

「私たちの解読方法は違ったよね。たとえ、正しい結論と思われるものであっても、論理の飛躍がないか、矛盾があるかどうか、丹念に拾い上げ、矛盾の原因を探し当てる、あるいはその背景を推測する、だったよね。」

「そうだと思う。」

「だから、衝撃はないはずだけど。」

書紀を信奉する人たちには、〈倭国の別種〉〈日本は旧小国〉は許容できない記事らしい。書紀の基本理念は、大和は政治文化発祥の地だから、別種であるはずはなく、建国時から大国でなければならないからだ。」

「書紀を基準にする解読だね。でも、それは願望でしょ？」

「もし、旧唐書・日本国条の書き出しが正しいとなれば、新唐書と同じように〈倭の五王歴代天皇説〉や〈卑弥呼大和説〉否定されることになる。」

「念には念を入れよ、かな。それなら、旧唐書・日本国条も〈邪馬台国大和説〉問題とリンクする？」

「する。」

「〈日本古代史の常識〉は大転換を迫られることになるね。」

「本当は〈卑弥呼の伊都国在住〉で大転換だけど、そうは簡単ではない。都合が悪くなれば無視されるからね。だけど、旧唐書をここまで書かせたのは、ほかでもない、遣唐使や学僧だ。」

749. 宋史 [その国王は一姓継を伝えるは、古の道なり]

「極端な例では、旧唐書・日本国条の冒頭記事を中国ナショナリズムの現れとするネット記事もある。だから、宋史 [太宗、奝然を召見し、これを存撫すること甚だ厚く…上（太宗）、その（日本）国王は一姓継を伝え、臣下も皆官を世々にするを聞き、因って嘆息して宰相にいって曰く「これ島夷のみ…これけだし古の道なり」…と]の記事を手放しで喜ぶのだ。宋史は正しく、新・旧唐書は間違いが多いと。」

「ここは、冷静に、考察から始めるべきと思う。旧唐書は何を根拠にこの結論に至ったか、って。」

750. 旧唐書・倭国条による倭国の定義

「旧唐書が倭国条と日本国条に分かれたことで、〈日本国は倭国ではない〉と言い換えが可能になったから、無条件で〈倭国〉とは〈大和〉を指すと考えている歴史学者は悩む。」

「だから、卑弥呼問題を『魏志』で完結させて、あとは考古学の世界に閉じ籠るんだ。」

「繰り返すけど、中国側史家の常識は、後世の日本の歴史研究家の常識とは相反していた。」

「旧唐書が言う〈倭国〉って、何なの？」

旧唐書 [倭国は古の倭奴国なり]その所在地は [京師を去ること一万四千里、新羅東南の大海の中にあり、山島に依って居る。東西は五月行、南北は三月行]だ。

文中の〈東西五月行南北三月行〉は、隋書の[俀国は百済…の東南にあり…その国境は東西

五月行、南北は三月行にして…]からの引用だ。

751. 倭国の始まり

他の二史書はどうか？

新唐書 [日本は古の倭奴也、京師去ること一万四千里、直新羅東南の海中に在り]

宋史 [日本国は本の倭奴国なり]

この二史書も、記録上最も古い後漢の建武中元二年に、光武帝に朝貢した〈倭奴国〉を以て日本国の始まりとした。この三史書に共通するのは、倭国や日本国の概要をその成り立ちから書き起こしていることだ。勿論、後漢書の〈邪馬臺国〉が捏造だとは知る由もないはずだが、その〈邪馬臺国〉はこれら三史書には載らないし、より新しい三国時代の魏志の〈邪馬壹国〉も載らない。

「でも、〈日本国〉の始まりは〈倭奴国〉だとする新唐書・宋史は問題だよ。新唐書・宋史では神武天皇以後が〈日本国〉、その前は〈筑紫城時代〉だから、〈倭奴国〉が入り込む余地はないはず。」

「旧唐書は〈倭国条〉があるけど、新唐書・宋史は〈日本伝〉しかないから、〈日本国〉を当てはめるしか方法はなかった。ただ、著者らが矛盾と分かっていたかどうかは分からない。」

752. 三史書は〈倭国〉を〈いこく〉と読む

「読み方の問題は、記事の内容とは直接関係しないから、検討可能でしょ。旧唐書〈倭国は古の倭奴国なり〉は、〈倭国は古の倭の奴国なり〉と読める？」

「わざわざ、〈倭〉を繰り返す読み方はない。」

「じゃ、正しい読み方は？」

「〈倭国は古の倭奴国なり〉と読むか、〈倭国は古の倭奴国なり〉と読むか、言い換えると、〈倭〉の読み方を〈わ〉と〈い〉の二通りの読み方にするか、〈い〉で統一するかの違いになるけど。」

「二通りの読み方はないね。」

753. 金印〈漢委奴国王〉は委奴国と読む

大論争になった〈委の奴国〉と読むか〈委奴国〉と読むかの解答は旧唐書・新唐書・宋史にあった。旧唐書の〈古の倭奴国〉とは、後漢書の〈建武中元二年の倭奴国〉になる。だから、旧唐書による倭国の定義は、志賀島から見つかった金印の文字〈漢委奴国王〉の読み方にもリンクする。

「三宅米吉の〈漢の委の奴国王〉の読み方は、旧唐書によって否定される。」

「たまたま、旧唐書だけということはないの？」

754. 新唐書・日本伝の倭国の定義

新唐書・日本伝[**日本、古の倭奴也…東西五月行南北三月行**]

「これを〈日本、古の倭の奴なり〉と読むか？」
「読めない。」

新唐書は旧唐書の〈古の倭奴国〉を〈古の倭奴〉に変えて旧唐書の考えを踏襲しただけだ。

宋史・日本伝[**日本国は本の倭奴国なり…**]

「宋史は旧唐書の〈倭国〉を〈日本国〉に、〈古〉を〈本〉に変えて、旧唐書の考えを踏襲した。結局、この三史書は同じだ。宋史〈日本国は本の倭の奴国なり〉と読むか？」

「読まないと思う。旧・新唐書、宋史の記述は一貫している。」

755. 日本の地形と倭国の地形の違いから、日本≠倭国となる

旧唐書に〈倭国〉と〈日本〉の地理の違いを述べた記事がある。

倭国[**新羅東南の大海の中にあり、山島に依って居る。その国境は東西五月行、南北は三月行**]

日本[**その国の界、東西南北各々数千里あり、西界南界は咸な大海に至り、東界北界は大山ありて限りをなし、山外は即ち毛人の国なりと**]倭国と日本は位置も地形も違っている。

宋史[**…故に日本を以て名と為す…其の地東西南北各々数千里なり、西南は海に至り、東北隅は隔つるに大山を以てす**]宋史は旧唐書を引用した。

即ち、魏志・後漢書・隋書・旧唐書・新唐書・宋史などの中国史書では、〈倭国〉は〈日本〉を指さない。

「魏志だけを使って倭国を大和とする〈邪馬台国大和説〉は、旧唐書・宋史のこの記事で、検証説明する義務がある。」

756. 旧唐書・日本国条[日本国は倭国の別種なり]

〈別種とは何事か〉と言う前に、旧唐書の〈別種〉の使われ方を調べてみよう。旧唐書・百済国伝では[**百済国、本亦扶余之別種…**]とある。この場合は、国名が変わっても同族の支配だった。日本国

条でも同じと考えてよいだろう。

新唐書［…居筑紫城彦瀲子神武立更以天皇為
號徙治大和州…］

宋史［彦瀲（ひこなぎさ）の子が立って神武天皇と号し、筑紫
城から大和へ移って国を治めた］

普通に読めば、筑紫城に住んだ初代 天
御中主尊（あめのみなかぬし）から彦瀲尊までの二十三世の王（新唐
書は凡三十二世と書く）は紛れもなく人間だ。そし
て、〈筑紫城〉の最後の王の子が〈天皇〉を名乗り、
大和の地に新しい国（日本）を作った、となる。こ
の時代区分は旧唐書の時代区分とずれるが、旧
唐書〈日本国は倭国の別種なり〉となるのは当然
の帰結だ。

757. 〈筑紫城〉はどこにあったか

〈決まり切ったことを質問して、何かの役に立つ
のかね。〉そんな非難を受けそうだが、〈筑紫城〉
が北九州地方にあったと考えるのは、現代日本人
の発想だ。この三史の著者たちは何処にあったと
考えていたのか？文献に即して判断しなければ
ならない。

新唐書の〈古の倭奴〉の所在地は〈東西五月行
南北三月行〉だが、〈筑紫城〉もその中にあるよう
に読める。そして、新唐書は〈筑紫城〉を認めた代
りに、〈倭国の朝貢〉を不明にした。

一方、旧唐書の〈古の倭奴国〉は新唐書と同じ
位置にあるが、〈世々中国と通ず〉と書いたことで、
〈筑紫城〉には言及しなかった。旧唐書と新唐書
では、〈倭奴国〉の認識は一致したが、〈筑紫城〉
の認識は、分かれた。このことから、新・旧唐書は、
〈筑紫城〉は〈東西五月行南北三月行〉、即ち、九

州にあったと考えていたと見なすことができる。

一方、宋史の〈日本国〉の所在地は〈東西南北
各々数千里〉で、〈本の倭奴国〉の所在地は不明
だ。そして、宋史［後漢より始めて朝貢し、魏…隋
を歴、皆来貢。唐の永徽…元和・開成中、並びに
使いを遣わして入朝す］の記事は、日本国の一連
の朝貢だとしている。そして、〈23 人の尊の城〉は
〈筑紫の日向宮〉だが、その所在地も〈東西南北
各々数千里〉だ。〈日本国〉で統一した結果である。

宋史は〈本の倭奴国〉即ち、〈倭国〉と、〈日本国〉
が異なる国だという認識がなかったし、〈筑紫城〉
の記事とこれらの史書の記事が重なるとは考えな
かった。このことは、新唐書の日本国が〈阿毎目
多利思比孤〉を初めての朝貢としたのに対し、宋
史が〈後漢時代の朝貢〉を初めてとしたことからも
類推可能だ。結果的に、宋史は、〈倭奴国〉と〈筑
紫の日向宮〉を〈東西南北各々数千里〉に移動さ
せた。」

「梁書や北史で、邪馬臺国が東の島に移動した
ね。これと同じことが起きたんだ。」

「古事記だと、〈高千穂宮の日向〉だ。一般的地
理情報は〈筑紫〉は福岡・佐賀県、〈日向〉は宮崎
県を指す古地名になるから、日本人なら〈筑紫の
日向宮〉とは命名しない。」

「そうだね。古事記では、〈神倭伊波礼毘古命〉
が〈高千穂宮〉から出発した場所が〈日向〉になる
が、〈筑紫の日向宮〉は無いね。」

「宋史の脱脱は〈筑紫城〉が何処にあったか、知
らなかった。たぶん、〈筑紫城〉も〈大和州〉も同じ
〈東西南北各々数千里〉にあったと考えていた。
旧唐書の劉昫も、新唐書の宋祁も〈日本国〉が何
処にあったか知らなかったはずだ。彼らは知らな

いままで書いていた。」

　実は〈東西五月行南北三月行〉は新羅の東南の大海の中にあることから、その位置を知ることができるが、〈東西南北各々数千里〉は〈日本〉を意味することから、我々は先入観で、大和地方を含む本州だと考えるが、三史書ではこの位置は全く不明なのだ。譬えれば、砂漠の中に忽然と現れたオアシス国家のようなものだった。

　「魏志が書かれた時代より、旧唐書などが書かれた宋・元時代の〈倭国〉地理情報の理解度は後退した。混乱の原因は遣唐使がもたらした誤情報だ。」

　前述した、〈混一疆理歴代国都之図〉と、三史書は無関係ではなかった。

　新・旧唐書・宋史は〈倭奴国〉を〈倭国〉および〈日本国〉の始まりとする。しかし、厳密には〈倭奴国〉は後の〈伊都国の前身〉であり、〈倭国〉は〈この伊都国を包摂する国〉であるから、〈倭奴国〉を〈倭国〉の始まりとしても、〈日本国〉の始まりではない。この誤解が宋史の記述の混乱のもとになった。

758. 高天原に住む〈天御中主尊〉を筑紫城に下野させたのは誰か

　〈いや、そうではない、天御中主尊から彦瀲尊までは〈神〉だ。その〈神〉を〈人間〉と見なしたのは中国史家の意訳だ〉と弁解されるだろうか？たとえ、場所が不明でも、〈筑紫城〉という地名が出た以上、その弁解は無理というものだ。日本国条の前に付く〈或は曰う〉の主語は誰か？著者、劉昫自身の意見なら、この文言は付かない。

　書紀[天地がはじめて分かれるときに、始めて

一緒に生まれ出た神があった。国常立尊（くにのとこたちのみこと）という。また高天原（たかまがはら）においでになる神の名を天御中主尊（あめのみなかぬしのみこと）という、と…]

　高天原の神々が天降りした場所が〈筑紫城〉だと言うのは、神話の世界のことだから、天御中主尊以下23人の尊も、〈筑紫城〉も実在しなかった。だから、本来は〈筑紫城〉と〈倭国〉とは競合するものではないし、中国史書が、両者の関係を考えた挙句に矛盾に陥る必要もなかった。

　しかし、書紀の神話記事で〈天御中主尊（あめのみなかぬしのみこと）〉らの名を知ることが出来た者は中国史家にはいない。では、〈高天原に住む神〉を〈筑紫城の尊〉としたのは誰か？これも中国史家ではない。

　「本来、〈史実〉を書くべき史書に〈神話〉を加えて、歴史を捏造したのは、遣唐使らであったし、元を辿れば、〈古事記〉〈日本書紀〉に行き着く。」

　「極めて不名誉なことだが、日本国は歴史を捏造する国家だと、中国史書に痕跡を残した。」

759. 改めて、東倭とはなにか

　魏志倭人伝[女王国の東、海を渡る千余里、また国あり、皆倭種なり]魏志では名無しだった。敢えて言えば〈東倭（とうい）〉だ。

　後漢書[女王国より東、海を度ること千余里、拘奴国（こうなこく）に至る。皆倭種なりといえども、女王に属せず]後漢書では〈拘奴国（くなこく）〉と名付けられ、吉備国に比定される。

　この二史書は〈倭国〉の東に海を隔てて〈倭種の国〉があると述べている。この〈倭種の国〉は本州島を指すことになるが、情報はこれだけであった。

　〈阿毎多利思北孤〉が遣隋使を派遣したことで、

始めて中国の史家たちは〈倭国の東にもうひとつの倭国が存在するらしい〉ことに考えが及んだ。そして、梁書・北史が後漢時代の邪馬臺国を強引に倭国の外に引き出したことは既に述べた。遣隋使を派遣した国が判明したのは、遣唐使が派遣された唐の時代だが、その正確な位置は、宋史が書かれた十四世紀になっても判明しなかった。

宋史[…其の地東西南北各々数千里なり、西南は海に至り、東北隅は隔つるに大山を以てす]〈倭国〉との違いは分かったが、肝腎の朝鮮半島からの距離は、書こうにも書きようがなかったのだ。

「ヤマト政権は〈倭国の東の島〉で、歴代の中国史家に知られることなく佇んでいたのかしら？」

「大国なら、とっくに中国に知られていた。どのように考えても、〈倭国の別種〉は否定出来ない。」

760. 旧唐書・日本国条[日本は旧小国、倭国の地を併せたり]

神武が天皇を号し、〈筑紫城から大和州へ移って国を治めれば〉、その始まりは〈日本は旧小国〉。あるいは、〈倭国の別種〉が次第に発達し、魏志・後漢書・宋書に書かれた朝貢史に代わって、中国へ遣隋使・遣唐使を派遣すれば、〈倭国の地を併せたり〉となる。宋史はこの旧唐書の記事を理解できなかったし、日本の後代の歴史学者はこれを否定した。

761. 旧唐書・日本国条[其の国、日辺に在るを以て、故に日本を以て名と為す]

三国史記・新羅本紀・(西暦670年)[(文武王十

年)倭国更えて日本と号す。自ら言う。日出づる所に近し。故に名と為す]天智天皇の国名変更の記事を伝えている。しかし、日本書紀にはこの重要な記事が無い。日本人は三国史記や新・旧唐書などの外国の史書で始めて自国の国名変更を知ることが出来たのだ。不思議なことと思うだろうか？もう、思わないはずだ。

「旧唐書・日本国条の記事に衝撃的な内容は無い。」

762. 〈日本〉の原形は隋書にあった

天智天皇が国名を〈日本〉に変更する際に、その基になった考え、あるいは資料は何だったのだろうか？〈日出ずる所に近し〉に通ずる言葉が隋書にある。

隋書[(西暦600年)開皇二十年、倭王あり姓は阿毎…使者言う、「倭王は天を以て兄とし、日を以て弟となす。…」と]この西暦600年の朝貢から西暦607年の間に、多くの言葉が振るい落とされてすっきりしてくる。

隋書[(西暦607年)大業三年、その王多利思北孤…国書にいわく「日出ずる処の天子、書を日没する処の天子に致す、恙なきや、云々」と]隋書のこの記事に〈日本〉という言葉は無いが、後の〈日本国〉と思想的につながる。天智天皇の国名変更の約60年前のことだ。

763. 旧唐書・日本国条[倭国自ら其の名の雅ならざるを悪み、改めて日本と為す]

〈倭国更えて日本と号し〉たのは、西暦670年

（天智九年）。天智天皇が変えたのは大和朝廷の国名だ。何故、天智天皇は変えたか？その理由は、旧唐書にある〈雅ならざる〉即ち、〈東夷を意味する国名〉だと知ったからではないか？

　国名は自国だけの場合は無くても不自由しないが、外国との関係が生じると、互いに相手をどう呼ぶか、国名が必要になる。唐も新羅も百済も、彼らは〈倭国〉と呼んでいた。

764. 情報の欠如が中国史書の混乱理由

　大和朝廷が国名を日本に変更したことで、以前は〈倭国〉と呼ばれていたことが判明した。この結果、従来までの九州島を拠点とする〈倭国〉と併せて、国内に二つの〈倭国〉が存在していたことになる。これでは何かと問題が起きるので、旧唐書は〈倭国の別種〉として従来の〈倭国〉と区別したようにも考えられる。

　では改めて、大和朝廷を示す〈倭国〉の持つ意味を考えてみよう。

　隋書［…竹斯国より以東は皆俀に附庸す］従来の枠からはみ出た〈多利思北孤の支配する国の国名〉を、魏徴は〈俀国〉と名付けたが、魏徴自身は疑問を解決出来なかった。北史・梁書は後漢の邪馬臺国を使って、魏徴の疑問を解決しようとした。

　北史は［…邪馬臺国、即ち俀王の都する所］。梁書は［…邪馬臺国、即ち倭王の居る所］としたがその場所は、〈倭国〉のはるか南方海上になった。

　「何故、結論がバラついたのかしら？」

　「正確情報が欠如していたから、想像や推理

が入り込む余地が大きかった。中国史家にとっては、七世紀の唐の時代でも、大和朝廷は、〈倭国〉の東方にある〈倭種の国家〉であり〈倭国の別種〉としか考えられていなかった。」

　「何故、情報は欠如したの？」

　「理由は、中国の諸王朝と大和朝廷の直接交流がなく、魏志や後漢書に書かれた〈倭国〉記事が中国史家の唯一の情報源だったことの証明になる。」

765. 三つ目の倭国から見えてくるもの

　「中国史家にとっては〈朝鮮半島南東の東夷の国〉は、その中にいくつ国家があろうとも、皆〈倭国〉だった。…史書を通して見えてくる現実だ。」

　「プライドが傷つくね。」

　「自虐史観？」

　「じゃないと思う。だけど、三つ目の倭国は遣唐使が言い出したことだ。」

　「三つ目の倭国って？」

　「〈筑紫城〉。でも、歪曲・欺瞞・捏造で作り上げた歴史って、自らを辱めることになるね。」

　「悲劇？それとも喜劇？」

　「プライドって、矜持だね。でも、一歩間違えると見栄や虚栄に変わる。」

　「そう考えると、冷静に分析しなければね。」

766. 新唐書・宋史は倭国問題から手を引いた

　この二つの史書は〈倭国〉についてはその起源だけに留め、〈日本伝〉としてまとめた。神武天皇以前の23人の（尊）の存在とその居所・筑紫城を

317

史実としたことで、結果的に魏志・後漢書・宋書・隋書の否定につながった。このうち、宋史は申し訳程度に[**後漢より始めて朝貢し、魏・晋・宋・隋を歴、皆来貢す。唐の永徽**…]と倭国と大和朝廷の朝貢の歴史を連続したものとしたが、それならば23人の〈尊〉が住んだ〈筑紫城〉と、〈卑弥呼〉や〈倭の五王〉の〈倭国〉の関係を明らかにしなければならなかった。結局、宋史の視点は、〈倭国〉の朝貢を無視した新唐書と変わらない。

　この点で、二史書の〈地理感覚〉は、〈倭国〉と〈日本国〉を併記した旧唐書に劣る。

　新唐書[**使者、情を以てせず、故に焉れを疑う。また妄りに夸る**]元を正せば遣唐使の情報に起因するとはいえ、二史書の欠陥だ。

45、天皇は躬ら甲冑を攬いたか

767. 歴代天皇は躬ら甲冑を攬いたか

「それでもまだ〈倭の五王は大和の天皇〉だと頑なに固執している人たちは多いと思う。」

「これだけ、否定され続けても？」

「人間の固定観念とはそのようなものだ。」

「どうすれば？」、

「〈記紀を絶対視する古代歴史解明の手法〉言い換えれば、〈松下見林流記紀解釈の手法〉から脱却出来るかどうかが、改めて問われている。」

「方法は？」

「何度も言ってるけど、史書の正誤表を作らないことだ。」

書紀は、朝鮮諸国を大和への朝貢国とし、三国史記に書かれた〈倭国〉を無視し続けた。そして、多くの記紀研究者も思いは同じだった。記紀を褒め称え、〈倭国〉を大和にすり替え、卑弥呼を始めとする〈倭国の王〉たちを大和の住人とした。当然のことだが、大和の王・天皇は臆病であってはならない。だから〈天皇 躬ら甲冑を 攬〉かねばならなかった。

戦前、兵役に就いた国民が脳裏に叩き込まれた軍人勅諭の一節〈昔、神武天皇躬ツカラ、大伴・物部ノ兵トモヲ率イ…〉は、宋書に書かれた武の上表に由来する。

768. 神武天皇の場合

神武天皇の場合はどうだったか？書紀の記事を遡る。

書紀[その年冬十月五日に、天皇は自ら諸皇子・舟軍を率いて、東征に向かわれた。速吸之門においでになると、一人の海人が小舟に乗ってやってきた。…天皇は命じて、海人に椎竿の先を差し出し、つかまらせて舟の中に引き入れ、水先案内とされた]

[戊午の年、春二月十一日に、天皇の軍はついに東に向かった。…速い潮流があって大変速くついた。よって名づけて浪速国とした]

[三月十日、川をさかのぼって、河内国草香村の青雲の白肩津についた]

[夏四月九日に、皇軍は兵を整え、歩いて竜田に向かった。その道は険しくて人が並んで行くことができなかった。…その時に長髄彦がそれを聞き、全軍を率いて孔舎衛坂で戦った。流れ矢が当って五瀬命の肘脛に当った。天皇の軍は進むことができなかった]

[五月八日、軍は茅淳の山城水門についた。…進軍して紀の国の竈山に行き、五瀬命は軍中になくなった]

[六月二十三日、軍は名草邑に着いた。そこで名草戸畔という女賊を誅された]

「五瀬命は神武の兄だ。恐らく総大将だったは

ずだ。総大将が戦死すれば、軍はどうする？」

「亡骸はその地に埋葬するにしても、遠征を中断して、出撃基地や本国に帰還して軍の体制を整えるのが、作戦の常識でしょ。」

「だったら？」

「この場合は吉備国の高島宮（たかしまのみや）か、日向国への帰陣だと思うわ。」

769. 巨星墜つ

西暦234年8月、五丈原に、[赤くとがった星が東北より西南に流れ、諸葛亮の陣営に落ち、三度落ちて二度は空に戻った。落ちたときは大きく、戻るときは小さくなっていた。にわかに諸葛亮は亡くなった]

楊儀、姜維、費禕（ようぎ）（きょうい）（ひい）たちは蜀兵たちをまとめて撤退を始めた。これを知った五丈原の農民たちが魏の司馬懿（しばい）に通報した。そこで司馬懿は蜀軍を追撃したが、姜維（きょうい）が陣太鼓を打ち鳴らして魏軍を迎え討たんとする姿勢を示すと、これを警戒して軍を引いた。司馬懿とは後に公孫淵の反乱を鎮圧した将軍である。三国志演義では「死せる諸葛、生ける仲達を走らす」の諺となった。

蜀軍は斜谷（や）に入った後、孔明の死を全軍に告げ、漢中に引き上げた。孔明の遺体はその遺言によって漢中の定軍山のふもとに埋葬された。

これは、諸葛亮孔明が陣中死した時の蜀軍の行動だ。

「外国の話でしょ。」

「陣中で病死した武田信玄の場合も、武田勢は信玄の遺骸と共に甲斐に帰国した。」

770. 戦いの常識に反する神武東征記事

戦いの常識からは、神武天皇（磐余昆古）（いわれびこ）の五月八日の山城水門（やまきのみなと）への〈転進〉も、六月二十三日に女賊を殺すことも有り得ないことだった。敗残の遠征軍が、この間の兵糧を敵地でどのように確保出来たか？逆に敵の追撃や略奪に晒されるはずだ。戦術的には全く有り得ないことを、尤もらしく書いてあるのが、〈神武東征〉の中味だ。

ところが、これが倭王武の上表文の一節[祖禰（い）（そでい）躬（みずか）ら甲冑（かっちゅう）を擐（つらぬ）き、山川を跋渉（ばっしょう）し、寧処（ねいしょ）に遑（いとま）あらず]の言うところだと、〈倭の五王〉を大和朝廷の天皇に比定した研究者たちは考えた。

「いやそれは違う、祖禰（そでい）とは神武天皇ではなく、仁徳天皇のことだ。」と反論されるだろうか？

では、後代の天皇たちはどうだったか？2、3の例を挙げてみる。

771. 崇神天皇の場合

書紀（前88年）[（崇神十年）九月九日、大彦命（おおひこの）（みこと）を北陸に、武渟川別（たけぬなかわわけ）を東海に、吉備津彦（きびつひこ）を西海に…遣わせた。…それぞれ印綬を授かって将軍となった]

書紀[（崇神十年）九月、…天皇は五十狭芹彦命（い）（させりひこの）（みこと）（吉備津彦命）を遣わして吾田媛（あたひめ）の軍を討たせた。…彦国葺（ひこくにぶき）を遣わして…埴安彦（はにやすひこ）を討たせた]

崇神天皇は躬ら甲冑を擐くことはなかった。

772. 景行天皇の場合

書紀（西暦88年）[（景行）十八年夏四月三日、

…そこに熊津彦という兄弟がいた。天皇は先ず兄熊を呼ばれた。お使いに従ってやってきた。そして弟熊もよばれた。しかしやってこなかった。そこで兵を遣わして討たれた」

書紀（西暦 126 年）[（景行）五十六年秋八月、…その時、蝦夷が騒いだので、兵を送り討った…]

この記事は捏造の可能性が大だが、やはり、〈躬ら甲冑を擐く〉ことはなかった。

773. 仁徳天皇の場合

書紀（西暦 352 年）[四十年春二月…皇子は雌鳥皇女をつれて伊勢神宮に…急がれた。天皇は 隼 別皇子 が逃亡したと思われて、吉備品遅部雄鮒…を遣わして「後を追って捕えたところで殺せ」といわれた]

書紀で唯一聖帝と称えられた仁徳天皇の記事は、異母弟の隼別皇子と異母妹の雌鳥皇女を殺害させた時の記事になる。

774. 〈ヤマト政権〉と〈倭国〉の戦いの場合

〈筑紫君磐井の反乱〉では、〈ヤマト政権〉からは物 部 麁鹿火 が派遣された。

775. 天皇は自ら戦線に立つことはなかった

書紀によれば、争乱や征討の時は臣下を派遣し、天皇自ら戦線に立つことはなかった。書紀にあるような山賊・海賊相手の戦闘では、国家の命運をかけて〈躬ら甲冑を擐く〉必要はなかったからだ。また、多くの天皇の交代時には、皇族同

士の大小の皇位争奪戦があったが、同じようなものだった。

「これは日本書紀が自ら語っている事実だ。」

776. 隋書［兵ありといえども征戦なし］

隋書には〈兵ありといえども征戦なし〉とある。中国国内の覇権戦争を見てきた者たちの〈大和朝廷軍〉の印象は、平和そのものに見えたのかも知れない。だからと言って、このことは決して恥じ入ることではない。平和こそ国家繁栄の基礎だからだ。

最高権力者が自ら戦線に立つのは、日本では戦国時代に典型的に象徴されるように、武士階級の台頭によって群雄が割拠するまで待たねばならなかったが、この戦乱の時代には、民百姓は塗炭の苦しみに耐えねばならなかった。

777. 躬ら甲冑を擐いた王たち

目を朝鮮半島に向ける。

百済本紀（西暦 371 年）[百済の近肖古王の治世下、高句麗の平壌城を陥落させ、故国原王を戦死させた]

百済本紀（西暦 391 年）[広開土王が高句麗王に即位すると、以前に百済が占領した領土の回復を図り、396年に漢江以北、大同江以南の地域を奪回した]

百済本紀（西暦 475 年）[高句麗王璉は三万人の軍隊を率いて漢城を包囲した。…蓋鹵王は追い詰められて…数十騎を率いて城門を出、西方に逃走した。麗軍が追跡して、これを殺害した]

新羅本紀（西暦 554 年）[百済王明禮（聖王）は加羅と連合して 管 山城を攻撃してきた。軍主の角干の于徳や伊湌の耽知らがこれを迎え撃ったが、戦いに敗れた。新州軍主の金武力が州兵を率いて救援に向かった。戦闘が始まると、副将の三年山郡の高干の都刀が奇襲攻撃で百済王（聖王）を殺した]

[祖禰 躬 ら甲冑を 擐 き、山川を 跋 渉し、寧処に 遑 あらず]とは朝鮮半島で繰り広げられていた戦いの様相だった。

778. 躬ら甲冑を擐いた倭の五王

宋書に登場する〈倭の五王〉とは、朝鮮半島で、自ら戦場に立っていた倭王たちのことだ。だから、宋帝に支配領域の認知を求めたのだ。高句麗と対峙した倭王武の場合は〈使持節都督倭・新羅・任那・加羅・秦韓・慕韓六国諸軍事、安東大将軍、倭国王〉だ、単なる称号ではなかった。宋帝による認知が戦略上の大きな効果を持つことを計算した上での請願だった。

「だから、大和の天皇に戦死はないが、〈倭の五王〉には戦死があった。」

779. 一服もこれで終わり－オカラの送別会

オカラが帰る日の前夜、宿の女将が送別会を開きたいと言い出した。「そんなことしないで。」と固辞するオカラにお構いなしに、女将は腕を奮って準備をした。「どうして、そこまでする？」と聞いたら、「あなた様のお蔭でこの三日間で一か月分稼ぐことが出来たで、ささやかだけど、その恩返しを

したい。恩を受けて知らねぇふりは、おらには出来ねェ」のだそうだ。

オカラとマリアと女将三人の送別会となった。座は盛り上がったが、次第にしんみりとなった。

「オカラさん、どうしても帰るんだべか？」

「うん」。

なんと言っても福を呼ぶ神様が去ってしまうのだ。

「オカラさん、帰るなら話の一つでもしていってけろ。この町を盛り上げるためにはどうしたらいいんだべか？」

女将の必死の姿を見て、「オカラ、どうする？引き篭もりになる？」とマリア。

「女将さん、老人ばかりの町だからって悲観することは何もない。」

「ほ、なしてだべ？」

「老人パワーってやつの可能性は無限だからさ。」

「認知症もどきのジィもいれば、足腰の立たねぇバァもいる。どこさ老人パワーなんてあるんだべか？」

「それでも生きているのが老人パワーだ。」

「そういう言い方もあるってかぁ、東京人は変わったこと言う。」

「女将さん、俺は東京人じゃないよ。」

「初耳だぁ…」

今度はマリアが驚いた。オカラは東京生まれの東京育ちだったはずだ。たしか、住所は台東区だったはずだ。

「オカラ、どうして東京人じゃないの？」

「田舎があったなんて、親父は一言も話さなかったから、俺も自分は東京人だと思っていた。就職する時に、戸籍を調べて、初めて俺にも田舎があ

ったって知った。」

「それで？」

「俺の親父の実家は百姓だったそうだ。祖父が
もう少し遅く生まれていれば、満蒙開拓団で海を
渡っていたかも知れなかったと、親父は話してい
たが、満蒙開拓団が盛んに出発していた頃は祖
父はもう青年を過ぎていた。田舎に踏み止まって
細々と農業を続けることしか出来なかった。それ
が幸いしたが、戦後になって、ダム建設の話が起
きた。今はダム湖の底だ。」

「しんみりしちゃったね。オカラ、頑張れ。」

780. 町を興す

「女将さん、女将さんにこわいものがある？」

「おらにか…何時迎えが来てもおがしくねぇばば
ぁに、おっかねぇものなんかあってたまるか。」

「それだよ。みんな怖いもの知らずだ。こんなとこ
ろが日本のどこにある。」

「それを言うなら、日本国中どこにでもあるってこ
とにならねぇべか。」

「そこでだ、女将さん。女将さんが立候補して町
長の座を奪う。仲間のじっちゃんばっちゃんが町
会議員に立候補する。都会で孤立している老人
を呼び寄せ、更に老人パワーを強化して、町政を
引っくり返して、老人の活躍の場を造り上げる。誰
かにお願いするのではなく、自分たちの人生は最
期まで自分たちで決める。」

「若ぇ衆も来るべか？」

「老人が輝くところは若者も輝く。」

「んだな、だば、死んだつもりでやってみるか。」

~~~~~~
コラム 18. この本は小説？それとも、小説でない？それとも、どうでもいい？
~~~~~~

論文：①論議する文、理義を論じきわめる文、論策を記した文。②研究の業務や結果を発表した文。

詳論：くわしく論ずること、また、くわしい議論。

評論：物事の価値・善悪などを批評し、論ずること、また、その文。

報告：①しらせつげること、通知。②ある任務を与えられたものが、その遂行の情況・結果について述べること、またその内容。

小説：①中国で市中の出来事・話題の記述。②文学の一形式、作者の想像力によって構想し、または、事実を脚色した主として散文体の物語。古代における伝説・叙事詩、中世における物語などの系譜を受け継ぎ、近代に至って発達、詩に代わって文学の王座を占めるようになった、「小説」の語は坪内逍遥が「novel」の訳語として用いたのに始まる

随筆：見聞、経験、感想などを筆に寄せてなにくれとなく記した文章。「枕草子」「徒然草」の類、漫筆、随想。

（新村出編『広辞苑』岩波書店より）

~~~~~~

　誤解を恐れずに言えば、この本は、日本古代史の専門、専門外の違いにかかわらず、目尻を上げたり、目尻を下げたり、目を丸くしたり、しばし目を閉じたり、好きなように読んで頂きたいと願って、歴史のド素人が懸命に書いた。小説と言われようが、どうも小説とは違うようだと言われようが、あるいは、とんでもない本だと評価されようが、それは構わないが、著者は〈歴史〉を書いたつもりだ。

　眉間に皺を寄せ、睡魔と戦いながら読む小説があれば、あらぬ妄想をしながら、心を熱くして読む論文があっても、世の中の害にはならないのではないかと、考えたからだ。

~~~~~~

　あなたがこのページまで辿り着いてくれたことに、心から感謝いたします。ゴールは、もう少し先になります。何卒、よろしく、お願いします。

~~~~~~

46. 吉備国は何故、ヤマト政権の軍門に降ったか

781. 何故、吉備国は歴史から除外されたか

吉備国に関しては、歴史の通説は沈黙を続ける一方で、吉備国は知らないうちにヤマト政権に従属させられていた。

何時のことか分からず、その様子も、理由も分からずに、吉備国がヤマト政権に従属する。それは歴史とは言わない。それなのに何故、それが歴史だと罷り通るのか、人は不思議だと感じないのだろうか？

35．筑紫君磐井の章で、この戦いについて、様々な疑問を呈した。この物語も終わりに近づいた今、疑問のままで終わらせるのでは、無責任だとの誹りを受けかねない。オカラとマリアが辿り着いた仮説を紹介しておこう。

782. 吉備の歴史は何故不明になったか

日本古代史の中で謎と言われるものが三つある。一つは卑弥呼だが、この謎は解決した。残りが、出雲国の滅亡の様子と、何時、何故、吉備国がヤマト政権に降ったか、である。

理由は簡単だ。出雲国は出雲神話となって歴史の舞台から消されたために、その歴史は迷路の中に埋もれてその手掛かりさえない。吉備国は捏造記事で不明になった。それなのに、歴史研究者の多くは書紀の記事を信じて、そこで思考停止したままだ。

そもそも、古代日本の歴史に吉備国が登場することは不要なのか？通説は不要だった。理由は、〈ヤマトファースト〉を標ぼうする〈邪馬台国大和説〉が、唯一の手掛かりだった〈狗奴国問題〉を比定問題に矮小化したことだ。このために、ダイナミックな古代日本列島の姿を明らかにする機会を失ったと言える。

だから、吉備国の問題は、書紀の記事の筋書から外れないように気を付けながら、ネット上でひっそりと語られるだけなのだ。

もし、古代史への視点が、近視眼的なものから鳥瞰的なものに変えられていれば、吉備国問題は早い時期から研究が進んだと考えられる。

783. 書紀の記事は何処まで信頼出来るか

今まで延々と書紀の記事を検証してきた。その結果は、対外記事・国内記事に関わらず歪曲・捏造の塊と言って過言ではなかった。では、信頼出来る記事はあるのか？明らかに事実と考えられる記事は外国資料と対比出来る記事だ。例えば、百済本記に載る倭国王戦死記事から、〈筑紫君磐井〉の戦死記事は事実と考えられてきた。本著の視点も同じだ。ところが一方で、〈筑紫君磐井の反乱〉理由は矛盾だらけだから、虚偽と考えられる記事が入り込んでいる可能性が大きい。即ち、

一つの記事の中に、事実と虚偽が混在するのが書紀の記事の特徴だ。

　このような記事を解読するためには何が必要か？個々の文言の細部にわたって、虚実を判断するのは自ずと限界がある。局部になればなるほど、それを検証出来る史料や物証を探す出すのは困難になるからだ。

　だから、書紀の記事を鳥瞰する視点が必要になる。と、同時に再度、これまでの論理構成に問題はなかったか？書紀の記事に対する疑問を再検討することが重要になる。

784. 吉備国は瀬戸内海を支配した強大な国家だった

　魏志倭人伝解読によれば、西暦247年から、魏国を巻き込んだ女王国と狗（拘）奴国の戦いが開始されたが、その狗（拘）奴国は吉備国に比定された。もし、魏志に狗奴国のことが書かれていなかったならば、吉備国は考古学で論じるしか手段はなかった。

　その考古学では、吉備地方は縄文時代から古墳時代にかけて多くの遺跡に恵まれている。これらから、弥生時代から古墳時代へと連続する強大な国家だったと推測される。

　一方、古事記は、ヤマト政権が孝霊天皇の時代に吉備国を征服したと書くが、それは歪曲・捏造された疑いのある記事だった。書紀では、吉備国を征服したと明言する記事はなく、以後は無言を貫いた。

　結局、古事記と書紀の記事は調和しないし、考古学的成果は記紀のいずれの記事とも合致しな

い。そこから得られる結論は、三世紀の狗（拘）奴国以前から六世紀末期まで、瀬戸内海を支配していた国家は吉備政権になる。書紀は、この点に関して、沈黙を貫いた代償として、否定も肯定もできない。

785. 六世紀前半の国内の勢力図を推測する

　西暦527年（継体二十一年）、この時代の日本の古地図を復元してみよう。北九州には倭国が、瀬戸内海には吉備国が、大和にはヤマト政権が存在した。出来ることなら、出雲国の状況が分かれば、より詳しい推測が可能になるが、出雲国の記事は皆無と言ってよい。出雲神話の解読に待つしかない。

786. ヤマト政権と吉備国の関係

　書紀によれば、ヤマト政権が倭国に侵攻した目的は、〈筑紫君磐井の反乱〉の鎮圧であったが、この反乱理由が成り立たないことは既に証明した。それでは、何が真実だったのか？書紀の記事を離れて、3ヶ国の関連で考えれば、新たに見えて来るものがあるのではないか？

　ヤマト政権の継体朝は武烈朝から皇位を簒奪し、武烈天皇時代の暴政によって衰えた国家の再興を始めた段階に当たる。しかも、書紀の記事からは、それまでのヤマト政権内で起きた皇位継承に絡む内乱は、大和地方を舞台にして行われていた小規模な陸戦であり、強大な軍は必要なかった。いわば、ヤマト政権は軍事小国だった。突然、大軍を九州まで派遣することは不可能だった。　こ

れについては〈兵ありといえども征戦なし〉と隋書にも書かれていた。根拠のない推測ではない。

　一方、吉備国についての記事は魏志にある。三世紀、吉備国の前身、狗（拘）奴国は、親魏倭王卑弥呼の女王国に戦争を仕掛けていた。

　吉備国の勢力範囲は推定する以外にないが、女王国と戦った三世紀の狗（拘）奴国時代から、大きな変化はなく、女王国及びその後の倭国とは周防灘が緩衝地帯となり、ヤマト政権とは古事記に書かれた〈針間口〉が境界とすれば、淡路島が緩衝地帯となっていたのではないか？

　ここから、吉備国は瀬戸内海全域をほぼ支配する国家であり、水陸両方の戦争遂行能力を有していた軍事強国と考えて良いのではないか？

787. ヤマト政権に倭国侵攻の動機は無かった

　地理的には、ヤマト政権には九州倭国の情報は入らない。もし、入るとすれば吉備国経由となる。結局、それは遠い国の情報でしかない。客観的に、ヤマト政権が関わる国は吉備国であり、ヤマト政権にとっての当面の課題は、隣国吉備国からの圧力をいかに軽減するか、吉備国との友好関係をいかに作り上げていくかになる。ヤマト政権には、倭国侵攻の動機は発生しない。

　一方、吉備国には倭国への侵攻理由は充分過ぎる程ある。既に三世紀の狗奴国の前例がある。大陸貿易の利権や大陸進出の足掛かりを倭国から奪うことだ。倭国を制圧すれば、それだけでも広大な地域を手中に収めることが出来る。正に一石二鳥だ。

　ヤマト政権に対してはどうか？　大阪湾と難波・大

和地方の土地を得ることは出来るが、それ以外のメリットは吉備国にはない。当然、吉備政権の戦略としては西方拡大策になる。継体天皇紀に書かれた派遣軍とは吉備国軍であった可能性が非常に大きくなる。

　この時、吉備政権は、強敵倭国と戦うには派遣軍の規模を大きくしたいと考えるだろう。このための方法が、ヤマト政権に強制的にでも支援を要請することだった。互いに拮抗する国同士ではこうはいかないだろうが、二国間の強弱が明瞭ならば、無理は通る。ヤマト政権は吉備政権の申し出があれば、これを拒絶することは出来なかった。これが、ヤマト政権の〈筑紫君磐井の反乱〉への参戦の唯一と言って良い理由だ。

　書紀の〈筑紫君磐井の反乱〉記事が、後の〈白村江の戦い〉の記事に比べて、具体性に欠けるのは、当事者ではなく、詳細が不明だったからだ。〈白村江の戦い〉でも、大和朝廷軍は戦いの当事者では無かったのだが、この時は、少なくとも外交交渉の当事者であった。

788. 書紀は戦いをすり替えていた

　書紀に登場する人物には注意が必要だ。白村江の戦いや〈任那〉を舞台にした戦いでは、日本の大将軍が登場するが、結局は捏造記事だった。百済聖明王と新羅の戦いでは、日本名と思しき人物を登場させて、戦いの事実を歪曲・捏造した。

　これらの記事が特殊なのではなく、書紀の通常の書き方であるのは、書紀の記事の解読から明らかだ。継体天皇紀に限って、史実の歪曲は無かったという結論にはならない。

だから、書記が〈大将軍物部麁鹿火〉を登場させたことで、ヤマト政権軍対倭軍の戦いになったのだが、果たしてそうだったか？

書紀は、倭国と百済・新羅との戦いを、ヤマト政権と百済・新羅の戦いにすり替えて、その戦いにヤマト政権の武将を登場させてきたように、倭国と吉備国の戦いを倭国とヤマト政権の戦いにすり替え、〈大将軍物部麁鹿火〉を登場させていた。

789. 一方だけが甚大な被害を受ける戦は激戦とは言わない

書紀の（西暦 528 年）（継体二十二年）記事を再掲する。[**大将軍物部麁鹿火は、敵の首領磐井と筑紫の三井郡で交戦した。両軍の旗や鼓が相対し、軍勢のあげる塵埃は入り乱れ、互いに勝機をつかもうと、必死に戦って相ゆずらなかった**]

両軍が死力を尽くして戦ったことは明らかだろう。ただ、大将軍を主語とすることで、大和朝廷軍と倭国の戦いになっているが、ヤマト政権軍の侵攻動機が無い状態では、歪曲記事だ。

そして、書紀[**麁鹿火はついに磐井を斬り、反乱を完全に鎮圧した**]

書紀の記事は、麁鹿火と磐井の一騎打ちの戦いを読者に思わせるが、本当に、麁鹿火は磐井を斬ることができたのか？

もし、磐井が戦死していたとすれば、それは、百済聖明王の戦死と同じように、乱戦の中での戦死だったのではないか？

これら、一連の記事で、多くの記紀研究者は、ヤマト政権軍と倭国軍の戦いと考えたのだ。

史上有名な西暦 1561 年（永禄四年）の〈川中島

の戦い〉は上杉・武田両軍に甚大な被害を出した。武田軍の被害は川中島で上杉軍の攻撃を受けて、上杉軍の被害は川中島からの退却時に出た。信玄・謙信共に戦死しなかったが、どちらかが戦死、あるいは両方が戦死する可能性は十分にあった。

この〈筑紫君磐井の反乱〉では、激戦の中で磐井が戦死したというのが書紀の記事だ。一方で侵攻軍の被害は何も書かれていない。激戦であったと書きながら、侵攻軍（吉備国軍）の被害は軽微だったのか？

この戦いは倭国軍が侵攻軍を迎え打つ構図だ。後方からの支給が薄い侵攻軍は持久戦は出来ない。だから、防御線を構築して待ち構える倭国軍を強襲したのが侵攻軍だったと推測出来る。孫子の兵法を持ち出すまでもなく、戦術の選択余地は防御側の倭国軍が優る。損害はむしろ侵攻軍の方が大きかった可能性がある。何故、書紀は書かなかったか？

仮に、乱戦の中で総大将の磐井を失ったとすれば、倭国軍はどのようにしたか？新羅本紀にもあるように、侵攻軍が総大将を失えば撤退だが、防衛軍の側は自らの領土であるから、撤退となれば籠城になるが、これは敗北を意味する。あるいは他の選択肢、降伏か、戦闘継続になる。

書紀（西暦 528 年）[（継体二十二年）十二月、**筑紫君葛子は父（磐井）の罪に連坐して誅せられることを恐れ、糟屋の屯倉を献上して死罪を免れることを請うた**]書紀は降伏説を書いた。だが、その後の歴史は、倭国が吉備国あるいはヤマト政権に服属した形跡はどこにもない。

降伏説が退けられれば、戦闘継続だ。既に多くの戦死者を出した後での戦いは、補給の有無が

勝敗を分ける。仮に総大将を失ったとすれば、倭国は亡国の恐怖と共に敵愾心を奮い立たせる。一方、軍兵の補強が出来ない侵攻軍は戦闘意欲を喪失する恐れがある。戦況は一挙に侵攻軍の敗色となる。

　新羅本紀［賊、食尽きて将に退かんとす。康世に命じ勁騎を率いて追撃せしめ、之を走らす］［賊、将に退かんとするや、兵を出し撃ちて之を敗る。北に追いて海口に至る。賊の溺死せし者半ばを過ぐ］など、新羅本紀の例を出すまでもなく、軍の敵前撤退がどれほど困難か、古今の戦争で実証済みだ。戦闘が継続されていれば、最終的には侵攻軍は致命的な損害を負ったと考えて良いだろう。

790. 百済本記・日本の天皇でないのなら、死んだ王とは誰か

　書紀（西暦 591 年）［（崇峻四年）冬十一月四日、紀男麻呂宿禰・巨勢猿臣・大伴囓連・葛城烏奈良臣を大将軍に任じ、各氏族の臣や連を副将・隊長とし、二万余の軍を従えて、筑紫に出兵した］

　この軍が九州まで行くには吉備国を無事に通過する必要があった。〈筑紫の君磐井の反乱〉の 63 年後となるが、吉備国はこのヤマト政権軍にどう対応したであろうか？当然のことながら、書紀には吉備国に関する記事はない。記紀の論理では、吉備国は孝霊天皇の時代にヤマト政権に服属した以上、書いてはいけないことだったからだ。

　恐らくこの時、二万の大軍を目の前にした吉備政権は戦意を喪失、ヤマト政権に恭順を誓ったの

ではないか？これに対して、軍を派遣した大臣蘇我馬子の戦略は筑紫国の場合と同じように、吉備政権の統治形態を残してヤマト政権の傘下に組み入れる方法だったのではないか？これなら、吉備政権も受け入れることが可能だし、遠征途上のヤマト政権軍にとっても、最善の策になる。

　背景にあるのは、吉備政権が 63 年前の戦争で負った傷が完全に回復していなかったことだ。何故、吉備政権がそれほどのダメージを負ったか？

　吉備政権も高句麗・新羅・百済・倭国と同じ、〈王躬ら甲冑を攘き、山川を跋渉する〉慣習を持つ国だった可能性がある。

　「オカラの推測は間違ってないような気がするけど、やっぱり、推測は推測だよ。検証することはできないの？」

　「そう言われれば、解読しなくてはならないね。」

　書紀・継体天皇紀（西暦 531 年）の記事中、百済本記を引用した記事［…また、聞くところによると、日本の天皇・皇太子・皇子は皆死んでしまった、と］

　「終わったんじゃない？これで再検証？」

　「この百済本記は書紀によって、倭国は日本に、倭王・太子・王子は天皇・皇太子・皇子に改竄されたと考えた。その考えは今も変わらないが、問題は百済本記の言う〈倭国〉のことだ。この時、百済と〈九州倭国〉は連携して高句麗と戦っていた。その仲間うちのことを百済はこのように書くだろうか？」

　「書かないね。〈倭国〉のことはこの記事の前に書いてあるから。〈倭王〉の名は〈安〉、25 年 3 月に高句麗の戦いで戦死した、と。」

　「そうだったね。だから、〈聞くところによると〉は、

別の〈倭王〉の死のことを書いた記事だった。書紀の著者・太安万侶はこの百済本記の記事によって、継体天皇の崩御年を間違えたが、それはこの記事に書かれていた王は〈九州倭国の王〉のことではない、と考えたからだ。」

「安万侶は、ヤマトの王、継体天皇だと考えたのでしょ。」

「そう。実際は、倭国でもなく、ヤマト政権でもなければ、残りは吉備国王になる。」

「この時の〈倭王〉の名は〈安〉でしょ。これは宋書の〈倭の五王〉の一字名と同じになる。でも、記紀では〈磐井〉。どちらが正しいと思う？」

「書記は、これまでも、百済や新羅の王や王子の名を変えた。〈倭国〉は〈筑紫国〉に変えられた。〈磐井〉もその可能性はある。」

「だったら、〈安〉と〈磐井〉は同一人物の可能性が出てきたね。」

「すると〈筑紫君磐井の反乱〉では、〈磐井〉こと〈安〉は死んでいなかったことになる。書記は〈反乱〉だから〈首謀者を殺害〉しなければならなかったが、この大前提が崩れた。これは大問題だよ。」

「毛野臣が架空の人物だった。任那記事が捏造だった。物部麁鹿火らの派遣も怪しいとなれば、〈筑紫君磐井の反乱〉そのものが否定される。」

書記継体天皇紀[―ある本によると、天皇は二十八年崩御としている。それをここに二十五年崩御としたのは百済本記によって記事を書いたのである。…]

書記の著書は迷った。何故、迷ったか？ある本の内容がどのようなものか、継体天皇のことが書かれていたことだけは確かだが、我々はその内容を知ることはできないが、太安万侶は疑問を抱い

て、〈ある本の記事〉を否定した。

すると〈筑紫君磐井の反乱〉は何時、起きていたのか？百済本記の言う継体二十五年が正しいのか、書記の言う継体二十二年が正しいのか？通説は継体二十二年を正しいとするのだが、書記が、自ら継体二十五年天皇死亡説を書いたことから、この通説に疑義が生じたことになる。

結論を書こう。〈筑紫君磐井の反乱〉の真実とは、西暦531年（継体25年）、九州倭国の王の朝鮮出兵の間隙を縫って、吉備国が九州倭国へ仕掛けた侵攻戦であり、倭王の留守を預かる太子や王子らが迎え撃った覇権戦争であった。結果は吉備国王・太子・王子の戦死だった。大和政権軍が関与する余地は全くなかった。〈ある本〉あるいはこれを基にした〈書記〉が、これを九州倭国（筑紫国）とヤマト政権との戦いにすり替えた。

戦いに明け暮れて疲弊した九州倭国と吉備国は、崇峻四年、蘇我馬子が派遣したヤマト政権軍の前に恭順を誓わざるを得なかった。ヤマト政権は漁夫の利を得たのだ。

〈筑紫君磐井の反乱〉の真実は、書紀に引用されたわずか数行の百済本記の記事に残されていた。この記事が書記に引用されなければ、〈筑紫君磐井の反乱〉の真実は闇の中に葬り去られたままだった。

書紀・継体天皇紀[…後世、調べ考える人が明らかにするだろう]これが継体天皇紀最後の記事だ。太安万侶が、百済本記の引用記事と共に後事を託した記事になる。

オカラとマリアの奮闘は、史家安万侶の願いにに応えられたであろうか？

47. 東夷からの脱却方法は良かったか

791. 隋書[倭王は天を兄とし、日を弟とする]

西暦600年(推古八年)の遣隋使派遣記事が、隋書東夷伝倭国に載っている。

隋書[倭王は天を兄とし、日を弟としている。天がまだ明けないとき、出かけて政を聴き、あぐらをかいて座り、日が出れば、すなわち理務をとどめ、わが弟に委せよう、という]

隋の高祖の不興を買った使者の返答だ。書紀に遣隋使派遣記事の痕跡も無いのは、この推古八年の遣隋使が、大和朝廷側から見て、完全な失敗だったからだ。

792. 隋書[日出づる処の天子、書を日没する処の天子に致す、恙無きや]

西暦607年、隋の大業三年(推古十五年)、天皇阿毎多利思北孤は隋の煬帝に国書を宛てた。

隋書[日出づる処の天子、書を日没する処の天子に致す、恙無きや云々]

この国書は、煬帝にどう受け取られたか?

隋書[蛮夷の書無礼なる者あり、復た以て聞(もん)するなかれ]

大和朝廷が威信をかけた(西暦607年)の遣隋使も通説に反して失敗していた。

793. 大和史観の芽生え

西暦600年(推古八年)の遣隋使の記事に、〈日の本思想〉の萌芽がある。明確になったのが、西暦607年(推古十五年)の〈日出ずる処の天子、書を日没する処の天子に致す…云々〉だ。

「日の本思想って?」

「歴史・政治に適用したのが後の〈大和史観〉だ。ヤマトダマシイ、ヤマトゴコロ、言い方は色々とあるが、出どころは皆同じだ。〈日出づる処こそ世界の中央〉、これが〈日の本〉あるいは〈日本〉の国名の由来だ。この考えは、中華思想を日本国に置き換えた思想であり、中華思想に対抗するための思想だった。」

「大和史観は中華思想を基にして生まれたってこと?」

「大和から見れば、九州島を拠点とする〈倭国(い)〉は南蛮、熊襲になるし、東は蝦夷だ。彼らを征服する大義名分になった。」

「東北・関東に坂上田村麻呂の伝説や神社がある。敵将を称えるって、不思議だと思わない?」

「自分たちの先祖は悪い人たちだったから、滅ぼされて当然だという考えに行き着く。」

794. 記紀の思想・日の本思想とは

「中華思想が生まれた中原は、中国の古代国家、

夏、殷、周が立ったところだ。中原とは中国の国家発祥の地だ。いや、そうじゃない。大和こそ国家発祥の地だと、頑張ったわけだ。」

　皇暦元年が紀元前660年に遡ることは、根拠のない荒唐無稽なことだと軽んじてはならない。国家発祥の地を大和にする〈日の本思想〉と密接に関連して生まれた、巧妙なプロパガンダだ。

795. 日の本思想の形成

　「日の本思想とは、一言で言い表すと〈大和は日出る処〉となる。だからと言って、実際に日が昇るところは、大和ではなく、その東海だ。」

　「それなのに〈日出る処〉？」

　「相対的な見方だ。それには当時の天文学的な考え〈地球は平らだとする知識〉と、〈中国を基点とする視点〉の二つの条件が必要になる。」

　「地球は丸いと考えたら？」

　「世界中、どこでも〈日出る処〉になる。日の本思想は成り立たない。」

　「中国がなかったら？」

　「大和はその候補地にならない。例えば、ヨーロッパを基点にすれば、中東や中国が〈日出る処〉だ。」

　「これで、中国に対抗する思想だって分かったわ。確かに、中国と日本の両方を知る、渡来人の発想だわ。」

　「だけど、〈多利思北孤〉は隋との対等外交を目指した。そこが円熟した政治家としての資質だ。隋書を読めば、そのことが分かる。」

　〈多利思北孤〉が遣隋使を派遣出来た最大の要因となった〈筑紫大宰府〉を造ったのは〈蘇我馬子〉だ。いわば、地域政権だったヤマト政権を日本史の舞台に登場させた、古代ヤマト政権史の中で最も偉大な〈天皇〉と評価されるべき人物だが、書紀は〈馬の子〉と名前を変えた。だから、〈蘇我馬子〉の本名は分からない。そして、蘇我馬子の子は辺境の蛮族の名〈蝦夷〉に変えられ、孫は〈入鹿〉と、海獣の名に変えられた。

　一方で、蘇我馬子大臣は崇峻天皇殺害の大罪を犯した。本来ならば反逆罪で誅殺される人間だったにも関わらず、何の処罰も受けなかった。

　書紀[**馬子大臣…桃原墓に葬った。…性格は武略備わり、政務にもすぐれ、仏法をうやまった**]
そればかりか、書紀は蘇我馬子を大臣の身分としながら、葬式は天皇と同じであったと書き、有能な人間だったと、最大の敬意を表した。書紀の中で、大臣の身分でありながら、このような賛辞を得た者は蘇我馬子を除いて一人もいない。

　「馬子の本名は、多利思北孤ってこと？」

　「有り得るね。」

　「阿毎は？」

　「[**倭王は天を兄とし、日を弟としている**]阿毎の姓は隋との対等交渉を目指して付けたのだと思う。」

　「だったら、蘇我多利思北孤。」

　「万世一系の思想が形成される以前の出来事だ。天皇が豪族を意味する本名を名乗っても支障のない時代だった。その可能性は充分過ぎるほどある。」

796. 裴世清と随伴者12名の男たち

　推古十六年、小野妹子に随伴してきた裴世清

（隋書は裴清）とその随伴者12名のために、天皇〈阿毎多利思北孤〉は浪速に新しく迎賓館を建て、郊迎の使者を立て、〈東夷の汚名〉を返上しようとしたことは日本書紀に詳しい。〈多利思北孤〉の懸命の努力により、隋国との国交はつながった。

しかし、隋がわざわざ裴世清を送り込んだのは、推古十五年の蛮夷の書に対する答礼訪問ではなく、蛮夷の書を送り付けてきた〈倭国〉の国情把握のため、簡単に言えば、〈正当なスパイ行為〉のためだ。半年間、日本に滞在した隋の使者裴世清の帰朝報告が〈隋書倭国伝〉のもとになった。

797. 遣隋使から遣唐使へ

隋が滅び唐が建国された時、第三十四代舒明天皇は使節団を送った。

書紀（西暦630年）[（舒明二年）秋八月五日、大仁犬上君三田耜・大仁薬師恵日を大唐に遣わした]

書紀（西暦632年）[（舒明）四年秋八月、大唐は高表仁を遣わして、三田耜を送らせた。共に対馬に泊った。この時学問僧霊雲、僧旻および勝鳥養、新羅の送使らがこれに従った][冬十月四日、…船三十二艘をそろえ、鼓をうち、吹をふき、旗幡をかざって装いを整えた。…高表仁は「風の吹きすさぶこのような日に、船を装ってお迎え頂きましたこと、うれしくまた恐縮に存じます」と言った]

書紀（西暦633年）[（舒明）五年春一月二十六日、大唐の客人高表仁らは国に帰った。送使吉士雄摩呂・黒麻呂らは対馬まで送って帰った」〈多利思北孤〉の遣隋使の大陸外交・思想は舒

明天皇に引き継がれていた。書紀は大和朝廷と唐との対等外交の成果を書き綴った。

798. 旧唐書はこの記事をこのように書いた

旧唐書・倭国の条[（西暦632年）貞観五年、使を遣わして方物を献ず。太宗その道の遠きを矜み、所司に勅して歳ごとに貢せしむるなし。また、新州の刺使高表仁を遣わし、節を持して往いてこれを撫せしむ。表仁、綏遠の才なく、王子と礼を争い、朝命を宣べずして還る]皇帝の寛容さに比べ、使者の対応については手厳しい。日本書紀と旧唐書の記事のいずれが正しいかは確かめる術はない。

799. 旧唐書[三韓に学問僧を遣わし]て[新羅に附し表を奉じる]

この17年後に新羅の使いに付いて、倭人が唐に来たと書かれている。

旧唐書・倭国の条[（西暦648年）（貞観）二十二年に至り、また新羅に附し表を奉じて、以て起居を通ず]これが、旧唐書・倭国の条の最後の記事になる。

この記事に対応するのが、書紀（西暦648年）[（孝徳四年）二月一日、三韓に学問僧を遣わした]だ。この学問僧が新羅の唐への朝貢に同行したと考えられる。書紀の記述は、中国史書と合致する。

西暦663年の白村江の戦いの15年前に当たる。この時期、新羅と大和朝廷がこのような間柄であったことは注目に値する。孝徳天皇は直接的に

は蘇我の血を引かないが、斉明天皇の弟であり、斉明天皇は、蘇我入鹿こと、皇極天皇の皇后であった。

孝徳天皇の対外政策は、それまでの〈倭国〉が百済と結び、新羅と対抗した外交政策からの転換を図り、推古天皇（蘇我馬子）・舒明天皇・皇極天皇（蘇我蝦夷・入鹿）の政策、善隣友好・等距離外交の流れを汲んでいるように見える。

800. 対外政策は天智天皇の時代に転換した

第三十八代天智天皇は、中大兄（皇太子）の時代に、蘇我入鹿を暗殺し、蘇我蝦夷と舒明天皇の皇子に当たる古人大兄（皇太子）を殺害した。叔父の第三十六代孝徳天皇即位後は、クーデターで孝徳天皇を山崎宮に幽閉して病死させ、その子有馬皇子を謀反の濡れ衣を着せて殺害。実母の第三十七代斉明天皇を九州博多で殺害して皇位に就いた天皇であった（『背徳と反逆の系譜―記紀の闇に光はあるか―』）。

背後に中臣（藤原）鎌足が政治の実権を握っていたことを、書紀は[…**中大兄が中臣鎌子連とひそかに大義を図り、入鹿を殺そうと考えられた兆しである**]と、敢えて隠そうとしない。

中臣氏は廃仏を主張した物部氏と共に、仏教を信奉した蘇我氏と対立した。対外政策でも、恐らく蘇我馬子や蘇我入鹿が主導した政策とは大きな違いがあったと考えられる。以後、仏教を信奉した天皇・皇族と政治の実権を握った藤原一族との葛藤が続くことになる。中大兄の中国・朝鮮政策は転換期を迎え、白村江の戦いに突入して行く。

少しだけ寄り道する。

801. 蘇我入鹿は皇極天皇だった

蘇我入鹿暗殺の場面が書紀に詳細に書かれている。

[…中大兄は…剣で入鹿の頭から肩にかけて斬りつけた。入鹿は驚いて座を立とうとした。小麻呂が剣をふるって片方の脚に斬りつけた。入鹿は御座の下に転落し…]

入鹿は御座から一歩も歩くことなしに、立ち上がる前に倒れた。倒れた場所は御座の下だ。御座とは天皇が座る椅子だ。

「もし、大臣が御座に座ったら？」

「反逆罪で殺される。だから、天皇以外の者は、絶対に座らない。」

書紀のこの記事は御座に座っていたのが蘇我入鹿だったと、即ち、入鹿は第三十五代天皇だったと、書紀は書いていたのだ。

書紀[**大臣の子入鹿―またの名鞍作り―が自ら国政を執り、勢いは父（蘇我蝦夷）よりも強かった。このため盗賊も恐れをなし、道の落し物さえ拾わなかったほどである**]

〈自ら国政を執る〉とはどのような身分の者だろうか？大臣が出来る行為だろうか？大臣でもない〈鞍作〉の身分の者が〈自ら国政を執る〉とは理解不能だ。〈天皇自ら国政を執る〉で始めて文意が通る。蘇我入鹿の諡号は皇極天皇だった。

802. 第三十六代孝徳天皇の場合は、クーデターで幽閉された

書紀[**太子（中大兄）は奏上して「倭の京に帰りたいと思います」といわれた。しかし（幸徳）天皇**

は許されなかった。皇太子（中大兄）は皇極上皇
…らを率いて倭の飛鳥河辺行宮にお入りになっ
た。…百官の人々などみなつき従って遷った。…
天皇は恨んで位を去ろうと思われ、宮を山碕に造
らせられた]

　[冬十月一日、…天皇は病気になられた…十日、
天皇は正殿で崩御された]

　第三十八代天智天皇の弟、第四十代天武天皇
の詔によって成立したのが書紀だ。書紀が天智
天皇の行為をこのようにしか書くことは出来なかっ
たのは、書紀の成立の経緯を考えて見れば理解
出来るはずだ。

803. 日の本思想の形成

　「最初に考えついたのは誰かしら？ 多利思北孤
…。」

　「そうだと思う。彼らは中華思想を知り抜いてい
た。」

　「書物で？」

　「いや、書物で聞きかじっただけでは体得出来
ない。中華思想に対して、自分たちが今住む国こ
そが中心だとする強烈な対抗心が現れた考えだ
と思う。」

　「具体的には？」

　「書紀（西暦 620 年）[（推古二十八年）この年、
皇太子と馬子大臣が相議って、天皇記および 国
記… 本 記を記録した]この天皇記や国記は現存
しないが、恐らく記紀の先駆けとなった史書のは
ずだ。この中で、日本国家の起源を神代の時代
から説き起こしていた。隋書に書かれた〈倭王は
天を以て兄とし、日を以て弟となす〉や〈日出づる

処〉はこれらの〈記〉を基にした。」

　「遣隋使とは時代が合わないよ。」

　「天皇記や国記は一朝一夕に出来上がるもので
はない。記紀がその見本だ。天武天皇が発議し
て元明天皇の時に古事記、元正天皇の時に日本
書紀が完成した。発議から約 40 年を費やした。天
皇記や国記の編纂作業は、最短でも、推古天皇
即位を期に始まったと思う。場合によっては馬子
が実権を握った崇峻天皇の時代にその構想があ
ったかも知れない。実際に担ったのは聖徳太子
だと思う。」

　最初の遣隋使は隋の高祖に咎められた。隋が
我々を東夷と見なすならば、我々は隋を西戎と見
なそう。〈大国隋を日没する所〉と言ったのは、か
つて中原から追放されて東夷の〈倭国〉に住むこ
とになった渡来人の、我々こそが真の中華なのだ
という強いプライドだと思う。言い換えると中華思
想に精通していた人々が大和に居た。

　「渡来人は断続的に続いていた。情報はその都
度伝えられ、更新される。プライドは脈々と子孫に
伝えられて〈多利思北孤〉に至ったと思う。」

804. 日の本思想の萌芽

　「倭奴国を伊都国に変えようとした帥升は？」

　「彼も渡来人だったと思う。その行動は卑字の国
名変更を願い出ることで、思想的には〈倭王は天
を以て兄とし、日を以て弟となす〉とは根本的に違
うと思う。何より、倭国とヤマト政権では国の歴史も
違うし、大陸との外交関係も異なっていたから、連
続的に見る発想は出来ないと思う。ただ、東夷の
国としては共通する。」

「〈東夷からの脱却〉は共通する可能性はあると
いうことでいいのね。」

「帥升の姓名二文字名が意図的なものか、それ
とも、倭王が初めから二文字名を名乗っていたか
は分からないが、後の倭の五王の呼び名も同じだ
ね。」

「それだと、倭国の王は二文字名だった可能性
がある。中国式命名だね。」

「〈卑弥呼〉が〈俾弥呼〉の文字を使っていたこと
も？」

「帥升の考えを踏んだのだと思う。」

「基本的には、倭国は夷蛮からの脱却が目的だ
った。ところが、遣隋使で突然に、阿毎多利思北
孤が登場したことで、中国史家は大混乱に陥った
のだが、多利思北孤の考えは、夷蛮からの脱却
ではなく、独自の神を戴くことで、外交的には中
国との対等な関係、思想的には対抗関係を目指
した。だから、自分の名前を二文字名に変えるこ
ともしなかった。」

「でも、天智天皇の国名変更も卑字の変更でし
ょ。」

「表面的には、倭国の王たちの動機と同じに見
えても、天智天皇の考えは異なっていた。特に、
多利思北孤の思想を知った後ではね。天智天皇
のバックとなった中臣氏は神道を信奉していたか
ら、より急進的な思想に傾いていったと思う。」

805. 国家主義への変容

白村江の敗戦は唐軍の力をまざまざと見せつけ
られることになった。

書紀［（天智三年）この年、対馬・壱岐・筑紫国

などに防人と烽（のろし台）をおいた。また筑紫に
大堤を築いて水を貯えた。これを水城と名づけた］

天智天皇が白村江の敗戦のあと、唐・新羅連合
軍の日本への侵攻を恐れて西海防御を固め始め
たのが、この年だ。

書紀（西暦 665 年）［（天智四年）秋八月…長門
国に城を築かせた。…筑紫国に遣わして、大野と
椽（たるき）に二つの城を築かせた］［（天智四年）九月二
十三日、唐が…劉徳高等を遣わしてきた。全部で
二百五十四人］

敗戦処理交渉団であろう。大和朝廷が防衛陣
地を構築している最中の訪問だ。

書紀（西暦 671 年）［（天智十年十一月）郭務悰（かくむそう）
ら総計二千人が船四十七隻に乗って比知島（ひちしま）に着
いた］

表向きの理由は捕虜の釈放だが、明らかな敵情
視察を兼ねた唐の示威行為も兼ねていた。唐は
かつての同盟国新羅の牽制のために、日本との
国交回復を願ったはずだ、捕虜釈放はそのシグ
ナルだったはずだが、日本側は唐の意向を理解
出来ず、郭務悰らを大和に招き、丁重にもてなし
ただけで終わった。

彼らのプライドはズタズタに傷つけられた。日本
と言う国名が天智天皇によって命名されたのは、
このような国辱の傷が癒えない西暦 670 年（天智
九年）のことだ。

遣唐使が尊大にふるまい、中国史家の顰蹙（ひんしゅく）を
買い、新羅本紀（西暦 753 年）［日本国使、至る。
慢（おご）りて礼なし。王、之に見（まみ）えず。乃（すなわ）ち廻（かえ）る］では、
新羅との国交は友好よりは競合を選択した。

蘇我馬子の時代に形を表した日本のナショナリ
ズム（国家主義）は、天智天皇の時代に、未曾有

の国難の中で先鋭化し、狭量化したのではない
か？仏教を崇拝した蘇我一族と違い、天智天皇
を支えた中臣鎌足は神事・祭事を司った中臣氏
だ。排外主義に傾き易い教義をその中に含む神
道がその一因になった可能性がある。

　古事記[…速須佐之男命に千位の置戸を負せ、
また髭と手足の爪とを切り祓へしめて、神やらひ
やらひき]

　これは乱暴者の須佐之男命を高天原から追放
した記事である。この〈祓い〉が神道の中核をなす
のは、〈祓い給え、清め給え…〉の祝詞からでも推
測は可能だ。後に、鎌倉幕府が元国の使者を斬
殺したことも、幕末に尊王攘夷の嵐が吹き荒れた
ことも、このことと無縁ではない。日本と唐・新羅と
の和解が遅れた陰に、政治の実権を手中にした
中臣改め藤原一族が担った政治の影響があった
ように考えられる。

　そして、この思想は、後の記紀編纂の時代へと
引き継がれて行く。記紀編纂の詔が下ったのが西
暦 681 年（天武十年）、天智十年の出来事の 10
年後だ。天智・弘文・天武・持統・文武・元明・元
正と続く天智系皇統が、狭小なナショナリズムを
背負ったことはやむを得なかったのかも知れない。

806. 何故、書紀は歪曲・捏造・欺瞞記事を書き続けたか

　記紀の真偽を逐一検証してきたのは何故か？
歴史の真実に光を当てるためだったが、それによ
って、新たな問題が生起した。書紀は何故、改
竄・捏造・欺瞞記事をこれほどまでに書き続けた
かだ。今となっては書紀の著者に聞き出すことは
出来ない。推測では意味は無いと批判されるだろ
うか？推測であっても、考えないよりは意味はある
はずだ。

　「もし、自分の国が、相手国から取るに足らない
国だと思われたら、どうするだろうか？人間の感情
として、『へい、そうですか』と素直に受け入れるだ
ろうか？それとも、『今に見ていろ』と思うだろう
か？」

　「オカラはどう思う？」

　「遣隋使に持参させた表が〈蛮夷の書〉と軽蔑さ
れ、白村江の戦いで唐や新羅の力を見せつけら
れる一方で、今は足下にひざまずく〈筑紫国〉が
かつては〈親魏倭王〉〈親晋壹王〉を授与されて中
国歴代皇帝から親愛の情で迎えられたばかりか、
倭王・武が自らを〈使持節都督倭・百済・新羅・任
那・加羅…倭国王〉と称していたことを知ったなら、
どう思うだろうか？『我々は蛮夷ではない』『〈倭
国〉何するものぞ』と考えるのではないか？」

　「オカラ、随分、いかめしい話だね。でも、本当
にそうだったの？マリアは違うような感じがする。」

807. すべては〈四十一世一系〉説の確立のため

　「どうして、マリアは違うと感じる？」

　「現代から遡って私たちが評価するのではなく、
書紀の時代に、書紀の著者がどう考えたか…。」

　「そうか、俺の発想の視点は微妙にずれてしまう。
俺は記紀史観から、抜け出せていないのかも。じ
ゃ、マリアの考えは？」

　「今生天皇までの天皇の人数は 126 人。だから、
〈百世一系〉。書紀では 41 人、でも、実際の皇統
はズタズタ。どう考えても、〈万世一系〉はオオボラ

になる。書紀の話だから、〈四十一世一系〉と言い換えるよ。」

「マリア流だな。」

「〈四十一世一系〉の説は二つの条件から成り立っている。一つは初代神武が神であること。もう一つは神武の末裔が歴代の天皇となってきたこと。しかし、記紀解読の通説は、〈神武〉が〈神〉になることの意味を理解せず、神武の血を引く皇子が天皇に即位することだけで〈四十一世一系〉の説は成り立つと考えた。だから、最も重要な神武天皇紀の解読を誤ることになった。」

「具体的には？」

「多くの研究者は記紀が神代から説き起こすのは〈日本は神国〉を証明するためだと考えた。でも、これは的外れの考えだった。そうではなく、〈四十一世一系〉のためだった。その証拠は、新唐書・宋史に書かれた筑紫城の最期の〈尊〉、即ち〈神〉の子が神武だったこと。遣唐使や渡唐した学僧は書紀の思想を理解していた。」

「その意味は？」

「〈神武〉は〈人〉。だから、〈人〉から〈神〉になる儀式が必要になる。記紀が〈神話時代から説き起こしているから〉何も問題はないと考えるのは、典型的な思考停止の論理。これでは、〈神武〉は〈神〉になれない。このために、神武天皇紀にも〈神話〉が必要だったが、多くの歴史学者は〈神武神話〉の意味を過小評価した。」

「具体的には？」

「新唐書・宋史の〈筑紫城の〈神の子〉が大和州に行く〉こと、これは、記紀の〈神武の東征〉の書き換えだ。これこそ神武を〈神〉に祀り上げる神話だった。〈神武東征を史実〉とすることは〈四十一世

一系〉を否定する、即ち、記紀の誤読になる。」

「なるほど。〈神武東征〉を史実だと考える歴史学者は多いね。じゃ、二つ目の条件は？」

「歴代天皇は神の血を引き、事蹟は偉大。外国の強国さえも天皇を敬って朝貢を重ね、進んで服従するのだと。だから、神武天皇の血を引く皇族以外は天皇になれる資格は無いのだと。だから、豪族が天皇になることは絶対に有ってはならない。この考えから外れる史実は徹底的に隠すか、改竄するかになる。だが、真実は違うんだと考えた著者の葛藤が、記紀の矛盾記事になった。」

「マリアの言う通りだと思う。蘇我馬子・蝦夷は大臣の位に落とされ、蝦夷や入鹿は殺された。中臣鎌足の子で絶大な権力を誇った藤原不比等とその子やその子孫ら、我が世の春を望月と詠った藤原道長さえも、自身は天皇になることは叶わなかった。書紀の目的は完璧なまでに達成された。一方で、蘇我入鹿を殺した中大兄は後世の研究者によって英雄と称えられた。記紀の思惑は時代を越えて現代の研究者の視点にまでも影響を与えた。」

「記紀解読に失敗した原因は、記紀の〈四十一世一系〉説の論理的構成と著者の思惑を理解出来なかったことだ。結果的に記紀の誤読となった。」

808. 中国史書は事実を書いたが、記紀は虚偽を書いた

隋書〈…性質直にして雅風あり…〉、旧唐書〈…真人好んで経史を読み、文を属するを解し、容止温雅なり…〉〈…乃ち玄黙に闊幅布を遺り、以て束

修の礼となす〉〈この題得る所の錫賓、尽く文籍を市い、海に泛んで還る〉〈…朝臣仲満…仕えて左補闕・儀王友を歴たり…〉、中国史書は倭人・日本人を訳も無く侮辱したり卑下したりしてはいない。記紀が嫌った東夷はここにはない。

「問題は記紀が捏造・歪曲でその目的を達しようとしたことだ。記紀の最大の汚点だ。」

809. 日本人からみた中華思想とはなにか

現代の日本人は、〈中華思想〉は中国人の独りよがりだと嫌う。〈中華思想〉に異常に反応するのは、日本人自身の潜在意識にはね返る言葉だからだ。もし、自身の〈日の本思想〉が〈中華思想〉と同質だと知れば、中華思想を客観視出来るはずだが、多くの日本人はそのことに気付かない。

「うん、ご本家争いを演じているんだね。」

「正に、記紀のマインドコントロール、ダブルスタンダードだ。」

810. 内なる夷蛮・外なる夷蛮

「この論理に従えば、国内においては西は熊襲、東は蝦夷となる。そして、大和朝廷による彼らの征服は思想的に正当化される。」

「征夷大将軍の称号が、それを証明するね。」

「琉球支配も?」

「琉球処分と名を変えても琉球国併合だった事実は消えないし、蝦夷地征服も、同じだと思う。内なる夷蛮と見なした事実は消えない。日本歴史に与えた記紀の影響は大きい。」

「対外的には?」

「中国・朝鮮は西戎になる。ここでも、蔑視思想と征服・教化は侵略・支配の両輪となった。」

「顕在化し、拡大したのは?」

「攘夷の嵐が吹き荒れた幕末。アジアへの侵略を激化させた明治〜昭和だ。」

811. 日の本思想とは何か

蘇我馬子によって始められた〈日の本思想〉は、以後、神道・仏教・儒教と融合・競合することによって、大きな変容を遂げていく。

神道は、中臣(藤原)一族が政治の実権を担った奈良・平安時代のみならず、鎌倉時代以降の武家政治の時代も含めて、例えば、神仏習合や山岳仏教など、日本独自の仏教などの誕生にも大きな影響を与えた。幕末に吹き荒れた尊王攘夷は、神道の〈祓い・禊ぎ・清め〉だけで説明出来ない。〈夷蛮への蔑視〉を内包した〈日の本思想〉との融合があったからだと考えられる。担ったのは水戸藩、薩摩藩、長州藩、あるいは土佐藩などの下級武士を中心とする一団だが、内実は一言で片づけられるような単純なものではなかった。

彼らの多くは〈大和なるもの〉からは〈内なる蛮狄戎夷〉と見られていたが故に、〈外なる夷〉を排撃することが、〈日の本=大和なるもの〉への忠誠を尽くすことだと考えたことでは共通するのではないか?〈攘夷思想〉は〈捻じれた忠義〉と言い換えできる。

〈捻じれた忠義〉は限られた一部の者たちの問題ではなかった。戦前・戦中の日本社会全体に見られた問題だ。例えば、〈捻じれた忠義〉を果たすことで、差別や貧困から脱却しようと考えた人た

ちがいたことは確かだし、その一方で、反差別を貫いた人たちがいたことも事実だ。従って、〈日の本思想〉とそれに裏打ちされた行動を一言で言い表すことは難しい。」

「尊王攘夷に国学が関わっていたことは認めるけど、それ以前はどうだったのかしら？」

「歴史的に、外国や外国人との関係を見て行けば、〈日の本思想〉がどのように関わり合っていたか知ることが出来るような気がする。」

「西暦1592年（文禄元年）～1598年（慶長三年）の豊臣秀吉の朝鮮侵攻（韓国では壬申・丁酉倭乱と呼ぶ）の際には多くの朝鮮人が日本に拉致されて来た。その中の一人に有田焼（伊万里焼）の生みの親として知られる李参平がいる。十数年の苦労の末に1616年、日本初の磁器・有田焼を完成させた。李参平は有田焼の総鎮守とされる陶山神社の祭神の一人として祀られ、尊崇されている。」

「この話はネットでも検索出来るね。」

「脇田直賢は金沢藩の御使番・三箇国御算用場奉行・公事場奉行・金沢町奉行などの要職を歴任し、その子直能も金沢町奉行を務めた。脇田直賢は秀吉の朝鮮侵攻の際、7歳で捕虜となり、加賀藩前田家に預けられた後、前田家家臣脇田家に婿入りした金如鉄の日本名だ。捕虜となって連行され敵国で官僚となる、いわゆる奴隷官僚だった。」

「でも、このような例は希なことだったのでは？」

「そうかもしれない。これに近い話はほかにもあったかも知れないけど、際立った話でないと、後世には伝わらないから、多くの話は闇に消える。

だから、埋もれた史実を発掘することが重要になる。」

「でも、この二つのエピソードは攘夷・蔑視思想だけでは説明出来ない話だね。」

「そうだね。後世の研究によると、秀吉の朝鮮侵攻の際に、西国大名が揃って膨大な数の朝鮮人を拉致した。その数は数万人に上ると推測されているが、もちろん推測の域を出ない。拉致された朝鮮人の多くは、ポルトガル商人などによって、奴隷として東南アジアやインド方面へ売られたらしい。一方で、職能集団として国内に分散・定住して同化した朝鮮人たちもいたという研究もある。」

「主に、朝鮮人を拉致した事実はどういうことかしら？」

「三国史記新羅本紀[倭人、一礼部を襲い…人一千を虜にして去る][倭人…南辺を侵し、一百人を奪掠せり][倭人…生口を掠取して去る]と拉致の記事がある。室町・戦国時代は、〈倭寇〉が中国沿岸を荒らし回った。敵国人を拉致する〈習慣〉なるものは〈倭国〉以来、十六世紀まで続いた。」

「それは〈日の本思想〉と、どう関係するのかしら？」

「奴隷問題は世界史の中には多数存在するから、〈日の本思想〉とは直接関係しないと思う。ただ、拉致の根底で差別・蔑視思想が関係しているとすれば、〈日の本思想〉が全く無関係だと割り切ることは難しい。」

「例えば、熟練した職工、陶工や石工。可愛い女子、聡明な男子など、自らの欲望を満たしたり、自分たちの欠点を補うための場合もあるよね。」

「拉致や人身売買など、手段を選ばずに行われたとしたら、やはり差別や蔑視が底流にある。」

外交使節団〈朝鮮通信使〉の訪問は江戸時代、十二回を数えた。最初の朝鮮通信使の役割には秀吉の朝鮮侵攻の際に、日本に拉致された人たちの本国帰還があったが、江戸幕府から諸藩への通知の問題や、拉致された朝鮮人の定住などがあって目的を達することは出来なかった。だから第三回目までは〈通信使〉ではなく、〈回答兼刷還使〉と呼ばれた。文禄・慶長の役での朝鮮人拉致の事実を証明することになる。

最後の通信使の目的は家斉襲封祝賀であったが、日本側の財政難のために国内旅行が中止になり、対馬まで来て、そこから遥拝して帰ったなど、様々な歴史があった。

朝鮮通信使は300人から500人規模、これに対馬藩など諸藩の警護を加えると、最終的には1000人に達する大行列であった。

「朝鮮通信使って、大事業だったんだ。」

朝鮮通信使の通り道となった街道には、文人・絵師・一般大衆、多くの人々が出た。家の中で、あるいは外では土下座して通り過ぎるの待った大名行列と違い、旗をなびかせ、賑やかな楽隊や、曲馬芸を披露しながら進む異国の行列を人々は楽しんだ。この時代の庶民に差別・蔑視はなかった。

朝鮮通信使の随員には学者・医者・文人・書家・画家が数多くいたことから、日本の学者や医者たちは、朝鮮通信使の来日を待ち望み、各地で学術交流を盛んに行った。その結果、日本各地に朝鮮通信使との文化交流を物語る書画、詩文を交換した唱和録、筆談で会話した記録などの資料が遺されている。

雨森芳洲（あめのもりほうしゅう）はこの朝鮮通信使の日本側（対馬藩）

外交官だった。

「マリアは初耳。」

「俺も初耳だった。」

1990年、盧泰愚大統領は国賓として来日し、宮中晩餐会の答礼で、雨森芳洲の名を挙げ、日韓関係のために、彼の精神を受け継ぐべきだと述べた。これで雨森芳洲の名を知った人も多かった。

前釜慶大学総長姜南周（かんなむじゅ）は彼を「…儒学を学び真実を追求した人である。そして、新井白石のような権力者の前でも自分の主張を曲げない正義感の強い人である。…1711年の朝鮮通信使の正使を務めた趙泰億（ちょておく）は…雨森芳洲のような学識が深く、才能がある人を幕府は何故優遇しなかったのか不思議である、と語るほど彼は優れた人物であった。」と引用文献中の寄稿文で評している。

その雨森芳洲は対馬藩に仕えた儒学者で、内政・外交・藩主の御用人を務めた。芳洲が六十一歳の時に対馬藩主に宛てた対朝鮮外交の指針書『交隣提醒』（こうりんていせい）の中で、（誠意と信義）を意味する〈誠信外交〉を説いた。

「…誠信と申し候は、実意と申す事にて、互いに欺かず争わず、真実を以て交わり候を、誠信とは申し候。」（『雨森芳洲と朝鮮通信使―未来を照らす交流遺産―』）

「芳洲が説いた互恵平等の善隣外交は、現代こそ、重視しなければならない理念だと思う。」

「芳洲は儒学者だったね。〈日の本思想〉とは言えないのではないの？」

「芳洲は日本の中で育った。日常の中には仏教もあれば、神道もあり、儒教もあった。時代の中で生きる人間の思想・精神は多層的でありモザイク的だ。普段は〈日の本思想〉は潜在しているが、

対外的な関係が生まれると必ず、顕在化する。何故なら、自己と他者をどのように対置させるか、他者を夷蛮と見るか見ないか、対等と見るか非対等とみるか、だ。」

　幕末に〈天狗党事件〉が起きた。水戸藩と言えば第二代藩主に徳川光圀を擁した徳川親藩である。〈攘夷〉を唱えた第七代藩主徳川斉昭の死後、水戸藩は佐幕派と尊王攘夷派に分かれて内紛に陥り、水戸藩佐幕派は徳川幕府軍の助けを借りて、〈天狗党〉と呼ばれた水戸藩尊王攘夷派を最期の戦いとなった那珂湊の戦いで破った。

　敗れた尊王派の生き残りは、朝廷や、京都にいた一橋慶喜に尊王攘夷の意思を表明すべく、体制を整え行軍を開始した。背後からの幕府追討軍と、行く手に待ち構える幕府の命令を受けた諸藩の藩兵を、敵に回しての千人に満たない軍だったが、総大将武田耕雲斉は〈奉勅〉、指揮下の分隊はそれぞれ〈龍〉〈魁〉〈報国〉〈赤心〉〈尊王〉〈攘夷〉〈日本魂〉の文字を大書した旗を掲げての行軍であった。〈日の本思想〉に通底する用語が並ぶ。

　西暦1864年（元治元年）十月二十三日、水戸・那珂湊を脱し、西上の途に就き、元治元年十二月十八日、豪雪の中、福井県大野で金沢藩に降伏するまで、約2ヶ月に及ぶ行軍を続けた。敗軍は行く手を阻まれ、追尾を受ければ、早々に壊滅して当然のはずだったが、何故、福井県までの行進が可能だったか？この原因は明らかにされていない。幕府追討軍・諸藩軍が怖気付いたのではないかとの説があるが、それだけではないのではないか？

　「この行軍の様子は、島崎藤村の小説『夜明け前』にある。〈天狗党〉は、水戸浪士以外に町医者・郷士・農民・婦女子もあり、いわば雑多な人間の集まりだったと言われている。この〈混成集団〉が結果的に一糸乱れぬ行軍を続けることが出来た最大の要因では無かったかと、俺は思う。」
　「どうして？」
　「幕府の諸藩への命令は厳しく、〈天狗党〉は厳寒の中であっても、樹の下、家々の軒下などで野宿を重ねた。稀に、寺や民家に分宿したことがあったようだが、天狗党が通った街道筋の人々はどのように思っていたのか？戦闘に巻き込まれないように避難したり、藩兵が繰り出していない場所では、天狗党の行軍を見物したりと、様々だったと考えられるが、〈天狗党〉の中に、自分たちと同じ身分の者が大勢加わっていることを彼らは知ったはずだ。多くの者は彼らに同情的だったと思うし、密かに〈天狗党〉の掲げた〈大願〉成就を願っていたのではないか。そして、それは〈天狗党〉には士気の高揚となって伝わったのではないか？そうとも考えなければ、筆舌に尽くせぬ艱難辛苦に耐え抜く行軍は不可能だったと思う。」
　「江戸時代後期の国民の思想的共鳴があったってことね。結果はどうなったのかしら？」
　斬首353名、遠島137名、追放187名、水戸渡し130名、永厳寺預け（15歳以下の少年）11名、計818名全員が処分を受けた。斬首された者が水戸藩浪士、他の者が〈尊王攘夷〉思想に共鳴した郷士、農民などであろう。このうち水戸渡し130名は、水戸に送り返されれば厳罰が待っていた。更に、天狗党に参加した浪士の、水戸の家族も斬罪、入牢などの苛酷な処分を受けた。水戸藩

は尊王攘夷の魁になったと言われているが、安政の大獄、桜田門外の変、東禅寺の異人襲撃、坂下門外の変、天狗党事件などで、有為の人材は明治維新を待たずにすべて失なわれた。

「明治の始めに廃仏毀釈の嵐が吹き荒れた。様々な地方で、首をコンクリートやモルタルで繋ぎ止めた石仏を見たことがある。廃仏毀釈で打ち捨てられた石仏を、後で拾い集め、首をつないだものだと、地元の方々から教えていただいた経験がある。幕末、多くの庶民が〈国家神道〉を信じた痕跡はそちこちにある。新時代を渇望する町民・農民・下級武士にとって〈国家神道〉は〈変革の思想〉だった。だが、そのような世論をバックに、権力を握った明治政府はそれを〈抑圧の思想〉に変えた。藤村の長編小説『夜明け前』は、夜が明けると信じた民衆にとって、明治とは、為政者が代わっただけで、長い夜は一向に明けなかったことを、そのまま題名にした小説だと思う。」

軍国主義者が政治の中枢に入り込む時代、昭和７年に、『夜明け前第一部』出版。昭和10年〜14年、『藤村文庫』出版、この中に『夜明け前第一部』『夜明け前第二部』が含まれる。

〈白磁の人〉と称された林業技術者がいる。浅川兄弟の弟の浅川巧だ。彼は朝鮮総督府農商工部殖産局山林課に勤務していたが、1931年、40歳の若さで肺炎のために急逝した。彼の葬儀には大勢の朝鮮の人々が駆け付け、自宅前には長い行列が出来たという。「近在の貧しい朝鮮人たちは、その亡骸を見て激しく慟哭し、共同墓地までの雨の中、棺を担ぎたいと名乗り出る者、沿道、相継いだ」（柳宗悦『工芸』第５号、1931年５月）。

巧の亡骸はソウルの共同墓地に埋葬された。墓は、巧を慕う朝鮮の人々によって、終戦の混乱や朝鮮戦争の戦火からも守られ、今も忘憂里の地にあって守られ続けている（小澤龍一『道・白磁の人浅川巧の生涯』）。巧がどのような人物であったか、巧の死がすべてを物語っていると考えて良いのではないか？

当時、朝鮮に渡った日本人はやたらに威張っていた。威張らない浅川巧は、日本人警官から睨まれ、「それでも、貴様は日本人か」と怒鳴られ、殴り倒されたのは一度だけではなかったという。

「〈日の本思想〉って何？ 『それでも貴様は日本人か』と巧を罵倒した日本人警官の思想や、訳もなく威張りまくった人たちが抱いた思想を指す？ それとも、静かに非差別を貫いた浅川巧の思想を指すのかしら？」

「〈日の本思想〉を攘夷思想だと見なせば、警官に代表される蔑視思想になるけど、〈俺たちは夷だけど、あなたたちも同じ夷ではないのか〉対等視の思想が〈多利思北孤の思想〉だと思う。〈ヤマトなるもの〉をどう考えるかだ。〈ヤマトなるもの〉を特別視しなければ、差別視の思想には変わらない。」

「書紀解読の結果は、古代史の中では、ヤマト政権は数世紀にわたって、大和の小国だった。旧唐書の〈あるいはいう、日本は旧小国〉は間違ってはいなかった。誰が言ったか？ 遣唐使自らが言った言葉だ。当時の日本の知識人も共有していたことだ。」

「倭国・吉備国・ヤマトの三国並立。触れなかったけど、ヤマト政権が大和地方を根拠にしていた

343

とすれば、恐らく関東にも独立した地方政権が存在したはずだ。」

「関東は古くからヤマト政権の支配地じゃなかった？」

「埼玉県の武蔵稲荷山古墳から出土した金の象嵌が施された稲荷山鉄剣の銘の解読を巡って、大論争が起きた。ヤマト政権の支配が関東に及んでいるか、それとも関東には独立した地方政権があったかだ。多くの歴史研究者は、雄略天皇を補佐した家来、乎獲居臣が関東に居たと主張して、それが通説となった。」

「今で言えば、テレワークだね。出来ッコない話だけど、倭王武に対比された雄略天皇は、東では関東も、支配していたことになるけど、オカラはどう思う？」

「マリアの言う通り、不可能だと思う。雄略天皇は武ではなかったし、荷山鉄剣に象嵌された獲加多支鹵大王でもなかったはずだ。碑銘の読み方はいく通りか考えられるけど、先にヤマト史観がある解読結果だ。雄略天皇だと主張したいなら、裏付けする必要、関東地方がいつヤマト政権の支配下になったか、を別の方法で検証しなくてはならないと思う。」

「結局、当時の日本は多国家共存だったことになるね。」

「互いに牽制し合ったり、諍いを起こしたりしていても、基本的には〈共生思想〉でなければ、特に小国の存立は厳しかった。一方で、これに甘んずるか、反面で、ここから抜け出そうと葛藤していたこともあったと思うけどね。」

「〈ヤマト〉は特別な存在ではなかったんだ。正しい歴史を知ることが重要になるんだね。どこで、誰

によって歪曲されたのかしら？」

「日本書紀に蝦夷や熊襲の語句があり、平安時代には征夷大将軍の称号があったことから、八世紀初頭には変わっていた。政治は自らに都合のよいように言い換える。〈日の本思想〉は、神道と融合して狭隘な〈差別視の思想〉へと変容したと思う。」

「変容に権力が介在してるってことかしら？でも、古来からの仏教や儒教、明治期に入ったキリスト教との関係は？」

「仏教や儒教にも、差別視の要素はあるが、それはあからさまではない。確かに、それらが融合して、表面的には〈差別視の思想〉は消滅したように見える。」

「浅川巧の思想は仏教や儒教の思想ではないの？」

「確かに、仏教や儒教が〈日の本思想〉包んでいたのかも知れない。しかし、巧は〈対等視の日の本思想〉獲得していた可能性もある。真のプライドに裏打ちされた〈日の本思想〉は〈差別や蔑視〉を否定すると思うから。」

「すると、それは個人の資質に帰してしまうのじゃないかしら？」

「江戸時代、国学者たちの研究によって再度、顕在化されたが、それは〈ヤマトなるもの〉を自賛する〈差別視の日の本思想〉だった。結果的に時代の潮流、運動、国家権力が二つを結合させた。」

「アメリカの場合、南北戦争は、奴隷解放の戦いだと位置づけられているけど、こんな見方は出来ないだろうか？アメリカの富を白人層が独占すべきだと考えたのが南部、新しい産業振興のために、

非白人層にも一定の割合で富を配分すべきと考えたのが北部。だから北部が勝利した後も、非白人層への差別は消えなかった。」

「富の配分が公平になれば、差別は消えるの？」

「間違いなく消える。」

「それは、日本でも言えるの？」

「例えば、北海道の富は、先住民族のアイヌから徹底して収奪した。それを正当化したのが、アイヌ民族への想像を絶する差別と蔑視だった。」

「勝てば官軍、負ければ賊軍って言葉があるね。」

「明治維新までは、不平等ながらも広く配分されていた日本の富は、官軍側によって没収され、膨大な土地が御料地や国有地になり、後に官軍側を支えたり、官と結託した財界に、国有地払い下げなど、さまざま方法を使って分配された。時の人々はそれを官民癒着・利権と呼んだ。官軍対賊軍の構図は資本階級対労働階級の構図に形を変えたが、差別・蔑視思想はその度を強くした。富の配分をめぐる争いがより強くなったからだ。その中で、俗に言われる〈大和魂〉が国威発揚と労働階級の懐柔のために巧妙に使われた。〈日の本思想〉は変容して、モザイク化した。」

「差別は単純な二者択一問題じゃないよね。」

「そうだと思う。差別構造は重層的だ。例えば、善良な日本人でも弱者や少数者、公害病患者や精神・身体障碍者に対する差別感情は根深い。原因は単純に蔑視だけでない、無知もあるし、恐怖もある。誤解もあれば差別を助長する書物や思想もあるが、差別として顕在化するには原因がある。公権力が差別を助長・誘導するからだ。例えば、今でも、日本の警察・司法は、白色人種より

有色人種に対する処遇は遥かに厳しいし、教育では民族学校のうち、朝鮮系の学校に対しては明らかな差別政策を採用している。かつて、公害問題が発生した時は、公権力は加害者側に立った。仔細が分からない一般市民によって、公害被害者がいわれなき誹謗中傷を受けた例は枚挙に暇がない。」

「『苦海浄土』を読んだことあるよ。恐ろしかったし、悲しかったし、苦しかった。」

「公権力による政策によって差別が正当化される社会では、国民による差別は再生産され続ける。最近の例では、2016年に神奈川県で起きた養護施設での大量殺傷事件は、犯人個人の特異感情・特異思想だけで処理されてはならないと思う。」

「様々なんだ。権力者の場合は権力を維持するために、個々人の場合は人生の指針として。だから、〈日の本思想〉も権力と個人とでは、まるっきり違うものに変わってしまうんだ。朝鮮の植民地支配に差別・蔑視思想を持ち込んだことで、朝鮮の富を根こそぎ奪った。差別・蔑視思想は相手を蔑むことだけでなく、富の収奪と切っても切れない関係にあるってこと、納得だよ。」

「明治に植民地化された朝鮮からは、本国での生活に窮した多くの朝鮮人が日本に移り住んだが、口では言い表せない差別を受けた。国民の江戸時代の朝鮮人への対応や尊敬と、明治以後の朝鮮人への差別は明らかに違う。この違いは、日本政府が植民地支配を正当化する目的のために、〈日の本思想〉に名を借りて、差別・蔑視を主導したためだと思う。」

「個々人の思想に与える国家の関与はそれほど

大きいのかしら？」

「想像が出来ないほど、甚大な影響を与えた。」

真実と虚偽・忠義と反抗・正義と不正義・愛と憎悪・多様な意見や多様な行動が生まれては消え、消えては生まれる激しい渦が出来れば、その周囲にはいくつもの反転流が渦を作る。この流れの底深くに〈記紀〉がある。言い換えると記紀の思想は日本人の精神構造の骨格を作る。

「渦の中に身を置くか、反転する渦に身を置くかは、個々人の判断だ。」

812. 用語は歴史修正主義でいいのか

「歴史修正主義って、初めて聞いた時は、とてもいいことだと思った。だって、間違った歴史を正しい歴史に直すってことでしょ。…多分、そう思う人は沢山いると思う。でも、逆の事を意味する訳語だったって、こうやって検討してきたから分かったことだよ。彼らの言い分をそのまま認めたから、こんなことになったんだね。」

「確かにまずいね。」

「マリアが考えるに、実際の中味を客観的に表現できる訳語を使うべきだと思う。」

「言われてみれば、その通りだ。」

「歴史捏造主義、とか、歴史歪曲主義。」

813. 歴史歪曲主義的な論理思考とは

「論理は単純明快、結論は耳に心地よく、感情に訴える。あれこれと悪戦苦闘して悩む必要は何もない。だから、善意の人でも結果的に〈歴史歪

曲主義〉に加担していたということも起こりうる。日本の古代史研究はその典型かも知れないね。」

「〈歴史歪曲主義〉に陥ることって、誰にでもあることなんだ。」

「そうだと、思う。例えば、〈大和説〉は間違っていると思い込むことは、大和か九州かの二者択一になる。思考の幅はそれだけで狭くなる。歪曲主義に陥る危険は無数にある。例えば、倭の五王問題、任那問題、…書紀の記事の矛盾に目をつぶり、書紀を正しいとして論考する。たとえ自分は〈歴史歪曲主義者〉じゃないと考えていても、結果的には歴史の歪曲に加担したことになる時もある。」

「〈歴史歪曲主義〉から抜け出すには？」

「そうだね。断片的に切り取ることじゃなくて、大切なことは総合的に考えること。…帰納と演繹を続けることかな、必要にして充分な結果を得るまではね。」

「簡単に言うと？」

「〈懐疑〉し続けること。」

「何を？」

「自分自身の思考や論理に間違いや飛躍がないかと。」

48. 邪馬壹国と女王壹与

814. 倭国と読むか倭国と読むか

〈倭〉を〈わ〉と読むか〈い〉と読むか？〈倭王〉を〈わおう〉と読むか〈いおう〉と読むか？〈倭人〉を〈わじん〉と読むか、それとも〈いじん〉と読むか？目ではなく、頭の中でだ。これからの文中の〈倭〉にはルビを付けない。どう読むかは、読む人の自由だ。

815. 女王卑弥呼

「肝腎の邪馬壹国の話はどうなった？あれほど邪馬壹国か邪馬臺国かと話したわりには、忘れ去られてしまったね。」

「そうだね。魏志倭人伝の最後の詰めが終わっていなかった。」

魏志に出てくる女王国の箇所は、[女王国より以北、その戸数・道里は得て略載すべきも]、[郡より女王国に至る万二千余里]、[女王国より以北には特に一大率を置き]、[女王国の東、海を渡る千余里また国あり]の4箇所だ。ではこの女王国の主とは誰か？

[景初二年、倭の女王]、[倭の女王に報じていわく親魏倭王卑弥呼に…]、[倭の女王卑弥呼]などから卑弥呼を指すことは明らかだ。

当然だが、卑弥呼が女王となった国の名は〈倭〉の〈女王国〉となる。ここまでは誰もが納得する。

816. 女王壹与

これに対して、邪馬壹国は、魏志[南、邪馬壹国に至る女王の都する所]の一箇所だけだ。この邪馬壹国にも女王がいる。その女王とはやはり卑弥呼か？誰もが、そうだと考えた。〈邪馬台国卑弥呼説〉だ。これが、魏志の誤読の原因となった。

それでは、ここで質問だ、卑弥呼は二つの国を所有したか？そんなことはない。魏志[邪馬壹国に至る、女王の都する所]の〈女王〉とは、壹与を指す。理由は〈壹国〉と〈壹与〉の対比だ。梁書・北史がそれを証明する。いかに考えようと、卑弥呼では決してない。だが、多くの研究者はこの〈女王〉を卑弥呼と考えた。

結局、魏志の記事のこの違いを理解出来なかったことが、〈邪馬壹国の卑弥呼か、邪馬臺国の卑弥呼か〉と、全く検討はずれの設問が生まれ、意味のない論争が一世紀以上の長きにわたって、しかも、今も続いているのだ。

もし、どうしても論争したかったのなら、魏志の〈邪馬壹国の壹与〉か、梁書の姚思廉が書き換えた〈邪馬臺国の臺与〉でなければならなかった。

この誤解が魏志倭人伝の重要な部分の記事を誤読し、魏志の唯一の歪曲記事の解明を不能にした。

817. 倭国と女王国と邪馬壹国の三国関係

　〈女王国〉の卑弥呼は誰もが認める事実だ。そして、魏志で言う〈倭国〉とは〈女王国〉〈投馬国〉〈狗奴国〉を併せた国になる。

　魏帝が卑弥呼に与えた国は、〈親魏倭王〉から〈倭国〉となる。即ち、女王国の支配が及んでいない〈投馬国〉〈狗奴国〉もすべて卑弥呼は貰ったことになる。もし、この話を狗奴国の王が聞けば、怒り心頭に達したに違いない。

　一方、西晋帝から〈壹与〉に与えられた国が〈邪馬壹国〉だ。〈壹国〉は〈倭国〉である。結果的に卑弥呼に与えられた〈倭国〉と同じになり、どちらも九州島を指すことになる。

　「どういうこと？」

　「時代がずれれば、同じ場所に二つの国があっても、構わない。見林の〈壹は臺の間違い〉から始まった〈邪馬台国大和説〉も、この簡単な論理を理解出来なかった。だから〈邪馬台国卑弥呼〉説が誕生して、迷走を始めたのだ。」

819. 中国史家は対比する

　〈壹与〉を〈臺与→台与〉と書き換え、〈だいよ〉を〈とよ〉と読み替える人たちは、宮殿を与える〈だいよ〉あるいは邪馬臺国を与える〈だいよ〉と〈とよ〉の違いがどれほど大きいかを理解出来ていない。〈臺与〉と呼んでも〈台与〉と読んではいけない。
　「彼らの拠りどころのひとつは、梁書と北史の［卑弥呼宗女臺與為王］（卑弥呼の宗女臺與を王と為す）だ。理由は、これら史書の倭国名は〈邪馬臺国〉だ。〈邪馬臺国〉に変更したことに伴い、女王

の名を〈壹與〉から〈臺與〉に変えたのだ。この部分だけを抜き出せば、いかようにも解釈出来る。

　「壹與は間違いで、臺與が正しいってことになるね。」

　「そう。でも、全体を見れば、この二つの史書は日本の多くの研究者が熱をあげた〈邪馬台国卑弥呼説〉を、同時に否定している。」

　「中国人史家は〈対比〉する。」

　「そうだ。魏志の〈邪馬壹国〉と女王〈壹与〉を対比させることは、中国史書の正しい解読になる。」

820. 魏志[因って臺に詣る]

　魏志[因って臺に詣り、男女生口三十人を献上し、白珠五千孔・青大勾珠二枚・異文雑錦二十匹を貢す]

　「魏志倭人伝で唯一、〈臺〉の文字が使われているところだ。」

　「そもそも、卑弥呼の朝貢も、壹与の朝貢も、陳寿の存命中の出来事だった。陳寿は〈臺〉と〈壹〉を混同していないわ。見林の非難は当たらない。」

　「従来の研究、例えば『中国正史日本伝(1)』の注では「ここでは、魏都洛陽の中央官庁。」と〈臺〉の説明がある。マリアはそれに不満なんだ。」

　「壹与の朝貢先が魏の斉王芳だと考えれば、当然の説明だと思う。でも、この説明には重大な見落としがあると思う。」

　「マリアは通説は、間違いだと、断言するんだ。」

821. 魏志[政等、檄を以て壹与を告諭す]

　何故、卑弥呼が謎の女性にされたか？何故、壹

348

与は勝手に名前を変えられるほどに軽んじられたか？魏志倭人伝は推理小説でもなく、クイズ書でもない。事実を書いただけの歴史書だ。本来ならば何の謎もなかった。謎があるのは記紀の方だった。にも関わらず、多くの研究者たちは原因のすべてが魏志倭人伝にあるかのように振舞った。

「自説を主張するために問題をそらすことが必要だったから。」

「自説？」

「大和こそが日本の国家発祥の地だという考え。当然、卑弥呼もヤマト生まれとなった。…ね。陳寿が魏志倭人伝で最も伝えたかったことって何と思う？」

「そんな発想をするのはマリアぐらいだ。いい視点だね。」

「オカラの得意なドラマに仕立て上げてみて。」

「卑弥呼の死後、北九州国家連合では内紛が勃発した。これで女王国は狗奴国に降伏かと思われたが、しかし、若い壹与のもとに、王たちは再び結束を固める。

魏志[卑弥呼の宗女壹与年十三なるを立てて王となし、国中遂に定まる]

このわずか十数文字の中にも数え切れないほどのドラマが隠されていた。国が滅亡の危機の中で、若い壹与は何を考えながら生き抜いたのだろうか？わずか13歳で卑弥呼の後を継いだ壹与も、長い戦いの中で鍛えられ、美しい女性に成長した。狡猾な拘（狗）奴国の謀略から国家連合を守るため、ジャンヌダルクのように、壹与は全軍を鼓舞し、健気に戦った。そのさまは逐一、伊都国に駐在する郡の役人から、早船で郡へと、郡からはさらに早船と早馬で都へと、魏帝のもとにもたらされた。

魏帝は直ちに勅を発する、魏志[**政等、檄を以て壹与を告諭す**]と」

「ドラマチック過ぎる。…壹与は卑弥呼と同じように、楼閣の奥深くで戦勝を祈っていたのじゃないかしら。」

「その可能性は充分あるね。でも、ここから始まる魏志倭人伝の最後の記事こそ、陳寿が最も伝えたかったことだと思う。」

「マリアもそう思う。一致だね。」

「ここからは、マリアにバトンタッチ。」

822. 魏志[壹与、政等の還（かえ）るを送らしむ]

魏志倭人伝の最後は不思議な記事で終わる。魏志倭人伝の中で、唯一、理解不能と言って良い箇所だ。この小説の引用文献『新訂　魏書倭人伝・後漢書倭伝・宋書倭国伝・隋書倭国伝　中国正史日本伝(1)』の巻末資料に、倭人伝・倭国伝をまとめた〈倭中関係史年表〉がある。

「年表なのに、ただ一つだけ年代が入っていない記事がある。」

「魏志には年代が分からない記事があったね。」

「その記事とは、全く性格が異なるよ。」

この記事とは、西暦247年と西暦265年の間に行われたという壹与の朝貢記事だ。時代は魏の斉王芳の治世にあたる。魏志という史書から言えば、当然すぎるほど当然だ。だからこそ誰も疑問には思わなかったかも知れない。それならば、何故、この記事だけ年代が抜けているのか、その原因を明かす義務がある。何時のことか、年代の無い朝貢記事は記録としては認められない。

823. 年代不明な朝貢の意味するもの

　何故、西暦247年（魏の正始八年）と、西暦265年（西晋の泰始元年）の間の、この壹与の朝貢記事だけ年代が記されなかったか？　魏志の作者・陳寿の存命中の出来事なのに。

「俺も不思議でならない。」

「何を？」

「浅学菲才の俺が知るただ一人の例外を除いて、今までの研究者がこれに疑問を抱かなかったのが不思議でならないんだ。」

「例外って？もしかして、古田さん。」

「どうしてマリアは簡単に当てる？そうなんだ。古田武彦は『失われた九州王朝』の中で、この問題を書いた。」

824. 晋書・四夷伝・東夷・倭人の条

　前述の〈倭中関係史年表〉に、西晋の泰始元年、[倭王が使を遣わし、訳を重ねて入貢する]がある。この出典は（『晋書』倭人伝）からだ。

　唐代は多くの史書が書かれた時代だ。その中に、『晋書』がある。撰者は房玄齢（西暦578－648年）。〈晋〉は〈魏〉のあとを引き継いだ王朝だ。西暦265～316年までを〈西晋〉、西暦317～420年までを〈東晋〉と呼ぶ。

　この『晋書』の西暦265年（泰始元年）の朝貢記事[遣使重譯入貢（遣使、譯を重ね貢を入れる）]の主語は〈其女王〉だ。『晋書』ではこの西暦265年に朝貢した〈其女王〉の名は不明だが、この時、卑弥呼は既に死亡していることから、〈其女王〉とは壹与を指すことになる。従って、この『晋書』から、

壹与の朝貢は西晋に時代が変わった西暦265年（泰始元年）の武帝の時だったと判明する。

　確かに、晋書の著者、房玄齢（西暦578－648年）にとって、三世紀中葉の出来事を詳しく知ることは至難の業だったはずだ。房玄齢は晋の武帝紀の中からその記事を抜き出し、東夷・倭人の条に書き記したはずだ。

「問題は、壹与の朝貢は、この時と年代不明な魏の時代の二回にわたって有ったのか、それとも、一回だったのか？ということになるね。」

「答えは簡単だ、年代の無い朝貢記事は記録としては認められない。」

825. 塞曹掾史張政

　塞曹掾史張政らが女王国に来たのは西暦247年（正始八年）のことだ。目的は狗奴国と戦う女王国の卑弥呼に詔書・黄幢を授け、檄をもってこれを告諭するためだ。ところが、翌248年に、卑弥呼は死ぬ。男王を立てるが、国中が服さない。そのため卑弥呼の宗女、壹与を立てると国中が平定したので、政等は帰国したとなっている。これが今までの研究成果だ。

「これが、年代の無い朝貢記事の説明になるの？」

「そのつもりかも知れないけど、学術研究としては駄目だね。」

「塞曹掾史張政たちの本当の役割ってなんだったんだろうね？」

「魏の命令を伝えるメッセンジャーだけの役割ではないはずだ。」

「現在の言葉で言うところの軍事顧問団、マリア

はそう思う。女王国の軍、恐らく連合軍だったはず
だけど、互いに内輪もめもする。一筋縄ではいか
ない。彼らが拘（狗）奴国軍に対抗出来るよう、最
前線で作戦指導を続けていたのじゃなかったの
かな。」

「俺もそう思う。卑弥呼が死んだ後も、国は乱れ
たからね。」

「マリアが思うに、その戦闘に一応の区切りが付
いたのが西暦265年。倭国軍も変わった、我が王
朝も変わった、叶うことならこれを機に帰国したい。
18年間にわたって張政は異国の地で戦い続けて
いたのじゃなかったかしら。」

「確かに、長い。」

「そんな長期にわたって倭国に滞在するはずが
ない、そう考えるのが普通かもしれないわ。でも、
西暦238年、魏の明帝が〈親魏倭王〉を卑弥呼に
制詔した景初二年から、宗主国魏は朝貢国の女
王国を守る同盟関係になった。西暦243年（正始
四年）には倭の大夫掖邪狗（えきやく）らが率善中郎将の印
綬を受けた。魏帝は卑弥呼だけでなくその臣下に
も位を授けている。魏と女王国はかたく結び合っ
ていた。」

826. 女王国軍から邪馬壹国軍へ、さらに倭国軍へ

北史・梁書［卑弥呼宗女臺與（だい）を立てて王と為す。
その後、復た男王が立ち、いずれも中国の爵命
を受けた。晋の安帝の時、倭王賛がいた。賛が
死に弟の弥が立った、弥が死に子の済が立った。
済が死に子の興が立った。興が死に弟の武が立
った］

卑弥呼の女王国軍から壹与の邪馬壹国軍へ、
壹与の後を継いだ倭王によって最終的に倭軍に
名を変えた。〈筑紫君磐井〉は卑弥呼・壹与の末
裔に当たる。何故、幾多の困難を乗り越え〈倭国〉
は存続出来たのか？魏志倭人伝にその答えがあ
るように思う。

中国・三国時代の曹操が率いた魏軍の軍制・軍
装・軍略に通じた塞曹掾史張政によって、女王壹
与の時代に、女王国軍はそれまでの寄せ集めの
連合軍から強力な指揮系統を持つ集合軍に組織
替えされた。以後、女王国軍は、狗奴国（拘奴国）
の侵略に抗して、国を守り抜いた。

827. 将軍班超の上書

小説、井上靖『楼蘭』の中の短編「異域の人」の
中に、西域に派遣された主人公班超（はんちょう）が帰国を願
って西暦97年（永元十四年）に上書した文が載っ
ている。

［砂漠に命を延ぶる（の）を得て、今に至って三十年、
骨肉生離（こつにくしょうり）して復（ま）た相識（あいし）らず。与（よ）に相随（あいしたが）う所（ところ）の
人皆（みな）すでに物故（ぶっこ）せり、超最（ちょうもっとも）もながらえて今七
十に到（いた）らんとし、衰老病（すいろうやまい）を蒙（こうむ）りて頭髪（とうはつ）黒きなし
…］その願いは帝に聞き入られた。そして［班超（はんちょう）
は生きて玉門関をくぐり…更に三千余里を行って
都洛陽に入った。…彼が命を受けて西域に使した
明帝の時から、章帝、和帝と世は移っていた］

張政らが、海を渡った東夷の国で18年間の長
きにわたって、倭の女王の為に戦い続けていたと
しても、それは全くの空想ではない。

828. 魏志［因って臺に詣る］

西暦 265 年、晋の武帝の泰始元年、〈其の女王〉は［倭の大夫率善中郎将披邪狗等二十人を遣わし、政らの還るを送らしむ。因って臺に詣り、男女生口三十人を献上し…異文雑錦二十匹を貢す］と、それまでの朝貢の歴史の中では最大規模の朝貢団を派遣した。だから、ここで言う〈臺〉とは、通説が言う〈魏臺〉ではなく、〈晋臺〉であり、〈晋帝〉そのものを指すことにもなる。

829. 武帝［壹国を与う］

西晋の武帝はこれを最大の賛辞で迎えた。〈壹与〉とは、魏の曹操と同じように二文字式姓名であり、この時に、西晋の武帝から諡号された中国式呼称だ。その意は〈汝はもはや東夷の国の女王ではない、我々と同じ中華の者なのだ〉と。

〈壹国を与う〉、〈壹与〉だ。〈壹〉とは壹から零までの十の数字の中では最初の文字だ。だから〈はじめ〉とも読む。西晋に服属する無数の国々の中の〈壹〉の国だ。そして、〈壹〉は二心無き忠誠も意味する、臣下に対する信頼の文字でもある。

武帝はその〈壹〉をはるか海東の日出る処の国に、〈東夷国〉を表す〈倭国〉に変えて〈壹国〉の名を、そして、女王〈壹与〉にその〈壹国〉を与えたのだ。この意味で、邪馬壹国建国は西晋の泰始元年（西暦 265 年）になる。

830. 邪馬壹国と壹与は自ら名乗ったか

古田武彦は魏の武帝紀に記録されている〈俾弥呼〉の名から、〈邪馬壹国と壹与〉も倭の女王の上表文に署名されたものだと考えた。だから、倭の女王が自ら名乗ったのだと考えた。この考えは注目に値する。〈倭奴国〉から〈伊都国〉への国名変更など、東夷からの脱却を意識し始めた〈倭国〉では、壹与の前に〈俾弥呼〉がいた。その〈倭国〉を〈壹国〉に変更したい、そう考えても不思議ではない。国名変更は魏の時代では叶わないが、西晋に時代が変わっていれば、認められる可能性はある。そう考えると古田説は説得力を持つ。

ただ、〈邪馬〉は倭国の地形を考えた中国側の用語のように思われるし、国名変更と朝貢国王の制詔は冊封国の皇帝の権限である。〈壹を与う〉この女王の名は、自ら名乗ったとすると腑に落ちない。しかし、この疑問だけで、古田説に論理的に反論出来たわけではない。

ただ、壹与の朝貢が、西晋が建国された西暦 265 年に行われたことと、〈邪馬壹国と壹与〉が確かに存在したと考えることは同じだ。

831. ヨーロッパでは地球はいつから丸くなったか

地球はいつから丸くなったか？地球は丸いと考えた人は既に紀元前三世紀にいた。アリスタルコスは地球の周囲を 30 万スタジア（4 万 9 千km）と算出した。だが、一筋縄ではいかなかった。十四世紀に地球球形説を唱えたイタリアの天文学者チェッコ・グスタリは火炙りの刑に処せられた。

地球が丸いことを実証しようとした最初の人はコロンブスだったが、西暦 1492 年のアメリカ大陸発見まではこぎつけたが、実証は出来なかった。だが、コロンブスはその発見で一躍時の人となり、

〈コロンブスの卵〉の寓話は後世に伝えられた。そして、その30年後の西暦1522年のマゼランの世界一周で地球は初めて丸いことが証明された。

832. 中国では地球はいつまで平坦だったか

中国では独自の宇宙観・測量技術が発達していた。作者・編年とも不明であるが、世界最初の地理学書といわれている山海経の付図〈山海経図〉があるし、周代から漢代にかけては蓋天説と呼ばれた宇宙観があった。〈天円地方〉という〈天は円形で、地は平坦で方形をしている〉という考え方である。そして、この〈地〉の広さは、約4000－5000kmの正方形で、世界は崑崙山を中心として中国があり、その周りに狭い帯状の蛮族地帯あると信じられていた。

しかし、紀元前130年頃、前漢の張騫の西域遠征によって、世界の広さはそれまで考えられていた大きさよりはるかに大きなものだと改められた。

一方、周代から漢代には蓋天説と共に、地球を球体とみなす萌芽的な説・渾天説もあった。後、天体観測技術の発展に伴い、漢の武帝の頃になると、渾天説が主流を占めるようになり、元代には扎馬魯丁が地球儀を作った。

833. 海東の国、邪馬壹国とは何か

学問の世界では、渾天説が主流をなしたとしても、一般社会では難解な渾天説よりは蓋天説が信じられたはずだ。その蓋天説では、地球が平坦で有限だとすると、太陽はどこから昇るか？海の中からか、そのとき海は灼熱の太陽によって激しく沸騰するのだろうか？それとも地の果てにある巨大な穴からか？人は太陽の昇る瞬間を確かめたいと思うだろう。

テレビでしか見たことの無い人が、実際にエベレストを仰ぎ見た時の感動は言葉では言い尽くせないものだが、もし、太陽の昇る瞬間を間近で見ることが出来たら、その感動は、まさに言い表すことは出来ないだろう。

古来、中国では天体の運行が人の世の動きを反映するものと信じられてきた。天体観測が盛んに行われたのは暦を作る以外に、国家の盛衰を知ろうとした動機も大きかった。諸葛亮孔明の死には大きな流星が落ちたと書かれた。

秦の始皇帝が徐福を東海に船出させた時の気持ちは、地球は太陽の周りを公転すると考える近・現代人の意識・感情とは全く異なる次元のものであったに違いない。

地球が平坦だと信じたであろう、漢帝や魏帝、そして、晋帝にとっても、〈海東の倭国〉への感情は特別なものであったはずだ。

834. 魏志の親魏倭王と邪馬壹国

もう一度、卑弥呼との違いを見よう。卑弥呼は魏の時代の人であり、魏の明帝から〈親魏倭王〉の称号を贈られた。しかし、卑字をその中に含む卑弥呼の名は日本式呼称であろう。これに対して壹与は中国式呼称になる。

魏の明帝から卑弥呼に贈られたのが〈親魏倭王〉なら、西晋の武帝から壹与に贈られた〈邪馬壹国〉にも、倭国全体の統治権が付与されていたことは言うまでもない。

邪馬壹国は〈邪馬台国大和説〉が唱えるような間違いではなく、誇りに満ちた国名だった。大和以外にこれほど誇りに満ち、中国の皇帝から最大の賛辞を贈られた国が、かつて九州の地にあったことは、〈大和の思想〉とは全く相反する事実だった。

何故、古事記が卑弥呼と壹与を無視し、日本書紀が二人の女王を神功皇后にすり替えたか？そして、後代、〈大和説〉を信奉した研究者たちが〈邪馬壹国〉を頑強に否定し続けたか、答えはここにあった。これを認めることは彼らにとっては、屈辱以外の何物でもなかったからだ。

835. 陳寿の思い

魏志倭人伝の最後は、西晋の泰始元年（西暦265年）の女王壹与の壮大な朝貢の記事をもって終わっていた。

この魏志倭人伝の最後の朝貢記事に年代がないのは、後漢書が三世紀の魏の出来事や情報を使って後漢の出来事にすり替えたように、一年違いで西晋の時代に起きた朝貢記事を、遡って魏志に書き記しておくための唯一の方法だったからだ。

陳寿（西暦233～297年）は、倭国の女王の朝貢をどんなことがあっても記録に残したいと考えた。何故か？西晋は魏の皇帝に位を禅譲させて建国された国だが、陳寿は蜀の国に生まれ、魏の時代を若くして生き、年長して西晋に仕えた人だ。彼は西晋の皇帝のために、魏志を著した。

そして、西晋が建国された西暦265年、武帝に朝貢したのが海東の国〈倭国〉の若き女王だった。

この時、陳寿は 32 歳。陳寿にとっても、武帝にとっても、この晴れがましい出来事を史書に書き残さないことは有り得ないことだった。しかし、その方法は限られていた。陳寿が自ら執筆する『三国志』魏志以外に、記録に残す手段は無かったのだ。

卑弥呼は西晋の祖となった司馬懿の名声を高めた女王だったが、西晋の武帝司馬炎にとっては過去の人であり、壹与こそ眼前の人であった。陳寿にとっても武帝や壹与こそが眼前の人だった。

陳寿は、司馬懿の敵だった蜀の諸葛亮孔明を偉大な人物と褒め称えた男である。陳寿は『三国志』で取り上げた人物の〈伝〉の最後にその人物の〈評〉を簡潔に述べているが、〈諸葛亮伝〉だけは例外であった。彼がまとめた『諸葛氏集』を司馬炎に献上した時に添えられた〈評〉は他に例を見ない長文だった。陳寿という男はそういう男だった。

836. 魏志倭人伝の歪曲

魏志には壹与の最期の朝貢記事以外に、意図的に歪曲された痕跡は認められない。そして、歪曲してまでも書き残そうとしたことから、魏志に書かれた主人公が卑弥呼ではなく、壹与なのだということも分かるのだ。だが、このことに気付く人は少ない。

魏志の歪曲によって陳寿の筆勢が鈍ったのは紛れもない事実だ。魏志である以上、陳寿は〈西晋の武帝〉とは書けなかった、代わりに書いたのが〈臺〉の一字だ。勿論〈泰始元年〉の文字も書き入れることは不可能だった。西晋の武帝が、制詔して倭の若き女王に〈壹与〉の名を与え、〈邪馬壹国〉を与えたことも書くことは出来なかった。

その代償は大きかった。このことが、後の史家たちが〈壹与〉を〈臺与〉に変えることが出来た一因になったし、いわれなき〈邪馬台国卑弥呼説〉が幅を利かせる原因にもなった。

この意味では、魏志倭人伝は画竜点睛を欠いたといわれても仕方がないかも知れない。このために陳寿の魏志倭人伝が失ったものは大きかった。

しかし、得たものの方がはるかに大きかったのもまた事実だ。もし、陳寿が書かなければ、栄光に満ちた〈女王壹与〉の物語は、永遠に闇の中に埋もれたままだった。

以後の歴史はどのように進んだか？

837. 筑紫君薩夜麻の帰還

書紀（西暦671年）〔（天智十年）十一月十日、対馬国司が使いを大宰府に遣わして、「今月の二日に、沙門道久・筑紫君薩夜麻・韓島勝裟婆・布師首磐の四人が唐からやってきて、『唐の使人郭務悰ら六百人、送使沙宅孫登ら千四百人、総勢二千人が船四十七隻に乗って比知島に着きました。…』と申しております」と報告した〕

筑紫君薩夜麻は百済救援の白村江の戦いで唐の捕虜となっていた。〈筑紫国水軍〉が百済救援の主力を担っていた証だ。

838. 大伴部博麻への詔

「ところでマリア、卑弥呼って何だった。」
「うーん、一言で言うのは難しい。」
「じゃ、レポートにして提出だ。」

「え、マリアが？それって、社長が命令されるなんて変じゃない。」

「株主総会で社長が提出する報告書だと思えばいい。」

「言うね、わかったわ。」

帰京したオカラのもとへ、マリアからメールが届いていた。

書紀（西暦690年）〔（持統天皇四年冬十月）二十三日、兵士、筑後国上陽咩郡の人、大伴部博麻に詔して、「斉明天皇の七年、百済救援の役でおまえは唐の捕虜とされた。天智天皇の三年になって、土師連富杼・氷連老・筑紫君薩夜麻・弓削連元宝の子の四人が、唐人の計画を朝に奏上しようと思ったが、衣食も無いために京師まで行けないことを憂いた。その時博麻は土師富杼らに語って、『自分は皆と一緒に朝のもとに行きたいが、衣食もない身で叶わないので、どうか私を奴隷に売り、その金を衣食にあててくれ』といった。富杼らは博麻の計に従って、日本へ帰ることができた。おまえはひとり他国に三十年も留まった。自分は、おまえが朝廷を尊び国を思い、己を売ってまで、忠誠を示したことを喜ぶ。それ故、務大肆の位に合わせて、絁五匹・綿十屯・布三十端・稲千束・水田四町を与える。その水田は曾孫まで引継げ。課役は三代まで免じて、その功を顕彰する」といわれた〕

この記事中、〈唐人の計画〉とは天智二年の白村江の戦いのあとの、天智四年の劉徳高、郭務悰ら総勢240人の来朝に関連したことと思うが、薩夜麻らの同道は叶わず、来朝の内容は、恐らく和平に関する問題のように思われるが、不明のままだ。

そして、兵士・大伴部博麻の忠誠は、白村江の戦いで、〈躬ら甲冑を擐い〉て陣頭指揮に立ち、唐の捕虜となった筑紫君薩夜麻へ捧げられたものだろう。それを持統朝への忠誠へすり替えたのがこの記事だ。

　博麻の身売り記事は、白村江の戦いがどのようなものだったかを物語る象徴的なエピソードだ。

　そして、風土記は、古事記が撰録された翌年、西暦713年（和銅六年）、元明天皇の詔で編纂されたが、この八世紀初頭、筑前、筑後の人たちは倭奴国・伊都国・女王国・邪馬壹国・倭国・筑紫国へと連なる〈倭国〉の歴史を継承して風土記に書き記していた。卑弥呼の時代からは凡そ450年後、筑紫火君の出来事からでも150年後のこととなるが、筑紫君薩夜麻・筑後国人大伴部博麻からはわずか20年後のことになる。

エピローグ

839. 壹与の末裔は今も生きているか

「あの激動の中を生き抜いたんだもの、壹与の子孫は、今もきっと、どこかで生きている。…オカラ、そうだよね。」

「マリアの言う通りだと思う。歴史に記録される人間は1%にも満たない。大部分の人間はその生きた痕跡さえも残さない。だからと言って、1%にも満たない人間が歴史を作ってきたわけではない。」

「そうだね。百済へ出兵した一万の兵士を見送ったのは、彼らだけが名前を知っている母や妻や恋人だったんだね。」

「歴史は、歴史の闇に生きた無数の人間の営みの継続だ。そのことを見落としてはならない、今は、そう思う。マリア、誘ってくれてありがとう。」

「オカラも思ってくれてるんだ。」

「魏志倭人伝とは最後に歓喜を迎えるシンフォニーだった。大和説だ九州説だとわめいていた俺が恥ずかしいよ。ところで、マリア。壁はどうなった?」

「ん、あれは壁じゃなかったよ。ところで、オカラの感想は?」

「何故、ヤマト政権が生き延びて、倭国は滅亡したか?」

「どうしてだと思った?」

「ヤマト政権は内部では激しい皇位争いを続けたし、白村江では筑紫国の水軍と百済軍を、力量不足のために見殺しにしたが、対外的には平和国家だった。それに比べて倭国は戦争に忙しかったから、内輪もめしている暇はなかっただろうが、対外的には軍事力を背景にした覇権国家だった。軍事強国を目指した明治の帝国政府が、多くの戦争のあとで国を滅ぼしたことと、倭国が滅亡したこととは同じだと思う。言えることは、国家繁栄の基礎は平和だということだ。」

「孫子の兵法だね。オカラ、プライドの話は?」

「そうだね。声高に言わねばならないのは、プライドではないし、万人に共通するのもプライドではない。」

「どんな?」

「プライドは人それぞれ皆違う。博麻が奴隷の身におちた時にも、心の中で静かに温めて続けていたもの、そういうのがプライドだと思う。」

「うん。マリアもそう思うよ。」

「おう、トマル、帰っていたか。辞令が出ているぞ。部長から渡しておけって言われた。読むぞ。令和三年二月一日を以て、株式会社再興企画代表取締役兼株式会社再興企画東北出張所所長を命ずる。」

「何ですか、課長。これは?」

「昨日の臨時取締役会で決まったそうだ。社長一人、社員無しの新会社設立だと。厄介者がいなくなって、俺も寂しくなる。」

あとがき

謝辞：

　この小説の拙稿を2019年12月末から2020年1月初めに、数人の親しい友人や尊敬する先輩・恩師たちに郵送した。内心は校正・批判・感想を頂ければと願ってのことだったが、歴史学の素人の稚拙な文章であるから、そのために恩師・友人の貴重な時間を割くことになるお願いはおこがましいと思い、出来なかった。しかし、以心伝心とはこのようなことを言うのであろうか？感想、校正、その上、論文で言えば査読文を頂くことが出来た。自然科学系の分野を専門とする人たちだから、個々の史実に関する問題ではなく、記紀解読上の論理構成やその検証方法についての問題点のご指摘であった。自分の考え方や論理立ての甘さを痛感した。

　矛盾があれば、矛盾を明らかにして終わるのではなく、一歩前に進んでその原因を究明し、真実に迫る作業を継続することは、科学の思考論理に立脚するならば、当然のことと考えている。だが、〈思考継続〉することは、それだけ、論理の飛躍や断絶が起きる可能性も高くなる。案の定、多くの御指摘をいただいだ。科学論文の査読の場合、たとえ正しい結果だと査読者は考えても、論理立ての曖昧さや論理の欠落を防ぐために、執筆者には些細な問題でも指摘することや注意喚起することを、査読者は躊躇わない。例外的に査読者の指摘が見当はずれで、執筆者の記述が正しいこともあるが、それでも指摘する意義は減じない。より強固に結論が補強されるからだ。

　この恩師・先輩・友人からの返信が無かったなら
ば、この小説は書き上げることは出来なかった。改めて深甚なる感謝の意を表する。

　前著に続きこの拙著の出版も、著者の様々な我儘を許してくれた丸源書店、中陣隆夫氏の御好意に甘えることになった。記して感謝申し上げる。

　併せて、株式会社応用地理研究所代表取締役中家恵二氏と長田真宏氏のご好意に感謝申し上げる。尚、本著の校正は中陣氏の指導を仰ぎながら、著者自身が行った。誤字脱字の責任はすべて著者にある。

形式：

　拙稿の会話文と地の文で構成する小説形式は最終でも変えなかったが、内容は全面的な再考察を行ったことで、大幅に変更した。最初の拙稿に要した時間よりも訂正に要した時間の方が長くなったが、この分、苦労したというよりは推理の世界・論理の世界を楽しんだと言った方が良いと思う。コロナ禍で自粛生活を続けていた小生には貴重な時間になった。

　論文形式にしなかったのは、散々、論文に付き合わされて、読了することに膨大なエネルギーを必要とすることが分かっていたし、歴史学の素人が延々と書き続けた冗長な文章を、読んでくれる人はいないと考えたからだ。一方で、会話形式は〈思考過程が可視化〉される長所があるのではないかとも考えた。

　どうすれば、読んで貰えるか？小説の形にして肩が凝らないようにする、途中で嫌にならないように短文とする、ついでに閑話休題を挿入して気分転換をして貰う。結局、すべて、小手先の話だが、

著者が思いついた浅知恵だ。

　ある本の解説に、D・H・ロレンスの言葉〈小説は自由な思考形式である〉が書かれているのを見つけた。もとより、D・H・ロレンスの著作を読んだわけではないので、この言葉の真の意味することを理解したわけではないが、藁をも掴む思いで、自分のしていることの裏付けにしたいと考えた。

　知識不足のために散々苦労したが、そんな自分を元気づけてくれた一文がある。レイチェル・カーソンの「〈知る〉ことは〈感じる〉ことの半分も重要でないと固く信じています。」『センス・オブ・ワンダー』の中の言葉だ。知らないからといって、嘆くことはないと。感謝！（2020.09.30）

構成：

　執筆に当たって注意したのは、小説と言えども論理を尽くしているか、論理の飛躍やすり替えは無いか、正当な手順を踏んだ結論に至っているかだった。この小説を書くにあたって読んだ書物の中には、著者の知識不足に起因するのだと思うが、論理過程にブラックボックスが有るのではと思われるものがいくつかあった。論理の断絶だ。意識的であれ無意識的であれ、ブラックボックスの中では、客観を主観と入れ替えることも可能になる。そのことが意味するのは、第三者検証が不能になるばかりでなく、巡り回って自己検証が不能になることでもある。

　そのために、小説としてはくどくなるのは承知の上で、引用した史書の記事を逐一挙げた。どの記事から何を言えるのか、判断根拠を明らかにしておくことで、結論に至るまでの論理過程の検証が可能になると考えたからだ。そうした上でも、尚、こ

の小説にも論理のブラックボックスが存在する可能性はある。

　記紀の矛盾を暴き出すには、記紀自体の論理的矛盾をあぶり出し、他の史書との対比を行うことによって可能と考えるが、では真実とは何か、が次の課題となる。他の史書に書かれていれば、問題はないが、何処にも書かれていなければ、可能な限りの問題や記述を抽出し、それらを基に推論を重ねる以外に方法はなく、しかも、その検証は甚だ困難である。そこに論理の飛躍が生まれる余地がある。もし、飛躍があったとすれば、それは著者の論理構成力の未熟さの故である。

　第一章で、記紀は歴史修正主義の元祖で、邪馬台国卑弥呼説は歴史修正主義の総本山だと衝撃的と思われる書き出しをしたが、最期まで読んで頂ければ、決して衝撃的な結論ではないことを理解していただけるのではないか？ただ、ある意味で挑戦的なこの書き出しは、この小説に登場するマリア、オカラ、ウズメのほかに第四番目の登場人物を意識したものだ。四番目の登場人物とはこの小説の読者である。三人の会話の中に割って入って頂きたいと考えたからだ。この小説の論理構成の第三者検証の担い手となって、謎・闇だらけの日本古代史解明に加わって頂ければ、この小説を著した者としては望外の喜びである。

内容：

　歴代天皇が日本各地へ進出したという日本書紀の記事はほとんどが捏造・欺瞞であることをこの小説の中で指摘した。大切なのは、矛盾を矛盾として片付けるのではなく、真実は何かと思考継続すれば何が言えるのか、という視点ではないか？

「戦後のわれわれは記紀にたいする否定の執によって…」(『神々の流竄』)によれば、戦後の記紀研究の主流は記紀の否定にあるように思われがちだが、歴史学の主流は〈戦前と同じように、戦後のわれわれも記紀にたいする肯定の執によって〉いるのではないか?これが『神々の流竄』を読んだ著者の疑問であり、多くの日本古代史に関わる書物を読んで抱いた感想であり、この小説を著わした動機のひとつである。だから、〈肯定の執〉にも〈否定の執〉にも捉われないように心掛けた。

例えば、吉備国がヤマト政権に服属したのは何時だったか?通説は記紀と考古学的成果の矛盾に苦しんだ挙句、この問題を不問に付したり、記紀の消極的受諾で済ませている。これは〈記紀肯定〉を前提にした〈妥協の産物〉に他ならない。言い換えれば、〈思考停止の成果〉である。これを〈思考継続〉に転換させるための手段・方法はあるのか?確かに〈思考継続〉には〈論理的飛躍〉の危険がつきまとうが、決して不可能なことではない。〈思考継続〉の手段・方法はある、記紀解読の原点に戻ること、即ち、記紀の熟読である。

著者は、ヤマト政権は神武天皇以後も、長期にわたって畿内およびその周辺で皇位争いを繰り返した一地方政権のままであったと考える。その理由は、ヤマト政権が日本歴史の表舞台に登場するのは、西暦 595 年(推古三年)であり、そのきっかけとなったのが、書紀によれば、西暦 527 年(継体二十一年)であったと考えるからだ。その原因となった継体二十一年の〈筑紫君磐井の乱〉とは〈倭国〉と〈吉備国〉の覇権戦争であり、この戦争で疲弊した両国に代わってヤマト政権が台頭することが出来たからだ。漁夫の利を得たのがヤマト

政権になる。これが〈思考継続〉によって新しく提案する仮説である。三世紀の女王国と狗奴国の戦いが書かれている魏志倭人伝、倭の五王の宋書、倭(国)との関係が詳しい三国史記などの国外史書と記紀を関連付けすることによって得られた仮説だ。

〈卑弥呼〉に関して一言付け加えるならば、既説は魏志の里程記事をもとにして卑弥呼の居住地を探したが、著者は里程・日程記事からは、卑弥呼の居住地は探せないことを明らかにした。卑弥呼が何処にいたか、それ以前の問題に、何故、既説は時間を割かなかったのか、この分析が無かったことが百論噴出の原因になり、今も新しい〈邪馬台国〉が生まれる原因になっている。何故、この問題が放置されたままなのか?そこに問題の核心がある。

魏志倭人伝に書かれた女王国と狗奴国の戦いは、三世紀の倭国の二大強国による覇権戦争であったが、歴史の通説は女王国を抹殺して邪馬台国を作り出す一方で、狗奴国は比定問題に限定して、この二国を古代史の舞台に登場させることを拒んだ。宋書解読も同様だ。宋書に書かれた〈倭の五王〉を歴代天皇に比定すること以外の研究を排除した。

後世の王朝が著した中国史書・朝鮮史書が書く〈倭国記事〉は第三者史料であるが、大和朝廷が著した古事記・日本書紀は当事者史料である。仮に、国外史書と記紀の記事とに食い違いが生じた時には、〈正に我が国記を主として、之を徴す〉のが、戦前、戦後を通じての古代日本史研究の主流である。このようにして、戦前に一度手にした、国家にとって都合の良い成果は、戦後も現代に

至るまで、国家にとってはやはり都合の良い成果であることに変わりはない。このことが日本の古代史の闇を作り上げてきた主因である。

〈卑弥呼は九州に居た〉〈狗奴国は吉備政権〉〈倭の五王は歴代天皇ではない〉など、これまでも述べられてきた主張とも共通する本著の結論は特別、奇をてらったものではない。ただ、記紀がいかに史実を歪曲・捏造し続けたか、くどいと思われるほど書紀の記事を逐条上げて検証したのは、記紀の記事を正しいとして論じられてきた多くの既往の研究成果が、現在も、通説として罷り通っているからだ。

書紀には、皇位簒奪や皇位継承に横たわる問題が隠蔽・歪曲・捏造されたことに起因すると考えられる矛盾記事が数多くある。この小説では簡単に触れるに留めたが、〈推古天皇女性説〉〈皇極天皇女性説〉について、書紀の記事は合理的な説明に失敗している。前著『背徳と反逆の系譜—記紀の闇に光はあるか—』に詳述してある。この小説で述べた仲哀天皇・神功皇后と吉備政権との関係、継体天皇から欽明天皇の系譜問題など、書紀の記事は謎と矛盾が多すぎる。研究の深化が望まれる。例えば〈阿毎多利思比孤〉〈白村江の戦い〉など、既に確立したように見える学説であっても、再検証される必要があるのではないか？これらがこの小説で主張したかったことだ。そして、この小説を古代史研究の既往仮説に対する査読文だと考えていただければ、幸いである。

事実と虚偽が混在する記紀の解読には多くの問題が横たわっているのは事実だ。本著の手法は、記紀の記事の自己矛盾を明らかにする、記紀と国外史書との対比を行う、国外史書相互の関連を明らかにする、補足的に記紀の時代背景としての考古学上の成果を対比する、などの作業で得た結果を、総合的に検討することであったが、尚、多くの問題があることを感じている。

一体、古代日本の正史とは何か？願わくば、記紀解読に関わってきた歴史学者がこれまでの確執を捨てて協力し合い、闇に葬られていた歴史に光が当たる端緒になることを。(2021.05.31)

読者の感想に答える。

蘇我馬子・蝦夷・入鹿、親子三代にわたって天皇だったとした拙稿の結論について、読者から疑義が寄せられた。拙著の結論はそのほかにも多岐にわたって〈常識〉と合致しないことから、「この本の著者は書紀を全否定する考えが根底にあるからではないか？」との疑問に発展する。

蘇我氏天皇論については、書紀の記事の解読結果から、前著で女帝推古天皇、女帝皇極天皇は有り得ないことであることも、併せて書いているが、このことは、書紀の全否定からは成り立たない論理構成だと考えている。

では、私が考える日本書紀とは何か？

日本書紀の評価については前著『背徳と反逆の系譜—記紀の闇に光はあるか—』のあとがきに述べたつもりであったが、再度、述べてみたい。

著者は、記紀の著者を太安万侶とした。これも歴史の通説に反するが、決して奇説・珍説の類ではないと確信している（『背徳と反逆の系譜—記紀の闇に光はあるか—』）。

記紀が成立した時期の皇位を天智系・天武系の父系で評価する手法に私は批判的である。持統天皇・元明天皇が共に天智天皇の娘だとする

史観では、皮相的な結論しか得られないのではないか？何故、壬申の乱で失脚した藤原一族が権力の頂点まで上り詰めることができたのか？かの梅原猛氏は不比等と元明天皇の相思相愛の関係に帰結させるなど、通説はこの謎の解明に真剣に臨もうとしない。

書紀の完成は西暦720年（養老4年）だが、この時代は藤原一族、中大兄の蘇我入鹿暗殺の陰の立役者、藤原鎌足は既に死んでいたが、鎌足の子、不比等とその子らが、大和朝廷に深く立ち入り、後の藤原院政を敷く直前の時代だった。

具体的に考えよう。書紀の撰録がなった翌年、西暦721年に元明太上天皇が崩御する一方で、不比等の二男、藤原房前が内臣となった。内臣とは藤原鎌足がついた職で、天皇の側近であり、藤原一族が権力の中枢に入り込むのに成功したことになる。これに対して、朝廷内には反藤原氏の空気が充満したが、反藤原派は粛清された。後の西暦729年に起きた、皇族方ナンバーワンの長屋王が謀反の疑いをかけられ、妻や子らを道連れに自害した事件の端緒は西暦721年にあったと言える。このためには、藤原氏がどのようにして朝廷内に足場を築いて行ったかを追う必要がある。

書紀天武天皇紀で、「（天武天皇から）浄広一位を授けられ…」、持統天皇紀に「（草壁）皇太子は公卿・百官と諸国の国司・国造および百姓男女率いて、大内陵（おおちのみささぎ）の築造に着手し…」と書かれ、「（草壁）皇太子は公卿・百寮の人らを率いて殯宮（もがりのみや）にお参りになり慟哭された」のは持統天皇の子、草壁皇子であったが、西暦686年、天武天皇崩御の後、間髪を入れずに行われた菟野皇女（うののひめみこ）（後の持統天皇）による大津皇子殺害後、草壁皇

太子の即位は叶わなかった。謎である。

これらの書紀の記事が正しいのなら、何故、これほどの人物だった持統天皇の子、草壁皇子の即位が叶わなかったか？書紀によれば、草壁皇太子の薨去は持統3年4月で、死因は不明であるが、患って死んだとは書かれていない。答えを、通説のように、草壁皇子の健康不安説を以て説明するだけでは、誰が考えても無理だと思うのではないだろうか？正しい答えとは、正に公卿・百寮の反対のためだ。

持統天皇によるクーデター、即ち天武天皇後継の第一人者だった大津皇子謀殺は、武力を背景にしなければ不可能だったはずだ。では、持統は誰の武力に頼ったか？逆推すれば、鎌足の子、不比等になる。

蘇我入鹿暗殺を中臣（後の藤原）鎌足が画策して、藤原鎌足が天智朝の中枢に入り込んだように、大津皇子謀殺で、不比等を筆頭とする藤原一族は持統朝に食い入ることに成功した。大津皇子謀殺の裏に藤原一族の暗躍があったことは間違いないはずだ。当然のことながら、勅撰の書紀が、このことを書くことが出来なかったのは言うまでもない。だが、〈書かれていないことはなかったことではない〉これは、歴史書を通底する格言だ。そこから、書かれていないことを〈あぶり出す〉ことも歴史解読では重要な事柄となる。著者は書紀否定論者ではない。

持統天皇が、673年に天武天皇が即位して21年間続いた飛鳥浄御原を捨て、西暦694年に藤原京へ遷都した史実を捉えて、持統天皇賛美論が古代史の常識となっている。書紀の記事を何の疑いも持たずに信じた結果だ。事実は、遷都を反

持統勢力のあぶり出しに使い、人心の一新を図ったのが、藤原京遷都の隠された真実と見て差し支えないだろう。

壬申の乱の立役者、高市皇子の西暦696年の薨去を待っていたかのように、翌697年、持統天皇は譲位して、孫の文武天皇を即位させた。文武天皇はこの時15歳、即位には多くの異論が噴出したことからも、ライバルの死を待った、との考えは即座には否定されないはずだ。並行するように、藤原不比等が701年に正三位大納言となる。702年に持統太上天皇崩御、不比等への借りを返して崩御したとも読み取れる。707年には、文武天皇が崩御し、元明天皇が即位する。仮に、この時、男系天皇が即位することになれば、文武天皇と宮子の間に生まれた首皇子（後の聖武天皇）の即位は無くなり、不比等の地位も安泰ではなくなる。元明天皇の即位に藤原不比等の工作があったことは間違いない。このことが不比等・元明天皇相思相愛説が生まれた背景だろう。708年1月、不比等は正二位を受け、同3月、右大臣となる。

このような、天皇・皇族・豪族の勢力バランスと、史実を最終的に記録した太安万侶の四者の拮抗の上に成立したのが日本書紀である。

この中で天皇の位まで昇りつめ、その故に滅亡の道を辿った蘇我一族はどんな位置を占めるか？藤原一族にとっては、蘇我一族はライバルだったが、一方で、対皇族では同類となる。だから、蘇我一族の皇位を否定すれば、藤原一族の皇位は望むべくもないことになる。一方、皇族方では蘇我一族の皇位を否定すれば、藤原一族の皇位篡奪も防ぐことができる。

しかし、四者の力の拮抗だけで、日本書紀とは何かの答えは出ない。形式上であったとしても、天皇の権限は大きい。特に元明天皇は、中大兄（後の天智天皇）によって謀殺された蘇我山田石川麻呂大臣の娘を母に持つ。これが皇位を父系で説明するだけでは不十分だとする根拠である。

西暦710年、元明天皇は異母姉の持統天皇の藤原京を捨てて平城京に遷都した。歴史区分ではここから〈奈良時代〉になる。藤原京は16年間の短い期間だったが、平城京は784年の長岡京遷都を経て、794年の平安京遷都まで、約80年間首都となった。

元明天皇は異母姉の持統天皇の行為を冷静に、かつ批判的に見ていたはずだ。歴史の謎を出そう。誰も考えなかった謎だ。〈持統天皇は、何故、藤原京遷都の際に、国史編纂大業の詔勅を出さず、異母妹の元明天皇が出したのか？〉通説の持統天皇賛美論に従えば、この問いの答えは難しい。

結果的に、天智・持統の統治手法から決別し、天武の意思を継続したのが元明であり、天武の意思を棄却したのが持統だったことになる。この裏に藤原一族と二人の女性天皇との関わり具合が透けて見えないか。

これで、日本書紀とは何かの答えは得られただろうか？残念ながら否だ。著者・太安万侶の分析がないからだ。

記紀とは何か？再度、問おう。歴代天皇の事蹟を書き記したものだ。藤原一族も蘇我一族も、言うならば付け足しだ。書かなければ、それはそれで済んでいた。その中で、蘇我一族、馬子・蝦夷・入鹿は何故、大臣として天皇紀で特筆されたか？

太安万侶は藤原一族に疎んじられたし、記紀も藤原一族によって嫌われた。通説は太安万侶は後に編纂された『新撰姓氏録』にも出てこないから、いわば取るに足らない人物であった、と評価されている。果して、通説の通りなのか？

　西暦711年、この年は古事記撰録の前年に当たるが、太安万侶は正五位上を授けられ、西暦715年には、従四位下を叙位されていた。官僚としては取るに足らない地位ではない。これらの謎を解く鍵は書紀・持統天皇紀にある。

　書紀[朱鳥元年九月九日、天武天皇が崩御され…]その約1ヶ月後の書紀[冬十月二日、皇子大津の謀反が発覚して皇子を逮捕し…]この翌日、十月三日の書紀の記事を以下に全掲する。

　書紀[三日、皇子大津に訳語田の舎で死を賜った。時に二十四。妃の山辺皇女は髪を乱し、はだしで走り出て殉死した。見る者は皆すすり泣いた。皇子大津は天武天皇の第三子で、威儀備わり、言語明朗で天智天皇に愛されておられた。成長されるに及び、有能で才学に富み、とくに文筆を愛された。この頃の詩賦の興隆は、皇子大津に始まったといえる。]

　謀反ならば取り調べがなければならない。二日に捕えて三日に殺すことはあってはならない。この記事で、謀反ではなかったと暗に述べているのだ。

　書紀には持統天皇の子、草壁皇子を褒め称える記事はないが、持統天皇の姉の子、大津皇子は謀反人にもかかわらず、最大の賛辞で称えられている。この記事が世に出た時、持統天皇は既に崩御していたが、藤原不比等は健在だった。頭脳明晰だったと後世の研究者たちの評判が高い不

比等が、この記事に眉をひそめたとしても不思議でない。

　勅撰の書紀は、史実に対しては個人的な評価は下せないが、〈人がいう〉〈一書にいう〉〈ある本によれば〉などの言葉を借りることで、史実を評価していることは周知の事実だ。この記事の中の〈見る者は皆すすり泣いた〉がそれだ。この短文で、太安万侶は持統天皇の行為を批判した。それはとりもなおさず、藤原不比等に対する批判でもある。不比等が健在の時だった。安万侶が殺害されても不思議でなかったし、安万侶も、死を覚悟の上で、〈史家の本分〉を守ろうとしたのではなかったか？

　偶然と言えばよいのか、不比等は書紀が撰録された3ヶ月後の西暦720年8月に死んだ。その翌年の721年に元明太上天皇が崩御した。太安万侶が死んだのは、その二年後の西暦723年。西暦724年には、元正天皇が譲位し、聖武天皇が即位し、名実共に藤原時代が到来した。しかし、元明太上天皇・元正天皇が書紀を肯定し、元明天皇の子、吉備内親王を妻に娶っていた長屋王をトップにした皇族は、まだ隠然たる勢力を保持していた。結果的に、天皇への道を閉ざされた藤原一族の圧力から、太安万侶は守られながら旅立つことができた。

　藤原一族が権勢を誇った奈良・平安時代、記紀が、何故疎んじられたか？太安万侶の名が『新撰姓氏録』に無いのは〈謎〉では無い、書かれなかったことこそ重要なのだ。

　ただ、結果論で言えば、藤原一族が院政を敷いて権力を欲しいままにし、武家政権時代には、天皇を補佐して陰の主役となり、千数百年にわたっ

て現在まで存続しえたのは、藤原一族が疎んじた記紀のお蔭である。藤原一族は名を捨てて実を取ったのだ。

〈〈史書を著わすことは生死をかけること〉〉だと、記紀は物語っているのではないか？

ここから、記紀解読の手法が導かれる。豆を一粒ずつ選り分けるように、記紀の虚実を一文ずつ選り分けていくことだ。(2021.06.30)

記紀解読に現在的な意味はあるか：

記紀解読に現在的な意味があるとすれば何か？それをこの小説の中で表現することが出来たかと言えば、心許ない。書き加えて説明したい。

現代は歴史修正主義が幅を利かせていると言われている。戦後75年が過ぎて、多くの日本国民はアジア太平洋戦争についてどんな認識をしているのだろうか？昨今のメディアは日本人の被害を強調して反戦を訴える。満蒙開拓団（事実は、中国人から奪った耕地だったから〈開拓〉ではなかった）での悲劇、シベリア抑留の強制労働、国内諸都市の空襲被害、沖縄地上戦、広島・長崎への原爆投下。戦争にまつわる悲劇は日本国内だけでも数え切れないほどあるから、戦争は二度と繰り返してはならないとの主張は説得力を持つ。しかし、日本人が一方的に被害を受けたのがアジア太平洋戦争だったのか？

ナチスドイツのユダヤ人ホロコーストの映像はテレビで繰り返し放映される。だが、日本軍がアジア諸国で何をしたかについてはメディアは報道しない。明治維新以降の日本社会には多くのタブーが存在した。日本の戦争加害責任の隠蔽もその中のひとつだ。だから、多くの日本人はアジア太平洋戦争での加害責任を意識しない。

その原因のひとつが歴史の歪曲・捏造を許容する思想風土である。天皇を神聖化するキャンペーンと戦争遂行は表裏の関係であったが、これに利用されたのが記紀研究であったと考える。影響は今も続いている。

記紀解読の現代的意味とは、この歪曲・捏造の歴史観に、今も私たちはどっぷりと浸かった状態ではないかと、読者に問いかけることではないかと考えている。例えば、私が愛読した著書の作者、梅原猛が記紀の解読を誤ったのは、肯定と否定の狭間で揺れ動き、〈否定の執〉へのこだわりが、逆に〈肯定の執〉となったのではないか？梅原氏が育った時代に、記紀史観、言い換えれば大和史観が隆盛を極めていたことと無縁ではなかったのではないだろうか？

前著『背徳と反逆の系譜─記紀の闇に光はあるか─』のまえがきで述べたことと一部、重複するが、戦前、大本営発表に狂喜した国民が、結果的に軍部の独走を支えたのではなかったか？厳しい情勢の中にあって反戦・平和を唱えた人々を非国民・アカ呼ばわりして告発・密告したのは、善良な一般国民ではなかったか？その結果が国内の平和主義勢力の壊滅、対外的にはアジア諸民族、取り分け中国人への苛酷な弾圧や虐殺に繋がったとすれば、加害責任は、戦犯とされた人たちへの責任転嫁だけでは済まない。

日本が戦犯と呼ばれた人たちを自らの責任において裁かなかったのに対して、ドイツでは自国が起こしたナチスの戦争犯罪に対して厳格な法的処置を取っている。多くのドイツ人が、自分たちは戦争被害者であるよりも戦争加害者であったと

考えたからではないか？

「自分たちは政府に騙された」という話を聞く。それは言い訳になるが、それでも歴史に向き合って達した結論ならば、それは高く評価されるべきだ。二度と過ちは繰り返さないという決意や行動、注意深さが伴うからだ。そして、この言葉には、もう一つの重要な意味が込められている。過去の歴史の正否は判断できても、現在進行中の出来事について、その正否を論ずることは極めて難しいということだ。彼らが無知蒙昧な輩だったからではない、その時代にあって、人並み以上の知識と教養を身に付け、人々を導いた人たちであった。

それでは戦後生まれの者は、祖先が引き起こした戦争責任を引き継がねばならないのか？私はその必要はないと考える。しかし、歪められた歴史を正す義務は負うべきと考える。

世の流れを決めるのは国家権力とそれに対峙する少数の覚醒者との関係ではない、無数の名も無い一般市民である。それを世論と言い直しても良い。「その国の政治はその国の民度を表す」とは、良く言われることだ。従って、より大きな歴史責任は一般市民が負うことになる。無名の一般市民も歴史の流れから逃れることは出来ないし、歪められた歴史を黙認するのは、加害者側に立つことを意味するからだ。

最近の政治状況を見れば、言論・学問の自由・国民の知る権利が保障されていると言えるだろうか？例えば、公文書とは何か？時の政府の所有物ではない。公文書は最終的には、主権者たる国民に帰属するはずだが、破棄されたり、改竄されたり、黒塗りの文書が提示されたりしている。憲法に保障された〈主権在民〉が、時の権力によっ

て空洞化されている証しだ。過去の戦争が何故起きたか？主権が国民に無く、天皇にあったからだ。国民主権の意味を過小評価したり、国民主権の侵害を許す思想風土は、戦後、如何に醸成されてきたのか？

『日本書紀』『古事記』を貫く特殊な思想と、権力の後押しを受けた記紀研究が現代の思想風土に影響を及ぼしていないか？

例えば〈国民の税金〉を〈国費〉と言い換えることで、時の政権が、国民の血税を政権のお金のように使ったり、政権に都合の良いように使ったりしていることに、人々は何の違和感を持たずにいる。言葉のすり替えに鈍感になることは、論理の歪曲を見過ごすことにつながる。

植え付けられた記紀史観に捉われた思想からの脱却は、戦後に生きる私たち無名の市民に与えられた責務ではないだろうか？「あの時、私は目を閉じていた」これは、ナチスに協力した人の述懐である。しかし、目を開いていさえすれば、私たち無名の者であっても、責務は果たせるのか？

事はそう単純ではない。無知であっては目を開けても何も見えない。目の前で何が起きているのか、見抜くことは至難の業であることは既に述べた。もし、私たち無名の市民が、目の前で起きている歴史の流れを見据える知識や能力が不足しているのなら、先覚者・先見者と呼ばれる人たちの声に耳を澄ませるべきだ。間違っても彼らを忌避したり無視したりすることがあってはならない。

彼らが声を失う時は、私たちが苛政に晒されることになるからだ。戦前・戦中に私たちの祖先が犯した過ちを、私たちが犯す愚を繰り返してはならない。

むのたけじの言葉「始めに終わりがある」。〈始め〉とは何時のことか？〈始めの終わり〉はまだ来ていないのか？そして、私たちは〈始め〉に〈終わり〉を想像できるだろうか？できる方法はある、歴史を学ぶことだ。(2021.5.31)

記紀解読上の位置付け：

客観的にみて、この小説の記紀解読が十分であるかどうかは別にして、著者にとっては、前著『背徳と反逆の系譜－記紀の闇に光はあるか－』と併せて、『日本書紀』『古事記』の解読はひとまず一段落したと考えている。一言加えるなら、著者が考える記紀解読問題で残っているのは〈記紀神話の解読〉である。既に、松前健『日本の神々』や西郷信綱『古事記の世界』など多くの研究があり、独創的な視点で論じた古田武彦『盗まれた神話』や梅原猛『神々の流竄』の研究がある。

古事記神話とは、最終的に書紀・第四十一代持統天皇までの〈四十一世一系の説〉の確立のための神話に収斂するのか？古事記神話に掲載された膨大な出雲神話は、出雲国の滅亡とどのようにリンクするのか？そして、全くの想像だが、八岐大蛇神話から連想されるのは、国家の盛衰を左右する鉄資源の争奪戦である。仮に、出雲国の滅亡が鉄の争奪戦に関係していたとすれば、出雲国の滅亡にはヤマト政権ではなく吉備国の関与が大きかったのではないか？私自身の中では、記紀神話の解読は、端緒にもついていない。(2021.5.31)

雑感：

前著の時、何故、横書きにしたのかと多くの質問を受けた。今回も横書きだ。一言弁明しておきたい。筆書の場合、右手に筆、左手に（巻）紙を持てば、右から左への縦書き以外に書きようがない。

しかし、活字を使用する現在では、縦書きでも横書きでも自由に選択することが出来る。そして、日常生活や仕事の中で遭遇する文章や、ネット記事の多くは横書きであるし、外国の小説は、漢字圏の国を含めて、すべて横書きだ。小説や評論などの中にはアルファベット文字や算用数字が混じるものもある。そのたびに本を 90°回転させるのは面倒だ。

小説は、縦書きでなければならないとすれば、著者は悲しい。小説か？評論か？などの分類も厳密でなければならないとは、考えたくはない。著者は小説家ではないし、評論家でも科学者でもない、市井に暮らす一介の元地質調査技術者である。勿論、発想・視点もあらかじめ定められた枠内のものしか許されないとも思ってもいない。重要なことは他にあると思うから。

読者から、「空きページは勿体ないから、コラムでも書いたら」と助言をいただいた。「それもそうだなぁ」と思いながらも、何を書いたらいいか、考えが浮かばない。「そうだ。とにかく埋めることだけ考えればいいんだ」と割り切ったが、空白よりはマシになっただろうか？(2021.5. 31)

引用・参考文献

安野光雅(2008)繪本三國志、朝日新聞出版

浅野裕一(1993)「孫子」を読む、講談社現代新書

江上波夫(s42)騎馬民族国家、中公新書

古田武彦(1979)盗まれた神話―記・紀の秘密―、角川文庫

古田武彦(1979)失われた九州王朝、角川文庫

古田武彦(1980)邪馬一国の証明、角川文庫

古田武彦(1988)日本列島の大王たち　古代は輝いていた(Ⅱ)、朝日文庫

古田武彦(1992)よみがえる卑弥呼、朝日文庫

外間守善(1986)沖縄の歴史と文化、中公新書

井出孫六(1976)秩父困民党群像、角川文庫

石原道博編訳(1951)新訂魏志倭人伝他三篇　中国正史日本伝(1)、岩波文庫

石原道博編訳(1956)新訂旧唐書倭国日本伝他二編　中国正史日本伝(2)、岩波文庫

井尻正二(1977)新版科学論(上)(下)、株式会社大月書店

伊都国歴史博物館(2012)玄界灘続倭人伝―末盧・伊都・奴の古墳文化―、伊都国歴史博物館

糸島地区社会教育振興協議会文化部会監修(2001)伊都国遺跡ガイドブック、株式会社糸島新聞社

井上靖(1968、2010改版)楼蘭、新潮文庫

今村遼平(2000)中国思想史、今村遼平

今村遼平(2007)中国の海の物語―衣帯水の妙―、今村遼平

今村遼平(2017)地図作成に見る世界最先端の技術史―世界のトップを走り続けた中国―、郁朋社

笠原十九司(1997)南京事件、岩波新書

笠原十九司(2017)日中戦争全史(上)(下)、高文研

角川書店編(1983)日本史探訪2 古代王国の謎、角川文庫

小林行雄(1959)古墳の話、岩波新書

小松健一(1995)写真紀行　三国志の風景、岩波新書

姜徳相(1975)関東大震災、中公新書

岸本直文(2014)倭における国家形成と古墳時代開始のプロセス、国立歴史民俗博物館研究報告　第185集
　　pp369－403

松前健(1974)日本の神々、中公新書

松尾憙道(2001)致死的犯罪＝生命操作　地球生命の本質とはなにか、文芸社

松本清張編(1975)邪馬台国99の謎　どこに在りなぜ消えたのか、株式会社　産報

宮島利光(1996)アイヌ民族と日本の歴史　先住民族の苦難・抵抗・復権、三一書房

森浩一編(1990)古代翡翠道の謎、新人物往来社

村山孚(1985)中国考古と歴史の旅、中公文庫

中陣隆夫(2007)地球の体温をはかる　サイラス・ベント号の太平洋航海記、丸源書店

中谷宇吉郎(1958)科学の方法、岩波新書

長浜市長浜城歴史博物館・高月観音の里歴史民俗資料館編(2015)雨森芳洲と朝鮮通信使―未来を照らす
　　交流の遺産―、サンライズ出版

ニック・タース著布施由紀子訳(2015)動くものはすべて殺せ―アメリカ兵はベトナムで何をしたか―、みすず
　　書房

岡田英弘(1994)倭国の時代、朝日文庫

尾崎幸男(1999)地図のファンタジア、河出文庫

小澤龍一(2012)道・白磁の人　浅川巧の生涯、合同出版

大塚初重(2012)邪馬台国をとらえなおす、講談社現代新書

大塚政義(1976)天狗党と下仁田戦争　義烈千秋、上毛新聞社出版局

西郷信綱(1967)古事記の世界、岩波新書

佐伯有清編訳(1988)三国史記倭人伝他六編　朝鮮正史日本伝1、岩波文庫

佐々木慶三(2017)背徳と反逆の系譜　記紀の闇に光はあるか、丸源書店

後田多敦(2010)琉球救国運動―抗日の思想と行動、Mugen

菅野正則(2010)三国史の虚実、新日本出版社

島崎藤村(1970)夜明け前第一部、第二部、現代日本文学大系14、島崎藤村集(二)、筑摩書房

高木彬光(1979)改稿新版　邪馬台国の秘密、角川文庫

武内均　梅原猛(1984)闘論1古代史への挑戦、徳間文庫

田宮友亀雄(1986)上杉鷹山―米沢の救世藩主―、遠藤書店

次田真幸(1977)古事記(上)全訳註、講談社学術文庫

次田真幸(1980)古事記(中)全訳註、講談社学術文庫

次田真幸(1984)古事記(下)全訳註、講談社学術文庫

ティモシ・スナイダー著池田年穂訳(2016)ブラックアース―ホロコーストの歴史と警告(上)(下)、慶應義塾大
　　学出版会

内舘彬(2017)『ヤマト』は縄文時代勢力が造った―常識を履す東日本勢力の復権―、宮帯出版社

内舘彬(2019)『ヤマト』は渡来勢力といかに対峙したのか―棄てられた歴史を発掘する―、宮帯出版社

宇治谷孟(2006)日本書紀(上)全現代語訳、講談社学術文庫

宇治谷孟(2006)日本書紀(下)全現代語訳、講談社学術文庫

梅原猛(1976)日本文化論、講談社学術文庫

梅原猛(1981)隠された十字架―法隆寺論―、新潮文庫

梅原猛(1983)水底の歌－柿本人麻呂論－(上)(下)、新潮文庫

梅原猛(1985)怨霊と縄文、徳間文庫

梅原猛(1985)神々の流竄、集英社文庫

梅原猛(1886)飛鳥とは何か、集英社文庫

吉田悟郎、朝鮮五葉松の旅・序　加賀藩金沢町奉行になった渡来朝鮮人官僚と朝鮮五葉、

　http://memmbers.jcom.home.nejp/gloh/pkpre.htm

吉本隆明・梅原猛・中沢進一(1999)日本人は思想したか、新潮文庫

佐々木慶三
<small>ささきけいぞう</small>

- 1945 年　北海道苫前郡苫前町生れ
- 1964 年　北海道大学理学部地質学鉱物学科入学
- 1968 年　　〃　　理学部地質学鉱物学科卒業
- 1990 年　技術士(応用理学部門・地質、建設部門・河川砂防および海岸)
- 2005 年　博士(農学)、鹿児島大学連合大学院
- 著　　書:『背徳と反逆の系譜』(丸源書店, 2017)ほか

消された九州倭国の復権　記紀の闇に光はあるか

2021 年 10 月 10 日　　第 1 刷発行

著　者 : 佐々木慶三
発行者 : 中陣隆夫
発行所 : 丸源書店
　　　　東京都清瀬市中里 6 丁目 95－4－504（〒204—0003）
　　　　電話・fax:042-493-1653
　　　　E-mail: takao-nakajin@tbe.t-com.ne.jp
印刷・製本 : ㈱平河工業社

© Keizo Sasaki　　ISBN978-4-9904459-8-0　Printed in Japan

佐々木慶三著

背徳と反逆の系譜—記紀の闇に光はあるか—

B5 判　260 頁/2000 円　　丸源書店刊

　記紀とは何か？　この問いは多岐にわたって発せられ、その答えは無数に出された。しかし、核心にわたる問は発せられることはなかった。何故か？　民主主義国家といわれている現代の日本においてもタブーがあるからだ。〈皇位〉は、書紀では〈四十一世一系〉だが、現在では〈万世一系〉にまで膨張し、通説はこの〈万世一系の天皇〉説から逸脱しないように組み立てられている。だが、一例を挙げれば、書紀によれば推古天皇は女帝だが、隋書によれば男帝になる。明らかな矛盾だ。通説は皇太子を登場させて解決を図ったが、論理的にはそれで良いのか？

　勅撰史書は、明らかな虚偽であっても書かなければならないことがあり、真実であっても書いてはならないことがある。史家ならば、葛藤に苛まれるはずだ。結果的に、書いてはならないことを書けば、矛盾記事となる。

　書記を解読するとは、書紀の矛盾の原因を明らかにすること、と言い換えても良い。この拙著は、神武天皇、垂仁天皇、景行天皇、仁徳天皇、履中天皇、雄略天皇、武烈天皇、継体天皇、推古天皇、皇極天皇、天智天皇たちがどのようにして、皇位を継承したかを〈小説風〉にして、九編にまとめてある。〈小説風〉だから、論理を軽んじて良いとは決して考えていない。著者は市井の元地質技術者だが、学問の世界では、タブーを恐れることがあってはならないし、研究者は真理を明らかにすることに躊躇してはならない、と考えている。